뚝지은

1973년 서울에서 태어났다. 고려대학교 국어국문학과를 졸업하고
동 대학원에서 박사학위를 받았다. 2007년 《세계의 문학》 신인상을
받으며 평론을 쓰기 시작했다. 비평집으로 『독자 시점』이 있다.

건너는   걸음

건너는　　　걸음

백지은 비평집

민음사

매일매일 다음 걸음

삶의 지속이 흐름이 아니라 걸음인 듯 느껴질 때가 있다. 지난밤 끙끙대며 완성한 글 한 편을 송고하고 난 아침 맑은 하늘 아래 산책을 시작할 때, 공원이고 숲길이고 산책하는 모든 이들이 허연 마스크로 얼굴 반쪽을 가린 채 조용히 서로를 지나치고 있음이 문득 너무 서글퍼질 때, 학생 때 친하게 지냈던 누군가와 오랜만에 만나 예전 일을 다른 감정으로 추억할 때, 그리고 지금처럼 두 번째 평론집을 묶으며 첫 번째 평론집을 낸 이후의 시간을 돌이켜 보지 않을 수 없는 때. 나는, 내 삶은, 걷고 있었구나, 그곳부터 이곳까지 이전에서 이후로 나게 될 여러 길들을 이리저리 건너며 지나 왔구나, 하는 생각을 해 보는 것이다. 지금도 어느 길에서 한 다리를 든 채 몸의 무게 중심을 옮기는 중이려나, 항상 걷고 있던 건 아닐 텐데 언제 멈췄다가 어디서 다시 시작했는지는 알 수 없구나.

다만 언제부턴가 '지금'을 '이후'로 바꿔 생각하는 것은 내게 자연스러운 일이 되었음을 알고 있다. 무엇의 다음이라는 의식이 선명한 것은 아닌데, 현재라는 것이 나를 지나쳐 흘러가는 게 아니라 내가 현재라는 대상을 맞이하며 계속해서 이동하는 중이라고 느끼기 때문일 것이다. 시간의 흐름이 강물의 흐름처럼 말해질 때, 그것이 가만히 서 있는 나를 거쳐 끊임없이 흘러가고 흘러오는 것 같지가 않고, 흘러가는 강물의 방향과 속도에 휘말려 강바닥에서 두 발이 떨어진 내가 이만큼 옮겨진 것 같다. 의지나 욕망의 문제는 아닌 듯하다. 강물이 흐르는 쪽으로 헤엄쳐 갈 수영 실력도 담력도 나는 없다. 그럼에도 얼마큼 강의 다른 쪽으로 건넌 듯싶으니, 방향이나 속도와는 관계가 있을 것이다. 물론 어느 쪽으로 어떤 폼으로 움직이고 있는지 스스로 결정할 수 없고 스스로 알지 못한다. 다음에 갈 곳이 정해져 있을까. 그렇지 않으므로 중요한 건 자세나 각오일 것이다.

이런 생각을 나는 다소 개인적인 차원에서 꺼내 놓았지만, 2021년 한국에 사는 한 사람이 지금을 '이후'로 느끼는 감각은 전혀 특이할 것도, 예외적인 일도 아니다. 우리는 다같이, 지나온 시간이 지금의 '이전'으로 분리되어 돌이킬 수 없음을 단속적으로 느껴 왔다. 그리고 우리는 코로나, 미투, 촛불, 세월호 등만이 아니라 오늘 아침의 사소한 실수 이전으로도 되돌아갈 수 없으니, '이후의 감각' 혹은 이전에서 이후로 건넜다는 느낌은 스스로 조작해 낸 의식일지도 모른다. '이후'에서 풍기는 미래 지향, 낙관, 진취 등의 뉘앙스를 원한 것일까? 설마. 이것은 아직 오지 않은 것들에 대한 전망이나 기대 또는 이미 지난 것들에 대한 망각이나 환멸과는 거리가 멀다. 이후로 건너는 걸음은 이전에서 출발한다. 떼어진 한 발이 이후에 도착할 때 다른 한 발은 아직 이전을 떠나지 못한다. 건너는 걸음의 배경은 이후가 아니라 이전이다. 건너는 걸음은 과거를 이전에 붙박거나 지우는 동작이 아니라 과거로부터 이어진 이후를 수색하려는 활동이다. 모든 경계는 확정하기 어려운 것이나 문득 긴박한 비가역성을 거부할 수 없을 때, 어떤 걸음은 '건넘'이 되고 지나친 자리는 '사건'이

되며 지금의 시간은 '이후'가 된다. 건너는 걸음은 경계를 넘는 일이지만 양쪽의 사이를 벌려 놓기보다 그 사이를 가로지른다. 양쪽을 수시로 오간다는 뜻은 아니다. 양쪽의 경계를 어느 때보다 날카롭게 의식하며 뗀 걸음이기에 이후로 건너간 두 발이 뒷걸음질로 경계를 되건너지는 않을 것이다.

지난 7년여 간 썼던 평론들을 이 책에 모으며 제목에 대한 고민이 길어졌다. 한국 사회와 한국문학을 '이후'로 사유하는 일들은 요즘 너무 흔하고 빤해져서 어떤 지속을 '건너는 걸음'으로 느끼는 나의 감각이 정확히 무엇을 문제 삼는지 불분명하지 않을까, 어디에서 어디로의 이동인지 규정도 한정도 아니 했으니 내가 건넌 자리들이 선명하게 드러날 수 있을까, 하는 의구심을 몰아내기 어려웠다. 그럼에도 여기 모인 글들에서 '지금'이 움직여 왔다는 것과 앞으로도 그럴 것이라는 생각을 놓지 못했다. 읽고 쓰고 사는 이의 시선과 마음의 움직임은 흐름이 아니라 걸음이라는 느낌을 잡아두고 싶었다. 오늘과 어제의 해명에뿐 아니라 내일을 건너다보는 태도와 마음가짐에도 그 감각은 필요할 것 같았다. 말과 세상과 사람 사이를 가로지르며 건너는 걸음이라면 언제까지라도 멈추고 싶지 않다고 생각했다.

이 책에는 총 30편의 글이 6부에 걸쳐 5편씩 배치되어 있다. 묶고 나누는 기준을 명확히 세우지 못하고서 희미한 감을 따라 이리저리 바꿔 보던 끝에 생겨난 배치일 뿐인데, 이제 보니 어느 정도 제 자리를 찾은 것처럼 느껴진다는 게 희한하다. 1부는 2014년 봄 이후 우리 모두의 말과 글과 침묵의 회로가 건넌 경계들을 단속적으로 의식하며 쓴 글들이다. 2부는 페미니즘 리부트를 건너며 여성 서사의 중요성을 실감한 글들이다. 3부에는 당대의 생활과 세속과 세계를 건너는 소설들을 체험한 글들이, 4부에는 이전의 읽기를 되새기며 이후로 건너 지속될 독서를 예감한 글들이, 5부에는 허구를 건너 작동하는 현실의 지각을 해명한 글들이 모여 있다. 6부는 첫 번째 비평집에서 건너 온 문학평론에 대한 나의 마음가짐을 드러낸 글들이다. 적고 보니 억지를 부린 것 같아 쑥스럽기는 하다.

지금 내가 걷고 있는 세상, 문학, 비평 등의 장소에서 나의 반성과 긍지와 기대는 자못 초라하다. 이 마음이 겸양도 부끄러움도 아닌 것은, 세상의 온갖 말들을 건너다니며 문학을 모색하는 비평의 욕망이 내 삶에서 사라지게 하지 않겠다는 미약한 용기 덕분일까. 그럼에도 읽기와 쓰기에 관한 여러 방면의 환경을 고려할수록 한없이 위축되고 마는 나의 변변찮은 말들을 생각하면, 미약한 용기가 이후의 세상, 문학, 비평 속에서 어떻게 이어질 수 있을지는 모호하기만 하다. 다만 지금으로선 나의 말은 다른 이들의 걸음이 닿아 주기를 기다리는 말이 아니라 내가 다른 이들로 건너는 걸음을 떼기 위해 필요한 말이라는 사실을 잊지 않으며 게으르고 허약한 말이나마 지우거나 막아 버리지는 않겠다고 다짐한다. 남의 귀를 쫑긋하게 하는 말도 필요하지만 자기 입술을 단단하게 모으는 말도 소중하다고 믿는다.

그래도, 세상 모든 말들과 마찬가지로, 내 말에도 울림이 있으면 좋겠다. 그래서 책 읽기를 아주 싫어하는 우리 딸링도 머지않아 이 책의 진동을 느낄 때가 온다면 기쁘겠다. 말과 책과 시간에 바라는 것이 있으니 나는 매일매일 다음 걸음을 내딛겠다.

차례

1부

수평선이 보인다

—이후로 가는 문학

1 한강에는 수평선이 없었다

봉준호의 2006년작 「괴물」은 야릇한 영화였다. '괴수 판타지'의 외형을 띠었으나, 화창한 대낮 한강 둔치에서 사람들을 잡으려 이리 뛰고 저리 뛰는 괴물의 소동은 끔찍하다기보다 시끄러웠고, 놀라운 장면이긴 했지만 무서운 장면은 아니었다. 괴물을 퇴치해 줄 영웅은 없었고 괴물에게서 구해 낸 아이는 죽어 있었다. 한강에 그런 괴물이 살게 된 까닭은 미8군이 방류한 독극물 때문인 것으로 첫 신에서부터 밝혀 놓았으니 반미(反美)를 주장하는 정치적인 영화라고 말해지기도 했으나, 그렇게 노골적인 것이 이 영화의 핵심이라고 말하기는 민망한 편이었겠다. 총과 화염병과 불화살로 공격 가능한 그 괴생명체는 군대의 로켓포 한 방이면 끝장낼 수 있을 법한데도, 아니 바로 그래서이겠지만, 「괴물」의 서사는 괴물을 제거하는 데 총력을 기울이지 않는다. 대신 아직 살아 있을지 모를 아이를 구하려 괴물을 쫓는 일가족의 사투에 서사의 대부분이 할애되

15

어 있다. 한강에 괴물이 나타났어도 정부와 언론 심지어 시민마저 이내 관심을 거두거나 엉뚱한 데로 관심을 돌리려 하고, 괴물을 끝까지 추격하고 처치하기 위해 고군분투하는 이는 군대, 경찰, 기자도 아니고 모험가, 역사가, 작가도 아닌 오직 한 가족, 피해자의 유가족뿐이었다. 말하자면 「괴물」은, 갑작스러운 괴물의 등장으로, 아니, 실은 미군의 지속적인 독극물 방류 혹은 그런 소행이 가능했던 한미 관계의 오랜 파행으로 인해 서서히 자라난 괴물의 존재를 알아차리지 못한 대부분의 '둔한' 사람들과, 눈앞에 괴물이 나타났는데도 문제를 직시하지 않고 대처와 조사의 직무를 유기한 국가권력 등등이 일구어 온 '적폐'의 결과로, 어느 날 삶이 부서져 버린 '유가족'의 이야기다.

「괴물」이 개봉했던 당시의 분위기와는 사뭇 다르겠지만, 2014년 4월 이후 어떤 한국인이 「괴물」을 처음 본다면 이 영화는 반미 이야기도 괴수 이야기도 아닌 오로지 유가족 이야기일 수밖에 없다. 괴물에게 당한 피해자들의 합동 분향소가 차려지고, 오열하는 유가족 주위에 기자들이 몰려들어 정신없이 플래시를 터뜨린다. "지금 뭐가 어떻게 된 건지 자세하게 얘기부터 해 줘야 될 거 아니요!"라는 가족들의 항의에 아무도 대답하지 않고, 괴물에게 잡혀간 아이가 살아 있다는 박강두(송강호 분)의 말을 아무도 귀담아 듣지 않는다. 결국 스스로 아이를 구하기 위해 탈출을 감행한 박강두 가족은 경찰과 언론의 표적이 되어 점점 더 궁지에 몰린다. 각자의 명분과 눈앞의 사리사욕에 집착하는 이들의 숱한 방해 속에서 오직 그들만이 괴물과 직접 맞서고자 한다. 이런저런 대목들이, 영화가 상영되었던 2006년의 관객들보다 오히려 세월호 참사 이후의 한국인들에게 더욱 '공감'된다는 사실은 공교로운데, 영화의 이런 면모들과 관련하여 당시 봉준호 감독은 이렇게 말했다. "이 사람들은 시스템으로부터 소외되고, 도움은커녕 방해만 받지만 아무도 시스템 탓 안 하고 자기들끼리 보듬으며 재앙을 개인화한다. 우리나라 사람들이 그렇지 않나. 예를 들자면 대구 지하철 참사도 구조적 모순을 탓하기보다 '내가 돈 잘 벌었으면, 대학 입학했을 때 차 사 줬으면, 안 당했을 변을 당했다'라는 식의 반응이 많았다. 이런 게 한국적이고 사실적이다. 재앙은 훨씬 더 구조적인 것에서 온 건데, 「괴물」의 식구들도 마찬가지다."[1]

그러니까 2006년의 영화 「괴물」은 구조적 재앙에 책임을 지지 않는 세력에 대한 항의를 표출한 이야기라기보다 재앙을 사적(私的)으로 반성하는 한국 사람들 특유의 반응을 묘사한 이야기였다는 말이다. 한국인들의 그런 특이성은 당시 충분히 "한국적이고 사실적"인 풍경이었고, 이 영화에서 괴물이 일으킨 참사의 대부분은 한국 사회를 반영한 현실적 시퀀스들이었다. 그런데 「괴물」이 만들어진 지 10년쯤 지난 지금 "재앙을 개인화"하는, 혹은 그럴 수밖에 없는 사람들의 모습은 여전히 '한국적이고 사실적인 묘사'에 그칠 수 있을까? 다시 말해 현재 세월호 참사 이후의 시점에서 그 장면들이 그저 핍진한 '풍경'으로만 보이는 게 가능할까? 「괴물」에서 '재앙의 개인화'로 드러난 작태들이 당시엔 이른바 '봉준호 식 코미디'로 관객의 입가를 스쳐 갔다면, 이제 다시 보는 그 장면들은 뼈아픈 후회와 날카로운 추궁으로 관객의 가슴을 치고 간다. "4월 16일 이후 어떤 이에게는 '바다'와 '여행'이, '나라'와 '의무'가 전혀 다른 뜻으로 변할 것"[2]이라 했던 한 작가의 말은 독자와 관객에게, 한국 사람 모두에게 고스란히 해당된다. 10년 전의 「괴물」이 이제 다르게 보이듯이, 그것은 이제부터의 현실에 대해서만이 아니라 이제까지의 상황에 대해서

---

1 봉준호 감독 대담, 「오른발은 코미디 왼발은 비극…… 그냥 걷는 리듬으로 찍었다」, 《한겨레》, 2006. 7. 10.

2 김애란, 「기우는 봄, 우리가 본 것」, 『눈먼 자들의 국가』(문학동네, 2014), 15쪽.

도 마찬가지로 작동한다. 왜냐하면 지금 우리에게 달라진 것은 '바다'와 '나라'만이 아니라 우리가 말하고 듣고 생각하는 이 '장(場)'이기 때문이다. '한국적이고 사실적인 것'의 좌표가 바뀌었다. 알다시피 우리는 '세월호' 이전으로 돌아갈 수가 없다.

돌연 뒤틀어진 듯한 장의 복판에서 작가들이 글쓰기의 어려움을 고백한 것은 당연하다. "어떤 말도 바닷속에 가닿을 수 없고, 어떤 말도 바로 설 수 없는 상황에서 스스로를 납득시킬 만한 말조차 찾을 수 없었다."(김애란), "역시 이 사건은 어떤 식이든 흥미를 가지고 파고들기에는 아직 너무 가까이 머물러 있었다."(배명훈) 등등. 이런 고백들을 했지만, 그러고 나서 그들은 글을 썼다. "만일 우리가 타인의 내부로 온전히 들어갈 수 없다면, 일단 그 바깥에 서 보는 게 맞는 순서일지도 모른다."(김애란), "무력감을 어떻게든 견디고 내가 좋아하는 소설, 문장을 쓰는 생활로 돌아가고 싶다는 이기가 있었다."(황정은) 등의 이유도 있겠으나, "아이들의 영혼과 다른 희생자분들의 영혼을 위해 우리 작가들이 할 수 있는 유일한 일은 기록하는 것뿐"(김순천)이라는 판단이 우선했기에 겨우 써 내려갈 수 있었을 것이다. 어떻게 입을 열어 무엇을 말해야 하나 하는 회의와 싸우며 필사적으로 적었을 그 문장들을 읽으며 '고마움' 말고는 표현이 안될 감정으로 눈가를 적신 독자는 나만이 아닐 것이다. 그 글들이 어떠했는지, 그리고 무엇을 하였는지, 그것부터 우선, 나도 말해야 한다.

2 "우리는 눈을 떠야 한다": 앎의 권리와 의무

우리는 모두 '세월호'를 두 번 이상 겪었다. 한 번은 대다수의 한국인들이 그러했듯 "텔레비전 뉴스에 나오는 자료 화면"으로, 또 한 번은 세월호와 관련된 숱한 글/말들을 읽고 들으면서. 전 국민이 모두 세월호가 가라앉는 것을 보았을 때, "우리는 무엇을 보는지 알지 못하고 보았다. 순진하고 천박한 구경꾼으로 TV 앞에 앉아 있었다."[3] "다양한 미디어를 통해서 목격했고, 심지어는 희생자들의 휴대폰에 찍힌 마지막 영상까지 보았음에도 우리가 본 것이 무엇인지 모르겠다는 것이다."[4] 우리가 본 그것을 소설가 박민규는 이렇게 글로 적었다.

침몰해 가는 배에서 제일 먼저 빠져나온 것은 선장과 선원이었다. 해경 123정은 기울어 가는 배 주위를 돌기만 하다가 딱 한 번 접안을 하고 그들을 옮겨 태웠다. 승객들의 출입구가 있는 선미로는 가지 않았다. 옷을 갈아입어 몰랐다고는 했지만, 일반인의 출입이 원천적으로 통제된 선수 쪽 조타실이었다. 아니, 그마저도 나중에 거짓임이 드러났다. 선원임을 알았고, 그들은 족집게처럼 476명이 타고 있는 배에서 선원들만 빼내 왔다. 그리고 두 번 다시 접안하지 않았다. 승객들은, 또 아이들은 배 안에 갇혀 있었다. 가만히 있으라는 선장의 명령을 따랐기 때문이다. 승객들이 있다는 걸 뻔히 알면서도 선장과 선원들, 또 해경은 탈출하라는 말 한마디를 하지 않았다. 오로지 스스로의 힘으로 배를 빠져나온 승객들만이 가까스로 헬기와 보트에 오를 수 있었다. 엄밀히 말해 구조가 아닌 탈출이었다. 해경은 끝내 선내에 진입하지 않았다. 의자로 창문을 두드리는 아이들의 외침도 외면했다. 그리고 배는 물속으로 가라앉았다.[5]

---

3 이다혜, 304낭독회 한 줄 선언문 중.

4 함성호, 「타인의 고통과 만나는 문학의 자리」, 『세월호 시대의 문학』(세교연구소 공개 심포지엄 자료집, 2015), 7쪽.

5 박민규, 「눈먼 자들의 국가」, 『눈먼 자들의 국가』, 48쪽. 이 글을 인용하는 것은 '세월호'에 대한 언어적 표현들을 대표하여 그리는 것임을 말해 둔다.

마치 이 배를 닮은 한 척의 배가 침몰했다. 기울어 가는 그 배에서 심지어 아이들은 이런 말을 했다. 내 구명조끼 입어…… 누구도 기득권을 포기하지 않는, 누구도 기득권을 포기할 수 없는 기울어진 배에서…… 그랬다. 나는 그 말이 숨져 간 아이들이 우리에게 건네준 마지막 기회라고 생각한다. 이는 정치의 문제도 아니고 경제의 문제도 아니다. 한 배에 오른 우리 모두의 역사적 문제이자 진실의 문제라고 생각한다.[6]

우리는 기울어진 배가 반쯤 가라앉아 있는 것을 보았고, 몇몇 사람들이 배에서 빠져나오는 것을 보았으며, 구조대원으로 보이는 사람들이 그 배의 주변에 있는 것을 보았다. 얼마 지나지 않아, 그 배 안에서 여전히 조잘대던 아이들이 '살고 싶어', '엄마 사랑해'라고 장난스럽게 말하는 장면도 바로 그 아이들이 전송해 준 그 영상으로 보았다. 따라서 위의 인용문은, 우리가 이미 본 그 '장면들'을 재현한 문장들이다. "그러니까 '한 명'도 구하지 못하는걸. 관계자들이 책임을 가르고 이득을 따지는 동안 일부 솟아 있던 선체가 바닷속으로 완전히 잠기는 걸"[7] 두 눈으로 보면서 얼빠진 구경꾼으로 앉아 있었던 '그 시간'의 표상이다. 이 애끓는 무력함을 어찌할 수 있을까. 우리가 본 그 장면들에는 "너무 많은 문제들이 외설스럽다고 할 만치 맨얼굴을 드러내었"[8]으므로 그 맨얼굴, 그 가공할 실재를 재현하려는 모든 말의 역부족과 무능함을 탓할 수 없다 해도 그것으로는 조금도 나아지지 않는 괴로움을 어찌할 것인가. 참사 이후 어떤 문학이 유력하고 유의미할 수 있을지 암담해진 사태는, 그것이 진부

---

6 같은 글, 64쪽.

7 김애란, 앞의 글, 12쪽.

8 김행숙, 「질문들」, 『눈먼 자들의 국가』, 26쪽.

한 문학무용론처럼 간주될 우려에도 불구하고 세상의 온갖 말들에 대한 적대감을 응고시키는 것만 같다.

하지만 언어도단과 형용 불가에 휩싸인 '그 일'에 대해, 바로 그 단절과 불가능의 허약한 말/글로써 다시 접근해 가는 것은, 그 '장면'들(그 '시각화'된 이미지, 말 그대로 '스펙터클'한 그것들)이 외설적인 만큼 더욱 절박하지 않을 수 없다. 그 스펙터클은, 아무렇게나 노출되었지만 아무것도 공개하지 않았으므로, 눈에 들어온 그것에서 우리가 확신할 수 있는 진실은 거의 없음을 알려 줄 뿐이었다. 그때 그곳에서, 그 이미지들을 렌즈에 담은 현장의 카메라는, 스스로 의도했든 아니든 스펙터클의 천박함을 매개하는 순진하고 몰지각한 위치에 있던 것일 수밖에 없다. 그렇다면 그 이미지들을 후에 언어로 기록 전달하는 저 문장들은, 최소한 현장의 카메라보다는 스펙터클의 외설성을 극복하기가 유리한 입장일 수도 있지 않은가. 스펙터클을 모사하려는 것이 아니라 스펙터클에 뒤덮인 사태의 의미를 말하고자 함으로써, 저 문장들은 언어도단의 그것을 언어화된 사건으로 형상화한다. 거기에는, 무엇보다도 우리가 본 것에서 최소한의 사실적 정황을 판단하려는 의지가 포함되어 있고, 사태에 대한 이해와 진실 규명에 대한 요구가 들어 있다. 한마디로 "우리가 지켜본 것은 무능력의 광경이었다."[9]라는 사실에 대한 뼈저린 인식이 스며 있다. 요컨대 『눈먼 자들의 국가』는 세월호 참사 이후 '그 일에 관한' 기록, 질문, 판단 등을 실현하는 언어들이며, 이 언어는 최소한의 진실(적인 사실)을 구성하기 위한 일종의 '앎'을 제공한다.

이 '앎'에 대해 좀 더 생각해 보자. 배명훈은 정상 상태가 깨진 때가 오히려 사회를 이해하기 쉬운 것이기도 한데 "세상에 공개하는 것으로 모

---

9 홍철기, 「세월호 참사로부터 무엇을 보고 들을 것인가?」, 『눈먼 자들의 국가』, 203쪽.

든 것이 해결되는 구조"는 "한국 같은 왜곡된 공동체"에서는 통하지 않을 것이라고 했다.[10] 세월호를 둘러싼 수많은 스펙터클이 제공한 내용들로는 "왜곡된" 우리 사회에서 어떤 것도 환하게 드러나지가 않는다. 이제 우리에겐 '그 일'보다 그 일과 '관련된' 겹겹의 잘못을 죄책감과 수치심으로 감당하는 일이 더 중대할지도 모른다. "국가란 무엇인가, 인간이란 무엇인가, 인간의 말이란 무엇인가, 잊고 있었던 가장 근본적인 질문들이 솟구치"[11]는 데로 나아가야 하고, "우리는 빛을 비추며, 서로서로 빛을 비추며, 죽은 아이들을 찾아야 합니다. 잃어버리면 안 되는 것, 잊어버리면 안 되는 것들을 찾아 어둠 속으로 파고 들어가야 합니다."[12]라는 다짐에 이르러야 한다. 하지만 참사 이후 1년이 넘게 지난 현재의 시점에서도, 우리가 본 것에 대해 우리는 무엇을 알고 있는가. 오직 이것뿐만이 아닌가.

국가가
국민을
구조하지 않은
'사건'이다.

이 한 문장. 눈물을 뚝뚝 흘리듯, 방아쇠를 탕탕 당기듯, 장막을 죽죽 찢듯, 네 행으로 나뉘어 적힌 이 문장은, 내가 아는 한 세월호 참사에 대한 가장 적확한 표현이다. 이것은 스펙터클을 뚫어 버린 언어, 스펙터클

---

10 배명훈, 「누가 답해야 할까?」, 「눈먼 자들의 국가」, 109쪽.

11 같은 글, 25쪽.

12 같은 글, 27쪽.

을 찢고 나온 언어다. 세월호가 이 사회에서 의미하는 바에 대한 최소한의 '앎'으로서, 그것의 핵심적인 의미로서, 이 문장이 영영 살아 있을 것임을 의심하지 못하겠다. 이 문장을 읽은 사람, 즉 이 '앎'의 주체는 객관 정신의 교사 또는 진리의 전도사 같은 자리에 있는 자가 아니다. 여전히 아무도 안다고 말하지 못하는 진실, 반드시 올바른 진상 규명을 통해 드러나야 할 진실에 대해 최소한의 권리와 의무를 행사하려는 주체가 이 앎의 자리를 갈구할 뿐이다. 동시에 이 앎의 자리를 피할 수 있는 이 사회의 주체, 이 앎의 자리에 처하지 않은 이 시대 문학의 주체는, 없다. 알아야 할 이유와 알아야 할 목표가 너무나 분명하기 때문이다.

사람들한테 바라는 게, 우리가 청와대 가는데 같이 가 줘라, 같이 단식을 해 줘라 이런 게 아니거든요. 진짜 간단한 건데, 세월호에 대해서 아는 것, 아는 것과 모르는 것이 너무 큰 차이가 나기 때문에 그게 가장 중요한 거거든요. 사람들이 우리를 욕하는 게, 몰라서 많이 그래요. 배 보상을 받은 줄 아는 사람들이 많고, 인양을 한다고 했는데 됐다고 하다가 이제 와서 해 달라고 하느냐고 하고, 진상 규명 벌써 했는데 뭘 더 밝히라는 거냐는 사람들이 있고, 그런 것들 때문에 행동으로 못 가는 거거든요. 모르기 때문에. 알면 정말 가만히 있을 수가 없거든요, 그러니까 우선 아는 게 가장 중요하고. 언론에 자꾸 휘둘리니까 진실을 못 봐요 사람들이. 근데 진실이 뭔지 아는 게 가장 중요해요. 그게 진짜 행동이거든요. 전 그걸 원하는 거예요. 알면 가만히 못 있어요. 제가 장담하는데, 알아야 돼요. 그걸 말하고 싶은 거예요. 왜, 일주기를 앞두고 갑자기 시행령이 나왔는지, 시행령이 진짜 거지같이 나왔고, 갑자기 시행령 내놓고 배 보상하는 문제를 내놓고 인양을 들먹이는 게, 저희는 그게 어떤 건지 다 알거든요, 그게 어떤 노림수를 가지고 정부가 그렇게 하는지. 그런데 사람들은 시행령이 뭔지조차 몰라요. 이렇게 말해요.

특별법, 만들어 달라고 그러더니 왜 이제 와서 특별법 폐기하라고 그러냐 이런 사람 많거든요. 그런 걸 알아야 된다는 거죠.

「세월호 모두의 이야기」[13] 동영상 인터뷰 중 고(故) 남지현의 언니 남서현 씨의 말에서 옮겼다. 참사에 대해 마음 아파 하는 것, 유가족과 공감하는 것, 참사를 잊지 않는 것, 진상 규명을 촉구하는 행동을 함께하는 것, 이 모든 것이 실은 '세월호에 대해서 아는 것'과 다르지 않다고 했다. 전 국민이 함께 지켜보고도 왜 "아는 것과 모르는 것이 너무 큰 차이"가 나는 것인가. 다음과 같은 유가족의 절규 속에 그 문제의 최대 원인과 최소 해법이 있을 것이다. "우리 힘만으로는 안 돼요. 언론에서 다 막아 버려요. 부모들이 외치는 거, 허허벌판에 메아리예요. 그래도 이것마저 안 하면 다 끝났다고 인정해 버릴까 봐, 그러면 내 자식한테 더 죄를 짓는 거 같아서 이렇게 소리치는 거예요. 그건 진짜 죄예요. 처음엔 내 자식 일이라서 돌아다녔지만 이제는 너무 많은 것을 알아 버려서 포기가 안 돼요. 여기서 포기해 버리면 나라가 버린 내 자식을 부모가 또다시 버리는 셈이니까. 죽어서 내가 우리 애를 어떻게 봐요. 그래서 이 말주변 없는 엄마가 전국을 다니면서 간담회를 하게 됐어요. 뭐라도 알려야 될 것 같아서. 잊히는 게 무서워서."[14]

요컨대 그 일의 기록, 그 사건의 전달은 한국문학의 사명이 되었고, 쓰는 이와 읽는 이, 우리 모두에게 '앎'을 요청하게 되었다. 이 '앎'은, 반복

---

13 '연령, 성별, 지역, 교육 경험, 정치적 견해와 상관없이 세월호를 기억하는 다양한 시민들의 이야기를 듣고, 기록해 보려고 한다'는 취지로 "늦기 전에 0416 팀"(박근우, 천우연, 최종원, 고찬호, 이규연, 박그로, 정혁)이 제작한 영상. 페이스북 페이지 '세월호 모두의 이야기'를 통해 공유되었다.

14 416세월호참사시민기록위원회 작가기록단, 「엄마하고 나하고는 연결되어 있잖아, 그래서 아픈 거야」(2학년 6반 신호성 학생의 어머니 정부자 씨 이야기), 『금요일엔 돌아오렴』(창비, 2015). 128쪽.

해 말하지만, 훈시나 지도, 교육이나 계몽의 문제가 전혀 아니다. 이것은 실천의 문제, 공부의 문제이고, 권리이자 의무이며, 도리이자 윤리이다. 기억하려는 자유이고, 나누어 지려는 책임이다. "잊지 않겠습니다."의 목적어이자 목적이다. 죽음과 비탄, 사건과 진실에 연루된 '앎'의 작동 안에서, "잊지 않겠습니다."의 주어는 자기의 현재와 미래를 견뎌 낼 신념을 찾는다. 이것은 오랫동안 신념 없던, 혹은 신념 찾기에 실패했던 이 사회가 맞은 중대한 계기일 것이다. 산 자들의 애도는, 윤리적 스탠스로서가 아니라 앎 혹은 기억에 관한 신념으로서 이 사회에서 정치적 좌표를 부여받을 것이다. 이 시대의 '문학(성)'이 여기에 고여 들지 않을 도리가 있을까. 다시 한번 박민규의 말로 정리하자면, 우리 모두가 당면한 이 '앎'은 길게 울리는 종소리 같은 것이다. "우리가 탄 배의 미래를 위해서라도, 세월호라는 배를 망각의 고철덩이로 만들어서는 안 된다. 밝혀낸 진실을 통해 커다란 종으로 만들고 내가 들었던 소리보다 적어도 300배는 더 큰, 기나긴 여운의 종소리를 우리의 후손에게 들려줘야 한다. 이것은 마지막 기회다. 아무리 힘들고 고통스러워도 우리는 눈을 떠야 한다."[15]

3 "우리 모두 한 배를 탔기 때문이다": 공공성과 공적인 능력

국가가 국민을 구조하지 않은 이 사건으로부터, 가령 우리가 "더 이상은 공동체가 우리의 생명과 안전을 보장하지 않는다는 걸 알게 됐다."[16]라고 한다면, 바로 이어질 질문은 둘 중 하나다. 우리에게 공동체

---

15 박민규, 앞의 글, 64~65쪽.
16 배명훈, 앞의 글, 110쪽.

는 무엇이며 우리는 어떤 공동체를 도모해야 하는가, 또는, 우리에게 공동체는 없으므로 우리는 각자 어떻게 도생할 것인가. 사건 당시 대부분의 사람들은 다음 질문이고 뭐고 망연자실할 뿐이었으나, 오래지 않아 깨닫게 된다, "아무도 이것에서 달아날 수 없다"는 것을. 불신하고 단념하면 안심할 수가 있을까. "아무것도 달라지지 않았으므로 세월의 조건은 이미 다 갖추어져 있"는 것이다. 그 사건은 "4월 16일에 일어났던 사건이 아니고 그날 이후 내내 거대한 괴물처럼 마디를 늘려 가며 꾸역꾸역 이어지고 있는 참사"임을 연일 목도하지 않았는가. 누구나 혐오하고 절망했다. 하지만 "얼마나 쉬운지 모르겠다. 희망이 없다고 말하는 것은, 세상은 원래 이렇게 생겨 먹었으니 더는 기대도 하지 않겠다고 말하는 것은, 내가 이미 이 세계를 향한 신뢰를 잃었다고 말하는 것은." 그러니, 2014년 4월 16일 이후 막혀 버린 말문을 터서 글을 쓰는 행위는 불신과 단념에 매몰되지 않으려는 안간힘이다. 누군가 이미 절망하여 "믿음을 거둬 버린 세계의 어느 구석을 믿어 보려"는 것, 그 믿음에 "응답"하려는 것이다.[17]

평범하게 말해 "세월호 사건이 새롭게 정초한 '슬픔과 부끄러움, 재난과 파국, 애도와 연대, 사회적 영성과 주체성' 등은 세월호 사건 이후 한국 문학에 새롭게 던져진 주제"[18]라고 할 수 있다. 근래 쓰인 소설 중 이런 주제가 비교적 정면에서 다뤄진 이야기들이 눈에 띈다.[19] 정용준의 「6년」

---

17 황정은, 「가까스로, 인간」, 『눈먼 자들의 국가』, 95~97쪽.

18 오혜진, 「'세월호' 이후의 언어와 표상들 — 곧 도래할 '4·16 문학'을 기다리며」, 《말과 활》 7호, 2015, 111쪽.

19 여기에서 다룰 정용준의 「6년」(《현대문학》, 2014년 10월호)과 최은영의 「미카엘라」(《실천문학》, 2014년 겨울호)는, 「"그때 저도 거기에 있었어요" — 2014년 겨울의 한국 소설」(문학동네 2015년 봄호)에서 "'세월호'가 던진 물음들"을 검토하면서 논의된 바 있다. 이후 인용은 괄호 안에 쪽수만 표시한다.

은 군에서 의문사한 아들을 둔 엄마의, 사건 이후 6년의 삶을 이야기한 소설이다. 자살했다는 아들의 시신에서 얼굴이 심하게 훼손된 것을 보고 조사를 요구했으나 한결같이 "초동수사에 문제가 없다"며 군에서는 "모든 의문에 불투명하게 답했고 사건을 은폐하고 축소하려고만 했다."(120) 아들의 사인을 추적하던 남편은 실족사했고, 혼자 남은 엄마는 6년 동안 거르지 않고 일주일에 한 번 시위를 한다. 처음엔 사람들이 많이 도와주어 금방이라도 아들의 억울함이 풀릴 줄 알았고, 이토록 긴 시간 이렇게 혼자 거리에 서 있으리라고는 상상조차 못했는데, "이제 아무도 나를 상대해 주지 않는다. 걱정도 하지 않고 동정조차 하지 않는다. 제발 그만하라고 내게 욕을 하는 사람도 있다."(127) 모든 사람들이 '나'를 모욕하지만, 내가 두려운 것은 나도 너를 잊는 것이다. 살아 있는 한 온갖 수모와 압박을 견디며 세상의 부당함과 망각에 맞서 싸우는 것만이 장사도 지내지 못한 아들의 억울함을 달래는 유일한 길일 때, 그의 삶은 "손발에 못이 박힌 고통"과 같다. 이렇게 이 소설은 애도마저 억압당해 버린 삶의 처참함을 전면적으로 재현한 한편, 주인공인 엄마가 다른 군 의문사 피해자의 엄마와 만나 공감하는 모습으로 인상적인 유대감을 각인시킨다. 하소연도 위로도 없이 "긴 시간 동안 아들과의 추억에 대해 수다를"(130) 떠는 것만으로 극악한 괴로움이 잠시나마 잊히는 장면은, 죽은 자를 잊는 것이 아니라 죽은 자를 생각하는 것으로 가능한, 산 자들의 연대를 실현한다. 여전히 비참하고 힘들어도 끝내 "내게 더는 안부를 묻지 말기를, 나는 아직 괜찮다."(132)라고 말하는 마지막 문장에서는, 어절마다 밴 강인한 아픔과 처절한 의지가 문학이 감당하고자 하는 어떤 몫인 듯 느껴지기도 한다.

최은영의 「미카엘라」에는 세월호 사건 이후의 구체적인 국면, 2014년 여름 광화문이 서사의 시공간적 배경으로 들어앉아 있다. 교황이 집전하는 미사에 참석하려고 엄마는 딸이 있는 서울에 올라왔지만 둘은 만나지 못했는데, TV에 세월호 특별법 제정을 위한 서명 운동이 진행 중인 광화문 광장이 비춰졌을 때 엄마처럼 생긴 사람이 거기 있는 것을 보고 딸은 광화문으로 달려간다. 엄마는 찜질방에서 만난 노인과 얘기를 나누고 식사도 같이 하던 중 노인의 친구도 세월호 유가족임을 알게 되어 함께 광화문에 간다. 딸이 엄마인 줄 알았던 여자는 세월호 피해자의 엄마였고, 엄마가 노인을 통해 알게 된 세월호 피해자 학생의 이름이 '미카엘라'였다는 사실은, 다소간 작위적인 설정일 수도 있지만 이 소설의 주요 의미를 생성하는 장치다. 내 엄마를 닮은 사람이 "내 딸도 그날 배에 있었어요."(331)라고 한 말, 처음 만난 사람들을 반가운 자매님들처럼 함께 울고 웃게 하는 "그때 저도 거기에 있었어요."(327)라는 말, 딸을 만나지 못했던 엄마가 광화문 광장에서 들은 '세상 모든 어둠을 물리치는 천사' "미카엘라"(335)의 이름 등을 통해 소설적으로 구상화된 이 이야기는, 유가족을 공동체에서 떨어져 나간 집단으로 고립시키려는 혹은 공동체의 다른 구성원을 유가족으로부터 분리하여 사건을 축소하고 망각시키려는 세간의 음험한 담론들에 대한 대응 서사로 볼 수 있다. 하나 더 이 소설에서 주목할 부분은, 찜질방에 여정을 푼 엄마가 "선수는 선수를 알아본다고, 보통 고생한 이가 아닌 듯"(326)한 노인에게 수건을 덮어 주면서부터 상호 호의와 공감과 동행에까지 이르는 대목이다. 미용이 아닌 숙박을 위한 "찜질방"이라는 공간에서 중년/노년의 여성이라는 사회적 약자들이 순박한 호의와 사소한 관심으로 창출해 낸 공감이 마침내 공동체가 당면한 핵심적 사안에 관한 실천에까지 이르게 된 점 말이다.

두 소설은 공통적으로 산 자들의 공존과 연계에 관한 이야기, 산 자들의 고통이나 무력함이 서로 만나는 이야기다. 하지만 이것이, 어쨌든 산 사람은 살아야 한다는 영리적 메시지 혹은 앞으로는 이런 일이 없어야 한다는 관념적 교훈으로 사건을 마무리하려는 일부의 농간과 상통할 바는 전혀 없다. (그런 농간은, 평온한 일상의 자리에서는 말해질 수조차 없는 죽음, 고통, 비탄 등을 헤아리는 데 전적으로 무심할뿐더러 실은 공동체 구성원 모두가 공존할 수 있는 조건에 대해 철저히 무성의하다.) 이들의 공존과 연계는 죽음, 고통, 비탄 등에 대한 혼돈, 막막함, 불안, 떨림 등을 통과하는 중에 가느다랗게 형성된 동감이나 우정쯤에서 기인한 것인지도 모른다. 그것이 목표하는 삶은 일상의 안녕이나 일신의 태평과는 거리가 멀다. (안녕하고 태평한 삶은 공동체 내 특권 계급이 공동체 전체에 적용하는 독단적 동일성일 뿐이다.) 이들의 공존과 연계가 갈구하는 것은, 공동체의 경직된 결합이 아니라 구성원 공통의 필요와 열망의 결집이라고 할 수 있다. 그것이 이른바 '공공성'이며, 공공성을 원망(願望)하는 이런 힘이 바로 '공적'인 능력에 다름 아니다. '약자'의 아픔을 최선 다해 상상하는 능력, 그 '연약한 연합'이 도모되는 서사를 필연적으로 그려 내는 능력 말이다. 이런 이야기들을 읽다 보면, 진정한 위로의 어려움, 타인의 고통에 대한 이해와 증언의 불가능성, 공감 능력의 나약함 등등을 정치하게 분석부터 하려는 신중한 말들은 차라리 시끄럽게 들릴 뿐이다.

이 '공적'인 능력의 주체에 대해 좀 더 생각해 보자. 세월호 사건 이후 전보다 유력해진 공중 담론이 생겼다면 그 주체는 누구인가. 참사 1년이 지난 현재, 광화문의 유가족들이 그간 겪은 고통과 박해는 이들의 투쟁을 불의와 압제에 맞선 숭고한 활동으로 추앙해도 모자랄 것이다. 하지만 이들의 절규, 요구, 저항으로부터 정초된 주체성은 '수난을 겪는 영웅'의 것이기 이전에, 앞에서 두 소설에 대해 그렇게 표현했듯 '연약한 연합'의 힘으로 보는 편이 더 타당할 것 같다. 내가 들은 유가족들의 말은 거의 전부가, 가장 긴박하게, 가장 통절하게, '힘없는 부모'여서 미안하다는 것이었다.

너는 돌 때 실을 잡았는데,

명주실을 새로 사서 놓을 것을 쓰던 걸 놓아서 이리 되었을까.

엄마가 다 늙어서 낳아서 오래 품지도 못하고 빨리 낳았어.

한 달이라도 더 품었으면 사주가 바뀌어 살았을까, 엄마는 모든 걸 잘못한 죄인이다.

몇 푼 벌어 보겠다고 일하느라 마지막 전화 못 받아서 미안해.

엄마가 부자가 아니라서 미안해.

없는 집에 너같이 예쁜 애를 태어나게 해서 미안해.

엄마가 지옥 갈게 딸은 천국에 가.

세월호 피해자 합동 분향소에서 한 엄마가 딸에게 적어 놓은 편지로 잘 알려진 글이다. 글을 쓴 이는 "몇 푼 벌어 보겠다고" 일에 쫓기는 가난하고 힘없는 엄마로 표상되어 있다. 이 사회의 계층에다 이 '엄마'의 위치를 규정한다면 빈자, 약자, 하위자 쪽으로 분류될 수도 있겠다. 이들의 연대는 분명 '약자들의 연대'라 말해질 것이다. 하지만 마지막 전화를 놓친 그녀의 통한은 부자와 빈자를 가를 수 없는 세상 모든 부모들의 슬픔이다. "엄마가 지옥 갈게 딸은 천국에 가."라고 그녀처럼 말할 수 있는 세상 모든 부모들은 그 어떤 힘을 가진 계층보다 강인한 인내를 지닌다. 또한 이 글을 읽으며 눈물 흘린 수많은 이들이 공통으로 연루된 어떤 주체성을 생각한다면, 그것은 이 사회의 빈자, 약자, 하위자 등으로 규정될 수 없는 자리다. 바꿔 말하면, 세월호 사건 이후 우리가, 완전히 파괴된 듯한 공공성을 다시금 갈구하고 구현하는 공적 능력의 주체를 말할 때, 방점은 '약자'나 '연약한 연합'이 아니라 '공동체 구성원들 모두', '인민 공통'에 찍혀 있다는 말이다. 이 '공적' 주체는 '객관적' 지표나 정의(총소득의 액수나 사회 구성체 내의 직위 등)에 의해 규정된 특정 계급(공동체)으로 환원되지 않는다.[20] 이 공적 주체는, 우리 사회의 특정 계급이 아니라 '인간이라는 계급'의 공동체를 응시하는 인간이고, 그의 응시로 인해 그 옆의 주체와 함께 우리 모두를 실어 나를 수 있는 공공의 삶을 상상하는 인간으로서, 이 사회의 계층에 대한 표상이나 규정 너머에서 말해질 수 있다. 이들에 의해 세월호 이후의 한국문학은 당분간 다음과 같은 풍경이 되리라고 한다면, 지나친 예단이고 실없는 낙관일까.

모든 조명이 꺼지고 갑작스럽게 나는 완전한 밤 속에 있게 되었다. 머리 위로 아주 작은 달이 떠 있을 뿐이었는데 내 앞에 선 사람의 뒷모습이 보였다. 그 사람의 앞에 선 이의 뒷모습이 보였고 그 앞의 뒷모습도, 그 앞의 뒷모습도 보였다. 갑판에 모여 선 사람들이 달빛을 받고 있었다. 희미한 달빛으로도 충분하게 그들의 윤곽이 있었다. 배가 가는 방향을 바라보고 선 그 뒷모습들이 아름다웠다.[21]

4 "밤바다에서 보았던 수평선": 문학적 회로의 이동과 공론장의 작동

실없는 낙관이 아닐 수 있다. 난마처럼 얽힌 세월호 사건의 원인을 공공성의 파탄으로 정리하는 것이 빗나간 진단이 아니기 때문이다. "'그럼

---

20 실상 그런 규정에 의해 같은 계급(공동체)으로 여겨지는 사람들을 공적 주체로 보기는 오히려 어려운 경우가 많다. 이를테면 "전국을 다녀 보니까 '제발 그만했으면 좋겠다'는 분위기가 안산이 더 심한 거 같더라고요. '안산' 하면 공단, 외국인 노동자, 사건 사고 많은 곳이라는 이미지가 강했는데 이제 거기다가 세월호까지 얹어진 거예요. 여기 사는 사람들은 그게 싫은 거야. 그럴 수 있을 것 같아요."(『금요일엔 돌아오렴』, 129쪽)라고 했을 때, 같은 안산에 사는 시민이라도 "그게 싫은" 이와 "그럴 수 있을 것 같아요."라고 말하는 이의 공적 능력 간에는 엄연한 차이가 있는 것이다.

21 황정은, 앞의 글, 97~98쪽.

무얼 부르지'라는 물음은 세월호 사건 이후 한국문학계에 던져진 서늘한 화두"[22]가 되었다고 했을 때, 충격과 당황에 휩싸인 사람들이 겨우 내뱉은 질문, 누구에게든 듣고 싶은 답, 서로 주고받을 수 있는 '화제'는, 우리 삶의 '공공성'에 관한 것 말고 무엇이 또 있었을까. 사람들이 하는 말, 들으려는 말, 인정하고 싶은 말, 부정하려는 말, 거의 모든 말들이 '공적'인 것을 향할 수밖에 없지 않은가. 우리가 '무얼 부르든' 우리가 부르는 것이 세월호 이전의 그것과는 다른 것을 욕망하고 다른 것을 실천하는 행위가 될 것 같다.

다시 2006년의 영화 「괴물」을 떠올려 보자. 한강에 나타난 괴물에 잡아먹힌 현서의 장례식, 그 합동 분향식장에 "대구 지하철 유가족 일동"의 화환이 '난센스'처럼 끼여 있던 장면은, 감독의 설명대로 "재앙을 개인화"하는 한국 사회의 냉소적인 분위기를 그린 사실적인 디테일이었다.[23] '재앙의 개인화', 요즘 부쩍 적극적으로 참고되는 한나 아렌트의 말을 빌

---

22 오혜진, 앞의 글, 106쪽.

23 이 영화에 대해 당시 정성일은 "100억 원짜리 '정치적인' 영화"(「괴물적인 것, 삑사리의 정치학」, 『필사의 탐독』(바다출판사, 2010), 329쪽)라고 했고 허문영은 "특정한 정치 노선의 반영이 아니"(「봉준호 1」, 『세속적 영화, 세속적 비평』(강, 2010), 152쪽)라고 했다. 정성일은, 희한하게도 당시의 관객들이 영화를 본 다음 자신의 관심을 자꾸만 다른 데로 돌리며 "그것을 보지 않으려고 그토록 애를" 쓴다며, "본 것으로부터 보여지지 않은 것으로의 후퇴, 아니 차라리 퇴행. (……) 좀 더 정확하게 '괴물'을 '괴물 영화'로 가둬 두기. 그 힘. 말하자면 자기 암시. (……) 그렇게 함으로써 자신의 사유 안에 머물려는 안간힘."(339쪽)을 부리는 듯하다고 말했다. 이 안간힘은, 공적인 것에 대한 논의의 장이 거의 작동하지 않은 10여 년 전 한국 사회의 '사실적인' 현상이었을 것이다. 그래서 허문영처럼 그 '정치적인' 노선에 "굳이 이름 붙인다면 그건 개인주의적이며 수평적 질서를 지향하는 세계 시민적 태도에 가깝다고 생각"(152쪽)했던 건지도 모른다. 여하간, 「괴물」이 "벌어져서는 안 되는 일에 대한 대답으로서 벌어질 수 있는 일"에 대한 '봉준호의 차가운 웃음'이었으며, 당시 그걸 보고 "웃는" 관객은 그 냉소에 동의한 것이거나 역사를 영화 안에 가두고 실재를 못 본 척 외면한 것이었다는(333~334쪽) 정성일의 설명은 이제 와서 새삼 곱씹힌다.

리기 위해 '재앙의 사유화'라고 바꿔 말해 볼 때, 그것은 공공성이 사라진 사회, 공공성이 박탈된 삶이 단적으로 드러난 현장이다. 한나 아렌트는 사적(private)인 소유와 구별되는, 우리 모두에게 '공동의 것'인 세계, 즉 '타자의 존재, 타자와의 관계, 함께 공유하는 가치'를 '공적(公的)인 것'이라 하고, 따라서 공공성이 사라진 '사적인 삶'이란 인간 삶의 본질적인 어떤 것이 박탈된 삶이라고 보았다.('사적'이라는 말은 '박탈당한'을 뜻하는 라틴어 'privatus'에서 유래했으며 이는 '타자의 시선'에서 배제됨을 의미한다고 한다.)[24] 박탈된 것, 그것은 말할 것도 없이 타자와의 관계, 타자의 응답 가능성이다. 이제 다시 보는 「괴물」에서, 정부, 언론, 시민 들 어디에서나 일말의 '공공성'조차 실현되지 않는 그 '재앙의 개인화' 현장은 더 이상 한국 사회의 사실적 재현에만 그칠 수가 없다. 그런 사태에 대한 냉소로만 여겨지지도 않는다. 신랄한 풍자일 뿐만 아니라 다급한 촉구로 읽히지 않을 수가 있을까. 세월호 참사의 진상 규명을 요청하는 우리는 간절하게 이 재앙에 대한 타자의 응답을 기다리는 중이기 때문이다. 이 기다림을 그만두지 않는 한, 지금 '한국적이고 사실적'인 것의 좌표는 「괴물」이 만들어진 때와 동일할 수 없다.

어쩌면 우리가 말하고 쓰고 듣고 읽는 자리, 즉 우리 사회에서 말들이 움직이는 여러 길들에서 멀리 지평선 같은 것을 보게 된 것은 아닐까. 만약 이 상황을 "세월호 사건 이후, 한국문학의 언어 질서와 재현 체계는 전면적인 심문과 재편의 대상이 되는 일을 피할 수 없게 됐다."[25]와 같은 말로 표현한대도 동의할 수는 있다. 하지만 그 까닭은 이제부터 작가들이 세월호 사건과 관련된 내용과 주제에 천착할 것이고 그것을 정당

---

24 한나 아렌트, 이진우 태정호 옮김, 『인간의 조건』(한길사, 1996), 90~91쪽 참고.

25 오혜진, 앞의 글, 110쪽.

하게 다룰 만한 창조적 양식을 새롭게 발명할 것이라고 기대하는 데 있지 않다. 말들 자체보다 말들이 움직이는 길을 의식하게 되어 이전의 말들까지도 전과 달리 들리고 생각된다는 뜻도 크겠지만, 그렇다고 동시대 — 최소한 당분간, 하지만 1년이 지났는데도 "지금으로서는 감도 오지 않는"(김애란) 어느 때까지 — 모든 문학은 세월호와 직접 관련이 없을 때조차 세월호와 관련되어 파악되리라는 진단과도 구별하여 생각할 지점이 있다.[26] 이것을 우선 "한국문학의 감성이 급변하고 있다."[27]라는 말로 받을 수 있을 것이다. 최근 「지금 여기, 한국 소설의 현황과 전망」이라는 주제로 진행된 작가 좌담[28]에 대해 평론가 고봉준은 "작가 개인의 의지나 결단보다는 현실의 압력에 대한 응답의 측면"[29]에서 '문학적 감성의 변화'를 진단한 바 있다. 작가들이 외부적 요건상 '소설' 자체를 다시 사유하는 경험이 있었고, 그 집단적 경험에 의해 한국문학의 감성이 변했

---

26 이를테면 "그 사건이 동시대 문학의 깊은 콘텍스트가 된 것은 피할 수 없다. 극단적으로 말한다면 세월호에 대해 쓰지 않고, 그 이름을 발설하지 않는다고 하더라도, 동시대의 문학은 이미 '그것에 대해서' 쓰고 있다."(이광호, 「남은 자의 침묵 — 세월호 이후에도 문학은 가능한가?」, 《문학과 사회》 2014년 겨울호, 339쪽)라는 진단과는 조금 다른 얘기다.

27 고봉준, 「어두운 시대의 문학」, 《21세기문학》 2015년 봄호, 314쪽.

28 이 좌담에서 작가들(백수린, 손보미, 이기호, 정용준, 최은미)은 세월호 이후에 겪은 글쓰기의 고충을 토로했는데, 그중 상대적으로 1980년대를 가까이에서 보낸 이기호가 "무중력의 지점에서 살다가 갑자기 다시 어마어마한 중력을 느끼니 거기에 대한 응전력"에 대해 고민하게 되었다며 흥미로운 얘기를 했다. 1990년대 말에 등단해서 2000년대를 지나는 동안 그는 "당대의 징후를 포착해서 시대가 겪고 있는 모순이나 문제점을 작품 속에서 나타내려 애쓴" 선배 작가들의 역할을 스스로 축소시키고 "당대를 자세히 바라보지 않"으면서 글을 써 왔는데, "다시 시대가 바뀌고, 상상도 하지 못한 부조리와 모순이 극대화되어서 나타나기 시작하니까 저 스스로도 많이 당황스러웠"다고 말했다. 그가 '다시' 겪는 것은 비단 부조리와 모순만이 아니고 부조리와 모순에 대응하는 소설의 입장까지 포함해서일 것이다.(《현대문학》 2015년 1월호, 493~494쪽)

29 고봉준, 앞의 글, 316쪽.

다는 것이다.[30] 그 좌담에서 이기호는 "다시 시대가 바뀌"었다는 느낌을 이야기했고 그보다 후배 작가들은 공통적으로 말의 '필요/역할' 혹은 말의 '회로'에 대한 중대한 고민이 있었음을 암시했다. 그 고민은, 고봉준이 지적했듯 작가나 작품 내부에서 시작된 것이 아니라 외부에서 촉발된 것인데, 왜냐하면 '외부'는 이미 그들의 고민이 요청되는, 즉 말의 필요/역할/회로 등이 다시금 문제시될 만한 현장이기 때문이다. 그 현장, "외부에서 주어지는 현실의 중력"으로서의 그곳이 다름 아닌 '공론장'이다.

그러니까 나는 이렇게 말하고 싶은 것이다. '세월호 사건' 이후 미약하나마 우리 사회에 공론장이 작동하는 중이라고. "1990년대 이후 세계 문학의 지평에서건 한국문학의 장에서건 '사회적 지평'의 실종"[31]과 함께 망실된 그 장소, 1980년대라는 "선명한 대립 구도, 하나의 문제에 집중된 관심, 문제 해결의 시한과 같은 특수한 조건들이 사회적 공론장을 고도의 긴장과 흥분, 열정으로 가득한 모험적 시공간으로 만들었"[32]던 한 시기가 지난 후 일순 응집력을 상실한 뒤 대체로 작동한 기억이 거의 없는 우리 사회의 공론장 말이다. 실로, 세월호 이후 이 사회에는 그 사건과 직결된 사태의 이해와 진실 규명을 위한 수많은 방담들이 유례없이

---

30 같은 글, 317쪽 참고.

31 정과리, 「문학의 사회적 지평을 열어야 할 때」, 《21세기문학》 2014년 봄호, 202쪽. 세월호 사건 이전에 쓰인 이 글에서 정과리는 "21세기의 개인주의 소설에 사회성이 없다고 할 수 없"음에도 "궁극적으로 문제의 해결을 사회적 지평, 즉 집단 내부의 인간들의 상호 관계와 집단들 간의 관계를 바꾸고자 하는 의지와 그 가능성의 측량 위에서"(206쪽) 도모하지 않았던 사정을 밝히고, "1980년대가 멈춘 자리에서"(215쪽) "사회적 지평을 향한 문학적 탐구"를 이어 온 "작가·시인들의 무의식적 실천"에 대해 "이제 비평가들이 화답해야 할 때"(218쪽)가 아닌가 물으며 문학의 당면 과제를 되새겼다. 사회적 지평을 마련하려는 공론장의 탐색이 비단 세월호 사건의 여파로 촉구된 과제인 것만이 아니라 이 시대를 지나는 우리들의 열망임을 성찰하게 한다.

32 김태환, 「문학 시장 속의 비평」, 같은 책, 304쪽.

들끓었으며, 그 말들은 일종의 재난 방지책과도 같이 공적인 것을 지향했다. "세월호 참사에 대응하는 국민들의 반응은 '공론장의 (의사)소통 구조가 광범위하게 엮여 있는 센서들의 네트워크'라는 것 그리고 그것이야말로 '사회문제의 압력에 반응하고 영향력 있는 의견을 자극하는 방식'이라는 사실을 확인시켜 주었다."[33]라는 진단에 이의를 제기할 수 없을 것이다. "한국 사회 전체를 향해" 진실을 묻고 듣고 말하려는 사람들, "진실에 대해 함께 대화"하려는 사람들은 "자신의 비참과 세계의 비참을 최선을 다해 연결"지음으로써 공적인 존재가 되었으며, 『눈먼 자들의 국가』나 『금요일엔 돌아오렴』과 같은 책은 이 사실이 드러난 대표적 사례다.[34] 문학 내부의 동인이라기보다 문학 외부의 정황으로부터 문학 자신의 좌표까지 시험된 이 두 권의 책을 상기할 때, 나는 이것이 문학적 '감성'의 변화라기보다 문학적 '회로'의 이동이라고 말해야 더 합당하다고 생각한다.

작년 봄에 출간된 한강의 장편소설 『소년이 온다』는 '5월 광주'에 관한 이야기지만 여러 지면에서 '4월 세월호'에 관한 이야기로 읽히곤 했다. 두 사건 사이의 유사성을 직감할 때 자연스러운 독법일 것이다.[35] 그

---

33 송종열, 「세월호 참사」, 『공공성을 묻다』, 《플랫폼》 47호, 2014. 28쪽.

34 심보선은 세월호 이후 문학론이나 신자유주의론 같은 담론들보다 "당사자들의 말에 더 큰 관심을 갖고 있다."라며 "말하려는 의지가 들으려는 의지와 만날 수 없다면 말하는 자는 공적 존재가 될 수 없다. 『금요일엔 돌아오렴』은 이 두 의지의 협력 속에서 만들어진 증언의 기록이다."라고 말했다. 심보선, 「국가 폭력과 말」, 『세월호 시대의 문학』, 37쪽.

35 예컨대 "'세월호'라는 이름으로 터져 나온 사건이, 실은 전대미문의 사건이 아니라 제대로 수습되지 못했던 한국 현대사의 억압과 겹치며, 아물 수 없는 상처의 또 다른 방식의 회귀라는 사실을 극적인 방식으로 환기하는 소설"(함돈균, 「세월호 시대의 리얼리즘」, 『세월호 시대의 문학』, 18쪽)이기 때문이라고 생각할 수 있다. 그런데 함돈균의 이 논의에서 나에게 더 의미심장하게 생각된 것은, 『소년이 온다』의 사건이 어쩌면 "작가를 압도하면서 작가의 정신을 매개로 귀환하는 문학 그 스스로의 에너지"와 관련된다는 부분이었다. "우리 시대의 정치적 퇴행이 촉발시킨" 그것을 그는 "억압된 기

렇다면 황정은의 『야만적인 앨리스씨』(2013)를 펴 들고 "배에서도, 육지에서도, 공중에서도 많은 사람들이 죽었다"는 사실을 떠올리는 것, "고통과, 고통을 대면하는 시선이며 목소리며 하는 것들. 그리고 고통의 편에 서는 일에 과연 유력한 가능성 같은 게 있을지 생각했다. 그래야 할 것 같았다."[36]라고 고백하는 일은 어떤가. 그 소설들의 출간 시점이 일러주듯 세월호 사건과는 무관하게, 국가가 국민을 저버렸던 과거의 참상을 이야기했고 강력한 고통에 휩싸인 한 인간의 상태를 말했던 것이, 공교롭게도 세월호 사건과 겹치는 주제로 얘기되었을 뿐이라고 할 수 있을까. 그렇게 말할 수 없을 것이다. 그 소설들에서 특정한 주제를 다루었다기보다 어떤 주제들의 장 속에서 그런 소설들이 나온 것으로 여겨지기 때문이다. 우리가 그 소설들에 그려진 것을 세월호 사건과 관련하여 맥락화한 것이 아니라 그 소설들을 읽자 세월호가 떠오르는 공론화된 맥락 속에 우리가 이미 있었던 것 같기 때문이다.

그러므로 우리는, 예컨대 '세월호 사건을 계기로 새롭게 주체화된 문학적 주체가 새로운 인식의 기준이 된 공동체성을 새로운 언어로 재현할 것'이라는 식의 예단을 하기는 어렵다. "즉 '세월호 사건'을 말하기 위한 시점과 플롯, 비유와 표상을 발명하는 것"[37]이 조만간 '도래'할 것이며 우리는 지금 그것을 기다리는 중이라는 생각은 잘 들지 않는다. 하지만 이미 이곳의 말하고 글쓰는 사람들은 그들의 말이 그들의 호흡을 주관하는 공기 속에서 어디를 향하고 무엇을 욕망하는지 느끼고 있었으며 세월호 사건 이후 그 말들이 이전과 다른 궤적을 그릴지도 모르겠다는 생각

억의 회귀"라 했는데, 내게는 그것이 '공론장의 회귀'와 더 긴밀해 보인다.

36 염동규, 「고통을 지키는 방패」, 《창작과비평》 2015년 봄호, 533~534쪽.

37 오혜진, 앞의 글, 111쪽.

은 해 보게 된다.[38] 작가의 글, 시민의 말, 사건의 기록, 문학작품 등의 유형과 양식을 막론하고 우리의 말은 어떤 무형의 공론장을 호흡하는 가운데 나온 것이 아니었을까. 그렇다고 우리가 '하나'의 공론을 만들어 오직 그에 관한 대화만을 공유하려는 무슨 집단적 조직처럼 움직일 리야 없을 것이다. 다만 다양한 개인들의 자발적인 말들은 때로 절실하게 진실을 구하는 힘들의 결사처럼 뭉쳐 보일 수 있을 것이다. 가령 그런 결사가 세월호 참사의 진상을 요구하는 말들로부터라면, 거기에는 산 자만이 아니라 죽은 자의 말도 포함되리라. 사라진 이를 애도하고 남은 이를 위로하는 산 자들의 말에서가 아니라, 삶과 죽음의 경계에 막히지 않는 진실을 함께 구하려는 의지 안에 죽은 자의 말을 공유하는 산 자들의 이성과 윤리가 출현한다. 세월호 사건이 속절없이 역사로 봉합되지 않을 수 있는 길도, 아직은 이 가장자리에서나 보일 듯 말 듯한 그 공론장의 풍경 위로 나게 될 것이다. 어쩌면 이런 것을 닮은 풍경 위로.

　꼭 닮은 것을 7월 24일 서울광장에서 보았다.
　안산에서 출발한 세월의 유가족들이 하루를 걸어 서울광장에 당도했을 때 광장에 모여 그들을 기다리던 수만 명의 사람들이 자리에서 일어나 박수를 치기 시작했다. 누가 시킨 것이 아니었다. 200여 명의 유가족들이 모두 자리를 잡고 앉을 때까지 박수는 끊이지 않았고 적어도 내 눈이 닿는 범

---

38 예컨대 작가들의 주도로 '304낭독회'가 결성되었고 꾸준히 진행되는 연유에 대한 다음과 같은 진단에 귀 기울여진다. "우리가 이전에 나누었던 말이 왜 동결(凍結) 상태가 되었는지를 살펴 기존의 '쓰기' 방식을 내파(內破)할 수 있어야 한다는 요청, 단정(斷定)의 편에서 비껴난 가정(말하지 않으면 어떻게 될까), 의지(누구든 말해야 한다. 무어라도 해야겠다), 물음(무엇을 쓸 수 있을까? 어떻게 살아갈 수 있을까?)의 말들이 길을 터서 '이후'의 말을 구상할 수 있도록 누군가와는 함께 해야 한다는 요청이 작가들의 공동 행동을 부추겼던 것이다."(양경언, 「눈먼 자들의 귀 열기 — 세월호 이후, 작가들의 공동 작업에 대한 기록」, 《창작과비평》, 2015년 봄호, 279~280쪽)

위에서는 유가족보다 먼저 자리에 앉는 이가 없었다. 밤의 맨 가장자리에서 그 뒷모습들을 보았다. 팔꿈치가 닿을 듯한 거리에서 저마다의 진심으로 박수를 치던 사람들, 그 뒷모습들이 저 밤바다에서 보았던 수평선과 같았다는 이야기를 하고 싶다. 압도적인 검은 것 위에 세월이 마냥 막막하게 떠 있지 않도록 하는 것.[39]

이 풍경을, 앞으로 이어질 2010년대 문학의 한 징후라고 하자. "잊지 않겠습니다."라는 말을 우리가 잊기 전까지 이 풍경은 보일 것이다. 보여야 한다. (2015)

---

39 황정은, 앞의 글, 98쪽.

한사코 문학

—'K문학' 유감

'열정적 중재자'의 기질로

각종 심리 테스트, 성격 테스트 들을 열렬히 믿는 이가 간혹 얼마나 어리석어 보이는지 나도 알지만, 이 자리에서 굳이 밝히는바 나는 '열정적 중재자' 타입이다. 그 타입의 특성을 서술하는 첫머리에는 '극단적인 상황에서도 좋은 면을 바라보며 더 나은 상황을 만들고자 노력하는 이상주의자'라는 말이 적혀 있는데, 이는 내가 보기엔 매우 긍정적인 자질로서 실로 내가 추구하고자/추구해야만 하는 부분이기도 하다는 생각에 나는 이 유형의 성격을 따라해 보는 것으로 나를 그 타입에 꿰맞추기로 결심했다. 어쩌면 내가 남의 의견을 들을 때 '그럼에도 불구하고'라는 생각을 자주 하는 것이 그런 성격의 일부일지도 모른다고 견강부회하면서 말이다. 최근에 내가 이 중재자의 기분에 스스로 휘말린 것도, 다음과 같은 '그럼에도 불구하고'로 시작되는 생각이 두 번 연속되었을 때였다.

40

── 그럼에도 불구하고, 말하고 듣고 읽고 쓰는 인간의 일과 그 의미에 특히 몰두하는 행태를 '문학', 심지어 '한국문학'이라는 광채 잃은 용어 속에서 다시 생각해 보자고 한다면, 완고하거나 오만한 것일까? "젊은 독자를 잃은 한국문학/비평은 장르화된 방식으로만 겨우 존재하면서 영원히 '그들'만의 은어 혹은 방언으로 남을 것이다. 그리고 그것은 결코 애도의 대상도 되지 않을 것이다. K문학/비평이 없는 세계는 축복이며, 거기서 21세기의 독자들은 압도적인 행복을 누리기 때문이다."[1]라는 대목을 처음 읽었을 때 가슴이 철렁했지만 말이다.

── 그럼에도 불구하고, '한국문학'이 없는 세계를 상상할 수 없고 어떤 '비평'에서 얻었던 선명한 기쁨을 어디선가 또 찾을 수 있다고 믿는다면, 그래서 '한국문학/비평'에 대한 이야기를 다시 시작해 보려 한다면, 우둔하고 따분한 일일까? "작가들은 각자 자신들의 현실과 부딪치며 자신들의 자리에서 쓰고 또 썼다. 이 과정에 어찌 미진함이 없으랴. 그렇다면 그것은 그것대로 섬세하게 가려 비판하고 대화하면 될 일이다."[2]라는 부분을 읽으며 가슴이 답답했지만 말이다.

---

1 이 글은 오혜진의 비평 「퇴행의 시대와 K문학/비평의 종말」(《문화/과학》, 2016년 봄호)에서 제기된 문제들을 숙고하면서 촉발되었다. 인용은 105쪽. 이후 인용은 괄호 안에 쪽수만 표시한다.(「퇴행의 시대와 K문학/비평의 종말」은 2019년 출간된 오혜진의 평론집 『지극히 문학적인 취향』에 수록될 때 일부 수정되었으나, 이 글은 그것이 처음 《문화/과학》에 발표된 것을 대상으로 읽고 쓴 것이다.)

2 이 글은 또한, 오혜진의 글에 대한 정홍수의 반론, 「당신은 왜 한국문학을 걱정하는가」(《문학동네》 2016년 여름호. 566~575쪽)를 읽고, 두 시각을 동시에 생각해 보면서 진행되었다. 인용은 572쪽. 이후 인용은 괄호 안에 쪽수만 표시한다.

'K문학≠한국문학'이라면

지난 한두 해 동안 흉하게 불거진 문학 관련 스캔들 ── 신경숙 표절, 문단 권력, #문단_내_성폭력 등으로 새삼 문제시된 측면이 크겠으나, 그 일들이 없었다 해도 이 시대 '한국문학'의 교착과 무능이 전혀 알려지지 않았던 것은 아니다. 표절 프레임의 단순성을 넘어서, 권력 논쟁의 지리멸렬함을 벗어나, 자율성 논리의 옹색함을 피하여, 오늘날 '한국문학'이라는 집단적 총체는 무엇을 모색하는 중일까. 문학성, 문학적, 문학주의 등, '문학'의 재귀적 용법에 대한 다각적 점검을 통해 '문학'이라는 텅 빈 기호의 변화된 쓰임을 자각해 온 지도 오래다. 문학을 특권화/우세화하고, 상업화/도구화하는 등의 행태를 타도하는 논의들도 집중적으로, 또 산발적으로 드물지 않게 있어 왔으며, 그런 논의들의 연장선상에서 현재 문학(장)은 다양한 형태로 해체/변화 중이라고 할 수 있다. 그래서인지, 문학 제도의 시대착오적 폐쇄성, 문학 장르의 후진성 등을 책망하는 말들은, 딱 정당한 그만큼 진부하게 들릴 때가 없지 않다.

'한국문학이라는 집단적 총체'라고 말해 보긴 했지만 '문학'을 상대로 불만, 한탄, 비난을 쏟아 낼 때, 그것들이 가닿는 구체적인 대상을 실질적으로 포착하기는 쉽지 않다. "엘리티즘적 계몽주의, 가부장주의, 시장 패권주의, 순문학주의와 같은 그 퇴행의 내용들이야말로 지금의 필연적 '몰락'을 초래한 한국문학의 어떤 '체질'을 구성하고 있다."(오혜진, 91)라는 진단에 반사적으로 고개를 주억거리면서도, 최소한 지난 10여 년간 내가 읽은 한국 소설, 한국 시 들 중에 '무엇'이 혹은 '어디'가 그러한지 떠올리려면 다시 고개를 갸웃하게 된다. 물론 저 '몰락'을 초래한 체질이 한국문학이라는 이름으로 세상에 나온 모든 개별 텍스트에 적용되는 얘기가 아님을, 그것은 "시장 패권주의와 결합된 한국문학의 부정적 성격

전반"을 "K문학"이라는 조롱의 기표로 한정하고 거기에 내린 진단임을, 즉 '한국문학≠K문학'임을, 내가 못 알아들은 건 아니다. 다만, '한국문학적인 것'의 체질과 습성을 캐치하게 되기까지 개별 사례들과의 만남에서 발생한 감상과 비평이 우선 있었을 터인데, 그것이 저 '퇴행'과 '타락'의 사례로 충분할지 확신이 안 든다는 얘기다.

'한국문학'의 퇴행과 무능을 살피고자 할 때, "한국의 주류 문학사가 '개저씨들의 문학사'라고 일컬어지는 이유"(오혜진, 90)들을 특히 골라 제시하며 이런 것이 바로 '한국문학'의 큰 문제라고 말하기는, 아무래도 너무 간편한 방식이 아닐까. "새롭게 갱신되는 지식과 정동, 윤리와 정치에 무관심한 '이성애자-남성-지식인'들의 문학(사)"(오혜진, 100)이 낡은 인식에 젖어 이 시대 현실에 대한 생산적인 설명을 해내지 못하고 있다는 진단에 백번 고개를 끄덕이지만, 그런 문학을 곧 현재의 한국문학(일반)으로('주류'라는 한정어에 의해 이른바 '문단 문학'이라는 범주에 한한다 해도) 등치시키는 건 좀 우악스러운 방식이 아니었을까. 낡은 인식에 안주하여 한국문학을 대변해 온 일부를 따로 'K문학'이라 명명하고 그 퇴행성을 질타하고 나아가 죽음을 예언하는 것, 이는 문제를 일갈하는 시원스러운 방편임이 분명하지만, 현재 한국 사회 문화의 다양한 맥락과 조건 아래에서 산출된 문화적 생산물 중에서도 '문학'이 열세에 처한 까닭을 얼마큼 선명하게 일러 줄 수 있을 것인가.

"한국문학/비평이 결코 재현하지 않거나 애써 해석하려 하지 않았던 것들에 대한 독자들의 오랜 불만"은 여러 곳에서 찾아질 수 있고 찾아져야만 한다. 그것이 문학에 재현된 인식의 퇴행성만이 아니라 퇴행적 인식의 재현에 익숙한 문학(의 기능)에 대해 터져 나온 것임을 인지할 때, 그런 불만들은 더 명확한 문학의 문제로 살펴질 수 있다. 무슨 말이냐면, 이 시대 사회 구성원들의 변화된 감수성, 정동, 문제의식 등에서 도출된 새로운 비평적 의제들에 발맞추지 못하는 내용/인식의 퇴행성이 문제라고 할 때, 그것은 오직 문학에서만이 아니라 문학 외의 장소에서도 발견되고 비판될 수 있는 문제이므로, 문학의 문제점에 포커스를 맞추려면 내용/인식의 퇴행성만이 아니라 문학이라는 기능의 (부)작용에 대한 논의도 같이 해야 한다는 뜻이다. 즉 "'재현 장치로서의 한국문학'이 지니는 무능 혹은 기능 부전에 대한 강력한 고발"이란, 현재 문학 외의 다른 재현 장치들이 얼마간 잘 해내는 것을 현재의 '문학(제도)'이 특히 못 해내는 실정에 대한 고발이어야 한다. 요컨대 '한국문학'이 '재현 장치'로서 무능하다면, 어떤 것이 무능한가가 아니라 어째서 무능한가를 물어야 한다.

정리해 보자. 이 시대 '한국문학'에 독자들이 냉담한 것은 '재현 장치'로서 무능하기 때문이다. 구태의연하고 시대착오적인 인식을 재현하는 데 안주해 온 문학(사)이 주류를 이루고 있어서 젊은/변화된 독자들이 요구하는 학습과 경험에 필요한 지적, 문화적 자원에서 '한국문학'은 탈락했다. 거칠지만 신랄한 의견이다. 한편, 이를 "최근 한국문학 작품을 조금이라도 읽어 본 사람이라면 최소한의 연상 작용도 가능하지 않은" "일방적이고 폭력적인 억견(臆見)과 단죄"(정홍수, 568~569)로 받아들이는 입장도 있었다. 깊이 따져 보지 않아도, 지난 100여 년간 한국 근현대 문학의 주류를 이루어 온 어떤 지배적 인식(론) 혹은 '낡은 공통 감각이 공모해 만든 지배적 문학 규율'이 오늘날 '한국문학'의 열세를 자초한 원인의 주요한 일부이겠으나 그것이 이 시대 다양한 미디어에 의한 재현 장치(들) 중 유독 한국문학이 부진한 원인의 전부일 수는 없으리라는 생각이 든다. 말하자면 'K문학'을 뺀 한국문학은 이 시대 독자들의 외면을 피했는가 하면, 그렇다고 답하기도 딱한 형편이다. 그러니 재차 확인해야 할 질문은 이것이다. '재현 장치'로서 이 시대 '한국문학'은 썩 괜찮은 편

인가, 아닌가? "삶을 표현하고 이해하는 여러 방식 중 하나"(정홍수, 571)
로서 쓸 만한 장치인가? 아니면, "지적 문화적 호기심 충만한 오늘날의
독자들이 왜 구태여 한국문학/비평을 읽어야 할까."(오혜진, 100)

무능한 재현 장치?

(언어를 매개로) 인간의 삶과 세상을 재현하는 장치인 문학에서 어떤 '퇴
행(성)'이 문제시되었다면, '퇴행'의 문제는 재현된 사실들만이 아니라
재현하는 말/문장들도 그러하다는 뜻이다. '재현 장치'의 무능은, 재현
의 대상(소재), 목적(주제), 방법(서사)에 다 책임을 물을 수 있고, 재현의 의
도, 감성, 윤리 등과도 당연히 밀접하다. 바꿔 말해, 어떤 '문학'이 낡은
인식의 체현처럼 느껴질 때, 그 까닭은 변화한 시대의 요청에 맞지 않는
낡은 의제만이 아니라 어떤 의제를 표출하는 언어의 (문학적이라고 여겼던)
사용 방식이 변화한 시대에 더 이상 효과적이지 않음에도 있다는 얘기
다. 이 '낡음'의 종류 또는 방식에 대해서는 보다 섬세하게 헤아려 볼 필
요가 있는데, 왜냐하면 낡음을 문제 삼는 것이 세대 간 가치관의 '대립'
으로 당연하게 치부되거나, 문학 자신의 정체성에 대한 질문이 아니라
문학에 대한 여러 시각들 간의 '차이'로 간단히 처리되어서는 안 되기 때
문이다.

근대 한국 사회에서 현실을 '재현'하는 테크닉 혹은 컨벤션으로서의
'문학'은, 여타 장르들에 비해 시간적으로나 양적으로나 더 많은 고민과
모색을 거쳐 온 영역이라 말할 수 있다. 현실 세계를 근현대 한국어로 기
술하는 문장의 주요한 어법들은 국어 교육의 단계에서부터 문학 텍스트
의 문장들을 통해 이뤄져 왔던바, '재현/표상(representation)'의 한국어 양

식이 성립되는 데 문학 텍스트의 기여는 결단코 얕지 않고 적지 않다. 또한, 이른바 '리얼리즘적 기율'을 오랫동안 폭넓게 존중해 온 한국문학은 '사물과 사건의 사실적 재현/표상'이라는 명제를 거의 강박적으로 의식해 왔다고까지 할 수 있는데, 그럼으로써 (한국에서 통용되는) 인식을 (한국)말로 기술하는 방법이 정착되고 누적될 수 있었다. 한국문학의 기술(記述)에 관한 관습 또는 규범이란 게 실제로 있다면, 바로 그렇게 누적되어 온 재현/표상들의 더미 말고 무엇이 또 있다고 할지 모르겠다. 그러므로 가령 '여성에 대한 폭력을 경유한 여성 혐오'의 인식이 체현된 문학이라고 할 때 그것은 '여성 혐오'를 주장하는 문학이 아니다. 여성 혐오를 통용된 인식으로 재현/표상해 온 관습에 안착한 문학이다.

다음은, 매우 거친 발상이지만 통시적 변화를 가시화하기 위해 편의적으로 구분한 흐름에 대한 이야기다. 지난 세기까지의 '한국문학'은 개인의 실질적인 삶과 사회의 현실적인 의제들을 반영하고 모방하는 재현/표상으로서 잘 기능해 왔으며, 나아가 더 보완되고 풍부해지기를 요구받는 흐름 위에 꾸준히 놓여 있었다고 한다면, 세기의 전환과 더불어 변화된 사회 문화적 조건 속에서 한국문학은 현실을 재현하는(한다고 믿어온) 자기의 언어적 실천이 '재현 (불)가능성'이라는 한계와의 쟁투를 이면에 덧댄 실험임을 자각했으며, 나아가 그 성찰을 재반영하는 조류에 강력하게 휩쓸리게 되었다. 바꿔 말해, 대략 2000년대 이후 한국문학은 그 이전까지 누적되어 온 문학의 관습 또는 규범을 의문에 부치고 리얼리티 자체를 혁신하려는 시도와 운동으로 문학(성)을 형성하고자 했다. 이른바 탈이념, 탈적대의 시대였던 2000년대 한국 소설의 새로운 경향성이 '혼종', '접속', '무중력' 등으로 명명되고 이후 다수의 한국 소설에 드러난 표상은 '환상', '종말', 비인간' 등으로 말해졌던 것을 떠올려 보라. 2000년대 중반부터 부각된 젊은 시인들의 새로운 감각과 다른 서정을

'낯섦', '혁신', '전복', '타자' 등으로 사유하고 향유해 온 시간을 기억해 보라.

어떤 의미에서 2000년대 이후의 '한국문학'이 이질적인 것, 타자적인 것, 불확실한 것 등에 기울인 관심은 기성에 대한 위반과 전복의 충동을 표출한 것이었다고 할 수도 있다. 그중에는 '재현 장치'인 문학 자신이 재현에 대한 위반과 전복으로서 존재하려는 욕망을 드러낸 텍스트들도 적지 않았다. 말하자면, 통용되는 인식을 담은 재현/표상들의 더미와 멀어짐으로써 이제껏 누적되어 온 '문학 규범'을 탈피하려는 것이었다. 이를테면 현실 재현의 서사가 주로 의지하는 '시각적 상상력'보다는 말들의 연결과 흐름으로 생성되는 '언어적 상상력'에 천착함으로써, 기존의 문학적 관습을 흔들고자 하는 의지도 감지되었다. 이는 재현/표상의 임계에 대한 고민과 직접적으로 닿아 있는 시도였으나, 재현 가능성에 대한 의지보다 의심을, 재현 불가능성에 대한 극복보다 체념을 더 키우고 말 여지가 없지 않았다.

어쩌면 재현 너머를 의식하는 언어와 상상이 역으로 재현을 불신하게 만드는 역효과를 냈다고 말해 봐도 될 것이다. 가령, '유교적 가부장제'라는 퇴행적 질서를 부정하는 문학이, 가부장제를 통용된 인식으로 재현/표상하는 문학 규범을 철저히 거부해서는 다만 가부장제를 비판하는 메시지만 희미하게 전하는 데 그칠 수도 있다. 다시 말해, 낡은 인식을 부정하고자 할 때 그 인식을 재현/표상하는 낡은 말들의 더미를 거부하면 인식에 대한 입장 정도만 겨우 드러나고 말 것이다. 따라서 이 시대 '한국문학'의 부진이 (무능한) 재현 능력에 있다고 한다면, 어떤 퇴행적 인식을 다룬 것(통용되는 인식의 재현)이 무능하다는 게 아니라 어떤 인식이 재현 (불)가능성으로만 표현되어 전달되었다는 게 무능한 측면이 된다.

'재현 너머' 혹은 '재현 아닌' 재현은, 서사를 주로 시각적 상상력에 의

지해 수용해 온 대중적 감수성과 특히 멀어지는 결과에 이르기도 했을 것이다. 바로 그, '서사성의 결핍', '난해시의 불통' 등을 문제 삼았던 대중-독자들의 불만이, 오늘날 대중-독자들이 문학에서 자기 얘기를 못 찾겠다든가, 문학이 대중-독자를 교양의 대상으로 여기는 태도가 싫다든가 하는 불평에까지 이어진 것으로도 보인다. 아이러니하게도, 재현에 대한 탐구가 재현의 실패를 가져왔다고 해야 할까. 오늘날 대중-독자들의 불신과 냉담을 부른 문학의 무능도 이 지점이 아닐까 생각해 보게 된다. 요컨대 재현의 임계/한계/경계에 대한 문학의 첨예한 고민은 '대중적인 것'의 형질 변화를 유도하는 데로 나아가지 못했다.

어떤 필연성의 자각

광범위하게 말해 1990년대 말부터 2010년대 초반까지 한국문학을 의미화할 때 다음과 같은 구절들은 자주 동원되었다. '어떤 전체로도 환원되지 않는 개별적 주체들'을 '재현 불가능한 개체들을 가시화하는 자율적 형상', '동일화되는 주체성의 확립에 저항하는 미학적 모험' 등등. 이런 말들은 한국문학의 주변적 돌출이나 사소한 징조를 가리키는 것이 아니었다. 당시 전방위에서 '종말'을 알려 온 '(근대)문학'이 이미 막다른 데를 지나쳐 가 버리고 있는 듯한 어수선한 분위기 속에서, 어떤 방향으로든 기존의 임계점을 성찰하고 '한 걸음 더'를 추구했던 한국문학의 다양한 시도들이 있었고, 그렇다는 점에서 그 시도들은 일종의 전위적인 (radical) 실천들이기도 했음을 기억하게 해 주는 말들이라고도 할 수 있다. 당시로서 한국문학을 전망할 때 낙관적이라 하진 못해도 희망이 없지 않았고 불가피하게 닥쳐온 길이지만 미래를 회피하지 않는 중이라고 믿을 수 있었다. 거기에 이른바 '문학주의'에 기운 순진한 관점이 개입했을 수도 있었겠으나, 문학을 의지하는 마음에는 마냥 자기도취적 호응일 수 없는 분투가 불가불 끼어 있을 것이었다. '문학'을 관리 감독하려는 세력들과의 시대착오적 마찰이 소음을 일으키곤 했어도, 최소한 한국 문학 전반을 "낡은 공통 감각이 공모해 만든 지배적 문학 규율"에 종속된 것으로 치부해 버리고 말 수는 없는 부분이 당시의 문학을 규정하는 데 더 중요하다고 생각한다.

그리고 변화와 직시가 있었다. 현재 한국 사회의 사람들이 온몸으로 느끼는 바로 그 변화와 직시라고만 말해도 모두가 알아줄 것 같은 어떤 필연성의 자각. 시점을 콕 짚기는 어렵지만 지난 두 번의 보수 정권을 지나오며, 또한 전 지구적으로 확대되는 정치 경제적 정세의 전환을 목도하며, 그간 "한국문학이 발견한 '개인적인 것'의 영역이 특수한 개체성 외에 '대표될 수도 재현될 수도 없는' 존재/공간으로 집중되어 있음"[3]을 자각하게 된 사실을 간과할 수 없다. 이는 반드시 최근의 문학적 상황의 일부로 고려되어야 한다. 소설에 구체화된 개별 주체들의 형상이 "'개인적인 것'들 사이의 관계 설정에 철저히 무심했다는 사실"이 직시되었고, "'개인적인 것'의 바깥은 물론이거니와 '개인적인 것'의 내부적 차이나 비-인간의 면모들 사이에 놓인 간극과 그 처리가 한국 소설에서 여전히 해결되지 못한 문제로 남겨져 있음"[4]을 깨달을 수밖에 없었다.

그리고 언제부턴가, 아마 이렇게 이야기하면 누구에게나 확연해질 텐데 2014년 4월의 그 참사를 겪으면서, 이 사회의 작가들, 시인들, 즉 '말하는 입'들이 '문학적 감성의 변화'를 고백하기 시작했다. "이미 이곳의

---

3 소영현, 「소설과 공동체」, 『하위의 시간』(문학동네, 2016), 46쪽.

4 같은 글, 47쪽.

말하고 글쓰는 사람들은 그들의 말이 그들의 호흡을 주관하는 공기 속에" 있음을 외면할 수 없었고, "작가의 글, 시민의 말, 사건의 기록, 문학 작품 등의 유형과 양식을 막론하고 우리의 말은 어떤 무형의 공론장을 호흡하는 가운데 나온 것"[5]임을 우리 모두가 느끼지 못할 수가 없었다. 그리고 지금은, 공적인 능력과 공론장의 작동이 어떻게 '문학적'으로 수행되는지, 혹은 어떤 종류의 공론장과 공공성이 포착되어 '문학'으로 수렴되는지, 더 주시하게 된 때다. 현재 '한국문학'을 심문하는 이 글도 그 주시의 과정에 놓인 작업일 것이다.

문학이라는 술어를 찾아

이렇게 거칠게나마 2000년대 이후의 사정을 짚어 본 의도가 없지 않다. '철 지난' 문학적 규율에 기댄 비평의 복권에는 관심 없고, 문학적 재현과 해석에서 시대착오적 인식을 수호하는 "퇴행의 양상"이 '한국문학'에 별 위협이 되지 않는다고 생각한 적도 없다. 첨단의 문화를 소화하며 "더 나은 공동체를 상상하는 독자-대중의 지적 문화적 호기심"(105)에 대한 현재 한국문학의 둔감을 나 역시 통감한다. 다만, 이 둔감함의 문제를 심각하게 수용하고자 했다는 것은, 그 사실이 가리키는 바 그대로, 지난 시대의 '문학적 규율' 따위는 어디서도 작동하지 않을 만큼 '이미 낡았고', 습관처럼 비호되던 인식도 '이미 시대착오적'이 되어 버렸다는 사실을, 굳이 과소평가할 필요도 없다는 생각이 든다. 그런 퇴행적 규율과 인식이 현재 한국의 독자 대중과 작가 일반을 '전면적으로' 지배한다고

---

5   이 책의 첫 번째 글인 「수평선이 보인다 — 이후로 가는 문학」에서 이런 이야기를 시작했다.

말한다면, 독자 대중과 작가 일반에게도 실례가 될 것이다. '문학계'의 퇴행적 욕망이 어디선가 아주 적나라하게 드러났다 하더라도, 오늘날의 작가와 독자, 시민과 대중, 읽고 쓰고 표현하고 항의하는 그들 모두가 정녕 '문학'이 시대착오적 인식을 수호하는 지배적 규율이라고 생각할까? 그렇게 예상할 까닭이 없다.

한국문학을 오래 지배해 온 규범이 안 통하게 됐으니 이제 새 시대에 걸맞는 새 규범을 창안해야 한다는 주장도, 얼핏 들으면 온당하지만 너무 피상적인 얘기다. 오히려 문학 규범 자체가 없어져야 하고, 문학에 규범이 있다는 사실 자체가 망각되어야 한다고 말하는 편이 낫다. '문학'이란 용어가 텅 빈 기호라는 사실이 발각(?)된 지 한두 해도 아니지 않은가. 원래는 문학에 규율이 있었는데 서서히 또는 하루아침에 그것이 사라졌다는 뜻일 리 없다. 차라리 각종 문학 이론, 문예비평, 문학작품 들을 섭렵할수록 제도와 관습에 의거한 '문학'의 규율과 기준이 유동한다는 사실만이 또렷해졌다는 뜻일 뿐이다. 여하간 이 시대에 '문학'이라는 텅 빈 기호의 범위는 읽고 쓰는 행위 전반으로 확대되었고, 그럼으로써 '문학'을 규정하거나 통제하는 특정 의지, 지향 등을 삭제하라는 요구가 (이미 문학계 전반에) 관철되었다고 판단해도 틀리지 않다. '문학'은 신비화할 수도, 그럴 필요도 없는 대상임을 인정하지 않는 이가 어디 있으며, '문학성'이란 고정된 지식의 형태로 전수하거나 계몽할 수 없다는 입장을 부정할 이가 흔하겠는가.

다만 '문학'이란 용어가 텅 빈 기호이지만 역설적이게도 이미 가치 플러스적인 기호임은 다시 짚고 가는 것이 좋겠다. 어떤 글/말에 대한 판단을 '문학적'이라는 용어로 표현할 때, 그 글/말은 다른 무수한 글/말 중에서 상대적으로 독특한 효과를 낸다는 평가를 이미 받은 것이라고 생각할 수 있다. (일상에서 우리가 어떤 사물이나 행동을 가리켜 '이건 예술이야.'라고 말할 때, 우리는 그 대상을 예술로 지정할 수 있는 것이 아니라 그 속성을 예술의 위상으로 풀이하는 것이 아닌가. 이와 마찬가지로) '문학적'이라는 평가는 평가한 '대상'을 문학으로 지정하는 게 아니라 평가한 대상의 '속성'을 풀이한다. '문학적'이란 단어는 관형어가 아니라 서술어다. 그래서 '읽고 쓰는 행위'가 다 문학의 범위인 것과 별개로, 모든 말과 글을 '문학적'이라고 할 수는 없다. 모든 언어 행위 중에는, 상대적으로 더 적절한 어감, 더 효과적인 전달, 더 윤리적인 기능이 발휘되는 화행(話行)의 순간이 있고, 그런 때 이 닳아빠진 용어인 '문학'을 술어로써 사용할 수 있을 뿐이다. 다른 적절한 단어가 있으면 바꿔도 될 텐데 아직 찾지 못한 이들이 한사코 '문학'을 말한다.

길게 말했지만, 이는 기존 문학장에 저항하여 앞으로 힘겹게 일궈 나가야 할 미래라기보다 이미 '한국문학'의 이름으로 래디컬하게 작동 중인 현재의 일이다. 시스템이 벌써 움직였다는 얘기다. 민음사의 《릿터(littor)》가 '릿터는 쓰는 사람과 읽는 사람 모두'이고 그것은 '문학을 하는 사람'이라고 밝히며 등장했고, 창비의 《문학3》은 '삶 속에서 발견하고 실천하는 문학'을 모토로 삼았으니, 거대 출판사가 이렇게 움직인 마당에 한국문학 일반이 '주류인 거대악'에 휘둘리는 나약한 처지로 묘사된다면 그것도 좀 졸렬해 보이지 않을까. 유동하고 변이되는 '문학'인데, 고정된 막강한 것들의 기세에 조금 눌린 것을 쪼그라들어 옴짝달싹 못하는 것처럼 긍휼히 여긴다면, '문학' 관련 담론들을 늘 유행 지난 옛 타령인 양 혐오/폄하하게 되는 역효과가 날 우려도 있다. 문학은 내내 바뀌면서 강력하게 존속 중이고, 아니 바뀌면서 강력하게 존속하는 어떤 것을 우리가 문학이라고 부르는 것이니, 이제 끝났거나 끝나야 하거나 바뀌지 않아 존속하기 어려운 것을 모쪼록 '(K)문학'이라 부르지 않게 되길 바랄 뿐. (2016)

텍스트를 읽는 것과
삶을 읽는 것은 다르지 않다

독서하는 독자, 독서하지 않는 독자

나는 1990년대부터 현재까지 줄곧 은희경 소설의 독자다. 대학생 때 『새의 선물』로 시작한 이후 은희경 작가의 소설은 거의 빠짐없이 읽었으며 지금까지 작가의 팬을 자처해 왔다. 보통 연재 중인 장편은 후에 책으로 출간되면 읽으려고 미뤄 두기 마련인데, 잡지를 펼치다 은희경의 「빛의 과거」에서 가령 이런 대목, "강남으로 이전한 지 얼마 되지 않은 고속버스 터미널은 가건물이었다. 귀성표를 사기 위해 공터에 가득 모여 있는 인파는 마치 지겹도록 단체 관람을 해야 했던 반공 사진 전시회 속의 피난민 무리 같았다."[1]라는 대목과 마주치면 '나는 이 이야기를 따라 1977년 서울의 풍경 속으로 들어갔다'라는 식의 클리셰를 즉각 경험해 버리곤 한다. 이런 경우, 내가 어떤 책을 펼쳐 거기에 얼굴을 파묻고 있

---

[1] 은희경, 「빛의 과거」, 《문학과사회》 2018년 봄호, 192쪽.

을 때, 나의 정신이 그 행과 행간을 따라 내 몸이 놓인 이곳 아닌 다른 세계로 옮겨 가 거기서 울고 웃을 때, 그 책에는 독자인 나의 자리가 있고 나는 그 책의 일부로 거기 속해 있으며 그 책은 또한 나의 자리를 통해 또 다른 세계로 개방될 것이다. 나에게는 그런 독서의 경험, 특히 소설을 통한 경험이 꽤 있으며, 나는 그것에 가치를 두는 편이어서, 그런 독서의 시간이 내 삶의 많은 부분을 차지하기를 바라고 추구한다.

또, 나는 최근의 '페미니즘 리부트'와 맞물려 다양하게 출간된 서적들의 독자다. 페미니즘 담론과 실천이 갑작스러운 유행은 아니나 비단 이태 전과 비교해도 '페미니즘'이란 말의 울림은 확연히 달라졌다. 유례없는 페미니즘 대중화 시대를 맞이한 한국 사회 혹은 전 세계의 페미니즘적 각성 및 운동에는, 최근 이삼 년 사이 쏟아져 나온 관련 신간들(10여 년 전에 출간되었으나 최근에 번역 소개된 책들, 이전에 번역 소개되었으나 최근에 다시 언급되는 책들을 포함하여, 예컨대 『우리는 모두 페미니스트가 되어야 합니다』, 『우리에겐 언어가 필요하다』, 『남자들은 자꾸 나를 가르치려 든다』, 『모두를 위한 페미니즘』, 『도둑맞은 페미니즘』, 『나쁜 페미니스트』, 『여성 혐오를 혐오한다』 등.)의 영향이 적지 않다. 이 책의 독자들의 고민이 현재의 페미니즘적 사유와 실천에 맥을 놓는다고 말해질 때, 나는 그 독자들에 포함되기를 자처한다. 그런데 사실 나는 열거한 저 책들을 거의 다 정독하지 않았다. 이미 인지한 사실 또는 의견이라는 판단을 앞세워 다만 고개를 주억거리며 홀렁홀렁 넘기거나 몇 장씩 건너뛰며 읽기도 했고, 책의 실물도 보지 못한 채 인터넷 서점에서 소개한 제목과 목차, 저자 정보, '책 속으로', '추천의 말' 정도만 봤는데 마치 다 읽은 듯 여기는 책도 있다. 그럼에도 나는 최근 페미니즘 서적의 독자라고 말하는 데 거리낄 필요는 없다고 생각한다.

"독서는 우선 비독서라 할 수 있다."[2]라고 주장하는 피에르 바야르의 책 『읽지 않은 책에 대해 말하는 법』을 읽고서 이렇게 뻔뻔해진 것은 아니지만, 다음과 같은 말로 시작되는 이 책에 귀 기울일 내용이 많은 건 사실이다. "우리는 자신이 속한 사회에서 중요하게 꼽는 어떤 책을 읽지 않았다는 사실을 스스로에게 인정하는 것도 상당히 어려워하"는데 "그 밑바탕에는 유년 시절부터 우리를 괴롭혀 온 오랜 고뇌"와도 같은, "비독서를 짓누르고 있는 터부"(14)가 있기 때문이란다. 하지만 '어떤 책을 읽었다.'라는 말에는 여러 수준의 독서가 다 포함되어 있으므로 "분명히 읽지 않은 책이라고 해서 그 책들이 우리에게 이런저런 영향을 미치지 않는 것은 아니"(15)다. 요컨대 "독서와 비독서 사이의 불확실한 경계"(16)를 고려하여 "독서에 대한 그릇된 표상을 깨트려야 한다."(18)라는 주장이다. 책을 전혀 펼쳐 보지 않는 것이야말로 "우리가 책과 맺는 주된 관계 양식"이라고까지 말하는 급진적인 주장이지만, 책을 늘 접하고 많이 읽는 독자에게도 "출판물 대부분은 거의 완전히 외면을 당한다."라는 사실과 "아무리 책을 많이 읽는 독자라 해도 이 세상에 존재하는 책의 극히 일부를 읽을 수 있을 뿐이라는 사실"(22)을 모르지 않으니 독서가 아니라 비독서가 책과 만나는 주된 양식이라는 말을 반박하기도 어렵다.

책 읽기를 포기하고도 책에 관해 말하고 싶어서, 독서하지 않으면서 독자로 행세하기 위해서, 언뜻 파격적이지만 일리 있게 들리는 이런 이야기에 금세 설득된 것은 아니다. 실로, 화자가 누구든 '독자 여러분'이라고 말할 때의 그 '독자'는 특정 책을 이미 정독한 이들만, 혹은 앞으로 그 책을 읽으리라 보장된 특정 집단만을 가리키지 않는다. 도서관, 서점 등 책 관련업 종사자들을 포함, 책을 샀거나 앞으로 사게 될 소비자들이

---

2 피에르 바야르, 김병욱 옮김, 『읽지 않은 책에 대해 말하는 법』(여름언덕, 2008). 26쪽. 이후 인용은 괄호 안에 쪽수만 병기한다.

라고 바꿔 말할 수도 없다. 관련 분야를 공부하는 학생, 전문가 들을 겨냥한 것만도 아닐 것이다. 그 모두를 다 포함함으로써 마치 세상사람 전부를 지칭하는 말처럼 들릴 때도 없지 않으니, 그 범위를 굳이 밝혀야 한다면 그 책이 유통되는 지역에 살며 그 언어를 읽을 수 있는 능력을 갖춘 자, 그 사회에 출간된 모든 책들을 소장한 (가상의) 도서관을 자유롭게 드나드는 잠재적 이용자라고 말해 볼 수도 있지 않을까? 다시 말해 '독자-일반'이란 특정 책에 주의를 기울이고 그 책의 관점을 중요시하는 이들이 아니라, 그 사회에 출간된 모든 책에 (주의를 기울이지는 못해도) 관심을 가지고, 모든 책의 관점을 (중요시하지는 않더라도) 고려하려는 의지를 지닌 이들이라 해도 될 것이다.

'독자'의 장소

책이 출판되고 유통되고 담론화되는 문화 현장에서 '독자'에 대해, 즉 '독자'라는 대상, '독자'라는 범위 혹은 '독자'라는 테마를 생각해 보는 까닭은 무엇일까. 특정 책을 읽은 부류, 책-일반을 좋아하고 자주 읽는 부류, 혹은 책을 읽도록 유도해 볼 만한 부류 등의 독서인을 잘 알아보고 이해하자는 뜻일까? 아닐 것 같다. 책에 관한 다양한 담론들에서 '독자'라는 말이 가리키는 곳은, 어떤 책이 '읽힌' 특정한 자리라기보다 여러 책들이 동시에 '참조되는' 유동적인 맥락으로 여겨져야 한다. 우리가 어떤 책 한 권에 대해서만 이야기를 해도, 그 이야기는 오직 그 책에 관한 것만으로 되어 있지 않다. 그 한 권의 책을 통해 벌어지는 대화 속에는 예전에 읽었던 책과 아직 읽지 않은 책, 소문으로만 들은 책, 전혀 몰랐던 책들과도 관련된 이야기들이 반드시 끼어들어 있다. 글이 중시되는 지식 사회의 분위기에서 "읽은 책이건 읽지 않은 책이건 책들은 일종의 2차 언어를 형성하며, 우리는 이 언어에 의거하여 우리 자신에 대해 말하고 다른 사람들 앞에 우리를 나타내고 그들과 소통한다."(172)는 것이다. '독자'로서 말한다는 것은 이미 구성돼 있는 자기 내면의 도서관을 환기하여 그 이미지를 걸고서 다른 사람들의 도서관과 소통, 갈등, 압력 등을 예비한 채로 벌이는 일이라는 얘기다.

왜냐하면 "책이라는 것이 그저 책이라기보다는 책이 순환되고 수정되는 어떤 발화 상황의 총체"(197)이기 때문이다. 바야르의 말을 계속 인용하겠다. "몇몇 비평가들이 우리에게 심어 주는 환상과 달리, 책들과 우리의 관계가 그렇게 지속적이고 동질적인 과정이 아니요 우리 자신에 대한 투명한 인식이 이루어지는 장(場)도 아니며, 오히려 갖가지 추억의 조각들이 집요하게 들러붙는 어떤 모호한 공간이요, 그것의 가치(창조적 가치도 포함하여) 또한 그곳을 배회하고 있는 불분명한 유령들과 관계가 있다는 사실"(18~19)은 부단히 상기되지 않으면 안 된다. "문제는 책이 아니라, 책이 개입하여 끊임없이 변화하는 비평 공간에서 그 책이 어떻게 되느냐 하는 것이며, 바로 이 유동적인 오브제(텍스트와 사람들 사이에 맺어지는 관계의 유동적인 작품)에 대해서 적절한 때에 타당한 제안들을 할 수 있어야"(197) 하기 때문이다. 따라서 '독자'로 호출될 때 우리는 책의 존재에, 책의 책됨에 기여하는 하나의 장소가 된다. 특정 책의 의미와 효용이 증명되는 한 지점이 아니라 어떤 책이 다른 책들과 더불어 존재하고 소통하도록 매개하는 현장으로서의 장소. 그 책이 탄생한 바로 그 사회의 맥락과 함께 유동하는 이 장소는 책의 기능(가치)뿐만 아니라 책의 내용(의미)에도 필수적이다.

그러므로 '독자'를 묻는 것은 책이라는 존재에 포함된 어떤 자리를 묻는 것이다. 그 자리는 책이라는 상품의 유통망 위의 한 점이 아니고 책에 대해 오가는 이야기의 한 관점이 아니다. 책의 기능을 실현하고 의미 생산에 참여하는 한 조건으로서 있는 그 자리, "독자의 것이 아니라 텍스트의 것이며, 텍스트 바깥의 관점이 아니라 텍스트 내부의 지점"인 그것을 "독자 시점"이라고 불러도 될 것이다. 앞에서 바야르의 '비독서의 독자'에 대한 생각을 빌려 얘기해 보려 했던 것도, 독자의 위상이 '독서'라는 행위에 국한되지 않으며 개별적인 독서에 구속되지 않는 '읽힐 가능성'과 연계되어야 한다는 다음의 의견을 거듭 피력해 보기 위해서였다고 말할 수 있겠다. "읽기는 언제나 작가를 지향하는 것이 아니라 텍스트를 지향하며, 더 정확하게는 텍스트에서 자기가 읽은 바를 지향한다. 독자가 읽은 것은 텍스트로 쓰인 것이기도 하지만, 더 엄밀하게는 쓰임으로써 읽힌 것, 어쩌면 쓰이지 않았음에도 혹은 쓰이는 것이 불가능했음에도 읽힌 것까지를 포괄할 것이다. 쓰인 것 이외의 그것은 텍스트의 무능이 아니라 텍스트의 요청이다. 그것은 읽힐 가능성으로 텍스트에 내재하고 독자가 읽음으로써 텍스트에서 흘러나온다." 쓰기와 읽기를 매개하는 글(텍스트)이라는 것은 "그 자신의 읽힐 가능성을 통해 이 세계, 즉 인간, 사물, 자연, 역사 등과 상관관계를 맺음으로써 쓰기와 읽기의 영역에 공통으로 관여"하므로 "독자 시점은 텍스트와 독자의 접점이라기보다 텍스트와 세계의 접점이라고 해야 한다."[3]

---

3 졸저, 『독자 시점』(민음사, 2013), 5~6쪽. 인용문에서 '텍스트'라고 적은 부분은 원문에는 '작품'이라 적었던 것이다. 뒤에 다시 논의하겠지만, 비평이 비교적 균질한 형상의 '문학 텍스트'를 독해의 중심에 놓을 때 '텍스트'를 운동보다 단위로 인식하여 '작품'과 '텍스트'를 변별 없이 썼던 것이다.

문학 독자를 묻는 이유

2018년 현재 '한국문학의 독자'(그 대상, 범위, 역할, 의미 등)를 점검해 보자고 한다면 그 취지는 무엇일까. 주로 '문학'이라는 카테고리에 묶여 생산된 텍스트를 선별하여 읽는 독서층을 파악하자거나, '문학'의 수용자로서 그들이 기대하고 요청하는 '문학적' 관점을 더 공고히 하자는 의도가 아닐 것이다. 다른 분야보다 특히 '문학 독자'를 생각해 봐야 하는 까닭도 찾을 수 있겠지만, 이는 문학의 '수요(자)'를 따로 고려할 문제가 아니라 문학 텍스트가 존재하는 데 관여하는 이 사회의 조건을 두루 살펴야 할 문제다. '문학' 카테고리를 특히 선호하거나 아니거나, 지금까지 나온 문학 텍스트에 대한 취향이나 지식을 가지고 있거나 아니거나, 하는 문제를 감안하는 일보다 중요한 것은, 다시 '문학'을 전면적으로 근본적으로 (재)사유할 수밖에 없는 사회 문화적 조건의 변화를 체감하고 문학 텍스트의 수용만이 아니라 생산에도 관여하는 공동체의 형상을 고려하는 일이라는 말이다. 이 사실을 염두에 두지 않는다면, '문학 독자'를 파악하는 취지가 소비자 확대를 추구하는 대형 서점 마케팅 전략팀의 목표와 다르지 않은 것일 수도 있다. 요컨대 우리는 지금, 문학을 안정적인 대상으로 인식할 수 없는 문학장의 질적 변동, 나아가 이 사회의 가치관의 변화를 체감 중이며, '한국문학의 독자'에 대한 질문에는 이런 의식구조의 전환에 대한 직시가 선행한다.

어떤 직시가 있었던가? 윤경희는 현재 한국문학의 구조적 변화에서 "비평가라는 존재는 그것이 해석적 발화의 특권을 지닌 자를 가리키는 한 가장 신속하게 힘을 잃었다."라고 진단하며 "소수의 해석의 권위자 대신 다수의 비평적 독자가 출현할 수 있는 토양을 예비하는 중"이 아닐까 조심스레 믿어 본다. 그런 믿음은 현재 한국문학계에 대해 걸어 볼 만한 수수한 기대일 수도 있지만, 그러한 현상이 "독특한 예외가 아니라 보다 넓은 맥락에서 적어도 근대 이후 개별자들의 공적 발화의 장으로서 문학이 생성해 온 방향이기도 하다."라며, 푸코를 우회하여 칸트로 거슬러 올라 바르트를 거쳐 내놓은 사유의 자취가 유려하다. 칸트는 지식인 집단이 아니라 인류 전체가 속한 "세계 시민사회"에서 누구나 학자와 공중으로 만나는 '독자 세계'를 상상했다. 그러나 반세기 전 바르트의 비판에 따르면 저자 중심으로 구성된 문학장 안에서 문학은 그때까지 독자 세계를 전혀 구현하지 못했다. 그럼에도, 산업적, 기술적 환경의 변화에 따라 의견 교환의 공공장에 접근할 기회와 권한이 거의 모두에게 주어졌다고 할 만한 현재, 우리는 칸트가 상상했던 그 "세계 시민사회"의 이상에 거의 가까워진 것일 터이며, 독자 세계의 구현은 비로소 실현 가능한 혁명적 과제일 수 있다는 의견이었다.[4]

가히 혁명적이라 할 만한 그런 과제가 현재 한국 사회에서 수행 중이라고 할 수 있는가? 이지은은, 구병모의 소설 「어느 피씨주의자의 종생기」를 경유하여 "디지털 기기의 네트워크를 바탕으로 각 매체, 이슈, 이슈 생산자 사이를 실시간으로 이동하고 직접 소통하는 '디지털 몹(Digital Mobs)'"으로 나타나는 현재의 '독자-공중'에 주목한다. 근대적 매체의 유통은, 실제로 운집하지는 않지만 동시간적으로 같은 관심을 두는 사람들의 무리, 즉 '공중(public)'을 만들었다. 오늘날 "첨단 장비를 통해 정치, 문화, 예술 등 사회 전반에 직접 의견을 개진하는 점에서 참여적"인 네트워크상의 군중들은 "육체적 결집이 아닌 매체를 매개로 한 '정신적 공동체'라는 점에서 '공중'의 디지털 버전"이라 할 수 있는데, 이는 "각 개인을 '상상적'인 방식이 아닌 네트워크상의 실제 집단으로 구성한다."는 주장

---

4 윤경희, 「어떻게 독자 세계가 될 것인가」, 《문학3》 3호, 58~71쪽.

이다. 사실 '읽기'의 경험이라는 "접촉 없는 전염"은 근대문학의 향유 방식에 엄연히 개입해 있는 '독자-청중', '독자-공중'의 자리를 '상상의 독서 공동체'로 불러들이게 한다.[5] 이지은의 글에서 가브리엘 타르드, 이상길 등의 논의를 참고하여 말해진 '상상의 독서 공동체'가 앞의 윤경희 글에서 말해진 '독자 세계'이며, 바야르가 말한 "책이 개입하여 끊임없이 변화하는 비평 공간"에 다름 아닐 것이다.

　두 논의를 종합하여 말하자면, 현재 우리 사회에서 '문학'을 유동시킨 지각의 변화에는 근래 그 존재감이 크게 부각된 '독자-일반'의 자리('독자 세계', '독자-공중', '책이 개입하여 끊임없이 변화하는 비평 공간' 등이 공통으로 가리키는 그곳)가 깊숙이 작용하고 있다는 것. 여기서 핵심은 둘이다. "문학의 독서는 저자 개인을 언어의 유일한 소유권자이자 결정권자로 간주하며 사물로서의 책을 수동적으로 소비하는 행위가 아니다."[6] "'문학계'가 인정하고 '문학계' 안에서 발화하는 자가 '비평가'가 아니라, 평판 체계 안에서 지금 여기의 의제를 이끌어내고, 더 많은 사람들의 호응을 얻고, 더 많은 사람들을 설득하는 자가 비평가가 된다."[7] 학자가 독자의 일원이고, 필자와 독자가 근본적으로 분리되지 않으며, 평론가가 '문학계' 안에만 있는 게 아니라는 이야기다. 이런 이야기가 '저자'와 '평론가'를 '몰락'시키게 될까? 저자와 평론가가 가장 잘 알고 가장 많이 가지고 있다고 여겨 왔던 기존의 어떤 부분('문학'의 지식이나 관습, 규범 등 혹은 '문학성')의 가치 혹은 기능이 하락했고, 따라서 그들의 역할이나 위상이 변경되었을 뿐이다. 저자와 평론가는 존재하지 않(아도 되)기를 또는 아무런 역할도

5　이지은, 「몹(mob) 잡고 레벨업」, 《문학3》 3호, 72~83쪽.

6　윤경희, 앞의 글, 69쪽.

7　이지은, 앞의 글, 79쪽.

하지 않(아야 하)기를 바란다는 말일까? 그럴 이유도 없고 그렇게 되지도 않을 것이다. '한국문학의 독자를 생각한다.'라는 말에, 그간 (실체는 없지만 작가, 평론가, 편집자, 문학 교사, 문학 독자 등으로 상정되는) '문학계'가 내내 독점해 온 것만 같았던 '문학(성)'이 영원히 거기에 그대로 있는 게 아니라 유동하는 '독자-일반'의 사이와 틈새에서 다르게 생겨나고 활발히 퍼져 나간다는 사실을 깨달았다는 고백 말고 다른 큰 뜻은 없을 것이다.

'독자-공동체'라는 (콘)텍스트

'독자 시점'이라는 말을 처음 썼을 때 나는 그것이 텍스트에 이미 포함된 독자의 자리이자 텍스트가 개방될 수 있는 통로라고 생각했다. 나는 주로 '문학 텍스트'로 범주화된 대상들에서 그 자리를 찾으려 했고 그 지점이 '나'라는 읽는 주체를 통과하여 한 편의 글(평론)로 맺히기를 의도했던바, '독자 시점'은 마치 텍스트 단위로 셈해지고 읽는 개인별로 발현되는 개별적 자리를 지칭하는 용어 같기도 하다. 특히 소설 읽기를 좋아하는 개인적 취향과 입장을 반영한다면, '독자 시점'은 나의 독서 행위를 통해야만 생성되는 어떤 의미의 자리일 것이고 그것을 다시 텍스트화하는 (글쓰기) 활동이 곧 비평 행위의 모든 것처럼 느껴질 수도 있다. 요컨대 '독자 시점'은 '읽는 사람'의 행위, 즉 '읽기'라는 작업과 밀착되어 의미화되는 지점이고, 그런 만큼 그 지점은 '읽는 대상', 즉 텍스트라는 실물과도 긴밀하지 않을 수 없다. 앞에서 인용문을 거쳐 제시한 '독자 세계', '독자-공중', '상상의 독서 공동체' 등에도 '독서' 혹은 '읽기' 행위는 독자의 핵심이다. 그런데 지금 '한국문학의 독자'라는 '독자-일반'을 생각하는 이 자리에서, 독자 시점의 주체는 '독서' 행위, 이를테면 기대와 애정으로 '문학 텍스트'를 펼치고 '문학적' 지식과 교양을 다해 그것을 읽음으로써 이른바 '문학인'의 일원이 될 자격을 얻는 그런 행위를 (지향)하는 집단으로 상정하는 것이 적합할까?

문학의 변화를 사회의 변화와 따로 생각하기 어려운 것은 언제나 마찬가지지만, 현재 한국문학의 변화와 연동된 '독자–일반'을, 이미 '문학인'으로 행세하는 집단 혹은 어떤 형태로든 이미 구성되어 있(다고 믿어지)는 '문학 집단'과 동일시할 수는 없다. 바야르의 말대로 "독서와 비독서의 불확실한 경계" 때문이고, 이지은의 진단대로 '디지털 몹'으로 현상하는 "지금 여기에서 이동하고 매번 다르게 가시화되는 독자에게는 안과 바깥의 구별 자체가 없"기 때문이다. 구별이 사라진 안과 밖이란 '(문학)텍스트'라는 대상의 안팎을 의미하는 것인데, 오늘날 텍스트의 정체/경계는 어떻게 고정할 수 있을 것인가? 세상/사물에 대한 인식을 드러내는 일정한 형태를 ('작품'이 아니라) '텍스트'라 부르는 것은 그 형질, 속성 등이 독립적으로 완수되는 것이 아니라 '콘텍스트' 위에서 생성되고 결정된다는 인식을 근거로 하나, '텍스트'란 말이 '작품'이란 말을 물러나게 한 이후에도 여전히 텍스트는 책에, 종이에, 액정에, 문자로 적힌 하나씩의 단일한 형태로 고려되어 온 듯하다. 그런데 '문학'이 '문학 텍스트'라는 '레테르'를 달고 세상에 나온 모든 오브제의 집합일까? 어떤 대상이 '문학 텍스트'로 불릴 수 있다면 그것을 이루는 문자 더미들이 특정 규약이나 체제에 정합적이어서가 아니라 그 문자 더미를 전방위에서 붙들고 있는 맥락(들)의 지형, 즉 콘텍스트의 양상 때문이고, 따라서 텍스트의 정체/경계는 콘텍스트의 지형에 따라 달라진다는 사실을 더 강조할 필요가 있을까?

문학이 곧 '문학 텍스트'에 한하지 않으므로 텍스트 '단위'의 상태로서가 아니라 텍스트적인 운동으로서 문학이 사유되어야 한다는 생각은 최근에 내가 개진해 온 견해들에 지속적으로 포함되어 있다. 실례를 무릅쓰고 반복하겠다. "우리는 다만 텍스트를 읽었을 뿐인데, 내가 읽은 그것을 내가 살고 있는 세상, 즉 텍스트 외부에서 찾으려고 한다. 또 사람들의 말과 행위, 사물들, 사건들로 가득한 이 세상은 다만 존재하는 것인데, 우리는 거기서 어떤 짜임이나 패턴을 인지하려고, 마치 텍스트처럼 그것을 읽어 내려고 한다. 소설 『82년생 김지영』의 '김지영 씨'를 만나는 일과 2017년 한국의 어떤 30대 여성의 삶을 이해하는 일은 어떻게 겹치거나 분리될 수 있는가? 아니, 이 둘이 겹치지 않고 분리될 수가 있을 것인가? 일상에서 또는 광장에서, 완곡하게 또는 절박하게 터져 나오는 무수한 말들로부터 어떤 고통과 갈망을 겪었던 순간들이 '문학 텍스트'를 읽는 경험과 근본적으로 다른 건 무엇일까? 아니, 이 둘이 절대적으로 다른 일일 수가 있을까? 문학을 현실의 충실한 반영으로 보자는 얘기가 아니다. 현실이 문학보다 더 강력하다는 얘기도 아니다. 이것은 오직 '읽기'에 관한 이야기다. '문학 텍스트'에 대한 독해와 다른 모든 말들—다른 유형의 텍스트이거나 아직 텍스트로 드러나지 않은 말들까지도—에 대한 독해 사이에 절대적인 구별은 없다."[8]

이런 상황에서 만약 어떤 텍스트에 대해, '문학적/미학적이지는 않지만 현실적 삶의 문제들을 다르게 일깨운 감각 때문에 (좋은) 문학이다.'라고 말한다면, 이는 논리위상학적(?)으로 틀린 말이다. (그 역도 마찬가지다.) 맞게 말하려면, '현실적 삶의 문제들을 다르게 일깨운 감각이 있으니 문학적/미학적 텍스트라고 할 수 있다.'라고 해야 할 것이다. '문학적/미학적'이라는 규정과 '현실적 삶의 문제들을 다르게 일깨운 감각'은 따로 취급될 수 없는 두 항이다. 2010년대의 시작을 전후로 우리가 '문학과 정

---

8 졸고, 「무엇을 읽을 것인가」, 《파란》 2017년 가을호, 476쪽.

치'를 고민하던 즈음에 더러는 아리스토텔레스까지 거슬러 올라가 서양 고전을 참고하고(가령『시학』을), 근대문학과 근대정치의 상관성을 고찰하고(가령『근대문학의 종언』을), 현대 정치철학자들을 충실히 따라 읽으며(가령 랑시에르의『감성의 분할』을), '문학과 정치'를 고민했을 때 기어코 얻은 교훈이 있다면, 현실을 응대하는 문제들이 다르게 배치되는 삶의 감각에서 문학과 정치가 겹친다는 사실을 새삼 되새기게 된 일이 아니었던가? 『82년생 김지영』의 '문학성'을 두고 토론이 벌어진다면 그것은 이 소설의 '정치성'을 두고 토론하는 것과 다르지 않(아야 한)다. 그리고 그런 토론에서 의견이 나뉘는 것은, 이 소설에 '현실적으로 새롭게 일깨워진 삶의 감각'이 있는지에 대해, 다시 말해 삶의 의미와 가치를 재는 어떤 분할들을 (비)가시화하거나 의문시하는 데 이것이 일조했다는 데 대해 동의하거나 동의하지 않는 것으로 인한 것이지, 이 소설이 기존의 문학적 코드에 얼마큼 부합하는지 측정하는 것으로 인한 것이 아니란 말이다.[9]

조금 더 이어 말해 보고 싶다. 만약 어떤 소설이 '정치적 올바름'이라는 '미명'을 가지고 구구한 도덕적 신념을 관철하려 하고 정체성 정치를 공작하려는 것으로 보인다면, 우선 따져 봐야 할 것은 무엇인가. 그것이 '도덕'으로 치장된 편협한 이념인지, '관철'하고 '공작'하는 작태인지보다, 대체 '어떤' 사태를 누가, 왜, '정치적 올바름'으로 밀고 있는지가 아닐까. '이 소설은 정치적 올바름을 주장한다.'라는 판단에 고정적으로 합당한 장면은 없다. 어떤 장면에서 읽히는 선/악, 강/약, 정/오, 진/위, 지

---

9 이에 대해서는 이 책의「소설 리부트 ─ (표현) 민주화 시대의 소설」에서도 조남주와 최은영의 소설을 다루면서 상세히 논의했다. "'정치적 올바름' 때문에 훼손되는 '미학적 원칙'이 있다고 하면, 역으로 '미학적 올바름'을 지키기 위해 무시되는 다른 무엇이 있지는 않을까. 정치적 올바름의 신념으로 미학을 그르쳐선 안 된다는 입장이 오히려 '미학적 올바름'의 신념은 아닌가."라는 질문을 던지고 싶었다.

배/억압, 피해/가해 등의 구도를 먼저 따져 보아야 무엇이 정치적으로 옳다고 주장되는지를 판단할 수 있다. 요컨대 "정치적 올바름이 강화되는 추세를 비판"[10]하려면, 무엇이 '정치적 올바름'으로 여겨지는지 혹은 그것을 '정치적 올바름'이라고 해도 되는지부터 말해져야 하고, 그렇다는 것은 '정치적 올바름'을 내세우는 텍스트란 결국 '무엇이 정치적 올바름인가를 다시 묻는 텍스트'임을 헤아려야 한다는 뜻이다. (이런 의미에서 "정치적 올바름이 강화되는 추세"란 '무엇이 정치적으로 올바른 것인가를 자꾸 묻게 되는 추세'라고 바꿔 생각하는 것이 더 낫다.) 어떤 소설을 "현재 득세하고 있는 페미니즘 담론에 편승해서 그 담론에 젖어 있는 대중들이 읽고 싶어 하는 것을 조악하게 합성해서 만든 것"[11]이라고 평가하고 싶다면, 그런 담론이 왜 "현재 득세하고 있는"지, 어떤 "대중들"이 거기에 "젖어 있"으며 왜 거기서 뭔가를 "읽고 싶어 하는"지, "조악하게 합성한 것"임에도 "담론에 편승"했다면 어떤 문제를 구성해 낸 것은 아닌지 먼저 가늠해 보아야 할 것이다.

'(문학) 텍스트'를 읽는 것과 현실을, 삶을, 세상을 읽는 것이 근본적으로 다르지 않(아야 한)다고 생각한다. 이 세계가 곧, 특정 질료/매체만이 아닌, 주변의 사물들, 나날의 사건들, 일상적 언사들로부터 매 순간 구성되는 '텍스트적 운동'이라 해도 틀리지 않으며, 우리 삶은 매 순간 수많은 텍스트적 운동을 통과하고 지나치며 또한 스스로 무수한 텍스트들의 일부가 된다는 사실을 되새기는 중인 것이다. 이런 생각을 하며 나는 '독자 시점'이 세상에 '문학'의 이름을 달고 나와 있는 '문학 텍스트'를 읽는 행위에 국한되지 않기를, 그것이 문학의 경계를 한정하는 데 이바지하지

---

10 복도훈, 「유머로서의 비평」, 《문학과사회 하이픈》, 2018년 봄호, 119쪽.
11 이은지, 「2017년 한국문학의 표정」(좌담), 《21세기문학》, 2017년 겨울호.

말고, 경계 없이 마주친 인간, 사물, 말, 사건 등을 통과하며 '문학'의 정체를 (재)탐문하는 일로 이어지기를 소망한다. 문학의 '독자 시점'은 문학 텍스트를 손에 든 한 사람을 기대하는 지점이 아니라, '비독서의 대중'이나 '비문학적인 독자'일 수도 있는 '독자-일반'에 기대어 그려진 궤적과 가까운 것이다. 그 궤적이 곧 '독자'의 장소다. 앞에 적었던 말로 다시 하면, "그 텍스트의 의미와 효용이 고유한 것으로 증명되는 지점이 아니라 그 텍스트가 다른 텍스트들과 더불어 존재하고 소통하도록 매개하는 현장"이다. 그곳에서 독자는 텍스트(적 운동)의 의미와 가치에 가담하는 일원이 된다. 텍스트가 태어나고 유동하고 의미화되는 지평, '독자-공동체'가 된다.

비평은 비평의 길을

누군가 쓴 시, 소설, 에세이는 몇 무더기의 단어, 문장으로 된 집합이겠으나, 그것들을 우리가 읽는다는 것은 그 말들의 무더기를 보는 게 아니라, 다양한 관계와 복잡한 맥락으로 얽힌 세상의 배치 속에서 그 말들이 작용한 결과 또는 그 흔적을 알아보는 일이다. 어떤 단어, 구절도 문학적인 말로 정해져 있지 않으며, 어느 시인/작가의 말도 오직 그에게로만 귀속되지 않는다는 의미에서 문학은, '문학'이라 불릴 만한 텍스트는, 언제나 익명적인 형상이다.[12] 그 형상을 가령 '정치적'으로 또는 '미학적'으로 지각할 때 우리는 세상의 배치 속에서 그 형상이 나타나게 된 원리

---

12 '시'가 있는 곳이 시인의 체험, 심리, 입장이 아니라 "현실의 온갖 오물들이 다 묻어 있는 언어"(이성복)의 표면이라는 얘기를 이전에 쓴 적이 있는데,(「시는 어디에」, 《시로 여는 세상》, 2017년 가을호), 거기에 썼던 문장들의 일부가 이 문단에 섞여 있다.

를 감각하고 해석하는 것이다. '독자-공동체'는 바로 그 세상의 배치 속에서 텍스트적 운동을 지각, 해석, 평가하는, '전 주체적, 비인격적' 지평으로 작용한다.[13] 텍스트의 유동성이 곧 이 지평의 유동성에 기인하며, 따라서 '현실적'이라는 말의 함의가 언제나 유동하듯이 '미학적'이라는 말의 함의도 당연히 유동(해야만)한다. 독자-공동체가 언제나 올바른, 아름다운, 진실한 무언가를 생성한다는 뜻이 아니다. 그러나 올바르고 아름답고 진실한 어떤 것을 생각할 때, 독자-공동체와 무관한 채일 수는 없다.

중언부언을 불사하고 길게 얘기한 것을 '문학은 시대에 따라 바뀐다.'라는 얘기라고 요약해도 틀리지 않을 것이다. 문학의 정전들을 최대한 고려하여 고색창연하게 '문학은 삶의 진실한 언어화'라고 말해 본다 해도, 문학 이전에 '삶'과 '삶의 진실'과 '진실한 언어'가 다 변할 수밖에 없음을 먼저 느끼고 말게 된다. 그러니 "문학의 시간과 현실의 시간은 달라야 하지 않나"[14]와 같은 생각은 자칫 '문학'을 신화화하는 함정에 빠질 것만 같다. "유행하는 담론에 답안을 제출하듯 작품이 쓰인다"면, 그 담론은 왜 유행이고 그 작품은 거기에 어떤 방식으로 가담했는지가 먼저 궁금해야 한다. 이번 계절에 베이지색 롱 재킷과 투박한 운동화가 유행하는 데도 이유가 있을 텐데, 어떤 '담론'이 유행을 할 때 그 공론장에 속한 이들이, 심지어 글을 써서 공중에 읽히고자 하는 이들이 그 배경도 모른 채 다만 유행을 따르겠다, 말겠다, 둘 중 한 쪽을 택한 것일 리는 만무

---

13 복도훈이 "저자와 독자, 작품과 언어에 대한 의미론적 변환"에 대해 "전 주체적, 비인격적 신체들을 관통하는 정동을 나누는 무수한 공동체들"을 환기하면서, '비인칭'의 문제를 '누가 써도 무슨 상관인가'의 태도로 환치해 버리는 것이 나는 의아했다. 또 같은 대목에서 '언어의 의미'를, '언어의 수행' 또는 '언어의 효과'와 별도인 것처럼 의문시하는 것도 수긍하기 어렵다. 복도훈, 같은 글, 100쪽.

14 이은지, 앞의 글, 253쪽.

하지 않은가. "사람들이 그 책에 굉장히 열광하고 심지어 정치계에서도 언급이 되"면 기민하게 그 사태를 직시해야 한다. "대중적으로 엄청난 호응을 얻는 책이 나오고 인기를 얻으"면 그냥 지나치지 말고 "비평적으로 부랴부랴 호명"을 하는 게 나을 것이다. 이런 일들이 언제나 문학 평론계에 부족한 부분이 아니었을까. "그런 식으로 끌려 다니다 보면 어느새 그것이 문학의 주류가 될 것만 같은 불안감"은, 문학과 현실을 나누고 문학과 대중을 나누고 문학과 담론을 나누는, 구별 짓기에서 비롯한 모종의 '주류' 의식일지도 모른다. 바로 그 '불안감'이 증명하듯 그런 주류 의식의 시대착오로부터 오늘날 '독자-공동체'에 대한 자각이 불러일으켜졌다고 할 것이다.[15]

문학 비평은 "텍스트가 흘려보내 준 막막한 진리를 제 언어로써 뚫고 나아가는 운명"을 스스로 지님으로써 "텍스트의 언어로 뛰어들어 발견한 것들과 함께 세상의 질서를 변화시키는 일련의 도정"이라고, 개인적인 다짐처럼 말해 본 적이 있다. 이렇게 생각할 수 있도록 해 준 훌륭한 '문학 텍스트'들이 내가 살고 있는 이 세상에, 이 사회에, 한국문학에 적지 않다고도 여전히 믿는다. 다만, 이제 나는 텍스트란 주어져 있는 게 아니라 만들어지거나 찾아진다는 걸 더 적극적으로 의식하게 되었고, 읽기와 쓰기란 '독자-공동체'에 기대어 그려진 텍스트적 운동의 궤적에 동참하는 일이라는 걸 더 분명하게 자각하게 되었다. 비평적 체험은 개인의 이성적 감각적 지각을 통과한 것이지만, 그것이 의미화되는 자리는 비평하는 개인에게 귀속되지 않고 그가 읽기와 쓰기를 통해 참여하는 독자-공동체의 자리에서 해명된다는 사실이 점점 더 선명해지는 것 같다. '독자-공동체'의 자리가 비평을 잠식한다는 뜻보다, 비평적 체험이 독

---

15 큰따옴표 안의 말은 이은지, 앞의 글, 252~253쪽.

자-공동체를 발생시킨다는 뜻이 될 수 있다. 오늘날 그 역할이 문학 비평(가)에게서 점점 멀어진다는 사실은 비평(가)의 근심이겠으나, 또 다른 문학을 찾아 읽고 쓰는 고투에 대해서라면 그 무능 혹은 무용을 예단하지 않아도 될 것이다. "비평은 비평의 길을 갈 것이다."[16] 아무런 질문 없이 살아지지 않는 한, 경계 없이 마주치는 텍스트를 통과하며 스스로 그 일부임을 자각하는 비평적 체험도 사라지지 않을 것이므로. (2018)

---

16 "문학은 문학의 길을 갈 것이다."라고 한 소영현이 "문학의 적은 문학이자 결국 삶이다."라고 한 말을 따라 "비평의 적은 비평이자 결국 문학이고, 그러므로 삶이다."라고도 말해 보고 싶다. 삶다운 삶이 아닌 것이 문학의 적이라면, 문학다운 문학이 아닌 것까지가 문학 비평의 적이 아닐까. 소영현, 《문학과사회 하이픈》(인터뷰), 2018년 봄호, 38쪽 참조.

신을 만든 인간이 인공지능을 만들었다

최소한 지능의 한계는 돌파되었다고 한다

    대략 10년 전과 비교해 보면, 도서관에 가는 횟수가 반의반으로 줄었다. 날이 갈수록 구글링과 학술 논문 DB 사이트에 의존하는 작업이 늘어나는데, 편리해진 매체 환경에 익숙해진 것이기도 하지만 그래도 되는 작업들이 전보다 많아진 쪽이라고도 하겠다. 읽은 것을 바탕으로 다음 레퍼런스를 찾는 게 아니라 키워드만 넣어도 줄줄이 이어지는 레퍼런스들을 다 소화하기도 벅찰 정도다. 도서관뿐이랴, 도서, 의류, 가구, 전자 제품부터 각종 생필품, 먹거리까지 매장을 방문하는 횟수는 점점 줄고, 귀가하며 현관 앞의 택배 상자를 챙기는 날은 확확 는다. 이메일 확인만 하려는데 당장 또 주문해야 할 상품들의 광고가 자꾸 눈앞을 가로막으니 말이다. 갑자기 배가 아프거나 피부 트러블 같은 게 생기면 먼저 검색창에 증상을 적고 본다. 어디가 어떻게 아프다고 다 써넣기도 전에 내가 묻고 싶었던 바로 그 질문이 검색창 밑으로 주르르 달리고 그중 두어 개만

클릭해 보면 일단 안심이 될 때도 적지 않으니, 빨리 병원으로 가지 않고 컴 앞에서 뭐하느냐는 빈축을 살 일만도 아니다. 지난 몇 년간 종이 신문은 펼쳐 본 적도 없지만, 점심시간 동료들의 화제에 동참 못 할 때는 별로 없다. 어제의 사건 사고나 요즘의 이슈, 여론 등은 포털, 트위터, 뉴스룸, 단톡방, 출처는 달라도 거기서 거기다.

인터넷 환경으로 전과 달라진 생활의 툴 덕분에 수고가 줄고 편리해진 기분을 밝히려는 건 아니다. (매사에 검색에서 검색으로 이어지는 시간 속에서 마음의 여유는 더욱 줄었다.) 다만 나는 근래의 과학기술과 정보 장치에 대해 잘 이해하지 못함에도, 세상에 이미 파다해진 혹은 나의 주변에도 명백히 흐르고 있는 어떤 미래의 기운이 점점 짙어져 가는 느낌을 모른 척하기가 어려운 것 같다. 20세기 후반 한국에서 태어난 사람 중에, 이 세상이 변화를 멈추고 드디어 안정에 이르렀구나, 하는 기분을 일생에 한 시기라도 깊이 느껴 본 사람이 얼마나 있을까마는, 1990년대에 습득한 지식과 익숙해진 의식으로 2010년대를 살아가는 것과 2010년대의 그것으로 2030년대를 살아가는 것 사이에 엄청난 격차가 있으리라는 예감을 외면할 수가 없는 것이다. 한국사의 특수한 격변을 고려한 얘기가 아니므로, 실은 지구상의 모든 사람들에게 다 마찬가지일 텐데, 태어나서 지금까지 겪은 변화가 이미 극심했다 해도 지금부터 생을 마감할 때까지 겪게 될 외부 세상의 변화가 더 가속화되리라는 예감은 이미 예감이 아니라 나날이 갱신되는 실감인 듯도 하다.

미래 서사에서 시각화되곤 하는 공상적 테크놀로지에 대한 직접적인 기대와 불안은 이 느낌의 일부에 불과할 것이다. 예컨대 어릴 때 과학관에서 영상통화 체험만으로도 놀라워했던 이들(오래지 않아 그런 놀라움이 필수적인 일상으로 전환된 현실을 누차 겪어 온 이들)이라면, 생활형 로봇, 자율 주행 자동차, 사물 인터넷 등 첨단 기술이 편재한 현실에 크게 당황할 것 같지 않으니 말이다. 그러나 변화할 미래보다도 오히려 아직 진행형인 작금의 실태를 짚어 볼 때, 가령 몇 해 전 이세돌에게 바둑을 이긴 '알파고'는 그 새 '조상님' 소리를 들을 만큼 계속해서 급속 신장 중이라는 기계 학습 능력 같은 데 문득 주의가 기울여질 때면, 조금 묘한 기분에 휩싸이게 된다. 인공지능의 향상이 위대한 인간의 고유한 영역을 침범하는 도전 같아 불안 또는 불쾌하다는 얘기는 아니다. 알파고가 이세돌에게 연승을 거두고 있던 당시에도 사람들은 "알파고는 자신이 선택한 수가 왜 좋은 수인지를 이해하지도 설명하지도 못한다. 기계 학습이란 우리가 아는 학습이 아니다. 알파고는 인간이 '바둑의 심오한 그 무엇'이라고 믿는 경지를 최초로 이해한, 우리가 본 적이 없었던 한 단계 높은 지능체가 아니었다. 이것은 차라리 '심오한 그 무엇'을 연산으로 치환해 내는 방법을 찾는 데 성공한 영리한 엔지니어의 승리다."[1]라며 불안을 물리치지 않았던가.

그런데 알파고 이후 더욱 비약적으로 발전했다는 인공지능의 '딥 러닝' 시스템은, 그것에 대해 내가 아는 척할 처지는 아니지만, 앞의 인용에 나오는 말대로 "'심오한 그 무엇'을 연산으로 치환해 내는 방법"을 찾음으로써 인간의 지능을 능가했다는 바로 그 사실에 의해 어떤 위력을 보여 준 게 아닐까 하는 생각만은, 오래도록 거두지 못하고 있다. 백 수 앞을 내다본다는 프로 바둑 기사들의 비상한 예측 능력은 극도로 훈련된 경험과 계산, 그로부터 얻어진 직관과 판단이라는 지적 사고에 기인한 것이다. 우리는 그중 경험과 계산은 인풋과 아웃풋으로 컴퓨터에게 맡길 수 있지만 직관과 판단 또는 영감이라고 말해지는 인간 두뇌의 어떤 기능은 오직 인간만의 것이라고 믿(고 싶)었던 것 같다. 일명 '알파고 쇼크'는 그 믿음을 더 이상 유지할 수 없게 된 사태를 이른다. "알파고는 '형세'

1 천관율, 「바둑 그 이상의 대국」, 《시사IN》 443호.

를 이해하지도 못하고 의식적으로 '판단'을 내리지도 않는다. 하지만 인공지능이 과제를 수행하는 동안 '형세 판단처럼 보이는 그 무엇'에 가까워진다."² 그런데 이 말은 인공지능만이 아니라 인간 지능에도 해당되는 게 아닐까? 바둑 기사의 미리 형세를 읽는 예지적 직관, 창의적인 한 수를 가능케 한 종합적 판단 등도, 그동안 수없이 경험했던 시행착오와 확률 계산이 그에게 축적되어 있었기 때문에만 가능한 것이다. 인간 고유의 지능은 (경험과 계산이 따를 수 없는) 신이한 예지력 같은 것이 아니라 (경험과 계산을 철저히 수행한) 학습과 훈련의 단계적 효과에 다름 아니었음이 밝혀진 셈이다.

인공지능의 향상으로 우리가 알게 된 것은 결국, 오직 인간만이 가진 지적 능력은 없다고 해야 한다는 사실이다. 그러자 인간은, 그럼 지적 능력 외에 인간의 고유함이 또 있지 않을까 하는 질문을 다시 던져 보게 된다. 예를 들면, '알파고' 때부터 이미 인공지능의 바둑 실력은 인간을 능가한 것이었는데, 즉 확률의 연산으로든 직관의 추론으로든 바둑판의 예측 불가능성을 극복하는 데 있어 알파고가 한 수 위였는데도, 당시 이세돌과의 대국에서 한 판은 인간이 이겼다는 사실이 어쩐지 신통해서, 나는 다음과 같은 생각을 해 본 적도 있었다.

알파고와 이세돌의 대국이 중계될 때마다 해설을 맡은 전문가들은 수차례 알파고의 '실수'를 언급하곤 했는데("알파고가 게임 전반에 큰 실수를 했는데 이걸 회복하느라 노력 중", "프로 기사라면 절대로 하지 않았을 실수" 등.) 그러나 대국이 끝났을 때는 번번이 알파고가 이겨 있었고 실수로 보였던 그 수들은 다시 묘수로 판정된 것 같았다. 단, 이세돌이 첫 승을 거둔 제4국에서도 이세돌의 '신의 한 수'였다는 78수 이후 알파고는 '실수를 남발'했다는

---

2 같은 글.

데, 그 수들은 끝내 묘수로 반전되지 못해 승패를 바꾸지 못했나 보다. 본래 어떤 결정이 실수로 받아들여지는 건 그것이 이후에 가져올 결과에 좌우되곤 한다지만, 바둑에서 승패 판가름 이후 패착이 된 수만 실수였다고 한다면 예측 불가능성 위에서 놓인 모든 수들에 대해서는 미리 실수라고 말해선 안 될 것이다. 하지만 예측 가능한 수조차 내다보지 못해 진짜 '실수'가 남발될 가능성도 있다고 한다면, 여하간 대국이 진행되는 동안 인공지능과 인간 지능은 각자 최선을 다해 바둑판의 전개를 예측하면서 한 수 한 수 실수가 되지 않도록 노력했을 것이다. 그리고 최종적으로 그 일을 더 잘 하여 실수가 적었던 쪽은 인공지능으로 판명이 난 셈이다.

그런데 인간의 '실수'란, 꼭 결과에 직결된 계산과 추론으로 막거나 줄일 수 있는 것에 국한되는 것도 아니다. 컴퓨터는 예측 불가능성만 극복하면 되지만 인간은 예측을 잘 해도 틀릴 수 있기 때문이다. 컴퓨터는 주어진 인풋에 대해 그럴 리 없지만 주어진 인풋을 어이없게 배반하는 부주의나 오류를 인간은 완벽히 차단할 수가 없지 않은가.(갑자기 배가 아프거나 졸음이 밀려올 수도 있다!) 그러니 인공지능과 인간 지능의 대결은 실수하는 인간과 실수 못 하는 컴퓨터의 대결이라고 할 수 있지 않을까. 아마 알파고는 한 번도 실수하지 않았을 것이다. '실수'라고 판정한 건 알파고가 아니라 인간이니까. 실수 있음이 실수 없음에 지는 것은 당연하지 않은가? 그렇다면 진짜 놀라운 일은 실수하는 인간이 실수 못 하는 컴퓨터를 한 번은 이겼다는 사실이 아닐까? 어떻게 이겼을까? 혹시, 인간이 컴퓨터는 하지 못하는 '실수'를 했기 때문은 아닐까? 어쩌면 인간만의 고유한, '심오한' 능력은, 계산도 추론도 직관도 영감도 아닌 실수할 수 있는 가능성인 건 아닐까?…… 이런 무상한 질문들을 이어 가며, 이건 마치 컴퓨터에 눌린 인간의 자존심을 지능이 아닌 다른 데서라도 보상받겠다는 심보가 아닌가 하는 생각도 들었으나, 인공지능의 존재감이 이토록 뚜렷해진 세상에서 그것과의 공존을 대비하며 '인간'을 다시 돌아보는 시도들은 모두 어느 정도 비슷한 심정이겠거니 싶기도 했다.[3]

이른바 '포스트휴먼' 논의들에서는

산업혁명 이후 기계와 공진화(共進化)해 오면서 그 이전까지 인간이 다져 온 '인간 중심' 또는 휴머니즘이라는 이념이 조정될 수밖에 없었다는 사실은 어제오늘의 일이 아니다. 기계의 진화가 인간 이상의 지능으로 나타난 마당에, 인간의 진화에 대한 예측은 진작 필연적이었으리라. 정보 기술, 생명공학, 인지과학, 나노과학 등의 첨단 과학이 인간에 미칠 영향을 예측하며, 인간의 주요 자질과 능력이 현재의 임계를 넘어 어쩌면 더 이상 '인간'이라 부를 수 없을 미래의 인류를 가리키고자 쓰이는 이른바 '포스트휴먼(posthuman)'이란 용어가 이미 친숙하다. 급격하게 변화하는 기술 문화적 조건 속에서 근대의 인류가 형성하고 신봉해 온 세계관과 인간상의 재고를 요청하고 '인간'과 인간 아닌 존재들 사이의 위상과 경계를 재조정하려는 담론들이 '포스트휴머니즘', '트랜스휴머니즘', '비판적 포스트휴머니즘' 등의 이름을 달고 최근 인문학과 과학의 경계를 튼 첨단 의제들을 도출하는 분위기도 점점 뚜렷해지는 중이다.

'포스트휴먼'에 관한 전문가의 이론적 사유들은 경험이나 입장에 따라 여러 층위와 범주로 갈라지기도 하고 그 사이에 상호 지지와 반목이 오가기도 하면서, 어쨌든 인간의 미래에 대한 예상과 걱정, 기대와 대책

---

3 여기에 적은 알파고와 이세돌의 대국에 대한 인상기는 "실수하는 인간"이라는 제목으로 2016년 3월 당시 《웹진 민연》(rikszine.korea.ac.kr)에 발표했던 글을 조금 고쳐 옮겨 적은 것이다.

마련 등에 힘을 기울이는 것처럼 보인다. (이 자리에서 엄밀히 분류해 보고 자세히 살펴볼 필요도 없진 않겠으나, 검색창에 '포스트휴먼'만 치면 주르르 뜨는 제목의 논문들을 참고하는 편이 더 좋을 것이다.) 그러한 논의들의 공통적 경로라면, 그것이 수정이든 부정이든 확장이든, 기존의 '휴머니즘'의 동요를 성찰의 계기로 삼아 새로운 '휴먼' 주체성을 모색하려는 방향이라고 말해도 될 것이다. 그 새로운 주체성 앞에 반휴먼, 포스트휴먼, 탈휴먼, 무엇을 붙이든 그것은 오랫동안 이행되어 온 '인간'에 관한 규범 또는 협약의 시대착오성을 간파하는데, 그러자 그것을 대신할 또 다른 '인간'의 본성을 찾아 '인간 종의 유일성'을 (재)고안하는 쪽으로 논의가 흐르기도 한다. 앞에서 내가 말장난처럼 '실수하는 인간의 능력' 운운했듯이 자유롭게 생각해 볼 방향은 얼마든지 많다. 인공지능이 아무리 뛰어나도 지능이 곧 의식은 아니므로 말하자면 '코기토 이후'의 인간처럼 자의식적인 존재는 역시 인간뿐이다, 유기물로 합성된 이 취약한 육신이 곧 인류 문명의 저력인 협동과 단결의 근본 조건이므로 '몸'의 절대성과 유기체의 유한성이 곧 인간만의 고유성이다, 자기 자신의 육체적, 정신적 유한성을 자각하고 스스로 끝을 맞이할 수 있는 능력은 인간만의 것이리라, 등등.

아직 오지 않은 세계에 대한 기대와 불안으로 혼란스러운 예측의 영역이므로 '포스트휴먼'을 논하는 자리에는 경계(警戒)와 대책에 관한 생각도 자연스럽게 들어서곤 한다. 전통적 '휴머니티'의 규범 또는 협약이 자행해 온 포함/배제의 폭력성에 대해서는 말할 것도 없겠으니, 인간과 인간 아닌 존재들의 연계를 강조하고 '탈-인간 중심'을 외치는 생명 윤리적 관심은 거의 상식으로 느껴질 정도다. 과학기술에 대한 우려나 회의를 단순 표명하고 마는 것은 이제 무용한 불평 이상으로 다가오지 않거니와, 차라리 인공지능의 노동이 인간의 일자리를 상당 부분 차지하게 되고야 말 사회의 (불)평등 문제나 그에 따르는 법과 제도 마련 등의 규범학적 의제에 대한 관심이 보다 긴급한 요청이겠다. 논자마다 섬세하게 다른 주장들이 있겠으나 대개 이 담론들의 의의는 "휴머니즘을 계승하는 동시에 비판하여 근대적 인간관을 다양화·갱신하고, 트랜스휴먼 이데올로기에 의한 일면적인 기술 낙관론이나 공포를 지양하며 성찰적으로 사유하는 것을 목표로 한다."[4]라는 점을 되새기기, 또는 "인간과 비-인간의 결합을 통해 '휴머니즘'이라는 판타지를 비판적으로 넘어서며 새로운 존재론적 화두를 제시"[5]하는 인문학의 역할을 강조하기 정도로 정리하는 것이 무난해 보인다.

어쩌면 학문적이고 이론적인 논의들을 엄정하게 이해하지도 못한 채 '무난하게' 받아들여 버린 것인지도 모른다. 다만 '포스트휴먼'을 키워드로 하는 담론들에서 결국 주체적으로 성찰하고 비판하는 '인간'의 지위를 확인하고 어쩐지 안심이 되는 한편, 살짝 미심쩍은 기분이 가시지 않는다. '포스트휴먼' 역시, '포스트'를 앞에 붙여 온 많은 이론들에서 익숙해진 어떤 메타적 관점을 '휴먼'에 '휴먼'의 지위 또는 한계에 대해 무엇을 직시하고 조정한 것인지 아무래도 모호하기만 하다. '포스트휴먼'에 관한 논의들을 거치며 인간 종의 고유성을 생각하고 비-인간과의 결합을 생각했을 때 나에게 의미심장한 것은 이 담론들의 '의의'가 아니라 '원인'이었다. 다시 말해, 이런 견해들이 어떤 목표(가령 성찰적 사유 또는 존재론적 화두 제시 등)을 가지고 있느냐가 궁금하지 않고, 어쩌다가 이런 생각들을 해야만 했느냐가 궁금했다고나 할까. 그러니까 인공지능이 인간 지능을 앞섰다는 것이 기정사실이 된 현재, 앞으로 AI가 얼마나 더 인간과

---

4   노대원, 「포스트휴머니즘 비평과 SF」, 《비평문학》 2018년, 115쪽. 이른바 '비판적 포스트휴머니즘'의 견해를 요약한 대목이다.

5   문강형준, 「알파고의 현재와 사피엔스의 미래」, 《문학동네》 2016년 여름호, 5쪽.

유사해질 것인가를 예측하며 놀라운 것보다, 지금 보니 인간이 실은 AI 와 굉장히 유사한 구성물이었다는 사실의 확인이 더 놀라운 것이다. 인간만의 직관, 영감, 창조성 등을 AI가 연산 능력으로 치환해 냈다면, 인간만의 공감, 연민, 야망, 비겁, 책임감, 죄책감 등도 언젠가 AI가 치환할 수 있을 것인가?

답은 '그렇다.'인 것 같다. 인간은 인지 능력과 육체 능력을 가지고 있는데 육체 능력이야 동물에게도 기계에게도 늘 밀려 왔지만 인지 능력만큼은 영원히 지구 최강이리라는 믿음이 이제 깨졌다는 사실에 대한 충격, 그 충격에 좀 더 빠져 있어야 할 것 같은 기분을 나는 떨치지 못하겠다. 무엇보다, 인간의 행동, 인지, (비)의식 그리고 육체 활동 및 그 모든 것을 관장하는 '뇌'의 움직임은 패턴을 띤다는 것, 그리고 그 패턴의 알고리즘에 의해 인간이라는 유기체가 움직인다는 것, 그런데 인간이 개발해 낸, 그리고 계속 개발 중인 인공지능은 그런 패턴 인식을 인간보다 더 잘하는 알고리즘이라는 것, 이런 것들을 깨닫고도 그저 한번 깜짝 놀라고 말 수는 없는 것이다. 그러니까 컴퓨터가 인간과 유사해진 것보다 인간의 움직임이 컴퓨터 같은 것이었다는 게 더 놀랍지 않은가? 더구나, 인간의 행동은 의식적 인지보다 훨씬 많은 비의식적 인지에 의해 구성되는데 비의식적 인지 형태는 감각기관의 지각, 추론, 인식 등이 그리는 패턴이라 할 수 있으니, 비의식적 알고리즘을 뛰어넘는 특별한 능력이 인간에게만 있을 것이라 생각하기는 이미 어렵다고 하지 않는가. 인공지능이 가져올 혁명이란, 로봇이 인간을 대신할 수 있는 일이 더욱 많아지고 그 처리가 신속 정확해지는 데 있지 않을 것이다. 그보다는 정보 기술과 인지과학과 생명공학이 알려 주고 있는 인간에 대한 이 새로운 상식이 아닐까.

인간이 알고리즘이라는 것

지능이 높다고 AI에게 마음이나 영혼 같은 의식이 있다고는 못할 테니, 인지하고 추론하는 기술 말고 인간의 복잡한 경험들이 모이고 섞여 만들어지는 인간의 주관적 의식은 인간만의 고유한 영역이라 생각하기가, 쉽지 않다는 얘기를 하는 중이다. 인간이 경험하는 모든 것은 뇌에서 일어나는 전기 활동의 결과이자 생화학적 반응이고 그러므로 실제 세계와 구별이 불가능한 가상 세계를 위조하는 것이 가능한 상황은, 미래 공상의 영화적 버전이 아니라 현재 과학의 이론적 정설이라고 한다. 감정과 욕망이 의식적인 마음의 일이거나 비물질적인 영혼이 관장하는 영역이라고 생각할 수 있다면 컴퓨터의 어떤 위대한 능력도 인간을 위협하지 못할 것이다. 그러나 인간의 감정과 욕망, 그로 인한 선택, 심리, 행동 등이 데이터를 처리하는 생화학적 알고리즘에 따른 결과라고 한다면, 그것이 현재 최대한 정확하게 접근한 과학적 사실이라고 한다면, 그 알고리즘을 해독하고 업무를 처리하는 컴퓨터의 능력이 인간을 넘어선 것이 사실일 때, 우리는 인간을 어떻게 다시 생각해야 할까. 다시 말하지만, 두려운 것이 있다면 로봇이 인간과 똑같아질지 모른다는 점이 아니라 인간이, 인간의 마음이고 의식이고 영혼이고 하는 것들이 다, 로봇의 알고리즘과 다를 바 없다는 데 있다.

AI가 점차 더욱 상용화되면 인간이 잃게 될 일자리 얘기에 얼마큼 진지하게 귀 기울여야 할지 모르겠지만 마냥 무관심할 소리들은 아니다. 의사, 변호사, 기자, 번역가 등의 전문직에 대한 악담 같은 예측도 벌써 옛날 일이고, 화가, 작가, 음악가 등 '예술가'들의 창작물과 인공지능의 창조물이 구별되지 않는다는 기사는 요즘도 한 달에 한 번꼴은 보일 테세다. 갑자기 몸에 아픈 증상이 생기면 제일 먼저 인터넷 검색창을 이용하는 나로서도, 가령 의사라는 직업의 궁극적 위상을 이미 전과는 다르게 두어 버렸다고 실토해야 할 것이다. 의사는 무엇보다도 병을 정확히 진단하고 최선의 치료를 제안하는 사람이라고 여기지만, 병원에 가도 짧은 시간에 내 증상이나 병력에 대한 섬세한 전달이 쉽지 않고 그들의 사려 깊은 상담을 기대할 수 없는 데다, 겨우 전해진 빈약한 정보를 그들이 어떻게 해독할지에 대해 깊이 신뢰할 수 있는지 잘 모르겠다. 물론 전문적 지식과 인간적 사명을 지닌 의사는 최선을 다해 나의 증상과 병력을 그 자신이 알고 있는 모든 병과 약물과 의학 논문을 바탕으로 해독하겠지만, 증상과 병력과 질병과 약물과 의학 연구가 다 데이터화되어 있는 컴퓨터가 있다면 그의 업무에 얼마나 큰 도움이 될 것인가. 아니 오늘날 그런 컴퓨터 없이 그의 업무가 가능하기나 할 것인가.[6]

지하철 광고판에 걸린 "당신보다 당신을 DEEP하게 안다."라는 한 신용 카드 카피만큼 이 사태, 즉 인간은 알고리즘의 집합이고 알고리즘을 파악하는 건 인간보다 컴퓨터가 더 뛰어나다는 사실을 단번에 정리해 주는 말도 없겠다. 당신의 일거수일투족을 감시 관리하지 않고도, 당신의 일상과 주변에 대한 기록이 없어도, 다만 당신이 오늘 하루 언제 어디에 돈을 썼는지만 알고도 카드 회사는 당신의 욕망과 갈등과 선택과 기쁨을 유추하고 짚어 낸다. 당신으로선, 돈은 그렇게 썼지만 진짜 내 욕망은 그게 아니었다고 항변할 수도 있을 것이다. 카드 회사는 당신의 지출을 당신의 욕망으로 번역했으나 당신의 욕망은 지출과 일치하지 않을 수 있다. 하지만 오늘 원치 않는 소비를 한 당신이 다음번에 똑같은 지출을 한다면, 그때도 당신이 원치 않는 소비였다고 항변하든 아니든, 나는 당

---

6 유발 하라리의 『호모 데우스』(김명주 옮김, 김영사, 2017, 430~431쪽)에도 의사가 알고리즘의 표적이 되는 사례가 있다.

신의 카드 회사가 당신보다 더 당신을 잘 알고 있다고 생각할 것이다. 왜 원치도 않으면서 그것을 샀는지 당신 자신은 모르지만 오늘날의 기술 조건, 즉 당신만이 아닌 세상 사람들 다수의 소비가 그려 내는 패턴을 읽고서 알고리즘을 만들어 낸 인공지능이, 당신의 알고리즘에 대해 최소한 당신 자신보다 정확히 파악했다고 믿을 수밖에 없다.

혹여 당신은 저 광고판을 보고 발끈하지는 않았을까? 우리는 모두 '나보다 더 나를 잘 아는 사람은 없다.'라고 생각하는 개인들, 나 자신의 감정과 욕망에 따른 자유의지로 선택하고 결정하는 주체들이 아니었던가? 기존의 휴머니즘, 이른바 '자유주의 휴머니즘'의 인간상이 바로 이런 개인 주체의 고유성에 기반을 둔 것이었고, 우리는 인간이 어떤 집단성에 속할 때에도 인간의 궁극적인 가치는 개인에게 있다고 생각해 왔을 것이었다. 그러나 인간이 인간 외의 존재나 주변 환경과 상호작용하면서 공진화해 온 역사를 무시한 채 내세워지는 개인 주체의 고유성이란 환상일 뿐임은, '포스트휴먼'을 논하기 훨씬 이전부터 '휴머니즘'에 대한 정당한 반론의 핵심이었다. 인간의 행동은 언제나 독립체의 자족적인 작용이 아니라 외부와 연결된 구성적인 상호작용이므로, 사회학적 생물학적 기술적 과정으로부터 단절되어 단독적으로 형성된 '인간성' 같은 건 없는 게 맞다. 하지만 그럼에도 우리는 '자기'가 하나의 통합된 개체로 인정받지 못하고 다른 유기체에도 통하는 알고리즘들의 집합으로 취급당한다는 것에 조금 아찔할 수 있다. 알고리즘(들)으로 해체되는 인간은 비인간 알고리즘과 다를 바 없으니 어쩐지 인간은 하락하고 알고리즘은 상승한 것처럼 느껴지니까 말이다.

결국, 인간은 유기체의 알고리즘들로 분리되고, 알고리즘은 개체의 순수한 자유의지에 종속된 의식적 활동이 아니라 유전자, 환경, 외부 자극 등에 연동되는 비의식적 활동이며, 현재 알고리즘을 파악하는 데 가장 뛰어난 존재는 컴퓨터다. 그러니 컴퓨터는 점점 더 인간을 대체해 많은 임무를 맡게 되는데, 이는 컴퓨터가 드디어 인간만큼 혹은 인간보다 더 똑똑해졌기 때문만은 아니다. 인간의 기능이 더욱 분화 또는 전문화되어 컴퓨터의 한정된 기능이 발휘되기 쉬운 까닭이 더 클 수도 있거니와, 더 생각해 볼 문제는 컴퓨터가 인간과 유사하다(인간 뇌의 패턴을 파악해서 컴퓨터에 업로드하면 될까?)는 데 있는 게 아니라, 인간의 인지 형태가 컴퓨터의 지능으로 파악 가능하다(인간 뇌의 패턴이 컴퓨터의 알고리즘이 아닐까?)는 데 있을 것이다. N. 캐서린 헤일스는 인간이 그다지 의식적인 존재가 아니라 비의식적 인지에 훨씬 더 휘둘리는 존재이며 인간의 의식과 행위가 인간만의 독립적이고 자율적인 소유물이 아니라는 인지과학의 가르침을 강조한다. 그리고 "비의식은 우리가 기계 시스템뿐 아니라 동물과도 공유하는 다양한 친연성 및 공통성과 관련해 새로운 통찰을 제공할 수도 있다."라는 사실을 적시한다.[7] 인간이 자기와 대등한 혹은 더 나은 컴퓨터의 활동을 어떻게 대할 것인가의 문제는, 인간과 인간 아닌 존재와의 관계가 지금까지와는 다른 국면에 접어들었음을 통찰케 한다. 인간이 알고리즘이라는 사실, 이는 로봇 공학이 가져올 발전을 점치는 영역이 아니다. 생명공학과 사회과학으로 다루어야 할 변화를 이해해야 하는 영역이다.

---

7 이태 전 한 문예지에서, 『우리는 어떻게 포스트휴먼이 되었는가(*How We Became Posthuman*)』의 저자 헤일스의 인터뷰 기록을 옮겨 실었다. 홀거 푀츠시·N.캐서린 헤일스, 문강형준 옮김, 「포스트휴머니즘, 기술 생성, 디지털 기술」, 《문학동네》 2016년 여름호. 인용은 366쪽.

'인간'이 지배하지 않는 세상

만물의 영장 인간이 자기와 대등한 혹은 자기보다 더 나은 개체들과 함께 살아갈 미래를 그려 볼 때 단순히 미지에 대한 불안을 넘어 두려움과 근심이 개입된 사례들을 적잖이 알고 있을 것이다. 인간 이상의 지능을 장착한 안드로이드들이 외견상 인간과 구별되지 않는 세상에서 인간은 안드로이드인 줄 모르고 사랑에 빠지거나 안드로이드인 줄 알아서 차별한다. 스스로 인간인 줄 알았던 안드로이드는 인간을 시샘하거나 원망하거나 자기를 비관한다. 지적으로 신체적으로 인간보다 월등하지만 인간의 오만함에 상처받은 안드로이드들이 자기들끼리 결속하여 인간을 몰아내고자 한다. 로봇 전쟁의 시작이다. 이런 진부한 서사를 아직도 미래를 상상하는 데 쓰는 사람이 많지는 않을 것이나, 인공지능이 앞으로 훨씬 더 발달하면 인간처럼 강력한 자의식을 갖게 되어 자기보다 열등한 인간을 지배하지 않을까 걱정하는 이들도 여전히 적지 않다. 인간이 지구의 대장 노릇을 하며 동식물들을 무지막지 말살하고 이용하듯이, 혹은 인간 사회의 권력 구도에서 억압과 착취가 일어나듯이, 그렇게 로봇도 인간을 부리고 끝내 내쫓지 않을까? 그러나 바로 이런 지배-피지배의 형태야말로 오직 인간만이 할 수 있는, 즉 인간의 잔학한 역사가 있었기에 인간에게 불러일으켜지는 가장 '인간스러운' 상상일 것이다.

인간은 안드로이드에 대해 스스로를 마치 창조주처럼 여기는 경향이 있다. 그리하여 신-인간-안드로이드의 위계를 두고, 인간이 창조주 신의 뜻대로 살지 않듯이 안드로이드가 창조주 인간의 뜻대로 되지 않으리라는, 이상한 유비적 사고를 적용시키기도 한다. 하지만 인공지능의 인간 지배를 피조물과 창조주 사이의 피지배-지배 관계로 생각해 보려면, 인공지능의 지배는 인간이 신에게 지배당한 바로 그 방식으로 이루어지리라 상상하는 편이 차라리 올바를 것이다. 신은 인간을 어떻게 지배하는가. 신은, 인간이 동물을 지배하듯 노예를 부리듯, 그렇게 인간을 지배하지 않는다. 신은, 무지하고 나약하고 영악한 인간이 그 모든 인간적 취약함을 견디며 살기 위해 인간 스스로 불러낸 창조주가 아닐까. 신은 인간을 창조했고, 인간을 창조했다고 믿어지는 그 신은 인간이 창조했다.(근대 인본주의의 일반론대로 말한다면 말이다.) 무지하고 나약한 자신이 아무래도 도달할 수 없는 세상의 원리를 주재하시는 신을 불러 그에게 세상의 중심을 맡기고 스스로 종속당하기를 택한 것은 인간이다. 신이 주재하는 세상 속에서 편안하기 위해 인간은 신 중심의 질서와 제도를 만들고 거기에 자신의 육체와 정신이 안착하도록 삶의 양식을 조직한다.

　인공지능을 개발한 인간은 신을 만들어 낸 그 인간이다. 인간이 인공지능의 지배를 받는 것은, 무지하고 나약하고 영악한 인간이 보다 쉽고 편리하고 효과적인 길을 찾기 위해 인공지능의 거대한 알고리즘을 믿고 활용하기를 원할 때일 것이다. 인간의 의식이 감당할 수 없는 많은 일을 인공지능의 알고리즘만이 해낼 수 있어서 어쩔 수 없이 그렇게 된다기보다, 매사를 인간의 의식보다 빠르고 정확하고 방대한 인공지능의 알고리즘이 더 잘할 수 있는 쪽으로 인간 스스로 사고와 욕망과 선택을 변경함으로써 그렇게 될 것이다. 만일 의사, 기자, 변호사의 기능을 수행하는 인공지능이 정말로 활발하게 이용된다면 인간 의사, 기자, 변호사보다 인공지능으로 해결하기 쉬운 문제가 전보다 훨씬 많아졌다는 뜻이고, 그렇게 되기 위해 인간들은 어떤 사안을 문제로 인식하는 순간부터 그 해결책을 찾는 과정 전체를 인공지능의 사용이 용이한 방향으로 움직였을 것이다. 이것이 바로 인간이 로봇에게 '지배'당하는 세상이다. 인공지능이 인간 이상의 권한을 갖고 인간 위에 군림한다는 것은, 인간이 자기 편의와 목적을 위해 도구를 이용한다는 구실로 스스로 권한을 줄이고 그

권한을 인공지능에게 위임할 때만 가능하다.

인공지능은 데이터 처리 알고리즘이고, 그것의 최대 활성화에 필수적인 건 더 많은 데이터와 그것의 더 원활한 흐름이므로, 인공지능에 지배되는 인간의 사고와 욕망과 선택은 데이터의 생성과 흐름을 위해 조정될 것이다. "우주가 데이터의 흐름으로 이루어져 있고, 어떤 현상이나 실체의 가치는 데이터 처리에 기여하는 바에 따라 결정된다고 말"하는 근래의 입장을, 『호모 데우스』의 저자 유발 하라리는 "데이터교"라고 부른다. "인간의 지식과 지혜를 믿지 않고 빅데이터와 알고리즘을 더 신뢰"하는 이런 생각은 사실 낯선 얘기가 아니라 "현시점의 과학적 정설이며 우리 세계를 알아볼 수 없을 정도로 바꾸고 있다"는 것이다.[8] 이 관점에서 보면, "인간이라는 종은 단일한 데이터 처리 시스템이고, 개인은 시스템을 이루는 칩이다. 우리는 역사 전체를 이 시스템의 효율을 높이는 과정으로 이해할 수도 있다."[9] (그렇게 본다면 가령 민주주의와 자유시장 같은 제도가 성공한 것은 "전 지구적 데이터 처리 시스템을 개선"했기 때문으로 볼 수도 있단다.) 오늘날 그것은 거의 "전지전능해지는 만큼, 시스템과 연결되는 것이 모든 의미의 원천이 된다." 본래 의미의 원천이었던 인간의 경험은 데이터 패턴으로 여겨지게 되고, 그러자 인간은 스스로 기꺼이 자기 경험을 데이터로 환원함으로써 데이터의 흐름에 합류하고자 하는데 "데이터 흐름의 일부일 때 자신보다 훨씬 더 큰 어떤 것의 일부가"[10] 된다고 믿기 때문이다.

너무 멀리 가 버린 이야기일까. 간단한 정보만 취할 생각이라지만 구

---

8 유발 하라리, 앞의 책, 503~505쪽.

9 같은 책, 517쪽.

10 같은 책, 529쪽.

글링하는 시간은 나날이 늘고, 기사 찾고 물건 살 때만이 아니라 여행지를 찾을 때도 밥을 먹으러 갈 때도 지하철을 탈 때도, 스마트폰을 만지작거리는 나로서, 내 경험의 주인이 나라는 믿음은 환상임을 깨달아야 하는 것일까. 사진 찍고 기록하고 업로드하는 사람들의 일상이 그들의 개인사로서 의미가 있는 것이라기보다 결국 데이터 흐름의 일부가 되어 시스템과 연관됨으로써 의미 있어질 것임을 부인할 수 없는 것일까. "아마 권위의 최고 수준에서는 여전히 인간이 명목상의 대표로 남아 알고리즘은 단지 조언자일 뿐 궁극의 권위는 인간의 수중에 있다는 환상을 줄 것이다. AI를 독일의 총리나 구글의 CEO로 지명하지는 않을 것이다. 하지만 총리와 CEO가 내리는 결정은 AI가 작성할 것이다. 총리는 몇 가지 상이한 선택지 중에서 고를 수 있겠지만 이 모든 선택지는 빅데이터 분석의 결과물이며 인간의 관점보다 AI가 세계를 보는 방식을 반영할 것이다."[11] 나는 이런 예측을 반박하지 못하겠다.

다시 '말'해지는 경험 – 데이터의 안팎에서

인간의 이 한계가 인간을 고작 알고리즘으로 환원할 수 있다고 생각했기 때문에 예측된 것이라면, 다시, 결코 인간은 알고리즘으로 환원될 수 없다고 완강히 주장해 볼 수는 없을까. 다시 묻자. 알고리즘은커녕 그 무엇으로도 결코 "규정하거나 복제할 수 없는, 혹은 완전히 이해할 수 없는 인간의 본질적 특성" 같은 것이 없다고 어떻게 단언하는가?[12] 패턴이

11 유발 하라리, 전병근 옮김, 『21세기를 위한 21가지 제언』(김영사, 2018), 117쪽.
12 게르트 레온하르트, 전병근 옮김, 『신이 되려는 기술』(틔움출판, 2018), 217쪽. 저자는 창의성, 연민,

나 찾아내는 알고리즘의 계산 지능과는 차원이 다른 인간의 정신, 영혼, 주관적 의식 등을 너무 간단히 포기하고 말한 것 아닌가? 데이터 처리 시스템이 안 통하는 영역이 정말 없을까? 예술과 문학은? 인공지능이 작곡한 음악, 인공지능이 쓴 시 등이 생겨났다고 해도 그것이 위대한 걸작은 아니지 않은가? 또는, 데이터 처리 시스템의 막강한 능력을 인정하지 않을 수 없다 하더라도, 인간들 스스로 자기 경험을 고유하게 음미하고 시스템에 연결되는 데이터로 소비되지 않도록 노력하는 방법도 있지 않겠느냐고, 어쩐지 절박한 톤으로 자문해 보게도 될 것이다.

하지만 문제는, 미래에 인간의 고유한 특성이 사라진다는 게 아니라, 인간 고유성이 무엇이건, 그런 것이 있다 해도 아랑곳없이 뭔가가 완전히 달라지리라는 데 있다는 것이다.[13] 인간의 경험이 데이터로 환원되는 미래를 이미 맞이하는 중인 우리가 바로 생각해 봐야 할 것은, 어떤 데이터인가와 더불어 어떤 경험인가에도 있다. '인간'의 경험이 데이터로 환원될 때 그것은 자동적으로 '인간적인' 가치를 포함한 것이 아니다. 데이터는 그 자체로 개별 주체들을 경시하고 전체적 시스템만을 옹호하는 경향을 가질 수도 없다. 다만 데이터가 읽힐 때, 그 흐름에 속하든 벗어

독창성, 상호성, 책임감, 공감 등의 특성은 계산 불가능한 인간의 본질이라며 그것을 '안드로리즘 (androrism)'이라고 명명하기도 했다.

13 유발 하라리의 설명을 내 식으로 바꿔 말해 보겠다. 지금까지 높은 지능은 단연코 인간만의 것이고, 그것은 언제나 인간의 주관적 의식과 동시적이었다. ("나는 생각한다 고로 존재한다."에서, '생각'은 지능과 의식, 둘 다이다.) 의식을 가진 존재만이 바둑을 두고, 병을 진단하고, 범인을 수사하는 등의 지능적인 일을 처리했다면, 이제 그런 일들을 인간보다 더 잘할 수 있는 '비의식적 지능'이 개발된 것이다. 지능과 의식이 항상 붙어 있는 한 둘의 상대적 가치를 고민할 필요는 없었다. 그런데 이제 새로운 질문이 생겨날 수밖에 없다. 지능과 의식 중에 어느 것이 더 중요한가? 의식을 지닌 인간이라면 바로 대답할 수 없으리라는 짐작과 달리, 21세기의 군대와 기업에게 이는 "지능은 반드시 있어야 하지만 의식은 선택 사항이다."라고 간단히 대답할 수 있는 문제일 수 있음을 알게 되면 "정신이 번쩍 든다."(유발 하라리, 『호모데우스』, 425~426쪽)

나든 각각의 데이터들에는 개별 가치가 있다고 생각되지 않을 뿐이다.[14] 바로 이 점이 나에게는 매우 의미심장한데, 한 물리학 박사가 양자역학에 대해 말해 준 다음과 같은 이야기와 겹쳐 들리면서 더욱 그런 것 같다. 양자역학은 원자를 설명하는 이론이고, 세상 모든 것은 원자로 되어 있다. 양자역학의 가르침은, 원자의 움직임에는 인간이 생각하는 동기나 목적이 없다는 것이다. 그러나 인간에게는 어떤 가치가 있고 인간의 삶에는 그 가치를 추구하는 것이 필요하다. 다만 그 가치란, 양자역학이 알려 주듯 세상의 근본 원리는 아닌 것이다. 인간이 추구하는 가치의 뿌리는 만물의 원리가 아니다. 그것은 인간들의 합의로 형성된다.[15]

최근에 "전자 상거래 기업 아마존이 인력 채용을 위해 도입한 인공지능(AI) 시스템을 폐기하기로 했다."라는 기사를 보았다. 그 시스템에서 여성보다 남성 지원자를 선호하는 패턴을 발견했기 때문이었다고 한다.[16] 편향된 데이터가 알고리즘에 사용될 때 발생하는 결과에 관련된 의구심이 제기된 것은 이번이 처음이 아니다. 미국 법원의 AI가 흑인들

---

14 "데이터교는 자유주의적이지도 인본주의적이지도 않다. 하지만 짚고 넘어갈 점은 데이터교가 반인본주의적이지는 않다는 사실이다. 데이터교는 인간의 경험에 반감을 갖고 있지 않다. 단지 인간의 경험 자체에 가치가 내재하지 않는다고 생각할 뿐이다."(『호모 데우스』, 531쪽)

15 물리학자 김상욱과의 인터뷰인 「예능에서 양자역학을 이야기하는 물리학자」(《시사IN》 579호, 2018. 10. 20.)의 내용을 참고했다.

16 로이터 통신에 따르면 아마존은 지난 10년간의 데이터를 바탕으로 지원자들의 이력서를 검토하고 채용 적합도를 판단하는 인공지능 채용 시스템을 개발하여 사용해 왔다고 한다. AI 채용 프로그램은 지원자들의 이력서에 1개에서 5개 사이 별점을 부여하도록 고안되었으며, 가령 100개의 이력서를 주고 프로그램이 상위 5개를 추천하면 이들을 채용하는 방식이었다. 그런데 시스템 도입 1년이 지난 2015년, AI가 추천한 지원자가 대부분 남성으로 드러남으로써 '여성'이라는 단어가 포함된 이력서에 감점을 주어 평가했다는 사실이 분명해졌다고 한다. 아마존의 글로벌 인력은 현재 남성 대 여성 비율이 6:4 정도로 남성이 더 많고, AI 채용 시스템은 스스로 남성 지원자가 더 바람직하다고 판단했다는 것이다.

의 재범확률이 백인보다 2배 높다고 판단한 경우, 애초 데이터가 흑인의 범죄에 대해 더 많은 정보를 포함했기 때문으로 알려졌다는 것이다. (그럼에도, "소프트웨어 회사 커리어빌더의 조사에 따르면, 미국 인사 담당자 중 약 55퍼센트는 AI가 향후 5년 이내에 채용에 중요한 역할을 할 것으로 생각한다고 밝혔다.")[17] 데이터의 흐름을 읽는 AI 시스템의 막강함이 '인간'을 넘어서는 미래의 기운으로 다가올 때, 시스템화의 문제만큼이나, 생성되고 흐르는 데이터의 질과 양이 문제시되어야 한다는 사실을 지나쳐서는 안 될 것이다. 데이터화되는 인간의 경험들, 글로 적히고 사진으로 찍혀 등록되고 서로 연결되는 그 데이터들은, 단지 인간의 경험이기에 '인간적인' 가치를 지니지 않는다. 무엇보다도 데이터를 읽는 데에 작용하는 힘이 곧 '인간적인 가치'를 의미하는 한편, 생성되고 흐르는 데이터의 질과 양이 인간들의 새로운 합의(새로운 가치를 가능케 할 원천)이리라는 사실도, 또렷하게 인지하지 않으면 안 된다.

2018년 현재, 우리는 어떤 데이터를 만들어 내고 흐르게 하는 중인가. 현재 우리 사회에서, 아니 전 세계적으로 가장 활발한 움직임이 감지되는 '페미니즘'의 이론적, 실천적 경험들을 보라. 두어 해쯤 전부터 이어지고 있는 미투(#MeToo) 운동은 이 흐름의 가시적 현상일 것이다. 작년 가을 영화 제작자 하비 와인스타인의 성폭력 사실이 고발되면서 할리우드로부터 세계적으로 확산되었다고도 하고, 한국에선 올해 1월 안태근 전 검찰국장의 성폭력이 고발되면서 본격적으로 이어졌다고도 하지만, 실은 2016년 트위터를 달구었던 #○○_내_성폭력 해시태그 운동으로 우

---

17 이상, BBC 뉴스코리아 2018년 10월 11일자에서 인용.
　　이 글이 쓰인 지 2년 후인 2020년 말, 20대 여성을 캐릭터로 한 AI 챗봇 '이루다' 서비스가 혐오·차별 발언 논란으로 중단된 사태를 보면서, 실제 사람들이 나눈 대화를 바탕으로 학습한 인공지능에 대해 무엇을 고려해야 하는지 더욱 확실히 느끼게 되었다.

리 사회에서는 한발 일찍 포문이 열린 터였다. 그동안 삭제되어 왔던 여성들의 경험과 그에 연대하는 힘들이 우리의 입을 달구고 손발을 풀어서 말하고 기록하고 움직이게 한다. 너무 오랫동안 '인간'의 경험을 한정해 왔던 편향된 시각과 '인간'의 질서를 규정해 왔던 폭력적 배치가 고발당하고 재고되고 (재)평가된다.

이 여성적인 경험 데이터들은 최소한 두 가지 역할을 할 수 있을 듯하다. 우선, 지금까지 '인간'의 경험이라는 사실로 인해 자동적으로 가치화되었던 어떤 패턴들에 잘 포섭되지 않음으로써 현재 '인간'으로 파악되는 알고리즘의 무딘 규정을 피할 수 있다. 또한, '인간'의 경험을 (새로운) 데이터로 생성하고 흐르게 함으로써 앞으로 '인간'을 더 정교하게 파악하려는 알고리즘에 쓰일 패턴을 지금까지와는 다르게 (남성 중심적인 '인간' 의 시각으로 경험된 그간의 패턴을 수정하여) 직조할 수 있다. 매일 거의 무한대에 가까운 분량으로 생산된다는 데이터의 일부에 불과할지라도 이제부터 다시 쓰이는 말들과 다시 기록되는 경험들이 이전까지의 그것들을 대체하고 변경하여, 인간의 '가치'에 한 번 더 기회가 되어줄 수는 없을까. 『호모 데우스』의 저자 말대로 호모 사피엔스가 언젠가 '호모 데우스'가 될 것이라면, 호모 사피엔스의 시각(남성 중심, 인종차별, 생명 경시 등등)으로 형성되어 온 경험 데이터와는 다른 시각(타자 존중, 인간 평등, 생명 중시 등등)으로 형성될 경험 데이터가 질적으로 양적으로 풍부해진 후의 미래여야 할 것이다. 최소한 그러하기를 바라고 또 도모해야 하지 않겠는가.

이런 생각은 너무 근시안적인가? 물색 모르는 억견일까? 주위들은 이 야기들로 인간이란 종이 단일한 데이터 처리 시스템에 불과하게 되리라는 둥, 개인의 경험 데이터는 시스템의 칩으로 전락하고 말리라는 둥 떠들어 대다가, 지금 우리의 경험과 목소리가 더 나은 데이터로 양산되기를 바란다고 말하고 있으니, 머쓱해야 마땅한지도 모르겠다. 인간과 인공지능이 지금보다 훨씬 전면적으로 얽혀 공존할 미래라니, 그런 것은 문학 공부하는 나 같은 사람으로서는 기껏 열렬히 관심을 가져 봐도 도무지 어떻게 예측하고 대처해야 할지 감감하고 아득한 것이라는 고백을 먼저 했어야 했나. 우리가 매일 보는 구글 창과 트위터 앱과 페이스북의 타임라인에 범람하는 인간의 경험 데이터들은, 20세기 초 대도시 아케이드에 전시된 번쩍이는 상품들처럼 파편적이고 혼잡한 환등상들 같은 것은 아닐까. 매일 바뀌고(업데이트되고) 대체로 아무렇게나 퍼져 나가는 (연결되는) 것처럼 보이는 그것들이 세계를 어떻게 재편하고 그 속에서 인간은 어떻게 조정될지, 사실 나는 그런 걸 어서 알고 싶어 할 만큼 미래 지향적이기는커녕, 그 환등상 같은 데이터들의 미로 속으로 어떻게 진입해야 하는지도 잘 모르는 채, 이런 멀고도 근시안적인 이야기를 어쩌자고 이토록 길게 끌고 온 것인가. (2018)

이것이 쓰이고 읽혀서 자기를

──왜 지금 SF가 이렇게

먼저 이런 옹색한 사정을 말해야 한다. 나는 학부와 대학원에서 국어 국문학을 전공했고 지금은 출간되지 않는 문예지《세계의 문학》에 첫 평론을 발표한 후 줄곧 '문학평론가'라는 직함으로 글을 써 왔다. 대개 문예지에 발표하는 글인데, 청탁을 받고 그 주제나 대상에 어떻게 접근할 수 있을지 잠깐 생각한 후 쓸지 말지 결정한다. 이번엔 하루가 걸렸다. 'SF(사이언스 픽션)'에 대한 관심과 주목이 어느 때보다 커진 지금,[1] 때마침

---

1 하루가 멀다 하고 '한국 SF의 성장세'와 그 활기에 대해 쏟아지는 보도들 중 하나를 옮겨 본다. "한국 SF의 성장세가 두드러지고 있다. 2019년은 특히 그동안 누적된 성과가 가시화된 해였다. 김보영 작가의 SF 소설 3편의 판권이 미국 출판 그룹 '하퍼콜린스'에 팔렸고 2019년 김초엽 작가의 SF 소설 『우리가 빛의 속도로 갈 수 없다면』은 출간 6개월 만에 3만 3000부를 찍는 이례적인 기록을 세웠다. 조남주, 장강명, 정세랑 등의 작가들도 SF 문학을 선보였다. SF가 소수를 위한 장르 문학이라는 선입견을 깨고 출판 시장에서 입지를 넓혔다. "한국이 SF 불모지라고 말하는 것은 SF 작가들이 쌓아 온 계보와 성과를 없었던 것으로 만드는 말이다." SF 소설가 듀나 작가는 한국 SF에 꼬리표처럼 따라다닌 '불모지론'에 대해 이렇게 반박했다. 문학 장르에서 비주류였던 것은 맞지만, 장르의 성장을 순문학의 관점에서 저울질하는 것은 적절하지 않다는 의미였다. 1967년 첫 장편 과학소설

93

그것과 관련하여 '문학비평'으로서 말하는 일의 자리를 잘못 가늠했는지도 모른다. 어떤 관심과 주목은, 지금까지 자기가 알고 있던 세계의 무지와 편협을 드러내는 것만이 아니라 무례와 위해를 가하기도 한다는 것을, 바로 최근의 현상들을 통해 목도했음에도 말이다.[2] '문학'의 일들이 지나온 여러 경로에 비상등이 켜지고 비판 반성 자각이 교차하고 지속되는 와중에 SF에 대한 최근의 비평 담론들이 어떤 역할을 하는지, 해야 옳은지, 잘 모르고 덤빈 게 아닐까. 매체 환경에 따라 더욱 다양하게 분화한 '장르들'에 대한 의식과 동류이자 별개로, 그중에서도 특히 SF의 부상이 두드러진 맥락과 원인을 무엇으로 볼 수 있을까. 그간 '문학 판'의 고루함을 가장 극명하게 드러낸 부분이 어쩌면 '장르'와 관련된 인식과 안목일 뿐만 아니라 그 방면의 개념 설정, 용어 사용, 경계 고찰 등이었다고도 할 터이니, 바로 그 점에 대한 재고 요청을 더 이상 미룰 수 없게 된 것일까. 혹은 '문단 문학'의 협소성에 대한 자각으로, 그동안 근거도 없이 도외시해 온 SF에 대해 이제야 마땅히 '열린' 시각을 갖추어 '환영'할 태세를 취하게 된 것일까. 그도 아니면, 누가 뭐래도 이 시대는 과학기술의 시대인데 여전히 '과학적'이라는 말과 좀처럼 어울리지 않는 '문학적'

이 발간된 이후로도 복거일, 김보영, 배명훈 등 한국 SF 작가들은 꾸준히 활동했다. 시간이 지나며 작품 수가 쌓였다. 어느 날 갑자기 유행한 게 아니라 한국 SF를 써 온 작가들의 작업이 다음 세대에 영향을 미칠 정도로 규모를 형성한 것이다."(「이곳 너머를 말하는 SF 지금 여기에 우뚝 서다」, 《시사in》 643호. 2020. 1. 14.) 기사들을 통해 알게 된바, 2017년 12월, 신진 SF 작가들을 육성하고 SF 작가들의 권리 보호를 위해 출범한 '한국과학소설작가연대(작가연대)'의 활동에 대해서도 적어 둔다. '작가연대'는 지난 2년 동안 신진 SF 작가를 육성하기 위한 소설 창작 워크숍을 열었고 웹툰 업계 창작자들의 불공정 계약 관행에 항의하는 등 연대의 목소리를 내기도 했다. 2019년 6월에는 서울국제도서전에 참여해 '한국의 SF 소설'을 주제로 라운드 테이블을 개최했고, 11월에는 국내 최초 SF 무크지 《오늘의 SF》 1호를 발간했다.(같은 글)

2 SF에 대한 관심을, '인정', '수용', '확장' 등으로 말하는 경우를 염두에 두었다.

작업들의 속성을 점검하고 그 위상을 재평가하겠다는 목적이라도 생겨난 것일까.

이런저런 사정과 추측이 최근의 SF 담론을 이해하는 데 보탬이 되지 않으나, 그렇다고 현재 '문학 판'의 필요성과 목적을 위해 소박한 공부와 견해라도 보태는 게 틀려먹은 행위는 아닐 것이다. 이렇게 생각하며 마음을 다잡지만, 그럼에도 SF를 중심으로 논의를 시작하기가 나는 '두려운 것' 같다. 왜냐하면, "나는 SF를 많이 안 읽었기 때문이다". 대학에서 문학을 10년 넘게 배웠고 10년 넘게 가르쳤는데, 누가 내게 어떤 SF를 좋아하느냐고, 좋아하는 SF가 있느냐고 물으면 "제가…… SF는 잘 모릅니다."라고 움츠러든 목소리로 대답하는 사람이기 때문이다. 작년 가을 한 문예지의 특집 주제였던 "SF 비평의 서막" 코너에 문지혁 작가가 쓴 「우동 거리 밖에서」의 재미있는 가설에 따르면,[3] 나는 줄곧 문예지라는 '우동 거리'에서 먹고살았기 때문에 영양도 불균형하고 미각도 우동 맛에만 길들여진 사람이다. 물론 우동 말고도 맛난 음식이 있다는 사실을 모르는 건 아니고 어쩌다 햄버거나 카레를 먹으며 맛있다고 느끼기도 한다. 하지만 혹시 그것들에 우동 국물 맛 소스가 첨가되었기 때문인지 아닌지 나로선 감별조차 못 하는 게 아닐지.

그럼에도 SF에 주목하는 입장과 관련하여 그간의 생각을 정리해 보려고 한다. SF가 "상업주의 등의 가면을 쓰고 본격문학을 위협적으로 침탈하는 문학인가, 아니면 타성과 관습에 함몰되어 고사 위기에 처한 본

---

3 문지혁, 「우동 거리 밖에서」, 《자음과 모음》 2019년 가을호, 15~20쪽. 한국문학이 펼쳐지는 장을 '우동 거리'에 빗댄 이 에세이는, 오랫동안 "왜 우리는 지금 우동에 관해서만 이야기하고 있는가?"를 묻지 않았던 한국문학의 답답한 분위기를 유쾌하게 지적한다. 그가 "희망적인 것은 다음 세대의 입맛이 이미 달라졌다는 사실"이라고 생각하는 것과 내가 '문학'의 변동에 대해 생각하는 것 사이에 공통의 맥락이 있는 것 같다.

격문학에 필요한 자양분을 제공해 줄 대안으로서의 문학인가."[4]를 타진하던 사람들이 비로소 후자의 손을 들어 준 것이라고 하고 말면 그뿐이 아닌 것 같아서다. 또, "2019년에도 사람들이 한국 SF에 대해 아는 바는 많지 않다."라는 말에 동의하지만 그렇다고 최근의 관심과 주목을 "괜찮다 싶으면 슬그머니 우동집 메뉴판에 계절 메뉴로 SF를 걸어 놓는 일"[5]로 바라보(고 싶)지 않기 때문이다. "SF적 교양의 상승은 전 세계적인 추세"[6]라는 진단도 있으니 언제까지 "제가 SF는 잘 모릅니다."라고 말할 수는 없다고 느끼게 된 걸까. 그럴지도 모르지만, "우리가 SF에게 손을 내민 것이 아니라 거꾸로 SF가 우리에게 먼저 왔다."[7]와 같은 표현에서 '우리'와 'SF'가 마치 친구 또는 적인 듯 대치될 때 조금 불편했던 이유도 있을 것이다. 최소한 이론적으로는 "SF를 오랫동안 쓰거나 읽어 왔던 작가나 독자 클럽만이 알 수 있는 비밀스러운 컬트 문화라는 듯이. 친구와 적으로 분할하는 상상력"이 더 이상 반복되어선 안 될 것이라고 느낀다.[8]

네트워킹하면서 공유하고 구축하는 원리

지금부터 이 장에서 논의하려는 이야기가 어떤 결론에 이른다면, 그

---

4 복도훈, 「SF는 공상하지 않는다」(은행나무, 2019), 27쪽. 이 책은 이 두 개의 질문 사이에서 "국내 SF의 부분적인 성과물과 비평을 비판적으로 점검"(28쪽)한다.

5 문지혁, 앞의 글.

6 듀나, 「일반 독자와 장르 독자」, 《자음과모음》 2019년 가을호. 93쪽.

7 박인성, 「기지(旣知)와의 조우: 모두가 이미 알고 있는 SF를 위한 첨언」, 《자음과모음》 2019년 가을호. 70쪽.

8 복도훈, 앞의 책, 26쪽.

것은 "21세기에 SF는 꿈과 환상으로서가 아니라, 과학기술의 발달로 인류의 생활 세계가 변화되어 가고 있는 현재를 통찰하는 데 유용한 장르라고 할 수 있다."[9]라는 문장에서 크게 벗어나지 않을 것이다. 최근의 SF에 대한 담론과 이 시대가 '과학기술의 발달로 인류의 생활 세계 변화'를 가져왔다는 사실을 어찌해도 뗄 수는 없지 않은가. 다만, 과학기술이란 인간 세계의 일정 부분에 한해 행사되는 요소가 아니라 지구상 물질세계의 구성 원리이자 인류 문명의 원동력 혹은 인류의 문명 그 자체라고까지 할 수 있다면 이를 특히 21세기의 일로만 생각할 수는 없다는 점과, 그럼에도 인공지능 시대를 맞아 이전과는 다르게 육박해 온 변화에 대한 체감 또한 결코 약하지 않다는 점을 함께 짚어 둔다. 정보통신기술의 융합이나 인지과학, 바이오공학 등의 발전으로 기술과 인간의 새로운 관계를 모색하게 하는 '포스트휴먼' 관련 논의들은, 여전히 논쟁적이라 해도 휴머니즘적 인간관에 이미 지각 변동을 일으켰다. 새로운 기술과 새로운 인간학이 예술의 수행성에 어떤 변화와 의미를 동반하는지 묻는 데로 나아가는 일은 자연스럽다고밖에 할 수 없으므로, '인공지능 시대의 예술'에 대한 사유가 과학과 문학을, 또는 SF를 살피는 작업을 촉구하기도 했겠다. 그렇기는 하나, 현재의 과학기술에 긴박한 관심을 가지고서 SF에 대한 주목 또는 공부를 이어 가기에 '우동 거리' 출신의 앎은 형편없이 빈약하고, 이쯤에서 우리의 관심은 '과학' 소설이 아니라 과학 '소설'임을 밝혀 두겠으니 방금 인공지능이라는 21세기 과학기술의 최첨단을 운운했어도 결국 이 논의는 문학으로 체감되는 데 한해서일 터이다. (이 비유를 계속 쓰자면, '우동 거리' 바깥에 대한 관심은 일단 다른 거리가 아니라 우동 외의 음식

---

9 이지용, 「한국 SF가 보여 주는 새로운 인식들: 환상과 미래, 비인간 행위자들과 낭만적 사실의 전회」, 《자음과모음》 2019년 가을호, 82쪽.

또는 음식 전반에 대한 것이니까 말이다.)

2020년 현재 인간 지능과 인공지능이 공존하는 현실에서, 인간과 AI의 관계를 '인간 대 복제 인간(레플리컨트)'의 대립, 즉 '인간 종족 대 인간화된 형체의 로봇 종족'의 갈등 식으로 파악할 이는 없을 것 같지만, 인공지능이 아무리 뛰어나도 인간의 직관이나 창의성은 흉내 낼 수 없으리라는 인간적인 자긍심이 불식되지는 않은 듯하다. 예컨대 인간의 예술 활동이란 누가 뭐래도 창작자 개인의 고유한 자의식이 작용하는 것인데, 인공지능이 행여 인간 이상의 지능으로 상상력과 창조력을 발휘한다고 해도 AI가 그린 그림, AI가 지은 악곡, AI가 쓴 소설 등[10]에는 개인적 경험이나 사유에서 비롯한 자의식이 없으니 '예술'로 칠 수 없다는 견해 같은 것 말이다. 우선 말하면, 현재 AI의 창작물로 알려진 회화, 음악, 문장 등을 '예술'로 '인정'하자거나, 당장은 아니어도 향후 인간처럼 자의식을 갖게 될 또는 인간보다 월등할 AI를 예측해야 한다고 주장할 생각은 없다.[11] 다만 현재 우리에게 중요한 물음이, AI가 인간보다 우세해져서 인간의 자리를 빼앗을 것인가, 혹은 더욱 인간과 유사한 존재가 되어 인간의 행세를 할 수 있을 것인가 하는 공상적 호기심으로 환치되어선 안 된다는 생각만은 확실히 해 두고 싶다. 인간이 하는 모든 일을 넘볼 정도로 기계의 능력이 진화를 거듭하고 있다지만 기계가 못하는 인간의 일들이 훨씬 더 많다는 것을, 현재 가장 뛰어난 성능의 기계라 해도 인간의 개입

---

10 2016년 구글의 인공지능 '딥드림'이 제작한 그림의 전시회, 같은 해 소니사가 공개한 인공지능 '플로 머신즈'의 다양한 종류(비틀즈 스타일, 재즈 스타일 등)의 음악들, 2018년 kt인공지능소설 공모전에서 수상한 「설명하려 하지 않겠어」(스타트업 '포자랩스' 작) 등의 소설들에 대해서는 풍문으로나마 들어 본 적이 있을 것이다.

11 이른바 '튜링 테스트'를 통과한 프로그램이 2014년에 등장했지만, 이 프로그램이 곧 기계의 사유 능력을 보증하는 것은 아니다. 어떤 미래학자는 2020년대 말이면 인공지능이 인간 지능을 능가하는 '특이점'이 온다고도 했지만 지금 우리가 논의하려는 것은 미래 예측이 아니다.

없는 자율성을 기대하긴 어렵다는 상식을 여기서 길게 말할 필요도 없다.[12] 요컨대 '인공지능 시대'라는 규정과 더불어 '문학'을 생각할 때, 인간화된 형체의 휴머노이드(로봇)나 사이보그, 안드로이드(인조인간) 등의 존재에 우리의 상상이 한정되지 않기를 바란다. '인공지능 소설'을 현재적 상황으로 논의하는 데 '인공지능이 쓴 소설' 또는 '인공지능이 나오는 소설'에 집중한다면 너무 단순하거나, 아직 멀거나, 충분히 적실하지 않을 것이다.

현 단계 '인공지능'과 더불어 소설 또는 문학을 생각한다는 것은, 인공지능이 (자율적으로!) 써내는 글에 대한 고찰이 아니라 인공지능과 함께 인간이 (자율적으로?) 쓰는 글에 대한 고민에 가깝다. 마찬가지로 이 시대 문학에서 과학기술의 영향으로 생성된 '포스트휴먼'을 논의한다는 것은, 인간화된 인공지능이 주요 캐릭터로 또는 도구화된 인공지능이 미래 사회의 배경에서 등장하는 허구물을 찾아 살핀다는 뜻일 수 없다. 그보다 앞서, 현재 과학기술이 가능케 한 일상적 환경에서 생성된 문학이, '휴먼'에 관한 그간의 논의로는 설명되지 않는 지점을 어떤 식으로 보유하는지 고찰해야 할 것이다. 실상 문학과 직접 관련된 과학기술의 영향을 생각한다면 무엇보다도 우선적으로 또 기본적으로 고려될 바는 지난 세기와 확연히 다른 양상으로 우리의 삶을 바꾸어 버린 현재의 인터넷 환경에서 지난 세기와 단속(斷續)적 방식으로 작용하는 언어 행위(들)에 있지 않을까 싶다. (자꾸 이 논의를 과학기술 쪽으로 끌려가지 않게 하려는 의도처럼

---

12 빅데이터, 딥러닝, 인공 신경망 등 기계의 학습 능력에 대해 대략 알려지면서 그 위력에 놀라지 않을 수 없지만, 여전히 인간의 '암묵지(tactic knowledge)'("우리는 우리가 말할 수 있는 것보다 더 많은 것을 알고 있다."(마이클 폴라니))를 대체할 기계의 능력을 가까운 미래에 기대하기는 어렵다. 또한, 알려진 대로 현재 AI의 학습이 '빅데이터'에 바탕한 딥러닝인 이상, 기계의 지적 활동은 인간의 사회 속에서 인간의 언어로 이루어지는 활동과 다른 성질의 것이 될 수 없다.

보이겠으나) 과학기술과 관련하여 현재 시급한 사안은 "인터넷은 작가라는 특권 계급만이 아니라 만인에게 자기 표현의 기회를 개방했다."라는 사실로부터 "자기 표출의 민주화는 동시에 자기 표출을 고스란히 무상/노동에 의한 콘텐츠 제작으로 전환시키는 플랫폼이 성립될 수 있게 만들었다."[13]라는 통찰에 이르는, 말하자면 데이터 홍수에 관한 시각과 대책 마련 같은 것이 아닐까? 2020년 벽두에, 발의 1년 만에 국회 본회의를 통과한 '데이터3법'(개인정보법, 신용정보법, 정보통신망법 개정안)이 어떻게 실효성을 발휘하게 될지, 개인 정보와 관련된 규제 완화로 '21세기 자본 또는 석유'라 불리는 데이터의 수익 목적 활용이 IT 기업이나 플랫폼 기업들에 의해 얼마나 남용될지, 이런 논의를 먼저, 더 늦지 않게 해야 할 것도 같다.

하지만 이 글은 일단 이 데이터 흐름의 장에서 창작과 향유라는 문학의 기능이 인간의 어떤 상황을 드러낼지 생각해 보려는 참이다. 나로선 전에 쓴 글의 문제의식에서 이어 가 보는 게 좋겠다. 현재 수준의 인공지능, 인간의 사고 능력을 모방한 컴퓨터의 지능을 목도하면서 우리가 진정 놀라는 점이라면, 컴퓨터의 능력이 인간을 능가한다는 사실이 아니라, 어쩌면 인간 (무)의식의 영역조차 컴퓨터의 알고리즘과 전혀 다른 차원이 아닐 수도 있다는 추측과 확인을 거듭하게 되는 데 있다.[14] "인간이 알고리즘"이라는 다소 과격한 표현은 '(생각하는) 인간'이라는 근대적 개

---

13 오쓰카 에이지, 선정우 옮김, 『감정화하는 사회』(리시올, 2020), 72~73쪽.

14 이 책에 수록된 글, 「신을 만든 인간이 인공지능을 만들었다」의 논의를 이어 보는 중이다. "인간의 행동, 인지, (비)의식 그리고 육체적 활동 및 그 모든 것을 관장하는 '뇌'의 움직임은 패턴을 띤다는 것, 그리고 그 패턴의 알고리즘에 의해 인간이라는 유기체가 움직인다는 것, 그런데 인간이 개발해 낸, 그리고 계속 개발 중인 인공지능은 그런 패턴 인식을 인간보다 더 잘 하는 알고리즘이라는 것"을 염두에 두고 과학기술 시대에 인간의 경험-쓰기-읽기에 대해 생각해 본 글이다.

인(間)의 변화를 강력하게 환기한다. 이 맥락에서, 알고리즘적 자동 기술이 통치하는 사회에서 읽고 쓰는 행위의 '주체성'을 다시 짚으려면 "우리가 반드시 individual로 존재하지 않을 수도 있다는 사실에서 다시 시작"할 수 있다는 김미정의 제안에 귀 기울일 수 있다. (잘 알려진 것 같기도, 덜 알려진 것 같기도 한) 히라노 게이치로의 '분인(dividual)론'과, 소유하는 '정체성'이 아닌 발생하는 '교차성'에 대한 논의를 경유하여 김미정은 "인간의 능동적 주체의 신화를 질문하면서 인간과 세계를 다르게 사유할 원리"를 모색한다.[15] 그 모색이 이끌린 곳이 오늘날 "모이고 연결되는 사람들의 현장과 문학"이며, 그곳에서 "지금 고민할 것은 (작가의 서명에 의존하던 자율성의 원리로만 환원되지 않는) 문학을 둘러싼 여러 주체가, 매개와 유관/무관하게 네트워킹하면서 예술의 경험을 공유하고 구축하는 '관계성'의 원리"[16]라고 그는 말한다.

인간의 물질적 비물질적 존재 양식에 어느 때보다 더 급진적으로, 더 면밀하게 파고든 현재의 과학기술을 의식하면, 우리는 '인간' 자신을 전과 다르게 알아야 할 과제를 맡지 않을 수 없다. 이를 오직 '인간'의 고유한 활동일 문학에 대한 질문으로 이어 볼 수 있다. 과학기술 시대에도 여전히 문학이 인간/개인의 고유하고도 내밀한 자의식, 감정, 욕망 등을 관장하는가 아닌가를 묻는 게 아니다. 인간/개인의 개념이 재점검 재조정될 수밖에 없는 시대에 자의식, 감정, 욕망 등이 여전히 문학을 작동시키는 고유하고도 내밀한 것인지 묻는 쪽이어야 할 것이다. 과학기술이 '인간' 본연의 의식/상상의 힘을 잃게 하여 문학(성)을 걱정해야 하는 사태일까? 그렇지 않다면, 과학기술이 이끌어 준 한 세계에 드러난 어떤 의

---

15 김미정, 『움직이는 별자리들』(갈무리, 2019), 199~224쪽.
16 같은 책, 32, 36쪽.

식/상상에서 인간 '본연'이 조정된 문학(성)을 발견하는 일이 더 연기될 필요는 없다. 2010년대 중반을 지나며 문학장 곳곳에서, 아니 읽고 쓰는 저마다의 자리에서, 선언하듯 결의하듯 참회하듯 계속해서 들려오는 소리, '우리는 이전의 문학으로는 돌아갈 수가 없다.'라는 부르짖음의 참뜻이 또한 여기에 있다. '이전에 쓰인 문학', 가령 가부장적 질서에 성공적으로 편입한 주체들이 대리 표상하는 한국 사회의 리얼리티 등을 싹 부정한다는 뜻보다는, '이전처럼 문학을 생각'하는 자리, 가령 개인의 오롯한 자의식을 재현한 세계의 자율성을 '문학'으로 단언할 근거가 더 이상 유효하지 않다는 뜻일 것이다.

수사와 증명은 능변의 두 갈래

'과학'이란 인간이 관찰 가능한 방법으로 얻어 낸 체계적 이론적 지식 일반을 가리키지만, 주로는 '자연과학', 즉 실험을 통해 얻어 낸 자연계에 대한 지식을 뜻한다. 자연과학의 대상과 방법은 더욱 객관적이고 더욱 보편적이고 더욱 엄밀하다고 여겨짐으로써, 어떤 지식이 '과학적'이라 말해질 때 그것은 여타 학문 중에서도 높은 인식론적 지위를 누려 왔다. '과학'은, 모두에게 공유되기를 지향하고, 어느 쪽으로 편협하거나 부당하지 않으며, 누구에게도 반박/회의될 가능성에 열려 있다는 신뢰를 얻는다. 동시에, '과학'은 보통 사람들이 관심을 갖는 일상생활, 문화, 가치, 인간성, 사회적 열망 등과 긴밀한 관계가 없어 보이기에 대부분의 사람들은 과학에서 멀리 떨어져 감탄이나 할 뿐이다. 그럼에도, 아니 오히려 그렇기 때문에 과학의 인식론적 우위는 인정되는데, 왜냐면 과학적 지식은 대개 일상, 이데올로기, 종교, 분쟁 등에 휘둘리지 않고 자율적으로 성립된 참된 지식이면서도 인간의 삶을 향상시키는 효용까지 지닌다고 생각되기 때문이다. 즉, 과학은 "지나치게 '자율적(autonome)'으로 보이기 때문에 사랑받기도 하고 미움받기도"[17] 한다는 것이다.

그러나, 간혹 우리가 과학이 만고불변의 진리와만 관계한다는 듯 고지식해질 때도 여전히 없지 않으나, 다른 모든 분야에 관해서와 마찬가지로 과학의 자율성 역시 회의된 것은 놀라운 일이 아니다. 현대의 과학철학이나 과학기술학(STS)의 심심찮은 가르침대로, 과학의 인식론적 우위가 과학이 사회적 진공 상태에 놓인 것이라는 착각에서 비롯한 과시여선 안 될 것이다. 예컨대 1980년대 초부터 '행위자 연결망 이론(actor network theory, ANT)'을 주창해 온 '과학인문학자' 브뤼노 라투르의 입장에 따르면, 근대적 과학주의는 사물-인간, 자연-사회의 이분법을 고수해 왔지만 실상 "아직 아무도 해석의 더미 속에서 확실한 경계와 고유한 역사를 지닌 '과학'이랄 만한 것을 분할해 내지 못했"다고, "과학의 자율성이란 뒤늦은 임의적 분할(découpage)에 지나지 않"는다고 말한다.[18] 자연의 점진적 확장을 전제했던 '해방과 근대화'의 거대한 이야기에서 "자연의 법칙들은 차츰 다양한 주관적 신념들을 대체"해 갔고, "주체의 세계와 대상의 세계 사이의 구분이 점진적으로 사라지면서 인간들의 정부와 사물들의 정부가 자꾸만 더 얽히고설키"게 되었으니 "자연과 정치의 구분이 이상한" 것이라고 말이다.[19] 이런 입장에서 과학은 "인간 행위자인 과학자가 비인간 행위자인 기구를 사용해서 비인간 행위자인 자연을 조작하고, 통제하고, 길들이는 일"[20]이라고 말해지기도 한다. 과학기술의 대

---

17 브뤼노 라투르, 이세진 옮김, 『브뤼노 라투르의 과학인문학 편지』(사월의 책, 2012). 21쪽.

18 같은 책. 44~45쪽

19 같은 책. 233~238쪽.

20 홍성욱, 『홍성욱의 STS, 과학을 경청하다』(도서출판 동아시아, 2016), 28쪽.

상인 비인간 존재들은 인간과 결합해서 '잡종적(hybrid) 존재'를 만들고 그로써 인간에게 새로운 가능성과 제약을 부여하므로 "과학이라는 네트워크가 인간 행위자와 비인간 행위자의 끊임없는 이합집산으로 구성되어 있다는 것"을 자각해야 한다는 것이다.[21] 그러므로 "사회에 대해서 생각할 때, 인간만이 아니라 비인간들을 중요한 사회 구성원으로 간주해야" 하며 "이런 새로운 비인간들을 만들어 내고, 이해하고 길들임으로써 새로운 네트워크를 만들어 내는 것"까지 오늘날 과학기술학 분야의 관심이자 목표가 된다.[22]

과학의 자율성을 회의하고 과학적 지식이 사회적, 정치적 의제처럼 구성되고 합의될 수도 있다고 해서, 과학이 확실한 사실을 토대로 하지 않는다거나 과학적 지식이 수시로 무너질 위험에 처한 취약한 믿음 체계인 양 불신해야 한다는 뜻일 리 없다. 이른바 '객관성'이라는 것 혹은 자연에 실재한다고 믿어지는 '법칙'도, 인간의 불확실한 역사와 무연하게 완전한 진리 체계로 여길 수 없다는, 진공 속에 존재하는 실체처럼 생각할 순 없다는 뜻이 중요할 것이다. 그렇다면 관찰과 실험에 기초한 과학적 사실이나 자연에 보편적으로 존재하는 과학적 법칙은 어떻게 서술될 수 있을까? 브뤼노 라투르의 설명은 이렇다. 근대 세계에서 과학자, 정치가 등의 전문가들은 자기들의 영향력을 위한 울타리를 건설하고 그 속에 모여 자기들의 '대표/재현'을 합의하면서 그 질적 불확실성을 (자기들끼리) 공유한다. 그러므로 일반인들은 그들에게 "대표자/재현자들이 정당하고 권한을 부여받았는가? 사물의 재현과 사안의 대표라는 작용들이 충분히 명확하게 논의되었는가? 그들은 적법한 울타리 안에 있으며

---

21 같은 책, 30쪽.

22 같은 책, 47쪽.

경우에 따라서는 자신들의 견해를 바꿀 수 있는가?" 등을 물어야 한다.[23] 바꿔 말하면, 과학적 법칙의 기술(記述)조차 진리의 대표/재현이 아니라 합의가 필요한 불확실성을 지니므로, 과학의 역사도 언제나 비판과 논쟁을 통해 서로 다른 방식으로 섞이고 타협하며 당대의 세계관을 만드는 데 기여한다는 것이다.

이런 입장에서 좀 더 과감하게 말해 본다면, 과학적 팩트와 과학적 픽션 사이의 명확한 경계를 확실하게 세우기 어렵다고도 할 수 있을까? 과학적 법칙이 틀렸다거나 과학의 힘을 무시할 수 있다는 얘기와는 무관하다. "이제부터 우리는 수사학과 증명을 대립적으로 파악하지 않고 능변의 두 갈래로 여길 것입니다."[24]라는 말을 듣고 보니, 과학적 기술(記述)이 훨씬 더 유연하고 자유로워질 수 있겠다는 생각이 들었을 뿐이다. 과학적 기술(記述)이란 과학적 법칙을 어떤 표상으로 형상화하거나 과학적 사실들/현상들을 재현하는 것으로 환원되지 않는다. 엄밀하게 과학적인 지식을 표상, 재현할 수도 없거니와 그것을 의도한 표상/재현이 어떤 과학적 지식을 충분히 대리, 대표할 수도 없기 때문이다. (가령 '미래 과학'이라는 말에는 이미 검증된 현재의 과학 법칙에 부합하는 재현을 넘어서고 현재의 기술로 가능한 표상을 벗어난다는 의미가 포함돼 있다.) 그러면 어떤 기술(記述)이 '과학적'이라 할 때 그 글/말/언어는 무슨 일을 할까. 과학적인 것을 표상/재현한다(represent)기보다 과학적인 무엇을 수행한다(perform)고 할 수 있지 않을까.

엄밀하게 과학적인 팩트나 검증된 과학 법칙을 따르는 것만이 아닌

---

23 브뤼노 라투르, 앞의 책, 187~188쪽.

24 같은 책, 111쪽.

'과학소설'(SF)에 대해서도 생각해 보자.[25] SF에서 다루는 과학은 단지 가정법의 실험이거나, 현실에서 미래(또는 과거)를 추출하는 사고 실험이므로 '과학성'과는 무관한 것일까. 다른 서사에 비해 훨씬 더, 현재의 지배적인 패러다임에 속한 과학의 인식소를 의식하고 존중하지만, 그렇기에 오히려 알려져 있지 않은 다른 법칙을 향해, 즉 물리법칙 너머의 세계로 우리를 이끌어 갈 수도 있다. 『우리가 빛의 속도로 갈 수 없다면』의 작가 김초엽이 이런 이야기를 한 적이 있다. "어떤 작품들은 여전히 규칙을, 물리법칙을, 압도적인 세계와 그것을 바꿀 수 없는 인간을 말했지만, 나는 주로 다른 이야기들에 이끌리곤 했다. 두려움에 맞서며 그 우주를 미약하게나마 흔드는 사람들의 이야기를. 실패하고 무너지고 비합리적인 선택을 하지만, 무력함을 넘어서는 이야기를. 그것은 SF만이 할 수 있는 이야기는 아니었지만, 내가 SF에서 읽고 싶은 이야기였다. 그것은 내가 원하던 종류의 경이감이었다."[26] 이것은 SF가 (서사로서만이 아닌) 과학으로써 수행하는 바에 대한 이야기다. 우리가 빛의 속도로 갈 수 "없다면", 즉 가정이 아니라 전제인 과학에 의해, SF는 "결국 지구를 떠날 수 없는, 이곳에 붙들려 살아가야만 하는"[27] 우리를 위해 쓰이고 읽힌다. 이것이 SF의 문학성일 뿐만 아니라 과학성이다. 과학을 그려 내는 기술(記述)이 아니라 과학을 실행하게 하는 기술(記述)로서 발휘하는 힘이다.

---

25 SF 서사를 견인하는 과학(성)은 정합성, 엄밀성 등으로 논의되지 않는다. "SF에 동원되는 (유사) 과학 이론이나 개념 등의 정합성을 검토하는 작업은 자칫 SF에 대한 논의를 부지불식중에 미래에 대한 각종 예언의 대열에 동참시키는 쪽으로 흘러가게 하거나, 사실 여부와 타당성 검증이라는 지루한 실증주의 논쟁으로 빠뜨릴 위험성이 있다."(복도훈, 같은 책, 34쪽)라는 의견도 참고할 수 있다.

26 김초엽, 「차가운 우주의 유토피아」, 《악스트》 2019년 11·12월호, 70쪽.

27 같은 글, 73쪽.

여성 SF, 표상이 아니라 수행으로

이상을 종합하면, 자율적인 텍스트의 문학성을 재고하는 관점과 자율적인 법칙의 과학성을 회의하는 시각을 이 시대의 주요한 흐름으로 볼 수 있고, 그런 흐름 위에서 한국 SF의 활기를 바라볼 수 있다는 이야기다. 다양한 양상이 있으나, SF로 분류되는 텍스트 중 다수는 현실의 필연성(과학적 법칙) 위에서 발생한 유토피아/디스토피아의 비전을 드러내는 서사, 혹은 포스트휴먼 캐릭터가 등장하는, 미래 시점의 서사라고 할 수 있다. 이 중에서 특히 여성 주체/객체들의 발화/표상이 현재의 과학 법칙을 위배하지 않으면서 현실과 사회를 비틀거나 뒤집을 때, 그리하여 과학 법칙에 위배된 이야기로는 잘 건드려지지 않던 지점들이 문득 확연해질 때,(예컨대 여성 SF 서사의 고전이라 할 제임스 팁트리 주니어의 『체체파리의 비법』(1977)에서 페미사이드 또는 미소지니가 얼마나 참혹한 결과로 이어지는지를 알레고리적으로 밝혀 준 이래로) 그런 이야기는 현재를 비추는 유력한 상상으로서 페미니즘적 문제의식을 첨예화한다. 또한, 포스트휴먼 캐릭터가 어떤 SF 서사의 중심일 때, "AI/안드로이드는 인간의 영혼/몸과 유비되면서도, 성차(그것이 생물학적인 것이든 수행적인 것이든)의 표지가 없"[28]으므로, 그들을 통해, 그들과 함께, 현재의 필연성을 바꾸어 낸 미래가 그려질 때, 페미니즘적 사유는 폭발한다.

그리하여 최근 SF의 창작 주체와 재현된 표상으로부터 포스트휴먼 시대의 여성, 과학, 서사 등을 모색하는 질문이 급증한 가운데, 특히 여성 작가가 쓴 SF에 주목하여 포스트휴먼 형상을 분석하고 페미니즘적으로 해석하는 논의들이 눈에 띈다. 대표적으로 서승희의 「포스트휴먼 시대

---

28 양윤의, 「PB＋SF＋FS」, 《문학과사회》 2019년 겨울호, 364쪽.

의 여성, 과학, 서사: 한국 여성 사이언스픽션의 포스트휴먼 표상 분석」이라는 논문을 보면, "사이언스픽션의 틀과 장치를 활용하며 타자성의 문제를 다룬다는 공통점을 지"니는 윤이형, 김보영, 정소연의 소설에서 "안드로이드, 사이보그, 로봇, 인공지능, 외계 생물체 등 다양한 포스트휴먼의 형상을 다루는 가운데 다양한 여성 타자를 결합하거나 병치시"킴으로써 이끌어 낸 중요한 인문학적 성찰을 접할 수 있다.[29] 이 여성 SF 작가들의 서사가, 현재의 규범학을 재고하고, '생명 정치'의 역학을 읽어 내고, 근대적 '인간주의'의 고유성을 해체하여, 필연적 윤리를 모색함으로써 '문학적' 기능을 탁월하게 수행하고 "과학기술 찬양도 비판도 아닌, 포스트휴먼 주체의 새로운 실존과 윤리, 나아가 긍정의 정치학을 구현하는 주체"[30]를 그려 냈다는 분석을 따라가다 보면 머리가 환해지는 기분이 들 것이다.

과학과 관련한 인문학 담론에서 대개 포스트휴먼 표상을 통해 미래에 현재를 비춤으로써 그 시차(時差/視差)로부터 인간주의의 편협함을 효과적으로 표출해 낸 성과에 주목하는 논의는 최근 SF 담론의 주요한 경향이기도 하다. 특히 SF적 상황에 내재한 '시차'를 "일종의 은유이자 알레고리"로 볼 때, "SF의 판타지가 구체적 현실의 곤궁과 결핍에서 비롯"된 것으로, 여성 작가들의 SF는 "사적 공간에서 벌어지는 수많은 폭력을 모조리 범죄로 고발하고 처단할 수 없을 때, 여성의 분노는 SF라는 기이한 이스트에 의해 부풀어 오르고 터지게 된" 것으로, 분석될 수도 있을 것이다.[31] 그리고 이러한 분석의 근거는 아마도 이런 진단, "페미니즘이 자신

---

29 서승희, 「포스트휴먼 시대의 여성, 과학, 서사」, 《현대문학이론연구》 77권(2019), 148쪽.

30 같은 글, 같은 쪽.

31 정은경, 「SF와 젠더 유토피아」, 《자음과 모음》 2019년 가을호, 24쪽.

의 해방적 가능성을 구현하는 것은 아직 미실현된/허구의 상상계에서만 가능한 일이다. 실재에서는 계급, 인종, 종족, 젠더, 섹슈얼리티라는 낡은 분리선이 여전히 유지되고 있으며 억압과 착취와 폭력과 수탈이 이어지고 있기 때문이다."[32]라는 생각에 기인하리라 짐작 가능하다. 덧붙여, SF에 한해서만이 아니라 "인간-자연, 인간-사물의 경계를 허무는 탈인간중심주의적 서사"를 "'휴먼-아닌' 몸의 이야기 혹은 '포스트휴먼 조건' 아래의 몸 이야기로 읽으면서 포스트휴먼 내러티브의 지형도를 징후적으로 가늠"(538)한 논의도 이 시대의 과학과 젠더 담론의 만남을 정합적으로 실천한 사례로 여겨진다.[33]

이상에서 간략하게 언급한 최근 논의들을 포함하여, '포스트휴먼' 또는 '비인간 주체'가 포함된 서사에서 어떤 곤경들, 조건들, 가능성들을 '읽어 내는' 인문학적, 비평적 작업들을 접했을 때, 나는 마치 철저한 동의를 표하는 것만이 내가 할 수 있는 모든 일이라는 듯 수없이 고개를 끄덕이며 책장을 넘겼더랬다. 그동안 머릿속에 마구잡이로 담겼던 데이터들이 매우 체계적인 알고리즘을 통과하여 지금 바로 유효한 결과치를 낸 기분이었다고나 할까. 그러다가 문득, 나의 이 반응이 어떤 문학 텍스트에 대한 타당한 감상이 풍부하고 적실하게 전개된 독해를 대했을 때와 다르지 않다는 데 생각이 미쳤다. SF에서 '포스트휴먼의 표상'을 통해 '인간(성)'의 해체와 '정상(성)'의 재고와 '윤리'의 요청을 만나게 되자, 문득 '포스트휴먼이 아닌 표상'에서도 나는 '인간(성)'의 해체와 '정상(성)'의 재고와 '윤리'의 요청을 자주 만났다는 생각이 든 것이다. 여성 작가

---

32 양윤의, 앞의 글, 364쪽.

33 차미령, 「고양이, 사이보그, 그리고 눈물 —— 2010년대 여성 소설과 포스트휴먼 '몸'의 징후들」, 《문학동네》 2019년 가을호, 537, 538쪽.

들의 SF, SF 속의 여성 주체, 이들에게서 새롭게 얻은 기운은, 미래 과학이 뒷받침된 낯선 세계의 표상들을 비로소 납득하게 된 어떤 원리에서 기인한 것일까. 일종의 '사고 실험'인 SF에서, 각각의 텍스트가 표상/재현하는 세계는 독자를 새로이 납득시켜야만 할 원리로서 창안되었다기보다 기존의 원리를 변경하는 사고(思考)를 자유롭게 실험하고 표현하기위해 끌어 온 배경이 아니었을까.

다시 말하면, 최근 SF의 사고 실험이 '여성'과 만났는데, 그 실험의 현장이 무엇을 재현/은유/상상하여 어떤 의미/리얼리티/스토리가 있는지를 따져 보았다면, 그 실험이 어떤 연유로 활성화되었는지에 대해서도 관심이 크다는 말이다. SF의 가치를 "우리 인식과 상상의 재현적 상관물로 한정되거나 환원되지 않는" 것으로 볼 때, "존재와 세계의 우연성을 강력하게 증명"하는 것들이 "우리의 지각과 경험의 범주 너머를" 불러오는 강력한 (문학적) 효과로 다가올 때, 그리하여 "현실에 대한 의미장을 확대하기, 탈인간(지구) 중심주의적 객체들을 발견하기, 다양한 행위자 네트워크에 인간을 재배치하기. SF와 더불어 열릴 수 있는 새로운 현실이라 할 만하다."[34]라는 결론에 자동적으로 고개가 끄덕여질 때, 어쩐지 익숙한 느낌에 휩싸이며 "지난 연대의 작가들의 작업들"[35]이 떠오르기도 했다. 물론 이런 가치가, '포스트휴먼'이라는 표상 또는 주제와 관련된, 그리고 현재 한국 SF에 대한 텍스트 비평으로서 도출된, 합당한 분석이

---

34 복도훈 「SF와 새로운 리얼리티를 찾아서 — 김초엽과 박문영의 소설을 중심으로」, 《창작과비평》 2019년 겨울호, 67쪽.

35 "문학계에서 인간-자연, 인간-사물의 경계를 허무는 탈인간중심적 서사는 지난 세기 말, 1990년대부터 가시화된 것처럼 보인다.(물론 텍스트를 보는 시선이 달라진다면, 그 기원이 어디까지 확대될지 장담할 수 없다.) 지난 연대의 작가들의 작업들도 이러한 관점에서 다시 읽힐 이유가 있다."(차미령, 앞의 글, 537쪽)라는 생각이 '지금'에 대한 나의 문제의식을 지지해 줄 것 같다.

자 인정이며 기대라는 사실에 이의는 없다. 또한, SF라는 "장르만의 게임, 그 게임을 즐기는 고유의 방식이 중요"[36]함을 존중한다고 해서 SF의 가치가 내게 익숙한 '문학적 효과'로 환기되어선 안 된다는 뜻도 당연히 아니다.

다만 '최근 어떤 SF가 왜 의미 있는가.'라는 질문만큼이나 주목해야 할 사실은 'SF 쓰기와 읽기가 활기를 띠게 되었다.'라는 최근의 추세 자체라고 생각한다. 왜냐하면 이 추세가 "한국 사회에서 문학이 지니는 함의 및 위상의 변화, 그리고 고정관념의 해체와 동궤를 이루는 것"[37]이라고 판단하기 때문이다. 만약 최근 SF가 활기를 띠는 이유를 각 텍스트의 질적 의미에서만 찾는다면, '질적'이라는 가치를 어떤 기준으로 말할 수 있을까? 이전의 SF에는 없었던 혹은 부족했던 어떤 자질이 이제 발견되었거나 신장되었다고 할 수 있을까? SF에 대한 '문단 문학'의 관심을 두고 말한다면, 발견되었거나 신장된 그 질적 자질이란 혹시 문단 문학을 견인해 온 어떤 기준(가령 '재현 미학')에 부적합/미달하다가 이제는 적합/달성하게 되었다는 뜻일까?

아닐 것이다. 그보다는 차라리 문단 문학을 오랫동안 견인해 온 어떤 기준이 더 이상 적합하지 않게 된 까닭에 SF의 활기가 나타났다고 보는 편이 맞다. 말을 바꿔서 여성 SF에 대해 다시 질문해 본다. 본래 과학을 통해 인간을 질문하는 SF 장르가 최근 들어 페미니즘적 메시지를 전달할 수 있는 장치로 활용되는 것인가, 아니면, 근대적 인간의 신화와 근대적 지식의 신화를 동시에 질문하는 페미니즘적 사유가 최근 SF라는 장르로서 활발히 수행되는 것인가. 이런 질문의 문제의식은 위에서 언급한

---

36 듀나, 앞의 글, 93쪽.

37 서승희, 앞의 글, 132쪽.

논의들에서도 단초를 찾을 수 있다. SF의 현실적 구속력과는 별개로 "중요한 것은, 이러한 공상을 하는 '진짜 여성의 실존'이다."[38]라고 했을 때 여성 SF는 현실을 부풀리거나 대리하는 공상물이 아니라 여성의 실존을 진짜로 만드는 서사적 수행이다. 여성 SF에서 "다른 시간들을 통해 지금을 보고, 다른 공간들과 여기를 횡단하며, 다른 존재들에게 우리를 열어 놓기. 그로써 더불어 사는 법을 찾아가기."[39]를 기대한다면, 그것은 이미 우리의 현재를 다르게 수행 중인 것이다.

이제 정리하겠다. 21세기의 과학기술이 '문학'에 미친 영향은, 포스트휴먼의 형상화가 재현된 텍스트들이 증가한 데서가 아니라 그 텍스트들과 더불어 '휴먼'의 관념과 합의를 재고하는 계기로서 포스트휴먼 담론을 가져온 데 있다고 보아야 한다. 이때 포스트휴먼 담론이 닿는 곳은, 포스트휴먼이 포함된 세계가 어떻게 현실과는 다른 (미래적) 세계를 (예측하여) 재현하는가의 문제로 환원되지 않는다. 세계를 반영/모방/대표하는 형상화를 통해 한 편의 텍스트를 만들어 내는 '재현'이란 이 세계를 인식하고 구축하는 일종의 관습이기도 한 것인데, 최근 SF의 활기에서 더 강하게 감지되는 바는, 포스트휴먼이 존재하는 세계의 이야기가 '재현'의 양식을 어떻게 준수/변형했는가보다 그런 세계가 쓰이고 읽힘으로써 무엇이 수행되고 있는가에 더 관련 있기 때문이다. 따라서 최근 SF의 활기는 이 시대 서사의 형질 변화를 단적으로 보여 주는 현상이라고 할 수도 있다. 앞 장에서 논의한 바를 갖다 잇자면, 고전적으로 작용해 온 문학의 자율성과 과학의 자율성이 거의 붕괴된 자리에서 이 시대

---

38 정은경, 앞의 글, 35쪽.
39 차미령, 앞의 글, 557쪽.

의 문학적 또는 과학적 기술(記述)은 재현/대표의 권위를 자동적으로 지니는 데 무력해졌다. 서사에 한정해 말한대도, '미학적 원리'라 믿을 만한 기법들과 관습들이 희박해졌고, 재현된 형상들이 읽히고 수용되는 다양한 맥락들 중에서 특별한 권위는 일정하게 나타나지 않는다. 이제 이야기는 "자기만의 오리지널리티를 존중받으면서 문학을 대표해 왔다고 '위임받은' 이들"[40]이 구축한 대표 표상이 아니라 "대의되지 않고 스스로 말하겠다고 주장하는 주체들"[41]이 자기 나름의 필요와 욕망에 의해 수행하는 '자기 테크놀로지'로서 쓰이고 읽히는 것이라고 해도 되지 않을까. (이는 물론 '문학'의 격변이라기보다 삶의 변화, 생활의 변화, 사유의 변화와 맞물린 사태다.) 특히 근대적 '휴먼'을 질문에 붙인 페미니즘적 사유와 더불어 활기를 더한 여성 SF는, 여성 정체성을 투사한 반영물의 구축으로서보다 여성인 자기를 주체화하는 수행으로서 더 의미화되어도 좋을 것이다. "SF적인 상상력은 단지 텍스트를 읽고 쓰는 행위에 그치는 것이 아니라 현실을 새롭게 이해하고 결국은 어떤 가능한 변화를 만들어 내기 때문이다. 그래서 우리는 SF를 한다. 읽고, 쓰고, 그리고 한다."[42] 이 부분을 인용한 까닭은 물론 '한다' 때문이다.

자기의 글쓰기로 리얼리티를 수행하려는 에너지

"문단에서는 SF를 어떻게 비평해야 할지 모르는 것 같다. '렌즈'가 달

---

40 김미정, 「흔들리는 재현 대의의 시간」, 『움직이는 별자리들』, 76쪽.

41 같은 글, 80쪽.

42 인아영, 「젠더로 SF하기」, 《자음과모음》 2019년 가을호, 58쪽.

라서 잘못 읽힐 때도 많고 일부만 소개될 때도 있다. SF 창작자와 오랫동안 애정을 갖고 SF를 읽어 온 분들이 비평을 한다면 지금까지와 다를 것"[43]이라고 한 정세랑 작가의 말이 떠오른다. 그동안 SF에 대한 비평이 지나치게 적었던 까닭이라면 "전통적인 문학비평이나 틀 안에서 말할 수 없다는 것"[44] 때문이었을 테니 "처음부터 연역적인 틀을 가지고 들어갈 게 아니라, 일단 한국 SF 소설을 충분히 읽고 나서 그것을 바탕으로 일반화를 하는 과정이 필요"[45]하다는 의견에도 크게 공감한다. 이 글 서두에서 썼던 비유를 또 쓸 수밖에 없겠는데,(내가 '우동 거리 가설'에 이토록 감명받은 줄은 미처 몰랐다.) 정말로 우동 맛밖에 모르는 (나 같은) 사람이 음식 맛에 대해 이러쿵저러쿵해 온 까닭에 한국 SF 작가들은 "지나고 나서 돌아보니 작가로서 내가 늘 고팠던 것은 비평과 반응이었다."[46]라는 고백을 하게 됐고, 이것은 "독자와 평론가들이 충분한 장르 교양을 갖추었다고 믿지 않았다."[47]라는 판단과 짝을 이루는 얘기다. 그리고 이런 사정은 실상 '문단문학'이 보다 많은 독자의 관심과 반응을 갈구하는 형편과 유사한 양상이라는 생각도 든다. 결국, 제도와 권력과 네트워크가 형성해 놓은 편중된 가치 혹은 편향된 시각을 탓하지 않을 수도 없다.

이 글에서 가장 관심을 둔 바는 "지금은 분위기가 많이 달라졌"다는 것인데, 무엇보다도 "일단 SF 쓰는 사람이 많아진 게 원인"(배명훈)[48]이라데 이의가 없기 때문이다. 물론 그 저변에 "양적으로나 질적으로나 꾸준

---

43 「"이것이 한국 SF의 모든 것" ― 중심으로 도약하는 '오늘의 한국 SF'」, 《경향신문》, 2019. 12. 17.

44 최지혜·배명훈 인터뷰, 「배명훈의 궤도」, 《오늘의 SF》 1호(아르테, 2019), 270쪽.

45 같은 글, 272쪽. 배명훈의 발언.

46 문지혁, 앞의 글, 19쪽.

47 듀나, 앞의 글, 92쪽.

48 최지혜·배명훈 인터뷰, 같은 쪽.

히 성장"(정소연)하여, 이제 "한국 소설을 읽는 사람들이 한국 SF를 읽는 게 자연스러운 모습"(정세랑)[49]이 되게 한 한국 SF의 점진적인 역사가 있을 것이나, 현재 "훨씬 역동적으로", "불가역적일 정도로" 빠르게 SF 창작자가 늘어난 (직접적인) 까닭은 무엇일까? '문단문학'에 편중/편향되었던 기준이 이제 방향을 바꾸어 SF 쪽으로 또는 다른 장르 쪽으로 편중/편향된 것도 아닐 터이고, '문단문학'에 편중/편향된 기준이 아예 사라진 것이라 할 수도 없다. 그러나 그 편중/편향에 대해 불편함, 걸리적거림, 성가심, 난감함 등이 커졌다는 것, 이것만은 확실하지 않을까. 이 글에서는 그 곤경을 헤치고 스스로 자기 발화를 고안하려는 사람들의 서사가 SF와 공영(共營) 중이리라는 생각을 밀고 나가 보았다. 특히, 기울어진 운동장에서 편중/편향을 더 크게 느낄 수밖에 없는 여성 주체들의 발화 의지는 SF로서 더욱 우아하게, 더욱 생동하게 자기의 테크놀로지를 수행하는 데 성공했다고 말하고 싶다. "다양한 분야의 사회적 약자나 소수자 문제라는 소재도 SF적으로 생각할 수 있다는 것을 보여 주는 쪽"[50]이라고 할 때, 이 이야기는 소수자를 표상하는 SF가 아니라 소수자가 발화하는 SF라는 의미로 이해해야 할 것이다. 이는 쓰는 쪽에만 해당하는 게 아닌데, "사람, 특히 소수자에 집중하면서 내밀한 서사가 있는 SF에 독자들이 반응했다."[51]는 사실은 독자 역시 SF에서 비로소 소수자의 표상을 만났다기보다 소수자의 자유로운 목소리로서 SF를 알아보게도 되었다는 뜻이리라.

이 글은 당연히 SF 비평이 아니고, SF 장르에 관한 논의도 아니다. SF

---

49 「"이것이 한국 SF의 모든 것" ― 중심으로 도약하는 '오늘의 한국 SF'」, 《경향신문》, 2019. 12. 17

50 「'어떻게 살아야 하나' 불안함, '휴먼 SF' 열풍 부르다」, 《중앙일보》, 2020. 2. 12. 《오늘의 SF》 1호를 출간한 아르테 출판사 전민지 팀장의 말.

51 같은 글.

를 읽는 렌즈 또는 귀납적 틀 등을 갖추지 못했다는 자각 때문에 그런 건 아직 시도조차 못했다. 내가 어떤 SF를 읽고, 문예지에 실린 다른 소설들에서 자주 만났던 리얼리티로부터는 근본적으로 인지하지 못했던 어떤 감각이 건드려졌다면 나는 그것을 매우 반기고 즐거워할 테지만, 그것이 '우동 거리'의 벽을 세우는 데 기여할지 허무는 데 기여할지 스스로 확언하려면 너무 신중해질 것 같아서다. 어쨌거나 현재 SF 활기가 발산하는 것은, 새로운 리얼리티를 새로운 표상으로 만나는 신선함보다는 자기의 글쓰기로 새로운 리얼리티를 수행하려는 에너지(소위 '정동') 때문이 아닐까 싶어 이런 글을 썼다. 그리고 이건 좀 내밀한 짐작이지만, 비평문을 꽤 오래 써 왔는데도, 아니면 바로 그 때문인지, 날이 갈수록 '비평문'의 대표/재현의 양식적 관습에서 점점 멀어지는 자기 글이 못내 겸연쩍으면서도, 어떤 거추장스러움을 벗은 듯한 기분으로 반성의 기미가 별로 없는 나 자신의 글쓰기 태도가 곧 이런 글을 쓰게 했을 것이다. 이런 이야기가 미학적 판단의 말로 들리지 않았으면 좋겠다. 다만, 김미정의 말대로 "제도와 유관/무관하게 '자기의 테크놀로지'로서의 읽기-쓰기가 이루어지는 무수한 현장을 숙고하는 일이 미학의 문제와 무관치 않음"[52]을 매우 가까운 곳에서부터 생각하게 되었다는 고백 같은 것이다. 자기에 관해서라면 '미학의 문제'는 다음 일일까, 무엇을 '비평'하겠다는 목적도 없이 일단 썼으니, 이제는 미학의 문제를 고민하러, SF를 읽으러 갈 시간이다. (2020)

---

52 김미정, 앞의 책, 44~45쪽.

2부

소설 리부트

——(표현) 민주화 시대의 소설

1 소설 리부트?

　이것은 한국문학의 신드롬이다. 두 권의 소설책에 대한 얘기다. 조남주의 『82년생 김지영』과 최은영의 『쇼코의 미소』. 장편 『82년생 김지영』은 최근 우리 사회에, 아니 실은 전 세계적으로 부각된 페미니즘 이슈와 함께 유례없이 널리 읽히며 징후적인 독해를 유발하는 중이고, 소설집 『쇼코의 미소』는 소설 본래의 감동을 확산시켰다는 평으로 문인들과 독자들의 사랑을 동시에 받는 드문 사례 중 하나가 됐다. 두 책의 인기 정도면 서점과 출판사에서 한국 소설의 맹활약에 속하는 편이므로 일단 상업적으로 '성공'이라 해도 될 것이다. 한데 그러한 성공의 배경에, 이를테면 '큰 상'이라든가 '영화화'라든가 작가의 공중과 미디어 출현이라든가 하는 소설 외적인 유명세가 먼저 있지 않았다는 점에서 이 성공의 핵심은 '꽤 많은 사람들이 한국 소설을 읽었다.'라는 단순한 팩트에서 찾는 것이 옳을 듯하다. 다시 말하지만 꽤 많은 사람들이 이 두 권의 소설책을 읽었다. 그런데 나는 지금, 이것이 가히 놀랄 만한 돌풍이라도 된다는 얘기를 하고 싶은 것일까? 글쎄, 이 정도면 급작스럽게 불어닥친 태풍은 아니어도 확실히 느른함을 식혀 줄 활기찬 바람은 되지 않을까 싶은데, 그렇게 얘기하려면 한마디 덧붙이는 게 좋을 것 같다. 이 책을 읽은 많은 사람들이 '읽은 것에 대해 이야기한다'.

『82년생 김지영』이 입소문을 타며 우연히 정치권 인사들에게까지 파장을 일으키게 된 계기로 더 많은 주목을 받은 것을 두고, '판매'와 관련된 소설 외부적 신드롬이라 생각할 수 없다. 한 문예지의 신인상 당선작이었던 「쇼코의 미소」에 문인 집단의 관심이 쏠리고 선배 작가의 찬사가 뒤이으며 두어 달 만에 '젊은작가상'이 주어지자 이 신인 작가에게 점점 더 큰 인기가 몰려든 것을 보고, 문예지 시스템이 원하는 '스타 작가'의 탄생이라 말할 수 없다. 다시 말해, 이 두 책의 '성공' 요인은 소설 외부적 상황이 아니라 소설의 속성 혹은 특장 안에 있음도 분명하다. '여성'으로 살아가기의 곤고함을 다룬 이야기 중 '페미니즘'의 이슈화와 그 확산에 가장 밀접한 것이 『82년생 김지영』인 이유를 오직 '페미니즘' 쪽에서만 찾을 수 없다는 얘기고, 예전부터 내내 소설을 읽어 온 이들이 새삼 『쇼코의 미소』에서 '소설만이 주는 감동'을 받았다고 하는 데에 이 소설의 특수한 현재성이 있다는 뜻이다.

무엇일까. 이 책들의 무엇이 여러 사람들에게 읽히는 이야기가 되게 했을까. '소설이란 모름지기 대중의 관심을 받아야 하고 나아가 많이 팔리는 것으로도 가치가 매겨지는 세속의 물건'이라는 얘기를 하려는 게 아니다. 소설의 인기, 영향력, 위상 등의 하강세에 안타까움이 없진 않지만, '소설이란 모름지기 지성과 감성의 최전선에서 대중을 이끌어야 하는 예술적 생산물'이라는 식의 얘기도 할 생각이 없다. 다만, 일반명사 '소설'이 대중의 외면 대상이 되어 결과적으로 '대중성'이나 '공공성' 또는 '정치성' 나아가 '문학성' 등을 논의하는 데 그 점이 걸림돌이 되어선 안 될 것 같다고 느낀다. 두 책의 '성공'으로 한국 소설의 큰 약진을 기대한다거나 두 책이 공히 타의 모범이 되어야 한다고 피력하려는 게 아니다. 다만 한국 소설의 어떤 부진함에 대한 숙고는 여러 방면에서 이루어져야 하고 그것이 '소설'과 우리의 원활한 관계를 위한 재시동의 계기가 될 수는 없을지 고민 중인 것은 사실이다.

2 예비된 '현재성'

　지난 2년여 간 표절과 성폭력으로 터져 나온 문학계의 비판과 자성의 시간 이전부터, 한국 소설은 큼직한 변화를 예비하고 있었다는 생각이 든다. 한동안, 전자 음원 시대의 클래식 악기 연주에 문학의 위세가 더러 비유되듯이 소설 쓰기/읽기는 이 포스트모던 다매체 데이터베이스 시대와는 영 안 어울리는 일인가도 싶었더랬다. 하지만 그쪽으로 비유하려면 문학은 클래식 악기가 아니라 음악에 비유되어야 할 테고, 21세기의 음악은 전자음으로도 클래식 악기로도 때에 따라 어울리는 분위기를 조성해 내므로 거기에 빗댄다면 현재의 문학 역시 말의 어떤 양식으로도 사유와 감성을 의미 있게 생성해 낸다고 말하는 편이 더 적합할 것이다. 더구나 다수는 아니라 해도 누군가 읽고 싶고 쓰고 싶은 '소설'이 온존한다는 사실을 외면하고 억압해야 할 까닭은 없으니, 한국 소설을 한물 간 장르인 양 몰아 부치는 거센 말들에 스스로 위축된 상태에 머물러서도 안 될 것이다.

　물론 그럼에도, 일반적으로 21세기의 한국 소설이 21세기적 시대 분위기에 정합적인 콘텐츠/스타일을 구가하고 있다고 말하기는 난감하다는 입장들, 나아가 한국 소설의 '낙후성', '시대착오성'에 항의하는 문제 제기들에 귀 기울이지 않을 수 없고, 그런 목소리들에 촉발되어 시대에 걸맞는 소설의 형상을 궁구해 보지 않을 수 없다. 어떤 매개/재현(물)을 당대와 안 어울리는 낙후된 것으로 여긴다면, 그 재현(물)과 달리 그 시대는 진보한, 선진의, 새로운 무드에 진입한 것일까? 어떠한 시대에나 그렇듯 진보 무드의 시대에도 수구적인 사람, 퇴행적인 사건, 시대착오적인 이데올로기 들은 있기 마련인데 그런 부분을 매개/재현하면 시대착오적이게 되는 것인가? 아니면, 이 시대에 '착오적'이라 할 수밖에 없는 매개/재현의 특정 스타일이 있는 것일까? 그도 아니면 어떤 장르/양식(가령 '소설'이라는) 자체가 구시대의 유물인가? 확정하기 어려운 답들은 이 일련의 의문문들 속에 일부 용해되어 있기도 할 것이다.

한국문학에 누적되어 온 어떤 '둔감'이 2000년대 이후(라고 말해 보지만 시점을 명확히 하기는 어려운 기간 동안) 드러나고 말해지기 시작한 것은, 그에 대한 조롱이나 비판 때문이라기보다 달라진 환경에서 자생한 다른 감각 때문이다. 돌이켜보자면 2000년대 초중반의 한국문학이 대개 기존 문학의 임계점으로부터 '한 걸음 더'를 감행하려는 모험으로 의미화되곤 했을 때, 그 특성은 '개별적 주체/타자들', '동일화되지 않는 주체성', '동일성에 저항하는 미학들', '타자화되는 세계' 등등의 어구들로 유사하게 묘사되곤 했다. 그런데 어느 때부턴가(아마도 지난 두 번의 보수 정권과 글로벌한 정치 경제적 정세 전환을 겪으면서) 문학의 역할과 위상 변화에 대한 직시와 자각이 불가피해졌다. 해결이 요원한 온갖 사회적 난제들에 봉착하며, 그간 문학적으로 천착해 온 '개인적인 것' 또는 '특수한 개별성'이 무엇을 대표하는 어떤 재현이었나를 자문하지 않을 수 없었다. 이 시대 모든 사람들의 말/글/기록으로부터 무형의 '공론장'을 느끼는 이들이 '문학적 감성의 변화'를 고백하기 시작했다.[1]

공론장의 작동을 감지한 다양한 능력들이 문학적 수행으로 출현하는 가운데 『82년생 김지영』과 『쇼코의 미소』의 신드롬은 어떻게 파악될 수 있을까. 두 책은 공히 '페미니즘'의 부각과 확산에 힘입은 바 크다. 한국 여성의 삶에 가해지는 일상적 차별과 혐오를 35세 여성의 일대기로 재현한 『82년생 김지영』은 지난해 '강남역 살인 사건'으로 촉발된 우리 사회의 '여성 혐오' 논의를 문학계의 활기로 이어 온 주역이 확실하다. 최은영 작가의 데뷔작이기도 한 단편 「쇼코의 미소」를 비롯하여 동명의 소설집에 수록된 단편들에는 여성 중심의 유대와 공감, 자매애를 치열하게 심화하는 연대의 서사가 다른 어떤 것보다 뚜렷해 보인다. 그런데 이 이야기들에 서사화된 여성의 삶이나 그것이 놓인 사회의 현재성, 역사성 등은 (그런 것이 지금껏 한 번도 재현된 적이 없던 게 아니라면) 다른 소설들에서 재현된 것과 어떻게 다른가? 이 질문을 뒤에 두었을 때, 이 시대 페미니즘이라는 공론장의 작동 속에서 두 책의 신드롬은 공적 능력 회복을 위한 문학적 수행의 사례가 될 수 있을 것인가?

3 '당신(들) 인생의 이야기'를 위하여

두 책에 공통되는 특장(이라고 썼지만 인기 요인일 것이다.)을 먼저 생각해 보자.

둘은 공히, 선명하다. 스토리가 확연히 잡히는 편이어서 서사가 선명하다고 말해지고, 이야기를 통해 감지되는 의도가 뚜렷한 편이어서 메시지가 선명하다고 말해진다. 다른 곳도 아닌 대학의 소설 수업에서도 매시간 들려오는 소리, '한국 소설은 어렵다.'라는 소리가 이 책들을 읽을

---

1   지금 논의하는 내용은 이 책의 1부에 실린 두 편의 글, 「수평선이 보인다 — 이후로 돌아가는 문학」, 「한사코 문학 — 'K문학' 유감」에서 숙고한 바 있다.

때는 잠잠해졌다는 사담으로 사태를 설명해 볼 수도 있겠다. 『82년생 김지영』을 채운 에피소드들에서 생생한 디테일들이 개연적으로 활용되는 솜씨라든가 불쑥 끼어든 기사와 통계 자료를 건너 타며 보고서 양식으로 능청스럽게 넘어가는 기교는 이 '픽션'이 입각한 수많은 사람들의 '실제' 경험을 더욱 선명하게 상기시키는 데 기여한다. 『쇼코의 미소』에 실린 다수의 이야기는 완료된 과거 사건에 대한 감상적인 회상인데 이때 사건들보다 더 비중 있는 것은 '기억'에 달라붙은 애정, 미움, 분노, 수치, 후회 등이고, 그것들은 "기술적 숙련과 도야를 통해 높은 단계에 도달"한 것이 전혀 아닌 채로 다만 "담백"하고 "진술"하게 서술되어 "진부하고 미숙한데도 감동적"[2]이라는 평을 듣는다.

김지영 씨는 번쩍, 하고 눈 하나가 더 떠지는 기분이었다. 그러고 보니 정말 그랬다. 4학년이 되면서 웬만한 취업 설명회나 선배와의 만남 자리는 빠지지 않았는데, 적어도 김지영 씨가 나갔던 행사장에 여자 선배는 없었다. 김지영 씨가 졸업하던 2005년, 한 취업 정보 사이트에서 100여 개 기업을 조사한 결과 여성 채용 비율은 29.6퍼센트였다. 겨우 그 수치를 두고도 여풍이 거세다고들 했다. 같은 해 50대 대기업 인사 담당자 설문 조사에서는 '비슷한 조건이라면 남성 지원자를 선호한다'는 대답이 44퍼센트였고 '여성을 선호한다'는 사람은 한 명도 없었다.[3]

"그건 그저 구역질 나는 학살일 뿐이었어요." 그 말을 하던 웅원 아줌마의 웃음기 없는 얼굴이 자려고 누운 내 얼굴 위로 떠올랐다. 그 말을 할 때

---

2 서영채, 「순하고 맑은 서사의 힘」(해설), 『쇼코의 미소』(문학동네, 2016), 247쪽.

3 조남주, 『82년생 김지영』(민음사, 2016), 95~96쪽.

아줌마는 우리와 다른 곳에 있었다. 내가 아무리 상상하려고 해도 상상할 수 없는 장소와 시간에 아줌마는 내몰려 있었다. 그녀의 말은 아빠를 설득하려는 말도 아니었고, 자신을 방어하고자 하는 말도 아니었다. 그 말은 아빠를 향한 것이 아니라 그간, 그 일을 겪은 이후로 애써 살아온 옹웬 아줌마 자신에 대한 쓴웃음이었던 것 같다. 그녀는 아빠의 태도에 실망조차 하지 않았던 것이다. 어차피 당신들은 이해하지 못할 테니까, 라는 마음이 그날 밤, 아줌마와 우리 사이를 안전하게 갈라놓았다. 그건 서로를 미워하고 싶지도, 서로로 인해 더는 다치고 싶지도 않은 어른들의 평범한 선택이었다.[4]

책의 어느 부분을 인용해도 크게 다르지 않지만 위 부분은 이 이야기들이 선명하게 '제시'됨을 보여 준다. 이것을 '선명한 재현'이라고 말해 보기 위해선 부연이 조금 필요할 텐데, 우선 떠오르는 것은 '아직 말해지지 않은 어떤 것을 말해진 것으로 만들려는 의지의 가시화'에 의한 것이리라는 생각이다. (김지영 씨가 알게 된 세상이나 옹웬 아줌마의 생각이 불러온 마음이 인용문에 저렇게 드러났듯이) 재현의 선명성은, 재현된 세계의 감각과 경험 현실의 감각이 유사할수록 강해진다. 그리고 이는 재현하는 언어가 경험 현실을 직설적으로 감당하려 할수록 유리해진다. (인용문의 지시적인 문장들에도 그런 직접성이 드러났듯이) 이런 것을 일단 '직설의 문장'이라고 불러 보자면, 그 특징은 다음과 같이 말해 보아도 되겠다. 내가 보고 느낀 세계/대상을 (말로) 매개하는 데 있어, 그 이유와 목적이 '나'의 지각보다 '세계/대상'의 면모 쪽으로 더 열렬하다는 것.

두 책의 선명함에 대해서라면, 엇갈리는 독법들도 일단 얘기해 봐야 한다. 『82년생 김지영』에서 '김지영 씨'로 집약된 평범함은 무수한 전형

---

4 최은영, 「씬짜오, 씬짜오」, 『쇼코의 미소』, 82쪽.

성들의 중첩으로 인해 캐릭터의 측면에서 사실적이기보다 과장적이다. 예를 들어 단편 「씬짜오, 씬짜오」의 경우, '베트남전'에 대한 한국인 일반의 얄팍한 인식과 그로 인해 깨지고 어긋나는 소중한 인간관계, 긴 세월로 치유되는 상처와 결국 화해에 이르는 인간애 등이 너무나 빈틈없는 구도여서 오히려 작위적으로 보인다. '현실/사실을 전달하는 것', 이런 건 때로 순진할 만큼 저돌적으로 느껴질 수도 있다. 대학의 소설 수업이 다시 떠오르는데, 한국 소설이 어렵다고 했던 이들일수록 또 전달이 쉬운 문장이나 장면은 '문학적'이지 않다고 불평을 한다. 직접적으로 제시된 표상은, 과장과 작위를 의도한 실험일 경우에조차 '작법'으로 받아들여지지 않고 다른 무엇, 가령 메시지나 주제라고 불리는 것들을 전달하는 수단으로 여겨 온 '문학 수업'의 오랜 관습 때문일 것이다.

그러나 어떤 재현이 아무리 직접적이고 분명한 형상을 목적으로 한다고 해도 '특정 메시지를 나르는' 메신저 역할에 머문다는 생각은 착오에 가깝다. 세계를 매개하는 언어가 메시지를 담당하는 것은, 그것이 어떤 프로파간다를 위한 단 한 줄, 한마디의 말일 때조차, 메시지를 포장하는 기능이 아니라 메시지를 발생시키는 기능에 의한다.(는 현대 언어학의 가르침을 상기해 본다.) 어떤 언어적 표상을 실제적, 미적, 윤리적 등으로 구별해 볼 수는 있지만, 언어의 재현 기능이 기술적, 미학적, 윤리적 재현 등으로 미리 구별되어 있는 건 아니다. 마찬가지로, 미적 표상은 기술적인 재현과는 배치된다거나 미학적 재현으로는 윤리적 표상이 될 수 없다는 식의 일반화는 불가할 것이다.[5] 『82년생 김지영』과 『쇼코의 미소』는 경

5　김영찬은 "『82년생 김지영』을 놓고 벌인 일련의 비평적 논의"들이 "지지와 비판"으로 양분될 때조차 공통적으로 노출하는 오류를 다음과 같이 지적했다. "메시지는 의미 있지만 미학적으론 결함이 있다는 주장이나 그럼에도 메시지의 가치는 그 미학적 태만의 결함을 덮고도 남는다는 주장은 모두 미학과 메시지를 이분법적으로 분리한다." 「비평은 없다」,《삶》 5호(2017). 170쪽 참조.

험 현실을 직설적/기술적으로 매개한 쪽이지만, 그 서사의 형상을 곧 주제의식의 직접적 표상으로 볼 수만은 없는 것이다.

어쨌거나 두 책의 이야기들로 선명해진 것은 오늘날 한국인들에게 강한 '현실감'을 환기하는 세계다. 다시 강조컨대, 이 이야기들을 통해 '아직 말해지지 않은/덜 말해진' 어떤 것이 '(다시) 말해진 것'이 됐다고 했을 때 궁극적으로 드러난 것은 이야기 속 인물(사건, 세상 등)이 아니라 이야기 밖 현실의 인물(사건, 세상 등)이다. (그런데, 이야기 밖 현실이라고? '현실'은 원래 난만하고 불확실하고 파편적이어서, 우리가 그릴 수 있는 실체가 아니라 문득 우연한 흐름 속에 우리를 처박아 버리는 힘 같은 것이 아닌가? 현실의 재현이란, 나의 불완전한 지각에 맺힌 불투명한 형상을 겨우 끄집어내는 것에 불과한 게 아닌지. 그도 그럴 것이다. 이런 의구심은 진실에 대한 어떤 간곡함에서 기인함을 부인하지 않는다. 다만,) 현실의 재현이 소설의 주인공 '나의 인생 이야기'가 아니라 소설(이라는 실물)이 놓인 이 세계의 사람들 '당신(들) 인생의 이야기'를 향할 때, 거기에 (완벽한) 현실 재현의 한계에 대한 몰지각의 방해는 없다. 차라리 이 선명한 표상들은, '나'의 부족한 묘사로라도 '당신'과 '우리'를 위해, 잘 안 보여서 몰랐다고 여겼던 그것을 보이고 알게 하고야 말겠다는 절박한 무모함을 포함한다.

4 '입이 트이는 소설'을 위하여

두 책이 독자들을 응대하는 공통의 능력에 대해서도 생각해 볼 수 있다. 둘은 공히, 대다수의 공감을 유발한다. 『82년생 김지영』을 읽은 여성들은 대개 "내가 바로 김지영이다."라고 말하고, 『쇼코의 미소』를 읽고 오랜만에 소설 읽기의 즐거움을 되찾았다는 사람들은 진솔한 정서에 동질감을 느꼈다고 말한다. 서사가 '공감'을 유발한다는 건, 마땅히 그러하기도 하고 또 흔한 일이지만, 이 책들에서 야기되는 공감은 '독자가 서사에 공감을 보낸다기보다 서사가 독자에게 공감을 준다.'라고 말해 보는 편이 나을 것 같다는 점에서 약간 다르게 볼 여지가 있다. "정말 그렇다!"라는 느낌보다 "나도 그렇다!"라는 느낌 쪽이라서, 우리를 이야기 속으로 끌어당긴다기보다 이야기가 우리에게로 끌려 나오는 것 같고, 이야기 안의 세계가 아니라 이야기 바깥의 세계에 그 느낌을 부려 놓는 것 같다. 물론 소설의 화자나 인물에게 동조하기도 하지만, 그것이 다시 내게로 와서 나의 입장이나 의견을 살피게 하고 나아가 "나는 이렇다!"라고 말하고 싶게까지 한다는 뜻이다.

『82년생 김지영』의 경우, 이 이야기가 한국 여성의 삶을 가장 적확하게 재현했기에 여성들이 "내가 김지영이다."라고 말하는 것은 아니다. 이 소설에서 '김지영 씨'의 스토리가 진행될수록 인물의 독자성은 점점 약해지는데, 마치 '김지영 씨'를 자기처럼 느낄 다수의 (흔한 이름 '김지영'의) 동명이인처럼 독자들은 거기에 자기 자신의 삶을 비추어 되돌아보게 되는 것이다. '김지영 씨'의 "고유하지 않은" 인생은 오히려 '김지영 씨'와 같은 계급이나 계층, 지역, 연령 등에 한정되지 않는 한국 여성 전반의 인생을 반사함으로써, 이 소설의 문제의식과 공감의 중심은 '젠더'에 있음이 더 명확해지는 효과도 있다. 김지영의 개별성이 지워진 자리에서 "여성 독자는 스스로 김지영이 되기를 마다하지 않으면서 자신의 고유한 체험과 그 체험에 응결돼 있는 감정들을 능동적으로 발굴해 기입하고 있다."라는 신샛별의 지적은 핵심을 짚어 주었다.[6] 주인공 '김지영 씨'의

---

6 신샛별, 「프레카리아트 페미니스트 — 조남주, 강화길의 소설에 주목하여」, 《문장 웹진》, 2017년 7월호.

목소리에 무수한 여성의 목소리가 겹쳐 있음을 분석하고 이 소설이 "저마다 스스로를 투영할 준비가 된 다층의 데이터베이스-네트워크를 가능성의 차원에 적극적으로 요구"하므로 "그것이 요청하는 다수의 능동적 개입에 의해 이 소설이 거듭 읽히고 다시 쓰일, 어떤 집적된 경험의 잠재적 차원"[7]을 거느리고 있다고 논평한 조형래의 글도 중요한 참고가 되어 준다.

『쇼코의 미소』의 경우, 여기에 주로 그려진, 강렬한 유대감의 인간관계나 그것의 결렬로 인한 정서는, 누구나 몇 번은 경험했고 기억할 만한 종류의 짧은 만남, 안타까운 헤어짐, 아쉬운 후회 등을 환기해 준다. 이 중에는 베트남전, 인혁당 사건, 세월호 이후의 광장 등 우리가 잊지 못할 역사적 사실도 있고, 외국인 친구와의 짧은 인연이나 대학 시절의 강렬한 만남 등 낯선 타인에게 친밀감을 가졌던 시절의 잊히지 않는 일들도 있어서, 어쩐지 실제 경험에 더 밀접할 것만 같은 착각도 생겨나기 쉽다. 인물들끼리 서로 공감하고 연대하는 이야기도 많은데, 거기에 독자도 합류한다기보다 그들의 이야기에 동의하고 동감하면서 독자는 저 자신을 알게 되는 느낌이랄까. 완료된 과거의 '기억'을 돌이키는 인물들의 회한, 서글픔, 안도감 등의 감상적 정서가 읽는 '나'의 어떤 기억에 밀착되면서, 그들의 진솔한 회상과 고백은 내가 나의 과거를 이해하도록 도와주는 것 같다. 책 속의 한 구절이지만 광고 카피처럼 유명해진 한 문장, "어떤 연애는 우정 같고, 어떤 우정은 연애 같다."가 당신에게는 어떻게 작용하는가. 이 말이 건드려 준 건 '그들'이 아니라 '나'의 어떤 연애와 어떤 우정이었다.

---

7   조형래, 「데자뷔의 소설들」, 《문학동네》, 2017년 가을호, 545쪽.

불교 신자였던 할머니는 사람이 현생에 대한 기억 때문에 윤회한다고 했다. 마음이 기억에 붙어 버리면 떼어 낼 방법이 없어 몇 번이고 다시 태어나는 법이라고 했다. 그러니 사랑하는 사람이 죽거나 떠나도 너무 마음 아파하지 말라고, 애도는 충분하되 그 슬픔에 잡아먹혀 버리지 말라고 했다. 안 그러면 자꾸만 다시 세상에 태어나게 될 거라고 했다. 나는 마지막 그 말이 무서웠다.

시간이 지나고 사람들은 떠나고 우리는 다시 혼자가 된다.

그 사실을 받아들이지 않으면 기억은 현재를 부식시키고 마음을 지치게 해 우리를 늙고 병들게 한다.

할머니는 그렇게 말했었다.

나는 그 말을 언제나 기억한다.[8]

마음이 기억에 붙어 버려 괴로웠던 적이 한 번도 없는 사람은 없을 터이니 할머니의 충고는 '영주'만이 아닌 우리 모두의 가슴을 칠 것이지만, 그보다는 할머니의 말을 복기하던 화자가 주어를 '우리'로 바꿔 쓰는 순간, 이야기를 읽던 나는 화자와 함께 '우리'가 되고, 우리는 다 같이 할머니의 '그 말'을 언제까지나 잊지 못하게 될 것이다. 그리고 그때, 이야기의 화자와 청자가, '나'와 '당신'이 '우리'로 합쳐지는 때, 소설 속의 '인간'과 내가 사는 세상의 '인간'이 다르지 않다는 믿음 같은 게 새삼스러워지고, 그것은 마치 온기처럼 퍼져 간다. 이 온기는 '인간'이라는 가변체의 모호성에 대한 불안을 잠시나마 잠재우는 안도감과도 비슷해서, 일시적으로 우리를 달래 주는 달콤한 감상(感傷) 같기도 하다. 하지만 그 센티멘털의 기분 안에서 우리는, '나'라는 인간과 절연되지 않는 당신에 대

8 최은영, 앞의 책. 164~165쪽.

해, 그러니까 '우리'라는 인간에 대해, 어쩐지 좀 이해해 버린 것 같은 기분이 된다. 그리고 그런 기분으로는 나 아닌 다른 누군가를, 최선을 다해 상상해 보고도 싶어지는 것이다. 『쇼코의 미소』의 해설에 나오는 "순하고 맑은 서사의 힘"(서영채)이란 말에서 가장 힘주어 발음해야 할 단어는 '힘'일 텐데, 이 힘은 읽는 이들이 자기 자신을 이해하고 다른 누군가를 상상하도록 요청하는 호소력에 다름 아닐 것이다. 그 서사는 순한지 몰라도 이 힘은 맹렬하고 집요하다.

5 감성의 재배치

『82년생 김지영』과 『쇼코의 미소』를 들어, "쓰는 '나'의 인생을 넘어 읽는 '당신' 인생의 이야기에 호소함으로써 '쓰인 것'이 '읽은 자'의 마음을 움직이고 입을 열게 하는 소설"이라고 얘기해 보았다. 최근 화제작 중에서 부득불 두 책을 골라 '신드롬'이라 칭하며 좋은 소설이라면 마땅히 그렇게 작동했을 평범한 이유들을 갖다 붙인 어쭙잖은 시도에 불과할까 걱정이다. 서두에 언급했듯, 페미니즘이라는 공론장의 작동과 시너지를 낼 만한 문학적 수행은 현재 이 둘 외에도 능동적으로 진행되고 있으며 (예컨대 박민정, 강화길, 정세랑의 소설들) 얼마 전이나 더 오래전에 서사화되었던 여성의 삶도 (물론 남성의 삶도) 다시 읽히고 다시 말해지면서 새로운 현실과 활발하게 길항할 수 있지 않은가.(예컨대 김숨, 김이설, 최진영의 소설들)

그럼에도 이 소설들에 특히 집중한 까닭은 물론 판매량이 아니고, 말하자면 '입소문' 때문이다. (어쩌면 판매량 때문일 수도 있는데 잘 팔리는 소설에 비평적 코멘트가 많이 달리는 것도 드문 일이므로.) '신드롬'이란 단어의 그리스어 어원에는 '함께 달리다'라는 뜻도 있다던데, 최근 두 책에 대한 이야기들로 주위의 입들이 함께 달리는 것을 보게 된다. 이 현상을 예사롭게 넘기지 말아야 할 것 같았다. 두 책에 대해 똑같은 현상은 아니지만 이 글에서 굳이 공통점을 불러다 함께 보려 한 데는 특히 한 가지 징후적인 점 때문이다. 앞에서 이미 한 이야기일 수도 있지만 종합하자면, 이 소설들은 잘 읽히고 메시지도 좋으나 '그런 만큼' '미학적'으로 높이 평가하기 어렵다는 반응들 말인데,(이 또한 두 책에 대해 같은 식으로 나타난 것은 아니다.) 이를테면 『82년생 김지영』은 여성 혐오의 현실을 전달하고자 하는 '정치적으로 올바'르고자 하는 취지 때문에 '미학적'이 되지 못했다면,『쇼코의 미소』는 요즘 소설 같지 않게 '기교'가 없어 '미학적'으로 참신하지 않지만 감동은 전해진다는, 그런 정도의 얘기들이다.

　이런 견해들은, 이 글의 앞부분에서도 소개했던 대학의 소설 수업에서 나오기도 했고 공적 사적으로 만난 동료 평론가들의 코멘트와 통하는 부분도 크지만, 아무래도 그것을 종합하여 지금 이 자리에서 제시하는 나 자신의 의구심 탓에 문제적이 된다. 직설적으로 말하면, 『82년생 김지영』이나 『쇼코의 미소』에 대해 '괜찮은 소설이지만 '미학적' 판단은 그와 다르다/유보한다.'라는 입장 앞에서 내가 궁금한 것은 '미학적'이란 규정의 기준과 내용이다. 위에 적어 놓은 견해들에 노출된 바를 말한다면, 전자는 의도/내용의 과잉이 형식/표현을 그르친다는 관점, 후자는 기교에 의해 새로움이 생겨난다는 관점으로 '미학적'이라는 기준을 갖고 있을 것이다. 양자 공히 텍스트의 내용과 형식을 분리하여 판정하는 어떤 상시적인 원칙을 염두에 둔 것 같은데, 실은 그 기준과 내용이 무엇인가보다 더 미심쩍은 것은 '미학적'이란 말로 지켜지는 원칙이 있다는 믿음 자체다. '정치적 올바름' 때문에 훼손되는 '미학적 원칙'이 있다고 하면, 역으로 '미학적 올바름'을 지키기 위해 무시되는 다른 무엇이 있지는 않을까. 정치적 올바름의 신념으로 미학을 그르쳐선 안 된다는 입장이 오히려 '미학적 올바름'의 신념은 아닌가.

'미학적'을 '문학적'으로 바꿔 보면 더 명확해지려나. '문학'을 위대한 정신적 작업으로 간주하는 '문학주의'가 비판 받는 것은, 문학이 절대 위대한 정신적 작업이 아니기 때문이 아니라 위대한 것과 아닌 것을 '문학'의 이름으로 고정하려는 독단 때문이다. 조남주는 페미니스트 예술·문화 평론가인 리베카 솔닛을 인터뷰한 지면에 이렇게 썼다. "세상을 보는 내 시선과 기준이 변했는데 나를 둘러싼 현실은 변함없었고, 그 간극 사이에서 고민하며 말하며 타협하지 않으려 애쓰며 많이 지쳤다. 우리 잘해 왔다고, 앞으로 계속 잘해 보자고, 그런 태연하고 든든한 응원이 필요했던 것 같다."[9] 내게는 다음과 같이 바뀌어 읽혔다. "세상을 보는 내 시선과 기준이 변했는데 '문학적/미학적'이라는 이름의 체제는 변함없었고, 그 간극 사이에서 고민하며 말하며 (……) 태연하고 든든한 응원이 필요한 사람들을 위해 『82년생 김지영』을 썼다." 세상을 보는 기준이 변경되었는데, 기존의 문학적/미학적 영역이 그대로일 수 있는 것일까. 문학/미학은 세상의 일이 아니라고 주장할 생각이 없다면, 문학/미학은 세상과 함께 유동한다.

작년 겨울 촛불의 광장은 우리 사회에 작동하는 공론장의 존재를 아름답게 증명한 정치적 역사적 사건이었다. 너나없이 입을 열어 말을 보태고, 내가 너로 퍼져 우리가 되려는 호소가 가득했던 '광장'은 이 시대 한국인들이 겪은 공통의 문학적 경험이었다. 광장의 경험이 낳은 것은 정권 교체만이 아니었다. 그것은 표현의 민주화이기도 했다. 광장을 지나오며, 사람들은 공론장의 움직임을 주시하고, 그것과 길항하는 기록물, 표현물들을 갈구하며, 또한 스스로 거기에 연루되기를 마다하지 않

---

9 리베카 솔닛·조남주, 「그럼에도 불구하고, 희망을」, 《릿터》 2017년 10·11월호, 119~120쪽.

게 된 듯하다. 광장의 환희가 기존의 '문학적/미학적 체제'로 관리되는 감성과 일치하지 않는다고 해서 광장의 사람들이 구태여 그것을 문제 삼으려 할 마음을 가지게 될까. 아름다움에 대한 감성이 불변하는 게 아니라면, '광장' 이후 생겨나고 옮겨 간 감성들의 자리가 문득 아름다운 발명처럼 돋보이게도 될 것이다. 한 사람의 목소리로 이끌기보다 저마다 말하는 다수의 목소리를 이끌어 내는 기술(『82년생 김지영』), 내게서 네게로 번져 간 마음을 더 큰 '우리'로 뭉쳐 내는 감성(『쇼코의 미소』). 이런 것이 '근본적'으로 '고독한' 작업으로서 인간 '정신'을 '견인'해 온 '문학'의 가치를 어떻게 드높일지는 잘 알지 못하겠다. 다만 광장/공론장의 민주주의, 그곳에서 경험한 민주적 표현의 힘과 함께, 더 활기차고 유창해졌다는 것만은 모를 수 없다. 이 유창한 활기가 모처럼 '신드롬' 운운까지 하게 된 한국문학에 오래 있어 주었으면 좋겠다. 꽤 많은 사람들이 한국 소설을 읽고, 읽은 것에 대해 서로서로, 자꾸만 자꾸만, 얘기했으면 좋겠다. (2017)

* 이 글의 각 소제목은 모두 이미 쓰인 말들의 변용입니다.
손희정, 『페미니즘 리부트』; 테드 창, 『당신 인생의 이야기』; 이민경, 『우리에겐 언어가 필요하다 — 입이 트이는 페미니즘』; 자크 랑시에르, 『감성의 분할』

전진(하지 못)했던 페미니즘

—2000년대 문학 담론과 '젠더 패러독스'의 패러독스

1 페미니즘 문학/담론의 (재)구성과 그 맥락을 위하여

2018년 3월 현재, 한국 사회에서 압도적인 응원과 지지 및 비난과 질타를 동시에 받으며 이어지고 있는 이슈는 과거/현재의 성폭력 사건을 폭로하는 이른바 '미투(#MeToo) 운동'이다. 한 달여 전 텔레비전 뉴스 프로그램(JTBC 뉴스룸 인터뷰 코너)을 통해 한 여성 검사(창원지검 통영지청 소속 서지현 검사)가 지난 8년간 자신을 괴롭혔던 '검찰 내 성폭력' 사건을 고발했고, 이 폭로 직후 법조계, 정계, 학계, 예술계를 막론하고 '나도 그런 경험이 있다.'는 이야기들이 이어지는 가운데 오늘도 영화계 인사 아무개를 둘러싼 비판과 반성의 목소리가 줄을 잇고 있으니,[1] 진행 중인 이 '미투 운동'으로 지난 1~2년간 이미 한국 사회 전반의 (혹은 전 세계적인) 관심과

---

[1] '검찰 내 성폭력' 폭로에 이어 최영미 시인의 시 「괴물」(《황해문화》, 2017년 겨울호)을 놓고 오간 인터뷰에서 고은 시인의 성폭력이 고발되었다.

주의를 끌어 온 페미니즘 이슈는 더욱 확산될 계기를 얻을 것으로 보인다. 이 사회에 오랫동안 고질적으로 잠복해 있던 성차별적 위계 의식과 그릇된 성 문화를 비로소 가시화하고 근절할 수 있으리라는 기대감이 커지는 가운데 한편으론 이 뒤늦은 확산에 대한 아쉬움이 없지 않다. 지난 2016년 10월, 문학출판계 내 성폭력 사건에 대한 폭로로 영화계, 미술계 등으로 일파만파 퍼져 나갔던 #○○_내_성폭력 해시태그 운동이 시작된 지 1년이 훌쩍 넘도록, 전혀 그 사실을 몰랐다는 듯 이제야 관심, 동조, 지지를 표명하는 사회 각계의 반응들이 조금은 의아하기 때문이다.[2] 검찰 조직이라는 권력의 중심부에서 벌어진 사건이 JTBC라는 거대 언론을 통함으로써 성폭력 폭로 운동의 (재)발화점이 만들어졌다는 사실을 확인함과 동시에, 오래전도 아닌 최근 2~3년간의 실천을 연속된 운동으로 맥락화하는 데에 현재 국내의 지식장이 얼마나 무딘지 혹은 얼마나 편향적인지 깨닫지 않을 수 없다.

현재 거대한 전환기를 지나고 있는 여성운동의 흐름 한복판에서 여성 담론/문학의 특이성, 유기성 등을 성급히 규정할 수는 없을 것이다. 그러나 바로 그 이유, 즉 현재 여성운동이 거대한 전환기에 있다는 그 이유가 오히려 현재의 여성 담론/문학을 통시적으로 고찰할 필요성을 느끼게

---

2 지난 두 정권을 지나며 국내의 정치 사회적 사안마다 발빠르게 의견을 표명해 온 남성 지식인의 사례를 들자면, 김어준은 서지현 검사가 "힘든 인터뷰로 인해 같은 처지에 있는 여성들에게 위로와 격려, 용기를 줬다."라며 "미국의 하비 와인스타인에게 당했던 배우 알리샤 밀라노의 폭로로 시작해 미투 해시태그가 전 세계를 휩쓸었다. 우리나라는 조용했는데 공개했을 때 피해가 두려웠을 것이다. 서지현 검사를 응원한다."(《서울신문》 2018. 1. 30)라고 말했다. 역사학자 전우용은 "'미투 운동'은 지금보다 훨씬 더 확산되어야" 한다며 "장자연 씨가 자기 목숨을 던지며 언론 권력과 방송 연예계 권력의 추악한 범죄 행각을 폭로했을 때, '미투'라고 말한 사람이 한둘만 있었어도 세상이 조금은 달라지지 않았을까요?"라고 본인의 트위터 계정(twitter@histopian, 2018. 2. 20. pm 10:30)에 적었다.

한다. 이를테면, 2016년 10월 출간된 소설 『82년생 김지영』이 한국 소설로는 드물게 베스트셀러가 되어 인구에 회자되자 "왜 이제야 사람들이 이런 여성 서사에 이토록 열광하는가?"라고 제기된 의문에 대해 타당한 대답이 요구되는 것이다. 『82년생 김지영』의 붐에 대해 누군가는 이렇게 묻는다. 이전의 한국 소설은 이 소설에 나타난 다양한 여성 문제를 전혀 다루지 않았던가? 현재 이슈화된 페미니즘 논의가 이전에는 전혀 없었던가? 전 시대에 비해 사회 내 여성의 지위와 권리는 나아졌는데 지금 여성 문제가 논의되는 까닭은 무엇인가? "문단 내 성폭력" 폭로로 인해 불현듯 여성 문제에 관심이 집중되었기 때문인가? 재작년 "강남역 살인 사건"으로 촉발된 사회 전반의 이슈에 소설 독자들이 강력하게 휩쓸렸기 때문인가? 등등.

2010년대 후반 현재, 조남주의 『82년생 김지영』을 비롯한 최근의 여성 소설들, 예컨대 강화길, 김혜진, 박민정, 정세랑, 최은영 등의 여성 작가들이 '여성의 삶'을 주체화하여 쓴 소설이나 한국의 남성적 문화에서 만연한 (성)폭력을 다룬 소설 등이 '페미니즘 문학'으로 호명되고 이해되는 배경이나 이유가 문학 담론장의 흐름과 더불어 설명될 필요도 있을 것이다. 하지만 무엇보다도 현재 문학장 안팎을 막론하고 활기차게 번져 가는 이런 시도들과 분위기가 유례없이 나타난 일시적 사태도, 우연히 형성된 돌발적 현상도 아닌 만큼이나, '페미니즘 문학'의 흐름/진행/전진이 갑작스러운 열기인 것도, 오직 현재적 사건인 것도 아니다. 최소한 지난 일이십 년간 한국문학에서 '여성성', '여성 문제' 등을 키워드로 했던(혹은 하지 않았던) 논의들은 현재적 상황과 더불어 재고(再考)되어야 한다. 과연 한국문학은 내내 여성 문제에 무관심하다가 이런저런 사회적 맥락 속에서 부각된 페미니즘 이슈에 이제 막 부응하기 시작한 것인가? 1990년대, 2000년대를 지나며 질적으로 양적으로 급속 성장했던 여성 작가들, 비평가들의 행보는 최근의 페미니즘 논의와 어떻게 연결될 것인가? 지난 시절의 문학장에서 '페미니즘'은 어떤 위상이었던가? 이미 시작된 실천/운동의 의미와 파급력을 효과적으로 운용하기 위해서라도, 현재의 저널리스틱한 견해들을 전유하여 새로운 페미니즘 문학/담론의 기반으로 삼기보다는, 현재의 여성 담론의 전사(前史)로서 2000년대 문학/담론의 페미니즘적 입장이나 위상을 검토할 필요는 긴급하다.

2 '여성 문학을 넘어서'

2-1 '여성 대 남성'의 이분법을 넘어

2000년대 문학 담론들에 '여성성', '여성 문제', '페미니즘'이라는 단어가 키워드로 등장한 경우는, 특히 1990년대 문학 담론들과 비교해 보면 눈에 띄게 줄어든 것이 사실이다. 특이한 것은, 당시 그 사실이 페미니즘 문학의 쇠퇴를 의미하지는 않았다는 점이다. 1990년대 문학 담론에서 '여성성'이 자주 거론되지만 "'여성성'이 함의하는 내용은 요약이나 정리가 불가능할 정도로 다양할 뿐만 아니라, 그 의미 또한 여성 비하적인 것에서부터 여성 해방적인 것에 이르기까지 극단적으로 이질적인 논의들 속에서 아무런 고민 없이 무차별적으로 받아들여"[3]졌음을 문제로 보았던 심진경은 "여성의 자질을 표출한다거나 여성이 처한 사회 정치적 현실을 있는 그대로 작품에 담아내려는 노력이 여성성의 시학이 될 수는 없"다고 주장했다. 문학에서 페미니즘이 언제나 실험적인

---

3   심진경, 「여성성 혹은 문학적 상상의 원천」, 『떠도는 목소리들』(자음과모음, 2009), 133쪽.

형식으로 이어지는 것이 아니므로 "주변부적 형식을 여성적인 것과 동일시하려는 시도 또한 경계해야"[4] 한다는 것이다. 1990년대 여성 작가들의 약진과 더불어 활기를 띠었던 페미니즘이 점점 유사한 경향으로 굳어져 상투화되었다는, 그리하여 진보적 운동으로서의 페미니즘(의 목표)에 오히려 부합하지 않는 길로 가고 있다는 우려가 드러나 있다. 이런 진단은 "페미니즘이 끝났다는 의미가 아니라 페미니즘에 균열과 변화가 생겼다는 의미에서 포스트페미니즘을 중점적으로 문제삼는"[5] 시기로의 이동을 짐작게 한다. 2000년대의 문학은 "'여성' 아니면 '남성'이라는 이분화된 단수적 젠더 한계를 타파하고 "복수적 젠더'들'의 가능성을 타진"하여 "새로운 여성적 영역'들'"[6]을 발견하려는 시도를 지향했으리라.

문학에서 '여성' 관련 논의들이 여성 작가들의 작품과 여성 인물 재현에 국한되었다는 불만, 그리하여 "여성적 심리나 여성 육체 및 성을 강조하는" 데 머물고 말았다는 반성이 점차 커져 간 데는, '여성 대 남성'을 가르는 이분법이 공고해진 것이 무엇보다도 문제였다. '여성'은 생물학적, 존재론적 개념이 아니라는 것, '여성성'을 남성성과의 대립적 관계로 규정하거나 여성 고유의 성적 정체성으로 환원할 수 없다는 것은 2000년대 문학 담론의 공통된 인식이었다.[7] 이항 중 여성성을 우위에 놓든 그

---

4 같은 글, 147~148쪽.

5 김미현, 『젠더 프리즘』(민음사, 2008), 7쪽.

6 심진경, 앞의 책, 201쪽.

7 "'여성성'을 남성성과의 대립적 관계 속에서 규정짓거나 그렇지 않으면 여성 고유의 성적 정체성 혹은 본질로 환원하는 경우가 대부분"인데 그러면 "여성과 남성은 서로 양립 불가능한 존재로 분리될 뿐만 아니라 변경 불가능한 이분법적 쌍을 형성하게 된다."(심진경, 앞의 책, 141쪽); "여성의 생물학적인 특성이나 자연과의 친연성을 전경화한다고 해서 여성성을 모색할 수 있는 것은 결코 아니다. 그런 시도는 여성을 '몸'으로 환원하고 그 누구도 빠져나올 수 없는 여성/남성의 이원론적 구도를

반대이든, 1990년대 문학에서 이 구조는 1980년대의 계급 이분법을 변형한 형태의 기계적이고 분리주의적인 도식이라는 비판으로까지 이어지기도 했다.[8] "남자 아니면 여자(이 역시 남자일 텐데)의 자명한 성차 구분법은 제2, 제3, 아니 무수한 복수 젠더들을 용인하지 않"으므로 "'남/여'의 이분 대당(二分對當)에 기반한 사회에 윤리를 요구해야 할 주체들이 여성들만은 아닐 것"[9]이라는 문제 제기는 '윤리'에 관한 문학적 태도로서 자연스럽게 나타났다.

이처럼 성별에 관한 이원적 접근을 문제 또는 오류로 파악했던 까닭에 대해서는, 다음과 같이 구분해서 말해 볼 수 있다. 첫째, 성 차별주의에 근거한 착취와 억압 또는 불평등한 사회적 현실 등을 지나치게 강조하여 "남성에게는 죄의식을 여성에게는 분노를 강요"하게 되면 "전투적이고 분리주의적인 페미니즘 문학이 주류를 이룰 수밖에 없"[10]을 터인데, 그렇게 되면 교훈적이고 권위적인 페미니즘의 요구에 문학이 굴복한 것이 되기 때문이다. 둘째, "여성 문학을 '여성들만의 문학'으로 제한해 버림으로써 끝내 문학의 변두리 하위 장르로 밀어내 고착시켜 버리"기 때문이다. 셋째, 2000년대에 활발히 소설을 썼던 여성 작가들은 이전 세대의 여성들이 여성으로서 겪은 상처나 희생과는 다른 종류의, 가령 "긍정적인 여성성의 계발이나 공적인 자아의 실현에 더욱 중심을" 둔 경험 속에서 살고 있으므로 "'여성적'인 주제를 '여성적'으로 쓰지 않고,

---

고착화할 수 있다."(허윤진, 「나의 분홍 종이 연인들, 언어로 가득 찬 자궁이 있는 남성들」, 『5시 57분』(문학과지성사, 2008), 212쪽)

8 심진경, 앞의 책, 142~143쪽. 이 사회의 질서가 대개 남과 여로 분리되는 이분법을 기반으로 이루어졌기에 기존 질서에 의문을 제기하는 의식일수록 이분법을 넘어서야 한다는 논의로도 이어진다.

9 김형중, 「성(性)을 사유하는 윤리적 방식」, 《창작과비평》 2006년 여름호, 254쪽.

10 김미현, 앞의 책, 15쪽.

'인간적'인 주제를 '인간적'으로 쓰는 것이 가능할지도 모"[11]른다는 사실이다.

따라서 예컨대 "문단의 '여성 시대'가 오고 있다."는 류의 헤드라인은 "은연중 남성과 여성을 철저히 경쟁과 대립의 관계로 설정하고 여성이 남성의 지위를 넘보는 현상을 우려의 시각에서" 바라보는 것이므로 "아직도 남성/여성을 이분법적으로 분리하고 남성이 여성보다 우월해야 한다는 은밀한 성별적 무의식이 발견"[12]되는 씁쓸한 현실로 여겨졌다. "'여성'을 유표화하기보다는 여성 작가가 가진 이러한 복합성을 발견하는 일이 필요"[13]하다고 생각되었다. "창조의 권능을 얻기 위해서 나는 중성적인 글쓰기를 지향하는 것"(은희경), "여자의 냄새가 맡아지는 것이 아니라 인간의 냄새가 맡아지는 소설"을 통해 "새로운 여성이 아니라 편견에서 비껴 선 여성"(천운영)을 그리는 것, "이쪽에도 저쪽에도 속하고 싶지 않았고 남자도 여자도 아닌 일종의 중간자가 되고 싶"은 것 등, 당시 여성 작가들의 입장은 여성을 유표화하기보다 여성의 복합성을 그려 내고 싶었던 작가들의 의지를 드러낸다. "어느 순간부터 여성 작가라는 것이 여성 문제만을 여성적 글쓰기라는 모호한 방법으로 문제 삼는 온전하지 못한 '절반의' 문학으로 취급되면서 여성 작가들은 '여성(작가)의 불안'을 보이게"[14] 된 것이었다.

---

11 같은 책, 19쪽.

12 심진경, 「변한 것과 변하지 않은 것」, 『여성, 문학을 가로지르다』(문학과지성사, 2005), 321쪽.

13 같은 글, 332쪽.

14 김미현, 앞의 책, 2008, 18쪽.

2-2 '남성(성)'을 지나 '소수자'를 아우르는

'여성의' 이야기와 '여성에 관한' 논의가 "절반의 문학"으로 폄하되기 쉽다는 불안감으로 논의의 확대/전환이 모색될 때 다음과 같은, 크게 두 방향의 요청이 있었다.

먼저, '여성(성)'을 대립항으로 하는 '남성(성)'에 대해, '여성(성)'만큼이나 심도 있게 물어져야 한다는 것이다. 일반적으로 여성성을 대상화하는 쪽은 남성적 주체인데, 그가 대상화를 통해 구사하는 문학적, 정치적 전략은 바로 '남성성'을 구성하는 전략과 뗄 수 없거나 거의 일치할 것이기 때문이다. 허윤진은 "여성 문학이 부각되는 과정에서 우리는 남성성을 다소 부정적인 함의를 갖는 여성성의 대립항이자 주변적인 여성성을 억압하는 중심적인 기제로 상정하기도 했다. (………) 그러나 과연 '모든' 남성 작가들의 문학이 그러한가? 우리는 "남성의 동일성이라는 신화"에 침윤되어 있었던 것은 아닐까?"[15]라고 물으며 "이전의 남성 작가들은 자신의 모순을 은폐하고 대상을 권력적인 시선으로 형상화하는 경우가 많았지만" 2000년대의 작가들은 "이미 자신들이 무수한 타자들 속에서 구성된다는 것을 인식하고 있기 때문"에 "그들이 자신의 타자들, 특히 어머니나 누이와 같은 여성들과 여성성을 부인하거나 배제하려 해도 그 시도는 실패할 수밖에 없"는, "그 타자들에게 영향과 상처를 받는 '연약한' 남성들"[16]이라고 말한다. 가령 황병승의 시에서 남성성을 거부하고 여성성의 외피를 걸쳐 보기도 하는 "소년도 소녀도 아닌 페르소나"는 "제3의 여성성을 수행하는 경계적인 존재들"이고, 이들이 겪는 이중의 소외는 "내 안

---

15 허윤진, 「(깨진) 거울을 보는 남성들」, 『5시 57분』(문학과지성사, 2008), 276쪽.
16 같은 글, 289~290쪽.

의 타자성"이라 명명된다.[17][18] 심진경이 강영숙 소설에 대해 "기존의 '여성성' 개념을 심문하고 남성적 여성성 혹은 여성적 남성성이라는 새로운 성적 정체성의 가능성을 타진"함으로써 "관습과 통념을 전도"시키고 "지배적인 젠더 체계에 기초한 가부장제적이고 이성애적인 문화와 감수성을 조금씩 균열시키고 바꾸어 갈 수 있는 가능성"을 열었다고 말했던 것도 함께 참고할 수 있다.[19] 이와 같은 비평에서는 대개 여성(성)을 구성하는 기존 질서의 전략들에서 남성성, 가부장제, 이성애적 문화, 관습, 통념 등에 동일화되지 않는 (타자적) 요소들을 여성(성)으로 연결 짓는다.

다음, 여성으로서의 정체성은 여자라는 젠더 하나가 아니라 인종, 계급, 민족, 지역, 종교, 나이, 교육, 언어 등에 따라 다양하게 구성되어야 한다는 것이다. 여성 주체란 가변적인 환경과 상황에 따라 무수히 다양한 여성들을 하나로 정체화하는 것이 아니라, 생물학적 여성에 구애받지 않는 다양한 젠더들의 정치적 연대로써 구성되는 것이리라는 생각이었다. 자본, 상품, 노동, 문화 등의 이동으로 국가 간 지역 간 경계가 더욱 희미해진 21세기 이후, 페미니즘 이론이 주목하는 것도 일국의 차별적 제도가 아니라 '세계 체제'라는 보편 질서로 이동했다고 할 수 있을 것이다. 그럼으로써 여성의 이야기와 여성에 관한 논의는, 소수자로서의 여성의 지위를 확장해야 한다는 인식으로 이어졌고, 따라서 이 사회에서

---

17 허윤진, 앞의 책, 234쪽. 이 글에서 최하연과 황병승의 시에 나타난 "이 '결핍된' 남성들이 원하거나 이미 실현한 육체는 여성의 육체"인데 "타자인 여성의 타자적인 '육체'를 전유하는 것은 가부장제에 편입하지 않기 위해서 실행하는 일종의 대안"이라고 설명된다. "이들이 더 이상 남근을 원하지 않는 것은 질서와 법을 부여하는 상징적 존재를 거부하기 때문이다."(같은 글, 217~219쪽)

18 황병승의 시에서 "이분대당을 넘어선 성적 주체들"(김형중, 앞의 책, 254쪽)에 주목한 경우는 그것에 주목하지 않은 경우보다 월등히 많은 듯하다.

19 심진경, 「새로운 여성성의 미학을 찾아서」, 『떠도는 목소리들』, 211쪽.

소외되고 억압받는 약자가 여성만은 아니라는 의견들에도 응대해야 했던 것으로 보인다.

다소 넓은 맥락에서 그런 응대의 사례는, 이른바 칙릿 소설을 "여성소설의 후예들"이라고 부른 소영현의 비평에서 찾을 수 있다. 그는 칙릿 소설을 "여성의 사회화 과정을 보여 주는 세속적 성장담"으로서 이해한다. 칙릿 소설은 당시 "지역과 계급, 나이와 성적 취향에서 무한히 세분되는 현대 여성 가운데, 소비문화와 이성애적 로맨스에 집착하는 극히 일부를 대변"한 이야기로 다소 폄훼되었으나, 그렇게 재현된 여성들이 현대의 "페미니즘의 유산을 충분히 상속받고 있으면서도 여전히 가부장적이고 속물적인 사회의 일원으로 살아야 하는 여성의 현실"과, 여성으로서 "드러낸 욕망이 만나야 할 사회의 시선, 그 타협과 조절 혹은 실패의 과정을 리얼하게 담고 있다."[20]라는 점에 소영현은 주목했다. 여성 서사를 오직 '여성'만의 이야기로 볼 수 없게 하는 지역, 계급, 나이, 취향 등의 세분화된 배경들을 배제하면 안 되겠지만, 서로 다른 배경에서 구성된 각각의 삶이 사회와 만나는 지점에서 드러나는 '여성'의 다채로운 양상을 간과해서도 안 된다는 것이다.

이와 관련하여, 예컨대 2000년대 대표 작가라 할 만한 윤성희, 천운영, 편혜영, 김애란 등의 여성 작가들이 여성 인물로 여성의 이야기를 하고 있을 때, 신경숙의 『엄마를 부탁해』가 공전의 히트를 기록하고 있을 때, 그 이야기들이 다룬 여성의 삶과 여성의 문제가 '여성'이라는 키워드로 충분히 부각되었던가 하는 의구심도 덧붙여 볼 수 있다. 당시의 담론적 분위기 또는 문학 공동체의 일반적 경향은, 여성의 삶으로 '치환되지

---

20 소영현, 「포스트모던 소비 사회와 여성 소설의 후예들」, 『분열하는 감각들』(문학과지성사, 2010), 174~175쪽.

않는', 여성 문제에 '국한되지 않는', 혹은 여성이라는 조건 '이상의' 무엇을 환기하려는 데 더 열성을 보이지는 않았던가. 그러느라 정작 여성적인 것의 현재적 위상은 실제보다 과대평가되어 오히려 눈앞에서 멀어지도록 밀쳐졌던 게 아니었는지.

여성 주체의 구성을 약자, 소수자의 지위에 밀착한 정치적 작업으로 환치하는 경향에 대해 김미현이 다음과 같이 지적했던 것을 참고할 수 있다. "여성'만' 억압받는 것이 아니라 여성'도' 억압받는다고 말해야 한다는 것, 여성은 여성 자체가 아니라 소외인이나 소수자의 대변인이라는 논리를 강요"하는 것은 "페미니즘 문학의 범위를 확대시키는 것 같지만 오히려 여성 작가의 특성을 약화시키는 경향"을 드러내게 된다. '여성성'이란 개념은 변화할 수는 있지만 사라질 수는 없는 것인데, "페미니즘이 휴머니즘으로 확대되어야 한다는 논의"[21]는 여성을 여성으로 드러내는 데 제약으로 작동하기 쉽다. 또는 분명하게 드러난 '여성성'을 '소수성'으로 손쉽게 대치함으로써 페미니즘으로 인식할 억압의 구도를 흐릴 수도 있다. 이런 우려는 너무나 타당하여서 그러면 안 된다는 경각심조차 불식간에 지나쳐 버리게 했던 것일까.

3 '타자'라는 올인원

3-1 여성은 타자다

이른바 '포스트모더니즘'의 최대 유산이라 할 '탈중심적 주체'에 대한

---

21 김미현, 앞의 책, 18쪽.

논의는 (고전적) 모더니즘의 남성 중심적 사고 체계에 대한 비판의 한 갈래로서 페미니즘의 당면 과제와 만나게 된다. 근대의 보편적 주체 논의가 한계에 이르렀다는 판단과 함께 '타자'에 대한 관심은 2000년대 각종 문화 예술 텍스트와 담론에 다층적으로 복잡하고도 중요한 질문들을 불러들였다. 특히 여성 작가, 여성 시인의 텍스트가 논의의 대상이 될 때에는 보다 적극적으로 '타자'를 이해하는 방식이 탐색되었던 것 같다. 심진경에 따르면, 여성과 섹슈얼리티는 항상 타자(화)와 관련된다는 점에서 "문학의 소외 혹은 소외의 문학이라는 문제와 관련"되기 때문이다. 소외란 "역으로 타자의 결핍을 드러냄으로써 지배 질서의 결여나 공백을 드러내는 것"인데, "여성은 상징적 질서의 모순과 틈을 들여다봄으로써 지배 질서의 승인을 거부하고 그 질서 속에서는 포착될 수 없는 욕망과 언어를 드러내는 존재"[22]라는 것이다. "즉, 여성은 부재를 증명하는 부재, 결핍을 드러내는 결핍이다. 여성이 이데올로기라는 환상을 획득할 수 있게 되는 것은 그 때문이다. 여성이 문학과 맞닿는 지점이 바로 여기다. 좋은 문학이 특정한 이데올로기나 고정된 형식을 거부하면서 존재해 왔듯이, 또 그런 부정성이 문학의 한가운데서 그 핵심을 규정하는 자질이듯이, 여성 또한 마찬가지다."[23]

주체, 중심, 질서 등의 동일화 논리에 포섭되지 않는 문학의 특성을 소외, 부재, 결여, 공백 등의 키워드로 갈무리하는 논의는 당시 비평들에서 드물지 않게 찾아진다. 강계숙이 김혜순의 시에 대해 다음과 같이 언급한 사례도 참고할 수 있다. 김혜순의 시에서 "사회적으로 강제된 정체성을 달가워하지 않는 여성 자신의 목소리"는 "수동적 여성으로서의 젠

---

22 심진경, 『여성, 문학을 가로지르다』, 5쪽.

23 같은 책, 6쪽.

더 수행은 우울한 일일 수밖에 없지 않은가라는 물음"을 던지는 것과 같은데, 그 목소리는 스스로를 '우울자'로 의식하고 "'우울한 주체'로서 자신을 타자화하기 위해 우울을 사물로서 적극 호명"하는 데까지 나아간다는 것이다.[24] 이러한 "우울의 육체적 이행"은 "잃어버린 타자와 상실된 '그것'을 자아와의 합치를 통해 자아 내부에 존재케 함으로써 기존의 자아를 변형할뿐더러 자기 안에 마치 유령을 들이듯 부재하는 타자를 현존하는 것으로 되살리는 무의식적 운동"[25]이라고 말해진다.

이와 유사한 논의들이 증가하면서, 근대의 보편 질서에서 주변화된 사회적 약자들, 달리 말하면 제국주의적 근대화의 시선에서 배제되고 차별당했던 존재들이 역으로 근대적 주체성의 한계를 드러내고 돌파해 갈 '타자(성)'의 위상으로 명료하게 부각되어 갔다고 말해 볼 수도 있겠다. 심지어 근대의 이성적 질서, 우생학적 논리 등에 의해 사회적으로 도태되었거나 부진한 존재들, 가령 광인, 병인, 중독자, 부랑자, 빈민, 백수 등의 존재들을 '하위 주체'로 명명하며 그들에게서 새로운 정치 세력화의 단초를 기대하는 이론적 경향 속에서 '여성'이 탈근대적 윤리-정치 프로그램의 '중심'에 서는 것은 어렵잖게 여겨졌는지도 모른다.

3-2 타자적인 것이 여성적인 것

오로지 남성-주체와 여성-타자를 대항적으로 놓는 논리가 우세했다는 얘기는 아니다. 이분법적 논리는 이미 '지루한 것'이 되었기 때문이다. 다음의 논의를 보자. "김혜순의 시를 논하는 많은 글들은 흔히 남성

---

24 강계숙, 「우울아, 놀자!」, 『우울의 빛』(문학과지성사, 2013), 71~76쪽.
25 같은 책, 79~80쪽.

의 언어와 여성의 언어를 구별하고 이를 다시 은유와 환유라는 수사학적 틀과 짝짓곤 한다. 출발이 그러하니 김혜순의 시가 환유적인 여성의 언어로 쓰이고 있기 때문에 전복적이라는 결론이 뒤따르는 것은 자연스럽다. 그러나 우리는 이런 논법이 이제는 좀 지루하다는 생각이 든다." 신형철은 김혜순의 시에 대해 "그녀의 여성성이 '남성성의 타자'라는 의미로 한정되기 어렵다는 사실"을 깨닫고, 레비나스가 '타자성이 나타나는 상황은 여성적인 것'이라고 말했던 것과 라캉이 사랑의 진정한 장소를 '여성적인 것'에서 찾는다고 했던 것의 맥락을 빌려 김혜순 시의 타자성은 '근본적인 타자성', 달리 말해 '전적으로 다른 것'과 관련된다고 부연한다. 성별 대립이나 여성의 신비화와는 구별되는 '여성적인 것'이란 "'남성의 타자'라는 의미를 넘어선 곳"에, "특정한 분류법으로 포착되는 것이 아니라 분류법 자체를 혼란에 빠뜨린" 데서 발견되는 힘이라고 설명한다.[26]

이와 유사한 맥락에서 김연수의 소설 「다시 한 달을 가서 설산을 넘으면」에 대해 "죽은 여자 친구의 진실, 곧 여성성에 도달하려는 노력"은 "항상 저 설산 너머 도달하지 못할 외부, 언어의 외부"를 향한 것이라고 말했던 김형중의 독해도 살펴보게 된다. 이 소설의 주인공에게 등반(설산)과 등단(글쓰기)은 여성성을 이해하는 과정 자체인데, 그녀를 끝내 충분히 이해할 수 없었던 주인공은 "언어로도 등정으로도 도달할 수 없는 곳이 바로 타자의 처소임을 용인해야 한다."라는 결론을 얻었다는 것이다. 이때 중요한 건 여성성이 "타자의 절대적 외부성"이라기보다 절대적 외부인 타자를 인정하는 것이 곧 여성성을 이해하는 방식이 되리라는 뜻

---

26 신형철, 「불타는 사랑기계들의 연대기」, 『몰락의 에티카』(문학동네, 2009), 594~595쪽.

이겠다.[27] 말하자면 여성적인 것이 타자적인 것이 아니라 타자적인 것을 여성적인 것이라고 해야 할 것이다. 다음과 같은 분석도 같이 생각해볼 수 있다. 김행숙의 시에서는 "나의 기분과 잠과 '꿈', '표정'과 성 정체성까지도 내게 고유하게 귀속된 내 것이 아니며, 나는 나를 휘젓는 타자들의 '영화관' 혹은 '스크린'일 뿐임을 알고 있"는 화자가 나오는데, 그는 "단일한 정체성과 '나'의 동일성이라는 관습적인 굴레를 벗어 버리고, 자기 안의 타자성을 있는 그대로 받아들이고자" 하는 주체라는 것이다.[28] 이렇게 자-타의 경계가 사라짐으로써 생겨난 주체(이자 타자)인 화자가 '나'(라는 여성)의 표면을 지니고 있을 때, '타자적인 것'의 젠더는 아무래도 여성일 수밖에 없다.

각각의 텍스트에 대한 구체적, 세부적인 논의들은 저마다 다르지만 2000년대 문학 담론들이 '여성(성)'을 사유하는 지평에 대해 다음과 같은 논평이 가능할 것이다. 한 번 더 심진경의 글을 발췌하는 편이 나을 터인데, 그는 이리가레를 인용하여 진정한 여성에 관한 새로운 이해의 지평은 "남성적 가치 체계라는 상징적 규정성을 의식하지 않는 것이며 그런 한에서 긍정적으로든 부정적으로든 이러저러하게 규정된 규범적 형식에 얽매이지 않는 것"이라고, "그런 측면에서 여성성은 형식의 결여 자체를 의미한다."라고 썼다. 이어 크리스테바를 인용하여 "여성성이란 여성의 본질이 아니다. 그것은 기호계(the semiotics)와 같은 무언가로서, 상징계 내에서 언어화되지 않으면서도 상징적인 것을 떠받치는 것, 이를테면 라캉의 실재(the real)에 가까운 개념이다. 즉 그것은 부재를 증명하는 부재이자, 전복된 중심의 텅 빈 주인이다. 여성성이 문학 자체와 맞닿

---

27 김형중, 앞의 책, 248쪽.

28 박진, 「내 안의 타자들 — 김행숙의 시」, 『달아나는 텍스트들』(랜덤하우스, 2005), 322쪽.

아 있는 지점은 바로 여기다. 문학이 끊임없는 자기부정을 통해서만 가능하다고 한다면, 여성성 또한 그러한 부정성을 자기 존재의 근거로 삼는다고 할 수 있을 것이다. 그런 점에서, 여성성은 더 이상 여성성이 아니다."[29]라고 정리한다. 이런 언설은 논리적 또는 실제적인 진위, 시비를 떠나 당대의 담론들(물론 이 경우 여성(성)에 관한 담론들)이 놓인 지식장(말하자면 '해체주의'적 혹은 '탈식민주의적' 비판 이론 등)의 분위기를 일부나마 엿보게도 한다.

4 '탈-'과 '너머'의 요청으로

4-1 '탈-'의 상상력/담론과 함께

2000년대 문학 담론들에서 '규정된 규범에 얽매이지 않는 것', '전복된 중심의 텅 빈 주인', '문학의 자기부정성' 등의 구절은 자주 자연스럽게 쓰였고 또 익숙하게 받아들여졌다. 국적, 인종, 성별, 계급 등의 사회적 위계는 물론 인간, 동물, 사물, 기계, 유령 등의 심리적 범주, 그리고 장르의 실질적 제한 등의 경계(들)를 넘나들고 무화하는 현상은 2000년대 문학의 가장 큰 특징으로 꼽힌다. 이른바 탈이념, 탈중심, 탈주체 등의 용어로 수식된 시대, 한국 소설의 새로운 경향성은 '혼종', '접속', '무중력' 등으로 명명되고, 다수의 한국 소설에 드러난 여러 표상이 '환상', '종말', '비인간' 등으로 바꿔 말해졌던 것을 기억할 것이다. 2000년대 중반경부터 부각된 이른바 '미래파' 시인들의 새로운 감각을 '낯섦', '혁신',

---

29 심진경, 「여성성 혹은 문학적 상상력의 원천」, 『떠도는 목소리들』, 150쪽.

'전복' 등으로 향유하고 사유해 왔던 것도 함께 떠오를 것이다.[30]

2000년대 소설의 한 경향에 대한 다음과 같은 분석을 참고해 볼 수 있다. 소영현은 "2000년대 문학에서 타자를 사유하는 스펙트럼은 매우 넓어졌다."라면서 먼저 이렇게 진단한다. "한유주와 김유진, 편혜영과 윤이형이 보여 주는바, 사라지거나 배제된 것, 그래서 인식할 수 없거나 말할 수 없는 것, 그럼에도 매번 돌아오거나 한 번도 우리를 떠난 적 없는 것, 이(것)들을 다루는 범주와 방식은 다채로워졌다."[31] 특히 '사라지고 배제된 것들'이 "인식 불가능한 것으로" 다뤄지는 한유주의 소설과 "재현 불가능한 것으로" 다뤄지는 김유진의 소설에 대해, "배제된 타자와 억압된 실재에 다가가려는 시도의 흔적들"(31)로서 "타자와 글쓰기를 둘러싼 고통스러운 역설 위에 구축된 세계"(32)임을 적시한다. 다음 이와 같은 진단에 따른 모종의 회의감을 드러냈는데, "2000년대 소설이 드러내는, 억압되거나 배제된 것들 혹은 전혀 이질적인 것에 대한 꽤 많은 관심에는 과연 과도한 이론으로 무장한 진릿값이 매겨져 있는 것일까."(38)라는 것이었다. 한유주와 김유진의 글쓰기에서 재현 가능성에 대한 의지보다 의심을, 재현 불가능성에 대한 극복보다 체념을 더 많이 보았던 듯하다. "2000년대 문학이 '타자'를 어떻게 복원하는지, 과연 복원하는 것인지, 무엇보다도 2000년대 문학이 과연 새로운지를 새삼 되묻지 않을 수 없"다고 다시금 의구심을 표명한 소영현은, "말할 수 없는 혹은 말해질

---

30 1990년대 말부터 2010년대 초반까지, 전방위에서 '종말'을 말하는 (근대)문학의 막다른 분위기 속에서 한국문학이 이질적인 것, 타자적인 것, 불확실한 것 등에 기울여 온 관심은 '문학' 스스로 그간 누적되어 온 문학의 관습을 의문에 부치고 그 임계점을 스스로 고민했던 작업이라고 할 수 있다. 이 논의는 이 책의 「한사코 문학 — 'K문학' 유감」을 참고할 수 있다.

31 소영현, 「〜이 불가능한 ……을 위한 소설」들, 트랜스−문학 시대의 타자/윤리」, 『분열하는 감각들』, 38쪽. 이 문단에서 이 글의 인용은 괄호 안에 쪽수만 표기.

수 없는 그것들을 향한 질문이 동일성의 해체를 주장하는 자동 반사적이고 무차별적인 위반을 가로질러 '도래해야 할' 우리(동일자)에게로 수렴"(38~39)해야 할 필요는 없는지, 한 번 더 묻는다.

2000년대 소설에서 기존의 문학적 관습/폐해를 청산하려는 실천의 일환으로서, 언어 또는 서사의 불완전함과 불가능성(기록/발화됨으로써 스스로 간극을 내포하는 언어의 분열적 운명 또는 이야기의 운명적 허구)에 대한 자각으로 재현의 기능을 의심하고 다시 모색하는 경향이 우세해졌던 것도 이 맥락의 일이다. 기성의 규범을 넘으려는 유의미한 시도들이 그러한 경향을 가져왔으나, 문제는 자기를 넘어서고 언어를 지나치고 현실을 벗어나려 한 그 시도들이 도달한 자리에 무엇이 발생했는지, 그 무엇이 어떤 효과를 냈는지, 다소 희미했던 게 아닌가 싶다. 혹은 그 시도들이 결과적으로 도달한 자리에서 2010년대로 진입하는 독자 대중과의 교감은 성공하지 못했다고 말할 수도 있겠다. 2000년대 문학에서 임계/한계/경계에 대한 '탈-' 또는 '너머'의 고민은 '서사성의 결핍', '난해시의 불통' 등의 조롱 섞인 불만 또는 '그들만의 리그'라는 비난 섞인 시선과 만나 버리고 말았다.

4-2 '(여성)(재현) 불가능'의 역설

2000년대 비평에 나타난 여성(문제)에 대한 인식/재현도 이와 유사한 맥락에서 생각해 보게 된다. 『젠더 트러블』, 『안티고네의 주장』 등을 통해 잘 알려진 주디스 버틀러의 이론과 함께 우리 문학 담론에서도 자주 참조되었던 여성 주체 '안티고네'가 놓였던 맥락을 떠올려 볼 수 있다. 김미현의 표현에 따르면 "안티고네는 친족 교란과 젠더 역전을 통해 모호하고 이질적인 젠더 정체성을 보여 주는 대표적인 포스트페미니즘적 여성 주체"다. 안티고네가 대표하듯 이른바 '포스트페미니즘'은 "보편적인 여성(Women)이 아니라 개별적인 여성(woman)의 차이와 다양성을 확보하기 위해 수행적이고 전복적인 정체성을 강조"함으로써 "젠더 개념 자체가 허구적이고 유동적"임을, "'원본 없는 패러디'를 통해 해체되고 재구성"된다는 사실을 드러낼 수 있었다. "권력에 복종하면서도 자신의 내부에 자기부정성을 가지고 있는 모호하고 불확실한 잉여물로서의 젠더 정체성을 강조하는 것"이라고까지 말해질 수 있었던 것은, 역사적 사회적 맥락에 의해, 혹은 어떤 전복적인 효과를 위한 전략으로서 '젠더 정체성'이 구성될 수 있다고 여겼기 때문일 것이다. "때문에 젠더를 없애기 위해 젠더를 말한다. 이것이 바로 젠더 패러독스다."[32]라는 발언은 2000년대 (포스트)페미니즘의 모토로도 들린다.

물론 당시에 그 패러독스를 인지하지 못했던 것도 아니거니와 그에 관한 반성적 성찰까지도 없지 않았다. 김미현은 1990년대 페미니즘 문학이 여성 문제에 대한 인식, 남성 중심 문학사에 대한 도전과 여성 작품의 다시-보기, 여성적 글쓰기에 대한 규명 등 다방면에서 "찬란"하여 "1930년대에 이어 '제2의 르네상스'로 명명"할 만하다고 평가하면서도 2000년대 들어 "그 파급력은 현저히 약화되었고, 페미니즘 문학 내부에서도 분열 혹은 분화"가 있었음을 지적한 바 있다.[33] 1990년대 페미니즘 문학이 "한정된 특권" 내에서만 자유를 구가하며 "오히려 효과적인 통제를 위한 수단이" 될 우려가 있었음을 자각했을 때 페미니즘은 젠더 패러독스를 강하게 의식했을 것이다. 여성에 집중할수록 한정된 권리를 해방의 징표로 용인해야 하는 논리의 당착 속에서 여성을 해체시키는 부정

---

32 김미현, 앞의 책, 6~7쪽.
33 같은 책, 13~14쪽.

성에 기대를 걸 수밖에 없었을 것이다. 그 과정을 김미현은 이렇게 회고한다. (2008년 출간한 『젠더 프리즘』의 머리말에서, 그보다 6년 전 출간했던 『여성 문학을 넘어서』(2002)를 상기하며 2008년에 돌아보는 2002년에 대해 이렇게 말했다.) "내가 그때 넘어서려던 여성 문학은 (남성) 문학과 대립되는 문학, 불행이나 상처만을 강조하는 '상상의' 여성 문학이었다. 때문에 (무)의식적으로 여성과 남성, 중심과 주변, 외부와 내부를 이분법적으로 대립시키는 환원주의와 본질주의에 빠지기 쉬웠을 것이다. 그 당시에는 '여성 문학이냐 아니냐가 아니라 진짜 여성 문학이냐 가짜 여성 문학이냐가 더 중요한 문제'처럼 느껴졌다. 그러니 여성은 움직이지 않았고, 변하지 않았다. 행복하거나 불행했다. 그때 여성은 단수이고 대문자였다. 그런 여성을 넘어서려는 것은 당연한 것이었지만, 당연한 것이어서 도그마나 딜레마가 되기도 했다."[34]

"당연한 것이어서 도그마나 딜레마가 되기도 했다."라는 이 말을, 다시 찬찬히 새겨 본다. 알면서 그랬다는 고백인 듯, 몰랐는데 그렇게 되었다는 반성인 듯, 이중적인 뉘앙스가 느껴져서, 섣부를지 모르지만 그 마음을 헤아려 보게 된다. "그런 여성을 넘어서려는 것"이 왜 도그마나 딜레마가 되었을까. '대문자 여성'은 넘어서야 하는 게 왜 당연한 것이었을까. '대문자 남성'을 '대문자 인간'으로 알아 온 그 오랜 착오를 반복하고 싶지 않았겠으나, 그렇게 빨리 '대문자 여성'을 포기할 필요는 없지 않았을까. 불행과 상처를 강조하여 남성 문학에 대립되면서도 여성이 변할 수는 없었을까. 아마도 10년 전 그때는, 도그마나 딜레마가 되고 말았던 그 페미니즘을 후회하고 반성하는 뜻으로 알아들었을 것이다. 그후로 10년이 지난 지금 2018년에 다시 만난 이 말에서는, '대문자 여성'을 넘

---

34 같은 책, 5쪽.

어서야 한다는 당위가 '여성'을 미약하게 만들지도 모른다는 불안감이 전해지는 것 같다. 여성 개별자들의 행위와 생각을 재현한 '진짜 여성 문학'에서 오히려 '여성의 삶'은 희미해진 게 아닌가 염려했던 의구심이 엿보인다. 넘어서야 하는 것은 '대문자'이지 '여성'이 아니라고 힘주어 말하고 싶었던 것만 같다.

5 '젠더 패러독스'를 넘어

2000년대 문학/담론에서 '여성'을 사유하거나 논의할 때는, 그것이 이른바 '대문자 여성'을 가리키는 것으로 환원되지 말아야 한다는 의식이 무엇보다도 강력했던 것으로 보인다. '여성'이라는 정체성을 환기/각인하는 문학적 실천들이 다양한 맥락에 걸쳐 있는 사회적 실천의 수행과 겹쳐진 구성임을 그 어느 때보다 깊이 숙고하고 헤아렸던 시기였다고 할 수도 있겠다. 언제나 유동적이어서 뚜렷한 경계로 획정할수록 어긋나거나 왜소해질지 모를 '여성'이라는 젠더를 고착적인 이분 대당의 도식에 가두지 않기 위해, '여성'의 가시적인 처지들을 비가시적인 가능성 속에 녹아들게 하려는 의도였다고도 판단된다. 젠더가 모호하고 불확실한 잉여물로서의 정체성임을 알고 그것을 강조하기. 젠더의 구성력을 말하는 것이 결국 젠더의 구성력에 갇히지 않기 위해서라는 인식 위에서 젠더를 없애기 위해 젠더를 말하기. 2000년대 여성 문학/담론은 그런 역설의 한가운데를 통과해 왔다고 할 수 있지 않을까. 모든 자명한 것들, 규정된 것들이 지니는 억압과 폐해에 대한 회의와 부정이 '젠더'에 관해서도 다소간 역설적인 인식을 끌어들였을 것이다.

그런데 어쩌면, 그런 억압과 폐해를 다만 알았던 것이 아니라 동시에

회의하고 부정하려는 데까지 나아갔기 때문이라 해도, 결과적으로 '여성'은 충분히 말하지 못했고 말해지지 못했다고 해야 할 것 같다. 바꿔 말해, 젠더의 허구성을 타파하려 했으나 여전히 강고한 그 위력에, 이 사회 전방위에서 문제성을 알려 오는 '여성의 삶'이 걸려 버리지 않을 도리는 여전히 없다. 잉여물로서의 젠더 정체성을 효과적으로 강조할 방법을 찾는 데까지 이르지 못하고, 다만 모호하고 불확실한 잉여물임을 인식한 데서 주춤하고 말았던 것일까. 그리하여 혹여, 젠더를 말하지 않음으로써 젠더를 무너뜨리려는('여성'을 덜 말함으로써 '여성'을 허물려는) '젠더 패러독스'가, '페미니즘 문학'으로서 유의미한 효과를 냈다기보다 '페미니즘 문학'의 자리에 '젠더 패러독스'의 패러독스까지 겹치게 하는 뜻밖의 곤경에 다다랐던 것은 아니었을까.

이상 2000년대 문학/담론에서 '페미니즘'이 처했던 역설의 사태를 짚어 보았지만, 이것은 페미니즘의 위축과 곤경이 아니라 페미니즘의 위상과 성과를 살펴보기 위한 기초 작업이다. 최근 여성 작가들이 '여성의 삶'을 주체화하여 쓴 소설이나 한국의 남성적 문화에서 만연한 (성)폭력을 다룬 소설들은 필연적으로 '페미니즘 문학'으로 호명되고 그렇게 읽혀야 하는데, 왜냐하면 최근의 그 성과들은, 지난 시기 문학/담론들이 감당하려 했던 패러독스를 걷어 낸 계기로서 고찰되어야 하기 때문이다. 그렇게 할 때, 그간 지나온 어떤 역설과 곤경, '도그마와 딜레마'와 '부정과 회의' 등의 연속선 위에서, 앞으로도 개별적인 여성 주체들이 주도하는 서사가 남성 중심적 역사와 사회에 대한 첨예한 문제의식과 정확하게 맞물려 작동하리라는 기대가 가능해진다. 따라서 이 글에서 살펴본 2000년대의 문학/담론들이 여성 비평(가)에 집중된 것은, 여성 문학에 대한 관심과 입장이 주로 그들의 것이었다는 사실보다도 그 여성 비평(가)의 성과야말로 현재 페미니즘의 전사(前史)라는 사실 때문임을 지나치지 말아야 한다. 돌이켜보건대, 그 '전사'에 어떤 위축과 곤경이 없지 않았다면, 그 탓은 패러독스 위에서 여성 문학을 말했던 여성 비평이 아니라 패러독스를 옆으로 치워 두고 여성 문학을 말하지 않았던 다른 비평에 있었으리라. (2018)

지금 여성의 이야기가 우리에게

영화 「반지의 제왕」을 좋아하는 한 여자 친구에게 이유를 물었더니 반지원정대의 모험에 동참하는 즐거움 때문이라고 한다. 모두 남자들로만 이뤄진 그들과 함께 '미들어스'를 지켜 내고서 평화로운 삶의 소중함을 공감했다는 뜻일까? 언젠가 그녀는 "아라공과 레골라스 중 어느 쪽이 더 멋지냐"며 자기는 역시 아라공 쪽이라고 어필했는데, 아라공을 좋아하는 그녀가 아라공의 사랑을 받는 여자 아르웬이 되고 싶은가 하면, 아니다, 그녀는 아라공이 되어 아르웬을 사랑하고 싶은 쪽이다. 비슷한 맥락으로, 한국 현대문학 전공자들에게 사랑받는 김승옥의 「무진기행」 얘기를 해 볼 수도 있겠다. 이를테면 "나는 그 여자에게 '사랑한다'고 말하고 싶었다. 그러나 '사랑한다'는 그 국어의 어색함이 그렇게 말하고 싶은 나의 충동을 쫓아 버렸다."라는 문장에 밑줄을 그었을 때, 내가 공감한 쪽은 문장의 발화자인 주인공 '윤희중'이지 문장의 목적어인 '그 여자', '하인숙'이 아니었다.

어떤 이야기를 보(거나 읽으)면서 느끼고 생각하고, 그 후로도 오랫동안 기억하고 즐기는 경우, 대개 주인공에게 자기를 이입하여 그 허구의 세계를 주인공처럼 살아 본 것 같기 때문인 걸까? 동일시와 공감은 서사를 즐기는 가장 용이한, 즉각적인 방법이다. 잘나고 멋진 인물만이 아니라 못나고 찌질한 인물에게도 그렇게 되는 법이다. 성격, 기질, 취향 등의 면에서 자기와 등장인물/특정 인간(형)과의 싱크로가 필수적인 것도 아니다. 영웅이나 재자가인에게 더 쉽게 이입하기 마련이고, '아라공'이나 '윤희중'에게도 공감하는 여성들처럼 여자가 남자에게/남자가 여자에게 동일시도 물론 다반사다.

어떤 서사를 향유하는 데 그런 식의 동일시와 공감에 의한 간접 체험이 그 전부 또는 핵심은 아닐 것이다. 동일시와 공감의 정도가 반드시 감동과 재미에 비례하지는 않는다는 사실을 잘 알고 있다. 내가 좋아한 많은 이야기 속 인물들이 마치 실존하는 친구처럼 가깝게 느껴진다 해도, 그들 각각의 삶을 내가 직접 겪은 듯 생생하게 체감했다 해도, 그 서사에 대한 나의 감상은 기존 세계 쪽으로 향한 '동화(同化)'의 감각보다는 다른 세계 쪽으로 향한 '이화(異化)'의 감각을 바탕으로 남아 있다고 말하는 게 옳을 것이다. 픽션의 인물에 대한 동일시와 공감이 곧 '동화'는 아니라는 말이자, 어떤 픽션과 조우했다는 건 이미 익숙함이 아니라 낯섦을 통과하는 일이라는 얘기다. '나'를 고정/확정하는 체험이 아니라 "분열하고 변이하며 증식하는 체험"을 통해 이야기는 우리의 정신을 고양시킨다.

그러니 가령 「무진기행」에 대한 나의 감상을 '제약 회사 전무 승진을 앞둔 남자'의 처지에 동일시한 이른바 '명예 남성'으로서 그의 생각과 행동에 동화한 것으로만 설명할 수는 없다. 주인공이 감각한 무진, 그 생소한 공간으로의 이동, 꿈과 같은 어지러움, 사방을 가로막는 안개, 기이한 고요와 소음, 어렴풋한 기억, 몽롱한 흥분 등등은, 이야기를 이끄는 '주체성'에 공감한 느낌이라기보다 그 주체가 마주친 낯선 것들의 '타자성'

이 나에게 일으킨 파장이라 말하는 편이 더 정확할 것이다. 소설에 대한 공감이란, 그것이 누군가 그러저러한 것들을 감각했다는 이야기이기에 곧바로 생겨나는 것이 아니다. 소설이 그러저러한 감각들을 "재생하는 장치"로 작동할 때에만 생겨날 수 있다.

배수아의 짧은 소설 「영국식 뒷마당」을 읽은 평론가 권희철의 "매혹적인 체험"도 바로 그런 것일 터이다. 13세 어린 화자가 '할머니의 막내 여동생'인 '경희'에 대해, 경희와의 대화와 거기에 매료된 전율에 대해 서술한 것을 들으며 성인 남성 독자가 체험한 것은, 인물과의 동일시라기보다, 인물들이 먼저 매료된 어떤 낯섦의 전이였다고 하겠다. 권희철의 평론 「내 생각에, 너도 그렇게 될 거야」라는 글은, 웹진《비유》의("여성주의 관점으로 읽어 볼 만한 한국문학의 한 장면"을 캡처한 평론가들의 글로 채워져 있는) '캡처' 코너에 발표된 글이다. 이 글에서 그는 배수아의 「영국식 뒷마당」을 "'삶'이라는 훼손된 약속의 상처이자 동시에 왜곡된 방식으로만 기억해 낼 수 있는 망각된 꿈의 표현"이라고 분석하고 "상처와 꿈의 너울거림을 재생하는 장치로서 독자들이 그것을 체험하게 하고 독자들 안에서 그 미로가 자라나게 만든다."라고 평가했다. 이 소설을 읽고 "소설 속 화자가 경희에게 매혹되었던 것을 우리가 어떻게 반복해서 체험할 수 있는지를 천천히 음미"하는 것은 그가 누린 독서의 기쁨이자 독자로서 행할 수 있는 비평적 권리이기도 할 터이다.

소설에 매혹된 이가 "벅찬 행복으로 가득한 이 매혹"을 절대적으로 낯선 체험으로 의미화할 때, 그 낯섦을 낯섦으로 의미화할 수 있었던 배경을 다시 고려해 볼 수 있을 것이다. 즉, 배수아의 「영국식 뒷마당」이라는 텍스트에 대해 "우리가 좀처럼 벗어나지 못하는 남성적 사회구조 및 사회 체계와는 결코 양립할 수 없는 근본적으로 낯선 차원의 고통과 쾌락을 예감하고 표현하는 것"이라고 말할 때, 여기서 명료하게 부각된 대비는 우리가 살고 있는 이 세계가 이른바 "남성 지배의 현실"이며 그 현실과 "결코 양립할 수 없는" 지각(고통과 쾌락)은 '여성적인 것'으로 지칭된다. 권희철은 이 세계가 이미 남성적이므로 ("사회구조 사회 체계가 남성 중심적인 한에서") 현실적으로 '여성적인 것'의 사유는 모순이거나 거의 불가능이라고 생각한 듯하다. 배수아 소설은, 현실 외부 혹은 너머의 차원을 환기함으로써 현실과 양립하지 못하는 '여성적인 것'에 대한 영감을 준다는 것이다.

그런데 이때 여성(적인 것)을 사유하기 위해서는 모순 혹은 불가능을 직시할 수밖에 없다고 한 것을 다시 생각해 보지 않을 수 없다. 그 모순/불가능은 여성(적인 것)과 남성(적인 것)이 대립적인 것도, 무차별적인 것도 아니기에 불가피하다는 것인데, 그건 아마도('권력 지향적'이고, 다르게는 주체적, 능동적, 이성적이라고 말해지는 종류의 힘과 관련된) 이 세계의 작동을 먼저 '남성적'이라고 지칭했기에 '불가피'하게 느껴진 것이 아닌가 하는 의문이 들었기 때문이다. 권희철이 여성(적인 것)을 사유할 때 흔히 따르는 모순의 예시로 제시한 것처럼, '권력 지향적'인 남성들이 우위를 차지해 버린 이 세계에서 '관계 지향'은 '여성적인 것'이라거나, 주체적, 능동적, 이성적으로 (남성만큼) 우월한 여성은 남성화된 여성이라고 말하는 것은, 극복하기 어려운 모순 때문이 아니라 그냥 잘못 생각하고 만 결과가 아닐까? 우리 사회가 남성 중심적임을 알고 지적하는 일이 이 세계를 '남성적'이라고 믿어 버리는 것과 동일하지는 않은 것이다.

세계가 '남성 중심적인 한' 여성(적인 것)과 남성(적인 것)은 비대칭적 반대 개념이므로 둘을 균등하게 대립시킬 수도 동일하게 취급할 수도 없음은 사실일 것이다. 하지만 문제는 여성(적인 것)과 남성(적인 것)이 비대칭적으로 대치하게 된 역사와 현실, 즉 우리 사회가 남성 중심적이라는 데 있는 것이지, 우리 사회가 남성 중심적인 한에서 두 개념을 대립시키거나 무차별하게 만드는 데 모순이 없도록 하는 데 있는 건 아니잖은가. 현실이 곧 남성 지배의 그것이므로 그 바깥 혹은 너머에서만 여성(적인 것)을 사유할 수 있다고 하면, 현실 안에 여성(적인 것)의 자리는 아예 없는 게 되지 않을까. 남성 지배의 현실에서 여성의 자리를 옳게 찾으려 하기보다 현실을 남성 지배적인 것이라고 말할 수 없게 하는 게 더 중요한 문제가 아닐까.

삶은 상처이고 꿈은 망각되며 기억은 왜곡되는 이 세계에서 "'삶'이라는 훼손된 약속의 상처이자 동시에 왜곡된 방식으로만 기억해 낼 수 있는 망각된 꿈의 표현"을 체험하게 하는 '문학' 혹은 그 '예술적' 감동의 실체를, 이 폭압적으로 기울어진 세계의 질서에 안착하기 어려운 낯선 어떤 것으로 상정할 수 있다고 생각한다. 우리가 '문학·예술'에 매혹되는 것도(혹여 이 말이 '문학·예술'의 선험적 가치를 상정한 듯해 부담스럽다면 다만 어떤 허구, 어떤 이야기를 즐기는 것도) 그런 낯섦의 감각과 분리되지 않는다는 이야기를 앞에서도 했다. 그러나 그런 매혹 혹은 즐김을 중요시하고 또 추구하는 이유가, 단지 그것이 지배 현실의 체계와 논리 속에 존재하기 어려운 이타(異他)적인 감각이라는 데만 있는 건 아니다. 그런 감각은, 그것 자체가 절대적으로 기묘하고 야릇하고 이상해서가 아니라 현실적 질서의 익숙함이 유지되는 동안 자동적으로 배제되고 소외되었기에 기묘하고 야릇하고 이상하게 된 것이 아닐까? 더구나 그런 낯섦을 남성 지배의 현실과 대립되는 '여성적인 것'으로서 사유하고자 한다면, 그런 이질성이 현실에 대해 외부적임을 인정하는 건 생각보다 중요하지 않은지도 모르겠다. '여성적인 것'이 낯섦이라면, 익숙한 질서와 타협하지 못한 감각일 뿐만 아니라 익숙함의 오류와 허위를 깨우치고 그 허상을 부수게 할 가능성임으로서 그런 것일 수 있다. 궁극적으로 우리가 여성(적인 것)에 대해 생각하고 토론하고 갈등하는 까닭은 그것을 지배 현실의 외부에 고정해 두기 위해서가 아니라 그것을 내부적으로 사유할 수 있는 다른 현실을 원해서가 아닌가.

여성(적인 것)의 이야기, 혹은 여성을 서사화하기, 여성이 또는 여성을 말하기 등등, 이런 것을 어렵게 생각할 이유는 없을 것 같다. 이 글의 서두에서 짐짓 꺼내 보았던 이야기를 다시 경유해 보자. 서사의 주인공 또는 화자에 대한 동일시와 공감은, 친근함이 아닌 낯섦을 파생시키는 서사 향유에 있어서는 핵심적인 문제가 아니라고 했다. 하지만 그럼에도, 이야기가 파생시키는 감각들을 체감하기에 앞서 이야기를 이루는 정보 차원의 사건들을 수리(受理)하는 데도 걸리적거리는 것들은 분명히 있다. 이를테면, 저 길고 험한 모험에 나서는 전사(戰士)가 생리 주기 때는 어떡하지? 저 남자가 고향에서 방황하는 진짜 이유를 그의 아내가 알면 얼마나 황당할까? 이 여자가 현재 고통에 처한 것이 과연 그 남자의 애정과 관련된 까닭만일까? '그녀'도 '그'처럼 생각한다고 믿는 것은 정녕 누구의 생각인가? 이런 의문들은 너무 쩨쩨한가? 서사를 이해, 향유하는 데 전혀 긴요치 않은 의심일까? 등등. 어떤 이야기를 따라갈 때 머릿속 한쪽에서 이런 하찮은 생각들이 줄줄 이어지(는데 이렇다 할 답이 좀처럼 찾아지지 않으)면, 덜 씹고 삼킨 음식처럼 그 서사 전체는 소화불량이 되지 않던가. 그런 일은 어떤 서사에서나 생겨날 수 있지만 남성 주인공/화자의 이야기에서 빈도가 더 높은 편인데, 아무튼 그런 일이 생겨나지 않는 서사가 아무래도 '여성 서사'이지 않을까 싶다.

최근 주목되는 '여성 서사'가 많아진 것, 날로 넓게 확산되고 깊게 뿌리내려 가는 페미니즘적 시각에서 다시 '여성 서사'를 이야기하게 된 데는, 다음과 같은 생각도 관련이 있을 것이다. 가령 「무진기행」에서 "그 여자의 조바심을 빼앗아 주었다."라는 문장을 읽었을 때 그 생경한 표현력에서 내가 받은 충격 혹은 영향은 오랫동안 충분하게 의미화되어 '문학사적으로'도 거의 고정된 가치를 부여받았다. 그러나 이 문장이 놓인 장면/사건에서 내가 동일시할 수 있는 자리가 어디인지, 빼앗는 쪽인지, 빼앗기는 쪽인지, 각 위치의 정당성을 묻게 하는 사회적 배경을 비판한 다거나 아니면 어느 쪽인지 굳이 생각 자체를 하지도 않게 했던 독서의 관습을 재고하는 작업은 너무 부족했던 것이다. 혹여 이를 남/여 주인공과의 동일시 문제와는 별개로 친다 해도, 소설 속의 사건이 개연성을 획득하는 현실의 체제 또는 구도에 대해 그동안 너무 무비판적으로 수락해 온 것은 아닌지 반성할 필요가 없지 않다.

최근에 불법 촬영 편파 수사를 규탄하는 시위에 모인 여성들이 행진하는데 누군가 긴 머리카락을 묶을 고무줄을 나눠 주어서, 시원한 음료수보다도 부채보다도 더 고마웠더라는 이야기를 들었다. 더운 날 음료수나 부채에 비해 고무줄은 너무나 하찮다는 혹은 편파적이라는 생각이 드는가? 그게 아니라면, 긴 머리를 올려 묶으며 이 '남성 중심적인 현실'의 바깥을 체험 중인 여성의 이야기에 귀 기울이지 않을 수 없을 것이다. 그녀의 이야기에 왜 귀 기울여야 하느냐고? '여성 서사'에 특히 주목해야 하는 이유가 있다면, '여성(적인 것)'의 현실이 현재와 동일하게 유지되고 인지되도록 하는 데 있는 것이 아니라 현재의 제한을 변경하고 배치를 조정하여 '여성(적인 것)'의 현실이 전보다 나아지도록 하는 데 있기 때문이다. 여성의 이야기는, 우리 사회의 구조와 체계에 안착하지 못한 무언가를 섬세하게 수긍하는 쪽보다는 그것이 우리 사회의 구조와 체계를 탈구시키도록 더욱 예민하게 자각하는 쪽으로 읽혀야 한다.

페미니즘 리부트와, 독자들의 자각과, 작가들의 분투가, 최근 서사들의 한 흐름을 '여성 서사'로 부각시키는 중이다. 그런데 어쩌면 이 분위기가, 오랫동안 '문학적 서사'를 일상적으로 향유해 온 이들에게 오히려 어떤 걱정 또는 노파심이랄까, 모종의 불안인지 불만인지를 불러일으키는 것 아닌가 싶을 때가 있다. 예를 들면, '문학'이란 이미 '소수자 담론'이자 대개 소외 계층의 현실을 문제 삼아 왔는데, '소수자성'의 복잡한 문제들을 '여성 서사'는 오직 성 대결의 피해/가해 구도로만 환원하게 될까 걱정, 여성주의적 관점을 서사로 끌어들이려는 노력이 곧 정치적 올바름을 위시한 정체성 정치 지향과 다르지 않게 되어 편협해질까 걱정, 여성주의적 주장이 이데올로기의 전시에 불과하여 그 정동조차 젊은 세대들에게 신자유주의적으로 소비되고 말까 걱정, 등등을 듣게 될 때가 적잖으니 말이다. 어떤 서사에도 그런 반동적 효과들이 부수적으로 따를 가능성은 있을 터이니 그 모든 걱정들이 다 쓸데없다고, 전적으로 헛된 근심이라고 치부할 수만은 없을 것이다. 다만 그런 반동이 두려워 여성 서사를 지양해야 한다는 반동만은 절대 무용하다고 해야 하지 않을까. 왜냐하면 우리는 그동안 뭘 좀 오해해 왔다는 걸, 이를테면 "영원히 여성적인 것이 우리를 구원한다." 류의 말이 은폐해 온 억압이 있었다는 걸, 이제 좀 알아 버린 것 같기 때문이다. (2018)

여자아이는 어떻게 어른이 되었는가

1 어른이 된 여자아이

어린 시절은 내가 두고 온 세계일까, 나를 따라온 세계일까? 다 자라 어른이 된 나의 유년은 씨앗처럼 내 안에 남아 있을까? 아니면 그것을 온전히 떠나보냈기에 나는 비로소 어른이 된 것일까? 어린 시절을 돌아보며 현재의 나를 조금이나마 더 용인할 수 있다면, 그 시절을 다시 만났기 때문일까, 그 시절과 잘 작별했었기 때문일까? 한쪽은 맞고 다른 쪽은 틀린 물음들은 아닐 것이다. 어린 시절을 떠올리고 회고가 이어지다 지금의 나를 반추하게 되는 때라면, 내가 이렇게 "생존자일 수 있는 시간"[1]에 이르기까지의 그 기적 같은 날들을, 이제껏 "휘청이지 않으려고, 균형을 잡으려고 안간힘을 쓰며 앞으로 걸어"[2]온 길고 어두운 지난 길들을,

---

[1] 김금희, 『복자에게』(문학동네, 2020). 230쪽. 이후 인용은 괄호 안에 쪽수만 표시한다.

[2] 손보미, 『작은 동네』(문학과지성사, 2020). 305쪽. 이후 인용은 괄호 안에 쪽수만 표시한다.

문득 발견하고 탐구하는 자리에 지금 내가 서 있다는 뜻일 것이다.

　그런 때, 그런 자리에서 시작되었을 두 편의 소설을 나란히 읽었다. "고고리섬으로 전학을 간 건 1999년이었다."라는 문장으로 시작되는 김금희의 『복자에게』와, "문득, 열한 살 때 내가 살던 그 작은 동네를 떠나던 날이 떠올랐다. (……) 우리가 떠나던 날, 동네 사람들은 아무도 우리에게 작별 인사를 하러 오지 않았다."로 첫 장이 끝나는 손보미의 『작은 동네』. 현재 30대의 여성이 유년의 한 부분을 섬세하고 정직하게 대면하는 이야기라는 점에서, 그 대면이 현재 어른인 그녀(들)의 삶에서 이제는 멀어진 과거의 한때를 회상하는 것만이 아니라 그때로부터 지금의 자신에 이르는 도정에 내내 흘러든 관용과 제약을 인식하는 이야기라는 점에서, 또렷한 공통점을 지닌 전혀 다른 풍의 두 이야기가 팔짱을 끼고 내게로 다가온 것만 같았다.

　어떤 유년은 현재에 섞여 명확히 존재의 내부에 자리 잡은 듯도 하고, 다른 유년은 비약과 단절을 거쳐 현재와는 전혀 이질적인 사태로 존재의 바깥에 밀려난 듯도 하지만, 어린아이가 어른으로 이어지는 사이 또는 어른이 어린 시절을 헤아리는 순간들에는 단순히 나이를 먹어 간 무차별적 시간의 흐름이 아니라 이른바 '성장'이라는 개인적 모험 또는 길 찾기의 노고가 흔적을 드러낸다. 『복자에게』와 『작은 동네』에는 각각, 이제 어른이 된 '나'의 '여자아이 시절'이 "결코 미워하지 않을 날들에 대한 이야기"(『복자에게』)로, 또는 "나만 몰랐던 나의 또 다른 이야기"(『작은 동네』)로 그려져 있는데, 어느 쪽이든 우리가 엿보게 될 것은 이런 것들이 아닐까 싶다. 한 여자아이가 어른이 되기까지 무엇을 욕망하고 어떻게 좌절하는지, 어떤 보살핌을 받고 어떤 우정을 맺는지, 어떤 혹독함을 이겨 내고 어떤 부조리에 맞서는지, 그리하여 어떻게 세상을 알아 가고 자기를 만들어 가는지.

167

2 모든 것의 마음을 얻어 실패를 미워하기까지 — 김금희, 『복자에게』

『복자에게』는, 30대 초반의 판사 이영초롱이 서귀포 지원에 근무하게 되면서 어릴 때 제주에서 지낸 시절을 함께 들려주는, 제주에서 두 번 살게 된 경험으로 세상과 자기를 말해 주는 이야기다. 열세 살 때 부모가 파산했을 때, 제주의 한 부속 섬 고고리에서 보건소 의사로 일하고 있던 고모에게 맡겨져 2년쯤 살았고, 판사로 일하던 중 "암암리에 징계 차원에서"(153) 제주 발령을 받아 두 번째로 살게 되었다. 이름도 영롱한 이영초롱은 어릴 때부터 "수재" 소리를 듣고 자라 일찌감치 사법고시에 합격하고 "연수원 성적"도 좋은 판사가 되었다. "냉랭한 사람"(57)으로, 판사 생활이란 "선악의 분별"이라기보다 "쓰레기 분리수거 같은 거"(38)라고 말하는 축이지만, 어설픈 정의감으로 제도적 분리에 무능한 이들보다 현실 직시와 업무 능력이 우수한 인재인 듯 보인다. 똑 부러지게 현실적인 여자아이의 부모가 경제적 피난 상태에서 아들 대신 딸을 제주로 보낸 것이 "가성비를 따졌"(8)기 때문이었다면, 그 판단은 타당한 것이었다. 부모의 특별한 서포트는커녕 "스스로를 허리띠로 의자에 묶어 가며 독하게 공부"(63)한 실력 하나로 그녀는 이른 나이에 "고액 연봉자", 아니 "사회 지도층 인사"(9)가 되었으니까.

여자 사회 지도층 인사, 아니 여자 고액 연봉자, 아니 여자 판사가 주인공인 이야기는 너무 드물기 때문일까, 법대생 영초롱이 법원 내 도서관에서 판결문을 열람하는 장면에서도 나는 그녀가 판사가 되어 나타나리라는 짐작을 못했던지, 두 번째 제주 살이가 시작되는 날 "이 판사님, 입도를 환영합니다."라는 말이 나왔을 때 와락 밀려들어 내 눈을 크게 떠지게 한 건 반가움이었다. 전교 일등을 놓친 적 없는 영초롱, 서울의 사립 중학교에 진학했을 때 드는 비용과 추후 벌어들일 연봉을 비교하는 제안서로 협상을 시도했던 '요망진' 영초롱이 씩씩하게 자라 판사가 된 데는 아무런 비약도 억지도 없는데 말이다. 똑똑하고 돈 많이 벌고 사회적으로 명망 높은 여자는 어떤 캐릭터가 적당할까. "자부와 자긍, 자명함이나 자기 확신, 자신감 같은 것"(35)들로 가득 차 허리가 꼿꼿하고 눈빛이 도도한 타입? "억울하고 슬프고 손해 보고 뭔가를 빼앗겨야 하는 이들"(39)을 구원할 선한 의지로 자기희생과 봉사에 투철한 타입?

이영초롱 판사는 법정에서 "엿 까세요."라고 욕을 하는 바람에 제주까지 가게 됐는데, 그건 아마도 "에멘탈 치즈처럼 구멍이 난"(35) 그녀의 내면에서 '자'로 시작되는 저 단어들이 다 빠져나갔기 때문일 것이었다. 그녀는 무례함과 억울함이 난무하는 법정에서는 대개 화가 나 있었고, "법의 엄정함과 위력, 잔인함"(110)에 격렬하게 대응하는 사람들을 목도하며 슬픔과 피로에 젖어 버렸다. 이영초롱은 총명하고 영민하여 일의 목적을 직시하고 효율적인 방법으로 주어진 과제를 처리하는 데 유능한 편이지만, 자기 직업인 판사 일에서나 그 밖의 다른 생활, 관계 등에서나, 세상 모든 사람과 마찬가지로 아픈 데가 있는 사람이다. 재판을 위한 증거자료들 속에서 고통이 단련되기는커녕 "노출되면 될수록 예민하게 아프고 슬프고 고통스러워"(40)지는 사람이다. 그녀에게 "타인의 삶 속으로 들어가야 하는 자가 필연적으로 짊어지게 되는 무게와 끊임없이 유동하는 내면의 갈등과 번민은 아무리 시간이 지나도 익숙해지지 않았다." (110)

다만 그녀는 합리적이고 효율적이고자 하는 유형처럼 보인다. 그녀가 과거 이야기를 잘 안 하고 그리운 시절도 없다고 말하는 건 "그냥 무거워서 어딘가에 놓고 왔을 뿐"이지 다 잊고 다 버려서는 아닌데, "기억에 있어서는 늘 담아 두는 것보다 그렇게 효율적으로 지우는 것이 중요" (182)하다고 생각해서 그런 것이다. 일에 대해서나 사람에 대해서나 자기 자신에 대해서나 그녀는 필연적이고 정당한 것을 추구하지만, 인간성, 정의, 선의, 따뜻함 등을 앞세우기보다 실리, 합리, 효율 등을 따져 옳은 바를 찾으려고 한다. 차고 건조한 그 성정은, 아무래도 끈적해지기 쉬운 삶의 세부들에 깔끔하게 대처할 수 있는 장점으로 여겨질 만한데도 그녀 스스로에게나 그 주변 사람들에게 조금이라도 미화되는 대목은 눈에 띄지 않는다. 그녀가 어렸을 때 "내가 본 것을 보지 않았다고 하고 싶지 않다고 생각"(96)했던 그 단호함조차 정의로움이나 공정함에의 의지가 아니라 "자주 상처받고 여러 번 실망한 아이가 쉽게 선택하는 타인에 대한 악의"(96)로 그녀 자신에게 자각되었던 것을 보면, 다만 그녀가 똑똑한 이들이 더 자주 실패하는 자기 객관화에도 무능하지 않음이 암시된 정도다.

대략 이러한 됨됨이의 이영초롱이라는 사람에게, 과거와 현재의 제주가 어떻게 스몄는지를 알게 해 주는 이야기가 『복자에게』다. 제주에는 먼저, 설룬애기, 설룬어멍 같은 제주 말을 알려 주면서 "슬픔이 반복되면 그렇게 말로 남는 거"(18)라는 걸 가르쳐 준, 고고리를 다 잊더라도 "만약 미안한 마음이 인다면 그것만은 간직하고 살아가"(66)라고 말해 준, 그리고 "무언가를 다짐하고 항변하는 사람의 얼굴"(159)을 보여 준 고모가 있었다. "영초롱, 서울 가서 그냥 씩씩하게 살면 된다."(65)라고 북돋워 주었으면서도 한편으론 "네가 이룬 성취가 너를 어떤 어른으로 만들지 걱정"(152)했다는 고모의 신뢰와 염려 덕분에, '이 판사'가 된 영초롱은 "자신의 무례와 무지에 그렇게 무감한 인간"(190)도 되지 않을 수 있었을 것이다. 언제 가도 "당연히 자리가 마련되어 있는 것처럼"(92) 죽치고 앉아 간식 먹고 만화책 보던 휴게소의 이선 고모나 "고고리섬에서 본 어떤 사람보다도 강한 해녀"(189)였던 복자네 할망, 법복을 입고는 사무실 의자에도 앉지 않으나 모유 수유를 하며 재판을 진행했던 양 선배나

짬뽕 배달부터 요가 강사까지 전천후 알바생 미혜 씨 등등, 그들이 사는 제주는 "일하는 여자들의 세상", "울고 설운 일이 있는 여자들이 뚜벅뚜벅 걸어 들어가는 무한대의 바다가 있는 세상"(189)이었다. 영초롱의 제주 생활 두 번은 일종의 실패에서 비롯했으나, 제주가 영초롱에게 준 것은 상처도 실망도 아닌 실패를 미워하는 힘이었다.

제주의 현명한 친구 복자에 대해 말하기 전에, "때로 어떻게 이럴 수 있을까 싶을 정도로 소년 시절을 간직하고 있"(192)는 친구 고오세의 이야기를 빼놓을 수 없다. "자기를 드러내려 하지 않고 나에 대해 궁금해했"(193)던 소년 오세, 그는 어릴 때부터 은은히 간직해 온 영초롱에 대한 연정을 이젠 진짜 놓아 버리겠다는 마지막 선언을 이런 말로 전하는 사람이다. "너는 최소한의 도덕을 다루지만 나에게는 너가 최선의 사람이라서 나는 늘 너가 좋았어."(220) 영초롱이 성취에 붙들린 '인사'가 되지 않고 끝내는 법복을 벗는 선택을 할 수 있었던 데 이런 온유하고 담백한 남성 친구는 존재만으로도 힘이 되지 않았을까. 그리고 복자, "장차 복을 많이 받을"(23) 그애에게는 진솔함, 상냥함, 꿋꿋함, 떳떳함, 공정함, 다부짐 등등 직접 배울 점도 많았지만 그보다도 어린 영초롱이 "복자가 옆에 있는 것이 좋았다"(87)고 생각한 데는 그애와 함께 했던 길지 않은 동안 "뭔가 세상이 총체적으로 한심해지는 가운데 그래도 거기 빨려 들지 않기 위해 뭐라도 해야 한다는 유약한 저항감"(84)을 나누었기 때문이다. 이제 어른이 된 이들이 더 이상 유약해선 안 되는 저항을 위해 좁은 선의 대신 깊은 믿음을 바라봐야 한다는 것도, 끝내 영초롱이 복자의 '아픈 제주'로부터 배워지고 말 것이었다.

다시 복자에게 "끝을 낼 수 있을지 알 수 없"(230)는 편지를 적는 영초롱에게 제주가 남긴 것은 이런 것이다. "온 섬의 마음을 얻어야 하는 일. 섬을 터전으로 먹고산다는 건 그렇게 섬의 모든 것에 허락을 구해야 하는 것이었다. 거친 파도에게, 조업 중 만나게 되는 바닷것들에게, 궂은비와 태풍에게."(184) 살아 있는 매 순간 그랬던 것임에도 모든 것의 허락 없이는 살아 있을 수 없었다는 것을 깨닫는 때, "생존자일 수 있는 시간을, 자신을 내보이는 것만으로 골목의 사람들을 위로할 수 있는 시간을, 그렇게 해서 모두를 생존자로 만드는 시간을"(230) 함께 지나며 어쩌면 우리 모두는 '생존자'임으로써 어른이 된 것 혹은 어른이 된 것이 곧 생존자임을 이제 막 알게 된 것 같은 때, 영초롱이 복자에게 띄우는 편지는 둘이 "함께 걷기"의 그 첫 장면, "한번 불어오면 나를 통과하며 저절로 흩어지는 것이 아니라, 힘을 써서 내가 찢고 나가야 하는 듯 느껴지는 거센 바닷바람 속에, 해야 하는 인사를 하지 않은 데 대한 사과가 필요하다며 앞장서 가는 그애의 뒷모습 속에, 방파제의 갯강구들을 밧줄로 괜히 훑어 바다로 빠뜨리며 걷는 그애의 전진 속에"(21) 다시 영초롱을 데려다 놓고 이후의 생(存)을 더 깊은 눈으로 바라보게 한다.

내 눈을 커지게 했던 여자 판사 주인공은 결국 사표를 내고 한국을 떠나, 멀리서 보내는 박수로 친구의 생존을 축하하게 되었다. 하지만 판사가 아닌 현재의 삶으로 더 '성숙'한 어른이 된 영초롱에게도 나는 박수를 보내고 싶다. 삶의 '성취'란 자기를 일으켜 세우는 가치를 얻는 것이라면, 법복을 입은 그녀가 스스로 쓰러질 수도 있었던 것보다 법복을 벗은 그녀가 복자의 "승소한 최종 판결문"(228)을 몇 번이나 읽으며 위로받는 것이 더 큰 성취가 아닐 수 있을까. "인간의 힘, 나는 그 말이 오늘 밤 참 좋다."(140)라고 말했던 복자의 성취는 자기의 생(存)을 일으키고 영초롱의 성숙을 도왔다. "때론 다른 무엇도 아닌 곁에 있는 누군가의 성취가 그를 일으켜 세운다는 생각"(146)이 가짜 성취의 오만과 이기를 누르고 삶의 가치를 일으켜 세울 것이다. "그해 그 섬에서의 시작"(21)부터 현재 영초롱과 복자가 선 그들 각자의 자리까지 이어진 두 여자의 생이 지금부터 다시 어떻게 뻗어 나갈지 알 순 없지만, 비로소 "인생을 더 깊이 용인한다는 자세"(233)를 장착한 두 여자가, 참 좋은 인간의 힘으로 "아득바득 버티"(207)며 걸어갈 앞길에 실패를 미워하지 않으리라는 약속만은 박수 소리처럼 들려오는 듯하다.

3 그건 내 잘못이 아니므로 떠나보내고 웃기까지 ── 손보미, 『작은 동네』

『작은 동네』는, 대학의 일문학 강의와 일어책 번역을 하며 남편과 함께 살고 있는 한 30대 여성이 그간 몰랐던 가족사를 풀어 가면서 어릴 때 살았던 작은 동네에서 겪었던 일을 상기하는 이야기다. 연예 기획사에서 일하는 그녀의 남편은 아침마다 열심히 기사 스크랩을 하는데 "자신이 중요한 위치를 차지한 사람이라는 느낌을 받고 싶어서"(7) 그 일을 하는 듯 보인다. 그의 스크랩북에는 온갖 끔찍한 사건들이 가득해서, 그녀는 가끔 강의 중에 학생들의 주의를 끌 요량으로 거기서 읽은 기사를 인용하기도 한다. 그녀는 본래 "모든 상황을 농담처럼 흘려 버리려고 노력"(10)하는 타입인데, 농담에서 퍼져 나가는 웃음의 꼬리는 스르르 흩어지지만 끔찍한 사건의 불길한 공기는 잘 안 떨어진다는 깨달음으로 "웃음은 떠나게 하고 고통은 되돌아오게 만든다."(12)라는 이론을 갖게 되었다. "당신 이론, 완전 엉터리야."(12)라고, 평소 자기 일에선 설득과 협상에 능한 남편이 그녀에겐 아주 직설적으로 말했지만, 저 이론을 바꿀 생각은 없다. 아버지를 만나야겠다고 결심한 그녀는 이렇게 다짐한다. "나는 후회하지 않을 거야. 나는 웃을 거야. 그 모든 걸 떠나보낼 거야."(26)

미워할 필요조차 없어서 철저히 거부했던 아버지를 만나고 싶다는 생각이 갑자기 든 건, 그녀의 말대로라면 "우리를 버린 죄책감을 절대로 덜 수 없으리라는 걸 정확히 알려 줘야 한다는 생각"(26) 때문이다.(그녀의 아버지는 열한 살 때 '어머니와 나'를 떠났는데 어머니의 장례식장에 나타나 "아주 중요한 이야기"(13)를 해 줄 게 있다며 끈질기게 만남을 요구했었다.) 그런데 그 결심을 했을 때, "문득, 열한 살 때 내가 살던 그 작은 동네를 떠나던 날이 떠올랐"(26)던 건 무슨 까닭이었을까. "그건 정말 이상한 일이었다."(81) "죄책감"이라는 것, "그 분야에 대해서는 나는 전문가나 마찬가지"(26)라고 말할 정도로 그녀에게는 좀처럼 벗어나기 힘든 어떤 마음이 있는 것 같은데, 그 '작은 동네'가 떠오른 건 그 마음과 무슨 상관이 있는 걸까. 또한, 남편 회사 소속의 유명한 영화배우였던 '윤이소'가 스포트라이트를 잃고 급격하게 내리막길을 걸으며 사람들 입에 오르내리다 사라져 버린 데 대해 자꾸만 신경이 쓰였던 송년회 직후, "윤이소에 대한 생각은 이미 사라진 후"(23)였다고 그녀는 기억하지만 바로 그다음 날 잠든 남편을 깨워 아버지를 만나고 싶다고 말한 건 왜였을까. 그녀의 '전문'인 그 마음과는 무관한 일일까.

일단 그녀의 얘기는 이러하다. "그 동네와 관련된 기억을 스스로 떠올린 적은 거의 없었다. 물론, 그 시절과 내가 완전히 단절되어 있었다고 말할 수는 없을 것이다. (세상의 어떤 사람이 그런 식으로 과거와 완전히 단절될 수 있단 말인가?) 오히려 그 동네에서 보낸 시간들이 내 삶에 분명한 영향력을 발휘하고 있었다는 사실을 나는 알고 있다. 하지만 그런 영향력은 경험의 세세한 항목과 관련된 것은 아니었다. 그건, 구체적인 사안들이 한데 뭉뚱그려진 이후에 슬며시 제 몸의 일부분을 드러내는 감정들과 관련이 있었다."(81~82) 그 감정이 곧 죄책감이었음을, 심지어 아버지가 떠났을 때도 그녀는 상처를 받았다기보다 죄책감에 휩싸였음을, 그녀는 확실히 알고 있었다. "죄책감, 나는 그 당시 죄책감을 느꼈다. 죄책감은 — 아, 이렇게 비장하게 말해도 괜찮은 걸까? — 내 핏속으로 흘러 들어가서, 언제나 내 몸 안을 무작위로 훑고 있는 것 같았다."(82) 그녀는 이제 그 마음을 들여다보려고 한다. 그간 거부해 오던 아버지를 만나기로 결심하면서, 어릴 때 살던 '작은 동네'에서의 일들을 기억해 내면서, 그녀가 다시 대면하고 파헤치고자 하는 것이 바로 이 죄책감의 정체다.

먼저, 그녀의 죄책감은 "하늘 아래 가족이라고는 너랑 나 둘밖에"(27) 없다는 말을 들으며 어머니와 단둘이 지내 온 삶 속에서 생겨났다. 늘 "그저 너가 행복하기만을 바란다."(83)라고 말했던 어머니는 언제나 세 마디로 된 기원(祈願)을 품고 살았다. "너의 삶. 너의 행복. 너의 안전." 어릴 때부터 귀에 박히도록 들었던 그 단어들 앞에서 그녀는 "열 손가락이 모두 바늘에 찔린 것 같은 기분"(83)에 휩싸이곤 했다. 마치 보호를 '당하는' 듯, 살아 있음이 불공정함의 수혜라는 듯한 그런 말들은 "성가시고 못마땅한 고통"(83)을 줄 뿐만 아니라 "불공정하다고 느낀 것에 대한 죄책감이 들었고, 동시에 막연한 패배감"(134)까지 느끼게 했다. 그녀가 태어나기 전에 그 '작은 동네'에 큰 불이 나서 많은 사람들이 가족을 잃었을 때 그녀의 오빠도 잃었다는 어머니의 이야기 때문에, "지금의 너를 봐, 넌 얼마나 행복하니?"(52)라는 말을 들을 때마다 더욱 그녀는 힘들었을 것이다. 그런데, 어머니가 돌아가시고 아버지에게 듣게 된 새로운 사실, 그녀만 몰랐던 가족이자 그녀에게만 비밀이었던 자신의 출생에 관한 이야기를 알게 되었으니, 이제 그런 죄책감은 덜어질 수 있을까?

그녀 자신이 잘 알고 말했듯이 "죄책감은 그런 식으로 사라지는 게 아니"(26)라고 할 것이다. 아버지의 이야기 — 남한이라는 범국가적 현실과 관련되어 몇 사람의 일생이 총체적으로 뒤바뀐 사건과 유관함에도 남편이 중요한 사건들로만 채워 놓은 스크랩북에서는 찾아지지 않았던 — 로, 그녀는 몰랐던 과거사와 어머니의 인생 — 그토록 용감하게 고향을 떠나서 자기 삶을 개척하고자 했으나 자매의 고통에 대한 책임을 자신의 지상 과제로 삼았던 — 을 다시 그려 보아야 했다. 그 일은 그녀의 존재를 통째 흔들었지만, 그럼에도 오빠의 부재를 짊어져 온 그녀의 삶이 바로 가벼워질 수는 없었다. 그러나 어머니의 죽음으로 "아무도 영원히 알 수 없게 되어"(305) 버린 지난날의 사실들을 스스로 해석해야 하는 곤경 앞에서, 그녀는 자기 죄책감의 내부를 들여다보게 된다. 그러자 강박적으로 그녀의 안위를 걱정했던 어머니의 개입들, 가령 "너에게 벌을 주려는 것이 아니야. 그냥 좋은 일이 아닌 것 같아서 그래."(134)와 같은 말들이, 그녀를 보호했다기보다 어떤 편견에 가두어 속박한 것이었음을 깨닫고, "아, 나는 너무 오랫동안 집, 아, 그러니까 집들(강조는 원문) 안에 머물고 있었던 것 같아. 나가야 해."(281)라는 자의식에까지 이른다. 다시 말해, 그녀는 '나'의 삶 자체가 이중으로 이루어져 있었다는 것, "같은 의도의 다른 일면, 혹은 이중적인 메커니즘으로 작동하는 동일한 환상"(310)이 자신을 이중으로 구속해 왔음을 이윽고 직시하게 된 것이다.

그녀가 죄책감의 '이중 구속성'을 직면한 데는 어머니의 일을 알게 된 까닭만 있지 않다. 남편 회사 소속의 화려했던 여배우 윤이소, 그녀의 인기로 이익을 챙길 때 사람들은 그녀를 "공주 대접"(266)했으나 대중의 관심이 떠나자 "그 여자, 얼마나 제멋대로 굴었는지" "그 여자 때문에 우리가 얼마나 힘들었는지 알아?"(159)라는 비아냥과 함께 '남편'의 세계에서 그녀는 이내 사라져 버렸다. 어릴 적 '작은 동네'의 숲속 집에 살던, 80년대에 무대 위에서 사람들을 매혹하던 '어린 여가수'였으나 90년대엔 유명 정치인의 내연녀로 고독 속에 살다 결국 음독자살에 이르렀던 또 한 여자도 있었다. 그녀는 환한 대낮의 숲속 집이 아니면 마치 "그녀가 있어야 하는 장소가 아니"라는 듯 어쩔 줄 모르고 불안해 했다. "그녀와 관련해서 아버지에게 적절한 장소와 시간이라는 개념 자체가 애초에 성립이 안 되"(241)었고, 그런 '아버지'의 세계에 자리가 없는 여자들은

"분별력을 잃어버린"(240) 사람으로 "불온하고 부당한"(241) 취급을 받았다. "달래고 비난하기"의 이중적 태도들 사이에서, 일방적으로 받들어지고 보호받던 여자들은 어느 날 갑자기 욕을 먹으며 사라진다.

여자들이 당하는 이중 구속의 고통은 남편 또는 아버지의 세계로 상징화된 세계의 (추앙과 혐오라는) 모순적 대상화에서만 비롯되는 게 아니다. 여자들의 고통에 대한 관심, 동감, 편들기 등은 대개, 사라진 윤이소를 궁금해하는 '나'에게 돌아온 남편의 대답과 유사한 반응을 만나게 된다. "당신이 왜 그 여자 이야기를 하는 건지 당최 알 수가 없다."(159), "당신 그 여자 좋아하지도 않았잖아?"(160) "도대체 뭐가 잘못인 건데? 뭐가 불만인 건데?"(263) 여자들의 유대감을 폄훼하는 이런 반응 속에서 연민이 연대로 이어지기는 어려워진다. 남편의 말대로 윤이소는 어디선가 여전히 행복하게, "꼬리 아홉 개 달린 여우처럼"(266) 완벽하게 살고 있을지도 모른다는 생각과, "그런데, 당신 누구라고요?"(21)라는 물음에 '내가 누구라고 그녀를 걱정하는가?'라는 묘한 수치심이 생겨난다. '숲속 그 여자'의 자살 이후 "그 기사 — '그 시절 제 누나의 사정을 제보해주실 분들을 찾고 싶습니다.'라고 인터뷰를 한 — 를 읽었으면서도 그녀의 남동생에게 연락을 하지 않았"(267~268)던 기억은 현재의 죄책감을 배가시킬 뿐이다. 그러니 죄책감에 휩싸인 그녀는 또 자문한다. 이중의 죄책감으로 자답할 수밖에 없는 이런 물음들을. "나는 윤이소를 동경했는가? 증오했는가? 윤이소가 행복하게 살기를 바랐는가? 고통스럽기를 바랐는가? 어머니는 숲속에 살던, 그 분별력을 잃어버린 여자를 사랑했는가? 아니면 혐오했는가?"(268)

『작은 동네』는, 자기가 몰랐던 자기의 이야기를 뒤늦게 알게 된 한 여자가 평생 자기 몸속에 피처럼 흐르고 있는 듯한 "감정들"(82)을 응시하고 거기에 맞서는 이야기다. 그녀가 반드시 들었어야 했으나 듣지 못한 대답, "그건 네 잘못이 아니었어."(85)라는 말을 스스로에게 해 주기 위해서라도 그녀는 "내가 지금 무언가를 해야만 해."(86)라는 다급한 요청을 거부할 수 없었으리라. '작은 동네'의 어린 시절이 그녀에게 끼쳐 온 영향을 파헤치는 동안 그녀는 어떤 여자들, 이를테면 "이 세상의 불공평을 보여 주는"(266) 듯 막대한 사랑과 보호를 받다가 어느 순간 흔적도 없이 '사라지는' 여자, 자신의 화려한 아름다움에 매혹 당한 이들로부터 "완전히 버림받"아 "분별력을 잃어버리"고 "돌아갈 곳이 없어"진 여자, '어머니'가 아닌 "독자적인 한 명의 여성"(109)으로서 다른 여자에게 "끊임없이 힘을 불어넣어 주려고 애쓰는"(240) 여자 들의 고통과 만난다. 겹겹의 편견에 구속된 그 여자들의 사라짐과 침묵은 오래 그녀를 괴롭혀 온 죄책감과 수치심을 투명하게 들여다보게 해 주었다. 그 여자들을 사랑했거나 동경했거나 동질감을 느꼈다는 뜻은 아니다. 하지만 "한 번도 원한 적도 없고, 그리고 절대로 가질 수도 없는, 그런 종류의 삶을 산 여자들"(217)에 대한 관심이 비난받을 이유는 없다. 여자들이 있어서는 안 되는 자리는 없으며, 여자들이 산 모든 종류의 삶은 알려질 수 있다. 그녀는 이제 "죽기 전까지 자신이 하고 싶은 말을 끝까지 참아야 했"(306)던 어머니처럼 침묵 당해서는 안 된다는 것을 안다. 그녀의 눈앞에 떠오른 "그 작은 동네에 살던 그 여자애"(311)가 "바라는 것이 무엇인지"(314) 이제는 알 것 같다. 보호 당하지도 침묵 당하지도 혐오 당하지도 않는 것, 그리하여 사라지지 않는 것. 이것을 알았으니 그녀는 자기 말대로 후회하지 않을 것이다. 죄책감을 떠나보낼 것이다. 그리고 웃을 것이다.

4 길이 끝나자 여행이 시작되었다 —— '여성 교양소설'

『복자에게』와 『작은 동네』는 공통적으로 젊은 여성 주인공(들)이 자기 삶을 확인하는 가운데 유년으로부터 이어져 온 자기의 형성 과정을 살피는 이야기로 읽을 수 있다. 두 편의 이야기는, 한 개인이 태생으로 또는 타의로 주어진 환경으로부터 자기의 삶이 만들어져 온 이치와 의미를 확인하는 과정을 거치며 성숙한 인간의 정체성을 확립 또는 창조하는 '성장'의 서사다. 그녀들의 현재가 이상적인 삶에 도달했다는 뜻이 아니라, 현재에 이르는 삶의 행로에서 다양한 실험과 실패, 적대와 연대, 고독과 우정 등을 통과하며 이 세계 속의 자기를 숙고하고 발견하는 이야기를 창조했다는 뜻이다. 근대의 위대한 서사를 세계의 선험성과 괴리된 자기 확인을 위한 여정으로 보았던 고전적인 '소설'의 이론에 따르면, 그녀들의 이야기는 '문제적 개인'의 길 찾기라고 말해져도 좋을 것이다. 물론 그 고전적 이론에서 근대의 위대한 서사 형식인 '소설'이 삶의 연륜과 맺는 방식과 관련하여 '성숙한 남성의 형식'이라 불렸던 것과의 괴리감을 완전히 쳐내고서 말이다.

세계의 총체성이 붕괴된 시대에 삶의 외연적 총체성을 찾으려는 모험의 주인공이 주로 '남성'이었던 시절은 길었고, 그 시절을 우리는 "자기를 찾아 헤매다가 어디론가 나아가는 성장 교양소설과 그것의 감동이 철저히 남성 젠더의 형식이었다는 것을 누구도 말하지 않던 시절"[3]로 기억하고 있다. 이제 우리는 "'여성 교양소설'이란 애초부터 형용모순이었"[4]

---

3 김미정, 「'한국—루이제린저'라는 기호와 '여성 교양소설'의 불/가능성」, 권보드래 외 12인 공저, 『문학을 부수는 문학들』(민음사, 2018), 246쪽.

4 같은 글, 같은 쪽.

던 저 고전적 이론에 꼭 걸맞은 형식을 더 이상 '근대의 위대한 서사'로 인식하지 않는다. 그러나 이는 자기 형성과 확인의 여정을 창안하는 이야기의 형식이 불가능해졌다는 뜻이 아니다. 성장소설이든 교양소설이든 그 용어들이 지녀 온 남성적 특권의 내포가 지워지고 나서야 더 충만하게 역동적이 된 그 형식을 우리가 읽은 두 편의 소설이 확인해 주지 않았는가. "길이 시작되자 여행은 끝났다"라고, 서사의 전말을 성숙한 남성의 입사(入社)에 한정했던 그 '소설'은 이제, 끝났다고 말할 필요는 없다 해도 유효하다고 말할 이유도 없을 것이다. 문제적 남성이 찾은 길이 아니라 여성적 문제가 보이는 이야기가 활성화되는 중이다. 길이 끝나자 여행이 시작되었다. (2020)

여자 어른은 어떻게 사랑을 하는가

사랑의 적은 무엇일까. 미움이나 무관심 같은 사랑의 반대 말고 사랑을 방해하거나 달아나게 만드는 사랑의 적. 이기심? 권태? 또는 불안? 상처? 실망? 불안, 상처, 실망 등의 마음 상태가 이기심이나 권태를 조장하는 것일 테니, 사랑을 지키고 지속하기 위해 막아내야 할 적은 이기심과 권태라고 말해 볼 수도 있지 않을까. 이기심을 조정하는 건 욕망이 하는 일이고, 권태를 밀어내는 것도 욕망이 할 수 있는 일. 그러면 사랑을 한다는 것, 사랑을 시작하고 계속하고 끝내지 않는다는 건, 욕망이 어떤 방식으로 활약을 하느냐에 달린 일일 것이다. "가슴이 널을 뛰게" 만들고 "흥분으로 뒤틀리려는 허벅지를 꼬집"게 하는 활약[1]도 있을 테고, "깊게 가라앉아 있던 감정의 덩어리들이 순간순간 명치께로 올라와서" "손에

---

[1] 최은미, 「고별」, 《현대문학》 2021년 5월호. 인용은 각각 166쪽, 167쪽. 이후 인용은 괄호 안에 쪽수만 표시한다.

잡히는 대로 외투를 꺼내 입고 집 밖으로 나"오게 만드는 활약[2]도 있을 것이다. 그런 활약들이 사랑을 어떻게 영위하는지, 흔히 순정한 사랑을 망치는 불순한 탐심인 듯 취급당해 왔던 욕망이 사랑을 어떻게 운영하는지, 그 위태로운 듯 슬기로운 경로를 더할 나위 없이 세련되게 이야기해 주는 두 편의 소설을 읽었다. 두 성숙한 여성의 사랑과 욕망.

1 사랑을 유지하는 욕망의 정치 – 최은미, 「고별」

'은태영', 직장 상사랑 결혼했다. 은산문화재단 허준기 팀장, 그와 10년을 살았으니 "그가 언제 긴장을 느끼고 언제 이완되는지"(151) 다 감지할 수 있다. 당연한 말이지만 그가 "곤경에 빠지길 바라지 않"(155)는다. 암수술을 마친 그의 어머니를 모시고 3개월에 한 번씩 6년 동안 치료와 추적 검사를 받으러 다녔고, 어머니의 장례식장에서는 화장 예약 확인서나 주차권 등을 다 챙기는 한편 피로할 것이 분명한 그와 둘이 있게 되면 "안고 싶어질 것 같"(160)다고 생각했다. 애정이 식지 않은 것 같다는 말이다. 허준기도 그럴 것이다. "감출 수 없는 애정"과 "애정에 동반되는 고통"(159)이 얼굴에 드러날 때가 있었으니. 그러나 그녀가 그를 아는 만큼 그도 그녀를 잘 알까? 그의 직장 동료이자 그녀의 전 직장 동료인 조문객들이 장례식장에 몰려 들어왔을 때 가장 먼저 그녀의 눈에 띈 것이 10년 전 그녀가 열심히 드나들던 "서관창고의 골조가 심벌로 새겨진 문화재단 에코백"(152)이었다는 사실 같은 것을. "알았다면 좋았을

---

2   위수정, 「풍경과 사랑」, 《자음과 모음》 2021년 봄호. 인용은 207쪽. 이후 인용은 괄호 안에 쪽수만 표시한다.

텐데"(151) 말이다.

오래 치료를 돕던 시어머니가 돌아가시자 은태영이 "오래전부터 마음의 준비를 해" 온 어떤 일을, "더 이상 피할 수도 미룰 수도 없"(144)는 그 일을 실행한다는 이야기인「고별」은, 표면상 어머니가 돌아가시자 시작된 남편에 대한 복수 이야기처럼 보일 수도 있다. 하지만 아무리 둘러봐도 그녀가 남편을 증오한다는 증거는 없을 뿐더러 이 소설의 마지막까지도 "내 사랑 허준기"(167)일 남편이 그녀를 괴롭힌 일도 찾아볼 수 없다. 팀장으로 승진한 남편이 재단 일로 정신없이 바쁠 때 혼자 살림하고 아이 키우고 시어머니 보살피며 허준기의 피부양자 자격으로 10년째 살아 온 그녀로서, 남편에게 서운한 감정이 있을지언정 온갖 알력 다툼에 시달리는 그의 압박감까지 느끼며 그를 걱정해 온 마음이 사심(邪心)일 리 없다. 그럼에도 그녀는 시어머니의 빈소에서 "남편의 옆자리, 그 자리가 내게 줄 득과 실을 재보"(144)는 일을, 오랫동안 준비해 온 그 일을 결행한다. "나는 내가 어떤 마음의 준비를 해 왔는지 알 것 같았다. 나는 허준기가 곤경에 빠지길 바라지 않았다. 하지만 언젠가 어떤 이유로 곤경과 맞닥뜨려야 한다면 나는 그가 한 발만이 아니라 두 발 다 빠지길 원했다. 그는 좀 쉴 필요가 있었다."(159) 그 일은 어쩌면 남편의 두 발을 다 빠지게 할 테지만, 한편으론 쉴 필요가 있는 남편에게 휴식을 줄 수도 있을 것이다. 그녀는 남편에게 복수하기를 원한 것이 아니라 남편을 사랑하기를 도모한 것일지도 모른다.

그러므로 이것은 (삼십 대의 아홉 살 아이 엄마인) 은태영이 어떻게 사랑을 지속하는지 보여 주는 이야기다. 은태영은 10여 년 전, 업무 파트가 다른데도 (나와 동기 석현을 나란히 앉혀 놓고) 이런저런 조언을 해 주던 허 대리와 연애했고 결혼했다. 결혼 발표를 했을 때 그녀는 "허준기 같은 사내 정치에 넌덜머리가 난 여자들"에게 "거의 역적"(144) 취급을 당했지만 (물론 지금은 아닐 것이다.) 허대리는 이제 재단 실세 허 팀장이 되었고 석현은 리틀 허준기로 불리며 빠르게 승진 중이다. 그리고 이제는 안다. 허준기를 사랑한 두 사람(그녀와 석현)이 실은 그때 허준기가 갖고 싶어했던 두 사람이었음을. 그리고 이제 두 사람은 허준기에게 너무나 중요한 사람이 돼 있음을. 하지만 은태영에게 허준기는 어떠한가. "결혼과 동시에 잃어버린 것들"(158)과 얻은 것들은 그들 각자에게 너무나 다르지 않은가. 10년간 그녀가 사랑한 결과는 석현의 결과와도 다르다. "사람들이 상주석에 나란히 선 나와 남편을 쳐다봤다. 하지만 남편과 나란히 선 것은 내가 아니라 그들이었다."(153~154) 그러니 은태영은 "머리를 굴"(164)리지 않을 수가 없는 것이다. 현 재단 실세의 견제 대상 1호인 정팀장이 현 재단 실세의 와이프인 그녀를 기다리게 할 방법에 대해서.

이 여자가 한 남자를 사랑하는 일은 "베갯머리로 묶인 운명"(164)으로만 유지될 수 없는 일이었다. 그녀의 사랑 방법 또는 사랑의 목표는, 하나가 아니고 늘 똑같은 것이 아니고 남들의 생각과 같은 것도 아닌 듯하다. 허대리의 말을 반은 쳐냈지만 그와 연애는 한 것, 다섯 살 차이의 그가 "내가 군대 있을 때 태영이가 중학생이었어."(155)라고 그녀를 소개하는 심리상태가 어떤 건지 아는 것, 그의 어머니와 교감한 것, 그의 가족관계를 존중하는 것, 이것들이 다 혼자 직장을 관두고 아이 키우는 일만큼이나 남편을 위하고 이해하는 그녀의 사랑이 한 일이다. 단 그 사랑은 남편의 욕망이 아니라 그녀 자신이 인정한 욕망을 따른 것일 터이다. 아내뿐 아니라 자기 자신을 힘들게 하는 남편의 욕망, 그 "절박함"(159)을 처리해 주기 위해서라도 그녀의 USB와 정팀장은 연결되어야 했던 것이겠다. 다시 말하지만, 그녀가 그를 사랑하기 때문에, 그녀의 사랑은 그녀 자신이 인정한 욕망이 시키는 일이기에.

요컨대 이 소설에서 은태영이 실현하는 욕망의 정치는 그녀의 사랑을 배반하는 것이 아니라 지속하게 한다. 허준기의 '사내 정치'는 그 자신과 은태영을 외롭게 했지만 은태영의 '복직 정치'는 그녀 자신과 허준기를 외롭게 하지 않을 것이다. 이는 이기심의 문제라기보다 욕망의 충실성에 달린 것이어서, 자기중심적인 권력 다툼에서 사랑을 떼어 놓는 것보다 자기중심을 세워 사랑을 지속할 용기를 확보하는 것이 더 필요하고 중요하다는 뜻이다. 또한 은태영의 정치가 더 욕망할 만한 까닭에는, "현 대표 이사의 정통 라인"(154)을 공고히 하는 것보다 "마을 기록 사업이 독립적인 영역을 얻을 수 있"(161)도록 하는 일이 더 낫다는 사실도 있을 테고 말이다. 그래서 「고별」은 「사랑과 야망」, 「사랑과 성공」 등의 제목을 단 옛날 드라마에서 남자의 야망 또는 성공이라는 사회적 입지가 '사랑'이라는 순수를 망치는 주범으로 기능했던 그 클리셰에 대해 작별을 고하는 이야기로 읽힐 수도 있다. 사랑과 욕망이 서로 반대 방향으로 당겨져서 파멸로 치닫는 서사가 치워진 자리에 사랑을 위한 욕망의 정치가 열리는 성숙한 어른의 이야기가 생겨났다.

2 욕망을 유지하는 사랑의 가능성 – 위수정, 「풍경과 사랑」

'민준 어머니', 고등학생 아들과 건축가 남편과 산다. 지방 출장이 잦은 남편이 이번엔 두 주째 집을 비우게 됐으나 "지나치게 큰 웃음소리가 마음에 걸"(197)리긴 했어도 전화기 바깥의 여자 목소리를 추궁하진 않는다. 감정을 잘 못 감추고 곁을 잘 내주지 않는 남편이 그녀는 좋았고 "안락함을 느꼈"지만, 그가 "말 한마디 없이 마치 나에 대해 다 안다는 듯 차분한 눈빛으로"(206) 바라볼 땐 너무 답답하다. "말을 이을 수가 없"다. 그래도 아들 앞에서 이들은 언제나 "따듯하고 든든한 부모가 되어 단란하게 담소를 나누"(207)는 것이다. 이 부부와 이 가정에 별 문제는 없는 것 같다는 말이다. 침대에서 이들은 "편견이 없는 편"이라 "온전히 일대일대응이라 할 수 있는 관계가 되"기도 한다니, 중년의 부부로서 괜찮은 편 아닌가? 글쎄, 그녀는 작게 한숨을 쉬며 묻는다. "괜찮아? 뭐가 괜찮아?"(206) 그녀는 할 말이 좀 있는 것 같다. "나 할 말이 있는데, 있잖아 내가……"(207)라고 말하는 그녀의 손을 들어 그가 제 입을 막아버리지 않았더라면. 좋아? 재밌어? 나 없이도? 이런 종류의 질문을 그녀가 하듯 남편도 간혹 그녀에게 물어봐 주었더라면 좋았을 텐데.

처음 보는 아들의 친구에게 야릇한 연정을 느끼며 스스로 "니가 돌았구나."(196)라고 혼잣말이나 했던 잠깐 동안의 이야기인 「풍경과 사랑」은, 표면상 외로운 중년 여성의 일탈적 심리를 비추는 이야기일 수도 있다. 하지만 이 소설 어디에도 그녀가 외롭다고 말한 적은 없으며, 그녀는 예산 걱정 없이 사업하는 건축가 남편과 상위권 성적의 아들을 두고도 엄마들 사이에서 '좋은 사람'으로 분류될 만한 사회성을 발휘하며 안락하게 살고 있는 듯 보인다. "가능하면 희미한 쪽으로"(192) 지내는 중이지만, 잘 나가는 남편과 함께 폼 나게 인테리어 전문 잡지에 나온 적도 있었고 대학원 시절엔 개인전을 열기도 했었던 한창때의 감각은 지금도 희박하나마 그녀의 자존감을 지탱하고 있는 듯하다. 그럼에도 아들이 데려온 연호가 그 또래와 조금 다른 몸짓과 말투로—고개 숙여 인사하는 대신 눈을 마주치며 인사한다든가, 한국말에 서툴러 높임법을 잘 못 쓴다거나—'편견 없이' 그녀를 대하자 문득 "낯설고 이상한 감정"에 휩싸였던 것이다. 물론 그녀 스스로 이건 "적절하지 않다는 걸 알"(202)았고 부적절한 일은 아무 일도 일어나지 않았으며 "달라진 것은 없었다."(204) 그러나 이후의 어느 잠 못 든 겨울밤, 텅 빈 공원의 앙상한 나무들을 향해 그녀는 중얼거린다. "저래도 봄이 되면 또 난리 나겠지. 우르르 살아

나서······. 또 아름답겠지."(207) 그녀가 겪은 '난리', 설렘, 연정, 혼란 등이 바로 이런 것이 아니었을까. 이 소설에서 사랑이란 감정은 부적절한 기분이 아니라 우르르 돋아난 어떤 마음들이었겠다.

그러므로 이것은 (중년의 기혼 여성인) 그녀가 어떻게 사랑을 소화하는지 보여 주는 이야기다. "결혼과 동시에 부부에게" 닥쳐온 세월을, 캠퍼스 커플이었던 그녀와 그녀의 남편은 판이하게 겪었다. "신진 건축 대상"도 받았던 남편의 커리어는 여전히 탄탄대로를 걷고 있지만, 일찍 꾸린 가정에 안착한 그녀가 경쟁과 적대로 결성된 좁은 사회의 가십과 험담을 피해가며 유지하는 생활은 그녀의 일상적 차림새만큼 고급지거나 아름답지 않은 듯하다. 큰 불행을 안고 있진 않으나 텅 빈 공원처럼 공허한 내면을 외면해 온 그녀가 문득 휩싸이게 된 야릇한 감정의 출처가 반드시 '아들 친구'인 것만은 아니리라는 말이다. 연호의 단단한 어깨 근육과 환한 미소와 따뜻한 눈빛, 또는 "예뻐요." "당신도 그렇게 생각했으면서" "같이 갈래요?" "one to one correspondence" 등의 어설픈 플러팅이 그녀를 도발했다면, 그것 자체가 도발적인 것이 아니라 그녀 자신이 덧입힌 뉘앙스가 그런 것일 수도 있다. 그녀도 한때 틀림없이 가졌던, 아직 그녀 안의 어딘가에 살아 있을 젊은/어린 시절이기도 한 봄기운이 연호로 인해 문득 우르르 일으켜진 것일지도. 아니면 두 주째 집에 안 오면서도 왠지 신난 것 같은 남편의 기척에 쓰이는 신경을 끄고자 불현듯 그녀의 무의식이 활동을 시작한 것인지도. 그녀가 혼자 착각했다는 뜻이 아니라, 결과적으로 그녀의 이 예외적인 감정이 연호라는 특정인과의 관계에 쓰인 것이 아니라 그녀 자신과의 대화—또는 혼잣말—에 쓰였다는 점에서 이 소설은 사랑이라는 관념을 통과하는 이야기라고 할 수 있다.

이 여자에게 다가온 사랑은, 한 남자를 욕망하고 그에게 다가가고 서로 친밀해지는 일, 말하자면 "일대일대응" 같은 일일 수 없었다. 그녀가 연호의 집 주변을 산책하고 불닭볶음면과 스누피우유를 사 먹어 보고, 충동적으로 연호의 선물을 산 것 등은 '연호에 대한' 욕망을 따른 행위가 아니라 '욕망이라는 어떤' 에너지가 시킨 행위였으리라. 그녀는 문득 캐럴이 듣고 싶었고, 뭔가 자꾸 더 사고 싶었고, 갑자기 단 것이 먹고 싶어졌고, 라디오에서 나오는 멜로디를 따라 흥얼거렸고, "내가 몇 살쯤으로 보이는지 묻고 싶었다."(197) 이 모든 욕망의 대상은 '연호'가 아니라 다만 '사랑'일 것이며, 그래서 그녀는 "솔직하고 싶은 욕망이 너무 커서 나중의 일 따위는 어찌 되건 상관없다는 심정"(206~207)까지 되어버렸지만, 여전히 그녀의 욕망엔 관심 없는 남편 앞에서 "이을 수가 없"(207)어진 그 사랑은 어디로 가야 할까. 매섭게 추운 겨울밤 텅 빈 공원으로 들어선 그녀가 마주친, 한 손에는 소주병을, 두서없는 말들, 무슨 잘못을 저지른 사람처럼, 대단한 비밀을 들려주는 것처럼, 계속해서 엉뚱한 소리를, 애기 엄마, 하고 그녀를 불렀던, 추위도 느끼지 못할 정도로 "어디가 망가진 것" 같은 한 여자. 그 여자에게 코트를 벗어 주며 "아무한테도 말하면 안" 되는 "내 애기"(209)를 혼잣말처럼 쏟아놓았을 때, 그녀의 갈 곳 없는 사랑은 허공으로 흩날린 것만은 아닐 것이다.

　요컨대 이 소설에서 사랑이라는 욕망은 특정한 타인을 향한 공허한 시선으로 나아가는 게 아니라, 자기 내면의 공허한 풍경을 향한 시선을 발견하게 만든다. 그녀의 시선이 연호라는 아이의 신선한 매력만이 아닌 연호 엄마 주수진—1990년대에 잠깐 활동하고 사라져 유부남 재벌과의 스캔들이 있었던—에 대한 묘한 동질감과 이질감까지도 포함한 데로 향했을 때—가령 연호 모자를 헐뜯는 대화창에 "사정이 있겠죠."라고 한 마디 표현한 것, 그들 모자의 수수한 입성을 보고 자기 차림이 오히려 부끄러워진 것 등—, 그 모자(母子)에 대한 관심은 그녀 자신에 대한 성찰이기도 했다. 사랑은 오직 한 사람을 유일무이하게 만드는 감정과 행위일 수도 있지만, 오직 자기 자신으로서 타인을 바라보게 하는 능력도 될 수 있는 것이다. 그래서 「풍경과 사랑」은 욕망의 대상에 집중된 감각과 정념이 아름답게, 낭만적으로 의미화된 풍경을 사랑이라 부르는 데 반대하는 이야기로 읽힐 수도 있다. 사랑이 마치 이상화/우상화된 상대를 추앙하는 풍경으로 감상되던 서사가 치워진 자리에 성숙한 사랑의 욕망을 풍경으로 펼치는 어른의 이야기가 생겨났다. (2021)

3부

덜컹거리는 열차 위에서, 우리의 세계는

──백수린 「여름의 빌라」 外

1

"새벽의 기차역 풍경을 알고 있지요?" 문득 이런 질문을 받았다면, '평범한' 한국사람인 당신은 서울역이나 부산역, 아니면 원주역이나 조치원역을 떠올리게 될까? 그런데 혹여, 베를린 중앙역이나 런던 세인트판크라스역 혹은 뉴욕 그랜드센트럴터미널이 먼저 떠오른 당신이라면, 아마 타국의 여러 도시를 자주 경험했거나 한국보다는 외국의 풍경에 더 익숙한 편인 것 같으니 말하자면 '이국주의'적인, 뭐 그런 타입이라고 해두면 되려나. 가령 나의 경우 '새벽의 기차역'이라면 어느 여름날 일요일의 도쿄역이 아닐 수 없는데, 물론 내밀한 그 이유는 전혀 필연적이지 않지만 어쨌거나 그토록 자주 이용한 서울역이 아니라니 나는 '한국적'인 것을 내면화하지 못한 타입은 아닌 건지. 여행자들이 오가는 '기차역'에 한한 얘기는 아니다. 둥근 박이 매달린 초가지붕과 언덕 위 이층집의 그린 게이블, 둘 중 현재 30~40대 이하의 한국인들에게 동심을 불러일으키는 마음의 고향은 어느 쪽이 더 가까울까? 반 고흐 그림 속 카페와 김홍도 그림 속 서당 중에서 친근한 공간을 묻는대도 마찬가지 대답일 것이다.

오늘날 우리, 삼면의 바다와 휴전선에 가로막힌 한반도 남쪽에 거주하며 대한민국 정부의 통치 체제 안에서 살고 있는 대다수 사람들에게, 국토 바깥의 장소들이란 대개 자동적으로 '이국적'인 정취(이 말의 사전적 뜻처럼 풍물이나 분위기가 자기 나라와 전혀 다른 느낌)를 풍기리라는 예상은 그리 당연하지 못하다. 알다시피 외국 체류 증가 및 관광 대중화, 글로벌 네트워크 확대, 인터넷 매체 급증, 시장 팽창 등등의 이런저런 요인들로 지구의 구석구석이 가까워지고 익숙해졌다는 말이겠으나, 그보다는 오늘날 우리, 지구상의 약 229개 나라에 살고 있는 인간들 대부분에게 '세계'란 자국 내부와 외부를 가르는 경계에 얽매일 수 없는 수준으로 이미 혼합되고 확장되어 있다는 얘기다. 민족 간 갈등이나 국가 간 경계 혹은 문화적 다종성이 느슨해지고 희미해졌다고까지 비약할 의도는 없다. 다만 지금 우리가 말하는 인류의 거의 모든 문화란 전 지구가 (어떤 '공유'와 '통합'을 예비한) 질서로 재편된 근대 이후의 세계를 염두에 두고서만 가능한 것이라 말해도 틀리지 않으며, 물론 그것이 서구가 주도한 제국주의적 식민화라는 폭압의 과정을 거의 예외 없이 거친 어떤 수난들의 결과라 해도 마찬가지다.

그럼에도, 만약 그 식민화의 역사에 철저히 무신경한 채 현재 인류의 '공유'와 '통합'이 마치 본래의 상태인 듯, 심지어 그 결과를 반기는 듯 지당하게만 느긴다면, 망각을 넘어 착각에 이른 뻔뻔한 역사의식이 아니랄 수 없다. 오늘날의 우리에게 '세계'란 국가, 민족, 인종, 계층, 이념 등의 경계를 지운 '인류'라는 이름의 소유인 듯하지만, 최소한 부분적으로라도 그것은 근대 서구 제국(주의)의 유산과 이어진 문화를 가리키고, 우리 대다수는 그 사실에 무지할 수는 없다는 말이다. 다시 말해 우리가 초가집보다 초록 지붕집을, 판소리 「춘향가」보다 오페라 「트리스탄과 이졸데」를 더 친근하게 느낀다고 해서, 즉 이미 특정 국가/지역의 산물이랄 수 없는 풍경과 문화가 자국의 그것들과 혼재하는 '세계'가 우리를 규정하고 있다고 해서, 이국에서 유래한 것들로부터 어떤 맥락의 바깥, 낯섦 혹은 내부, 친밀함 등을 전혀 의식하지 못할 수는 없는 노릇이다. 더 직설적으로 말하자. 우리의 '세계'에 '외국'이 포함될 때, (그것이 얼마나 필연적인 차원에서 우리의 일상과 기억과 미래에 개입해 있는가의 문제도 문제려니와) 그것은 언제나, 거의 자동적으로, (탈)식민성의 문제를 노정한다. 부연이 필요할까? 우리를 둘러싼 '세계'는 국가, 민족, 지역 등에 협착한 부분성을 벗어난 채 존재하지만, 그 '세계'가 '우리' 모두에게 똑같은 부피 혹은 똑같은 질감으로 경험될 리 없다는 사실쯤은 인지해 두자.

2

"새벽의 기차역 풍경을 알고 있지요?(43)"라는 문장으로 시작하는 백수린의 소설 「여름의 빌라」[1]는 이른바 '(탈)식민주의적' 독해를 거의 강요하다시피 하는 이야기다. 기출간된 두 편의 소설집에서 유학, 여행, 근무, 이민, 유랑 등에 이르는 다양한 '외국' 경험자들을 등장시켰던 이 작가는, 그럼에도 자기 세계에 외국(인)이 그토록 자연스럽게 포함돼 있다는 사실을 특별한 사례로 의식하지 않는 듯했다. 소설 속에서 그 세계를

---

[1] 백수린, 「여름의 빌라」, 『여름의 빌라』(문학동네, 2020). 이하 이 장에서 이 책의 인용은 괄호 안에 쪽수만 표기한다.

다루는 어떤 의도화된 주체를 상정하지 않았기 때문이다. 그래서인지 백수린 소설에 대한 '이국 편향', '바깥 지향' 등이 언급된 경우에 인물이나 배경의 외부적 표지에 이끌려 도출해 낸 피상적 이해로 느껴질 때도 없지 않았다. 그런데 「여름의 빌라」에서 작가는 상당히 직설적으로, 그리고 심층적으로, (탈)식민주의적 독법을 유도하는 것처럼 보인다. 이 소설에서는 외국(인)이 외국(인)으로서 서사적, 윤리적 포지션을 맡고 있기 때문이다.

스물한 살 여름, 처음 떠난 유럽 여행에서 만났던 독일인 부부, 베레나와 한스는 화자 '나'와 십여 년 넘게 인연을 이어 온 사람들이다. 베를린의 작은 서점 아시아 문학 코너를 서성이던 '나'에게 한스가 먼저 말을 걸어온 건 그가 하이쿠를 좋아하고 불교에 심취한 지식인(교수)이었기 때문일 테지만, 그 인연이 길게 이어질 수 있었던 건 세상과의 결투인 양 결연한 여행길에 나선 젊은이의 어수룩함을 보살필 줄 알았던 그들의 선량함 때문일 것이다. 시간이 지날수록 그들의 친절은 더욱 다정하게 드러났으니, "동양을 좋아했지만 한국에 대해서는 남북 관계나 한국전쟁밖에 몰랐"(50)다 해도 그 호의를 굳이 얄팍한 '오리엔탈리즘'적 취향으로 폄훼할 필요까진 없겠다. 반년 전 캄보디아 시엠립에서 그들과 십수 년 만의 재회를 앞둔 '나'는 더 이상 "작은 동양 여자아이"(43)가 아닌 채로 그 우정을 행복하게 만끽하리라 기대할 수 있었다.

그 기대는 충족되었던가? '아니다'와 '그렇다' 중 하나를 골라야 한다면 소설을 끝까지 읽고 나선 '그렇다'를 고르는 게 맞으리라. 하지만 그 여름의 빌라에서 보낸 며칠 동안, 한국의 고학력 비정규직 젊은 부부와 독일의 은퇴한 중산층 노년 부부의 다름과 갈등이 안 나타났다면 오히려 이상한 게 아닐까. 앙코르톰의 바욘 사원을 둘러보았을 때, 독일 노인들에게는 힌두교와 불교의 '조화'와 '화해'가 감동스러웠지만, 한국 젊은이들에게는 파괴의 신인 시바신이 없으면 아무것도 창조할 수 없다는 생각이 더 인상적이었다. 넷이 나란히 앉아 맨발을 드러내고 발마사지를 받았을 때는, 덜 하얀 손이 더 하얀 발을 정성스레 닦아 주는 장면 속에서 '나'와 '당신'과 '그들'의 상이한 위치가 안 불편하게 느껴질 수는 없었다. 더구나 짐작과 달리, 누군가는 "이 모든 것이 그저 시간과 자연의 원리"(58)라고 믿어 버리는 듯했고, 다른 누군가는 그렇게 "믿으며 살고 싶지는 않"(58)은 것 같았으니 말이다.

3

「여름의 빌라」가 이와 같은 차이 혹은 불균형, 즉 동서양의 상이한 식민주의적 의식을 유난히 부각시킨 소설이라는 사실을 강조하려는 것은 아니다. 이미 백수린의 소설 중에는 이 문제를 전면적으로 첨예하게 다룬 이야기들이 적지 않다. 그의 첫 소설집에 수록된 「까마귀들이 있는 나무」[2]를 기억하시는지. 창덕궁(으로 추정되는 고궁)에서 외국인 관광객을 가이드하는 '리'가, 동남아시아에서 온 (것으로 추정되는) 한 여자를 홀린 듯이 뒤쫓으며 상상과 현실을 뒤섞는 스토리에, 프랑스(로 추정되는 유럽)에서 동거했던 '킴'과의 일들이 교차 서술된 이야기였다. 지난날 리는 킴의 나라에서, 업무 능력이 뛰어나고 성적인 매력도 출중했던 연상의 그녀에게 "몸을 맡긴 채 행복한 신음을 내뱉기만 하면 되었"던 "극락"(151)의 한때를 보냈으나 사랑이 식은 후에는 타국인, 보다 정확히는 아시아인으로서

---

2 백수린, 「까마귀들이 있는 나무」, 『폴링 인 폴』(문학동네, 2014). 이하 이 장에서 이 책의 인용은 괄호 안에 쪽수만 표기한다.

의 모욕과 수치를 느끼며 그곳을 떠나와야 했다. 현재 리는 한국의 고궁에서, 작고 마른 체구의 여자에게서 "순종적"이고 "고분고분"(168)한 매력을 느끼며 "공격적이고, 광폭하게"(169) 범하는 상상까지 했으나, 돌연 그녀 쪽에서 그의 입술을 깨물고 가 버리자 걷잡을 수 없는 분노에 몸을 떤다.

이 소설에서 '리와 여자', '킴과 리'의 두 남녀 관계가 겹치는 장소가 각 민족/국가의 전통을 상징하는 고성/고궁이라는 사실은 충분히 의미심장하다. 리는 프랑스에서 킴(의 가족)의 별장인, 울창한 나무숲에 둘러싸인 고성에서 며칠을 보내며 위화감과 모욕감을 겪고 끝내 킴과의 관계에 파국을 맞이한다. 식민지 시대를 거치며 크게 훼손된 한국의 고궁에서 리는 킴의 나라 사람들을 가이드해 줄 때와 달리 여자에게 다정한 설명을 하며 "처음으로 자신이 하는 일에 보람을"(154) 느낀다. 제목이기도 한 "까마귀들이 있는 나무"는 또한 교차 서술된 두 스토리에 한 번씩 등장하는데(한 번은 리가 길을 잃었던 고성 근처에서 "새까만 성의 지붕 주변으로 까마귀 떼가, 수없이 많은 까마귀 떼가 빙글빙글 돌고 있었"(161~162)고, 또 한 번은 리가 여자를 놓친 고궁에서 "나뭇가지마다 수없이 많은 까마귀들이 서로 다른 곳을 향해 엄숙히 앉아 있었다."(172)) 이는 과거와 현재로 병렬된 두 인물 사이의 구도가 무엇을 축으로 자리바꿈되는지 명확히 가늠하게 해 준다. 리가 자기에게 충격을 주고 사라진 여자의 가냘픈 몸매 외에는 아무것도 기억 못 하는 것과, 킴이 리에게 "그래서 당신은 일본 사람이야, 중국 사람이야?"(171)라고 물었던 것, 이 두 에피소드의 겹침은 이들 인물 간의 '주체-대상' 구도, 즉 서로의 국적/민족/인종을 두고 선명하게 벌어진 '타자화'의 구도를 정확히 묘파해 낸다.

「까마귀들이 있는 나무」는 외국(인)을 다룬 그 어떤 이야기보다도 국적/민족/인종 간 불균형하게 맺어지는 식민주의적 구도를 정치하고 명확하게 그려 낸 수작이었다. 백수린이 외국(인)이라는 대상을 비교적 빈번히, 유효하고 의미 있게 다룬다는 사실이 점차 분명해져 갔던 그 무렵부터 그의 소설에는 (탈)식민주의와 관련된 생각거리들이 많이 분포되어 있었으나, 그에 합당한 주목이 따르지는 않았던 것 같다. 최근의 한 인터뷰에서 백수린은 "소설 속에 외국인들이나 외국 배경이 종종 등장하는 것이 저는 문제적(?)이라고 생각해 본 적이 없는데 소설을 발표한 이후 이것에 대한 질문을 아주 많이 받았"[3]다면서 줌파 라히리나 베른하르트 슐링크의 소설에 나오는 외국(인)에 대해서는 '이국성'과 '국경'을 질문하지 않는다는 점을 덧대었는데, 이는 백수린 소설의 외국(인)에 대한 그간의 질문이 불필요했다는 뜻이 아니라 빗맞았다는 뜻일 터이다. 우리의 '세계'가 이미 국경에 갇힐 수 없음은 (앞 절에서도 말했듯 충분히) 납득할 만한 생각이겠으나, 어떤 이야기 속의 장소와 사람 혹은 한 세계가 '우리'가 되기까지는 그게 외국(인)이든 한국(인)이든 '그저 자연스러운 원리'처럼 여길 수는 없다는 생각도 백수린의 소설은 이미 표현하고 있었던 것이다.

4

반복건대 한국에서 최소한 1990년대 이후에 청소년기를 보낸 이들에게 존재를 규제하는 외부적 범위로서의 '세계'는 한국이라는 국토에 한정된 장소가 아니며, 따라서 '우리'라는 개념 또한 '한국적'이라는 규정으로 제한되기 어렵다. 이것은 우리의 세계에 대한 백수린 소설의 주장

---

3 백수린, 「'이달의 소설' 인터뷰」, 《문학과지성》 2017년 1월호.

이 아니라, 백수린의 소설이 나온 '(확장된) 세계'에서 '(변경된) 우리'의 문제를 다시 질문하기 위한 전제다.(여기에서 '우리'를 특정 시기 이후 세대로 한정한 것은 세대적 배제가 아니다. 어떤 것을 다시 묻는 데는 왜 그래야 하는지 필연적인 이유가 있어야 하는데, 이 경우 세대적 한정이 그 이유에 해당할 것이다.)

이전까지, 가령 백수린 소설에서 '부모님'이 알고 느끼는 '이국'(특히 서구)은 이런 곳이었다. "기분 탓인지 모르겠지만 사람들이 그곳의 유일한 동양인 손님인 엄마와 아빠를 계속 흘깃대고 있는 것"[4] 같아 경계를 늦출 수 없는 곳, 우리가 "소수의 아시아인"(287)이라는 자각 때문에 "원인을 짐작할 수 없는 기이한 공포"(288)를 느끼는 곳. 그럼에도 그 이국의 풍경은 대개 "동화 속에서 튀어나온 듯 이토록 예쁠 수가 있냐."라는 감탄을 연발케 했고, 아주 오랜 후까지 "모든 것이 비현실적으로 평화롭고 아름다웠"던 기억으로 남게 된다. "내전 끝에 태어난 극동인"에게 이 무렵 '서구'라는 세계는 "마법 같은 순간"(281)의 이미지에 갇혀 있었다. 당시 '이국'은 '국경'만으로 자/타가 분명하게 가름되는 이른바 '선험적 타자'와 같은 영역이자, 역으로 경험적인 동일성만을 주체의 영역으로 환치하는 실질적인 장소였으리라.

그런 가름이 완전히 사라진 것은 결코 아니지만, 백수린 소설에서 국경의 의미가 저 때와 다르게 드러나는 것은 분명해 보인다. 인용 중인 그의 자전 소설 「국경의 밤」에서 다음 구절을 참고할 수 있다. "이런 것이 국경이라면, 국경은 너무나 시시한 거라는 생각이 들었고 그러면, 앞으로 앞으로 나아가면 온 세상 어린이들을, 이제 나는 열네 살이니까 어린이는 더 이상 아니지만, 다 만나고 올 수 있을 것만 같은 기분에 사로잡

---

4 백수린, 「국경의 밤」, 『참담한 빛』(창비, 2016). 이하 이 장에서 이 책의 인용은 괄호 안에 쪽수만 표기한다.

혔는데, 그렇다면, 이것은 정말 평화로운 세상일 것 같았기 때문에 나는 드디어, 엄마 품에서 벗어나 세상 밖으로 나가고 싶은 마음이 생겼다." (296) 열네 살에 엄마 배 속을 탈출하는, 다소 우화적으로 쓰인 이 이야기에서 화자가 이 세계를 옳게 알았느냐 아니냐는 중요치 않다. "나는 아무것도 몰랐기 때문에 겁도 없이"(298) 이 세계를 맞이했다는 것, 그의 소설이 "삶(生)을 향해 나가기(出) 위해 몸을 힘껏 뻗"(299)음으로써 탄생했다는 사실이 중요할 것이다. 백수린의 소설에서 '경계'의 문제는 ('엄마 아빠에게'는 훨씬 더 의미심장했을) 이국 혹은 국경과는 다른 곳에서 다시 문제가 될 것이었다.

5

다시 「여름의 빌라」에 대해 생각해 보자. 시엠레아프에서 재회한 한국인 '나'의 부부와 독일인 '당신'의 부부가 함께 며칠을 보내면서 "전혀 다른 감정들을 느낀 것"은 일단 동서양 간 시각차에 원인이 없지 않다. 그러나 이 소설의 핵심을 그것이라고 확신하기는 어렵다. 우선, 편지글로 된 이 소설에서 수신자 '베레나'와 그 남편 '한스'는 '나'의 친구로서 후에 남편 '지호'도 함께 알게 된 것이었으니, 그리고 시엠레아프에서의 재회를 내가 그토록 반긴 것은 "조금씩 허물어져 가고 있던 지호와의 관계를 회복시켜 줄지도 모른다는 막연한 기대감" 때문이었으니, 이들 사이의 구도를 '한국 대 독일' 혹은 '동양 대 서양'으로 단순화할 수는 없기 때문이다. (예컨대 '나'는 "지호의 생각들에 대체로 동의했고 그의 선택들을 지지해 왔"(127)으나, 한스에게 지호가 "마치 우리는 지구 위 그 어떤 나라의 비극에도 관여한 적 없는 국가의 일원인 것처럼"(132) 공격적으로 대응하는 걸 응원할 수는 없었다.) '나'와 독일인 부부의 인연에는 무엇보다도 그들의 호의와 그에 대한 나의 감응이 중요했는데, 그 우정의 도덕성을 가치화할 척도는 동서양 간 소통보다도 서른 살쯤 차이 나는 세대 간 소통에서 찾아질 수도 있다. 베레나와 한스의 우호성은 동양에 대한 서양의 관대함보다는 아이에 대한 어른의 보살핌에 가까운 듯 보이기도 한다. 한편, 한국의 시간강사 제도의 폐해를 겪으며 경제적으로 심리적으로 힘든 '나'의 부부에게, 톤레삽 호수의 난민들을 보고 "가난하지만, 아이들 모두 얼마나 즐거워 보였어?"라고 말하는 독일 중산층 노인은 어떻게 받아들여질 것인가? 인종/민족에 앞서 계급적 위화감 내지는 불감증이 먼저 다가오지 않았을까? 다시 말해 이 소설에 표면화된 대립 혹은 불균형은 동서양 간 그것이지만, 거기엔 어른-아이 간 불균형, 계급 차이의 불균형 등이 겹쳐져 있다.

앞에서 언급했던 「까마귀들이 있는 나무」에서 읽히는 유사한 맥락도 생각해 보자. 한국 남자 '리'가, 유럽 여자 킴과의 관계와 이름 모를 남아시아 여자와의 관계를 유비하고 있을 때, '킴과 리', '리와 여자'의 관계는 '리'를 중심축으로 능동-수동, 적극-소극, 공격-방어 등의 구도를 반복하며 역방향으로 포개진다.(프랑스 여자에 대한 한국 남자의 공격성은 관계가 끝나는 때에 수치심이 되고, 같은 남자의 남아시아 여자에 대한 능동성은 관계가 전도되는 때에 분노가 된다.) 한 남자가 두 여자와 각각 벌인 병렬된 스토리는, 국가/민족/인종 간의 불균형을 드러내는 것만큼이나, 어쩌면 그보다 더 강력하게 남녀 간 불균형한 성정치성 혹은 일그러진 젠더 의식을 노출하도록 작동한다. "가슴이 깊게 파인 검은색 칵테일 드레스"(155)와 "색이 바랜 노란 티셔츠"(154), "광장에 우뚝 솟은 석탑"(155)과 "먼 나라 시골의 남루한 처마"(154) 등의 대비에서 드러나는 계급 격차 역시 너무나 확연하다.

정리하자면, 백수린 소설에서 '세계'의 대립 혹은 불균형을 낳는 경계는, 대개 그 이야기 속에 자국 혹은 타국의 표지가 뚜렷하게 나타나 있음에도 불구하고 국경(만)이 아니다. 정확히 말하면, 국가 간 경계로 유발되는 '자-타' 혹은 '주체-대상'의 대립에 백수린은 거의 언제나 세대, 젠더, 계급 등의 다른 모순들을 함께 작동시키고 있다. 어떤 세계에 '이국'이 포함될 때 우리가 거의 자동적으로 구별하고 마는 자-타의 구도는, 그 누구의 세계보다도 자주 이국을 포함하는 백수린의 소설에서는 약화되는 것처럼 보일 수도 있다. 바로 이 점이 역설적으로 백수린 소설의 (탈)식민주의적 주제가 드러나는 세련되고도 효과적인 방식이라 해야 한다. 서구의 선진성을 어른의 지도력으로, 부자의 관대함으로, 남자의 적극성으로 오인하게 만드는 의식의 구도야말로, 국가 간 경계를 더 이상 묻지 않을 때에도 심층적으로 작동하는 식민주의적 세계관의 위력이 아닌가.

6

「여름의 빌라」의 주된 스토리는 "계층의 차원, 세대의 차원, 인종의 차원에서 서로 다른 위치에 놓인 인물들을 제3의 공간으로 보낸다는 설정"(앞의 인터뷰)에 의해 이들이 각각 한국과 독일을 떠나 또 다른 '이국'에 처한 상황에서 벌어진 사건으로 되어 있다. 그런데 이들의 '다름'이 모인 제3의 공간일 그곳, 또 하나의 이국은, 그 차이들을 지우거나 피할 수 있는 곳이 아니었다. 한국인과 독일인이 조우한 캄보디아가 두 나라의 다름과 무관할 수 있는 장소일 수는 없거니와, 만약 '제3의 공간'이 어떤 무심하게 균형 잡힌 시각으로 계층, 세대, 인종 등의 차원을 통틀어 바라볼 수 있는 장소를 말하는 거라면 그런 곳은 지구상 어디에도 없다. 「여름의 빌라」의 화자가 이번 여행으로 기대했던 남편과의 관계 회복이 결국 무산되었듯, 백수린의 소설에서 '이국' 혹은 떠남은, 이곳 또는 자국의 대립과 모순을 사라지게 해 주지 않는다. 현재 혹은 과거의 삶을 피하게 하지도 못한다. 떠남은 이곳에서의 감각과 사고를 더 날카롭게 하고 이곳의 모순과 불균형을 더 도드라지게 만든다. 이곳보다 이국에서 이들의 삶은 더 생생해지는 것이다.

'세계'에는 수많은 나라들이 있고, 문화들이 있고, 우리가 상세히 상상하기도 어려운 미지의 장소들도 여전히 많겠지만, 또 언제부턴가는 "지구 제국"이라는 말까지 있을 만큼 각 나라들의 독립성은 약해지고 나라 간 교류는 커지는 중이라는 사실을 부정하기 어렵다. 글로벌 시장의 책략이라고 손쉽게 비판할 수도 있지만, 자본, 노동, 정보의 전 지구적 흐름이 정책과 제도, 여론과 문화 등에 행사하는 영향력을 부수적인 현상으로 치부할 수는 없어 보인다. '이런 시대', 작가의 표현을 또 한 번 빌리자면 "돈만 있다면 주말을 이용해 오로지 맛있는 음식을 먹기 위해 외국의 어느 도시에 2박 3일 동안 가 있을 수도 있는 시대"(앞의 인터뷰)에, '이국'과 그곳에서의 경험이란 게 여간해선 이른바 '선험적 타자'와 같이 주체에게 주어지는 이질적인 무엇으로 작용하기가 쉽지도 않은 것이다. '돈'과 '주말'이라는 조건절이 시사하듯, 그곳은 이곳의 통용 너머 '세계'라기보다 이곳의 통용과 꼭 붙은 '세속'이고, 이곳을 규정하는 시간의 외부가 아니라 바로 그 내부다.

그곳을 빈번히 경유하는 백수린 소설의 핵심은, 그러므로 이야기를 통해 형성되는 어떤 주체성(혹은 주제)이 얼마큼 개성적인 이국 체험을 통과해 온 것인지를 알리는 데 있지 않다. 이국이라는 세속에서 경험하고 사유한 흔적이 어떤 주체성(혹은 주제)을 형성했는지를 드러내는 데 있다. 「여름의 빌라」가 마침내 작지만 단단한 감동을 전하는 이야기가 되고 만 것은 '당신'의 어린 손녀 레오니가 새로 온 친구를 맞이하기 위해 땅바닥에 그었던 선을 지우고 다시 그으며 환히 웃는 그 모습 없이는 불가능했을 터인데, 그건 아마도 그 장면의 어여쁨만은 누구도 거부할 수 없고 거부해서도 안 된다는 당위가 '경계'에 대한 그 어떤 관념보다도 타당하기 때문일 것이다. 우리의 경계가 이미 그어졌거나 거기 있다고 생각해 버린 선에 의지하지 않고 아이의 환대처럼 유연할 수 있다는 믿음, 순진하리만큼 단순하고 거창하리만큼 희망적인 이 믿음이 '우리'를 '세계'에 묶어 버리지도, '세계'를 '우리' 안에 가두지도 않으면서 오늘도 지속되는 우리들의 삶을, '우리의 세계'를 지탱한다. "덜컹거리는 열차 위에 아직" 탄 채로 또 어느 이국을 살아갈 백수린의 이야기에서 이 믿음이 치워질 까닭은 쉽게 생기지 않을 것 같다. (2017)

차갑고 치열한 심정

——이주란 『모두 다른 아버지』[1]

"불우한 환경에서 평범하게 자랐다"

이 나라를 살기 좋은 곳이라 말하기는 좀 켕기는 것이 여름엔 너무 덥고 겨울엔 너무 춥고 미세먼지 때문에 숨도 제대로 안 쉬어져서만은 아니다. 대놓고 '한국이 싫어서' 다른 나라로 이민을 가 보겠다는 사람들이 말하듯, "뭘 치열하게 목숨 걸고 하지도 못하고, 물려받은 것도 개뿔 없"는 사람들은 이 나라에선 "무슨 멸종돼야 할 동물"처럼 경쟁력 없는 것이 사실이기 때문이다. 주위를 둘러보나, 어디를 가나, 책을 읽어 보나, 나를 포함한 이 사회의 구성원들 다수는 마치 "아프리카 초원 다큐멘터리에 만날 나와서 사자한테 잡아먹히는 동물"이 바로 자기인 양 걱정하고, 불안해하고, 괴로워한다. 한국인 행복 지수가 어쩌고 하는 얘기를 하려는 건 아니지만, 확실히 자기 생활의 어떤 부분을 불행으로 절감하고 불행

---

1   이주란, 『모두 다른 아버지』(민음사, 2016) 이후 이 책의 인용은 괄호 안에 쪽수만 표시한다.

으로 인식하는 사람들이 어느 때보다 적지 않은 시절이다.

그런데 그런 시절이고, 그런 곳이라면, 우리의 불행은 너무 흔하고 너무 평범한 것일까? 가령 "강남 출신이고, 집도 잘살고, 남자인 너"에 비하면 나머지는 모두 "어차피 2등 시민"인 사람이 너무 많으니,[2] 어지간하면 "나는 불우한 환경에서 평범하게 자랐다"고 말할 수밖에 없는 것인가? "어디 가서 한순간이라도 진짜 위로라는 것을 받으려면 나는 내가 살아온 삶보다 몇 배는 더 불우해야 했을 것"이라는 생각이 들기도 하니까 말이다. 이주란의 『모두 다른 아버지』에 실린 여덟 편의 이야기들에는 이런 생각을 하는 사람들이 아주 많아 보인다. 현재로서는 "내가 할 수 있는 일이 살아 있는 것 말고 무엇인지", "그저 살아 있는 것, 그것밖에는 없"다고 생각할 만큼 힘이 빠졌으면서도, "나만큼 불우한 것은 너무나도 흔한 일이어서", 결국 불행을 불행해하지도 못하는 '평범한' 사람들.

어쩌면 이들의 '평범한 불우'는 아프거나 슬픈 정도로 측정되는 고통의 세기라기보다 "부유하고 화목하게" 지낼 수 없는 우울한 기분에 불과한 것처럼 보일지도 모르겠다. 예컨대 (원래부터) 부유하지 못하고 (따라서) 화목하지 못한 가정의 일원으로 생계유지와 교우 관계와 사회 활동 등을 지속하는 생활에서 "어디서부터 뭐가 잘못된 건지 알 수 없었고 알고자 노력했으나 나만 그런다고 해결되는 문제도 아니"라는 자각에 도달해 버린 정도의 기분. 그런 기분이라면 '평범한 불우'라 할 수 있는 걸까? '부유하고 화목하게' 살지 못하며 그 상태를 극복하지 못한다는 것, 즉 결핍과 불화 속에 갇힌 기분은, 결핍과 불화가 세상에 드문 일이거나 흔한 일이거나 상관없이 언제나 "살았다고 말할 수 있게 살고 싶"(179)다는 바람을 이루지 못한 욕망으로 남겨 두게 한다. 결핍과 불화가 곧 불행

---

2 여기까지 큰따옴표에 묶인 말들은 모두 장강명, 『한국이 싫어서』(민음사, 2015)에서 인용.

의 원인이라기보다는 채워지지 않는 욕망을 돌보지 않으며 지속되(어야만 하)는 삶에 대한 태도가 불우한 인생을 평범하게, 혹은 평범한 인생을 불우하게 만드는 게 아닐까. 물론 '평범한 불우'란 것이 진짜 있다면 말이다.

"내 인생은 내 인생이 아닌 것 같다"

자기 삶에서 원인과 유래를 찾아 바로잡기 어려운 불행이라면, 태어날 때부터 혹은 태어나기 전부터 그랬다는 말이 된다. 이주란 소설의 주인공들은 지나가면서 하는 말로라도 아버지 얘기를 빼먹지 않는데, 이를테면, 태어날 때부터 없었거나, 어릴 적에 돈을 다 가지고 집을 나갔거나, 가끔씩 집에 들러 가족들을 패는 두려운 대상이었거나, 어머니에게 빈대처럼 빌붙어 살았거나, 남을 때리든 자기가 다치든 싸움에 휘말리거나, 더러 가족의 방문을 받지만 가족을 위한 어떤 일도 하지 않겠다고 선언하는 그 '아버지(들)'과 이들의 현재가 결코 무연(無緣)하지 않기 때문에 그럴 수밖에 없는 것처럼 보인다. 「모두 다른 아버지」에서는, 내 어머니가 아닌 여자와 두 번 더 결혼한 아버지의 자식들이 함께 모인 자리에서 서로 다르게 기억하고 서로 다르게 미워했던 (공동의) 아버지의 지난날이 반추된다. 이제 자식들은 그 아버지에게 "사과도 못 받"(66) 되었지만, 자기도 아버지가 되어 아들을 학대하는 형제와 거의 아버지만큼 나이 많은 남자와 사귀는 자매의 모습에서 아버지 없이 자란 이들에게 아버지로부터 이어져 온 자리/부재의 "묘한 기분"(67)을 지우기는 어렵다.

돌봄과 안식을 얻지 못했던 어린아이들이 어른이 되어 영위하는 일상은 가족 단위를 크게 벗어나지 않는 범위에 한정되기 쉬운 듯하다. 어제 같은 미래, 오늘 같은 과거와 분리되지 않은 채로 현재를 지속하는 '나쁜 흐름'이 좀처럼 중단되지 않는 것이다. 비교적 범상한 모습이 그려지는 「우리 이렇게 함께」의 가족에게서도, 이들 각자의 현재가 오랜 세월 가족들 사이에 쌓여 온 앙금을 녹이지 못한 것과 긴밀하게 얽혀 있다는 느낌을 받는다. 「참고인」의 주인공은 불안정한 가족으로부터 독립하고자 외국에 간다는 거짓말로 집을 떠났지만 무기력을 이기지 못하고 가족(언니)에게로 돌아간다. 부모와 가정에서 겪은 결핍을 보상받고 싶은 심리인지 특히 여성 인물들은 보호와 안정을 남성-연인에게 갈구하는 모습을 보이기도 하는데, 부족한 애정이 충족되기는커녕 오히려 성적, 신체적, 심리적 학대로 이중의 고통을 겪는 양상이 자주 등장한다.

이와 같은 가정사는 예외적인 사고나 극적인 재난 또는 역사의 굴곡 등에 비하면 심대한 불행은 아닌 것일까. 그렇다고 어디 가서 위로받기도 힘든 '너무나도 흔한' 불행이라고만 할 수 있을지. 「윤희의 휴일」에서, 한날한시에 부모님을 잃은 윤희는 장례식장 앞에서 만난 남자의 애정 공세에 바로 결혼까지 했으나, 이혼 후 "서울에 올라와 번 돈 전부를 전 남편의 빚을 갚는 데 써 버"(11)리고는 추어탕집에서 서빙을 하며 딸과 함께 단칸방에서 살고 있다. 고된 노동으로 몸을 쉴 시간도, 어린 딸을 보살필 시간도 없이 하루하루 버티기 힘든 그녀에게 집주인 80대 할아버지의 치근덕거림은 스트레스를 넘어 압박과 위협이다. "모든 것이 겁났"(20)고, "이대로 사는 게 싫으면, 그러면 죽는 수밖에는 없겠"(26)다고 생각한 윤희의 앞날은 "아무도 없고 깜깜한데 긴 길"(33)이기만 하다. 「선물」의 자매는 어떤가? '아버지의 가출 → 아버지의 살인미수와 죽음 → 어머니의 방화와 자살 → 언니의 불구됨'으로 연쇄된 극한 사건들 이후, 집안에 틀어박힌 자매는 음주와 주사로 세월을 견디(지 못하)는 중이다.

그렇다고 이주란의 인물들이 늘 신음 소리를 달고 산다거나, 툭하면

성난 행동을 한다거나, 아무 때나 불안을 토로하는 타입은 아니다. 이들은 비극의 주인공 행세를 할 마음이 별로 없다. 이들은 불안과 두려움이 커질수록 역으로 "삶에 간절한 것을 갖지 않는 태도"(20)는 강해진다는 듯, 삶이 힘들수록 "하다 보면 아무 생각이 안 드는 것"(23)만을 동력 삼아 살아 낼 수 있다는 듯이 군다. 그렇다고 이들이 자기 불행에 대해 스스로 거리를 두어 객관화하는 성숙한 자아로 보이지는 않는 것이, 생활력은 약하고, 사회성은 부족하며, 일상의 규칙도 만들지 않으려 하기 때문이다. 다만 그럼에도 이들이 자기 자신의 불행에 대해 다소 무감해 보였다면, 어디서부터 유전되고 전염되었는지 모를 불행의 기원과 발생에 어떻게 대처해야 할지 알 수 없기 때문일 것이다.

이들은 무엇이 좋고 나쁜지 측량하지 않고, 득이 되는 것을 위하거나 실이 되는 것을 피하지도 않는다. 힘든 일이 일어나지 않아서가 아니라 일어난 일에 어떻게 맞서야 하는지 알기 어려워서다. 때로 이들은 자기가 처한 급박한 상황에서 물색없이 나태하게 구는 것 같고, 어디를 봐도 만만할 수 없는 세상에서 마냥 방심해 버리는 것 같다. "얼마 전에 나는 서른한 살이 되었는데 그냥 스물한 살이라고 해도 이상하지 않을 것 같다."(221)고 하며 "나이에 맞는 행동을 해야 하는 게 아니라 행동에 맞게 나이를 정했으면 좋겠다."(221)고 말하기도 하는 이들은, 어른답지도 아이 같지도 않은 채로 "시간은 이상하게 흘러"(222)가도록 두어 버린다. 무기력한 듯, 권태로운 듯, "미래를 멀리 보지 않는 편이어서 막 사는 것처럼." 보이는 사람들. 이들이 진짜 막 살고 있는 것일까? 아니, 단지 이들은 "내 인생은 내 인생이 아닌 것 같다."(20)는 느낌에 어쩔 줄 모르는 중이다. 그리고 이 느낌이야말로 이들의 가장 큰 불행일지도 모른다.

"달아나려 하면 그 자리"

내 인생만 유독 고달프고 어려운 것 같은데 나는 그것을 감당할 자신이 없으니 내 인생을 내 것으로 하고 싶지 않다면, 이것은 나약한 무기력이다. 내 인생을 고달프고 어렵게 하는 문제는 내가 책임질 수 있는 게 아니라 내 (가정환경이나 불가피한 사고 등) 외부의 원인이므로 내 인생의 주인이 내가 아니라고 생각한다면, 이것은 비겁한 무책임이다. 이런 무기력과 무책임은, 누구의 인생에나 끼어들 수 있고, 누구나 각자의 인생에서 스스로 극복해야 할 문제일 수 있다. 한데, 이주란의 인물들을 보자면, 그것이 과연 개인적으로 발생하고 개인적으로 처리 가능한 문제이기만 할까 하는 생각이 든다. 나약하지 않고 비겁하지 않은, 멋지고 근사한 인생을 이들은 어디서, 어떻게, 만나 볼 수나 있었던가. 나도 무기력하고 무책임하지만, 나와 우리 가족과 우리 동네 사람들은 대개 내 인생과 별로 다르지 않은 인생을 가진 것 같다. 내 인생은 나의 인생이 아니라 나'들'의 인생인 게 아닐까?

이 소설집의 이야기들에는 인물들의 생활 반경을 가늠케 하는 표지가 자주 명기되어 있다. 서울 서쪽 끝의 지하철역 이름이나 김포, 강화, 파주 등의 지명이 등장해서 실제 그 지역의 풍경을 끌어 오고, 대도시의 변두리 동네나 서울 인근 지역 중 군 단위 정도의 작고 오래된 동네의 정체된 분위기를 환기시키곤 한다. 집진 장치도 없는 공장 천지의 마을(「에듀케이션」), "지리적으로 북한에 가까운 군사 지역"(「선물」) 등 각 이야기마다 배경이 되는 지역은 상이하고 그 지역에서 벌어지는 일들이나 이야기 속 사건이 지역과 관계되는 양상을 모두 유사하게 취급할 수는 없다. 하지만, 이를테면 「누나에 따르면」의 공간적 배경인 섬처럼 여관이 두 개쯤 있고 카페 대신 다방이 있고 동네 슈퍼에서 소주를 사서 여관에서 마시는 일이 다방 아줌마에게 핀잔거리가 되는 정도 지역에서의 삶에 대해 새삼 또렷이 상상해 보지 않을 수 없는 것이다.

이곳은 간간이 뺑! 아니면 쾅! 하는 굉음이 들리면서 창문이 산산조각 나는 동네, "바다를 따라 군인과 경찰들이 각각 경비를 서거나 순찰을 돌고 있"는 섬마을이다. '세계로 뻗어 가는 도시'의 기치를 내세워 화려한 도시적 삶을 추구하는 트렌드가 근래에는 전국 방방곡곡으로 뻗치는 중이지만, 그런 시대 분위기와는 전혀 무관해 보이는 이곳은 문명과 편리에 뒤처질 뿐만 아니라 주민의 안전도 보장되지 않는 낙후된 지역이다. 누군들 이보다 '살기 좋은 동네'에서 살 수 있기를 원치 않을 리 있겠는가마는, 이곳에 사는 이들은 대부분 "여기서 태어났고 여기서 자랐고 여기 살고 있으니까. 해서 죽어도 여기 죽을 분들"이다. 모두 같은 학교를 졸업한 동창생처럼 비슷하게 생각하고 비슷하게 살아가는 이들은, 좁은 동네에서 타인의 시선을 피하지 못하는 데 괴로움을 느끼면서도 이곳을 떠나 낯선 동네에서 사는 것은 영 자신 없어 한다. "달아나려 하면 그 자리, 달아나려 하면 그 자리"[3]인 사람들, 시쳇말로 '흙수저'라고도 불리는 이들이 이주란의 소설에서는 다른 무엇보다 주거 지역과 밀접하다는 사실은 간과되기 어렵다.

그래서 이런 얘기도 지역 간 계층 차이와 그로 인한 차별을 의식한 말처럼 들리게 된다. "긴 연휴인 데다 날씨가 좋아서 인천공항이 여름 성수기 때만큼 붐비고 있다는 소식이 들려왔다. 그것은 늘 일어나는 일이었고 내가 싫어하는 뉴스였다. 그제는 강남구청역에서 일어난 폭발물 오인 소동에 관한 뉴스를 들었고 그러자 기분이 슬쩍 좋아져 종일 기운이 나기도 했다."(164) 권리와 기회에 암묵적으로 존재하는 이 사회의 불평

---

3 이주란, 「빙빙빙」, 《작가세계》, 2015년 가을호, 118쪽.

등을 이미 알고 있는 이가 이런 생각을 했을 터였다. 그리고 이는 역으로 그가 자기 자신의 욕망과 행위를 추구하거나 또는 단념하는 데 작용하는 불평등을 거의 선험적인 것으로 받아들였다는 뜻이 아닐까? 그랬기에 이들은 (불행한) 인생을 자기 것으로 느끼지 않았던 것이겠다. 이들이 인생에 대해 무기력하거나 무책임한 것처럼 보였다면, 자기가 겪는 불행의 출처가 자신이 아닌 것 같아 불행의 주체 혹은 주인이 자기라고 생각할 수 없어서가 아니었을까. 그러고 보니, 이들은 불행을 느낀다기보다 아는 듯했고, 불행을 극복하려 하기보다 더불어 살려고 하는 것 같았다.

어쩌면, 자기 인생을 원망하거나 스스로 절망에 빠져 허우적대지 않는 것처럼 보여서 다행일지도 모르겠다. 자기 삶에 대해 타인의 이해를 구하지 않고 타인의 삶과 화합을 도모하는 일도 드문 이들은, 그런데 자책을 한다. 불행을 절망스러운 고통으로 받아들이기보다 수치스러운 불운으로 바라보려 하고, 불행한 '나'를 연민하기보다 혐오해 버린다. "나는 세상의 모든 사람들 중에 나 자신이 가장 싫다."(146), "나에 대해서 자꾸만 생각했으나 알아낸 것은 내가 나 자신을 싫어한다는 것과 그렇다면 나는 나를 잘 아는 사람이라는 것뿐", "그 과정에서 내가 깨달은 것이 있다면 내가 나 자신과 가족을 포함한 모든 인간을 싫어한다는 것과 따지고 보면 모든 것이 내 잘못이라는 것이었다.", "윤희는 자책을 많이 했다. 화가 날 때도 자책했다." 등. 거의 모든 이야기의 문면에 자기혐오와 자책의 말들이 가득하다.

자기와 주변이 겪는 '평범한' 불운이 이른바 '흙수저'로 강등된 계급이 당하는 피해의 일부임을 자각했으면서도, 이들이 혐오와 수치심을 거두지 못하는 까닭은 무엇인가. 이 세계는 권리와 기회의 불평등이 '마치 선험적으로 주어진 듯한' 사회라는 사실을 이들도 안다. 하지만 그런 앎과는 별개로, 연속되는 삶의 시험에 대처하며 나날의 도전을 이어 가는 과정은 결국 개개인의 자신감이나 성실성 등의 능력에 달린 것처럼만 보이지 않는가? 우리에게 주어진 매일의 일과는 누구도 무엇도 탓할 수 없게 내 앞에 도착한 고난을 오롯이 스스로 당해 내야 하는 사정일 뿐이다. 이런 고난은 마땅히 사회적 의제로 간주되어야 할 상황들을 다만 저절로 강등된 계급이 도맡아 감내하는 부당함이 분명하지만, 이런 상황 속에서 개인은 자신의 능력을 자책하거나 자신의 생활을 혐오하게 되는 것이다. 자책과 자혐이라는 일상의 자세, 그것을 구현하는 행위로 이들은 날마다 술을 마신다.

취한 말(言)들의 시간[4]

"술을 본격적으로 마시기 시작한 것은 열일곱 살 때"(39)였고 그 후 술이 좋아서 술자리는 빠지지 않고 약속이 없는 날엔 집에서 소주 두 병쯤 마신다. 서로 다른 어머니와 같은 아버지를 둔 남녀 넷은 "모두가 술을 잘 마신다는 사실이 좋았다."(이상 「모두 다른 아버지」) "세 병쯤 마시면 취하는데, 정신을 잃고 싶어 두 병을 더 마신다."(146) "잔뜩 꼬인 혀"로 소리 지르거나 야윈 몸을 흐느적대거나 간헐적으로 박장대소한다.(이상 「선물」) 또 한 번의 짝사랑이 끝나도 마시고,(「누나에 따르면」) 매일 밥이나 하다가 죽는 건 아닌가 싶어 많이 마신다.(「에듀케이션」) "어릴 때부터 늘 함께 술을 마시곤 했"던 형제와 사촌들과 동네 친구들이 있고, 누구를 어쩌다 만나건 거의 매일 만나건 술을 찾고 취할 때까지 마신다. 이주란의 소설에

---

4   2000년에 제작된 바흐만 고바디 감독의 「취한 말들을 위한 시간(A Time for Drunken Horses)」이라는 이란 영화의 제목을 수정하여 사용했다.

서 술이 한 번도 안 마셔진 적은 아직 없다.

이들의 술은 흥을 돋우는 술이 아니라 시름을 재우는 술일 것이다. 부모 없이 남은 두 자매가 모든 인간관계를 끊고 칩거하며 거의 술만으로 나날을 지내는 이야기인 「선물」은 이주란의 첫 소설이자 술 마시는 인간(들)의 한 지독한 사례다. 어머니의 방화와 자살 이후, 한쪽 다리를 잃은 언니와, 집을 처분한 돈을 똑같이 나누자고 말했던 동생 '나'는, 군사 지역 시골 마을에서 살고 있다. 생필품이나 술을 사러 가게에 나가는 일 말고는 누구와도 교류하지 않고, 각자의 방이나 동네 인근에서 각자 행하는 상대의 일상에 대해서도 서로 알지 못한다. 취식도 거의 거른 채 각자 술을 마셔 대는 게 일이지만 가끔 둘이 함께 마실 때도 있다. 그런 땐 이런 장면이 벌어진다.

언니와 술을 마신다. 나는 정신을 차리려고 노력한다. 언니는 다시 방으로 들어갔다가 목사님이 주셨다던 커다란 배를 두 개 가지고 나왔다. 언니가 두 개의 배를 양 가슴에 가져다 대면서 언니의 가슴이 이만하니? 하고 묻는다. 나는 언니의 가슴을 본다. 언니는 블라우스를 벗고 배를 깎는다. 블라우스 안에는 아무것도 없다. 언니는 걸레 같은 긴 치마만 입고서 배를 깎는다. 언니의 마른 손가락 사이사이로 배즙이 흘러내린다. 언니가 내게 배를 권한다. 나는 그것을 받아먹는다.(156)

술로써 흐느적대는 이들의 취한 몸과 '취한 말(言)'은, 현재를 참는 것일까, 과거를 버리는 것일까. 자기를 부정하는 것일까, 세상을 경멸하는 것일까. 인생을 포기하는 것일까, 극복하는 것일까. 어쩌면 이 모든 것이고, 어쩌면 이 중 하나만은 아닐 것이다. 다만, 술을 마심으로써 이들은 이성을 마비시키고, 질서를 망각한다. 그럼으로써, 자기가 놓인 세상과 세상 속에 놓인 자기를 동시에 비이성과 무질서로 교란시킨다. 그러면 조금쯤, 술로 어질러진 세상은 무의미한 것이 되고, 술로 도취된 자기는 평범한 것이 되어 간다. 고통에 대한 자책과 자기혐오가 술을 찾는 심리의 근원에 있었다 해도, 술과 함께 이들의 고통이 조금씩 잦아들 때 이들은 세상을 덜 증오하고 자기를 덜 경멸할 수 있다. 술을 찾는 이들에게, 술을 마시며 시간을 감내하는 이들에게, 술은 포기와 좌절을 권하지 않는다. 술을 마셨더니 상처가 더 아프게 느껴졌다 해도, 그건 술이 상처를 상처로 대접해 주었기 때문이다. 술은 술 마시는 이들을 덜 힘들게 하고, 계속 살게 한다.

불우와 고통 속에 놓인 이들이 고작 위태로운 술꾼이 되고 마는 것보다는 차라리 위협적인 싸움꾼이 되는 게 낫지 않겠느냐고 누군가는 말할지도 모른다. 하지만, 자기 삶을 원망하지도 않고 타인에게 자기의 구원을 맡기지도 않으며 인생을 버틸 때, 술이든 무엇이든 그것으로 무모한 증오와 경멸을 덜고, 포기와 좌절의 유혹에 지지 않는다면, 그것은 진통제가 아니라 동반자에 가까운 것이다. 누구라도 때로는 취한 몸과 취한 말의 시간을 원하는 것은, 그것이 불온하거나 위협적이어서가 아니라, 나 아직 주저앉지 않았고 아직 웃을 수 있다는 것을 나와 남에게 보임으로써 스스로 약간의 위안 같은 걸 얻을 수 있어서가 아닐까. 이때 얻어진 위안만으로 삶에 대한 성숙한 태도나 섬세한 감성을 지닐 수 있게 되지는 않지만, 다만 이주란의 인물들에게 슬며시 내비치는 어떤 비감은 이런 것이다. 나의 죄와 당신의 이름과 그날의 공기를 여전히 기억하고 있다는 것, 그것은 "느끼는 것이 아니라 가지는 것"(165)인데 나는 여전히 놓을 수 없다는 것.

자책에서 죄책감으로

　태어날 때부터 경쟁력이라고는 없었고 살아가는 내내 불우한 환경을 벗어나지 못한 사람들이 자기 인생에 대한 절실한 원망(願望/怨望)도 없이, 술을 마시며 인생을 버틴다고 해서, 이들은 언제나 아무 죄도 짓지 않았고, 이들은 오로지 피해자일 뿐일 수는 없다. 불행의 조건과 원인이 자신에게 있지 않다 해도 이들이 분노와 공격보다 자책과 자기혐오로 회피한 것은 도덕성 문제가 아니라 나약함 때문이리라. 이들 자신도 물론 그것을 알고 있다. "나는 나 때문에 일이 크게 잘못된 몇몇 경우를 기억하고 있다. 그럴 때는 복잡하게 생각할 것 없이 '모든 게 나 때문이다', 그렇게 해 버리면 마음이 편했다. 그다음부터는 미안해하기만 하면 되었다. 그러나 많이 미안해하면 죄책감을 가지게 되므로 조금만 미안해해야 했다."(180) 말은 이랬지만 사실 죄책감을 의식하는 미안함이란 '조금만 미안'해도 이미 자기 마음이 편할 수는 없는 감정 아닌가.

　「몇 개의 선」의 주인공은 이런 감정으로, 10년여 전쯤 같은 동아리에서 한 계절을 함께 보낸 선배에 대한 기억 혹은 해명에 시도/실패하는 이야기를 꺼내 놓는다. 그 선배는 지나치게 말이 없고 사람들과 친근하게 어울리지 못하는 타입이어서 '나(와 우리)'는 대개 그를 핀잔하거나 면박 주곤 했더랬다. "나는 가끔 너무나도 뚫어지게 눈을 마주치는 그가 부담스러웠다."(175) 언젠가 한번은 내가 너무 거칠게 그의 제안을 거절하자 무안했을 그가 혼자 어딘가로 가 버렸는데, "그러자 나 역시 그 자리에 혼자 남겨지게 됐다는 걸"(177), '나'는 이제야 안다. "그는 자주, 멋지게 늙고 싶다고 말했"(178)지만, 영원히 그럴 수 없게 되었다. 군대에서 갑작스럽게 죽은 그의 장례식장에, 낮의 생일 파티에 입고 나간 옷차림 그대로 참석했던 '나'는 이후 "여러 번 그날의 나를 참을 수 없었고 그럴수

록 내 모습이 선명해져 괴로웠다."(178)

누구의 인생에나 잘못은 있고, 아무도 타인의 고통에 대해 결백할 수는 없다. 이 사회의 공고한 구조 속에서 제 인생을 피해자의 위치로 이해할 수밖에 없다 해도, 그리고 그런 상황을 원망보다 자책으로 모면해 왔다 해도, 이들이 세상과 대면하는 순간들이 다 공정한 것, 정당한 것은 아니었을 것이다. 「몇 개의 선」의 '나'는 "그가 살지 않은 시간을 내가 사는 것이 이상하게 생각되었고 이 세상에 그가 없는 것이 아니라 없어야 할 내가 있는 것 같다는 생각이 자주 들었"으므로, "2년 전부터 시간을 들여 그 봄의 기억들을 노트에 옮겨 적"(171)는다. 바로 이로부터 이 소설집의 이야기들이 시작되었다고 하겠다. 타인에게 자기가 잘못한 순간, 실은 정당하지 못하게 형성돼 버린 관계망 위에서 자기도 결백할 수 없었던 순간을 기억하고 헤아리는 일, 그 일이 시작되자 어느 날부턴가 쓰지 않을 수 없었던 어떤 "해명" 같은 이야기, "누군가는 일기인 줄 아는 그런 글"(180)이 쓰인 것이다.

나의 모든 불행을 나에 대한 미움으로 돌리는 자책감에서 타인의 어떤 불행은 내가 가져야 하는 죄책감으로 옮겨지는 때, 이들의 이야기가 시작된 것이라고 말해 봐도 되지 않을까. 이주란의 '평범하게 불우한' 인물들의 이야기가 이주란의 특별한 이야기로 들리는 지점이 바로 여기다. 내가 겪는 어떤 결핍과 고통, 혹은 만족과 환희조차도, 오직 나로부터 혹은 오직 나에게로 모아지지 않는다는 깨달음이 또 다른 관찰과 통증으로 이어지는 지점. 그건 이를테면, 사람은 누구나, 그러니까 "우리는 좋은 사람이 아닐 수도 있었다."(102)라거나, 그러므로 우리는, 그러니까 "사람은 누구나 죽어야 한다고 생각한다."(188)라고 하는 말들에 배어 있는 어떤 날카로운 내성(內省)인데, 그걸 또 바꿔 말해 본다면, 이 세상에 속한 인간이 끝내 놓을 수 없고 놓아서도 안 되는 어떤 '겸허함'이라고도

할 수 있을 것 같다. 겸허함. 누구나 살기 좋은 곳이라고 말하긴 여전히
힘든 이 사회에서, 자기와 타인에 대한 미움을 거두고 불행을 평범하게
받아들이려는 차갑고 치열한 심정. (2017)

공허와 함께 안에서 밀고 가기

——정이현『상냥한 폭력의 시대』[1]

아아 謀利輩여 謀利輩여
나의 化身이여
—— 김수영, 「謀利輩」에서

내가 있는 풍경

가장 쉽게, 빨리 여행을 떠나는 방법은? 옆에 있는 소설책을 집어 들고 펼치는 거다. 밥을 먹다, 청소를 하다, 출퇴근길에도, 잠자리에 들어서도, 언제 어디서나 바로 지금 내가 놓여 있는 이곳의 풍경을 지우고 다른 시공간으로 들어가는 길, 얼핏 보면 여느 날의 평온한 풍경이지만 골치 아프고 속 시끄러운 사정들이 와글거리는 여기를 잠시 잊고 다른 시계가 걸린 동네를 헤매다 낯선 이의 뒷모습을 따라가 보는 길, 그런 길들이 소설 속에 나 있다고 믿는 편이다. 소설은 어떤 풍경 속으로 우리를 끌어당기는 힘과 그 유혹에 이끌리는 욕망이 협업하는 구성체라고도 생각한다. 정이현의 소설집, 단편 모음으로는 세 번째인 이 책을 펼친다. 아주 멀리로든 근처 어디로든 떠날 준비는 됐고, 기대한다, 나는 곧 이방인이 될

---

1   정이현, 『상냥한 폭력의 시대』(문학과지성사, 2016). 이후 이 책의 인용은 괄호 안에 쪽수만 표시한다.

것이다.

결과부터 말해야겠는데, 이 소설들은 다른 어디로도 나를 데려다주지 않았다. "여전히 긴 오후가 남아 있"(160)는 방 안에 나를 남겨 놓았다. 아니, 바로 여기, '하트 모양'의 등을 끄면 "세상이 꽉 닫힌 어둠에 잠"(227)기고 마는 이 세상의 밤으로, "파란 빛깔의 돔형 지붕이 이 세계를 뚜껑처럼 덮고 있는"(67) 듯한 이곳에서 이상한 안도와 절망으로 "또다시 살아가기 위하여" "무거운 발걸음을"(97) 떼는 오늘의 나에게로, 나를 끌어다 놓았다. "자신의 등을 떠미는 어떤 힘의 존재"(159)가 그렇게 시켰다는 듯이 매일 열리는 시간을 무심히 자동적으로 처리하며 살아가는 내가 있는 풍경이 눈앞에 나타났다. 나는 이방인이 되지 못했다.

정이현의 소설이 당대의 세태에 밀착해 긴박감과 경쾌함을 더한다는 사실은 잘 알려졌지만, 이번 소설집은 세태와 밀접하되 이전의 분위기와도 좀 다르다는 것을 먼저 알려야겠다. 이 책의 맨 앞에서 만난 이는 월급은 적지만 공과금을 연체하진 않으며 최근 몇 년간 극적인 일 없이 살고 있다고 말하는 마흔 살의 남잔데, 그를 비롯해 여기 사람들은 대개 최대한 극적인 일 없이 살고 싶은 듯이 보인다. 껄껄 웃을 일도 꺽꺽 울 일도 자주 없고, 술독에 빠져 사는 이도, 사랑에 빠져 허우적대는 이도 안 보인다. 두어 편을 제외하고는 배우자와 자식과 함께 하는 가족 단위의 '생활'이 중심에 있는데, 그건 이들이 '생활'과 정면으로 맞서고 있다는 뜻이지 그 생활의 '낙'이라든가 '소중함' 같은 것을 강조한다는 뜻이 아니다. 환호도 탄식도 없이 이들의 소소한 생활은 다만 평정해 보일 수는 있을 것이다.

이것이 낯선 풍경은 아니지만 인간적으로 편안한 모습일 수야 없다. 사실 평정한 생활을 놀래킬 만한 사건이 없던 게 아니다. 한밤중에 응급실에 데려간 고등학생 아이가 아기를 낳는 일도 있었고, 친부를 죽이는 음모에 가담했던 트라우마도 있다. 집을 사서 이사할 준비를 하느라 안 팎으로 정신이 없고, 유치원에 적응 못 하는 아이 때문에 걱정도 크다. 유일하게 마음이 통했던 친구와 억지로 헤어지게 되고, 아버지의 옛 여자에게 자기가 제일 친한 친구였음을 알게 되기도 하고, 옛 애인의 부고를 사흘 지난 신문에서 보기도 한다. 다만 이런 사건들은 마치 "아무것도 아닌 것"처럼 어떤 소동도 일으키지 않는다. "미친 짐승처럼 소리를 지를 수도 있고, 딸을 부둥켜안고 목놓아 통곡할 수도 있고, 창문을 열고 아래로 뛰어내릴 수도 있었"(48)으나, 그들은 그렇게 하지 않는다.

어느덧 옛날 얘기가 됐지만 2030여성들의 삶을 날렵하고 경쾌하게 대변한다거나, 소비사회의 환상적 욕망을 냉소한다거나, 혹은 붕괴할 것 같은 세계의 틈을 고발한다고 말해졌던 정이현의 소설이, 이제 이토록 메마른 풍경으로 우리를 이끌고 가 어떤 얘기를 걸어오려는 것일까. 두 번째 단편집 『오늘의 거짓말』에도 파삭한 먼지바람 날릴 것 같은 세계에 대한 환멸은 옅지 않았다. 근 10여 년 만에 "상냥한 폭력의 시대"라는 제목으로 묶인 이 책에서 우리는 그사이 결혼하고 아이 낳는 시기를 거쳐 어느새 중년이 되어 버린 그때 그 세대의 현재를 만나고 말면 될 뿐일까. 느낌부터 말하면, 이 책을 펼치자 나는 내가 있는 풍경 속으로 들어왔는데, 아주 먼 세상을 헤매인 것보다 더 힘들고 더 아팠다.

한 겹 더 질긴 끈으로 삶에

이 메마른 풍경의 첫째 원인은 아무래도 정이현의 인물들이 전보다 나이가 들었다는 데 있다고 해야 할까. 살아갈 날들이 살아온 날들로 옮겨 가기가 수십 해 반복되다 보면, '세월'이라 불러도 되는 시간들에 그 단어에 값하는 숱한 일들이 쌓이기도 했을 것이다. 가까운 이들의 죽음이나 영원한 이별, 또는 남에게 설명하기 힘든 기괴한 경험 같은 것도 더러 겪었으리라. 인생의 모서리가 퍽 닳아서 세상살이에 길들여진 이들을 '기성세대'라 부르면 되려나. 이들은 사랑이 뭐냐고 물으면 "위급한 상황에 처했을 때 기꺼이 증언해 줄 만큼의 작은 용기"(85)라고 답할 것이다. 부부는? "대화가 없어도, 음악이 없어도, 라디오 소리가 없어도, 사랑이 없어도, 세상 모든 소리와 빛이 사그라진 곳에서도 어색하지 않은 관계"(182). 청춘보다 좋은 점은? "간절한 것이 없"(221)다는 것. 잘 하는 버릇은? "제삼자의 위치를 선점해 버림으로써 당면한 문제에 대한 실무적 책임을 타인의 몫으로 넘겨 버리"(173)기. 만약 동창이 급작스러운 상을 당했다는 연락이 오면? "빈소에 갈 시간을 내기가 애매"(45)하다.

기성세대가 된다는 건, 세월과 함께 저절로 새겨지는 흔적이 아니고, 실패와 성장의 비장한 드라마와 함께 겨우 얻는 훈장도 아니다. 그건 이를테면 한국의 '부동산 시장' 같은 데를 통과하며 할퀴어진 흉터의 이름 같은 것. 「서랍 속의 집」의 '진'은 2년마다 전세금 마련에 지쳐 대출로 집을 사기로 결심하면서 이렇게 생각한다. "집을 산다는 것은 한 겹 더 질긴 끈으로 삶과 엮인다는 뜻이었다. 부동산은, 신이든 정부든 절대 권력이 인간을 길들이기 위해 고안해 낸 효과적인 장치가 분명했다."(184) 공인중개사의 '요령 있는 교통정리'에 따라 시세보다 싸게 계약은 종료되고 부부는 "잘살자"(185)고 다짐했다. 그런데 이사 전날, 짐을 빼고 있을 새집에 가 보았더니 그곳은 악취가 코를 찌르는 거대한 쓰레기장이었다. 어떻게 해야 할까? 사정을 알려 주는 경비원 앞에서 진은 "필사적으로, 코 대신 귀를 막아야 한다고 생각"(189)한다. 이미 결정된 일이고, "돌이킬 수 없는 트랙에 들어서 버렸"(184)기 때문이다. "그들은 여기서 살아갈 것이다".(189)

이렇게 들어선 트랙을 10년쯤 돌다보면 「아무것도 아닌 것」의 '지원'처럼 고등학생 아이의 부모가 되고, 그 아이가 불쑥 아기를 낳아도 제 가슴을 쿵쿵 때리며 "달라질 게 없었다. 돌려놓을 수 없었다"(48)고 말할지도 모른다. 딸이 낳은 미숙아를 죽게 내버려 두면서 딸에게는 "매일 하는 일의 귀중함에 대해 배워 가야"(66) 함을 가르치며 "거대한 뚜껑"(167) 아래의 길 위로 다시 나설 것이다. 20년, 25년 돌다 보면 「밤의 대관람차」에서 만난 "지겹도록 천천히 늙어 가는 생"(141)에 이르게 될까. "세수를 하고, 간소한 화장을 하고, 간밤 끓여 놓은 국에 밥을 말아 반 공기쯤 먹고, 이를 닦은 뒤 …… 남편이 잠든 81제곱미터 아파트의 현관문을 열고 나서"는 '양'은 "자신의 등을 떠미는 어떤 힘의 존재"에 대해 한 번도 만용을 부리지 못한다.(158~159) 옛 애인의 부고에도 그저 누구나 죽는다는 사실을 되새기는 것 외에는 할 일이 없다는듯이.

무서운 것도, 어색한 것도, 간절한 것도 '없어 보이는', 삶에 질기게 엮인 이 멋없는 생활들에 대해, 전부터 정이현의 인물들에게 자주 들이댔던 논평들, 가령 '자본주의적 욕망의 구조가 삶의 전적인 양식으로 체현된 인생'이라거나 '소비사회의 속물적 이데올로기에 순응하는 주체들의 생활상'이라는 등의 말들을 또 대기는 좀 딱하다. 이 삶들은 더 이상 소비사회의 욕망으로, 아니면 그 밖의 다른 '욕망'으로 추동된다기보다, 말하자면 "25년의 관성"(139) 같은 것으로 움직이기 때문이다. 이 생활들에 대해서는, "결정의 순간에 아무런 결단도 내리지 못하는 방식으로 결정해 버리고 전 생애에 걸쳐 그 결정을 지키며 사는 일이 자초한 삶의 방식"(139)이라고 말하는 편이 올바를 것 같다. 그리고 이 관성에 작용하는 힘들은, 오늘날 아무 데나 적어도 되는, 혹은 적으나 마나 한 말인 "자본주의적 구조"에서만 비롯된것은 아니다. 이들이 느끼는 "자신의 등을 떠미는 어떤 힘의 존재"(159)는 '소비의 욕망' 같은 것보다 물론 복잡하고 다층적이다.

재현되고 냉소되고 지속되는

「안나」를 읽자. '경'은 뷰티클리닉을 운영하는 의사 남편과 유치원생 아들과 함께 살고 있다. 박사 학위를 갖고 있고 대학 강의 경력도 있지만 서른두 살에 결혼한 이후 전업주부로 지낸다. 아들의 영어유치원에서 8년 전 댄스동호회에서 알았던 '안나'와 마주쳤다. 그때 20대 초반이었던 안나는 유연하고 싱그럽게 춤을 추었고, 몹시 바빠 보였고, 경이 마음에 두었던 '대희'의 환심을 샀더랬다. 경은 유치원에 적응 못 하는 아이 문제로 보조교사인 안나와 몇 차례 만나 마음을 터놓으면서, 안나의 팍팍한 삶을 연민하기도 한다. 하지만 그녀가 대희와 최근까지 사귀었다는 사실을 알게 되고, 아들의 부적응에 대해 그녀의 위로를 받고, 결혼 생활에 대한 불평을 자기도 모르게 늘어놓게 되면서, 어느 순간 경은 안나에게 싸늘해진 자신을 느끼게 된다.

이 소설에는 전에도 정이현 소설에 자주 등장했던 현대 도시 여성의 세속성이 여실하다. 경제적으로 별걱정이 없는 '경'은 서울이나 근교 신도시에서 아이 교육에 전념하는 고학력 전업 주부의 전형처럼 보인다. "같은 반 엄마들의 브런치 모임"에서 "짐작보다 낮은 수준에 맞추어 수업이 진행되어 불만이라는 이야기, 외부 예체능 강사들의 영어 실력이 수준 이하라는 이야기, 점심 급식 메뉴에 소시지나 햄 종류가 많은 것 같아 걱정이라는 이야기 등"(209)을 나누고, 학부모 모임 땐 모피를 입고 나가 "겨울만큼 옷을 통해 계급이 노골적으로 드러나는 계절은 없을 것"(205)이라 생각한다. 불이익 당하는 게 싫어 웬만하면 미안하다는 말은 하지 않고, '안나'에게도 "한 번 그러면 계속 손해만 보며 살게 돼요.(217)"라는 충고를 아끼지 않는다. 유치원비를 환불받기 위해 "굳이 밝히고 싶진 않지만 아이 아빠의 절친한 친구 중에 공중파 방송국 보도본부의 간부가 있으며, 자신의 사촌 중에는 대형 로펌의 변호사가 있다고 나지막히 말"(226)하는 정도의 음흉함도 있다.

이와 같이, 특히 '안나'와 대비적으로 드러난 경의 세속성은, 그녀의 현재를 지탱하는 모럴(moral)이자, 결혼하여 아이를 키우며 살고 있는 기성세대의 한 모럴이라고도 할 수 있다. 여기엔 물론 자본주의적 계급의식만이 작용한 게 아니다. 예컨대, 경은 남편을 댄스동호회에서 처음 만났으나 그는 "막 사랑에 빠진 여자친구가 일주일에 두 번이나 밤 시간을 취미 생활에 할애한다는 사실을 용납하지 못했"고 "어떤 남자라도 마찬가지"라고 주장했다. 경은 "기가 턱 막혔"지만 "남자들의 속성"이려니 하고 동호회의 연습에 나가지 않았다.(202) 물론 그 "결정은 경의 몫이었다."(203) 경은 아직도 그때 무대에 오르지 못한 걸 아쉬워하지만, '경'의 현재는 남녀 성 역할에 관한 남성 편의적 혹은 여성 경시적 모럴과 무관하지 않다.

경이 안나를 기억하고 안나와 멀어지는 과정에도 그녀의 모럴은 정확히 드러난다. 경은 "미소가 싱그러웠"던 안나를 소탈하고 시원시원한 젊은이로 기억하는 한편 "다만 박수를 받을 일이 나이뿐"인 젊은 여자가 밤마다 토킹바에서 아르바이트한다는 소문을 반쯤은 마음에 담아두었던 것도 같다.(198) 다시 만난 안나에게 친밀감을 느낀 건, 늘 "괜찮아요."라는 말을 입에 달고 사는 그녀와의 만남이 편안했고, 경제적으로 어려운 안나의 좌충우돌 생활기로 "자신의 현실을 잠시 잊을 수 있었"(218)기 때문이다. 안나의 위로를 받은 날 "안나 같은 이에게도 곧바로 들킬 정도"였다는 데 "생소한 불안감"을 느끼고,(220) "한번 바꿔 살아 볼래요?"라는 농담에 안나의 뺨이 일그러지자 "선뜩한 느낌"에 빠진다.(221) 경은 오직 (기성)세대적 우월감으로만 안나를 마주하고 싶었음을 알게 한다.

정리하자면 「안나」의 '경'은 이 시대 기성세대의 어떤 모럴을 드러내는 전형이다. 계급적으로 세대적으로 젠더적으로, 그 모럴은 동시대 세태를 대변하는 동시에 각 방면으로 얼마간 냉소되기도 한다. 단, 이 소설에서 경의 세속성은, 이전에 정이현의 인물들이 세계의 규율 혹은 체제의 억압에 대처하는 방식이라고 설명되었던 태도들과는 조금 구별되어야 할 것 같다. 정이현 소설의 어떤 세속성은 체제 혹은 시스템에 자발적으로 편승하는 '위장술'로서 불온해 보일 수 있었다. 어떤 욕망은 개인의 정신을 대체하는 풍속들로서 그 이데올로기적 허상의 폭로가 될 수 있었다. 한데 '경'의 세속성은 위장술이 아니라 호신술이고, 경의 욕망은 풍속의 안정된 질서보다는 자기 심리의 불안한 흐름을 따른 것처럼 보인다.

세속적 모럴이 이 사회의 이데올로기라는 환영과 분리되는 것은 아니지만 사회 구성원들에게 모럴이 정착된 데에 이데올로기의 작인만을 문제 삼으려는 건 순진한 생각이다. 이데올로기란 개인과 사회의 공모로 지어진 "허공에서 허공으로 이동하는 길"(185) 같은 것이나, 그것이 개인의 삶을 주재하는 모럴이 된다는 사실만으로도 허상으로 폭로되고 말면 그만인 게 아니다. 이번 소설집에서 정이현의 인물들에게 체화된 모럴은, 무엇에 대해 비꼬고 비판하는 자리라기보다는, 차라리 자기 자신에 대해 한탄하고 고통스러워하는 자리를 상기시킨다. 이 자리를 두고는 '세상'과 '개인'을 가를 수 없으며 '시스템'의 양면을 대립시키기 어렵다. "이것은 커다란 도미노 게임이며, 자신들은 멋모르고 중간에 끼어 서 있는 도미노 칩이 된 것"(179)을 다들 알아 버렸으니까 말이다.

닫힌 세계와 욕망 너머의 공허

정이현은 원체 세속적 삶의 얄미운 '속물성'을 이야기의 제일 귀한 소재로 삼는 작가다. 이 사회의 속물성을 알아보는 확실한 원리는 '교환법칙'이고, '낭만적 사랑'을 점수와 등급의 치밀한 교환으로 환치해 낸 첫 작품부터 그것은 그의 세계의 제일 원칙이었다. 교환법칙은 실상 현대인들의 심리와 행위의 전면에 직간접으로 작용하여 모든 소통과 관계에 전적으로 관여한다고 말해도 과언이 아니다. 갈수록 그것은 감추어지고 세련되기보다 노골적이고 뻔뻔해지는 것 같기도 하다.(어쩌면 그것의 교묘한 은폐보다 솔직한 표현이 합리적일 때가 많아서일까.) 정이현의 이야기들은 교환법칙에 장악된 불감한 세태를 속속들이 재현하는 한편 그 얄팍한 기만의 위태로움을 드러내는 데 소홀한 적이 없었다.

교환에 대해서라면 이제 "눈으로 확인하지 않아도 믿는 이들" 또는 "눈으로 확인하지 않아야 믿는 이들"(165)이 된 기성세대의 생활은 그 면면이 이 시대의 세태이고 일상의 모럴이라 할 수도 있을 것이다. 그런데 이번 소설집에서는, 가령 두 번째 소설집 『오늘의 거짓말』에서 이미 강렬했던 "파국에의 예감을 불러오는 불길한 틈새"(박혜경의 해설)가 이들의 삶을 이해하는 데 그때만큼 결정적이지 않은 것 같다. '파국에의 예감'은 교환법칙을 감춘 사회의 표면의 질서가 곧 깨지리라는 불안감을 가리켰는데, 그 불안감은 곧 파국으로 이어지지 않고 불안한 채로 너무 오래 지나 버린 듯하다. 예를 들면 「우리 안의 천사」에서 남우는 아버지를 죽이자는 이복형의 제안을 수락했지만, 이후의 결과는 10년이 지난 지금까지도 알지 못한다. 이들은 이제 "내가 잠시 한눈을 팔아도 세상에는 아무 일도 일어나지 않는다."(97)고, 속죄와 구원을 기대할 극적인 파국은 여전히 유예 중이라고 생각한다.

그렇다면 이들의 생활은 '파국의 예감 이후'의 삶이다. 곧 파국으로 이어질 삶이 아니라 파국을 이미 품은 생활이다. 파국의 예감만 있었고 파국은 일어나지 않았다는 말인가? 아니, 이 모럴이 이미 파국이라고 해야 할 것이다. 달리 말하면, 이 소설집의 세계는 교환법칙을 위태롭게 감추고 있는 세태를 드러낸 한편, 그런 것이 이미 발각되었다 해도 공공연히 유지되는 모럴에 대해 이야기한다. 이 시대 기성세대의 모럴, 이를테면 '혐오감을 불쾌감으로 대체하는 것', '부도덕한 것은 아니다. 합법적이니까.'라는 변명으로 자행되는 일상의 질서, 그런 것이 이미 실행 중인 파국의 양태가 아닐까. "상냥한 폭력의 시대"는 곧 '파국의 예감 이후'의 시대, 모럴의 파국이 아니라 파국의 모럴을 품은 세태일 것이다.

　때문에 이 세태를 구성하는 '기성세대의 생활'은, 교환법칙의 원리라기보다 교환법칙도 멈춘 자리에 들어선 '관성'으로 굴러간다고 했던 것이다. 교환법칙이란 "터널 안에서 일어난 연쇄 추돌 사고"(103)와 비슷한 것이어서 그것이 작동하는 세계를 닫힌 원이 되게 한다. 교환법칙이 멈춘 자리에 '관성'이 작용했다고 했지만, 그것이 교환법칙을 완전히 무력하게 만드는 능력일 리는 없다. 관성이란 교환법칙을 벗어나서 생겨난 성질이 아니고, 그것을 거스른 후에도 여전히 그렇게 작동하는 성질일 테니 말이다. 그러니 관성의 생활은 닫힌 세계 안의 것이고, 닫힌 세계에서 움직이는 힘은, 불가불 공허하다. 모든 가치를 소비사회의 등급과 수치로 환산하는 교환법칙에 지배되는 욕망도 공허하지만, 교환법칙을 거스른 욕망을 안고 가는 관성의 생활도 공허하긴 마찬가지다. 다만 이 공허는 욕망의 공허가 아니라 욕망 너머의 공허라고 해야 할까.

타자성과 관성

정이현의 소설에서 이 세계의 원리를 교환법칙으로 보았다는 얘기는, 거기에 순응하거나 냉소하거나 이 세계의 안에 서 있지, 이 바깥의 다른 세계를 상상하는 주체를 세우지는 않는다는 뜻이다.(소설 이후에, 즉 그의 이야기를 읽은 효과로서 그런 주체가 생겨날 수 있지만 그의 이야기 속 인물들은 그런 주체가 아니다.) 이 관성의 삶을 지탱하는 주체는 어떠한가. 교환법칙이 한번 멈추었던 지점을 지나온 그는, 순응도 냉소도 아닌 채로 그저 무언가를 견디는 주체인 듯하다. 어떤 '공허'를 가지고, 어떤 '결핍'을 품은 채로, 그는 이 닫힌 세계를 버티는 것처럼 보인다. 그리고 이때, 이 버티는 주체들에게서 교환법칙의 세계로 귀속되지 않는 어떤 구멍이랄까, 어떤 '넘어섬'을 생각해 보게 된다.

이게 무슨 말인가. 관성으로 생활하는 기성세대의 공허한 삶이 무엇을 버티고 넘어선다는 말인가. 관성이 교환법칙을 거스른 자리에서 작동한다는 얘기는, 교환법칙이 사라지고 관성이 생겼다거나 교환법칙의 외부에서 관성을 얻었다는 뜻이 아니다. 그건 모든 것이 교환의 원리로 포섭되는 이 세계에 그 원리가 무의미한 때가 있는데, 바로 '그때(부터)' 다시 삶을 움직이는 힘을 관성이라 부른다는 뜻일 터이다. '그때'가 바로 교환법칙 위에 위태롭게 세워진 질서, 즉 체제라거나 시스템이라거나 하는 것의 틈새가 내비치는 순간이고, 관성의 생활은 '그때(부터)', 즉 위태로운 체제의 틈새가 이미 폭로된 이후의 일이다. 그렇다면 '그때'가 언제란 말인가.

그건 아마도 삶의 운동에 '죽음'이 끼어드는 때가 아닐까. 교환법칙을 거스른 자리를 교환의 '타자성'이라고 한다면, 교환이라는 사건의 주체를 비우는 죽음 또는 부재는 그 타자성의 대표일 것이다. 이 소설집의 모든 이야기에는 누군가의 죽음 또는 영원한 이별이 꼭 포함되어 있고, 관성의 생활은 대개 그것과 관련이 있다는 느낌에 대해 조금에 얘기해 보자. 「밤의 대관람차」에서 '양'은 25년 전 '박'과 헤어진 후의 생활을 "25년의 관성"(139)이라고 표현했다. 양은 25년 만에 어떤 남자와 박을 비교해 보기도 하고 25년 만에 술에 취해 보기도 했지만, 25년 만에 알게 된 박의 소식, 그가 죽었다는 소식이, 그녀가 앞으로 또 몇 년의 관성을 더 이어 가게 할지는 알 수 없다. 다만 그녀가 "최후의 문장이 누구의 것이든 애도는 남아 있는 자의 의무"(160)라고 생각할 때, 이어질 관성의 삶에는 애도의 의무가 지워져 있을 것이다.

「우리 안의 천사」에서 커플은 서로의 동거인이 되어서도 '생활비에 관한 애당초 원칙'과 관련해 이해타산적인 트러블들을 겪으며 헤어질 결심도 하곤 했는데, 친부 살해 계획을 실행에 옮긴(것으로 추정되는) 날이자 '남우'의 개 애니를 화장한 날 "이제 우리는 어떻게 해도 헤어질 수 없는 사이가 되어버렸다는 것을 알았다."(93)라고 말한다. 그날 이후 곧바로 '미지'는 임신을 했고 결혼을 했고 또 쌍둥이들이 태어나면서 "관성의 법칙"(95)으로 내리막길을 달려가듯 지내 왔다. 저 죽음과 관련하여 아무 일도, 어떤 파국도 없었지만, 이들의 관성적인 생활은 "평화로워 보이는 풍경"(96)일지라도 이미 '단죄'이고 파국이다. 지금부터 "또다시 살아가기 위"한 "무거운 발걸음" 역시도 "속죄와 구원" 없는 이 사악한 세계를 버티는 몸짓이라 해야 할 것이다.(97)

죽음 또는 부재를 품고서 공허를 견딘다는 것에 대해 생각하며 「영영, 여름」을 읽으면 못 견디게 쓸쓸하지만 서러운 다짐이 들기도 한다. 20년 전의 어린 날 유일하게 진심을 주고받았던 '노스코리아' 국적의 '매희'와 이별한 후, '나'는 영영 "침묵만이 남은 미래"에 남겨졌다. 어떤 비밀들을 다 알진 못해도 '매희'는 그때 이후 '나'의 삶을 버티게 해 준 영원한 친구다. '친구'란 언제나 나 자신이 될 순 없는 타인이지만 영영 잊을 수 없는 여름의 기억처럼 영원히 내 안에 살아 있는 나이기도 할 것이다. 이걸 다르게 말해 보면, 타자는 내 바깥이 아니라 내 안에서 만날 수 있고, 그렇다면 교환법칙의 타자성 역시도 교환법칙의 바깥이 아니라 교환법칙의 안에서 만난다고 할 수 있지 않을까. 이 말은, 세계의 질서를 벗어나기 위해선 질서의 외부로 나가야만 하는 게 아니라 내부의 타자를 직시해야 한다는 말과도 같다. '매희'에게 전해졌을지 아닐지 모를 나의 선물, "아무래도 변하지 않는"(129) 나의 진심은 무엇으로도 교환되지 않은 채 몇 계절이 흘러도 그 여름에 남아 있지만, 그 여름을 영영 기억하는 나에게 계절의 자동적인 흐름은 유일한 질서가 아닐 것이다.

정이현이 그린 세계들에선 거기 살고 있는 인물들로서도 혹은 작가 자신으로서도 반드시 믿고 의지하는 어떤 '가치'가 별로 내세워지지 않는다. 믿고 의지하지 않았으므로, 따르는 척 위장했을 때도 무시하는 척 냉소했을 때도, 어떤 것을 '강하게 비판'하는 거라 여겼다면 그건 독자의 자유였다. 최소한 이야기 속의 인물들은 무엇을 원하(는 척하)거나 무엇을 미워하(는 척하)는지 스스로 모르는 채 쉽없이 흐르는 잔인한 세월을 지나온 게 아니었을까. 그들은 어떤 원리와 어떤 연유로 이 바깥을 알 수 없는 세계에 던져졌는지 모른 채 다만 평정을 가장하며 살아가는 사람들이다. 체제가 이용하는 교환법칙의 질서이든 그것보다 복잡하게 우리 모두 공모한 이 시대의 모럴이든, 오직 세계의 안쪽에서 복닥거리다 어느 쪽으로든 또 다음 발을 내딛으려는 이들이, 이 질서와 모럴을 옹호하거나 긍정한다고 할 수는 없으나, 다른 질서와 다른 모럴을 꿈꾸는 일에 회의적이라는 것은 그보다 더 확실할지도 모른다. 실천가도 이론가도 아닌 채로, 실은 작가도 독자도 아닌 채로, 이 기성세대 생활인들은 다만 질서 안의 결핍을, 욕망 너머의 공허를, 관성처럼 밀고 나가고 있다.

'상냥한 폭력'에서 '폭력을 건너는 상냥함'으로

이번 소설집에서 정이현이 그린 이 세계는 누구에게나 무차별적으로 닫힌 세계라는 점에서 이미 '폭력적'이나, 소설 속 인물들이 최소한 평정을 가장할 수 있다는 점에서 '상냥한 폭력'이 된 건지도 모르겠다. 이 닫힌 세태의 재현은 그 자체로 '상냥한' 폭력을 파헤치는 일이고, 또한 역으로 세태의 '폭력적'인 모럴을 검증하며 동시에 조정을 요구하는 일도 된다. 이 책의 맨 앞에 실린 「미스 조와 거북이와 나」는, 이 책의 다른 소설들과는 약간 다른 결로써 '상냥한 폭력의 시대'의 일면을 재현하고 동시에 이 시대 모럴의 전환 또는 이형(異形)의 모럴을 생각해 보게 하는 소설이다. 이 소설을 통해 '상냥한 폭력의 시대'를 건너는 길을 간단히 살핀 후에 마지막 문단을 쓰기로 한다.

'나'는 "죽은 아버지의 옛 여자"(13)인 '미스 조 여사'와 몇 해 전부터 다시 알고 지냈는데 갑자기 그녀의 부고를 받고 얼떨결에 상주 노릇까지 하게 된다. 장례식장에서 내가 그녀에게 "제일 친한 친구"(22)였음을 알게 됐고, 그녀의 유언대로 그녀가 키우던 거북이를 데려와 함께 살게 되었다. 아는 사람 중에 가장 친절한 사람이었던 미스 조의 죽음은 '나'에게 생각보다 큰 변화를 주었는데, 고양이 인형 '샤샤'이와 살 땐 희미하게나마 세계와 이어져 있다고 느꼈으나, 살아 있는 거북이 '바위'까지 함께 살게 되자 "반드시 세계와 내가 이어져 있어야 할 필요는 없다"고 느끼게 된 것이다. "샤샤은 샤샤의 속도로, 나는 나의 속도로, 바위는 바위의 속도로"(33) 살아가고 또 소멸해 갈 것임을 생각하며 눈물 흘릴 때, '나'는 살아 있음을 통해 소멸을 의식하고 그로써 세상과의 관계 또한 전과 다르게 생각하게 된 것이리라. 세계와 내가 굳이 같이 가기보다 저마다 각자의 속도로 가는 것이 '폭력의 시대'를 건너는 보다 '상냥한' 방법이 될 수는 없을까. 나는 이 소설의 마지막 장면을 이 책의 맨 끝에 놓고 싶다.

살아갈수록 더 질기게 엮여 들어가는 느낌이, 삶에 밀착하여 인생을 끌고 가는 건지, 삶에 잡아먹혀 인생이 끌려가는 건지, 대개 후자일 때가 더 많아서 이 책에서 만난 이들의 목소리엔 비판과 자성의 질책이 아닌 메마른 한숨과 무거운 공허가 실렸던 것이겠다. 이 이야기들에서 즉각 목도되는 이런저런 세속성의 사회학적 의미를 새겨 보는 재미만큼이나, 그것이 이미 어떤 공허를 껴안은 시대의 딜레마임을 이해하는 공감도 동시대 동세대 독자들의 행운일 것이다. 안팎으로 복작거리는 생활의 현실은 잠시 제쳐 두고 소설책을 펼쳐 다른 세계의 여행자가 되고 싶었던 (나와 같은) 독자라 해도, 여행자들이 얻는 힘을 이 이야기들 속에서 얻느라면 데를 돌아다닌 듯 고달팠나 보다. 삶에 엮이는 세월을 지나면서는, 누구는 질서를 버티고 누구는 공허를 버티는 것이 아니라, 또는 무력한 사람이 있고 용감한 다른 사람이 있는 것이 아니라, 모두 무언가를 버티면서 용감해지기를 원하다 다시 무력해지기를 거듭하는 것이리라. 그 세상살이의 저주를 이해하고 또 이겨 보려고 우리는 '세상 속의 사람들'을 만나러 세속의 작가가 들려주는 이야기책을 또다시 펼치고 그 속으로 들어가 보고야 만다. (2016)

세속의 시간과 무의미 꾸러미

──김엄지 『미래를 도모하는 방식 가운데』[1]

'삼놀'의 탐독

김엄지 소설이 이렇게 한 권의 책으로 묶이기까지, 나는 세 번의 놀라움을 건너왔다. "떡이었지, 뭐."로 시작해서 "손가락들이 두 개씩 붙어, 완벽한 돼지 족이다."로 끝나는 등단작 「돼지우리」의 그 엉뚱한 신선함과, 얼마 지나지 않아 화투판의 호구 '영철이'가 '삼뻑'을 해내고도 팔광에게 끝내 케이크를 사다 주지 못했던 그 웃지도 울지도 못할 아이러니 앞에서 경탄한 것이 첫 번째였다. 비참한 상황과 비속한 말들이 뒤섞여 비극적으로 통렬해진 세속의 삶이야말로 김엄지라는 작가가 제대로 더듬기 시작한 세계의 몸통이리라고 바로 믿어 버렸다. 그런데 곧 등장한 '무(無)'들('진짜 무라면 썰어 먹기라도 하지.')이 무작정 바다를 찾아가거나 계

---

[1] 김엄지, 『미래를 도모하는 방식 가운데』(문학과지성사, 2015). 이후 이 책의 인용은 괄호 안에 쪽수만 표시한다.

곡에서 다이빙을 하겠다고 부득부득 산을 올랐을 때, 알 것도 모를 것도 같은 '그의 사정'을 생각하며 "슬픔과 더러움"의 기분 속에서 허우적댔던 것이 두번째 놀라움이었을 것이다. 그리고 세 번째, 그의 첫 긴 소설인 『주말, 출근, 산책: 어두움과 비』의 괴이쩍은 구성에 어리둥절했으나 「고산자로 12길」과 「느시」로 이어지는 그의 발자국을 따라가며 조금씩 더 선명해진 놀라운 발명, 우리 소설에 극히 드문 실험을 희귀한 방식으로 통과하며 육박해 온 하나의 진기한 형식.

세속의 아이러니

누가 봐도 김엄지에게는 처음부터 놀라운 데가 있었다. 데뷔작 「돼지우리」의 괴이쩍은 스토리와 캐릭터 때문도 아니고, 글에 대한 열정을 "염병의 재미"라고 했던 걸걸한 수상 소감 때문도 아니었다. 반도체 회사를 마다하고 삼겹살집 '돼지우리'에 취직한 '우라라'가 "본연의 모습"인 돼지가 되어 "자아실현"을 한다는 이야기 「돼지우리」로부터 우리가 얻을 수 있는 감동이나 교훈은 당연히 없었고, '돼지'와 '도살장'과 '고깃집'은 문학적 유비 혹은 상징으로서 풍자의 효과를 발휘하는 것들이 아니었다. 그러니 떡 같은 '면접', 어이없는 '(비)정규직', 저속한 '자아실현' 등을 청년 세대의 문제의식으로 환원해 버리는 김엄지의 소설에서 아무런 재미도 의미도 찾지 못했다는 뜻일 터이다. 뭐니 뭐니 해도 이 데뷔작의 특별한 점은 화자의 구어체 말투와 자연스럽게 어울리는 작가의 걸쭉한 입심이 일궈 낸 어떤 쾌감에 있었다고 해야 할 것이다. 식욕과 성욕, 먹기와 먹히기, 떡 먹기와 떡 치기, 씹는 일과 씹하는 일을 묘하게 한데 묶는 겹의 '질감'과, 그 겹의 뜻들을 한 말로 구성지게 뱉어 내는 말맛의

'음감' 말이다. 그러고 보면, 이유 없는 안달과 염병의 연속을 벌써 글쓰기의 재미로 알아 버린 이 신인 작가는 좋은 소설의 한 핵심을 이미 꿰고 있었나 보다. 웃기면서 울려 버리고, 알면서 앓게 되고, 상스러우면서 애처로운, 소설의 재미.

　그런 재밌는 소설로는, 「운수 좋은 날」의 21세기 버전인 「삼백의 즐거움」을 먼저 추천한다. 투백 징크스를 깨고 삼백을 해냈으나 아들에게 케이크를 사다 주지 못한 화투꾼 '김영철'에게서, 비 오는 날의 징크스를 깨고 손님을 많이 받아 설렁탕을 사 왔으나 아내에게 먹이지 못한 인력거꾼 김 첨지가 오버랩된다. 하지만 중요한 것은 유사성보다 차이점인데, 김 첨지의 운수 좋은 하루는 가난 자체의 비극성으로 마무리된다면, 김영철의 오늘의 운세는 가난을 자각하게 된 비극성으로부터 시작되기때문이다. 매일 십일조 내듯 화투판에서 돈을 잃는 영철이는 원체 '애꾸눈 호구 개자식'인데, 아들 팔광이가 금빛 트로피를 받아 온 오늘은 "돈꼴았으면 집에 기어 들어가서 기처 자, 애꾸 새끼야."라는 말에 버럭 성질이 났던 것이다. 그는 "처음으로 본인이, 하우스의 호구가 된 기분을느꼈"고, 억울했고 창피했고 울고 싶었다. 이 "난데없는 복수심"(47)이화근이었다. 영철이나 그의 동네 사람들이나, 술과 도박과 욕설 속에서"서로 동정하고 비웃고, 열등하며 함께"(49) 간신히 삶의 대열에 끼어 있는 것인데, 난생처음으로 영철이 '열등하게 살고 싶지 않다'고 생각한 바로 오늘, 그는 '함께 열등한' 그 대열에서조차 탈락해 버린다. 가난의 복수는 그 자신 말고 향할 데가 없었다.

　이것은 웃기고도 슬픈 이야기다. 웃기기만 한 것, 슬프기만 한 것은 좋은 이야기가 아니라는 사실을 김엄지는 잘 알고 있지만, 그가 좋은 이야기의 요건을 알아서 이런 이야기를 쓴 것은 아니다. 그는 이야기를 잘 쓰는 방식을 안다기보다 인간이 세상에 존재하는 모양 또는 그 방식에 대

해 관찰하고 생각하기를 잘하는 것 같다. 또 한 명의 '영철이'(「영철이」),
이 안타까우리만치 요령 없는 인간을 보라. 뭐를 묻건 '글쎄, 그러게, 잘
모르겠는데'가 대답인 그는, 그의 아내가 그토록 타박하는 게 별로 심하
지 않을 만큼 꽉 한심하고 무능한 작자로서 이 세상에 '있다'. 그는 뭐가
하고 싶은지 먹고 싶은지 명확히 얘기하는 법이 없고 실직을 하고도 그
이유나 복직 가능성 등에 대해선 일언반구 없이 종일 바둑만 두고 앉아
있다가, 집에서 쫓겨난다. 아무데도 써먹을 데가 없는 그를 조롱도 하고
미워도 해 보겠지만, 사실 그는 혐오스러운 쪽이 아니라 안타까운 쪽이
다. 입발림 안 하고 거짓말은 더 안 하고 나이 어린 이들에게도 예의 바
르고 현관문 잠그는 보안 정신도 투철한 영철이가 "꼭 나를 어디에 써먹
어야겠어?"라고 딱 한 번 대꾸했을 때, 그의 아내도 우리도 속으론 흠칫
했다. 썰어 먹는 무도 아닌 인간이 왜 꼭 어디 써먹혀야만 무(無)가 아닌
유(you)인 건지 그녀도 우리도 답할 수 없었으니 말이다.

　　이 어설프고 어리바리한 '영철이'들, 욕망도 간절함도 없는 이 인물형
을 특별히 측은해해야 할 필요는 없다. 혹여 「그의 사정」이라는 제목에서
이런 영철이들의 속사정을 알리면서 그들 나름대로 쌓였을 억울함이나
분노를 풀어주는 이야기를 기대했다면 실망했을 것이다. 「그의 사정」에
는 누군가의 무기력, 권태, 피로, 이런 것들에 어울리는 듯도 하고 안 어
울리는 듯도 한 고약한 습관, 무리한 욕구, 뜬금없는 결심 등이 줄줄 열거
되어 있는데, 여기엔 누군가의 존재감을 하찮음에서 괜찮음으로 이동시
키려는 의도나 효과가 있는 것 같지 않다. 김엄지는 '아이러니'로 세상에
맞서는 태도에는 관심이 있지만, 특정한 인물 유형이나 그런 유형을 탄
생시킨 인간의 본성 또는 사회의 구조를 아이러니한 대상으로 탐구하는
것 같지는 않다. 그가 탐구하는 것은 삶의 표면, 먹고 싸고 자고 짝찾고
짝짓고 기분 좋거나 기분 나쁘고 일하거나 일 못 하는, 인간의 '삶' 자체

다. '빽'이 난무하고 '싸는 일'을 조심해야 하는 화투 바닥의 룰과 인생 바닥의 룰이 따로 없고, 인간 영철이와 개 영철이가 겹치며, 자아실현을 하고 싶다면 자기 본연의 (돼지) 모습을 찾는, 세속 인간의 세속적인 삶. 뿌듯하거나 멀미 나고, 슬프고 더러운 삶. 그것이 생각보다 슬프고 생각보다 더러워서, 나는 또 한 번 놀라고, 울고 싶은 심정이 되기도 한다.

삶의 타자성

「그의 사정」과 「미래를 도모하는 방식 가운데」는 인물, 서사, 구조가 서로 유사하다. 두 편에 나오는 '그'는 동일인이라고 해도 될 만한데, '그'는 공통되게 젊고 가난하고, 젊고 가난하여 고독하고 무모하며, 그래서 어느 고독한 날에 무모한 결심으로 한 번은 바다를 또 한 번은 계곡을 찾아 떠난 두 이야기처럼 보이기 때문이다. 자주 누워 있던 그는 불현듯 여태 한 번도 바다에 가 보지 못했다는 것을 깨달았다. 일 년째 일을 쉬고 있지만 "지금 이 순간에도 그다지 일을 하고 싶지 않"(11)고, 밀려 가는 세금과 부모 형제에 대한 부채감에도 서서히 무뎌지게 된 듯하다. "그는 지금 무엇과도 별 상관이 없었다. 그는 지금 어디에도 닿아 있지 않았다." "다만 바다에 한 번도 가 보지 못했다는 것이 마음 어딘가에 걸"(110)려서 마침내 "그는 바다에 가기로 결심했다."(112) 한편, 그가 산에 가기로 결심한 것은 "계곡을 기대하고"(155), "다이빙을 하고 싶었"기 때문이다. 그를 찾는 연락도, 그가 해야 할 연락도 없으니 "얼마 동안 머무른대도 상관 없었"(165)지만 그는 산으로 가는 버스 안에서부터 언제 집으로 돌아가야 할까를 고민한다. 그리고 내내 집으로 돌아가면 이불 빨래 할 것과 또 도배도 할 것임을 생각한다. 3년 전의 결심이었던 "다이빙

의 열망"을 실행할 순간이 됐을 때, 그는 "다이빙을 해야 하는 이유를 알 수 없었다."(175)

이 두 이야기에서, 마침내 우리 앞에 정체를 드러낸 것은 '그'라는 사람, 그 '인물'이 아니다. '그'가 바다에서 산에서 이런저런 행동과 생각을 어떤 이유로 한다는 사실, 그리하여 '그'라는 캐릭터가 바로 이러이러한 주체라는 사실은 이 소설들이 알려 주고 싶은 바가 아닌 듯하다. 이 소설에서 우리가 보게 된 것은 인물이라기보다 세계다. 어떤 세계 속의 인물이 겪는 사건 또는 사건을 겪는 인물이 아니라, 어떤 인물의 정서적 충동과 신체적 이동이 지나가는 세계가 드러났다는 뜻이다. 그 세계는, 한 인물(주체)이 사람, 사물, 장소, 시간 등을 경험하는 배경으로 작용한다기보다, 한 인물과 그의 주변에 놓인 사람, 사물, 장소, 시간 등이 지속되는 모종의 대상으로서 존재한다. 이렇게 말할 수 있다. 김엄지의 소설은 세계 속에 존재하는 '그'라는 '주체'를 드러내기보다 '그'가 속해 있는 세계라는 '타자'를 드러낸다. 이 '타자'는, 그 자신도 포함된 세계, 즉 그의 삶이기도 하다. '그'는 때때로 자기 삶이 "남의 일" 같다고 하는데, 이를테면 "그의 기억 중에 애타고 간절한 것이 하나도 없다는 것, 종교가 없다는 것, 종교마저 없다는 것, 없는 게 너무 많다는 것,"을 "그는 믿을 수가 없었"고, "남의 일 같았"(111)기 때문이다. "그는 울었다. 그는 스스로 의아해하면서 울었다. 왜 우는지 그도 정확히 알지 못했다. 그의 울음은 대부분 모호했다."(111) 말하자면, 그의 삶에는 자기 스스로 회수할 수 없는 어떤 간격이 항상 있다. 말하자면 그에게는 자기 삶이, 이른바 '타자'다.

사실 '그'가 바다에 가서 하고 싶었던 유일한 일은 기도를 하는 것이었다. (바닷가에서 컵라면과 삶은 달걀을 먹고 해가 뜨기를 기다리기로, 해가 뜨면 기도를 하기로, 애초에 그는 마음먹고 있었다.) 그는 오직 "되도록 간절해지고 싶었다. 아찔하게 고백하고 싶었다." 하지만 실은 "아찔하게 고백할 무언가"

조차 없었기에 그는 바다에서 간절한 기도도 못하고 돌아온다. 바다는, 허공을 걸어 본 적도 없는 그에게 다만 허공 같은 것("아, 허공 같다."(123)) 일 뿐이었다. 다이빙을 하러 계곡을 찾은 이도 "대체로 간절한 것이 없" 기는 마찬가지였다. 그는 언제 돌아가도 상관없는 여유로 산행을 감행했음에도 고작 30분 걸었을 때부터 "조급함과 이상한 안달증"에 들고 마는데, 그 알 수 없는 멀미와 초조는 "다이빙에 대한 열망"이라기보다 언제 돌아가야 할지 결정하려는 강박이었다. 오늘은 꼭 계곡을 찾아 다이빙을 하려고 수심이 깊은 계곡을 찾아 뛰어오르고 기어오르고 미끄러지다 마침내 적당한 바위 위에 도달했을 때, 그는 자기가 무엇을, 왜 하려는지 잊어버렸다. 요컨대 「그의 사정」과 「미래를 도모하는 방식 가운데」의 주인공 '그'는, 어느 날 자기와 자기 삶 사이의 '간격'을 스스로 극복하려는 충동에 휩싸였고, 그것을 행동에 옮기고자 바다로 산으로 이동했으나, 끝내 그 극복에 실패한 이야기다.

그들이 "제법 멍청한 편이었고, 우유부단한 면도 가지고 있었"기 때문에 그렇게 된 것은 아니다. 이 소설들은, 누군가의 삶에서 어리석고 모호하고 막막한 양태를 보여 주거나, 삶이란 게 본래 비루하고 속되고 어두운 거라고 말해 주는 데 의도가 없어 보인다. '그' 자신과 언제나 간격을 두고 존재하는 그의 (타자적인) '삶'이라고 말했지만, 그 삶의 면모들이 유별나게 일그러져 있지는 않다. 삶의 타자성이, 특정인의 삶 혹은 삶 일반의 속성으로서 파악되고 알려질 만한 개념처럼 이해되어선 안 된다. 김엄지의 소설에서는 대체로 인물의 일정한 시간 동안의 일들이 차례로 빠짐없이 서술되는 듯한데, 그 점이 다른 소설에서 인물과 사건을 가공하는 익숙한 방식과 꽤 다르게 다가온다. '그'가 바다에 가고 산에 갔을 때의 서술을 상기해 보라. 그는 걷다가 문득 "뜻밖의 유혹에 휩싸"(121)인다. 가령 "중앙선을 따라 걷고 싶은 유혹." 그는 중앙선에 멈춰 섰고, 그것이 "그의 기분을 들뜨게 했다." 그러자 "그는 침대에 눕고 싶었"고, 벽을 바라보고 눕는 생각을 하자 "도배가 하고 싶었다."(122) 이런 일련의 과정에서 그의 삶은 그로부터 이격(離隔)된다. 생각과 행동을 주재하는 주체성의 자리에서 '그'가 살아가는 것 같지 않고, 세계의 이러저러한 현상들과 그가 대면하는 자리에 그의 '삶'이 놓이는 것 같다. 반복건대, 삶은 그에게 타자적이다.

기이한 윤곽

그는 얼굴을 앞으로 쑥 빼고 걸었다. 그는 혀를 앞으로 쑥 빼고 걸었다. 짠맛이 났다. 바람은 짠맛이구나. 그는 바람을 쩝쩝거리면서 느리게 걸었다. 바람에서 신맛이 나기도 하고 단맛이 나기도 했다. 침을 뱉기도 했고, 오줌을 싸기도 했다. 그를 보는 사람은 아무도 없었다. 그는 그것을 알고 있었다. 그는 바지를 벗고 싶었다. 그는 바지를 벗었다. 그는 바지를 벗고 서서 이제 뭘 해야 할지 생각했다. 그는 이제 해가 뜨면 해야 할 기도를 생각해야 했다.(123)

수심이 얼마나 되는 걸까. 그는 알지 못했다. 언제 집으로 돌아가야 할까. 그는 알지 못했다. 그는 알지 못하는 것이 많았지만, 서쪽의 산중턱에서 산불이 시작되고 있었다. 어제와 다른 불이었다. 산불은 그가 이틀간 머물렀던 숙소를 향해 번지고 있었다. 이제 곧 허름한 식당 같은 숙소가 불에 탈 것이었다. 백발의 늙은 여자 주인은 69세였으며, 내일을 위해 닭을 삶고 있는 중이었다. 그러나 그 모든 것과 별개로 그는 다이빙을 할 것이었다. 그의 핸드폰은 아직 꺼지지 않았고, 물 묻은 이끼들은 짙게 번쩍였다. 그는 바위의 가장 높고 가파른 곳에 올라서서 어깨를 돌렸다. 크게 숨을 들이 마신 뒤에 숨을 멈췄다. 그리고 눈을 질끈 감았다.(175)

인용한 단락들에서 삶의 타자성은 더욱 명징해 보인다. 앞의 것은 세계의 형상에 대면하는 그의 행위를 묘사한 것이고, 뒤의 것은 그의 유일한 행위(다이빙)와 '별개로' 진행 중인 세계의 형상을 기술한 것이다. 앞의 것에서, 맛보고 침 뱉고 오줌 싸고 바지 벗는 행동은 '그'의 주체성보다는 그가 배회하는 '풍경'의 객체성을 드러낸다. 뒤의 것에서, 그의 주변에 그(의 행위)와 별개로 존재하는 산불, 숙소, 숙소 주인, 핸드폰 등은 (그가 속한) 삶의 외재성을 일깨워 준다. 두 소설에서 공히 '그'라는 인물의 주체성은 희박하고, 그러자 필연적으로 '내러티브'도 흐리멍덩해진다. 즉 '누가' 나타나 어떤 '의미'가 되었는지가 중요치 않다. 다만, 이상하게 시작해서 이해할 수 없게 끝나는 형국 혹은 사태의 윤곽만이 뚜렷해진다. 이야기의 구조라고도 패턴이라고도 할 수 없는 기이한 줄거리가 그어진다고나 할까. 바다에 가기로 결심한다, 바다에 간다, 어설프게 헤매다가, 바다에 이른다, 배고프거나 오줌 마렵다, 돌아온 후 바다의 영향에 대해 생각한다. 또는, 산에 갔다, 계곡에서 다이빙을 하려고 한다, 언제 집에 갈지 고민한다, 계곡을 찾아 헤맨다, 목마르고 오줌 마렵다, 계곡에 이른다, 다이빙의 이유를 잊었다, 다이빙하려고 한다. 이렇게 그어지는 선이 그려 내는 어떤 윤곽. 기이한 형상, 캐릭터도 내러티브도 희미한 듯한 김엄지의 이야기에서 삶의 타자성을 포착하는 주요 장치. 바로 이것이 김엄지 소설의 독보적인 얼굴이다.

사실 이 형상은, 삶이 주체적으로 의미화되는 서사들의 그것에 비해 낯설고 모호할 뿐만 아니라 '슬프고 더러운' 것이다. 예컨대 매번 꿈속에서도 실패하는 그의 성욕과 그로 인한 좌절감은 삶에 밀착하고 싶은 욕망의 불가능성을 보여 준다. 만약 그런 좌절감을 모른다면 역설적으로 삶과 편하게 낯을 익히고 삶을 또렷하게 이해할 수 있을 것이다. 거꾸로 말하면, 그 불가능성에 대해 겸허할 때 삶의 타자적인 형상에 대면할 수 있다. 따라서 김엄지 소설의 개성적인 형상은, 스스로 자기 삶에 밀착해 있다고 믿는 일상적 또는 상투적 서사와 가장 먼 것이라고 할 수 있다. 삶의 타자성을 의식한다는 것이 이미, 상투적인 삶 혹은 그런 삶이 가능하다고 믿게 하는 억압과 싸운다는 뜻이 아니겠는가. 그런 싸움이 그다지 녹록하지는 않아서, 김엄지의 인물들은 매양 피로하고 무기력하며 또 우울했던 것이겠다. 그것은 알려진 룰을 몰라야 하는 일이고, 자동화된 욕망이 중단되어야 하는 일이며, 예정된 갈등을 피하는 일이기도 하다. 그의 이야기에, 부족했다, 없었다, 캄캄했다, 몰랐다, 아팠다, 비어 있었다, 어두웠다, 슬펐다, 어지러웠다, 토했다, 울었다, 슬펐다 등등 마이너스 성질의 술어가 가득한 것은 그 싸움의 고독한 과정 때문일 것이다.

그렇다고 김엄지의 이야기가 힘들고 괴로운 느낌에 젖어 있는 건 아니다. 아마도 삶의 타자성보다 더 무거운 상투성에 매몰되지 않으려는 쾌활한 정신 때문이 아닐까? 삶의 상투성을 골똘히 바라본다는 건 어느 면에서 천진한 일이고 자유로운 일이다. 바다와 산으로 갔던 이야기들의 패턴이 괴이쩍으면서도 장난스럽게 느껴진 것도 그런 까닭일 터인데, 비유적으로 말해 상투성에 맞서는 그의 제스처는 상대를 밀치고 제압하는 타입이 아니라 상대를 바라보고 만져 보고 맛보고 침 뱉는 타입이기 때문이다. 이런 타입은 상대를 조롱하며 비난하는 쪽이 아니라 스스로 놀이하며 즐거워하는 쪽에 가깝다. 김엄지의 소설에는 분명히 세상을 향한 유희적인 시선으로 고독한 자신을 위무하는 순간이 있다. 물론 그렇다고 해서 삶의 타자성을 응시하는 저 고독한 이의 안간힘이 사라지는 것은 아니다. 생기가 다 휘발된 생활의 피로와 바닥 없는 공허 속에서 허우적

거리는 듯한 무기력 속에서도, 바다를 보러 가겠다고, 계곡에서 다이빙을 하겠다고, 정직한 반응을 지속하는 그의 결심을 못 볼 수는 없다. 아니 그 피로와 무기력이야말로 쉼 없이 육박해 오는 삶의 타자성을 외면하지 않는 그의 용기를 말해 주는 것일 터이다. 자기가 속하지 않는 자기의 삶을 받아 안는 것, 이것이 그에게는 언제까지나 삶을 탐하는 자세이고, 삶에 대한 책임이기도 하다.

지속되는 삶의 시간

김엄지의 소설에서 자기가 속하지 않는 자기의 삶은 일상의 거처를 떠나서야 직면하는 예외적인 대상이 아니다. 그의 첫 긴 소설 『주말, 출근, 산책: 어두움과 비』를 읽었을 때, 제목 그대로 주말, 출근, 산책으로 반복되어 앞도 뒤도 옆도 없이 모습을 드러낸 그 세계는 당혹스럽고 얼떨떨한 것이었다. 출근하고 또 출근하고 다시 출근하고, 동료들과 얘기 나누고 회식하고 퇴근하고, 어떤 주말에는 외로웠고 어떤 주말에는 독서를 했고 어떤 주말에는 아무것도 할 수 없었다. 겨울인데 비가 계속 내렸고, 여름에도 비는 내렸다. 검정색 우산과 함께 산책도 한다. 키워드라고 하면 될까, '미래', '출근', '발목', '퇴근', '휴가' 등의 단어들이 소설의 단락들을 몇 개씩 묶어 놓은 체제 때문에 이와 더욱 비슷해 보이는 소설이 「고산자로12길」이고, 이것과 다른 스타일로 볼 수 없는 또 한 편의 소설이 「느시」다. e 또는 R이 초점화되어 감각, 생각, 행위가 풀려 나오지만, 이 소설들에는 의미를 주재하는 인물, 사건, 배경이 사라져 있다. 거기에는, 상사, 동료, 회사, 구내식당, 지하철, 길바닥, 비둘기, 개, 맥줏집, 택시, 카페, 에어컨, 컴퓨터, 핸드폰, 침대 등이 '있다'. 그런 것들이 이곳에 '주어져' 있다거나 서로 '연결돼' 있다거나 스스로 '숨 쉬고' 있는 것이 아니라 그냥 있다. 도처에 있는 그것들이 여기에 있다.

여기 '있는' 이것들은 나날의 세속적 일상에 흔한 것들이지만, 여기에 '일상성'이라는 말을 붙이기는 어려워 보인다. 이 '있음'은, 지리멸렬한 일상의 사소한 실천들이나 소박한 의미들에 대한 정성스러운 관심과는 거의 무관하다. 이 '있음'의 대상들은 일상적 삶의 '주체'가 물론 아니고, 무미건조한 날들이 반복되는 현실의 (무)의미를 표현하기 위해 채택된 질료도 아니다. 그 조합과 배열이 '일상적'이라는 코드 또는 '일상성'이라는 낯익은 형상과 부합하지 않기 때문이다. 삶의 매 순간을 인생이라는 전체 서사의 일부로 환원해서는 안 된다는, 삶이란 파편화된 순간들의 연속일 뿐이라는 주장을 하고 싶어하는 이야기라고 할 수는 있을까? 그도 아닐 것이다. 여기엔 무슨 주장을 뒷받침할 의식이나, 그런 의식을 가능케 할 심리적 논리적 연속성이 없는 것 같기 때문이다. 갈수록 포기해야만 하는 것들이 점점 늘어 간다고 '세대' 앞에 숫자를 하나둘씩 늘려가는 'ㅇ포 세대'의 무기력한 세계관을 우회적으로 반영한 이야기라는 소리도 들었다. 하지만 이 권태로운 이야기에는 그들을 좌절시키는 다양한 욕망의 차이들이 거의 드러나 있지 않다. 이 '그냥 있음'의 상황에 대해 그들은 어떤 돌파구를 꿈꾸거나 모색하는 것도 아닐뿐더러 자기 정체성에 관한 질문 같은 걸 품지 않은 듯하다.

두 소설의 줄거리는 각각 이러하다. 「고산자로12길」에서 e는 출근하여 에어컨을 최대로 가동한 사무실에서 업무를 보고 점심시간이나 회식 자리에서 동료들과 몇 마디 나누고 귀가한다. 주로 휴가에 대한 이야기, 여자와 함께이거나 아니거나 휴가를 보내는 일에 대한 이야기, 아니면 지난 휴가의 여운에 대하여. 출근길이나 퇴근길에는 비둘기나 개를 보게 되는 일이 잦으므로 "개와 비둘기의 심정을 헤아려 보"(207)기도 한다. 회사에서는 밀린 빨래 생각을 하거나, 발목 잘린 비둘기를 본 후로는 습관처럼 발목을 돌린다. 휴가 때는 전 직장 동료 백을 만나 빨래와 태풍과 모기 등에 대해 얘기했고, 휴가 후에도 백을 만나 목에 핏대가 서도록 얘기하는 걸 듣는다. 「느시」에서 R은 출근하여 히터가 최대로 가동된 사무실에서 상사에게 지시받은 매뉴얼을 만들고 구내식당에서 점심을 먹고 건물 지하의 호프집에서 회식을 한다. 동료들과는 점심 메뉴, 상사에 대한 불만이나 두둔, 춥지 않아서 눈이 안 온다거나, 결혼이 대순가 등에 대해 얘기한다. 수시로 "선명한 주황색이고 단단한 구의 형태"를 상상한다. 예전 동료 E를 만나 거센 히터 바람에 따른 서로의 증상을 나눴고, 초씨 성의 여자를 소개받기로 했지만, R의 기대와 상관없이 만남은 미뤄졌다. 출근길이나 귀갓길에 보았던 토사물을 쪼아 먹는 비둘기는 '느시'일지도 모른다고 생각한다.

줄거리를 말했다지만 이상의 이야기는 내가 읽은 두 소설에 '대한' 요약도 소개도 못 된다. 아무래도 설명을 잘 못하겠으니 차라리 몇 줄 인용을 해 보겠다.

e는 마트로 갔다. 그는 마트에서 와이셔츠는 사지 않고 생선과 몇 가지 향신료, 소주를 사서 집으로 돌아왔다. 그는 매운탕을 끓인 뒤에 소주와 함께 먹었다. e는 텔레비전의 전원을 켰다. 기상예보는 태풍과 장마가 물러났음을 알렸지만 e의 집 창밖에는 비가 그치지 않았다. 채널을 돌리자 심리상담사가 시청자에게 집을 그릴 것을 요구했다. 원하는 집을 편하게 그리면 됩니다.(「고산자로12길」, 202)

점심시간이 되었기 때문에 R과 동료들은 구내식당으로 향했다. R과 동료들은 조갯국과 조가 섞인 밥, 오이, 두부, 배추, 요구르트를 식판에 받았다./ 오오. 조개. 조개를 좋아하는 c가 국을 받고 감탄을 했다./ 그들은 창가의 기다란 식탁에 앉았다./ R은 창밖에 네 마리의 새가 줄지어 날아가는 것을 보았다./ 느시인가. R은 창밖을 보며 중얼거렸다./ 느시라니. a가 말했다./ 아마 회색의 털에. R은 느시에 대해 상상했다./ 아마 회색의 털, R은 거기까지밖에 상상이 되질 않았다. 그는 느시를 상상하기 위해 카디건에 달린 단추를 만지작거렸다./ 그 국, 그 밥, 그 오이, 그 두부, 그 배추. a가 식판을 내려다보며 말했다./ 그래도 자네는 결혼을 했잖아. b가 a에게 말했다./ 결혼이 대순가. a는 바람 빠지는 소리를 내며 웃었다./ 결혼이 대수지. c가 말했다.(「느시」, 237)

얼핏 서로 관련 없는 말들의 연속인가 싶지만, 시간이나 장소가 크게 이동하는 때가 아니면 앞 문장과 뒤 문장이 순차적이고, 한 대목에서 가리키는 정황이 서로 어긋나는 경우도 없다. 소설에서 어떤 장면의 서사성을 해체해 보려는 의도로 쇄말적 감각이나 파편적 인상을 굳이 들여놓아 보는 실험적 의도 같은 것도 느껴지지 않는다. 무엇보다도 여기에는 경험 현실에서 안 일어나는 상황이나 사건은 하나도 없지 않은가. 다만 문장들의 배열에 있어 생략이나 우회의 방식이 기묘한 느낌을 주는데, 아마도 심리나 감정이 실린 문장이 거의 없기 때문인 듯하다. 이 경험들은 한번 있었던 일이 비슷하게 일어난 것이거나, 앞으로 일어날 거라 예상했던 일이 예상대로 일어난 것이거나, 보통날 있는 일이 그날에도 유사하게 일어난 것 등등인데도, 여기서 그 일들은 매번 스스로 발생하고 진행되다 종결되는 과정을 제각각 겪는다. 그런 과정을, 이 소설들은 재현한다기보다 찍어 내는 것 같다. 그러자 어떤 배치의 중복이 아니라 어떤 발생의 반복이 찍혀 나온다. 이 과정이 무한히 반복될지 아닐지 소설 속에서 확인할 수 있는 건 아니지만 이 반복적 발생이 가리키는 것은 비교적 명백하다. 세속적 일상을 살아가는 사람에게 반복적으로 흐르는 시간, 즉 지속되는 삶의 시간이다.

삶의 시학, 진기한 형식

그러니까 이 소설들은, 삶의 일상적 형상이다. 또는 일상적/현실적 시간을 통과 중인 삶이라는 지속적 대상의 형상이다. 이것은 반복되는 현재, 노동이나 생활의 결들과 무관하게 되풀이되는 현재이며, 흐르는 시간, 감정이나 의도 따위는 아랑곳없이 흘러가는 시간이다. 그러나 이 형상에는 현재를 지탱하고 시간을 지속하는 양식이 없다. 특색 없는 익명의 인물들의 대사나 행위에서 이유나 목적을 찾기 어렵고, 사소한 말과 행동의 나열은 그들의 시간 혹은 경험의 디테일을 조형하는 것이 아니라 시간과 경험의 몸피를 마련하는 데 기여할 뿐이다. 이 형상에, '누구'의 삶이라든가 '무슨' 의미라든가 하는 것은 그려져 있지 않다. 인간은 존엄하다, 자유롭다, 평등하다 등의 인간관이 애초에 개입되어 있지 않고, 삶이 삭막하다, 무의미하다, 부조리하다 등의 인생관이 스토리의 이면에서 작동하고 있지 않다. 다만, 닫힌 원을 그리는 듯한 반복의 과정과, 그 반복으로 이루어졌으나 금세 흩어지거나 뭉그러질지도 모를 시간의 한 뭉텅이가 모습을 드러낸다. 소설 '속' 세상이라기보다 소설의 표면에, 소설의 '형식'으로서, 제작되어 있다. 오직 삶의 무게, 아니 '무게 없음'을 형상화한 듯한 하나의 형식. 이것이 김엄지 소설이 모험한 세계의 유일한 양식이며, 또한 그 모험이 창안한 진기한 형식이라 할 것이다.

이 형식이 진기한 것은, 기본적으로 소설이 하기 어려운 일을 하기 때문이다. 소설은 본디 표면을 담는 장르는 아니다. 『미래를 도모하는 방식

가운데』에 실린 소설들, 특히 「그의 사정」 이후의 이야기들에는, 드러난 사태의 다른 무엇보다도 그 '표면'이 가장 중심에 있다고 할 수 있다. 누군가 길을 떠난다. 바다나 산에도 갔지만, 회사, 술집, 카페, 마트 등에 간다. 냉소하지도 애정하지도 않으면서 간다. 어떤 논리도 심리도 깔려 있지 않다. 다만 '결심'이 있고, 그러므로 마트에, 회사에, 집에 가는 그의 행위에서 공간이나 이동의 의미는 중요하지 않다. 의미는 그가 움직이고 살아 있다는 사실에만 있을 것이다. 말 그대로 살아 있음의 표면이다. 이것이 김엄지가 소설에 삶을 들여오는 방식, 바꿔 말하면 삶의 시학이다. 그 삶은 a, b, c, e 등 평범한 인물들의 평범한 양태들(d가 없는, 즉 죽음(death)이 아닌 삶의 양태들)로 구성되어 있지만, 그의 시학은 평범함이 아니라 평범함의 이상함, 평범함의 공허함을 드러낸다. 그 이상함 혹은 공허함이 그의 소설에 특정 형태로 표상된 것은 아니다. 세상을 대하는 그의 시선, 지각, 반응은 왠지 불완전해 보이고, 그로 인해 어딘지 모르게 불안한 세계의 형상이 발각된다고 말해 보면 어떨까? 그의 소설이 전개되는 모험의 구조가, 그 무심하게 휑뎅그렁한 형식 자체가, 공허한 것으로만 지각되는 '삶의 타자성'을 모종의 진실로서 마침내 받아들이게 한다.

엉뚱 발랄 귀여운

김엄지의 소설은 삶의 무의미를, 공허함을 환기한다는 점에서 부정적인(negative) 텍스트다. 세상의 현실을 도외시하고 세속의 일상을 거부한다는 뜻이 전혀 아닌 게, 세금도 잘 내고 규칙도 잘 지키는 데다 이불 빨래나 도배 같은 일에 골몰하곤 하는 김엄지의 인물들은 생활과 일상에 꽤 성실한 편에 가깝다고도 할 수 있는 것이다. 그의 소설이 부정하는 것은 그런 생활, 그런 일상 자체가 아니라 그런 것들의 '상투성'이다. 다시 말해 세속적인 삶이 상투적이라서 부정하는 것이 아니라 그런 것을 삶의 상투성이라 여기는 통념을 부정하는 것이다. 김엄지의 소설은 삶의 상투성과 싸운다기보다 삶의 상투성을 갖고 논다. 그리고 이건 김엄지의 어떤 소설이 그렇다는 것이 아니라 모든 소설이 그렇다는 얘기다. 우리가 돼진지 돼지우리가 세상인지 모르겠다는 데뷔작의 우화에서부터 비루한 "영철이"들에 대한 조롱과 연민을 합일시킨 촌극들을 거쳐 세속 삶의 즉물적 형식을 발명하기까지, 이 부정성은 김엄지 소설이 스스로 나아간 방향을 가리킨다. 그중에서도, 일상의 틀을 깨려는 목적을 지닌 다른 서사들의 욕망과 함께 읽힐 때, 그 틀의 때를 벗겨 내 버린 이편의 효과가 삶의 부조리에 대응하는 더욱 간곡한 방법이었음이 좀 더 확연해질 것이다.

이렇게 정리하고서, 다시금 첫 소설집을 내는 '김엄지' 작가를 떠올리자니 괜스레 겸연쩍은 기분이다. '작가'에 관한 모든 진부한 선입견을 온몸으로 튕겨 냈던 「돼지우리」의 첫인상이라든가, 뼉, 쩍, 싸다, 씹새 등등 쌍자음 악센트가 통통 튀던 상스러운 쾌감은 다 잊었단 말인가? 그의 소설에 안면 있는 이들에게 '김엄지' 하면 대충 엉뚱 발랄 귀여움이 첫 번째 아니었던가? 그 인상이 틀렸단 얘기는 한 번도 안 했지만 그래도 이 글은 너무 정색하고 쓰인 게 아닐까? 나는 이렇게 타자성이니, 부정성이니, 형식의 발명이니 하면서 여러 말로써 그의 소설을 표현해 보려고 애를 썼지만, 추측건대 그는 아마도 모든 문장을 직관으로 쓰고 감으로 이었을 것이다. 그의 형식은 이성이나 믿음에 의해 세워진 시학이 아니라 삶의 표면을 잇는 그만의 자연스러운 리듬에 가까워 보인다. 물론 이 글에서도 그의 엉뚱 발랄 귀여움을 몰라본 건 아니다. 이불을 빨듯, 도배를 하듯, 때 묻은 의미의 장막이 걷어치워진 표면 위에 오직 잡스러운 세속의 시간으로 꾸려진 삶이라는 무의미의 꾸러미! 그 자태가 엉뚱하여 귀엽잖은가? 그것을 더듬는 무의식은 진중한 명상 속에 있지 않고 발랄한 무지를 건너 다니는 중일 것이다. 그리하여, 마지막으로 김엄지에게 건네는 작은 애정 표현, (김엄지한테가 아니면 어디에……) 김엄지, 엄지 척. (2015)

하나의 장면에 두 개의 그림

—임현 『그 개와 같은 말』[1]

1

임현의 단편 소설 「고두」의 문학상 수상으로 많은 이들의 관심이 집중됐을 때 이 소설에 대한 독후감은 양분되는 듯했다. 여자고등학교 윤리 교사가 자기의 지난 행동을 해명하는 진술로 이루어진 이 소설에서, 전면에 나타난 거침없으면서도 치밀한 중년 남성 화자의 목소리는 이 이야기가 소통되는 양상을 분명한 하나로 모으는 데 기여하지 않았다. 다른 누구도 아니고 소설의 화자가 하는 얘기이므로 독자 대부분은 그가 하는 말을 열심히 들었을 터인데, 듣다 보니 어느 순간 고개를 갸우뚱하거나 입술이 조금 일그러지기도 하고 신경이 날카로워지거나 가슴이 답답해진 듯한 기분이 되었을지도 모르겠다. 이야기가 끝나기 전까지는 말이다. 처음엔 '대충 알아들을 만한 얘기다' 싶었는데 오래잖아 '그게 그

---

1   임현, 『그 개와 같은 말』(현대문학, 2018) 이후 이 책의 인용은 괄호 안에 쪽수만 표시한다.

렇게 되는 건가' 싶었다가 그래도 '일단 계속 들어 보자' 하였으나 점점 '대체 이게 무슨 소리지' 싶어졌다고나 할까.

이야기의 논지는 대략 이런 것이다. '인간이란 본래 이기적인 존재이므로 모든 이타적인 행동에는 이기적인 의도가 숨어 있다. 그러므로 부도덕하고 불의한 세계가 따로 있는 게 아니라 다만 책임과 예의로 치환되는 형식적 태도만이 윤리를 지탱한다.' 「고두」라는 소설의 논지라기보다 「고두」의 화자가 주장하는 바의 논지가 이렇다는 말이다. 윤리 교사인 그는 가령 국가유공자증을 내밀며 선처를 구하는 자기 아버지의 용렬함을 비난하며 사람이 부끄러움을 알아야 한다고 강조하는데, 그 이유를 '선함'이 아니라 '이로움'을 추구해야 한다는 데다 둔다. "지켜야 할 것"이란 선한 쪽이 아니라 이로운 쪽이고, 따라서 사과나 반성 같은 행위는 자신의 진심이 아니라 타인에의 의무로 이행되는 것이며, 그것은 곧 예의와 평판의 문제로 연결된다는 것이다. 그러니 '진정성이라든가 진심 같은 말들'을 신뢰할 수 없는 것은, 사랑해서 아내를 때렸다, 나도 맞고 자라서 폭력적인 사람이 되었다, 등의 변명이 말이 안 되는 것과 마찬가지라는 얘기다.

선을 이익으로 보는 논리야 '공리주의'를 위시한 유구한 사상들의 밑바탕에도 있는 것이고, '진정성'으로 정의를 호소할 수 없다는 데도 대체로 동의할 만하다면, 비록 얄팍한 처세주의와 닮았대도 그의 주장이 틀렸다고만 할 수는 없을 것이다. 그가 경계하는바, 사람들은 대개 "나는 항상 옳다."는 확신으로 "나쁜 것은 나쁘고 우리는 올바르다."는 생각에 빠져 "더 이상 흔들리지도 않고 다른 쪽으로 다시 기울어질 가능성도 보이지 않"(43)으면서 그 상태의 위험성을 모를 때가 많으니, 불확실성을 의식하는 그를 신중한 성격으로 이해할 수도 있겠다. 그러다 그의 얘기가 어쩐지 거북하게 들려오기 시작하는 지점은 아마 그가 자기의 행동을 '해명'하면서부터인 듯하다. '연주'라는 학생과 "남다른 관계"가 되기까지의 사정과 과정을 차근차근 말하는 그의 얘기에 불편한 기분이 드는 것은, 그가 결국 "미성년자의 몸이나 탐할 만큼 성욕을 억제하지 못하는"(44) 행동을 저질렀기 때문만이 아니다. 심지어 "늦은 밤이었고 교사로서 어려운 학생을 위한 당연한 도리"(45)를 하다 미성년자 제자와의 성관계에 이르렀다는 그의 말을 믿어 줄 수도 있었다.

문제는 그가 그 모든 사태에 대해 "어쩔 수 없었단다"(44), "내가 바란 게 아니었다"(46), "나는 진짜 무서웠다"(47) 등의 '진심'을 표현하면서 드러난다. 그가 말하는 식대로라면 '선을 행했다'는 '위선이었다'이고, '정당한 일이었다'는 '변명할 수 있다'와 같으며, '겁이 났다'는 '비겁했다'와 다름없다. 행동과 사건에 개입된 어떤 결단과 선택에서도 자기 책임을 지우는 그의 변명은, 윤리란 위선과 변명과 비겁을 위장한 가면의 이름일 뿐이라는 그 자신의 논리 위에서 정확히 그 자신의 (비)윤리성을 폭로하게 된다. 세상의 옳고 그름을 판단하는 데 진심 따위 소용없고 오직 외적으로 확인되는 자세만이 전부라던 그가 자기의 진심을 털어놓으며 책임을 회피하는 이 당착적인 이야기 속에서, 그는 점점 애매해지(다 못해 기괴해지)고 만다. 더욱이 그 애매함에 의해 희미해지는 것이 그 자신이 아니라 그가 만든 피해자라는 데서, 속없이 그의 '진심'을 헤아리려던 우리는 문득 의도적으로 가려진 막 속에 들어앉은 느낌에 휩싸이는 것이다. 부연하자면, 그를 부끄럽고 무섭게 만든 것이 '연주'의 용서와 사과, 진정한 마음과 완벽한 자세가 어우러진 '진짜' 용서와 사과였다는 그 자신의 고백을 통해 그의 자가당착이 다만 그 자신의 결함인 것이 아니라 명백한 피해자를 만든 가해 행위였다는 사실이 분명해졌는데, 그 피해자의 존재가 그의 이야기 속에서 차차 희미해지다가 사라져 버렸다는 얘기다.

이런 이야기를 읽고 우리는 주인공의 악행을 작가의 악행인 듯 욕할 수도 있고 반대로 악한 주인공을 비판하는 작가의 도덕성을 옹호할 수도 있다. 하지만 양쪽 모두 이 '소설의 윤리성'을 논하는 방법은 아닌 듯하다. 말과 행동이 불일치하고 자기가 타인에게 가한 잘못을 모르며 책임을 회피하는 악한/이상한 화자/인물이 소설에 나와 독자를 불편하게 만들었든, 악한/이상한 화자/인물을 등장시킴으로써 그를 비판하고자 한 주제 의식의 올바름에 대해 독자가 쉽게 동의했든, 어느 쪽이든 이 소설이 먼저 한 일은 화자/인물(의 모순/악행)이 독자에게 전달되게 한 것이다.(그 전달이 곧 소설이라는 재현 장치의 역할이다.) 이 소설에서는 화자/인물인 윤리 교사가 자신의 행동/생각/사건을 그 자신의 말로 재현한다. 동시에 그런 말을 하는 윤리 교사가 이 소설에 재현되어 있다. 다시 말해 소설 속 화자/인물은 스스로 재현하면서 동시에 재현된 존재다. 이 소설의 작가는, 그를 옹호 또는 비판하려고 이런 소설을 쓴 것이 아니라 그를, 말하자면 '탐구'하려고 이것을 썼다. 이 윤리 교사는 위선적인 인물이니까 그를 미워하기 위해, 즉 그를 응징해야 마땅하다고 여기는 입장을 응원하기 위해 이 소설이 쓰인 것이라 말할 수도 없다. 소설 속에서 재현하면서 재현되는 존재인 화자/인물은 스스로 어떤 윤리 의식을 대변하거나 거부하지 않는다/못한다. 그는 단지 소설로 '드러난' 존재이고, 그를 드러냄으로써 또는 그가 드러남으로써 이해, 분노, 옹호, 비난 등이 벌어졌으며, 그럼으로써 어떤 윤리 의식이 탐구되었을 뿐이다. 그 탐구의 주체는 물론 「고두」의 작가이지만, 「고두」를 읽는 이들 역시 일단 그 탐구에 동참하지 않을 수는 없다. 그리고 그 탐구의 수행이 곧 「고두」의 윤리성을 문제 삼는 일과 같은 것이다.

2

그 탐구의 제목이라면 '좋은 사람이란 무엇인가' 말고는 될 게 없다고 생각했던 건 그의 첫 소설집 『그 개와 같은 말』을 통독하고 나서였다. 단편 열 편이 묶인 이 소설집에 나타난 임현의 관심과 특기를 한마디로 말하기는 어렵지만, 「고두」를 비롯한 몇 편에서 더욱 집중적으로 보이는 그 핵심 중 하나는 마침 「좋은 사람」이라는 단편의 다음 장면에서 의미심장하게 떠오른다.

"무슨 말이 그래? 뭘 안다고 그렇게 말해? 착하다, 좋다, 그런 건 일종의 상태 아니냐? 그랬다가 안 그러기도 하는 거 아니냐? 그냥 너랑 나 같은 사람이잖아. 그 애가 죽었다고 그렇게 말하는 거야? 넌 아무것도 모르잖아. 원래 질이 나쁜 사람일 수도 있는데 그런 사람이 죽으면 너는 뭐라고 말할 건데? 네가 뭘 안다고 그렇게 말해? 왜 다들 무책임하게 좋았다고만 해? 불쌍하니까, 씨발 존나 불쌍하니까 다 잊어버리고 좋은 것만 생각하라는 거야, 뭐야? 그럼 좋은 사람 외의 그 애는 다 어디로 가는데? 어떻게 좋은 게 그 애의 전부야? 왜 함부로 사람을 그렇게 만들어?"(114~115)

누군가의 대사였을 이 말이 이렇게 앞뒤 맥락 없이 따로 제시되니 설명이 좀 필요하겠다. 그냥 들으면, 잘 알지도 못하면서 '좋은 사람'이라고 평가하는 건 무책임한 일인 만큼 해서도 안 되고 할 수도 없는 일이므로 그런 평가는 하지 말라고 따지는 소리로 들릴 것이다. 본래 이 대사는 '우재'가 '나'에게 화를 내며 퍼붓는 말인데, 우재의 영화가 "너무 착하고 비현실적이다"(114)라고 말한 나에게 화가 나 있던 그가 불쑥 이런 말로 나를 공격했던 것이(라고 '나'는 생각한)다. 오토바이 사고로 죽은 우재의 후배에 대해 "그 사람 일은 정말 안됐네, 좋은 사람이었는데 불쌍하다." (114)라고 내가 말했을 때였다. 이 장면에는 이외의 다른 맥락들, 예컨대 그 후배의 사고 소식을 들었을 때 '나'는 죽은 이를 다른 사람으로 오해했는데, 그게 오해라는 걸 알고 난 후에 그 죽은 후배가 "왜 그랬는지 좋은 사람 같고 친절했다."(117)는 기억만이 남아 그에 대해 무언가 써 보려는 결심도 했으나 결국 그가 아니라 "우재에 대해서라면 아직 할 말이 많"(96)음을 확인했다는 등의 맥락도 함께 깔려 있어서, 잘 알지도 못하면서 죽은 사람을 무조건 좋은 사람이라 말하는 나의 무책임에 대한 우재의 추궁과는 별도로, 다른 이유로 화가 난 우재의 용렬함을 들추는 것일 수도 있고, 자기 마음대로 잘못 기억하는 건 "너도 나랑 다를 것 없지 않느냐"(121)고 따져 묻지 못했던 '나'의 후회를 드러내는 것일 수도 있다. 요컨대, '우재'의 이 대사는 그 자신을 묘사하는 역할도 물론 하겠으나 이 소설에서 이야기되는 여러 맥락을 한꺼번에 알려 주는 장면으로서 소개된 부분이라 할 수도 있다. 그리고 이 장면은 화자가 묘사한 것이라기보다 화자의 이야기로 전달된 것이다.

조금 더 부연해보기로 한다. 이 소설의 화자는 계속해서 어떤 이야기들을 '들려준다'. 대체로 주변 인물과 관련해서 "우리가 어떻게 만났고 그날 그 사람이 어땠는데 내가 무슨 생각을 했다, 훗날 사고를 당해서 이게 나한테 이런 의미더라"(95)라고 하는 것들이다. 우재, 식당 주인, 사고로 죽은 후배 등과 관련된 그의 얘기들은 그 인물들을 묘사하는 것이 아니라 그 인물들(과의 만남 또는 관계)로부터 '그럼 어떻게 해야 좋은가'라는 질문 혹은 '좋은 사람'을 주제로 한 여러 가지 생각들이 도출되는 장면들로, 즉 '좋은 사람'이라는 규정에 대해 계속해서 생각하게 만드는 장면의 연속으로 이어진다. ('좋은 사람'은 어떤 사람인가, 타인(의 약점)을 배려하는 사람인가, 그러려면 어떻게 해야 하나, 상대에게 미안해할 줄 알고 상대를 잘 칭찬하면 좋은가, 주변을 불편하게 하지 않아야 좋은 것인가, 진지한 것은 좋지 않은가, 등등의 의문들이 이어지는데 어떤 답변으로 규정해도 허점이 생기므로 누군가를 좋은 사람이라고 여기려는 태도 자체의 상투성이 폭로되고…… 등등) 여기서 주목할 점은 화자가 이런 장면들을 '들려준다'는 것이다. 임현의 소설에서 다수의 장면들은 인물의 행동, 대화, 지문 같은 것으로 보여지는 편이 아니라, "무언가를 써 보겠다고 마음먹은"(95) 그 화자의 머릿속으로부터 풀려나온 어떤 생각(기억, 의심, 연상 등)의 진행에 의해 다음 장면의 행동, 대화, 지문 등이 말해지는 편에 가깝다.

소설에서 보여 주기(showing)보다 말하기(telling)가 잘 사용되었다는 간단한 분석일 수도 있으려나. 하지만 조금 달리 말해질 필요가 있다. 이 소설의 장면들은, 인물의 행동과 사건으로 재현된 대상이라기보다 인물의 생각과 주석을 재현하는 주체다. 「좋은 사람」의 화자는, 보고 들은 것들을 바로 재현하는 것이 아니라, 보고 들은 것들의 이쪽저쪽 입장을 오가며 이해와 오해의 회로 속을 헤매는 방식으로 인물과 사건을 거치며 진술을 이어 간다. 그는 대개 다른 여러 인물들과 함께 등장하는 장면에 속해 있으나, 이 소설에서 가장 또렷하게 형상화되는 것은 어떤 인물이 아니라 화자의 말로 풀려나온 '의문'과 '판단' 등이다. 소설 속에서 '나'가 써 보려고 했던 것도 (불의의 사고 이후 좋은 사람으로 기억된)'그 남자'였지만 그에 대해서는 쓸 수가 없었고, '나'의 진술이 끝내 도달한 것은 자신의 의구심을 담은 여러 가지 질문들, 예컨대 타인을 배려하는 쪽은 어떻게 정해지는가, 누군가를 불행하다고 여기는 건 잘 알지도 못하면서 함부로 타인을 규정하는 일이 아닌가, 남을 불쌍해하고 미안해할 권리는 어디 있으며 그런 권리를 가졌다는 착각에서 베푸는 행위는 선인가 위선인가, 그것이 위선이라면 위선은 나쁜가, 등등의 질문들로 된 모종의 (윤리) 의식이라 할 것이다. 따라서 「좋은 사람」은 '우재'에 관한 이야기이기도 하고 동시에 우재와 "이렇게나 닮"은 '나'에 관한 이야기이기도 하지만, 이 소설의 주인공은 '좋은 사람(이라는 관념)', 즉 '좋은 사람이란 무엇인가'라는 질문을 둘러싼 여러 가지 생각들이라고 말해야 더 옳다.

3

이상은 '소설 속에서 말하는 것'과 '소설로 말해진 것'은 따로 분리되지 않으면서도 반드시 일치하지는 않음에 대한 분석일 수도 있으나, 그러한 소설의 기초 속성을 임현의 소설에서 얼마나 잘 활용했는지에 대한 논증이기도 하다. 재현하면서 재현되는 소설 속의 목소리는 언제나 일방향의 통보가 아니라는 것, 그렇기에 소설 속 목소리는 소통의 양상을 단일하게 만드는 데 기여하지 않는다는 것을 임현의 소설은 의미심장하게, 효과적으로 구현해 낸다. 말하는 자와 말해진 자, 보는 것과 보이는 것, 그 둘이 동시에 또는 그 둘 사이의 간극까지 드러난다는 것은, 어느 한 소설가의 장기(長技)라기보다 소설 일반의 장기다. 내가 스스로 하는 일과 그것이 남들에게 보이는 일은, 혹은 남들이 나를 어떻게 여기는 것과 내가 나를 어떻게 여기는 것은, 얼마나 같지 아니하며 그 차이는 무슨 의미가 있는가. 그 차이는 불가피한 만큼 명쾌하게 정리하기도 해결하기도 어려운 것이다. 내가 '보는' 구도 속에서 가해자와 피해자, 강자와 약자, 혹은 못된 사람과 착한 사람은 자연스럽게 선명해 보이기도 하나, 나 자신과 상대방이 포함된 구도 속에서 그런 구분이 선명한 것은 모종의 고의일 수도 있다. 나아가, 선(善)이 이루어지는 것은 내가 좋은 것을 베풀었기 때문인가, 상대에게 그것이 좋은 결과가 되었기 때문인가. 누군가를 불행한 사람으로 확신하고 미안해하는 마음이 윤리적 우월감에서 부려지는 독단과 헷갈려 고민해 본 적이 있다면, 필요한 일, 하면 안 되는 일, 옳은 일 등이 매양 공평 타당한 명제로 말해질 수 없다는 것을 깨닫지 못하기 어렵다.

그런데, 그렇다면, 선의나 배려, 공감 등은 폭력이나 불의, 불행 등의 모호한 구도 속에서 권리 없이 떠도는 애먼 덕목들이란 말일까. 아니면, 이것은 딜레마인가. 다음과 같이 말해 보면 어떨까. 하나의 장면에 두 개 이상의 그림이 있다. 하나의 현장에서 흘러나오는 복수의 목소리, 보는 것을 말하는 사람과 그 사람이 말해지는 이야기, 어떤 장면을 재현하는 주체와 이야기를 통해 재현되는 주체. 이런 것들을 인식하는 일은 본시, 무엇이든 '이야기'로 전달하는 소설이라는 장치가 가장 잘 하는 일이며, 임현의 소설들은 특히 그 일을 잘하는 것 같다. 소설 속의 사람들은, '나는 이러하다' 또는 '그는 저러하다'라고 말해 주는 (숨은) 목소리에 의해 모습을 드러내므로, '나'/'그'가 전적으로 대변될 수도 없고, '나'/'그'에 대해 말하는 그 목소리의 의도가 직접 전달되지도 않는다. 하지만 바로 그런 이유로, 우리는 소설 속의 인물을 보면서 "누가 나를 뒤에서 보면 저런 모습이겠네 싶은"(『외』, 212) 생각이 들 때가 있고, "그것을 보고 있자니 나는 왠지 기분이 나빠졌다. 저 여자는 자기가 지금 어떻게 보인다고 생각하는 걸까?"(『그 개와 같은 말』, 172)하는 의문도 생기지 않던가.

어쩌면 소설가는 "남의 불행을 이해하는 사람처럼" 굴고, 불행은 다 제 것인 양 "남의 걸 탐내"(『말하는 사람』, 249)기도 하면서, '나'와 '당신'과 '그들'을 바쁘게 오가는 눈길, 발길, 손길을 멈추지 못하는 사람들인지도 모르겠다. 그리고 나는 임현이 이런 사람이라고 생각한다. 언제나 맞는 이야기만 하는 건 아니지만 "틀린 것을 알려 주기보다는 모른다고 말하는 편"을 택하며 그러면서도 "왜 알고 있다고 의심하지 않았을까"(『무언가의 끝』, 147)라고 회의하면서 "여전히 설명할 수 없는 것들을 설명하려 애쓰고 그것으로부터 또 다른 말들이 생겨나고 그걸 설명하기 위한 새로운 말들이 끝나지 않을 것처럼 계속, 계속 이어지는 그런 이야기"(「말하는 사람」, 251)를 생각하는 사람. 그런데 왜, 무엇을 위해서? 나는 너에게 남이고 남은 모두 자신에게 나라는 사실, 이는 거의 모든 악행과 불행의 근원이어서 가장 어렵고 두려운 사실이지만, 이 엄연한 사실을 존중하는 일이 '포기할 수밖에 없는 딜레마'는 아니라는 것을, 그래서는 안 된다는 것을 입증하기 위해서가 아니라면 왜. (2018)

4부

모르는 아비

— 김애란 「달려라, 아비」[1]

어머니는 택시 기사다. 처음에 나는 어머니가 택시 기사를 직업으로 택한 이유가 서울 곳곳을 누비며 나를 감시하기 위해서일 것이라고 생각했다. 그러다 또 어느 날은 어머니가 택시를 모는 진짜 이유는 아버지보다 빨리 달리기 위해서일지도 모른다고 추측했다. 나는 달리는 아버지와 어머니가 앞서거니 뒤서거니 하며 나란히 질주하는 모습을 상상한다. 십수 년의 원망을 안고 액셀러레이터를 세게 밟는 어머니의 표정과 거처를 들킨 아버지의 표정이 내 머리 위를 수선스럽게 뛰어다닌다. 어머니는 아버지를 붙잡는 대신, 아버지보다 더 빨리 달리는 것만으로 복수하고 있다고 생각하는지도 몰랐다.

어머니는 택시 운전을 힘들어했다. 박봉, 여자 기사에 대한 불신, 취객의 희롱. 그래도 나는 어머니에게 곧잘 돈을 달라고 졸랐다. 이렇게 어려운

---

1   김애란, 「달려라, 아비」, 『달려라, 아비』(창비, 2005), 19~20쪽. 이후 이 책의 인용은 괄호 안에 쪽수만 표시한다.

상황에 새끼가 속도 깊고 예의까지 발라 버리면 어머니가 더 쓸쓸해질 것만 같아서였다. 어머니 역시 미안함에 내게 돈을 더 준다거나 하는 일 따윈 하지 않았다. 어머니는 내가 달라는 만큼만 돈을 줬지만, "벌면 다, 새끼 밑구멍으로 들어가 내가 맨날 씨발, 씨발, 하면서 돈 번다."는 생색도 잊지 않았다.(19~20)

택시 기사 어머니가 서울 곳곳을 누비며 질주한다. 지금까지 줄곧, 아마 오늘도, 여자 택시 기사는 박봉, 불신, 희롱에 시달리지 않은 날이 없겠으나, 어머니는 언제나 액셀을 힘차게 밟는다. 아버지보다 빠르게 달려 나간다. 아버지를 붙잡는 대신, 더 빨리 달리는 것으로, 지난 세월의 원망을 지우려는 것만 같다. '원망'이라고? 어디서 뭐하고 사는지 모를, 곁에 없는 아버지에 대한? 혼자 아이를 키우며 사는 여자의 쓸쓸한 인생에 대한? 글쎄……, 그도 그렇겠지만, 더 큰 원망은 따로 있지 않을까? 어머니 눈엔 '바보'인 아버지가 남들 눈엔 '양반'으로 보이는 세상, 그런 세상에서 박봉, 불신, 희롱을 견디는 '어려운 상황'에 대한 원망. 즉, 남편보다, 남편 없이 아이 키우는 힘듦보다, 오늘도 열심히 잘 살고 있는 자신에게 여전히 불리하기만 한 세상에 대한 원망이 더 크지 않았을까? 아버지보다 더 빨리 달리는 것으로 어머니가 할 수 있는 복수라면, 아버지에게가 아니라 어머니를 응원하지 않는 세상에게 하는 것일 테니까 말이다.

김애란의 「달려라, 아비」가 아버지 없는 가족의 쾌활하고 따뜻한 이야기라는 걸 모르는 사람은 거의 없지만 이 이야기가 특별한 관심과 사랑을 받은 까닭이 바로 그 '아버지 없는' 가족의 쾌활하고 따뜻한 이야기라는 데 있다고 생각하는 사람은 많지 않을지도 모르겠다. 소설이 나왔을 당시 그렇게 생각했던 대로, 「달려라, 아비」는 1997년 외환 위기의 여파로 무능해진 가부장-남성의 위상 변화에 의한 근대적 가족 모델의 붕괴를 알리는 이야기일 수 있다. 정상 가족 이데올로기를 깨뜨리며 나타난 건강한 모성 가족에서 결핍을 극복하고 성장한 소녀의 이야기일 수도 있다. 그러나, 아버지 없이 성장한 화자('나')가 기록한 이 가족의 이야기에서 중요하게 여겨져야 할 것이, 가부장-남성이 몰락했다는 사실, 그로 인한 '결핍 (극복)'으로 가족들이 상처 입지 않았다는 사실 등에 있다고 하면 충분할 것인가?

물론, 가부장-남성인 '아버지'의 위상 변화는 명백해 보였다. 이전까지 한국 소설(사)에서 '아버지'는 어디에 있었던가. 그는 대개, 가족을 넘는 대의를 위해 집이 아닌 어딘가에서 싸우고 있거나, 오로지 가족을 위해서도 집이 아닌 어딘가에서 돈을 벌고 있거나, 아니면 가족을 팽개치고 집이 아닌 어딘가에서 놀고 있거나, 아무튼 집이 아닌 어딘가에 있기에 집에는 없는 사람이었고, 다만 집에는 '아버지의 자리'가 있을 뿐이 아니었던가. 오랫동안 그 자리를 보전해 준 건 오히려 어머니였다. 그래서 대개 '모성(motherhood)'은, '아버지 됨'을 대신하여 이른바 '가족 로망스'를 간신히 유지시켜 온 어머니의 역할, 즉 어머니에게로 옮겨진 '아버지의 자리'였다고 해도 틀리지 않을 것이다. 그런데 「달려라, 아비」의 아버지 그리고 어머니는 그렇지 않았다. 아버지는 "전쟁터에 나간 것도, 다른 아내를 원한 것도, 어느 나라 사막에 송유관을 묻으러 간 것도 아니라"(15), 다만 달리기를 하러 집을 나갔다. 그리고 어머니는 아버지 노릇을 대신하여 아버지 자리를 유지한 것이 아니라 아버지 자리까지 떠맡아 어미 노릇(mothering)을 한다.

사실 이 소설에서 아버지는 없는 게 아니다. 다만 그는 달리고 있는데, 그것은 어머니가 해 준 얘기로 인해 생겨난 '나'의 상상 속의 일이다. 이 상상이 가능한 것은 '내'가 아버지를 증오하지도, 그리워하지도 않기 때문일 것이다. 단 한 번 아버지가 나의 아버지였을 때, 즉 내가 기원(起源)한 그 순간에, 그는 "세상에 온 힘을 다해 뛴 적이 있었"(12)고, 오직 그 공(功)으로 아버지는 내게 '없는' 사람이 아니라 달리는 사람이 되었다. 그때 아버지의 뜀박질이 유일한 아버지의 실재였기에 아버지는 내 상상 속에서만은 달리고 있다, 그저 달릴 수는 있다. 여기서 중요한 것은, 이게 다 어머니의 '이야기'로 인해, 그로부터 시작된 나의 상상 속에서 재구성되었다는 사실이다. 다시 말해, 어머니는 나에게 '이야기'라는 '상징화'의 질서를 주었고, 그 안에서만 아버지(라는 실재)는 겨우 없음을 모면한 것이다.

　저 유명(무실)한 '가족 로망스'에서 아버지(의 자리)의 역할이란 아이를 상징의 세계로 진입시키는 일, '말'과 '법'과 '관습'을 익히게 하여 성장시키는 일이 아닌가. 그런데 「달려라, 아비」의 화자 '나'/소녀를 성장시킨 이는 오로지 어머니다. 아버지를 대신한 일로서가 아니라 오직 어머니로서 한 일로, 어머니의 '모성'이 아니라 '어미 노릇'을 통해서, '나'는 성장했다. 모성이 아닌 어미 노릇이란, 엄부(嚴父)의 자리에 서느라 자기의 여성성은 죄다 잃거나 버린 억척어멈의 계율과는 전혀 다르다.(외할아버지도 알아본 어머니의 매력은 씩씩한 여성성이다!) 말하자면, '나'는 말/이야기를, 법/칼을, 관습/예의를 오직 어머니에게서 배웠는데, 어머니에게 배운 말, 법, 관습은, 통상 아버지에게 배우는 그것들과는 같지 않아서, '나'가 배운 말은 농담이고, 법은 재치이며, 관습은 배려였던 것이다. 결코 어머니는 아버지를 대신한 것이 아니다. 어머니는 어머니로서 충분하다. "어머니는 좋은 어미다. 어머니는 좋은 여자다. 어머니는 좋은 칼이다. 어머니는 좋은 말(言)이다."[2]

2　김애란, 「칼자국」, 『침이 고인다』(문학과 지성사, 2007), 171쪽.

따라서 '나'는, 통상 '아버지(의 자리)'에 동일시하는 상징화의 성장과는 다른 상징화, 다른 성장을 한 셈이다. 그러니 '나'는 조금 특별한 사람일지도 모르는데, 왜냐하면 '어머니적(的)'으로(아버지적(的)이 아니라!) 상징화된 '나'는 조금 특별한 이야기를 상상하기 때문이다. 이를테면 아버지에 대한 이야기도 그렇다. 보통 누군가에 대해 생각할 때는 그가 남긴 몇 가지 사실을 바탕으로 그에 대해 보다 잘 알려고 할 테지만, '나'는 이렇게 말한다. "아버지가 남기고 간 것은 몇몇 '사실'들 뿐이다. 사실만큼 그 사람을 잘 말해 주는 것이 없다면, 아버지는 분명 나쁜 사람이지만, 그게 아니라면 아버지는 내가 아직 모르는 사람이다."(12) '사실'을 보자면 아버지는 '나쁜 사람'이 맞다. 그런데 '나'는 공연히 "그게 아니라면"(12)을 붙여 보고는, 사실이 그를 말해 준다는 통념과 달리 제 식으로 상상해 이야기한다. '나'는 '사실'이 아니라 '상상'을 이야기하는 화자다.

"상상하건대"(11) 아버지는 미안해하는 사람, 차라리 나쁜 사람이 되기로 결심할 만큼 착하지도 않은 사람, 나쁘면서 불쌍하기까지 한 진짜 나쁜 사람일지도 모른다. 하지만 '나'에게 가장 확실한 건 "그러나 나는 아버지가 어떤 사람이었는지 알 수 없다."(12)라는 것이다. 요컨대 '나'에게 아버지는, 무엇보다도 '모르는' 사람이다. 아버지가 '없는' 게 아니라 아버지를 '모른다'는 것, 이것이 핵심 아닐까? 모르는 사람, 있으나 없고 없으나 있는 불가해한 존재, 사랑할 수도 미워할 수도 없는 대상, 언제까지나 잘 알 수도 대면할 수도 없는 상대, 그는 말하자면 '타자(他者)'다. 무능한 사람, 나쁜 사람임을 알아서 그를 잊거나 용서했다면 아버지(의 자리)는 없으나 있어야 했던 것으로 '나'에게 동일화될 테지만, 모르는 채로 그를 언제까지나 달리게 함으로써 '나'는 아버지를 "죽여 버리"(27)지 않고 나에게 동일화되지 않은 어딘가에 있게 한다.

잘 알 수 없고, 대면할 수 없고, 정확히 말해질 수 없고, 환상처럼만 잡힐락 말락 하는 그런 존재가 '아버지'라는 사실. 이 점을 조금 더 특별하게 의미화해 보아도 좋겠다. 누군가의 상상 속에서만 겨우 존재하다 끝내 비가시화된 채 영원히 불가해한 대상으로 사라지는 존재들, 그들은 대개 거리를 맨발로 헤매는 낯선 여인이거나, 다락방에 갇힌 이웃집 딸이거나, 아니면 아버지에게 매 맞고 집 나간 어머니 들이 아니었던가. 그런데 이번에는, 늘 집 밖에 있어도 집 안에는 꼭 그의 자리가 있(어야 했)던 '아버지'가 그런 존재가 되었다. 없거나 있거나 언제나 상징화의 기제로 우리를 성장시킨다고 믿게 했던 아버지가 「달려라, 아비」에서는 끝까지 자기 목소리 한번 내지 못했다. 바로 이 점이 이전의 평범한(?) '아비 부재 서사'와 구별되는 「달려라, 아비」의 획기적인(!) 변모가 아닐까 싶은 것이다. 이 소설의 참신하고 산뜻하고 또 영리한 매력이 또한 이 근처에서 발산된 것이다.

다시 말하지만 이것은 아버지를 통해 상징화될 수 없는 '결핍'을 어머니가 알려 준 상상의 힘으로 '극복'하는 이야기가 아니다. '나'에게는 상징화가 어머니를 통해 행해졌기에, 나의 '상상'의 이야기는 '사실'의 이야기보다 오히려 상징적이기 때문이다. '나'의 상상은 상징화되지 못하는 결핍의 왜곡이나 역전이 아니라 새로워진 상징화이거나 진전된 상징화라고 해야 한다. 그리고 이 다르게 상징화된 화자의 이야기는, 「달려라, 아비」가 앞쪽에 놓인 2000년대 소설의 한 스타일을 예고했다고까지 말해 보고 싶다. 현실의 아버지, 질서, 관습, 이념 등에 동일화되는 사유가 물러나고, 나의 상상 속에서 아버지, 질서, 관습, 이념 등의 현실이 그림자처럼만 어른거리던 21세기 벽두의 쾌활한 이야기들. '사실'을 가지고 앎을 구성하기보다 '상상'을 통해 모름을 드러내려 했던, 그때 그 시절의 많은 상상-현실들 말이다. (2018)

비개인적인 글쓰기

—— 배수아『에세이스트의 책상』[1]

 더 많은 음악. 빗방울이 떨어지고 그 위에 다시 빗방울이 떨어지고 다시
또 다른 빗방울이 떨어졌다. 다시, 그리고 또다시 또 다른 빗방울이 그 위에
떨어지고, 문득 고개를 쳐드니 그러한 아무런 약속도 없이 스스로, 개별적
으로 존재하는 세계들이 고속도로와 경계를 나타내는 흰 울짱 너머의 들판
가득히 펼쳐졌다. 비에 젖은, 구름의 그림자가 드리워진 무거운 공기가, 바
람에 따라 너울거리는 공기가, 그늘에 잠긴 듯한 저녁의 침울한 색이, 흙과
물과 공기와 색이. 제각기 무한한 자유를 추구하는 그들, 각자 다른 언어를
가진 그들 사이에서 음악가가 화음을 발견하였다. 그러한 빗방울이 빗방울
위에 겹쳐지는 화음은 최초의 한 방울의 영역을 저 들판과 나지막한 구릉과
한때는 황무지였을 그 너머의 모든 구름 아래로 확장시켰다.(8~9)

---

1 배수아, 『에세이스트의 책상』(문학동네, 2003). 이후 이 책의 인용은 괄호 안에 쪽수만 표시한다.

1 "무엇이라고 불리는가 하는 것은 그 이후의 문제가 될 것이다"

"나는 소설을 쓰기를 원했으나, 그것이 단지 소설의 형태로만 나타나기를 원하지는 않았다." "선명한 스토리에 의존해서 진행되는 글을 내게서 가능한 한 멀리 두고 그 사이를 뱀과 화염의 강물로 차단하고자 했다."(197~198) 『에세이스트의 책상』의 작가가 그 책 말미에 적은 이 말들이 나는 두고두고 생각났다. '소설'스럽지 않은 소설들의 등장이 신기하고 반가웠기 때문일까? 그즈음 한국 소설들에서 스토리가 희미해졌다는 데 동감해서였을까? 그보다는, "단지 소설의 형태" "뱀과 화염의 강물" 같은 어절들에서 풍기는 어떤 우아미, 비장미 같은 데 매혹되었던 것 같다. 그 말귀가 지시하는 대상이나 의미, 또는 말의 의도 등에 대해 깨달은 바가 있어서라기보다, 가령 "그 사이를 뱀과 화염의 강물로 차단하고자 했다."를 읽을 때 나는 마치 거기서 에코라도 울려 나온 듯 '했다으다으다으'라고 들은 것만 같았는데, 멋있는 뜻이기도 했지만 그냥 그 말 자체가 내게 꽂혀 버렸던 듯하다.

괜히 그랬던 건 아니다. 『에세이스트의 책상』을 다 읽고 나서 본 「작가의 말」이었으니, 그때 나는 막 "단지 소설의 형태"가 아닌 것을 지나왔고, 거기에서 "뱀과 화염의 강물"을 보았을 터이다. 시는 언어를 섬기고 산문은 언어를 사용한다고 했던 사르트르의 말을 어설프게 신용한 경우가 아니라면 소설에서 서사와 재현에 복무하지 않는 문장들이라고 이상히 여겨질 이유가 없으나, 사랑과 고독, 풍경과 음악 등을 타고 흐르는 이 소설의 문장들이 '단지 소설의 형태'를 밀어내고 있다는 것만은 확실해 보였다. '나'의 독일어 튜터였던 M과의 만남, 사랑, 이별, 이별 이후를 시간적 축으로 하는 이 이야기는 '소설'이 아닐 수는 없는 채로 서사를 초과/미달한 서사였고, 그 구부러지고 분절되어 단속적인 시간 축의 노견에는 음악과 언어, 풍경과 책, 지금의 기억과 옛날의 현재에 관한 사색과 명상이 뱀과 화염처럼 명징하게 넘실거렸다.

단선이거나 다면이거나 선명하거나 희미하거나 등의 차이는 있겠으나 여하간 언어로 매개된 세상에 '서사'가 완전히 없을 순 없다.(세상을 언어로 매개하는 일 자체가 넓은 의미로 서사적인 행위일 테니까.) 하지만 '선명한 스토리'를 거부하는 소설을 『에세이스트의 책상』으로 처음 경험한 건 아니고 그 이후에도 그런 소설은 드물지 않게 만났다. 세계 속에 놓인 자기의 현재적 상태를 정연한 스토리로 엮기 용이한 시기가 있고 그렇지 않은 시기가 있다고 한다면, 스토리가 희미한 소설들은 정연한 엮임이 좀처럼 어렵게 느껴지던 그 시기의 감각과 인식에 정직한 것처럼 다가왔다. 바꿔 말하면, 세계(상)도 파편적이고 그걸 대면하는 나의 지각도 파편적이어서 그런 것을 매개하는 언어가 너무 매끄러운 재현이나 총체적인 서사로 나타나면 얄궂은 작위처럼 보이기 쉬웠던 것이다. 이른바 '반서사', '반재현'이라고도 불리곤 했던 그 소설들은 한편 그때까지 '소설'로 굳건히 믿어 온 어떤 형상에 대한 투쟁처럼 여겨지기도 했다.

2000년대 중반 무렵이라면 실로 위기 담론이 한국문학 전반을 불안하게 감쌌던 시기로 기억하는 게 무리도 아니다. 21세기의 소설이란, 어떤 막다른 끝 같은 것을 계속해서 밀고 나가려는 의지에 의지해서만 변모 혹은 존속을 간신히 떠맡을 수 있는 장르처럼 생각되는 분위기도 없지 않았다. '재현과 서사'로서든, 재현과 서사의 위기와 불능으로서든, '소설'의 조건 혹은 한계를 외면할 수 없는 지점에서 발생하는 실험들의 이름이 다시 '소설'이 되는 거라고도 생각했다. 『에세이스트의 책상』으로 대표되는 특정 부류를 염두에 둔 이야기만은 아니다. 당시, 위기를 겪는 한 방편으로서 '선명한 스토리'를 거부하는 일련의 의도/결과들은 소설의 유보라기보다 소설의 연마로 파악되었고, 그것은 마땅한 일이었다.

연속적 의미로 통합되지 않는 이질적 찰나들의 비연속성은 시간 속에 놓인 삶의 양식을 배반한 것이 아니라, 시시각각 유동하는 삶을 포착하려는 어려운 시도, 세련된 작업으로 여겨졌기 때문이다. 행여 그렇게 쓰인 것을 '소설적'이지 않다고 폄하하는 말들은 차라리 무의미했는데, 왜냐하면 그것들은 그렇게 이미 쓰였기 때문이다.

2 '글쓰기'라는 타자성

무엇이 쓰였는가?

『에세이스트의 책상』에 대해 설명적으로 말해 보려고 할 때, 그 한 축을 '나'가 M에게 이끌려 그와 사랑에 빠지고 이별하고 이별 이후에 이르는 일련의 서사로 두고 "책상 앞에서 나는 계속해서 쓴다."(174)라고 적은 이 책의 마지막 문단에서 그 한 축의 서사를 매듭지어 보는 것은 특이한 경우는 아니다. 하지만 누구도 이 이야기를 '사랑의 기억'으로 정리하고 말 수는 없다는 것을 안다. M은 책과 언어를 세상의 절대적인 징표로 여기고 음악을 종교처럼 신봉하며 정신적 빈곤과 경박함은 죽음과 다를 것이 없다고 여기는 영혼이고, '나'는 M을 사랑한다. 이 소설에서 '나'의 예술적, 정신적 지향에 부합한 M이라는 존재 혹은 M과의 기억이라는 내면적 형상은 선명한데, 그 선명함은 '나'의 기억과 기록에 따른 것이다. 그러나 M이라는 고립된 자아, M으로 가치화된 관념을 묘사하는 '나'의 주관성에 이 소설이 바쳐졌다는 뜻은 아니다. 이 이야기에는 표면적으로, '나'의 순차적이지 않은 "과거와 현재 그리고 미래라는 시간"에 요아힘, 에리히, 수미, "거대한 인파" 등으로 표상된 여러 타자들의 세계가 출몰하고, '나'는 그런 타자들의 세계(의 기억, 인식, 상념 등)를 통과하지만, '나'가 분명하게 밝혀 둔 것은 "존재하든 존재하지 않든, M을 표현하는 것이 내가 궁극적으로 쓰고자 하는 의미"라는 것이었다. 무엇을 통과했든 '나'에게 중요한 것은 M을 '표현'하는 것이다. M의 존재/부재가 아니라 M을 표현하는 것, 그것이 쓰는 '나'에게 궁극적인 의미다.

M의 존재를 쓰는 것과 M을 표현하는 것이 어떻게 다르다는 말인가? 이 소설을 낳은 욕망이 무엇일지 먼저 생각해 본다. M이라는 '순수하게 예술적인 영혼'에 열광하여 오로지 그것을 드러내려는 욕망, 혹은 M에 투영된 '나'의 '정신적 삶의 완전성'을 구축하려 그 밖의 것들을 지워 버리려는 욕망이 이 소설을 쓰게 했다고 말할 수 있을까? 그럴 수 있겠지만, 다르게도 생각된다. "책상 앞에서 나는 계속해서 쓴다."(174)라는 마지막 문단, 여기가 바로 이 소설이 시작된 자리라는 사실과, "글쓰기로 인해서 나는 미래 혹은 과거의 어느 순간에 다시 나로 나타"(165)났다는 문장이 일러 주는 쓰기의 의미를 망실하지 않는다면, M이 '나'의 쓰기 욕망을 낳았다기보다 나의 쓰기 욕망이 M을 출현시켰다고 하는 편이 더 맞지 않을까? M의 의미를 궁극적으로 쓸 수는 없지만, 나의 쓰기는 궁극적으로 M의 표현을 의미한다. (점점 추상적이 되어 가는 M이라는 기호를 어느 순간 '마음'쯤으로 느끼게 된 것일까?)

아마도 "M에게 편지를 쓰기 위해 시작되었을 가능성"(166) 때문에 "어디에 있든 지상에서 가장 빛나는 장소"가 된 글쓰기의 자리, 즉 이 '에세이스트의 책상'은, 그러므로 쓰는 이의 '현존'을 재현하는 장소가 될 수 없다. '나'의 기억과 '나'의 내면을 적었음에도 그것이 '나'의 "절댓값과 언제나 일치하는 것은 아니"(6)기 때문이기도 하고, 그보다 더 의미심장한 이유는, '나'가 책상으로 다가갈 때 "사물은 각자의 목소리를 가지고 나에게 말을 걸어"(166)온다는 사실에 있다. 책상 앞에서 '나'가 쓰는 것은, 나의 절댓값이 아니라 나에게 말을 건넨 사물들의 목소리인 것이다. '나'라는 존재의 표현이 아니라 '나'를 표현하는 존재(들). 그러므로 '내'가 쓰는 문장은 자기(self)를 증명하는 문장이 될 수 없다. 그것은 자기를 발견하는 문장이다. 이를테면,

　　나는 수치심 때문에 어둠 속에서 창백하고 차갑게 질렸다. 숨을 쉬고 있었으나 나는 시체와 다르지 않았다. 나는 매장되어 내 마음은 땅속에 묻혔다. 그러나 수치심은 조금도 나아지지 않았다. 정녕 내가 괴로웠던 것은 내가 수치를 느낀다는 바로 그 사실이었고, 수치를 느끼는 자신을 너무나 잘 인식하고 있다는 점이었다. 왜냐하면 나는 바로 그 날카로운 수치로 인해서, 동시에 내가 수치를 느낄 수밖에 없는 그 사실을 벗어날 수 없었기 때문이었다. 마침내 수치의 늪 속에서 나는 아무것도 아닌 것이었고, 절대적으로 무의미했으며 존재하는 것은 단지 두 개의 거울 사이에서 무한으로 반사되는 수치심 그 영상의 반복일 뿐이었다. 나는 수치심을 유발하는 사건을 저질렀고, 그리고 그 사실 때문에 수치를 느끼며, 자신이 수치스러워함을 분명히 알게 되고, 자신이 느끼는 그 숨길 수 없는 수치 때문에 더더욱 수치스러우며, 자신이 수치스러워한다는 그 사실이 견딜 수 없이 수치스러우며 마침내는 무감각 속에서, 오직 수치스럽기 때문에 수치스러운, 그런 자신을 발견할 수 있을 뿐이었다.(134~135)

'수치심'이라는 자의식을 기술하는 이 현란하고 집요한 일인칭의 문장들을 보라. 여기서 '나'는 주어일 뿐만 아니라 목적어이기도 하다. 때문에, 수치를 느끼고 그 사실을 잘 인식하는 '나' 자신은 나의 자의식에 포섭되는 게 아니라 오히려 그것에서 소외된다는 느낌을 받게 된다. 다시 말해, 어떤 의식을 기술하는 글쓰기를 통해 나타나는 '나'의 정체성에서, '나' 자신은 나에게 동일화되지 않는 '대상'이 된다. '나'는 나의 기억,

내면, 인식의 주어이지만, 오염되지 않은 기억, 내면, 인식을 주재하는 절대적인 주체가 아니다. 위에 인용한 부분의 다음 장면에는 고립을 택한 '나'가 "한방향으로 진행하는 인파"(147)에 대한 불쾌감을 서술하는데, 그때도 이 주어는 그것이 "타당성이나 정당함이 심하게 결여된" 감정임을 "스스로에게 설명하려고 노력"(149)하지 않을 수가 없다. 왜 그런 것일까? '수치심'이나 '불쾌감' 같은 부정적인 감정이기에 자기 자신을 설득해야 했던 것일까? 꼭 그런 것은 아닌 듯하다. "M과 함께 있었기 때문에 행복했었느냐고 묻는다면 그 대답은 긍정이다. 오랜 시간 동안 나는 그것을 부정할 수 있는 이유를 찾아 헤맸으나 성공하지 못했다. 그러나 그 행복은 단지 화석화된 기억 속에 머물 뿐이다."(115~116)라고 썼을 때, '나'는 사랑과 행복에 대해서도 절대적인 주체가 되지 못했던 것이다. 요컨대, '나'의 글쓰기는 '나'로 동일화하는 단일한 주체를 만들지 않는다. 나의 글쓰기는 나를 타자화한다. 우리는 누구나 "글쓰기에 있어서는 이방인"[2]이다.

그러므로 누군가 『에세이스트의 책상』이 파편적인 세계와 파편적인 지각을 '에세이적인 자기 서술'로 (간신히) 서사화한 것이라 말했다 해도 우리는 다음의 사실을 알아차렸어야 했다. 대개 그 서술(들)이 '나'에게서 비롯되었거나 '나'에게로 돌아오고자 할지라도 필시 그 불가능을 경유한다는 사실 말이다. 이 소설의 '일인칭 화자'는 동질적인 인식의 지평 위에서 스스로 선택한 세계를 원근법적으로 대상화하는 소실점의 자리에 머물지 않는다. 그 화자는 차라리 (무)의식의 불안정한 틈새에서 수시로 발생하는 사유나 기억에 의해 그때그때 생겨나는 자리에서 상이한 성격을 지닌 주체들로 보아야 할 것이다. '수치심'에 의해, '불쾌감'에 의

---

2   배수아, 『이바나』(이마고, 2002), 79쪽.

해, 때로는 행복으로 화석화된 '기억'에 의해, '나'는 매번 다르게 구성된다. '나'의 서술 속에서 '생각하는 나'와 '존재하는 나'는 자주 불일치한다. 글쓰기 안에서 "나는 내가 머무는 시간과 장소를 잊었다."(166) 그러니 소설 속에서 간혹 '나'가 "모든 외설적인 바깥을 지워 버린 내적인 영혼의 삶에 거주하는 순수한 코기토에 대한 욕망"(185)을 발설하는 것처럼 보일 때조차도 이 소설이 "오염되지 않은 공고한 내면의 질서를 구축함으로써 실현되는 순수한 자아"(186)의 표현일 수는 없다. 이 소설은 "근본적으로 '자기'(self)를 주인공으로 한 주체성의 소설"(189)이 아니며, "주체의 절대성을 선언하는 타자 없는 주체의 서사"(191)가 아니다.[3]

이런 때 글쓰기는 '나'를 드러내는 도구가 아닌 것과 마찬가지로 나의 사유의 '도구'도 아니게 된다. 『에세이스트의 책상』이 우리에게 전달한 것을 다음과 같은 것들로 고정할 수 없다. '나'의 '순수한 자아', 혹은 '나'의 분열된 주체이거나 거울상일 수도 있는 M이라는 개별자의 고유한 정신, 혹은 "비교할 수 없는 절대적 가치"(87)인 음악에 관한 깊은 사색 등등. 이 소설에서는, 음악의 추상적 보편성에 비하여 언어의 구체적 개별성이 지니는 제약을 "의식의 감옥"(87)이라고도 표현했으나, 이는 언어의 어떤 무능함 때문에 '자아', '정신', '사유' 등을 전달하는 데 실패했다는 뜻이 아니다. 자아, 정신, 사유 등은, 발화하는 '나'에게 이미 속해 있던 어떤 절댓값으로서 글쓰기를 통해 우리에게 전해지는 대상이 아니라는 뜻이다. 자아, 정신, 사유 등은, '나'의 동일화를 방해하는 글쓰기의 타자성에 의해 생겨난 결과물이고, 그러니 그것들은 나의 내부가 아니라 '발화의 내부에' 있다. 달리 말해 이 소설의 발화들은, 자아, 정신, 사유의

---

3 이러한 독해는 『에세이스트의 책상』에 붙은 해설(김영찬, 「자기의 테크놀로지와 글쓰기의 자의식」)
과 입장을 달리한 것이다.

통로가 아니라 자아, 정신, 사유, 바로 그것이다. 그것을 우리는 이 소설이라는 '글쓰기' 혹은 여기에 쓰인 문장(들)으로서 전달받는다. 쓰인 것이자 쓰는 행위인 이른바 '에크리튀르'로서.

3 "빗방울이 빗방울 위에 겹쳐지는 화음"

우리가 언어를, 그것이 무엇을 전달하는 통로라고 오해할 때, 언어는 '표현의 한계'를 지닌 불완전한 도구에 불과하다. 언어가 도구만일 수 없다는 것을 알지만 언어가 '언어 너머의 음악'에 비견될 때 왜소해지는 것은 어쩔 수 없음이기도 하다. M과의 작별 이후 '나'는 "M에게서 언어를 배우는 대신에 음악을 배워야만 했었다."라면서, 음악의 가치를 이렇게 말한 적이 있다. "음악은 불만과 결핍과 갈증으로 가득한 인간의 내부에서 나왔으나 동시에 인간의 외부에서 인간을 응시한다. 혹은 인간의 너머를 응시한다. 음악을 듣는다는 것은 인간이 그것에 의해서 스스로 응시당한다는 것을 의미한다. 표현과 언어와 음악은 그렇게 공통적이다." (145) 이것은 언어와 음악을 대비시켜 음악을 고평한 말일까? 그런 듯하지만, 인용한 끝 문장이 알려 주듯 음악이 (정신을 표현하는) 언어라면 언어 역시 음악(처럼 정신을 표현하는 것)임을 오롯이 일러 주는 말이라고 하는 게 더 맞다. 그렇다면 다음과 같이 바꿔 적어 보는 게 어떨까. "나의 언어/글쓰기는 (불만과 결핍과 갈증으로 가득한) 나의 내부에서 나왔으나 동시에 나의 외부에서 나를 응시한다. 혹은 나의 너머를 응시한다. 나의 글쓰기는, 쓰는 내가 쓰인 것에 의해 응시당한다는 것을 의미한다. 이것은 음악을 듣는 것과 공통적이다."

요컨대, 『에세이스트의 책상』이라는 '에크리튀르'는 자아 중심적이지 않다.

『에세이스트의 책상』은 개별성의 감옥에 갇혀 고통에 빠진 내면을 보존하는 글이 아니다. 방금 적은 이 두 문장이 그간 이 소설에 대해 있어 온 항간의 오해를 조정하기 바란다. '나'는 "우리가 언어에 의존했기 때문에 그런 식으로 우리의 관계에서 나는 점점 내가 아니었고 M은 점점 M에게서 멀어져 갔다."(144)라고 말했지만, 그런 말을 할 수 있던 건, 언어 너머의 '절대성'이 곧 음악이고, 그건 "죽음도 마찬가지"(7)라는 것을 먼저 알고 있어서였다. 절대적 추상으로서 음악이 '죽음'과도 같은 거라면, 언어에 의해 내가 점점 내가 아니게 되는 사태("서로 다른 자국어"(87)로 말하는 인간들의 그 운명)는 '삶'의 절대성이 아닐까. 나의 말, 나의 글쓰기가 언제나 나를 보장하고 나를 안정시키지 않는다는 것은 우리가 일상적으로도 잘 아는 사실이다. 그리고 이 사실은, 우리의 언어가 한 개별자에게서 기원하지 않고 한 자아에 종속되지 못한다는 것을, 우리는 일인칭으로 말할 때조차 타자의 언어를 쓰고 있음을, 그것은 삶의 굴레가 아니라 차라리 삶의 절대 조건임을 뼈저리게 일깨우기도 한다. 이것이 바로 '언어의 타자성'이다. 우리가 잘 알면서도 어떤 때 여전히 생경하게 다가오는 이 말, '언어의 타자성'의 본뜻을, 『에세이스트의 책상』은 이렇게 급진적으로 심화했다. 그리고 바로 그 때문에 "단지 소설"의 형태에서는 조금 멀어졌던 것이었겠다.

다시, 도식적으로 말해 보겠다. '(단지) 소설'이 '개인의 서사'라면, 그 형태를 벗어난 『에세이스트의 책상』은 '비개인적인 글쓰기'다. '(단지) 소설'이 개인, 자아, 개별성 등을 확정하는 전기적 시간 위에 스토리를 마련한다면, 비개인적인 글쓰기는 개인, 자아, 개별성 들 사이의 차이로부터 동일한 개체로 수렴되지 않는 상태들을 구현한다. 고유하면서 동시에 보편적인 주체를 지향할 때 개인의 스토리가 쓰인다면, 각 문장의 언어적으로 주체화된 자리에 출몰하는 상이한 목소리들로 개체가 분열될 때 비개인적인 글쓰기가 나타난다고 해도 좋을 것이다. 개체로서의 인간 존재에게 구체성의 속박이 없을 순 없다는 사실은 양편에 공평하다. 다만 그 속박의 조건을 매 순간 복잡하게 대면하는 (무)의식이 비개인적 글쓰기를 낳는다고 말해도 될 것이다. 이를테면 구체성의 속박을 벗어난 음악의 추상성은 "인간에게 속하지 않은 어떤 것"(145)이겠으나, 인간(개체)의 조건을 통해 인간적(개인적)이지 않은 어떤 것으로 나아간 흔적은 '글쓰기'의 형상이 될 것이다.

빗방울 위에 일정하지 않은 속도로, 그러나 지속적으로 또 다른 빗방울이, 그 곁에는 또 다른 빗방울이, 그 곁에는 또 다른, 또…… 그렇게 모든 구름 아래 세상을 점령하고 있었다. 정교하면서도 자유롭고 즉흥적인 수학의 제국이었다.(10)

이것이 비단 음과 음악의 형상이기만 할까? "빗방울이 빗방울 위에 겹쳐지는 화음"(9)은, 말/글과 말하기/글쓰기, '무한한 자유를 추구하는' 사람(개인)과 '각자 다른 언어를 가진' 사람들(비개인)의 회화적 전환인 것만 같다. 우리의 언어는 "아무런 약속도 없이 스스로, 개별적으로 존재하는"(8) 빗방울로 혼자 떨어지고 말았으나, 어느새 세상은, "저 들판과 나지막한 구릉과 한때는 황무지였을 그 너머의 모든 구름 아래"(9)는, 무수한 빗방울에 젖어 촉촉해진다. 글쓰기는, 홀로 떨어지는 빗방울처럼 개별적이나 스스로 자기를 주재하지 않는 몸짓이다. 글쓰기는, 함께 떨어지는 빗방울의 합주처럼 즉흥적이나 더불어 자유롭고 무한히 확장된다. '더 많은 음악'처럼 '더 많은 언어'는 불가능하지만, '더 많은 글쓰기'를 향해 언어는 언제나 재발견되고 다시 살아갈 것이다. 더 많은 응시, 더 많은 정직으로 "더 많은 더 멀리 그쪽으로"(8) 가는 글쓰기, "그것이 없다

면 모든 사물이 태어난 그대로의 영혼 없는 무의미함으로 흘러가 버릴,
음악이 곧 언어이자 문학이며 언어가 곧 침묵인 그 세계"(198)는. (2017)

최대 소설의 기도

──윤성희 『베개를 베다』[1]

『베개를 베다』는 윤성희의 여섯 번째 소설책이다. 이 책에서 풍기는 훈기와 향기에 당신이 화들짝 놀라지는 않을 것이다. 지난 십오륙 년 동안 윤성희가 우리 눈앞에 불러다 준 근사한 소설의 형상을 한 번도 안 본 이는 드물겠거니와, 이번 책에서도 그 형상이 크게 달라지지는 않은 듯하기 때문이다. 말하자면 소박한 사람들의 상처와 회복, 관조와 공감이 발견되는 세간의 일상을 다채롭게 구성한 이야기들. 그런 '소설적 형상'을 윤성희는 말하고 또 말해 왔다. 그것을 전적으로 긍정하고자 그런 것은 아니다. 무엇을 긍정하고 나면, 그것을 말하고 또 말할 수는 없으니까. 물론 부정하기 위함도 아니다. 긍정하지도 부정하지도 않아야 그것을 말하고 또 말할 수 있다. 그것에 대해 끝나지 않는 의문이 있는 것일까? 그럴지도 모른다. 이 세계가, 삶이, 그에게서 '그런 형상'으로 만들어진 그것에 대한 의문과 호기심은, 작가에게도 독자에게도 끝나지 않았

---

1 윤성희, 『베개를 베다』(문학동네, 2016). 이후 이 책의 인용은 괄호 안에 쪽수만 표시한다.

다. 그 의문과 호기심에 이끌릴 수밖에 없는 한 윤성희의 이야기는 언제까지나 진행 중이(어야 한)다.

'그런 형상'에 대해 전부터 알고 있던 바를 조금만 말해 볼까. 그것은 대체로 파란만장한 사연을 담은 평범한 인생에서 우연하게 이뤄 낸 삶의 장면 같은 것들이었다. 거기엔 고통만도 기쁨만도 아니고, 절망만도 희망만도 아니며, 불행이기도 하고 행복이기도 한 무엇, 말하자면 삶의 '의미'라 부를 만한 어떤 반짝임이 반드시 모습을 드러내곤 했다. 그런 형상은 삶의 일면을 '묘사'한 것이라기보다 삶의 일부를 '의미'하는 것처럼 보인다. 그래서 윤성희의 소설은 삶의 그림이라기보다 삶의 기호라고 해야 더 맞다. 소설이 본디 삶의 의미를 함축한 것인데, 윤성희의 이야기 속에 무슨 비의(秘意)라도 숨겨져 있다는 뜻이냐고 할 수도 있겠으나, 윤성희의 이야기가 기호 같다는 말은 그의 이야기로부터 문득 삶의 어떤 음영(陰影)과 만나게 된다는 뜻이다. 소설 속 장면들이 이러저러한 사연들을 전달한다기보다, 사연들이 모여든 그 장면들에 이러저러한 의미들이 불려 나와 달라붙어 있다. 주장되고 지지받기 위해서가 아니고, 그저 우리 앞에 호출된 어떤 의미들이 다만 우리에게 인사를 건네는 순간, 몇몇 장면은 삶의 명장면으로 바뀌곤 했다.

이 책에서도 그런 명장면을 여럿 만나게 된다. 잊을 수 없는 일생일대의 사건이나 기억 같은 것은 아니다. 화사한 마음이 늘 거기에 있지는 않지만 자잘한 무늬가 끊임없이 출몰하는 일상의 다이어리 같은 것. 그의 이야기가 불러내는 삶은, 가치 있는 삶으로 긍정되거나 성과 없는 삶으로 부정되거나 할 종류의 것이 아니다. 어떤 삶이 의미 있는 것일까를 모색하기 위해 만들어진 이야기라고 하기도 어렵다. 단지, 삶이라는 시간의 결과 마디를 살아나게 하는 이야기들이라고 말해 볼 수 있을까. 그 이야기의 리듬에 실려 무한한 삶들의 속삭임이 들려온다. 아니, 이야기의 리듬이 아니라 삶의 직접적인 리듬을 타고 흐르는 의미들이 먼저 우리 삶에는 있어서 이런 이야기를 자꾸 내놓고 있는 것은 아닐까. 윤성희 소설을 계속 읽다 보면 어쩐지 진짜 삶의 의미와 재미를 더 알아 버린 듯한 기분에까지 이르는 것이다. 그렇지. 지난 십여 년간 이 기분 때문에 윤성희 소설을 읽었다. (유행하는 말로 해 보자면) 윤성희 소설을 한 편도 안 읽은 사람은 있을지 몰라도 한 편만 읽은 사람은 없을 것이다. 윤성희의 다른 소설을 읽은 사람이라면 이번 책을 안 읽을 수는 없다.

친구들의 세상

어느 날 아침 윤성희는 이런 목소리를 들었을지도 모른다. "사랑하는 사람들을 그려라." 이 책 『베개를 베다』에는 '나'가 등장하지 않은 소설은 하나도 없지만 '나'를 그렸다고 할 만한 소설 또한 한 편도 없다. '나'의 주변 사람들이 주로 등장하는데, 나의 부모, 자식, 자매, 아내, 친구, 동료, 친지 들이므로, '나'가 사랑하는 사람들이라고 묶어 불러 봐도 될 것이다. 그 인물들이 다 '나'에게 사랑스러운 사람들이라기보다, 우리가 어떤 때 "사랑하는 사람들"의 리스트 같은 걸 생각해 본다면 우선 떠올릴 만한 '관계'쯤 되니까 말이다. (이런 관계에서 사랑은 사람에 대한 감정이 아니라 사람들 사이의 구도를 가리킨다.) 칠순 팔순에 이른 노부모가 있고, 캐나다나 중국 같은 곳에서 생업을 유지하는 형제자매가 있다. 그간 어떻게 지냈는지 잘 몰라도 한 번씩 한자리에 모여 알은체를 하며 옛일을 떠올리게 되는 비슷한 생김의 친척들이 있고, 이제 와 생각해 보면 사랑했었는지 아닌지도 어렴풋한 옛 인연들이 있다. 이들의 삶이 내 눈에 또렷해진다는 것은, 단독적인 줄 알았던 내 인생이 끼워져 있는 하나의 인덱스(index)가 작성된다는 뜻일 것이다.

　이 인덱스의 기능은 무엇인가. 그것은 무엇보다도, '나'의 삶을 생로
병사의 진실 위에 겹쳐 놓을 수 있는 용기를 준다. 이를테면 할아버지
가 팔십구 세로 돌아가시자 "아들 셋과 며느리 셋. 과부가 된 딸 하나. 손
자 부부. 손녀 부부. 외손자 부부. 그리고 결혼하지 않은 손자손녀들. 모
두 모여 장례를"(11) 치르고, 그때와 비슷한 멤버들이 모인 아버지의 칠
순 잔치는 "삼 년 전 큰아버지의 칠순 잔치 때와 똑같"(21)은 장면으로 재
연된다. 이 유사한 디엔에이 집단 속에서 나를 고모라 부르는 고모의 손
자나 점점 외삼촌들과 판박이가 되어 가는 사촌들과 만날 때, 시간의 흐
름 위에 놓인 내 삶의 형상이 문득 선명해지는 것이다. 주체, 자아 같은
의식적 심리적인 '나'보다 더 객관적이고 사실적인 형상. 인생이라는 유
한한 시간의 가장 자명한 진실인 '생로병사'에 대해 그들만큼 자연스럽
고 확실하게 일러 주는 타인은 없다. 그들은 내게 늙음을 알려 주는 닮음
들이다. "난, 늙어 가겠지, 우리 부모님처럼"이라는 실감이 "나쁘지 않을
것"(103)처럼 느껴질 때에야 그 자명하여 두렵기까지 한 유한성이 나 자
신의 운명임도 진실로 받아들일 수 있다.

　윤성희의 인물들은 대개 이익보다는 정리(情理)를 따르는 타입이 많은
데, 특히 이 인덱스는 사회계약 이전의 관계들로 채워져 있다. 혈연으로
맺어진 1차적 관계라는 뜻만이 아니다. 가족이나 친지도 관계라는 구도
내의 포지션에 의해 서로를 규정하고 상대하기 마련이며, 그런 방식에는
계약에 버금가는 어떤 사회적 관습이 개입하는데, 윤성희의 인물들에게
는 그런 것이 없다. 가족이든 친구든 처음 보는 타인이든, 상대를 생각할
때 이들은 계약적 역할이나 관습적 이미지는 물론 세간의 이목이나 도
덕적 의무감 같은 것에 거의 신경 쓰지 않는다. 이를테면, 고모는 나에게
무엇보다도 세상에서 목련꽃 풍선을 가장 잘 불던 사람이다.(「가볍게 하는

말」) 베스트 프렌드가 열두 살 차이가 날 수도 있는 거고, 고등학교 때 제일 무서웠던 선생님과 일 년에 한두 번씩 만나 술 마시는 사이가 될 수도 있는 거다.(「다정한 판관」) 헤어진 남편에게 집을 봐 달라고 할 수도 있다.(「베개를 베다」) 동생들의 학비와 결혼 자금을 댔고 어머니 병간호까지 했던 언니지만 요즘엔 명절에도 잘 만나지 않는데, 그래도 언니가 자기 자신을 바라보기를 바라는 마음으로 거울을 선물한다.(「날씨 이야기」)

　이런 사이들은 계약 이전의 관계라기보다 정형화된 맥락에 얽매이지 않는 관계라고 말하는 편이 적당할지도 모르겠다. 뭐라 말하든, 정해진 틀 없이 소통하는 이들로부터 인간관계의 기본을 생각하게 된다. 사람들이 서로 관계를 맺는다는 건, 나와 타인 사이에 어떤 구도를 들이고자 함인가, 나와 타인이 서로를 이해하기 위함인가. 이 소설들에서 사람 사이는, 어떤 약속으로써 연결되는 게 아니라 각자 상대방과 자기 자신에 대한 이해로써 교감된다. 그럼으로써 저마다 하나씩의 사연 창고 같은 인물들의 곡절이 드러나 버리곤 한다. 한 번의 연애 이후 평생 악착같이 살아온 언니가 '미움'에 대해 오래 생각한 세월이라든가,(「날씨 이야기」) 엄마의 임신 소식을 듣고 도망갔던 아빠가 엄마 앞에 나타나 무릎을 꿇고 "무릎 연골이 닳을 때까지 살아 보자고"(167) 했던 까닭이라든가, 간암 말기 병문안에 맥주를 사 와 함께 마시자고 한 사장님의 어릴 적 상처라든가(「낮술」) 등등. 놀랄 만한 비밀이라기보다 속절없는 사정일 그런 얘기들을 나누는 사이, 사람들은 모두 서로에게 오직 친구 말고는 될 것이 없다. 언니도 전 아내도 새아빠가 될 아저씨도 윤성희의 이야기 속에서는 모두 친구다. '친구'야말로 관계의 기본이자 최대치가 아닌가.

삶, 의례로서의 양식

인생이, 태어나 자라고 견디다 늙고 아파서 죽는 과정임을 누구도 모르지 않지만, 살아 있는 시간 동안 우리가 가장 의식하고 신경 쓰는 일은 자연적이고 물리적인 그런 흐름보다도 사회적이고 상징적인 얽힘, 매듭일 때가 더 많다. 그런 얽힘, 매듭이라는 게 인간의 유동적인 삶에 외형을 주고 형체를 유지하게 하는 지지대이기 때문이겠다. 사람들 사이의 약정 관계나 사회의 관습이란 것도 개인의 인생 쪽에서 보면 어디론가 흘러가는 시간의 형태를 잡아 주는 누빔점이 아닐까? 그런데 윤성희의 인물들은 상호 간 계약으로 소통하지 않으며 그들의 관계는 정형화된 교제의 틀을 벗어난다고 했으니, 그렇다면 그 세계에서 저들의 삶은 그저 생로병사의 흐름 위에 유동하고 있다는 말인가? 물론, 아니다. 가족도 친지도 처음 보는 사람도 친구가 되는 이들의 삶에, 계약과 틀 대신에 형태를 주는 것이 물론, 있다. 삶의 구도를 잡는 '계약' 대신 그 구도의 빈칸을 채우는 '의례(ritual)'들. 삶의 양식(樣式/糧食)이자 이야기의 양식인, 일상의 작은 의례들.

'일상의 작은 의례들'이라고 하면 윤성희의 독자들은 그게 무엇인지 벌써 알아채 줄 테지만, 일상을 의례로 만들기를 누구나 알고 누구나 할 수 있는 건 아니다. 그 일의 달인이 바로 윤성희의 인물들이라는 얘긴데, 이번 소설집도 읽다 보면 먹고 마시고 차 타고 전화 걸고 혼잣말하고 깔깔 웃고 조금 우는 등등의 일상사들이 매 이야기마다 얼마나 확연히 형형한지 금세 알게 된다. 그리고 그런 일들, 즉 삶의 기반 산업인 의식주 문제 같은 것들이, 생활의 물질적 조건인 것만이 아니라 심정적 취지와도 결탁한 것이어서, 헐렁한 일상의 시간에 또렷한 윤곽을 남긴다는 사실을 또 확인하게 된다. 점심시간에는 날마다 친구의 차 뒷좌석에서 도시락을 먹는다거나, 매일 맥주 한잔씩을 마시는 어머니를 위해 항상 같은 가게에서 한 캔씩 사 온다거나, 거울을 보고 혓바닥을 내밀며 메롱, 하루 세 번씩 말하면서 늙지 않는 기분이 든다거나, 아침 산책의 마지막 코스로는 등굣길의 아이들이 지각하는 모습을 구경한다거나, 아이 앞에서 경적을 울리지 않은 차의 번호를 이번 주 행운의 번호로 정한다거나, 제 이름과 같은 문패가 달린 집을 지나느라 일부러 먼 길로 돌아온다거나…….

이런 생각과 행동은 평범한 것이지만, 계약 사회의 룰과 틀 안에 삶의 구도를 마련한 또 다른 평범한 이들에게는 "말도 안 되는 이야기!"(108)이거나 "잘못 배달된 엽서 이야기"(69) 같은 것일 수도 있다. 가령 "어릴 때 자주 가던 단골집이 있어야 나중에 어른이 되었을 때 너그러운 사람이 될 수 있다."(108)라는 생각은 어색한 논리고, '널 평생 미워하겠다'는 말이 적힌, 잘못 배달된 엽서를 기다리며 "미움에 대해서" "생각하고 또 생각"(70~71)하는 일은 어긋난 인과가 아닌가? 하지만 중요한 건 분명히 비논리적이고 순심리적인 견강부회처럼 보일지라도 이들의 사고방식에는 묘하게 합당한 이유들이 있다는 점이다. 어떤 정당함이랄까, '페어 플레이'에 대한 요구 같은 것이다. 이를테면, "사는 건 니가. 버리는 건 내가."(34) "넌 나에게 모욕을 주었어. 나중에 꼭 갚아 줄 거야."(127) 고장 난 중고차를 샀는데 내가 고장 낸 것이 아니니 내 돈으로 고치기 아까운 마음, 갈 때는 모범택시를 탔으니 올 때는 버스를 타려는 심리 같은 것. "어머니가 외삼촌에게 말했다. 넌 효자였잖니. 난 불효녀였고. 그러니 자식들이 거꾸로 된 거야. 균형을 맞추려고."(43)

다시 말해, 저울질로 가늠하는 계약 이전에 이미 온전한 사태 혹은 평안한 상태에 대한 '균형' 감각이 여기에는 있다. 바퀴 없는 자전거 그림에 바퀴를 그려 넣어 그럴듯한 그림 완성하기(「낮술」), 왼쪽 가슴을 두 번

툭툭 친다거나 이 주의 행운 번호를 정한다거나 자기만의 주술 만들기 (「모서리」), 어릴 때 친구와 자주 하던 찰리 브라운 친구들 흉내 내기를 여전히 가끔 해 보기(「모서리」) 등의 엉뚱한 행위를 하는 어른들에게는 '동심'이야말로 무슨 '순수' 같은 게 아니라 애초의 '균형' 혹은 '정의'에 가까운 것이리라. 이들은 대개 단순 소박한 마음의 소유자로 보이지만 그렇다고 아무 데나 잘 속는 물정 모르는 자도 아니다. "행복해서 웃는 것이 아니라 웃어서 행복한 것입니다."(41) 따위의 말에 넘어가지 않고, 남들을 속이지 않는 만큼 자기 자신도 속이지 않는다. 이들에게는 오히려 계약 사회의 판도에 맞춰 '가볍게 하는 말'이야말로 부끄럽고 민망한 것이다. "이만하면 우리 집안도 성공한 거 아니겠냐."(21)나, "산 사람은 살아야지."(29)와 같은 말에 스며 있는 졸렬한 비겁과 기만을 모르는 척하지 못한다.

자기 규칙을 괜히 만들어 보고 그럼으로써 세상의 법칙을 가설해 보는 것. 직접 고안해 낸 '생활 의례'랄까, 습관처럼 놀이처럼 스스로 행하고 반복하는 평범한 시간의 '리추얼(ritual)'들. 이것들은 삶이라는 몸통을 지탱하는 일상의 튼실한 근육이다. 동시에 일상의 근육은 결국 삶이라는 몸통의 몸매를 가꾸어 낸다. 일상의 리추얼이 반복되어 기호가 되고 취미가 되고 성향이 되어서 한 인생의 의미가 되는 것일까? 혹은, 한 인생이 지니는 의미가 일상 속에 내려앉아 이런 리추얼들을 단련하는 것일까? 어쨌거나 이런 시간을 통과하며 일구어지는 삶의 양식은, 계약 사회의 정형화된 룰과 틀에 구속된 삶의 양식보다, 삶이라는 자연적 진행, 어떤 시간성에 밀착되어 있다. 삶의 의미가 인생을 통째로 보고 매겨지는 게 아니라 인생의 매 순간들에 부여되는 것 같다고나 할까. 어떤 소설에서 행복을 '현금 흐름성'과 '자산성'으로 구별해 말하는 것이 재밌더랬는데, 그런 식으로 말해 보자면 윤성희의 이야기들은 현금 흐름성 '의미'를 방출하는 쪽일 것이다. 오늘의 의미를 내일에 저당 잡히지 않고 내일의 의미로 오늘을 방치할 수는 없다고 믿는다면 이편의 이야기가 '소설'에 더 어울리는 것 같다.

방어와 기도

윤성희의 이야기들이 환기하는 (삶의) 의미의 리듬 혹은 리듬의 의미는, 그 자체로 소소하게 흥미롭고 수수하게 아름다운 것이지만, 그 삶의 에너지랄까, 파워랄까, 그것까지 소소하고 수수한 것은 아니다. 무엇보다도, 일상을 의례화하는 그 세계는 마치 낮술을 마시고 길을 걸을 때처럼 무엇이나 환하고 선명하게 보이게 한다. 구름은 하얀색으로, 하늘은 파란색으로, 노란색 우비를 입고 횡단보도를 건너는 아이의 어깨 위에 붙어 있는 단풍잎은 아마도 빨간색으로.(「낮술」) 그것이 그것으로 보이지 않을 때도 있다. "분명 쓰레기인데 쓰레기처럼 보이지 않"거나 "작은 것들이 커다랗게 확대되어 보"(161)일 때. 낮술 마시는 시간이란 어쩌면 아침부터 밤까지 약속된 시계에 맞춰 바삐 지내야 하는 현대인이 가장 누리지 못할 잉여의 시간, 일반인들의 일상을 지배하는 시곗바늘은 한 번도 가리키지 않는 시간일 것이다. 하지만, 고장 난 시계가 시도 때도 없이 알람을 울리자 "종이 울릴 때마다 깜빡 잊었던 일들이 떠올라 나름대로 요긴하게 쓰"(189)이기도 하듯, 낮술의 시간이 '문득' 가져다준 선명함은 깜빡 잊었던 것들에 대해 "나름대로 요긴"하다.

그래서 어떤 때, 말이 안 되는 것 같지만 나름대로 균형을 추구하는 저 의례들은, 합리적인 계약(으로 믿어지는 것들)의 불합리 혹은 일반적인 공정(으로 주장되는 것들)의 부당함의 반대급부로 힘을 얻는다. 어떤 과도함에 대한 중화의 역할 같은 것인데, 가령 바쁜 스케줄에 중독되고 자기 계발의 신화에 물든 현대적 일상에 대한 일종의 해독 작용이 될 수도 있다. "아무리 바빠도 아무리 시간에 쫓겨도, 현관에 서서 집 안을 향해 다녀오겠습니다라고 외치도록 했다. 돌아올 때도 마찬가지였다. 다녀왔습니다. 빈집이라도 그렇게 해야 한다고 했다."(174) 이런 의례는, 친구를 괴롭힌 벌로만 필요한 게 아니라 "남의 마음을 헤아릴 줄 아는 인간으로"(173) 살아야 하는 우리 모두에게 필요한 것이다. 그렇다고 이것이 오로지 순한 사람들의 착한 세상 얘기인 것만은 아니다. 굳이 밝히자면 윤성희의 인물 대부분은 그냥 '그런' 사람이다. 백부작 드라마의 엑스트라 같은 사람들, 아주 똑똑한 사람, 아주 강인한 사람이 아닌 만큼 아주 선량한 사람도 아닌 그들을 통해 작가가 뭔가 주장하고 싶은 바가 있다면, 사람은 누구나 그냥 '그런 사람'이라는 사실 말고는 없을 것이다. 인생은 다 조금 모자라고 조금 어설프고 조금 답답한 사람들의 "말도 안 되는 이야기"가 아니냐고, 하지만 이야기가 끝나면 우리 모두 "박수를"(129) 칠 수밖에 없는거라고.

　　한편 이 세계의 에너지는 중화, 해독만이 아니라 방어, 위로에도 쓰인다. 갈등이 전면화되어 있지 않은 이 이야기들에는 얼핏 큰 성공도 큰 패배도 없는 듯 보이지만, 어느 때 거기에 어떤 성공보다도 힘든 안간힘, 어떤 실패보다도 쓰라린 참음이 있음을 놓칠 수는 없다. 「못생겼다고 말해 줘」의 모녀가 먼저 생각난다. 결혼해서 유학 갔다가 혼자 죽어 버린 (아마도 자살일) 쌍둥이 언니의 얘기를 어머니한테 알리지 않고, 언니의 목소리로 전화를, 언니의 필치로 (형부가 쓴) 편지를 어머니한테 전달하는 화자. 그녀가 어머니를 기쁘게 하려고 전선줄과 새의 형상으로 "학교 종"의 악보를 완성하기 위해 카메라 셔터를 백번씩 누를 때, 밤에 잠이 오지 않으면 어머니를 깨워 꽃놀이 비용 내기 윷놀이를 하며 져 줄 때,

매일 저녁 맥주를 사 오면 늘 똑같이 "정민이네서 샀어?"라고 묻는 어머니에게 늘 똑같이 "응. 정은이네서."라고 대답할 때. 모녀는 똑같이 한 사람의 부재를 필사적으로 견디고 있는 게 아닐까. 어쩌면 언니가 다시 돌아올 수 없다는 사실을 어머니도 알고 있는지 모른다.("어머니는 어째서 아직까지 정민이네라고 부르는 것일까. 정은이네 어머니가 그토록 잊고 싶은 이름을."(48)) 어머니와의 대면마다, 서로 '니가 더 못생겼다'고 싸웠던 쌍둥이 언니에 대한 그녀 자신의 그리움이 억눌려 있는 것만 같다. 이들의 의례적 일상은 서로에 대한 위로이자 스스로 무너지지 않기 위한 지독한 방어일 것이다.

요컨대 윤성희 소설의 일상에는 위로와 방어를 가능케하는 에너지가 잠복해 있다. 그런데 그것은, 이를테면 '매 순간을 사랑함으로써 그간 몰랐던 일상의 행복을 깨닫게 됐다'는 유의 '일상의 행복 찾기'와는 완전히 다른 종류의 것이다. 가까운 주변 사람들의 고독한 여생을 찬찬히 바라보며 나의 생도, 길거나 짧거나 여생임을 깨닫는 이야기라고도 했지만, 인생의 흐름은 순리로 예찬하는 주제도 전혀 아니다. 사춘기 소녀처럼 변해 버린 어머니가 꽃만 보아도 아름답다며 눈물 흘리는 장면을 무섭다고도 한 것은, 세월이 사람을 기괴하게도 만든다는 사실을 회피하지 않으려 하기 때문이다. 핵심은 그 회피할 수 없음의 처연함이고, 그 처연함이 이 이야기들을 낳았다고 할 수 있다. 다시 말해, 이 이야기들의 탄생에는, 일상 예찬, 행복 예찬, 사랑 예찬 등의 어떤 기쁨이 아니라 일상을, 행복을, 사랑을 기원해야만 하는 메마름, 상실, 공허가 먼저 있다. 이 이야기들의 의미는 무엇을 찾아야 보이는 게 아니라 무엇을 견뎌야 나타나는 쪽이다. 그 견딤이란 아마도 기도하는 마음 같은 것이 아닐까. 윤성희의 소설은 사람을 사랑한다기보다는 사람들을 위해 기도하는 마음으로 우리에게 전해진 것이리라.

소설, 시간성의 양식

윤성희는 '윤성희 스타일'이라 부를 만한 일정하게 독특한 분위기를 가진 작가다. 인물, 사건, 배경에 큰 변화가 적고, 일상의 작은 의례들이 주가 된 에피소드식 구성을 이루며, 무엇보다도 수식어 없는 간결한 문장과 폭이 넓은 문장 간격의 합작으로 과감하고도 정밀하게 스토리를 조형하는 방식은 다수의 작품에서 유사하게 나타난다고 할 수 있다. (윤성희의 단편들을 한꺼번에 읽고 나면 각각의 이야기들이 정확히 어떤 이야기였는지 기억하기가 쉽지 않을 수도 있는데, 바로 이 때문일 것이다.) 그런데 저 유사성들이 조화를 이룬 하나의 '소설적 형상'이 비교적 뚜렷하게 그려짐에도 불구하고, 개별 작품들에서 그 형상을 주조하는 표현 수단을 일정하게 정식화하기는 또 쉽지 않다. 실상 뜯어보면 그의 이야기들은 유사한 것들을 유사한 형태로 조직한 것이 아니라 상이한 것들을 다양한 형태로 배열한 편이기 때문이다. (그의 단편들을 한 번씩 더 읽으면 어떤 에피소드는 그 배후의 어떤 큰 이야기에서 나왔는지까지 문득 한꺼번에 생각날 때가 있는데, 바로 이 때문일 것이다.)

윤성희 소설에 '양식성'이라 부를 만한, 즉 어떤 '소설'적 형상으로 수렴되는 반복적 형식이 없는 건 물론 아니다. 다만 그것은 어떤 내용을 위한 그만의 특정 표현 수단으로 보이지 않고, 매번 다른 이야기를 펼치는 과정에 즉흥적으로 끼어든 자투리 일화처럼만 보인다. 어떻게 말인가?

나는 반찬들을 다시 쇼핑백에 담았다. 가방에서 볼펜을 꺼내 쇼핑백에 고모의 이름을 적은 다음 공용 냉장고에 넣어 두었다. 공용 냉장고에는 상추가 있었다. 병실에서 상추쌈을 싸 먹는 사람을 상상해 보니 웃음이 났다. 나는 고모에게 부모님 집에서 훔쳐 온 천혜향을 보여 주었다. 천혜향은 모두 일곱 개였다.(23)

쿠폰을 보니 갑자기 아이스커피가 먹고 싶어졌다. 커피도 배달이 되면 얼마나 좋을까? 짜장면 한 그릇도 배달되는데. 커피는 그보다 원가가 더 싸니 괜찮은 장사일 텐데. 냉동실을 뒤져 봤더니 얼음이 없었다. 얼음통에 물을 채워 넣고, 인터넷으로 얼음을 얼리는 데 걸리는 시간을 검색해 보았다.(85)

이 책의 어느 면을 펼쳐도 이와 같은 대목을 골라내기는 어렵지 않다. 윤성희의 거의 모든 소설에 그려진 이런 장면은, 매우 편안해 보이지만 어쩌면 고도로 인위적인 것이 아닐까? 이 장면(의 문장들)은, (포괄적으로 말하지 않아도 된다면) 소설의 서사적 또는 서정적 기능에 직접 흡수되지 않는 것들이다. 이야기의 진행이나 주제의 암시를 맡지 않고, 넓게 봐야 분위기를 돕는 정도일 것이다. 어떤 내용에 상응하는 표상의 역할을 하는 게 아니라 그냥 스스로 거기 있고 싶어서 있게 된 장면이라고나 할까. 이야기의 맥락과 떨어뜨려 놓아도 그런 상황 자체로서나 또 이야기 자신에게나 크게 상관이 없는데도, 바로 거기가 제자리인 듯 당연하게, 너무나 핍진하게, 그 장면들은 존재한다. '일기적' 또는 '수필적'이라 하면 어떨까도 싶은 이런 장면들은, 그러나 윤성희 소설의 일부로서 가장 핵심적인 '소설'의 양식이 된다. 사건성이 아니라 시간성을 머금고 있는 독립적 형상, 이것이 없는 윤성희 소설을 본 적이 있을까. 이것은 윤성희 소설의 인장이다. 가장 윤성희식으로 양식화된 세계의 단면이다.

최대 문학의 희망

시간의 양식이라는 윤성희 소설의 특징은 이번 소설집에서 더욱 선명해지고 깊어진 듯하다. 저 윤성희식 장면(문장들)에 더 많은 시간성이 머금어진 것일까? 이제 소설 쓴 지 16년쯤 됐고, 이번이 여섯 번째 책이며, 지금까지 근 60여 편의 작품을 썼을 것이다. 약간 비약일지 모르지만, 고르게 꾸준히 쌓여 온 그의 작품 목록을 들여다보고 있자면 거기에 소설의 자리만 있는 게 아니라 그의 삶의 자리도 있는 것 같다는 생각이 든다. 소설가가 된 이후 그의 삶의 시간이 그의 소설들에서 흐르고 있는 것만 같다. 시간의 지속 안에서 변함없이 성실한 그 삶과 소설에 점점 더 진한 시간성이 새겨진 것만 같다. 그의 인장이 찍힌 그 양식에도 전보다 더 침착하고 덤덤한 시간의 흐름이 잠복해 있는 것처럼 느껴진다.

1999년에 등단했으니 윤성희가 '소설'을 처음 만나 읽고 공부하고 쓰기 시작한 것은 다 20세기의 일이다. 그런 케이스가 한둘은 아니겠으나 바로 그런 까닭에, 2016년 현재 우리에게 '소설'이란, 20세기에 이미 소설에 발을 빠트린 이들이 21세기를 지나며 소설 자신과 조화 혹은 불화를 이룬 각종 쟁투들과 무관하지 않다. 정작 '소설' 자신의 상태야 어떠하든, 현재 우리는 '소설'이 소설이라는 사실을, 때로 의지하고 때로 의심하는 불안정한 대응들 사이에 있다. 이런 환경을 의식해서겠지만, '소설'의 생존/지속을 위해 소설의 탈태(脫態)를 생각하고 문학의 생존/지속을 위해 최소 문학을 생각하는 것이 이제는 거의 일반론처럼 여겨질 정도다. 조화보다 불화를, 의지보다 의심을 통과하면서, 우리는 소설 대신 소설적인 것을, 문학 대신 문학적인 것을 내세워 시대의 환경과 타협하는 중인지도 모른다.

이런 때 윤성희의 소설을 읽자면, 과도한 불화와 의심은 아니었던지, 시대와 환경의 변화를 괜히 심각하게 타매하면서 20세기에 우리가 처음 만났던 그 소설의 모습을 지레 부담스러워했던 건 아니었던가도 싶어진다. 소설에 있어 시간이나 시대는 환경 문제가 아니라 양식 문제일 것이다. 윤성희의 이야기는 여전히, '소설', '문학' 대신에 '소설적인 것', '문학적인 것' 등을 상대할 필요는 없다고 여기는 듯하다. 그가 추구하는 것은 소설이지 소설적인 것이 아니고 문학이지 문학적인 것이 아니다. 바르트의 말마따나, "소설적인 것은 소설이 아닌" 것이다. 윤성희에게는, (비)소설적인 것(가령 '수필'), (비)문학적인 것(가령 '일기')도 다 '소설'에 사용될 수 있으며, 그것들이 일단 '소설' 속으로 들어오면 다 소설이 된다는 사실이 무엇보다도 중요하다. 그의 양식은 여전히 가장 '소설'의 것이며 언제까지나 오직 '소설'이길 주장할 것이다. 그에게 최소 문학, 최소 소설 같은 것은 없다. 그의 희망은 언제나 최대 문학이고, 문학은 본래 최대 문학이다. (2016)

당신이 알고 있나이다

—— 권여선 『아직 멀었다는 말』[1]

　　『레몬』이 출간됐을 무렵 권여선 작가를 '슬픔의 마에스트로'라 부르는 것을 들었다. 주인, 지배자, 전문가, 교사, 명지휘자, 거장……. 슬픔에 관하여 가능한 말은 아닐지도 모르는데, 권여선의 소설을 읽을 때마다 가슴속에 차오르는 먹먹함과 머릿속을 훑어 내는 예리함이 떠올라 고개가 끄덕여졌다. 이런 말이 진부하게 들릴지 몰라도 '생의 비극성에 대한 이해와 연민'을 권여선 소설에서만큼 깊고 진하게 경험한 적을 떠올리기도 쉽지 않고, 그와 동시에 '슬픔＝고통＝불행＝비극＝연민……'의 개념 연쇄가 스치면서 그랬던 것 같다. "어떤 삶은 이유 없이 가혹한데, 그 속에서 우리는 가련한 벌레처럼 가혹한 줄도 모르고 살"[2]다가 문득, 이 모든 시련이 나의 주관일 리 없고 다만 "무턱대고 시작되었다 무턱대

1　권여선, 『아직 멀었다는 말』(문학동네, 2020). 이후 이 책의 인용은 괄호 안에 쪽수만 표시한다.

2　권여선, 『레몬』(창비, 2019), 145쪽.

고 끝나는"³ 삶의 주관임을 알게 된다. 이런 깨달음은 그 자체로 생의 한 복판을 파고드는 뜨거운 슬픔이자 세계의 비극성을 꿰뚫는 서늘한 전율이다. 이 둘을 기대하는 건 권여선의 소설을 앞에 둔 우리의 습관이 되었다. 기대를 넘어 마치 권리를 누리겠다는 듯 당신도 떳떳한 예감으로 이번 책을 펼쳤을 것이다.

1 슬픔 앞/뒤의 분노

이번 소설집에서 당신이 가장 슬프게 읽은 이야기는 무엇일까. 나는, 「손톱」이다. 이전보다 이번 책의 소설들을 더 슬프게 읽은 건 아닌 듯하지만, 「손톱」을 읽으면서 "굵은 고정쇠가 소희의 오른손 엄지손톱을 푹 뚫고 나와 손톱 절반이 뒤로 꺾이고 살이 찢"(54~55)긴 상태와 손톱이 빠진 자리의 "혹에 끈끈하게 고인 약과 피와 진물"(73) 같은, 살갗과 혈관을 달구는 촉각의 작열감이 아린 감정으로 치환되어서 유독 슬픈 느낌이 남은 건지도 모르겠다. 지금 스물한 살인 '소희'는 반년 전 언니까지 집을 나간 이후로 혼자 지내며 판매원 일을 하고 한 달에 백칠십만 원을 번다. 초등학교 6학년 때 엄마는 "언니가 열 달 동안 저금한 칠백만 원과 언니 이름으로 대출받은 천만 원을 들고 내뺐"(59)는데, 그때와 똑같이 언니도 소희가 저금한 돈과 대출받은 돈을 가지고 사라진 것이다. "엄마랑 수법이 똑같았지만, 그래도 소희는, 아직도 소희는, 엄마랑 언니는 다르다고 생각한다."(65) 언니는 전에도 한 번 돌아와 준 적이 있으니까, 다시 올 거라고. "소희는 수없이 계산하고 또 계산"(61)하면서 아끼고 저금하

---

3 같은 책, 12쪽.

고 빚 갚는 계획을 세운다. 그러다 "달아오르다 달아오르다 끝내 퍽 금이 가야만 했던"(55) 그때, 손톱이 와삭 깨져 버린 것이다. "여자는 얼굴 다음이 손이라니까"(71) 병원에 갔는데, 갈 때마다 치료비로 칠만 원씩 날아갈 걱정에 소희는 "손톱 없어도 된다. 엄마 없이도 살았고 언니 없이도 사는데 그깟 손톱 없어도 된다."(73)라고 아픈 손끝을 유리에 짓눌러 버린다.

손톱이 뒤집힐 때의 끔찍한 통증과 기괴한 모양은 상상만으로도 누구나 소스라치게 만들겠지만, 이 소설을 읽은 당신이 그보다 숨 가쁘게 힘들었던 대목은 사실 손톱 장면이 아닐 수도 있다. "돈 계산을 하고 가계부를 쓸 때에만"(60) 살아 있는 것 같은 소희가 "이번 달 월급 백칠십만 원을 받으면, 받으면……"(60) 하며 계산을 시작할 때. "대출 상환금이 매달 사십칠만 원 나가고, 옥탑방 월세가 사십만 원 나간다. 교통비와 회사 식대를 합치면 이십만 원, 통신료와 공과금과 건강보험료 합이 십삼만 원. …… 겨울이라 난방을 하니까 이만 원 더 든다. 그러면 십팔만 원 남는다. 십팔만 원으로 한 달을 먹고살려면……. 소희는 주먹을 꼭 쥔다." (61) 화수목은 열 시간 일하고 금토일은 열세 시간 일하는 소희가, 매운 짬뽕은 오백 원 추가라 "곱빼기도 말고 맵게도 말고 그냥 사천오백 원짜리 짬뽕을 먹을까 하다"(64) 식당을 나온 소희가, 시청료 때문에 텔레비전도 없애고 인터넷만 하며 또 계산을 한다. 포인트를 적립하고, 쿠폰을 수령하고, 로또 앱을 찍는다. 빚도 계산한다. "소희에겐 계획이 다 있다. 마지막으로 대출받은 옥탑방 보증금, 이자가 제일 센 그 오백만 원부터 갚아야 한다. 7월부터 11월까지 소희는 매달 이십오만 원씩 모아……" (62)

이렇게 반복적으로 등장하는 액수의 연쇄는 다른 어떤 사건의 개요와 전개를 알리는 말보다 치밀하고 혹독하지 않은가. 단지 소희와 같이 계산을 해 보면서 따라갔을 뿐인데, 무슨 행동 분석으로 범인을 색출할 때처럼, 어떤 오리무중인 사건의 진실에 다가갈 때처럼, 흥분에 압박감이 느껴진다. 언니를 기다리며, 아껴 쓰고 저축하며, "자기주장이란 게 없고 애가 아주 '무나아안하다'고, 무색무취하다고, 그것도 재주라면 재주라고"(57) 하는 소리를 들으며, 매일 통근 버스에 몸 싣는 걸 낙으로 여기는 소희가 안쓰러워서, 연민이 밀려와 답답한 것만은 아니다. 계산기에 올라탄 소희는 되레 "뭔가 벅차오르다 금세 풀이 죽고 갑자기 조급증이 났다 울렁거렸다 종잡을 수 없는 흥분 상태에 사로잡"(60)히곤 하지만, 그런 소희를 지켜보는 우리가 소희보다 먼저 "조금씩 불안해지고 신경이 곤두선다. 얼굴이 붉어지고 눈가가 이글이글 달아오른다. 뭔가 또 퍽 터질 것만 같다".(72) 물론 소희 자신도 곧 그렇게 된다.

언니가 사라졌을 때도, 손톱이 깨졌을 때도, 소희는 이렇게 뭔가로 가득 차서 터질 것 같았다. 무섭다. 소희를 이렇게 두면 안 되는데, 이렇게 혼자 놔두면 안 되는데. 도대체 나보고 어쩌라고? 내가 어쨌다고? 내가 뭐? 내가 뭘? 뭘? 뭘?

소희는 작은 소리로 외치며 걷는다.

내가 뭘? 뭘? 뭘?

소리가 점점 커지면서 말끝이 날카롭게 솟구친다.

내가 뭘? 뭘? 뭘?(72)

나는 지금 이 책에서 제일 슬프게 읽은 소설 이야기를 하고 있는데, 이것을 읽고 진짜 슬펐다고 해도 될까? 소희는 슬퍼하는 사람이 아니라 화가 나도 화를 삭이는 사람이고, 그래서 우리는 화를 내지도 못하는 소희를 보며 소희의 분노를 고스란히 느낀 것은 아닐까? 나는 이 소설이 정말 슬펐지만, 그보다 먼저 너무 화가 난 것을 스스로 가라앉히려다가 어느새 슬픈 느낌으로 스윽 넘어가 버린 것도 같다. 소희도 나도 슬픔보다 분노가 먼저였고 더 컸을 것이다. 다만, 손톱은 잃었지만 아직 언니가 오리란 기대는 놓지 않은 소희가, 자기보다 "더 전문가"(80) 같은 할머니에게 "조심해야지."(81) 하는 말을 듣고는 어쩐지 다정한 기분이 되어 계산도 조급함도 분노도 잠시 잊은 덕분에, 덩달아 누그러진 마음에 맺힌 눈물을 알아챘을 것이다. "아직 멀었다 소희야, 하는 말"(81)이 세상살이의 팍팍함에도 불구하고 생의 긴 여정을 긍정하는 말로 들려서 다시 숨을 고르며 눈물을 훔치고 말았다면, 이 눈물은 누군가의 슬픔을 연주하는 이야기가 아니라 우리의 분노를 지휘하는 이야기가 준 것이다. '슬픔의 마에스트로'가 분노를 지휘하기 시작했다.

2 불행이 아니라 부당함이다

소희의 안타까운 처지를 길게 얘기했지만, 소희만큼 우리를 속상하게 만드는 사람들이 이 소설집엔 연령대별로 있다. 「너머」의 'N'은 소희의 십 년 후쯤, 「친구」의 '해옥'은 이십 년 후쯤 되려나. 해옥의 아들 '민수'는 소희보다도 어린 아이라 더 큰 연민을 느끼게 할 수도 있다. 이런 맥락에서 「손톱」, 「너머」, 「친구」를 한 카테고리로 묶어 볼 수도 있겠는데, 이 소설들의 인물이 처한 곤궁이 이 시대의 가장 열악한 경제적 궁핍 상태를 드러내고 있다는 점에서 타당할 것이다. 아끼고 짜내고 모으고 계산하고……. 어떻게 안간힘을 써도 벗어날 길이 요원한 궤도, 비약할 수 없는 계단, 출구 없는 지하실을 떠올리게 하는 절망감이 우리를 화나게, 슬프게 한다. 이들의 삶이 "누가 봐도" "기쁨이랄 것이 없어 보"(153)이는 불행의 얼굴을 하고 있다고 말해진대도 과장으로 들리진 않을 것이다.

「너머」의 N은 두 달간 기간제 교사로 일하게 되었다. 뇌출혈로 한쪽 몸이 마비된 어머니를 요양 병원에 모셨는데, 근무 계약이 연장된다면 병원비 걱정을 덜 수 있으니 "N은 때로 초조해"(116)질 수밖에 없었으나, "더 이상 계약 기간 연장 문제로 교장에게도 그 누구에게도 잘 보일 필요가 없다는"(135) 사실을 눈치채기까지는 오래 걸리지 않는다. 학교에서 벌어지는 각종 난해한 사태들, 교실 뒷문 수리부터 식판 교체나 건물 사용 문제 등은 아무리 복잡해 보여도 "정규와 비정규를 가르는 경계만 알면 대부분 참으로 간단히도 이해가 되었"(141)기 때문이다. 무수한 차별과 폭력과 갈등을 낳는 그 가름 선을 경계로 목숨 걸고 싸우는 사람들의 코미디 때문에 N은 "웃음이 터질 것 같"다가도 "순간 느닷없이 병상에 누워 있는 어머니의 주먹만 한 얼굴이 떠오르면서"(144) 눈물을 쏟아 낸다. 생사를 가르는 중요한 일이 대체 뭐란 말인가. "이런 치사하고 악질적인 쪼개기 계약과 계약 연장 꼼수는……."(148) 당장에 발로 차 버리고 싶다……. 하지만 N은 다시 계산한다.

하지만, 그만두지 않을 수도 있다고 생각했다. N은 한 달치 월급과 그 돈으로 버틸 수 있는 시간을 가늠해 보았다. 자신이 계약 연장을 거절한다고 해서 교장이 곤란에 빠지거나 골탕을 먹을 일은 없었다. 비록 기분은 나쁘고 번거롭긴 하겠지만 강사 공모를 내면 그만이고 지원자가 있든 없든 학교는 굴러갈 것이다. 늙은 교사 말대로 어영부영 한 달만 버티면 월급이 나오는데 누구 좋으라고 때려치운단 말인가. 이해타산은 단순해야 한다. (……) N은 얼마 전에 2학년 담임 중 누군가 빙모상을 당해 조의금을 낸 것도 기억해 냈다. 어머니가 닷새 안에 죽지 않는 한 이 학교에서 조의금을 받기는 틀렸지만, 그러나 한 달을 연장한다면 혹시 모를 일이었다. 이런 생각을 해도 죄의식이 느껴지지 않았다. 이제 어머니는 없다고 N은 생각했다.(148~149)

N은 정녕 비정해진 것인가. 불행에 지쳐 "잔혹한 마음이 불처럼 일어"(149)난 것인가. 아니다. N은 다시 "누군가에게 용서를 구하듯 허공을 올려다보"며 "버릴 수 없는 것들이 있다고"(150) 생각한다. 그를 끝없이 불행으로 밀어 넣는 그 고난이, "세상천지 N에게는 어머니밖에 없고 어머니에게는 N밖에 없"(150)는 탓이 아니기 때문이다. 이 비극, 홀어머니와 사는 가난한 기간제 교사 N이 겪는 고충과 절망의 이야기가 N 자신의 불행에 관한 이야기라면, 이쯤에서 이 불행의 얼굴을 다시 들여다봐야 할 것 같다. 가령 "퇴근하자마자 요양 병원에 가서 밤에 전철이 끊기기 전까지 앉아 있다 돌아오는 생활을 계속"(140)해야만 하는 N의 일상적 고난은 과연 N 자신에게서 기인하는 것인가. 어떤 불행의 원인이 필연적으로 불행한 자의 과오나 결함에 있다고 한다면, N에 대하여 우리는 어떤 과오 혹은 결함을 말할 수 있을까. N은 정규직 교사들에 비해 턱없이 무능한가? 게으른가? "가증스러운 간병인"(149)이 어머니를 방치한 사실도 못 알아챈 것은 '잡급직'을 경계하지 못한 그녀의 우둔함 때문인가? 이런 식으로 물을 수 없다면, 신의 무지가 우연히도 N의 운명을 불행으로 점찍었기 때문이라고 해야 할까?

신의 무지에까지 생각이 미쳤으니 「친구」의 해옥과 민수에 관해 이어서 얘기해 보는 게 좋겠다. 해옥은 이른 아침부터 저녁까지 여성 용품을 배달·판매하고, 저녁에는 대형 음식점에서 고기를 굽는 일로 생계를 꾸리며 중학생이 된 아들 민수와 살고 있다. 오늘은 마침 상담을 하러 민수의 학교에 가야 하는 날, "고된 노역에 시달리는 가여운 거인처럼"(157)

친구 영란이 떠안긴 고가의 다이어트 식품과 특대 사이즈 옷을 양손에 들고 학교를 찾아갔더니, 친절한 목소리의 담임은 불쑥 '죄송하다'며 아이들이 민수를 때렸다고 한다. 다행히 민수는 "우리가 다 친구라서요, 친구끼리 장난친 거거든요."(162)라고 말해 해옥은 안심하고 싶었으나, 담임은 계속해서 "가해 학생들에게서 사과문을 받아 그녀에게 보내겠다고", "처벌을 원치 않으신다는 답장"을 보내 주시면 "학폭위도 열지 않고 처벌도 하지 않고 가해자들 중 아무도 전학을 가지 않고"(163) 사건이 종결된다며 "사과를 받고 용서"(164)하라고 언성을 높여 댔으니, 해옥의 심신은 만신창이가 되고도 남았을 것이다. 해옥과 민수 모자가 손을 잡고 집으로 돌아오는 길을 바라보며 오직 동정심과 서글픔으로 밀려 나오는 눈물을 당신도 삼켰을지 모르겠다.

하지만 그랬다면, 우리가 뭔가 착각하는 걸 수도 있다. "그녀에게는 아무도 모를 기쁨이 있"(153)다는 사실을, 제 맘대로 인정을 안 한 것이니 말이다. 그녀는 매일 새벽 눈뜰 때마다 '그분'께 감사 기도 드리는 걸 잊은 적이 없는데, 무거운 짐을 들어 지친 그녀에게 승강장 대기용 의자의 빈자리를 배석하시고 타고 갈 열차를 바로 보내 주시는 등 '그분'의 은혜는 그녀의 일상을 지탱하는 경건한 기쁨이기 때문이다. 민수가 중학교에 들어간 후 부쩍 밝아져서 새로 사귄 친구들 얘기를 많이 하는 것도, 학교에서 "돈 한 푼 내지 않고 영양사가 만든 맛있고 위생적인 음식을 먹을 수 있"(154)는 것도 그녀에게는 다 감사한 일이다. 해옥은 신의 무지조차 자기의 기쁨으로 받아들일 용의가 있으니 어떤 역경도 불행으로만 느끼진 않을 수 있다. "모든 건 그분이 판단"하시고, "모든 일을 종결하실 수 있"(165)는 것 또한 그분이므로 해옥 자신은 소위 '생의 비극성' 따위에 시달리지 않을 것이다. '친구들'이 발로 차고 볼펜으로 찔렀다지만, 그동안 전학 다니느라 친구가 거의 없던 민수는 오히려 '친구' 걱정을 하

지 않는가. "걔네들 전학 가면…… 불쌍해…… 불쌍해서 안 돼…… 전학이 얼마나 힘든데…….'"(166)

무슨 말이 하고 싶으냐 하면, 해옥과 민수가 불행하다고 하는 건 충분치 않다는, 이 이야기가 가련한 인물들을 애석하게 바라보게 하는 서글픈 것으로 읽혀서는 안 될 것 같다는 얘기를 하고 싶다. 해옥의 생, 민수의 삶이 불행한 인간의 것이라고 해서는 안 된다. 이들이 불행한 것이 아니다. 아니, 이들이 겪는 일이 불행이라 불릴 수밖에 없는 고난일지라도 그것을 이들 개인에게 속한 불행으로 보아서는 안 된다. 이들은 불행을 겪는 것이 아니라 부당함을 겪는 것이기 때문이다. 「너머」의 N에 대해서도 마찬가지로 얘기할 수 있다. N의 사정은 자초한 결과가 아니라 부당한 세상에 던져진 결과다. 이것을 누구에게나 공평한 세상의 불합리라는 조건에서 우연히 (신의 착오로) 불행이 점지된 이의 운명으로 본다면 충분할 것인가. N은 자기의 불행으로 부당한 처지에 놓인 것이 아니라 부당함을 겪기 때문에 불행한 것이다.

「친구」는 해옥과 민수의 고난을 보여 주는 이야기가 아니라 해옥과 민수를 기만하고 회유하는 불의와 폭력을 드러내는 이야기다. 「너머」는 N의 처량한 운명을 슬퍼하는 이야기가 아니라 N이 던져진 세상의 가름선들, 수시로 추가되고 아무렇게나 변경되는 불합리한 선들 때문에 누군가 겪게 되는 차별, 모욕을 드러내는 이야기다. 「손톱」은 소희라는 외롭고 나약한 인간을 안타까워해야 하는 이야기가 아니라 모순과 불공정이 자연스러워진 뻔뻔한 세상을 증오해야 하는 이야기다. 이 인물들이 아픈 것은, 이들이 개별적으로 병에 걸린 환자여서가 아니라 가학적인 환경에 노출된 약자이기 때문이다. 반복건대 권여선 소설의 인물들이 겪는 갖가지 고통은 그들 개인에게 귀속되는 불행이 아니라 우리 사회에 책임을 물어야 할 부당함, 불공정, 불평등이다. 그들의 고통에서 당신이 슬픔을 느꼈다면, 그 고통의 당사자를 불행의 주인으로 알아서가 아니라 우리가 속한 사회의 부정을 대신 겪어 내는 누군가로 여겼기 때문이리라. 그 슬픔은 누군가의 단독적인 아픔을 알게 하는 데 그치지 않고 우리, 인간들 사이의 근본적인 의존성을 생각하게 만든다. 이때 우리가 타인에 대해 느낀 슬픔은 공감보다는 책임감일 것이다.

3 되물어지는 전제와 맥락

언제고 생각나면 여전히 가슴이 조이거나 얼굴이 화끈거리며 고통에 시달리게 하는 옛날 일들이 있다. 예컨대, 과거에 내가 '잘못'을 해서 비난을 받았는데 어떻게 해결 또는 수습해야 할지 몰라 쩔쩔매며 죄의식과 수치심으로 괴로워했던 일 같은 것. 그 괴로움의 핵심은 물론 내가 행한 '잘못'에 있는데, 그 잘못도 다 같은 게 아니다. 나로선 실수였다 해도 결국 편협한 독단이나 이기적인 기만 등으로 인한 악행이었던 경우가 있고, 아무리 여러 번 그때로 돌아가 생각해도 나의 과오나 악행이라고 여길 수가 없는 경우도 있다. 전자는 내가 스스로 이해한 결과이기에 그런 과오 또는 악행을 후회하고 다신 안 그러겠다는 다짐으로 얼마큼 괴로움이 치유되기도 한다. 더 어려운 경우가 후자인데, 왜냐면 그때도 지금도 나로선 그 잘못을 불의나 가해로 인정할 수가 없으나 반복되는 기억을 바로잡을 수는 없다는 무력감 때문이다. 잘잘못을 가르는 기준을 내가 정해야 한다거나 그럴 수 있다는 게 아니다. 다만 어떤 행동이 잘못으로 판정되는 이치랄까 가치관이랄까, 그런 것을 몇 번이고 되물으며 생의 한 국면을 감당하는 일의 의미에 대해 생각해 보게 된다.

「희박한 마음」의 '데런'은, 동거하던 애인 '디엔'을 잃고 혼자 사는 여인이다. 간헐적으로 컥 끼이이아 흐룹 하는 수도관 소리가 나는 낡은 아파트에서 불면의 밤을 보내는 중이다. 기괴한 소음 사이로 흐르는 상념 속에서 디엔과의 기억은 포도알처럼 알알이 선명하다. 그중 이런 기억. 스물몇 살쯤 교정에서 함께 담배를 피우고 있던 그녀들에게 한 남학생이 다가와 "끄라고! 끄라고! 끄라고! 소리치며 팔을 들어 올려 디엔의 뺨을 내려쳤"(108)던 순간. "그때 아무것도 하지 않고 가만히 앉아 있던 자신의 내부에서 고요히 작열하던 무력감"과 "그 분노와 절망과 공포가 그들의 삶을 돌이킬 수 없이 응결"(109)시켰다. "아직도 꺼지지 않는 잉걸"(109)로 자신의 내부에 남은 "찬물을 뒤집어쓴 듯 오싹하면서도 불구덩이에 들어앉은 듯 후끈한 기운"(108)을, 오늘 밤에도 데런은 느끼는 것이다. 그리고 또 떠오르는 디엔의 꿈 이야기. 꿈속에서 "감춰진 이력처럼, 기필코 벗어야 할 누명처럼, 추궁되어야 할 비밀처럼, 부인해야 할 죄처럼 간주된 그 부도덕한 스티치 작업이 무엇이었는지"(110), 그리고 대체 "이런 꿈들은 어디서 오는 것"인지, 디엔이 가고 없는 이제 그것은 데런이 알아내야 할 문제가 되어 오늘 밤에도 데런은 "묻고 또 묻는다."(111)

일생 동안 그녀들을 호통치고 추궁하던, 짧은 머리에 거무스레한 피부인 건 기억나지만 "안경을 썼는지 안 썼는지 모르겠는데 어느 쪽이라고 해도 그렇다고 생각될 만한"(109~110) 남자들의 그 얼굴은, 오늘 새벽 3시에도 데런의 집 벨을 누르고 "문틈으로 데런의 얼굴을 뚫어져라 보"(105)는 얼굴이다. "화를 억누르지 못하고"(106) 흥분을 가라앉히지 못하는 그 남자에게 "여자 혼자 산다고 말하지 않은 건 잘했"(107)다고 그녀들은 생각한다. 평생 '겁우기'로 살아왔으니까. 왜 겁내야 하는지, 왜 추궁당하고 부인해야 하는지, 그것이 어째서 부당한지 물을 데가 없었기에 무엇 때문에 고통스러운지 알 수도 모를 수도 없는 희박한 마음이, 시간이 아무리 지나도 되물을 수밖에 없는 물음들을 토해 놓는다. 무엇이, 무슨 권리로, 아니 다시, 그 남자들은 어떻게, 오직 그녀들이 여자라는 이유로, 잘못을 적발하듯 항의하고 요구하고 후려칠 수가 있었는가. 어째서 무고한 그녀들에게 죄인 듯, 결함인 듯, 부도덕인 듯, "증언을 하도록 요구"(110)할 수가 있었는가.

만약 당신에게도, 의식인지 무의식인지도 모호한 채 한사코 붙들려, 당신을 일그러뜨린 어떤 폭력에 대한 증언을 되풀이해야만 하는 과거가 있다면, 그렇다면 당신도 또 과거로 들어가야 하고 또 물어야만 할 것이다. 오늘 밤에도 "디엔이 꾸었던 꿈속으로 들어"(110)가는 데런처럼. 아무리 오래전 일이라도, 지금껏 꿈쩍도 하지 않은 편견이어도, 수십 번 고쳐 생각할 때마다 격심해지는 고통이라면.「희박한 마음」이 데런과 디엔을 평생 움츠러뜨렸던 편견과 혐오를 되묻는 이야기라면, 앞에서 읽은「손톱」,「너머」,「친구」에 대해서는 이렇게 말할 수 있겠다. 가난한 사람, 어린 사람, 힘없는 사람 들이 일상적으로 겪는 차별을 되묻는 이야기라고. 그러고 보니 이 책엔 되묻는 이야기가 많다. 원래 그런 거라는 생각, 흔해 빠진 장면, 평범한 대우 들이 바로 그런 것으로 그려진 바탕의 밑그림에 대해 되묻고, 나아가 타고난 불행, 근원적 슬픔 등을 바로 그런 것으로 인식하게 만든 어떤 합의들의 맥락과 전제에 대해 되묻는 것이다. 이어서「송추의 가을」을 읽어 보면 무슨 얘긴지 더 잘 알게 될 것이다.

「송추의 가을」은, 아버지 무덤의 뼈를 수습해 화장하여 다시 평묘를 만드는 가족 행사에 모인 사 남매가 이 일을 두고 왈가왈부하며 언성을 높이는 어느 가을날의 이야기다. 아직 살아 계신 어머니의 뜻은 무시하고 감행된 이 행사에 대해서는 "언제 해도 할 일"(큰형, 186), "이게 무슨 난리굿"(누나, 182), "일만 다 내 차지"(작은형, 176) 등으로 의견이 나뉘어 저마다 "니가 뭘 몰라서 그러는데"(190)라고 서로를 탓하며 "자기 얘기만"(188)한다. 얼마 전 이혼하고 실직한 막내는 영문도 모르고 행사에 동원된 것인데, "난데없는 역정"과 "적반하장"(170), "난 참, 이해를 못 하겠다."(174)라는 말, "이제 대답을 좀 해 보려무나 하는 표정"(175) 들 속에서 "얘기를 들을수록 그는 도대체 뭘 어떻게 한다는 건지 종잡을 수가 없"(187)어지고 마침내 폭발하고 만다. "자식새끼들이 돼 가지고 씨발! 울 엄마는 자유롭고 싶다는데!"(191)

모두 중장년 이상인 이 형제자매들은 늙으신 어머니를 진정 위할 방법은 제쳐 두고 각자 "형제들의 생각이 뭔지 알 수 없"(184)는 채 '가족'의 이름으로 만나서 싸우고 욕하고 미워하는 중이다. 허울만 남은 효도를 근거로 근근이 인연을 이어 가는 형제자매들이 껍데기 같은 말로 서로의 근황을 걱정(하는 척)하며 저 혼자 내세우는 가족의 뜻을 고집할 때, 가족은 위계와 완력을 친밀함으로 위장하는 명분이 될 뿐이다. 특히나 안하무인 맏형이 아무렇지도 않게 누나에게 퍼붓는 "저거 저거 뭐라는 거냐?"(187), "기집애가 아주 말하는 게 재수가 없네."(189), "주둥이가 그렇게 싸 가지고서는"(185) 등의 악담은, 가족 내 연령, 성별에 따른 권력 구조를 여실히 드러내어 그 야만성과 폭력성을 절감케 한다. 아버지가 돌아가셨을 때 여덟 살이었던 막내에게는 이 일이 가족 내 소외감을 더욱 커지게 했고, 끝내 '가족'이란 그에게 서글픔 이상의 의미가 될 수 없었을 것이다. "식구들 모두 장의차를 타고 떠나고 혼자 방구석에서 낮잠을 깼던 어린 시절처럼 그는 손등으로 눈을 비비며 울"(192)고 만다.

4 사는 동안은 감사

지금까지 이 책의 소설들을 따라 읽으며 곤궁, 고독, 아픔, 공포, 절망,

소외 등의 고통이 당신에게로 전해질 때, 그 고통은 당신을 안타까움에 빠져들게 하고 슬픔에 젖게 할 뿐만 아니라 당신이 그런 안타까움과 슬픔을 느껴야 하는 까닭에 대해, 즉 그런 고통을 있게 한 전제와 맥락의 합리와 윤리에 대해서까지 사유하지 않을 수 없게 만들었으리라는 이야기를 했다. 누군가의 비극에 대해 당신은 분노를 느끼고 차별을 헤아리고 혐오와 편견을 응시하며 야만성과 폭력성을 규탄하기도 했으리라. 당신은 누군가의 비극을 특정 개인에게 부과된 우연한 (불)운으로 바라볼 수도, 모든 인간에게 열려 있는 장난 같은 운명으로 치환할 수도 없었을 것이다. 그럼으로써 어쩌면 타인의 고통에 대해, 그 슬픔에 대해 더 잘 알게 되었다고도 할 수 있다. 그런데, 그렇다고 해도, 고통과 슬픔이 사라지는 것은 아니지 않은가. 고통을 바로 보고 슬픔을 응시한다고 해도, 생은 우리를 아무 데나 데려다 놓고 아무 때나 "지독한 염증"(42)에 시달리게 하지 않던가. 삶은 아무래도 "무채색 배경 속의 정물화"(214) 같기만 하고 매일매일 마모되고 흐려지는 것만 같다. 당신이 이미 인생의 중간 지점을 지났다면 공감하시려나. 「재」와 「모르는 영역」의 중년들을 어떻게 보셨는지 같이 얘기해 보고 싶다.

「재」의 주인공은 조만간 병원에 입원해서 가망 없는 수술을 받아야 하고, 돌봐 줄 가족이 없으니 회복 기간 내내 낯선 간병인의 손에 몸을 내맡겨야 하는 불안 속에 놓여 있다. 오래전에 말없이 딸을 데리고 떠난 아내는 죽은 지 한참 되었고, 아내의 당부로 처형이 키운 딸은 외국 여행 가이드로 일하며 연락도 드문 상태다.(그의 과거가 중요한 건 아니지만, 처형과의 대화를 통해 짐작할 때 그의 아내는 자기 삶이 얼마 남지 않은 것을 알고 먼저 그를 떠나 딸을 언니에게 맡겼고, 부모의 보살핌을 대신한 이모와 성격이 맞지 않았을 딸은 일찍 독립했다. 이들 사이에 "무엇을 잘못했는지, 무엇이 잘못되었는지"(207)는 한 번도 공유되지 않았고, 현재로서 결론은 "이해하려고 애쓰면 애쓸수록 내가 뭘 잘못했나, 내가 이상한 사람인가, 그렇게 자꾸 날 의심하는 일, 그만하고 싶어요."(208) 정도가 될 것이다. "고단해요 나도. 이제 늙었기도 하고."(208)라는 처형의 말은 주인공의 심정을 나타내는 것이기도 하리라.) 그의 삶은 "회색의 불모지나 돌의 바다 또는 자갈밭과 다를 바 없는 것"(214)처럼 보인다.

그러던 어느 날 그는 우연히 카프카의 「변신」 속 '그레고르'에 대해 '벌레'가 아니라 '해충'이라고 말하는 사람들의 얘기를 듣고 「변신」을 읽다가 "그것은 병원이었다."(201)라는 문장에 눈이 멈추게 된다. 이후 제발트의 『토성의 고리』에서 "작가가 거의 온몸이 마비된 상태로 노리치 병원에 입원하는"(212) 대목을 읽게 되자, 「변신」과 『토성의 고리』의 문장들이 그에게서 섞이기 시작한다. 그는 제발트와 함께 "부지불식간에 자신이 내려다본 황량한 풍경 속에서 무엇인가를 찾아내려 애쓰"는 행위로써 "아직 벌레가 아니고 아무리 황량한 폐허 속에서도 무언가를 찾아낼 수 있고 찾아낼 수밖에 없는 존재"(214)가 되고자 한다. 현실은 오히려 누군가 그려 놓은 허구 같기만 하고, 삶에 그를 생생하게 붙잡아 두는 것은 오직 "어떤 상상, 어떤 사색"(215)이라고 해도 좋다. 현재 자신의 불안한 처지를 딸에게 다 말해 준다면 어떨까 하는 "공상"(200), "처형에게서 들은 얘기 중 한 장면이 실제로 본 것처럼 선명하게 떠오르는"(204) 허상, 이십오 년 전 살던 집에 아직도 아내와 딸이 있을 것만 같은 망상, 다른 건 다 잊혔는데 이물스럽도록 생생하게 기억나는 "초록빛 파김치"(211)의 심상, 퇴원 후 제발트가 그레고르의 집을 찾아갔을 거라는 "환상",(217) 이런 것들이 "창밖으로 보이는 현실이 실제로 얼마나 다채롭고 역동적인지"(213~214)와는 무관하다고 폄하될 수 있을까? 그럴 리가. 이런 상상과 사색 속에서만 그는 "돌연한 생기"(199)를 얻고 "격한 기쁨"(217)을 맛보며, "비로소 겉돌던 세상의 틀 속에 겨우 들어앉게 된 듯한 느낌"(221)을 갖는 것이다. 그러니까 소설 「재」는 생이 재(災)와 같아서 다 타 버린 재(灰)처럼 존재(在)해 온 그에게 다시(再) 생의 감각이 모이는 순간의 이야기로 읽힌다.

「모르는 영역」의 주인공인 갱년기의 화가는 어떤가. "괜히 멋있어 보일 거 같"(11)은 일을 주로 하고 "무엇무엇을, 잘 못한다, 그렇게 인정하는 말"(44)은 거의 안 하는 타입인가 본데, 새벽부터 라운딩하고 낮술로 보드카 마시고 갑작스레 딸과 그녀의 동료들에게 고기를 사 주겠다고 나선 것을 보자니, 청년 시절부터 현재까지도 내내 꽤 정력적인 활동으로 인생을 채워 온 사람인 듯하다. 오랜만에 만난 딸과 건건이 아옹다옹하는 것도, "꽝꽝 얼고 절절 끓고 하는"(27) 거나 "제멋대로 생겨 먹"(45)은 성격이 둘이 똑같아서일 텐데, 그 자신은 전혀 모르는 것 같다. 이런 성정의 사람에게, 이제부터 삶은 "더는 세지지 말"아야 하고, "지워질 듯 아슬해"질 것이며, "겨우 간신"(10)히 이어질 것이라는 예감은 우울하기만 하다. "아무 일도 없는데 눈물이 날 것 같은 슬픔과 피로"(35)에 휘말려 "요즘 그는 종종 힘이 들었고 시도 때도 없이 눈물이 났다".(36) "희망이 없어."라는 생각에 "차라리 단칼에 끊어 내고 싶다, 증발하고 싶다."(36)라고 생각하는 걸 보면 여전히 격정적이고 다혈질인 그에게, 힘을 뺀다는 건 언제나 삶의 반대 의미로만 다가왔을 것이다. 그러다 그는, 어쩌면 그의 여생을 좌우할 무언가 '엄청난 것'을 경험한다.

어디선가 새가 날아와 나뭇가지에 내려앉았다. 날갯짓의 급격한 감속, 날개를 접고 사뿐히 가지에 착지하는 모습, 가지의 흔들림과 정지…… 그런 정물적인 상태가 얼마나 지속되었을까, 새는 돌연 가지를 박차고 날아갔고 그 바람에 연한 잎을 소복하게 매단 나뭇가지는 다시 흔들리다 멈추었다. 멍하니 서서 새가 몰고 온 작은 파문과 고요의 회복을 지켜보던 그는 지금 무언가 자신의 내부에서 엄청난 것이 살짝 벌어졌다 다물렸다는 걸 깨달았다. 그는 새가 날아와 앉는 순간부터 나뭇가지가 느꼈을 흥분과 불길한 예감을 고스란히 맛보았다. 새여, 너의 작은 고리 같은 두 발이 나를 움켜잡는 착지로 이만큼 흔들렸으니 네가 나를 놓고 떠나는 순간 나는 또 그만큼 흔들려야 하리. 그 찰나의 감정이 비현실적일 정도로 생생해 그는 거의 고통스러울 지경이었다.(28~29)

짙고, 쨍하고, 선연하게 빛나는 화풍의 소유자일 그에게 생의 감각이란 연하고, 묽고, 겨우 간신한 것과는 거리가 멀었을 것이다. 하지만 새의 작은 두 발이 가지를 움켰다 놓을 때의 그 파문을, "이미 사라져 버렸고 다시 반복되지 않을 것이고 영영 지울 수도 없"(29)을 그 순간을 경험한 그로선, 이제 어떤 짙음, 강함, 독함보다도 강렬한 '단 한 번'을 믿지 않을 수 없게 되었다. 당장 이 '단 한 번'의 경험으로, 식당의 바가지 수법에 대해 "왜 해도 됩니까, 한 번은?"(27)이라며 버럭 화냈던 딸을 이해해 버리고 만 것이다. 힘주어 움직이고 여기저기 채우고 어떻게든 알아내고, 그런 식으로만 생이 나아가는 것이 아님을, "흐릿하게 멀어지는"(44) 시선으로나 겨우, '모르는 영역'에서나 간신히, 늘 낮달만 만나는 해의 입장이 아니라 해는 전혀 모르는 밤에 뜨는 달의 모양으로도, 생은 더없이 강렬하게 지속된다는 것을, 그렇게 힘 빼는 법을, 여기까지 그를 데려다 놓은 생은 이번에도 그에게 알려 준 것이리라. 아마도 교만했었을 그에게 이제 "그만 살 준비를"(36) 하라는 뜻이 아니라 이제부터 살 준비를 하라는 뜻으로.

원인과 증상은 달라도 가혹하지 않은 삶은 없을 것이고 그 이유를 빤히 본다고 벗어날 길도 밝지 않을 것이지만, 어쩌면 바로 그렇기에, 생을 부정하거나 포기할 이유도 목적도 없는 거라고 생각하게 된다. 살아 있다는 것은 곧 무엇으로나 어떻게나 이 세계에 내가 연루되어 있다는 것인데, 그것이 현존의 물성에 한하지 않고, 형상도 질료도 갖추지 않았다 해도, 그러니까 어떤 사색이거나 상상이거나 단 한 번 현현했다 사라진 감각이라 해도, 그것이 나를 붙잡았기 때문에, 생은 우리를 지탱하고 우리는 삶 속에 존재하는 것이 아닐까. 그러니 우리가 어떤 심원한 고통에 붙들렸다 해도, 어떤 말도 안 되는 악폐에 몸부림치는 중이라 해도, 그조차 살아 있음의 의미로서 여전히 아름다워야 할 생의 몫이라 해야 할지 모른다. 그것은 어쩌면 "그냥 공기만 가득, 둥둥"(218)의 상태일 것이어서, 충만하다고도 공허하다고도 할 수 없는 그런 느낌의 지속일 테지만, 우리의 생이 지금도 죽음으로 다가간다고 하든 죽는 순간까지 예비된 삶의 길을 간다고 하든, '아직 멀었다는 말'로밖에는 가리킬 수 없는 것이리라. 그 고단함과 불확실함에 기쁘게 충실하라는 역설이야말로, 살아 있는 내가, 나를 이 세계에 연루시킨 생에게 감사를 표할 유일한 길인지도 모르겠다.

5 순순히 따라가게 된다

소설을 읽고 또 읽고, 다 읽은 책은 책장에 꽂고 새로 나온 책을 또 산다. 소설이 드러내 준 사연들, 남긴 의미들은 점점 불어나고 차곡차곡 쌓인다. 이 과정은 오래도록 계속되어 왔고 더 계속될 것인데, 그러면 이 세상은 이렇게 드러나고 알려진 너무 많은 의미들로 웅성웅성 와글와글 아수라장이 되지는 않을까. 그런 생각을 이 책을 손에 든 당신도 해 본 적이 있을 것이다. 그런데 이상한 건, 새로운 소설을 읽을 때, 또 다른 세상과 의미를 만날 때, 우리는 "무엇인가가 드러나기보다 사라진다는 느낌"(250)도 받는다는 것이다. 읽는 행위 속에서, 전에는 또렷했던 무언가가 희미해진다. "그렇다고 완전히 사라지지는 않는다."(250) "무언가 희미하게 점멸하며 살아 있다."(250) 그러니까, 점점 쌓이고 넘치는 게 아니라 희미한 것들이 깜빡이다 사라지고 또 나타나는 것이겠다. 몰랐던 세계를 찾는 것과 알았던 세상을 떠나는 것은 함께, 동시에, 일어나는 일인 것 같다. 이 책을 읽을 때의 그 깜빡임에 대해 말하기 전에 "묵언의 시간"(225)을 보내고 완전히 다른 말을 하게 된 한 언어 능력자를 소개하겠다.

「전갱이의 맛」에서, 성대 낭종 수술로 한동안 '응'도 말하지 못하는 시간을 보내야 했던 이 남자의 얘기를 들어 보자. 그는 처음엔 남들에게 해명할 수 없어서 답답한 마음이 컸지만 조금 지나자 정작 힘든 건 "내가 지금 이걸 느낀다, 하는 걸 나에게 알려 주지 못"(241)한다는 데 있었다고 한다. 말이란 근본적으로 자기와 대화하기 위한 것이라 생각하게 된 그는 "나와의 소통"(243)을 위해 수화도 써 보았지만 여전히 "나를 향한 말"(241)이 간절했다고, 하여 급기야 "나만의 말"(244쪽)이란 걸 만들어 냈는데, 그건 사실 "만들어지는 게 아니라 기억되거나 발견되는"(245) 것이고, "말 속에 삶이 깃드는"(246) 것이라고도 했다. 그런 시간을 보내고 나니 그의 말은 "나직하다 할까 침착하다 할까, 그러면서도 풍성하다 할까"(230) 싶게 묵직해져서 "순순히 따르는 게 순리라는 생각"(231)까지 들게 하는 말이 되었단다.

그런데 이 변화의 과정이, '말'을 한다는 사실뿐 아니라 말로 하는 다른 일들에 대한 이야기로도 들리는 것이 심상찮다. 그는 본래도 말을 아주 잘하는 사람이었으니, "그의 말은 묘한 활기와 확신에 차 있어서 그가 말을 시작하면 누구나 기대를 품고 경청할 준비를 했고 그 또한 그것을 알고 즐겼다. 그는 말의 강약과 리듬을 조절할 줄 알았다. 세고 독하면서 어딘가 유쾌하고 허풍스러운 데가 있는 그의 말은 좌중을 즐겁게 했고,

풍자나 비판 심지어 인신공격일 때조차 의외로 관대하게 수용되도록 만드는 매력이 있었다."(235)라는 것이다. 듣고 보니 이런 매력이란 흔히 다른 산문과 비교되는 소설의 매력이 아닌가. 활기와 확신, 흐름과 리듬, 유쾌함과 관대함 등은 당신이 소설을 읽고 또 읽게 만드는 바로 그 이유들과 같지 않을까. '묵언의 시간' 이후 달라진 그가 전보다 더 멋진 "부드러운 놀람을 선사하는"(230) 말에까지 이르게 된 연유가 '자기만의 말'을 구사한 데 있었듯이, 권여선의 지난 소설을 읽고 지금 이 책을 읽은 당신이 부드럽게 선사받은 것은, 이 책에만 있는, 이 소설들만의 말에서 나왔다고 할 것이다.

말이 "순수히 타인만 향한 게 아니라 나를 향한 것"(241)이기도 하다면 작가가 소설을 쓸 때도 마찬가지, 어쩌면 더 당연한 일이다. "타인을 향한 말은 그럭저럭 포기가 되는데 나를 향한 말은, 그건 절대 포기가 안 돼"(241)니까, 그래서 무엇보다도 "내가 알 수 있게!"(241) 쓰는 것이 중요하다는 생각, 그 생각이 이 책의 모든 문장에 배어 있는 것을 당신도 느꼈을 것이다. 단 한 문장도 그것을 쓴 이의 앎과 삶에서 소외되지 않았다고 확신하게 된다. 확신은 대개 불안한 것이니 금세 거두고 싶은데, 서로 겹치지 않고 등지지 않고 기준 없이 조화로운 이야기들이 저마다 간절하게 생생한 장면들을 읽어 나가다 보면 그러기가 쉽지 않을 것이다. 한 편 한 편이 모두 "위압적인 구석이 없는데도"(231) 거부하기 어려운 '순리'처럼 우리를 이끌리게 한다. 이전에 읽은 그의 소설들에 이 책의 소설들이 쌓이는 방식이 아니라, 희미해져 가는 지난 소설들 속에서 무언가가 다시 드러나는 방식으로. 이전에 밝혔던 세상에 휘황한 불빛을 더하는 방식이 아니라, 어두워져 가는 그 불빛들 사이에서 어떤 불빛이 환하게 켜지며 깜빡거리는 방식으로. 지금은 이보다 더 나은 방식을 생각할 수 없다. (2020)

모든 지금의 작가

―은희경 『빛의 과거』[1]

1 지금 내가 보는 빛의 과거는 나의 지금

    과거는 이미 사라진 세상이고 가장 낯선 이국이지만, 기억으로 되살아나는 실감이 아니더라도 그것이 아예 '없는 것'이라고는 생각할 수가 없다. 물리(학)적으로 따져 봐도, 강물처럼 흐르는 시간에 내가 올라타고서 '현재'라는 이 순간을 끊임없이 과거 쪽으로 밀어내며 미래를 향해 떠밀려 가고 있는 중이라고 하기보다는, 내가 다만 움직이고 달라졌기에 내가 놓인 주변(세계)이 계속해서 이동하고 변하는 중임을 시간이라는 단위로 가늠할 뿐이라고 하는 편이 더 그럴듯하게 들리는 것 같다. 사실 긴 말이 필요 없는 얘길 텐데, 시간이 공간 위로 흐르는 물질, 또는 지속과 변화를 측정 가능하게 하는 절대적 지표 같은 게 아니라는 사실은, 아인슈타인 이후의 현대인들은 모두 깨친 과학이 아닌가. 과거-현재-미래의

---

1   은희경, 『빛의 과거』(문학과지성사, 2019). 이후 이 책의 인용은 괄호 안에 쪽수만 표시한다.

직선이 한쪽 끝을 잘라 내며 그 반대쪽으로 진행하고 있다는 식의 시간관은 과학적으로 이론적으로만이 아니라 직관적, 지각적으로도 옳게 느껴지지 않는다.

우리 눈에는 3차원의 공간까지만 보일 뿐이나 실로 우리가 살아가는 것은 (공간과 시간이 분리되지 않은) 4차원의 시공간이다. 그러므로 시간이란 일정하게 분절 가능한 절대적인 척도가 아닐뿐더러 오직 한 방향으로 나아가는 유일무이한 요소가 아니다. 이런 사실도 물론 잘 알려져 있다. 덧붙여, 1초에 약 30만 킬로미터를 가는 빛의 속도가 고정 불변이기 때문에 관측자의 움직임에 따라 상대적으로 변하는 것은 시공간이라는 것, 요컨대 시간은 절대적이지 않고, 따라서 '동시성'이란 상대적이란 것도. 은희경의『빛의 과거』이야기를 꺼내 놓으려던 참인데 어째서 이런 얘기를 하고 있나. 1977년 서울의 한 여자대학교 기숙사를 배경으로 한 이 소설이 이제는 사라진 세계가 아니라 지금도 '있는' 세계를 이야기한다고 느꼈기 때문일까. 아마 그럴 것이다. 과거의 이야기인데, 없어진 것이 아니라 있는 것을 말하고 있는 것 같아서. 하지만 그래서만은 아닐 것이다.『빛의 과거』는 과거가 현재에 남긴 흔적을 알게 해 준 것만이 아니라 현재가 과연 무엇인가, 지나간 것과 분리해야 하는 '지금'이란 무엇인가를 생각하게 해 주었기 때문이다. 나는 지금 지나간 시절에 대한 어떤 이야기를 다 읽었는데, 이 행위에서 '지금'은 언제일까. 아니 무엇일까.

언제 들어도 모호하고 신비한 기분에 휩싸이게 되는, 시간에 관한 우주적 이야기들을 좀 더 떠올려 보고 싶다. 이런 이야기가 있다. 4광년 떨어져 있는 별에 내 친구가 가 있다. 내가 '지금' 망원경으로 그 친구를 관측한다면 그건 그 친구의 4년 전 모습이지 나의 '지금'과 동시의 모습이 아닐 것이다. 그렇다면 내가 관측하고 있는 '지금' 그 친구의 모습은 4년

후 내 망원경에 잡히게 될까? '상대성이론'에 따르면 지구와 중력이 다른 그 별에서 시간은 지구보다 훨씬 빠르므로 4년 후 내 망원경이 보는 것은 그 별의 10년 후일 테고, 그사이 그 친구는 지구로 돌아왔을 수도 있다.[2] 이런 상상의 요점은, 이곳의 현재가 저곳의 과거, 저곳의 미래가 이곳의 현재라는 것이 아니라, 온 우주에 일정한 현재, 과거, 미래는 없으며 따라서 '지금'이란 모두에게 다른 순간이라는 것이다. 『빛의 과거』라는 소설이 내가 '지금' 보는 '1977년의 서울'이라는 행성이라고 한다면, 내가 본 것이 그 행성의 40년 전 모습일 뿐 지금의 그 행성은 아니라고 할 수 있을까. 다시 40년이 지나야 '지금'의 그 행성을 볼 수 있는 건 아닐 터이니 일단 『빛의 과거』는 '지금' 사라진 세계가 아니라고 하는 게 맞을까. 지금 나의 망원경으로 보이는 저 별은 지금 여/저기에 있지 않은가. '1977년의 서울'은 지금(도) 있다.

2 분리에서 섞임으로

지금도 많은 대학교들에 부설 기숙사가 있고 그곳엔 전국 각지에서 온 각양각색의 신입생들과 그들보다 두어 살 많은 재학생들이 섞여 제1의 목적(편리한 통학) 외에도 친목과 소통 등의 기능을 공유하며 살고 있으니 1977년의 기숙사 이야기가 멀게 느껴지지 않는대도 이상할 것은 없다. 그때나 지금이나 "기숙사 안에서는 출신 지역에 따라 무리가 만들어진다면 학교로 나오면 서울과 지방 두 가지로 성분이 나뉘"(133)는 것도 그대로이고, "'언어학 개론' 시간에 소쉬르의 통시성과 공시성을", "'고전

---

2   카를로 로벨리, 이중원 옮김, 『시간은 흐르지 않는다』(쌤앤파커스, 2019). 49∼54쪽 참고.

문학개론' 시간에 고문으로 된 『한중록』을"(83) 배우는 것도 변치 않았다. 휴일에 그들은 올해 노벨 문학상을 받은 페터 한트케의 「관객모독」이나 오늘도 서울의 한 공연예술센터에서 상연 중인 연극 「에쿠우스」를 보러 가기도 한다니, 40년의 거리는 자꾸 잊어질 만큼 1977년은 동시대적이라 할 수도 있다.

하지만 『빛의 과거』에 대한 내 독후감의 요점은 다음의 것들이 아니다. 이 소설이 1970년대 말의 사회적 풍속, 문화적 세목, 정치적 분위기 등을 어찌나 생생하게 전해 주었는지, 그 실감이 마치 2010년대 말 현재의 사건들을 보고받은 양 직접적으로, 가깝게 느껴진다는 것. 1977년의 한국에서 여자 대학생들이 겪은 다양한 경험이 당시 사회적으로 점유했던 전형성은 2019년 현재 한국 사회의 젠더 프리즘에도 현실적인 문제성으로 다가온다는 것. 또는 40년 전의 사건들이라 해도, 앞서 우주적으로 말해 보았듯 운동 상태에 따라 '동시성'은 상대적이므로 '지금'이란 모두에게 다른 것이라는 '상대성이론'을 내가 좀 이해한 결과 40년 전과 현재를 거의 '동시적'으로 바라보게 됐다는 것. 아니, 사실은 이와 같은 점들 모두 『빛의 과거』를 읽으며 내가 생각한 것이 맞다. 하지만 이는 또한, (연대 표기와 몇 단어만 바꾸면) 『새의 선물』을 읽으며 내가 생각한 것이라고 말해도 된다. 이번에 은희경의 소설을 읽고 난 후의 독후감에는 뭔가 덧붙여져야 할 것이 있다.

『빛의 과거』는, 책의 띠지에 적힌 카피이기도 한 "'다름'과 '섞임'의 세계"란 문구를 말하지 않기가 어려운 소설이다. 다양한 조건과 성향을 지닌 갓 스물의 젊은이들이 무작위로 한데 섞인 지점으로부터 피어나는 우연과 필연, 욕망과 방황, 미욱함과 고뇌 등이 섬세하게 포착되어 있을 뿐만 아니라, 40년 전 기숙사 시절의 사건들과 김희진의 소설이 출간된 현시점의 소회와 지난 40년 동안 끊어질 듯 이어져 온 친우 관계를 통한

"또 다른 생의 긴 알리바이"가 또한 진진하게 섞여 있는 이야기이기 때문이다. 같음을 분리하는 것과는 다른, 다른 것들이 섞여 한데 존재하는 이 메커니즘은 이번 은희경 소설의 주목할 만한 지점이다. 우선 꽤 많은 수가 등장하는 이 소설의 캐릭터에서부터 감지된다. 인원이 열둘 정도 되는 집단이 둘 있으면 각 구성원들의 캐릭터 중 여덟쯤은 서로 유사한 타입으로 묶을 수 있다는 우스갯소리를 들은 적이 있다. 인간이 대개 유형적으로 행동한다는 얘기라기보다, 우리가 얼마나 유형화에 익숙/능숙한지 꼬집으면서 그런 유형화가 얼마큼 (부)정확한지도 모른 채 거기에 갇히고 만다는 소리일 것이다. 『빛의 과거』에 등장하는 기숙사생 열 명 정도를 놓고도 각 캐릭터가 너무나 그럴듯한 데다 그 얽힘도 실화 같아서, 처음엔 그들과 유사한 나의 지인을 하나하나 대칭시켜 볼 수도 있을 것 같은 기분이었다. 하지만 곰곰 살피면 그들 중 누구도 내가 아는 어떤 이와 비슷하지 않다는 사실을 깨닫게 된다. 그들은 다만 나도 경험한 적 있는 여러 성격의 부분들 중 몇몇과 그것을 더욱 사실적으로 만드는 통찰의 조합으로 탄생했을 것이다. 이 기숙사의 친구들은 나와 다른 낯선 이들이었는데, 다만 이들과 섞이면서 내가 알았던 것을 환기하고 다시 발견했던 것이겠다. 소설 속에 나오는 이런 말처럼. "이렇게 많은 사람 중에 한 명이라도 아는 사람이 있지 않을까 생각하는 게 아니다. 그 반대이다. 모르는 사람들의 다양한 얼굴에서 오래전 알았던 사람의 모습을 발견하는 것이다."(20)

요컨대, 『빛의 과거』의 인물들은 전형적으로 개연성을 획득했다기보다 개연적으로 개별화되어 있다. 그럼으로써 일정한 유형으로 분리되는 고유성이 아니라 여러 유형의 특성이 합쳐진 개성을 갖는다. 이 말은 지난 은희경의 소설들에 대해 내놓아졌던 여타 비평적 견해들과는 조금 다른 뜻을 지닌다. 1990년대 중반의 첫 만남으로 시작된 은희경 소설의 당시 약진에 대해 "개인의 자아를 위협적인 세상으로부터 감추고 짓궂은 운명의 변덕으로부터 보호하는"[2] 외로운 개인의 새로운 소설적 탐문으로, "내 안에 나 아닌 그 어떤 것도 들여놓지 않겠다는 부단한 긴장"[4]의 소산으로 판단되었던 건, 자기 삶을 '개인적 결단'으로 믿을 수 있었던 1990년대적 현실에서 타당하였겠다. 이후 2000년대 중반의 은희경은 "우리의 삶을 규정하는 어떤 유무형의 힘 앞에서는 도무지 선택의 왕국이 들어설 자리가 없다는 사실을 아프게 깨닫"고 "고독의 발견"(218)에 이르렀으며 "완강한 시스템 속에서 고독한 개인들과 더불어", "우리의 정신과 육체를 근저에서 좌우하는 시스템의 내적 논리를 지도로 그려 내는 일"[5]로 나아갔다고 진단되기도 하였다. 그리고 2010년대, 은희경의 그들은 여전히 고독했지만 "자기 몫의 고독을 짊어진 낱낱의 개인이라는 관념"을 가지고 "낯선 세계로의 횡단 경험을 통해" "서로가 연결되어 있다는 사실"[6]을 발견하는 형식을 구현하기도 했다. 성글게 정리하여, '냉소와 위악'에서 '고독과 연대'의 여정을 거쳐 '다름과 섞임'으로, 또는 '서정 대 서사'의 세계에서 '이미지와 패턴'이 갈마드는 인생을 거쳐 '다름과 섞임'의 현장으로 나타났다고 말해 볼 수 있다면, 은희경 인물들의 고유성은 자기 자신조차 분리하여 견고해진 '나'를 바라보는 쪽으로부터 무수한 타자들의 일부가 섞여 흔들리는 '나'를 발견하는 쪽으로 변화했다고 하겠다.

이 소설에서 '다름과 섞임'의 의의를 둘 만한 차원은 '개인성'의 형성에 있는 것만이 아니다. 『빛의 과거』에는 두 개의 첫 문장이 있다. 책의

---

3 황종연, 「나르시시즘과 사랑의 탈낭만화」(해설), 『타인에게 말걸기』(문학동네, 1996), 340쪽.

4 신형철, 「거대한 고독, 인간의 지도」해설, 『아름다움이 나를 멸시한다』(문학동네, 2007), 218쪽.

5 같은 글, 223쪽.

6 차미령, 「이식의 고통과 고독의 연대」, 『버려진 가능성들의 세계』(문학동네, 2016), 61쪽.

표지를 열고 "2017"이라고 쓰인 쪽을 넘기면 첫 줄에 쓰인 "가장 친한 친구가 아닌 것과는 상관없이 그녀는 나의 가장 오래된 친구이다."(9)가 그 하나, 그리고 "공항이나 콘서트장처럼 낯선 사람들로 붐비는 장소에 혼자 가는 일이 있다. 그럴 때면 스쳐 가는 사람들의 얼굴을 무심코 살피게 된다."(20)라고 시작하는 소설『지금은 없는 공주들을 위하여』의 첫머리가 또 하나. 하나는 김유경의 말이고 또 하나는 김희진의 말이다. 두 개의 시작이 등장했지만『빛의 과거』의 마지막은 하나다. "나에게 그날은 그런 것들로 기억된다. 기울고 스러져 갈 청춘이 한순간 머물렀던 날카로운 환한 빛으로. 나는 그 빛을 향해 손을 뻗었다. 손끝 가까이에서 닿을락 말락 흔들리고 있지만 끝내는 만져 보지 못한 빛이었다."(339) 이것은『지금은 없는 공주들을 위하여』의 마지막 장면이자『빛의 과거』의 맨 끝이다. 말하자면『빛의 과거』는 두 사람의 '다른' 이야기가, 김유경의 회상과 그의 "또 다른 생의 긴 알리바이"(61)를 보여 주는 김희진의 소설이 '섞인' 이야기다.

은희경의 소설 중 그렇지 않은 것이 없지만『빛의 과거』가 유독 입체적인 이야기인 까닭도 이것이다. 보이는 나와 보는 나의 간극을 썼다고 했던 그의 소설에 '분리'가 있었다면 이 소설은 두 개의 나, '희'진과 유'경'이 서로를 보고 쓴 것을 '섞은' 것이라 하겠다. 희진과 유경은, 보거나 보이는 쪽으로 분리된 두 자아보다는 훨씬 더 먼 사이이니까 "그녀가 본 나와 내가 본 그녀가 마치 자석의 두 극처럼 서로를 밀어내고 있었으므로 실제의 간격은 훨씬 더 벌어져 있었다."(22)라는 것은 확연한데, 바로 이로써 이 소설은 더 입체적으로, 다르게 말해 한 차원 더 깊숙하게 정당한 이야기가 된다. 이야기를 하는 사람 쪽으로 어쩔 수 없이 기우는 마음을 최대한 물리치려는 애씀이 둘 사이의 거리를 메워서 이야기가 더 힘 있게 뻗어 갈 수 있는 균형을 잡고 있기 때문이다. 저마다 자기 운명에만 관심이 큰 사람들이, 그 관심에 매몰되지 않기가 어려운 게 인생이라지만 그 매몰을 스스로 자각하기 위해서라도, 이런 균형이 필요하다.

많은 이야기들이 자기 삶을 돌아보고 자기를 발견하고 자기를 세운다. 자기를 치유하고 자기를 의미화하고 자기를 정당화한다. 은희경의 소설은, 자기를 돌아보며 관계를 발견하고 타인을 기록한다. 자기를 일깨우고 세상을 의미화한다. 많은 것을 가시화하지만 아무것도 정당화하지 않는다. 나를 분리하는 데서 나온 그의 이전 소설들이 날카로웠다면, 남과 섞이는 데에 천착한 이번 소설은 날카롭고 관대하다. 그리하여 은희경의 소설을 읽는 일은 자기 운명에 초연해질 수 있는 내공을 기르는 길이다. 저도 모르게 "자기가 틀릴 수도 있다는 생각을 전혀 못 하는 독선적인 사람"(194)이 되지 않을 수 있는 힘을 키우고 싶다면, 은희경의 소설을 많이 읽으십시오.

3 그리하여 지금 은희경을 또 읽는 것

가장 잘 아는 소설인 것과는 상관없이 은희경의 소설은 내가 가장 많이 배운 소설이다.[7] 1990년대를 통과하며 삶과 사랑과 정체성을 번민했던 (나의) 세대는 기억하고 있다. "사랑에 대해 아무것도 기대하지 않는 사람만이 쉽게 사랑에 빠진다. 삶에 대해 아무것도 기대하지 않는 사람만이 그 삶에 성실하다.", "우리는 모두 삶에 속는다. 그러니 속지 않으려고 애쓸 이유도 없다.", "어쩌면 객관적 진실보다 그렇게 믿도록 만들어진 진실이 더 진실할는지도 모른다." 등등, 꾹 눌러 밑줄을 긋고, 한 번 더

---

7 『빛의 과거』의 첫 문장을 바꿔 쓴 것이다.

입속에서 웅얼웅얼 굴려 보았던 문장들. 아무도 울지 않았지만 왜 울고 싶은지 알게 하고, 아무것도 훈계하지 않았지만 뭔가를 깨닫게 해 버린 이야기들. 그것을 읽었기에, 사랑에 의연할 수 있을 것 같았다. 고독 속으로 스스로 걸어 들어가겠다고 다짐했다. 농담 좀 아는 사람의 태연함을 가장(假裝)해 보았다. 불완전한 인생을 감싸는 멜랑콜릭한 긍정을 맛본 것도 같았다. 우리는 뭔가를 배웠다. 그러자 낙담은 위로받았고 상처는 덜 아플 수 있었다. 우리는 그의 독자가 되기로 결심했다.

그런데 왜 그랬을까. 위로하고 보듬어 주는 따뜻한 것이기는커녕 날렵하게 한 방 날리고는 무정한 냉소를 보내는 이야기들이었는데. 공감의 온기보다는 오해의 건조함을 가지고, 병을 낫게 하는 게 아니라 면역을 길러 주는 것으로, 그 이야기들은 가장 현명한 조언자 역할을, 아마 스스로는 의도하지도 않은 채, 해 주었던 것 같다. 독자를 가르치거나 달래 주는 소설이 아니었다. 독자가 저 스스로 배우고 위로받았다고 해야 한다. 은희경의 독자를 자처하는 이들은 삶의 아이러니한 국면을 맞닥뜨릴 때면 은희경의 화자를 흉내 내 본다. 갑작스러운 불운으로 실의에 빠진 친구에겐 "삶은 원래 어이없는 우연이 이끌어 가는 것이다. 그러니 뜻을 캐내려 하지 마라."(『새의 선물』)라고 조언한다. 스스로 이해하지도 남을 설득하지도 못하는 견고한 이데올로기 앞에선 "자기가 의존해 온 틀을 지키려는 어리석은 긍정과 교활한 평화"(『태연한 인생』)가 어떻게 사람들을 보수적으로 만들며 그것을 견고하게 하는지를 분석한다. 그러니까 은희경의 소설을 읽으며 우리는, 내가 '읽은 것'을 가지고 나의 '삶'에 대처하는 데에 능동적이 된다. 소설이 내게 스며든 걸 수도 있다.[8]

---

8 7년 전 『태연한 인생』이 출간되었을 때쯤 썼던 글 「배움」(《자음과모음》, 2013년 가을호)에서 몇 문장을 가져다 이 부분에 다시 썼다.

그의 독자가 되기로 결심한 때로부터 20여 년이 흘렀지만, 그의 새 소설을 읽을 때마다, 지나가 버린 줄 알았던 옛 독서의 시간은 새로 읽은 소설과 함께 섞여 현재의 내게 다시 온다. 나의 '지금'에는 언제나 그 시간들이 들어와 있는 것 같다. 『빛의 과거』에 나오는 말을 조금 바꿔서 이 느낌을 말해 본다면, 현재는, 과거가 사라진 혹은 폐기된 곳에 새롭게 나타난 시간이 아니라 과거를 편집하거나 유기한 상태의 시간이다. 과거의 맨 끝인 현재는, 언제나 다르게 편집, 유기될 수 있는 과거의 '조건'이 될 수 있으므로 과거 또한 지금 되살아나는 시간일 수도 있다. 즉 과거는 현재에 섞여 매 순간 '지금'을 만들어 내고, 따라서 지금은 과거와 분리된 시간이 아니라 과거와 섞인 시간이다. 은희경의 소설을 읽으면, 폐기된 줄 알았던 '지난 나'와 막 나타난 것 같은 '지금 나'가 섞이는 현장을 체험하게 된다.

물론 이 체험은 은희경의 소설을 읽은 자들의 것만이 아니라 마땅히 그것을 쓴 자의 것이기도 하다. 신간 관련 인터뷰에서 본 작가의 육성에 따르면, 『빛의 과거』를 쓰는 동안 지난날의 안이한 '회피'가 현재의 분노, 갈등, 투쟁의 원인인 것만 같아서 회피하는 자의 자기반성을 이야기에 넣게 되었다고 한다. 그는 과거를 핑계로 현재를 방관하지 않고 현재를 핑계로 과거를 바꿀 수 있는 작가다. "과거의 나를 조금이나마 바꿀 수 없다면 현재의 내 삶에 어떤 새로움이 있겠어."(「작가의 말」, 342) 이런 말을 하는 작가라면 그의 소설이 낡아 버릴 날은 영원히 오지 않을 것이다.

『빛의 과거』의 추천사에 정세랑이 "나의 은희경, 우리가 바라보며 걷는 등"이라고 적은 것을 보며, 그도 오랫동안 은희경의 소설을 따라 나와 같은 체험을 했구나, 짐작해 본다. "은희경을 읽는다는 것은 언제나 한국 현대 여성의 목소리를 듣는 일"(정세랑)이었음을 돌이켜 볼 때, 그간 은희경이 보여 준 그녀들의 날렵한 지성, 유연한 싸움, 성실한 견딤, 부단한 변화 등을 '한국 현대 여성'들이 얼마나 반기고 사랑해 왔던가 새삼 실감하지 않을 수 없다. 우리는 그녀들의 목소리를 들었고 그녀들은 우리의 삶을 비추었다. 은희경 소설의 '한국 현대 여성'은 여성 독자들의 삶을 드러내 주었고, 그것을 읽으며 독자들은 '한국 현대 여성'을 더 알고, 더 배우고, 더 생각할 수 있었다. 그러면서 우리는 또한 '한국 현대 여성'이 되어 갔다. 은희경이 보여 준 다른 여성들을 바라보고 따라 걸으며 그들과 섞여 한 사람의 한국 현대 여성인 '나 자신'이 되어 갔다. 우리들, "나의 은희경"이라고 말하는 수많은 '나'들에게, 그동안 읽어 온 은희경의 모든 소설은 『빛의 과거』를 읽는 오늘의 시간에 잇대어져 '지금' 다시 존재한다. 우리들의 '지금'이 지난날과 함께 방금 또 태어나니 우리들의 시간도 우주 팽창이 만드는 무한 공간처럼 매 순간 확장될 것이다. "가만히 있으면 자꾸 나쁜 인간이 돼요."[9]라고 말하는 작가가 계속 쓰고 또 쓰는 동안. 가만히 있지 않고, 나쁜 인간이 되지 않으려는 독자들이 그의 이야기를 읽고 또 읽는 동안. (2019)

---

9 은희경, 「자신도 오해할 수 있다」, 《채널예스》, 2019년 10월호, 9~11쪽.

5부

구원 혹은 창조

——김성중『에디 혹은 애슐리』[1]

잘 살아야 한다

유례없는 팬데믹 상황으로 사회 관계망 서비스를 통해 비대면 안부를 주고받는 요즘이다. 건강은 어떠니, 주변은 안녕하니, 집에서 어떻게 지내야 더 즐거울까 등등 소소한 이야기를 나누다 "잘 지내자.", "잘 버티자.", "잘 살자." 등의 인사말로 마무리한다. 개인이 할 수 있는 방역으로 마스크 착용과 물리적 거리 두기와 개인위생에 신경 쓰는 것 외에 뭘 더 할 수 있을지는 모른 채 단체 활동과 외출이 제약되고 가족이나 가까운 지인과만 조심스레 모이곤 하는 일상이 지속 중이다. 이런 때 서로에게 건네는 인사말이 '잘 지내자.', '잘 살자.'와 같은 청유형 문장이라는 게 좀 야릇했다. 잘 있으라는 당부와 잘 지내야 한다는 다짐을 상대와 자기에게 동시에 부여하는 담담한 호소. 특정한 누군가의 안위가 아니라

---

1 김성중, 『에디 혹은 애슐리』(창비, 2020). 이후 이 책의 인용은 괄호 안에 쪽수만 표시한다.

모든 사람의 안녕을 바라는 마음. 혼자가 아닌 함께여야만 가능하다는 전제. 이런 것들이 서로를 위로하는 인사가 된다는 사실이 너무나 '인간적'인 것이 아닌가 싶은 것이다. 어떤 로봇이 얼마나 고등한지를 드러내는 것이 "청유형 문장을 쓰고 신체를 중시한다는 것"이라고 말하는 소설을 읽었기 때문일까. 특히 "잘 살자."라는 말, 너무나 포괄적이지만 오직 인생(人生, 삶뿐 아니라 죽음까지 아우르는 인간의 시간 전반)에 대해서만 유의미한 이 말이, 누구도 잘 살고 있기 어려운 요즘이라서인지 더욱 의미심장하게 다가온다.

　역병이 창궐하거나 메뚜기 떼가 농장을 덮치는 시기가 아니어도 '잘 살아야 한다.'라는 명제는 인간에겐 거의 정언명령과 같다. 훌륭하게, 능숙하게, 풍족하게, 올바르게, 적절하게 등의 여러 뜻을 지닌 '잘'이라는 부사는 인간의 어떤 경험에나 어울리는 말이기도 하니 인생 전체를 수식하는 데 더욱 '잘' 쓰일 법도 하다. 잘 사는 인생은 어떤 것일까. 훌륭하고 능숙하고 풍족하고 올바르고 적절하고 등등, 그런 '좋은' 경험들로 삶을 채우는 것일까. (그런 '좋은' 것은 정해져 있나.) 좋은 일들을 많이 겪지 못했다면, 아니 좋은 일 말고 나쁜 일도 많이 겪었다면, 잘 살지 못한 것이라 해야 할까. '잘 살자'라고 인사하는 야릇한 청유는 모두가 위험을 물리치고 안전하길 바란다는 뜻일 뿐일지 몰라도, 인생이 '잘 산 것'일 때는 꼭 그런 뜻만은 아닐 것이다. '잘'에는 무엇보다도 질적으로 양적으로 풍부하다는 뜻이 있을 테니 잘 산 인생에는 어쨌거나 풍부한 뭔가가 있을 듯하다. 그러나 그건 무엇을 가졌느냐가 아니라 무엇을 했느냐에, 얼마큼이 아니라 어떻게 하였는지에 달려 있지 않을까. 물론 전적으로 이것은 남이 알아주는 가치가 아니라 자기 자신이 누리는 의미로 결정될 것이다. 우리는 어떻게 무엇을 함으로써 질적으로 양적으로 풍부한 인생을 잘 누릴 수 있을까.

이런 생각이 막연하게 머릿속에 들어차게 된 것은 물론 코로나19의 위중한 사태로 힘들어진 일상 때문만은 아니고 마침 막 모아 읽은 김성중의 소설들 때문이다. 이 책에 모인 소설들을 읽다 보면 이런 이야기를 만드는 작가는 어떤 시간이라도 기어코 '잘' 살아 내고 있을 거라는 생각이 들고야 만다. 그가 하는 이야기들이 다 위대한 인생, 멋들어진 인생을 보여 준다는 뜻은 아니지만, 그의 이야기 속 다사다난, 우여곡절, 파란만장 들은 이유 여하를 불문하고 잘 살아 낸 이야기가 아닐 수 없고, 그런 이야기를 만들어 들려주는 일이란 결국 잘 사는 방법 중 하나가 아니고 무엇이랴 싶은 것이다. 누구에게나 주어진 자기 몫의 생을 누구보다 잘, 풍부하게 또는 만족스럽게 살아 내는 일에 대해 자꾸 생각해 보게 된다. 주어진 생의 크기와 무게는 다 다르니까 잘 사는 능력과 방법도 제각각이겠지. 잘 사는 능력에 더 관심이 생기고 잘 사는 방법을 더 알고 싶어진다.

시간의 부피와 밀도

　먼저, 잘 살려면 더 많이, 더 크게 살아야 한다. 더 오래 사는 게 더 많이 사는 건 아니고, 매 순간 삶의 밀도와 부피를 감각하는 데서 생의 질량과 크기가 만들어질 것이다. 김성중의 이야기들에서는 자주, 물리적인 시간의 감각이 부풀기도 하는데, 이런 때 어떤 경험의 밀도는 높아지고 삶의 질량은 한껏 커지는 것만 같다. 이를테면 「레오니」의 레오니가 여섯 살 때 마닐라에서 보낸 이 주일, 전 세계 곳곳에 널리 퍼져 살고 있는 '리살' 씨 대가족이 오 년에 한 번 증조할머니의 집에 모두 모여 날마다 파티를 여는 그 이 주일 동안은, "모두가 방학인 것 같"(30)은 행복한 한때의 시간만이 아니다. "여섯 살을 지나, 열두 살을 지나, 스무 살을 지나, 그렇게 점점 이 시간에서 멀어져"(13) 갈 때마다 레오니에게 떠올라 다시 느끼게 될 그 시간은, "나를 통과할 수많은 레오니들이 영원히 그리워하게 될"(28) 시간이며, "먼 훗날 세상에서 가장 외로운 사람이 되었을 때"(31) 기어이 레오니를 지탱해 줄 시간이다. 「해마와 편도체」에서 학교에 안 가고 책만 읽는 18세 소년 '나'가 괴팍한 60대 노인네 '편도체'와 세대를 뛰어넘는 특별한 우정을 나눌 때, 그 시간은 그와 보낸 한철의 경험에 한정되지 않는다. 편도체와 함께하는 동안을 좋아하고 즐기게 되자 "그를 알게 되어 이만큼 커진 세계"가 나타났고, 그 시간은 언젠간 "그를 잃게 되어 그만큼 사라질 세계"(141)까지도 품은 단단한 것이기도 했다. 이들이 '지금 이 순간'을 경험하는 것은 한 층으로 펼쳐진 일면적 시간 위의 한 점이 아니라 앞뒤 양옆의 시간 사이에 놓여 "먼 미래에서 지금 이 순간을 들여다본 비밀"(142)을 품은 단면적 시간의 여러 층이라고 할 수 있다.

우리의 경험은 일어난 순간 그 자리에만 존재했다가 사라지는 게 아니다. 그것은 저 멀리에서, 미래나 과거나 또 다른 몽상의 시공 어디에서나 동시에 바라봐질 수 있는 시간 위에서 발생한 것이고, 그렇게 생각할 때 지금이라는 시간은 눈앞에서 사라져 버리는 허상이 아니게 된다. 「정상인」에 등장하는 과거, 아니 현재를 보자. 과거엔 혁명을 꿈꾸던 가장 불온한 지식조차도 이제는 "무해한 것으로 변해 인류가 한때 꾸던 꿈이나 아이디어 정도로 취급받"(59)지만, 과거의 그 경험, 그 시간이 완전히 사라진 것이라고 할 수 있을까. 예컨대 이런 상상, "지금 이 순간에도 나선형 은하는 맹렬한 속도로 우리에게서 멀어지고 있을 것이다. 마르크스와 엥겔스, 바쿠닌과 크로포트킨, 그 외 전 세기의 혁명가들을 바리케이드에 싣고 저 멀리 블랙홀을 향해 빨려 들어갈 것이다."(62)라는 상상만으로도, 어떤 경험은 영원히 '진행 중'인 사라짐이 되어 영원히 진행 중인 우리 삶의 주위를 맴돌지 않겠는가. 지금 밖에서 들려오는 시위대의 노래와 함성도 또한 "가장 먼 미래로 날아가 그들을 바라보고 싶다는 생각"과 동시에 곧 "각자의 은하로 떠나는 시위대의 모습"(63)과 겹쳐져 경험되듯이 말이다.

삶이라는 시간이, 현재(들)의 경험이 놓인 한 층의 시간으로 흐르면서 점점 소멸되어 가는 것이라면 가장 오래 산 사람이 가장 많이 산 사람일 것이다. 그러나 삶은, 다른 시간(들)의 경험이 겹겹이 쌓인 여러 층의 시간을 뚫고 통과하면서 점점 길어지는 것인지도 모른다. 그러니 시간을 부풀려 풍부하게 산다는 것은 유한한 생의 시간을 물리적으로 늘리는 것과는 전혀 다른 이야기다. 「에디 혹은 애슐리」에서 주인공이 겪는 불면의 시간은 100년 동안 정지해 버린 시간을 낳았으나 이것을 곧 100세의 수명 연장에 대한 상상으로 읽을 수는 없다. 젠더 갈등을 겪던 '나'는 정지된 그 시간 속에서 "여한 없이 퀘스처닝을 누릴 수 있"(66)게 됨으로써 "나를 위해 하느님이 마련하신 새로운 에덴"의 시간을 산다. "젠더는 한 시절 잘 입고 다음 계절이 오면 맞지 않는 것처럼 변"(77)하는 것일 뿐이니 "한 번에 하나의 젠더씩 입어 보"면서 "여러 젠더를 횡단하며 천천히 실험해"(75) 볼 수 있게 된 것이다. 이 실험이 다만 상상의 공허한 유영이 아닌 것은, 이 세계에서 "나는 어느 때보다 주체적으로 행동했고 용의주도"(75)하게 움직였기 때문이다.[2] 그리하여 "태어날 때 온전히 영혼이 담길 몸을 지니지 못했지만 죽을 때에는 나 자신으로 눈을 감을 수 있을 것이다".(87) 영생 같은 100년이 보태어져 그의 삶이 더 풍부해졌다면, 그

---

2 이 이야기에서 시간이 흐르지 않은 100년이란 설정을 주인공의 불면의 시간을 은유한 것으로 볼 수 있는 까닭은 "매일매일 코스튬 의상을 고르듯 지내면서도 내가 나로 남을 수 있던 것은 변함없는 강력한 정체성, 불면증 환자이기 때문이었다."(75)와 같은 대목 때문이다.

가 장수를 누렸기 때문이 아니라 그의 모든 시간이 마침내 자기 자신으로 수렴될 수 있었기 때문이다. 시간의 부피는 죽음을 미루고 늘어난 삶의 길이가 아니라 죽음처럼 어두운 시간까지 스스로 수용할 수 있는 삶의 용적이다.

그렇다면 누군가의 시간은 제 몸의 시간을 지나고, 유한한 생명의 한계를 넘어서까지 확장될 수도 있겠다. 「상속」의 기주와 진영은 문학아카데미에서 8주간 같이 공부했던 '시절 인연'으로 만나 당시 선생님의 유품인 책들을 물려받고 또 물려주는 시간을 지나는 중이다. "주목받는 유망주였지만 첫 책을 낸 지 이 년도 되지 않아 세상을 떠"(213)난 선생님의 재능은 그녀의 삶에서 충분히 펼쳐지지 못했으나, 쉰 살이 다 돼 "증언하고 싶은 경험 때문에 글쓰기를 시작"(212)한 기주에게로 건너가 가장 찬란한 문학의 시간으로, 죽음에까지 "가져가고 싶은 단 한 권의 책"(216)으로 남아 주었다. "병이 주는 기척을 주의 깊게 살피며 하루하루를 보"(203)내는 기주에게서 이제 진영에게로 다시 상속될 선생님의 유품은 도스토옙스키와 카프카와 마르케스와 함께 진영의 "저 무거운 펜을 일으켜 세"(222)워 줄 것이다. "선생님과 기주 언니가 그어 놓은 밑줄이 항아리에 새겨져 빛이 닿을 때마다 문양처럼 반짝이지 않는가."(221) 책이란, 글이란 그런 것이다. "가장 최근에 독자가 된 사람이 죽고 난 다음에도 사라지지 않을 항아리들이다."(221) 꼭 잘 빚어진 항아리가 아니어도 좋다. "빛은 비단 항아리에서만 나오는 것이 아니"고, "발밑에 채는 무수한 파편들, 사금파리의 연약한 미광"(222)에서도 나오니까. 따지고 보면 우리의 삶은 내내 '시절 인연'의 연속이지만, 인생의 마디마디를 이루었던 무수한 인연들 — 사람이든 자연이든 책이든 그 (것)들과 함께 벅차게 느꼈던 환희, 진저리 쳤던 고통, 지리멸렬했던 권태…… — 이 그저 스치고 만 것은 아니다. 책이 있다면, 글이 있는 한,

어떤 '시절 인연'은 "몇백 년 전의 세계가 가볍게 시간을 넘어 눈앞에 펼쳐지"(208)는 아찔한 느낌으로 반복된다. 삶들은 잇대어지고 그리하여 어떤 시간은 불멸한다.

링에 오를 때는 맞을 각오를

어떤 사건, 시간, 경험을 여러 겹으로 통과함으로써 누군가의 삶이 풍부해졌다면, 그는 탄력적인 시간 감각의 소유자이자, 주체적인 시간 의식의 소유자이다. 김성중의 이야기들에는 납작한 반죽 같은 인생은 잘 나타나지 않는데, 그 반죽이 공갈빵처럼 부풀어 있는 형상인 것은 아니고 반죽 속에 무언가 몽글몽글 차 있어서 실제보다 부풀어 보이는 듯하다. 그들의 인생이 유난히 환한 것들로 채워져 그 빛으로 커 보이는 것 같지는 않은 것이, 누구의 운명이나 그러하듯, 거기엔 기쁨, 슬픔, 사랑, 미움, 분노 등등 말하자면 희로애락애오욕이 고루 들어 있을 뿐 아니라 인생이 고해(苦海)임을 알리는 숱한 깨달음이 가득하기 때문이다. 대개 "좋은 순간보다 나쁜 순간이 훨씬 더 힘이 세다는 것"(26), "운명을 의심하면 운명 쪽에서도 호의를 거둬 버린다는 것"(93), "기억을 해석하기보다 삭제하는 것이 약한 자신을 보호하는 방법이라고 무의식중에 믿"(190)는 것, "인간은 원치 않는 모순에 붙들린 채 살아간다는 것"(202) 등등, 각 편의 이야기에서 인생이라는 반죽을 맛볼 만한 음식으로 만드는 데 들어가는 재료들은 오히려 달콤한 것, 편안한 것, 상냥한 것 들과는 거리가 멀다. 이 책에서 가장 행복하고 아름다운 순간을 소유한 '레오니'네 가족들조차 "서로에게 상처를 입힌 채 다음 삶으로, 식어 버린 희망을 품고 나아갈"(25) 미래를 앞두고 있다. 이 책에서 가장 거칠고 잔혹한 일들을 겪은 '배꼽 입술, 무는 이빨'은 "어려서부터 폭력이 나를 소유"(145)해 왔기에 "'무사함'이야말로 내가 누릴 수 있는 최고의 상태"(146)라고 말할 수밖에 없는 불행을 지나왔다.

고통과 번민을 피하려면 그 '희로애락애오욕'에서 벗어나야 한다지만, 그것을 피하거나 제거할 수 없다는 사실이 인생의 설정치(設定値)에 더 가까울 것이다. 달고 편한 것, 기쁨 즐거움 사랑 희망 등으로만 삶의 용적을 채운다면 더 잘 살아 낸 또는 더 잘 완성된 인생이라고 할 수 있을까. 애초에 그런 선별과 선택은 가능하지도 않지만, 그보다도 삶에서 일어나는 모든 일은 자기 인생의 가치를 만드는 재료가 될 수 있다는 생각에서부터 김성중의 이야기는 시작된다. '고난도 내 삶의 일부다', '슬픔도 힘이 된다' 등의 위로 쪽보다는 '링에 오를 때는 맞을 각오를 해야 한다'라는 파이팅 정신 쪽에 가까울 터인데, 이들은 대개 "운 좋은 어린 애들"처럼 맞이한 행복은 인생의 진짜 가치가 될 수 없고 "고통을 모르는 사람은 내면이 없는 것"(136)이라 여기는 부류인 것이다. 이들에게 인생이란 생명이 부여된 자에게 그냥 주어진 세월이 아니라 삶에 대한 소망과 실망, 기대와 책임, 열정과 불안 등이 합심하여 생명을 삶으로 만들어 가는 시간이다. 그러니 고통보다도 죽음보다도 더 삶에 위협적인 것은 불행에 시들어 버리는 무기력, 절망에 지고 마는 나약함이다.

무기력과 나약함을 극복하고 삶이 생명의 진정한 가치가 되는 데 꼭 필요한 것은 무엇일까. 맞을 각오를 했다고 맞아도 안 아픈 건 아니고 아픔을 '정신 승리'로 다 이겨 낼 수는 없다. 그러나 희로애락의 경험을 스스로 택하거나 피하지는 못해도, 자기의 희로애락을 스스로 운용할 수는 있지 않을까. 생명의 가치라고 말했거니와 그것은 삶의 질료가 아니라 질료를 움직이는 활력, 에너지일 것이다. 「배꼽 입술, 무는 이빨」의 주인공이 분노와 슬픔을 감당해 가는 과정을 보자. "살면서 많은 일들이, 주로 좋지 않은 일들이 벌어졌"으나 "그 일로부터 살아남아 나를 방어해야 했"(144)던 그녀에게 습관적 자기 비하와 나약한 쾌락은 자연스러운 결과처럼 나타났다. 폭력에 휘둘리고 사랑에 굶주린 그녀에게 필요한 것은 복종과 인내가 아니라 차라리 분노와 거절이다. 무력한 삶을 일으켜 세울 에너지를 얻으려면 비현실적이더라도 극단적인 스토리가 필요하지 않았을까. 욕설과 음담을 거침없이 내뱉는 배꼽과, 살점을 씹고 싶은 이빨의 포악한 충동은 그녀의 분노가 고용한 몽상(夢想), 혹은 그녀의 분노를 운용하는 몽상이라 해도 될 것이다. 이 몽상 덕분에 그녀는 말하는 나무 '목부'를 만나 그가 베푼 "한결같은 응시와 내 설움을 끝없이 들어주는 조용한 우정"을 알게 된다. 마침내 숲의 모든 친구들과 함께 온몸의 구멍으로 웃음소리를 쏟으며 "목부의 갈라진 틈으로 영원히 빨려 들어"(164)갈 때까지, 그 몽상은 아마도 고독 속에서 내내 비참했을 그녀의 인생을 자연 속에서 곱게 늙어 간 할머니로 마감하게끔 도와주었다.

「나무 추격자 돈 사파테로의 모험」에 나오는 고독한 사내의 퇴행적인 슬픔은 어떻게 그를 계속 살 수 있게 도왔던가. "슬픔을 사랑하는 나쁜 습성 때문에" 인생의 매 순간을 망치고 늘 "일부러 불안을 만들어 행복과의 거리를 유지"(93)하려던 사파테로는, 유일한 사랑이자 도락이었던 아내를 잃고도 울지 않았다. 기뻐할 줄도 슬퍼할 줄도 모르는 머저리에, 고통으로 헐떡이는 심장을 그저 묵직한 책으로 눌러 놓으려고만 하는 불쌍한 천치이지만 그에게도 이유는 있었으니, "아내가 죽었다고 해서 사랑이라는 감정을 애도로 바꿀 생각은 전혀 없었"기 때문이다. "사랑을 박제"(94)하려 했던 것이다. 그러나 아무리 어리석은 자에게도 슬픔과 괴로움에 영원히 붙잡혀 사는 형벌은 지나치게 가혹한 것이다. 그의 꿈이 그를 구할 수밖에. '돌아다니는 나무'와 그 나무를 이끄는 새로 하여금 그를 유혹하여 죽은 아내의 정령을 만나게 하고 마침내 아내를 죽은 것들의 세계로 들여보내는 꿈. 그가 기어이 흐르는 눈물을 닦으며 깨어날 수 있었던 그 꿈은, "우울증이 만들어 낸 악령"(100)이 아니라 눈물을 통해 상실을 애도하고 미소를 되찾게 해 준 구원의 몽상이다.

눈물로써 슬픔을 다스린 몽상과 나란히, 슬픔의 눈물을 희망의 용기로 바꾼 몽상의 여정도 읽어 보자. 「마젤」의 그녀는 "숨죽여 우는 지긋지긋한 슬픔"(167)에서 달아나는 길에 '라푼젤', '도로시', '빨간모자', '마젤과 슐리마젤' 등 동화 속 인물들과 함께 모험을 겪는다. "괴로운 순간마다 공상으로 달아나는 버릇은 유년 이후 굳어진 습관"(169)이었지만 언제까지나 그것이 현실의 "'보류'와 '지연'의 담요"(168)인 것은 아니었다. 폭군으로 변해 버린 연인이 "수모를 주고 공격을 하고 모멸에 찬 언사를 늘어놓"(166)으며 몰아세우자 그녀는 "동화에 나오는 여자아이들"(182)을 불러 모아 이들을 구하고 함께 역경을 헤쳐 나가게 된다. "동화에서 시작해 악몽으로 끝나"(185)게 될지 모르는 위기의 순간마다 "모든 것을 놓아 버리고 절망에 투항해 버리고 싶은 유혹이 치밀어 올랐"(189)으나 그런 나약함이 불러왔던 폭력에 다시 휘둘릴 수는 없다. "여자아이들을 만난 이후 그녀에게는 '보호'와 '책임'의 감정이 생겨났"(186)기에 이제 그녀의 눈물은 "습관성 절망이 아니라 깊고 날카로운 회한의 눈물"(190)이다. "눈물 씨앗이 만들어 낸 파도 속"(191)에 삼켜진 그녀는 두 갈래로 갈라진 파도 끝의 광장으로, 마침내는 동화 속이 아니라 동화 바깥의 세계를 향해, "동화책에 나오지 않는 소녀"(192)가 되어 걸어 나온다.

몽상이라는 심미적 번역

"꿈속에서 꾸는 또 다른 꿈"(174) 같은 것, 이야기가 저절로 굴러가는 동화 같은 것만 몽상이라면, 이 책의 이야기들 중 절반에 대해서만 이야기할 수 있었을 것이다. 그러나 김성중의 이야기가 몽상으로 도모하는 바는 현실의 "크고 벅찬 문제일수록 납작하게 눌러서 당장은 버틸 만한 것으로 바꾸어 놓는"(68) 데만 있지 않다. 몽상의 중요한 작용은 "마음껏 혼란을 누리며 불온한 공기를 깊이 들이마"시고, 몽상 속에서 "나의 농도와 세상의 농도가 처음으로 맞아떨어지는 느낌"(75)을 누리는 것이다. 서로의 농도 차를 줄이며 세상과 내가 비로소 만나는 것, 이것이 김성중 이야기의 몽상이다. 이때 몽상은 '세계에 대한 번역'이다. 내가 만난 세계를 가장 잘 누릴 수 있도록 옮겨 놓은 번역. 지성으로 인식하는 세계가 아니라 완전히 압도당하고 사로잡힌 세계를 격렬하게 통과한 흔적.[3] 그러고 보면 도처에 몽상의 느낌과 의지가 있다. "다 책대로 됐는데 혁명만 오지 않"은 미래에 당도한 2020년의 우리가 "이제 캠도 없고 혁명도 없고 레이지 어게인스트 더 머신도 앨범을 내지 않고 정상인 선배는 상인이 되어 버린 세상"을 살아가는 마음에도(「정상인」), 친구의 죽음 이후를 상상하며 그가 사라지면 나는 영영 허공에서 내려오지 못하는 게 아닐까 하는 "소중한 공포"에 젖어 "도시라는 거대한 책"을 계속해서 읽어 보려는 눈에도(「해마와 편도체」), 현실과 일상을 스스로 장악하려는 몽상가의 편력이 스며 있지 않은가.

삶의 현실적 세계는 억압과 폭력, 숫자와 효율, (몰)상식과 (비)규제 등으로 부자유스럽지만, 그 때문에 삶의 활기를 포기할 수는 없다. 몽상은 현실의 부자유를 벗어던질 수 있는 정신의 자유다. 상상하기이자 기억하기이고, 무엇보다도 꿈꾸기인 몽상을 통해 우리는 어떤 현실에서도 '겁

---

3 "소설은 일종의 번역입니다. 나의 인식이 더해진 세계에 대한 번역. 그런 인식은 차가운 지성으로 이루어지는 것이 아니에요. 완전히 압도당하고 사로잡혀 포로가 되는, 그런 경험이 필요해요. 우리에게 격렬함이 필요해요."(207)

먹은 영혼'이 되지 않을 용기를 얻는다. (「에디 혹은 애슐리」에서 불면이라는 지루한 시간을 영생이라는 기발한 상상으로 바꾸고, 트랜스젠더라는 특수의 혼란 또는 곤란을, 이행 또는 실험의 '익명적 느낌'으로 즐기는 그가 진정 자유로운 몸과 마음의 주인이 된 것을 다시 상기해 본다.) 몽상한다는 것은, 불행에 굴복하지 않는 힘, 아니 불행을 붙잡아 자기 삶을 확장하고 고양하는 에너지로 활용하고야 마는 가장 주체적인 방책이다. 한 가지 특징을 덧붙이자면, 이 몽상의 활력은 삶을 위한 수단이기만 한 게 아니라 삶이라는 상태의 지향점이다. 삶에 활력이 있거나 없거나 한 게 아니라 활력이 있어야 곧 삶이라는 것. 즉 이 활력은 삶에 필요한 힘인 것만이 아니라 삶이 목표로 하는 힘, 삶 자체의 힘인 것이다.

　삶을 풍부하고 만족스럽게 영위하는 일에 세상의 어떤 물질도 어떤 권력도 들이지 않고, 오로지 자기 자신의 마음을 채우는 생기와 활력을 추구하는 이들이 있다. 이들은 자연이나 물리법칙, 세상의 기준이나 구조에 초점을 둔 '객관적인' 현실을 무시하는 것이 아니다. 그 현실 속에서도, 혹은 현실에도 불구하고, 자기를 해방시키고 실현하려는 의지를 관철시키려면, 오히려 철저한 자기 객관화를 겪을 수밖에 없기 때문이다. '객관적 현실' 안에서 꿈꾸는 이들은 지옥 같은 세상에서 천국을 그리워하는 다만 병리적인 개인으로만 남을지도 모르지만, 그들의 꿈이 소설 속 현실이 될 때는 지옥 같은 세상을 거스르기 위한 자기 검열이 가차 없이 작동하고야 만다. 몽상이라는 자기 창조는, 자기의 상상적인 내면, 정념, 주장을 노출한 것이 아니라 자기-의식을 '비주관적인' 현실로 드러낸 것이다. 따라서 몽상은 습관이 아니라 소신이다. 무언가를 중요하게 생각하는 능력으로서, 가치를 추구하는 하나의 방법으로서, 몽상은 기질이나 성격이라기보다 삶을 대하는 태도이자 세상에 맞서는 자세일 것이다.

바로 이런 능력과 방법이 있어 모든 인생은 "잘 살아야 한다."라는 명제를 내걸 수 있는 게 아닐까. 역병이 돌아서 보고 싶은 얼굴을 맞대거나 손을 맞잡지 못해도, 먼 나라의 아름다운 도시는커녕 가까운 공원의 꽃 그늘 아래를 거닐지 못해도, 인간은 잘 살아야 하고 잘 살 수 있어야 한다는 것을 진하게 실감하는 요즘이다. 모두의 안녕을 바라며 있는 힘껏 단순한 방식으로 일상을 지낸다 해도, 더없이 풍성하고 열렬한 삶의 결들을 포기하는 것은 아니어야 하니까 말이다. 살 만해서 사는 게 아니라 살아 낼 수 있다면 살 만한 것이 될까. 즐거운 것만 즐기는 게 아니라 즐길 수 있다면 즐거운 것일지도. 고난도 역경도 슬픔도 묵묵히 받아들이라는 체념이 아니라 고난과 역경과 슬픔에 굴하지 않게 자기 돌봄을 포기하지 않아야 한다는 믿음, 이것이 얼마나 절실한지 요즘 부쩍 깨닫는 길에 이 책의 이야기들이 앞을 터 주고 있었다. (2020)

다른 계절의 원근법

——이장욱 『천국보다 낯선』[1]

　좀 이상하게 들리겠지만 나는 이장욱이 "천국보다 낯선"이라는 제목의 소설을 쓸 줄 미리 알았다. 달리 말하면 '~보다 낯선(stranger than ~)'이란 말에 어울리는 세계가 그의 손끝에서 만들어지는 것이 너무나 자연스럽게 느껴졌다고 해야 할까. 이유를 댈 수도 있다. 아무도 야구하지 않는 야구장에서 날아온 야구공(「변희봉」), 아무도 없는 위층에서 누군가 춤추는 소리가 들려오는 방(「이반 멘슈코프의 춤추는 방」), 외국인이면서 외국인이 아니고 제자리에 있으면서 떠내려가는, 하루오이면서 하루오가 아닌 하루오(「절반 이상의 하루오」), 그런 것들에 대한 이야기를 듣다가 문득 세계의 모든 것이 낯설어지고 스스로 현실의 이방인이 되어 버린 순간을 몇 번이나 만났기 때문이다. 순간의 정지, 사라짐, 침묵 사이로부터 문득 열리는 '낯선' 세계, 잘 알 수도 명확해질 수도 없는 그 다른 세계에 붙일 이름으로 '천국보다 낯선'만큼 적당한 말이 또 있을까. 동명의 영

1　이장욱, 『천국보다 낯선』(민음사, 2013). 이후 이 책의 인용은 괄호 안에 쪽수만 표시한다.

화를 처음 만났을 때의 충격 이후 내게 '천국보다 낯선'이란 문구는 언제나 이 세계의 '바깥'을 환기하는 대명사로 모자람이 없었다. 그리고 이장욱을 읽은 이후 그보다 더 이 대명사와 어울리는 한국 작가는 없다고 생각해 왔다.

『천국보다 낯선』이 이장욱의 다른 소설 혹은 시나 평론 등의 문학적 작업과 유사하다는 뜻은 아니다. 우리는 이 세계가 다면적이고 이질적임을, 융합되지 않는 모순들로 들끓고 알 수 없는 모호함으로 붐비는 곳임을 잘 알고 있다고 생각하지만, 실상 매 순간 우리의 심리적, 관념적 현실은 얼마나 분명하고도 통합적인지! 이장욱의 소설을 읽을 땐 바로 그런 생각에 깊이 빠지게 된다. 소설에는 본래 인물들의 내부와 외부에 동시다발적으로 존재하는 여러 개의 시선과 목소리(화자와 작가, 그리고 독자의 그것까지도)가 얽혀 있기 마련이지만, 이장욱의 소설만큼 그것들이 '문학적인' 궤적을 그리는 경우는 흔치 않기 때문일 것이다. 『천국보다 낯선』은 총 열세 개의 장(章)으로 된 이야긴데, 부분과 전체를 동시에 가로지르는 시선들의 흔적을 확인하기 전에는 이 세계의 바깥과도 같은 낯선 충격에 이르기 어렵다.

POV: 꽃잎, 꽃잎, 꽃잎

이 소설은 세 친구 혹은 네 친구가 A의 장례식장을 찾아가는 하룻밤의 이야기다. 세 사람이 한차를 타고 가는 여정이 스토리의 중심축인데, 열세 개로 나뉜 각 장은 정, 김, 최, 셋이서 교대로 1인칭 화자로서 서술하고 마지막 장만은 뒤늦게 합류하게 될 염을 3인칭으로 하는 제3의 화자에게 맡겨진다. 이 소설의 제목이 동명의 영화에서 왔듯 각 장의 제목

역시 모두 영화 제목에서 차용되었으나 각 장에서 특정 영화의 스토리나 스타일과의 구체적 연관성을 말하기는 어려운 듯하다. 아마도 그 영화들의 여러 측면 — 특히 제목, 분위기, 인상적인 장면, 내용의 상징성 등 — 에서 발산하는 이미지 정도를 취한 것으로 보인다.

각 장에서 1인칭으로 발화하는 인물들은 공통적으로 지난 시절의 A를 생각하고 A와 자기의 관계를 돌아보며 얼마 전 함께 모여 보았던 A가 만든 영화를 떠올린다. 그러면서 A뿐 아니라 "'시절'이라고밖에 달리 말할 수 없는 시간"(65)을 함께 보낸 나머지 세 친구들에 대한 서술도 자연스럽게 동반된다. 이들은 저마다 자기의 이야기를, 자기 자신과 자기가 보고 생각하고 느끼는 것들을 말하는 중이다. 각 장의 서사는 마치 한 인물의 시점 쇼트(point of view)로 주위를 관찰하고 인물이 표현되는 한 편의 단편영화처럼 "각자의 방식으로", "각자 다른 자세로, 다른 표정으로, 다른 각도로"(6) 정렬되어 있다. 가령, 정, 김, 최가 각각 자기 자신(의 세계)에 대해 서술하는 이런 부분들을 보라.

정: 나는 내 삶이 어떤 낙관적인 기분 속에서 흘러가기를 희망한다. 내가 속해 있는 세계가 뾰족한 공기를 갖고 있다는 것을 깨달을 때마다, 나는 평행 우주의 다른 세계로 스며 들어가고 싶었다. 그런 우주가 존재하지 않기 때문에, 존재하지 않을 것이라는 비관 때문에, 나는 글을 쓰기 시작했는지도 모른다.(17)

김: 나는 내가 타협적인 인간이라는 것을 알고 있었다. 그런 성격은 수세장에서는 의미가 있지만 길게 보면 강점이 아니었다. 인턴 시절부터 테이블 플래너에 붙여 놓은 문장은 이런 것이었다. 투 눔쾀 페리큘럼 사인 페리쿨로 빈세무스(Tu numquam periculum sine periculo vincemus). 라틴어로 '그대, 위

험 없이는 결코 위험을 정복하지 못하리!'라는 문장이라고 했다.(39)

최: 나는 수학에 대한 동경을 가지고 있지만, 나에게 수학적 재능이 허용되지 않았다는 것은 알고 있다. 다른 차원의 시공간을 상상하고 거기에 숫자와 기호 들을 배치하는 일은 기이하게까지 느껴진다. (……) 하지만 또 나는 문학이라는 그 가련한 뜬구름들을 견디지 못했을 것이다. 세계가 문득 낯설어지고 증명할 수 없는 방식으로 비약하는 시의 세계에 동의할 수 없다는 것.(49)

이 독백적인 어조의 발화들은 자기 자신에 대한 꽤 구체적인 설명이다. 이 말들은 인물-화자의 캐릭터나 관점 혹은 입장, 즉 이들 각자의 시선과 직접적인 관계에 있으나 그들 각자의 전체적인 이미지 혹은 사회 속에서 그들의 전형성, 즉 그들이 '누구'인지를 알려 주지는 않는다. 그들이 '누구인가'보다는, 그들이 '자기 자신을 어떻게 의식하는가'를 알려 주는 쪽에 가깝다고 할까? 이 인물들 중에서 누가 주인공인가, 이 중 어떤 캐릭터가 이 소설 전체에 응답할 객관적 성격을 맡았는가 등의 관심은 불필요해지고, 이들 모두는 세계와 자기 자신에 대한 독특한 시점(視點)으로서, 자기 자신과 주변 현실을 해석하고 평가하는 하나의 입장으로서 존재한다. 요컨대 세 화자 혹은 세 인물은 "각각의 방식으로 존중받을 가치가 있"(11)는 주체들로서 '시점화'되어 있다.

하나(씩)의 고유한 시선, 그리고 그 시선으로 점유한 의식들로서 이 인물들이 "정교하게 정렬해 있는 하나의 고요한 세상을 지니고 있"[2]다고 할 때, 이 소설에서 다루어지는 상황, 사건, 즉 현실의 대상은, 인물들의

---

2   이장욱, 「꽃잎, 꽃잎, 꽃잎」, 『내 잠 속의 모래산』(민음사, 2002), 24쪽.

성격과 행위를 통해 드러나는 것이 아니라 그들의 '의식' 속에 끌어들여진 형태로 다루어진다고 할 수 있다. 이 의식은 물론 현실의 대상을 파악하고 해석하고 확신하기 위한 것이다. 하나의 의식 혹은 하나의 시선으로서 인물들 각자는 자기에게 주어진 현실을 의심하지 않기 위해 최선을 다하는 중이다. 자기를 단일한 자기로서 의식하고 타자를 의미 있는 실체로 인지하려는 1인칭의 관찰과 의식이 일차적으로 이들 각자의 이야기를 성립시킨다.

Cross Cutting: 기하학적 구도

주목되는 점은, 이때 세 인물-화자들의 진술이 하나씩 교체된다는 점, 그리고 이들의 진술이 공통의 시퀀스에 대한 것일 때도 서로 다르고 어긋나 있다는 사실이다. 기억으로서의 과거만이 아니라 현재 K시를 찾아가는 차 안에서의 일들, 가령 함께 들은 음악이나 함께 목격한 사고 현장 등에 대해서도 셋의 진술은 엇갈린다. 소설 속에서 이렇게 화자가 교체됨으로써 얻어지는 효과는 비교적 명백하다. 한 장에서 독자적인 시선의 주체였던 1인칭 인물-화자가 바로 다음 장에서는 3인칭 인물로 대상화될 때, 그들 각자는 주체로서 주장됨과 동시에 타자로서 관망된다. "그의 시선과 무관하게", "그는 또 수많은 표적을 향해 분할"[3]되는 것이다.

그렇다면 주체란 곧 타자화될 수 있는 상태와 다르지 않고, 그러자 이들은 모두 타자의 존재성을 인정하는 상태에 처한 것과 같다. 무엇보다도, 세계 속의 한 사람이란 언제나 '하나'의 시선에 불과하다는 사실이

---

3   이장욱, 「기하학적 구도」, 『정오의 희망곡』(문학과지성사, 2006), 98쪽.

부각되고, 어느 한 시점이 자기를 배타적으로 확장하거나 일순간 세계를 자기로 통합함으로써 타자성을 정복해 버리는 유형의 (소설적) 불행은 '이곳'에서 끝내 가당하지 않은 것이다. 이들의 발화는 자기의 의식을 수렴할 때도 타인의 의식을 객체화하지 않는다. 이들이 서로를 반영하고 재생할 때 그중 어느 한 사람이 그 최종적 장면을 소유하게 되지 않기 때문이다. 어떤 의미에서, 타자에 대한 의식이 주체이고, 타자에 대한 반성이 주체이므로, '이곳'은 주체들이 공존하는 공간이라기보다 타자들이 들끓는 공간이라 할 수 있다.

그런데 '이곳'이라니, 거기가 어디인가? 세 인물-화자들이 처음부터, 타자들이 들끓는 '이곳'에 처해 있던 것은 아닌 듯하다. 엊그제까지도 살아 있던 A의 갑작스러운 부고와 같은 이 비현실적 상황에서도 이들은 자기의 시선에 포착된 세계를 자기 나름으로 감당하려고 애쓰는 중이었다. 크고 작은 난관이 닥칠 때마다 "저 높은 곳의 시선으로 나 자신과 김, 그리고 최의 모습을 바라보는 것"(85)을 상상한다든지, "과거가 현재에 침입한 기분"(100)을 떨쳐 버리려 애쓰거나 "그 모든 얘기들을 헛소문으로 치부"(124)하면서 말이다. 그러나 일기예보와 상반된 날씨, 내비게이션이 잡지 못하는 도로, 죽은 A에게서 날아오는 문자메시지 등, 일련의 모순들이 겹치면서 이 여정은 갈수록 기묘하고 불길해진다. 이윽고 이들 모두에게 '이곳'의 입구가 닥쳐오고,

정: 그렇다. 이것은 오늘 오후까지 내가 살아가던 세계와 동일한 세계가 아니다. 이것은 지구와 똑같이 생긴 다른 행성의 풍경이다. 무엇보다도……저 진눈깨비가 증거가 아닌가.(26)

김: 다른 세계의 신호 같은, 아니 다른 세계 자체가 이 세계로 쏟아지는 것

같은, 그런 하늘을. 나는 헤드라이트로 몰려드는 진눈깨비를 바라보며 무의미한 말을 중얼거렸다. 이건 대체 어느 세계의 개구리들이냐.(93)

최: 밤의 창밖에는 때 아닌 진눈깨비가 쏟아지고 있었다. 지금 쏟아지고 있는 저것은 어느 세계로부터 쏟아지는 것일까. 저 악천후는 그저 현실 자체인 것 같기도 하고, 아주 비현실적인 이미지 같기도 했다.(69)

Zoom-Out: 우리는 여러 세계에서

정리하면서 다시 말해 보자. 이 소설은 한 친구의 장례식장을 찾아가는 세 사람 혹은 네 사람의 서로 다른 이야기들이 모여 하나의 이야기를 이루고 있다. A의 장례식장을 찾아가는 밤인 현재의 상황과 며칠 전 A의 영화 시사회에서 있었던 사건, 그리고 이들이 함께 어울렸던 대학 시절의 기억 등이 이 한 편의 소설을 구성한다. 주요 인물 셋의 시선으로 된 각 장의 진술들, 그 1인칭의 발화들은, 각각 하나의 '시점'으로 거두어들인 각자의 서사를 가지고 있다. 그런데 중요한 것은 그 각각의 시점으로 된 각자의 서사들이 이 한 편의 소설 속에서 따로 자율적으로 존립할 수 없다는 점이다. 각자의 발화는 다른 이들의 발화와 함께 있는 것으로만, 반드시 다른 이들의 것과 공존하는 것으로만 생각되어야 한다. 그러자, 여기에 하나의 새로운 세계가 나타난다. 인물들이 각자의 시선으로 감당하는 하나씩의 세계들, 그것들은 한쪽 모서리를 다른 세계들과 맞대고 서 있는데, 그럼으로써 그들 각자의 세계를 지탱하는 각 장들이 제각각 한 면씩을 담당하는 하나의 입체적인 시공간이 새로이 탄생하는 것이다. 앞에서 말했던 '이곳', 주체들이 공존한다기보다 타자들이 들끓는 공간이 바로 이 새로운 입체로서의 또 다른 세계다. "여러 세계에서 모여"
든 우리가 "서로 다른 사랑을 하고/ 서로 다른 가을을 보내"[4]는 이곳.

이 소설에는 바로 이곳을/ 이곳에서 바라보는 또 하나의 시선이 있다.
서로 다른 세계들을 하나의 이야기로 여기게 해 주는 또 다른 화자의 존
재. 정, 김, 최라는 인물들 말고 또 다른 (숨은) 화자 말이다. 사실 첫 장에
서 '정'의 이야기를 읽고 둘째 장에서 '김'의 이야기가 나올 때, 그때 이미
우리는 이것이 정과 김 그리고 또 다른 이의 시선까지도 동시에 얽혀 있
는 이야기임을 깨닫게 된다. 그는 물론 이 소설의 마지막 장에서 '염'을 3
인칭으로 서술하는 그 화자이고, 소설을 다 읽고 난 다음에는 그 화자가
누구인지 분명히 알 수밖에 없는데, 왜냐하면 마지막 장, 마지막 장면에
서, 불쑥 이 모두의 허공 위로 떠오른 크레인 위의 카메라가 결국엔 보이
고 말았기 때문이다. 바로 이 카메라, 영화 찍는 A의 카메라일 수도, 다
른 누구의 것일 수도 있는 이것의 시선이 실은 처음부터 정, 김, 최 들의
머리 위에 떠 있었던 것이다.

요점부터 말하면, 이 카메라의 시선은 『천국보다 낯선』이라는 작품의
가장 결정적인 '소설적' 장치다. 카메라의 시선에 의해, 인물들 각자의
독백과도 같던 저 직접적인 목소리는 우리에게 직접 건네진 것이 아니라
마치 무대 위 같은 입체적 공간에서 들려오는 것으로 간접화된다. 즉, 인
물-화자의 발화들은, 단일하거나 순진한 것이 아니라 서로 관계되어 있
고, 서로 매개되어 있었던 것이다. 그 말들은 서로 대화적으로 존재하고
있었으며, 서로 응답적인 이해 속에 연루되어 있었다. 예컨대, 며칠 전 A
의 반지하 방을 나와서 그들이 모두 제각각 다시 A를 찾아간 밤의 일이
라든가, 논산분기점 3킬로미터 지점에서 목격한 교통사고에 관한 진술

---

4   이장욱, 「우리는 여러 세계에서」, 『정오의 희망곡』, 10쪽.

들을 상기해 보자. 이를테면 우리가 김의 이야기를 들을 때 그것은 정이 앞서 한 말이 빚어낸 상황 속에서 이해되(어야 하)고, 동시에 아직 말해지지 않았지만 앞으로 최가 할 이야기가 요구하고 기대하는 내용에 의해 결정되기도 한다.

정: A는 내게 해독 불가능한 문자 같은 것이었다. 그녀는 말하자면 아랍어나 희랍어 같은 것이었다. 나는 내가 한 번도 배워 본 적이 없고, 배워도 이해할 수 있을 것 같지 않은 그 문자들을 물끄러미 바라보곤 했다. 아랍어의 곡선은 아름다웠다. 희랍어는 예술적으로 보였다. 그 언어들은 의미가 아니라 하나의 형태일 뿐이다. 하지만 그 이상한 문자들은 누구에게도 침범당하지 않는 자신의 세계, 자신의 의미들을 거느리고 있을 것이었다. 이해되지 않지만, 이해되지 않기 때문에 아름다운 세계, 그게 그녀였다.(83)

김: A는 모든 면에서 아내와 반대였다. 그랬다. 처음 만났을 때, A는 어딘지 무질서해 보였고 예측할 수 없었다. 아내의 세계가 겨울의 희박한 공기로 이루어져 있다면, A의 세계는 여름의 팽창하는 대기로 채워져 있는 것 같았다. 아내의 세계가 하나의 점으로 응축하려는 듯했다면, A의 세계는 불규칙하게 확산하려는 것처럼 느껴졌다. 그 둘은 서로 다른 행성에서 온 생물들 같았다. 서로의 반대편에서 거울처럼 서로를 비추기 위해 존재하는 세계.(106~107)

최: A는 언제나 와전되는 중이다……. 와전되는 것이 A다……. 나는 차라리 그렇게 생각했다. 그런데 어느 날 학생 식당에서 혼자 점심을 먹다가, 나는 다시 이상한 생각에 시달리게 되었다. 그녀는 정말 그 모든 것을 했을지도 모른다……. 그녀는 그 모든 것이었는지도 모른다……. 그런 생각이었

다.(124)

A에 관한 이 셋의 상이한 견해는 각 인물의 편협한 시각을 증언하는 것이 아니고, A의 실체를 가늠해 보기 위해 종합해 보아야 하는 것이 아니다. 이것은 마치 한 가지 테마를 놓고 각기 다른 방식으로 노래하는 '대위법(counterpoint)'적 악곡 같은 것인데, A에 관한 세 인물-화자의 발화는 각자 울리면서 서로에 의해 굴절되어 재해석되는 상호 제한적인 관계에 처하기 때문이다. 비유적으로 말하면 이들의 이야기가 서로서로 패러디된다고 할 수도 있다. 그러면서 이들(의 발화들)은 서로 논쟁적으로 적대하는 관계에 돌입한다. 하나의 관점이 다른 관점에, 하나의 가치 평가가 다른 가치 평가에, 하나의 강조가 다른 강조에 대립한다. 이들 각자의 의지나 논리가 서로 불화 혹은 불일치한다기보다 단일한 의식을 드러냈던 발화들이 대화적 긴장의 국면에 놓인다는 뜻이겠다. 우리는 결국 그들 각자의 이야기를 듣는 게 아니라 이야기들 간의 충돌, 갈등을 접한다. 즉, 이들의 발화는 우리를 직접 향하지 않고/못하고 이들의 발화를 카메라로 담은 것을 우리가 보는/듣는 것이라고 해야 더 맞다. 카메라 때문에, 그들 모두는 말하는 사람(화자)이면서 동시에 말해지는 사람(인물)이 된다.

마치 진짜 영화에 대한 이야기인 듯 카메라의 역할을 이야기하는 중이지만, 알다시피 이 카메라는 저 인물-화자들의 의식과 말이 한곳에서 함께 울리면서도 끝내 융합되지 않게 하려는 숨은 작가의 자리를 가리킨다. 이것은 소설 장르의 발화들에 내재한 이른바 '다성악적(polyphonic) 대화성'이라는 방법이기도 하고, 모호하고 불확정적인 세계에 대해 이 작가가 취한 특별한 태도라고도 하겠다. 이 태도는 또한 이 소설의 표정을 만드는 언어에 관한 작가의 어떤 견해처럼 받아들일 수도 있다. 이를테면 그것 ― 소설의 표정을 만드는 언어 ― 은 표현 불가능의 한계로 막힌 말이 아니라 상호 이질적인 말들 사이의 적대를 근원적으로 포함한 말이라는 생각. (그렇다면 전자는 시의 언어가 짓는 표정이 아닐까. 한계의 말들이 주체의 존재론적 분열이라면 상이한 말들은 세계의 서사적 분열을 가리킨다고 하면 어떨까.) 여기서 우리가 세계에 대해 느끼는 모호함이나 불확정성은 단일한 시선의 편협함이나 주관적 심리의 변덕스러움과는 거리가 멀다. 말들의 부딪침 혹은 대화성을 통해 드러나는 그것은 오히려 상대성과 객관화의 지향에서 발생하고 동시에 상대성과 객관화를 강화하기도 한다.

Boom-Up: 목격자들

이렇게 이 소설은 여러 인물-화자의 내적 시선들을 한데 모으면서도 그것을 전유하지 않는 외재적 시선을 숨겨 놓았던 것이다. 줄곧 카메라에 비유했던 그 시선 덕분에, 주체이면서 타자인 인물들의 분열된 발화가 통합되지도 않고 해산되지도 않은 채 하나의 입체적인 서사로 형성될 수 있었다는 말이다. 물론 말했다시피 그것은 '숨은' 화자였고 그 자리는 이야기 '바깥'에 있다. 그래야만 그것은 제 역할을 할 수 있다. 그런데 이 소설의 마지막 장면, 우리 모두 일찌감치 직감했으나 끝내 눈을 맞추려고 하지는 않았던(그래야만 모호하고 불확실하더라도 이 세계가 유지될 수 있으므로) 그것의 존재가 마침내 눈앞에 드러나는 순간이 이렇게 오고야 마는데,

그 순간 그들을 비추고 있던 카메라가 천천히 새벽의 허공을 향해 솟아올랐다. 그것은 일종의 크레인 숏이 되었다. 광장의 간이 의자에 앉아 있는 남자는 기지개를 켠 자세로 정지해 있었다. 광장을 가로질러 걸어가는 세

사람 중 한 남자는 담배 연기를 입에 머금고 있었고, 또 다른 남자는 손을 바지 주머니에 넣은 채 고개를 들고 있었다. 그 옆에 서 있는 여자에게는 표정이 없었다. 그들은 모두 새벽빛이 퍼져 가는 하늘 한가운데의 한 점을 바라보고 있었다.

인물들의 시선을 마주 보던 카메라가 조금씩 움직이더니 더 위로 올라갔다. 인물들이 점점 작아졌다. 터미널 건물과 광장이 까마득하게 보였다. 하늘의 한가운데서 카메라가 정지했다. 새벽의 별빛이 은은하게 도시에 쏟아져 내리는 시간이었다. 이제 막 깨어나려는 듯 해안 도시의 불빛이 점점이 켜지는 시간이었다. 먼바다 쪽의 수평선에 붉은빛이 희미하게 스며드는……희미하게 스며드는, 천국보다 낯선, 그런 시간이었다.(249)

지금껏 한 번도 등장하지 않았던 카메라가 공중으로 솟아오르며 "갑자기 모든 것이 자명해지는 순간"[5]이다. 이 캄캄하고 황량한 밤의 여로는 A의 영화, 아니 A가 아니더라도 누군가의 '진짜' 카메라에 잡힌 영화 속의 장면들이었음이 밝혀진 것이다. 크레인 위의 이 카메라는 지금까지 서로 충돌해 온 인물-화자들의 모든 이질적인 발화들을 숨어서 지켜봐 왔던, 그것들을 대화적으로 울리게 했던 그 카메라가 맞을 것이다. 처음부터 정, 김, 최, 그리고 염의 안과 밖을 드나들며 때로 인물의 시점 쇼트를 찍고 때로 줌아웃되어 전체를 조망하며 그것들을 교차편집 하기도 함으로써 이 소설을 읽는 우리의 시선에 자기 자리를 내주기도 했던 그 카메라가 아니랄 수 없을 것이다.

그런데 이렇게 그것이 우리 눈앞에 나타나자, 이제 결말에 이른 이 모든 이야기들은 갑자기 영화 촬영 현장이라는 프레임으로 둘러쳐지게 된

---

5 이장욱, 「목격자들」, 『생년월일』(창비, 2011), 57쪽.

다. 다시 말해, 카메라라는 이야기 바깥의 시선이 이야기 내부로 뛰어들자 우리는 이 카메라의 시선으로 그들의 이야기를 보는 것이 아니라 이 카메라까지 포함해서 바라보는 또 다른 바깥의 자리로 튕겨 나간다. 눈앞의 장면에서 소실점이 이동하고, 가까워서 안 보이던 것과 멀어서 가물거리던 것이 휘청인다. 어쩌면 우리가 지금까지 읽은 이야기는 여기서 증발해 버린 듯하다. 우리는 이야기 전체를 다른 시선으로, 다른 원근법으로 다시 읽어야 하고, 이야기는 지금까지 말해진 모든 것으로부터 돌아서서 다시 시작되어야 하는 것이다. 이야기의 결말인 여기가 다시 이야기의 기원이다.

『천국보다 낯선』은 마침내 이렇게 우리를 세계의 바깥 혹은 뒤로 밀어 앉혀 버린다. 의식적인 의미 부여를 그만 멈추고 말해진 모든 것을 아예 지워 버리는 자리로 우리를 이동시킨 다음, 바로 그 정지된 화면에서 다시, 또다시 시작되어야 하는 '다른' 세계를 직감하게 한다. 지금까지의 세계가 무너진 이 자리는 어떤 것이 폐기된 곳이라기보다 되살아나야만 하는 곳이다. 이곳에서 우리는 재차 다음과 같은 질문을 할 수밖에 없기 때문이다. A는 대체 누구인가, 아니 그녀는 지금 어디에 있는가, 그녀의 죽음을 배웅하러 가는 이 친구들은 어디에서 어디로 가고 있는가, 아니 누가 누구의 죽음을 배웅하는 것인가, 이 친구들이 A의 영화를 보고 있는가, A가 이들을 영화로 찍고 있는가, 아니 우리가 이들을 바라보는 것인가, 이들이 우리를 바라보는 것인가…….

『천국보다 낯선』이 안내한 이 세계가 이장욱의 독자들에게 아주 생소하지만은 않을 것이다. 이 세계의 신선함이 약하다는 뜻이 아니라 그가 오래 탐구해 온 세계가 이번에도 발생했다는 말이다. "이야기는 언제나 끝이어서야 시작할 수 있는 이상한 나라"(「이상한 나라」), "나는 내 바깥에서 태어"나는 순간들(「실종」), "자꾸 무너지면서 또 발생하는 세계"(「뭐」), 상투적인 일상을 즉단하는 시선의 어떤 각도에만 일순 포착되었다가 이내 증발하고 마는 이 세계는, 그렇지만 현실을 떠나고서야 만나지는 다른 세계가 아니다. 우리의 심리적, 관념적 현실은 매 순간 분명하고 통합적인 세계를 그려 보지만, 이 세계가 얼마나 다면적이고 이질적인지 우리는 잘 알고 있지 않은가. "겨울에는 겨울만이 가득한가? 밤에는 가득한 밤이?"[6]라고 묻는 계절도 있는 것이다. 현실을 초월하지 않지만 그것을 수용하지도 않으려는 어떤 자세가 맞닥뜨린 세계의 불모성이 이 당혹스럽고도 매혹적인 계절을 출현시킨다. 그래서 이 낯선 계절의 소설을 혹여 비사실적이라거나 초현실적이라고 말하는 경우가 있다면 우리는 동의할 수가 없다. 이장욱의 『천국보다 낯선』은 다면적 세계의 모순과 혼돈을 창작의 동인과 작품의 구조로 전면화한 사실적 소설이다. 주체를 타자화하고 시간을 입체화하고 공간을 다층화함으로써 불현듯 열려진 다른 그라운드에서 다른 속도로 흘러다니는 '사실들'의 타오르는 이야기다. 우리는 이제 "다른 계절에 속한 별"(「겨울의 원근법」)이 되어, 아직 길들지 않은 그 궤적들을 "생시"(「그라운드」)처럼 기억하기 시작했다. 이것은 "아주 구체적인 사건"(「일종의 밤」)이 될 것이다. 우리 소설의 신(新)서사가 이렇게 발생했기 때문이다. (2013)

---

6 이장욱, 「겨울에 대한 질문」, 『생년월일』, 114쪽.

관심의 제왕

—— 김희선 『라면의 황제』[1]

관심사병 미스터리

둘러보자면, 도무지 불가사의한 일들이, 도처에 있다. 누구나 그 존재를 알지만 아무도 그 연유는 모르는, 한때 세상을 떠들썩하게 하고 어느새 거짓말처럼 사라진, 모두 한 번쯤 의심했으나 아무래도 자세히 알 길은 없는 사람 사물 소문 들. 그때 그 사람은 저 버려진 건물의 정체들? 그긴 '국민교육헌장'을 어찌 달달 외워야만 했을까? 이 작은 도시에 대형마트는 왜 이토록 많아지나. 그 흔하던 붉은색 카펫들은 다 어디에? 이렇게 웰빙, 하다 보면 라면의 미래는? 외계인은 외계'인'일까? 죽은 사람을 살리는 공학은 연구 안 되나? 변사체로 발견된 외국인 노동자는, 어떤 행복한 시간을 가졌던 사람일까? 살인범이 친엄마를 죽인 까닭은? 등등. 미스터리 천지다. 따지고 보면, 당신의 마음도, 그녀의 과거도, 나의 미래

---

1   김희선, 『라면의 황제』(자음과 모음, 2014). 이후 이 책의 인용은 괄호 안에 쪽수만 표시한다.

도, 다 미스터리 아닌 것이 없기는 하다.

김희선의 첫 소설집 『라면의 황제』는 이런 미스터리를 다루는 이야기들로 엮여 있다. 그를 작가로 탄생시킨 「교육의 탄생」에서부터 호기심 취향이랄까, 미확인 사건에 대한 관심과 집착이랄까, 그런 것의 행보는 이미 도드라진 데가 있었다. 그 데뷔작은, 만 일곱 살에 동경대 수학 문제를 풀어 세계 최고의 아이큐로 세상을 놀라게 했던, 일종의 '그때 그 사람' 이야기였는데, 그이의 홀연한 사라짐과 묘연한 행적이 흥미를 끄는 건 당연했다. 거기에서 인간의 최초 달 착륙 사건이 환기되고 한 시절 온 국민이 줄줄 읊던 '국민교육헌장'의 탄생 비화가 잇대어지는, 엉뚱한 듯하지만 치밀한 개연성은 말할 나위 없이 독창적이었다. 결과적으로 '비운의 천재'와 '인간의 우주 탐사'와 '관제 교육'이라는 해당 사태를 새삼 재인식하게 해 주는 '개념 있는' 주제 의식까지 탑재했으니, 첫 작품으로 각인된 그의 인상은 가히 신선하게 시니컬하고 야릇하게 에너제틱한 것이었다.

그의 첫 책에 미스터리한 일들이 출몰한다고 해서 그가 특정 미스터리에 대해 '그것을 알려 주마' 하고 덥적거린다는 뜻은 아니다. 어떤 미스터리를 파헤쳐 뭔가를 '밝히는 것'이 목적인 경우, 사실을 알고 싶은 충동과 알리고 싶은 사명감으로부터 이야기는 시작된다. 일단 사태의 진상과 진위를 확인해야 하니, 관련 기사, 기록 등 자료 검색이 우선 이루어질 것이다. 찾아낸 자료들로 명민하게 추리하여 사건을 재구성하고 진실을 밝혀내기에 이른다. 최소한 이런 과정을 거쳐야 미스터리를 파헤치는 이야기라 할 만하다. 그런데 애초에 알고 싶은 대상이 '미스터리한 것'이었다면 그것을 파헤치기는커녕, 사태의 진상과 사실 여부의 확인부터가 쉽지 않다. 거의 남지 않은 몇몇 기록과 항간에 떠돌던 루머를 간신히 취재할 수 있었다 해도, 그것들의 진상과 사실 여부가 의심스러운 것이 바로 미스터리가 아닌가.

이 소설집에는 어느 하나 분명한 사실로 확신하기 어려운 일들이 가득하지만, 확실한 근거를 찾아내어 사실을 깨우치고 실상을 폭로하는 그런 이야기는 없다. 이 작가는 미스터리를 반드시 확인해야 할 문제로 의식하지 않는다. 풀어야 할 의문이 세상에 없어서는 아니다. 어떤 의문의 현상을 바라볼 때 확인되지 않은 그것을 한시바삐 확인해야 한다고 여기기보다는 그것이 왜 그토록 확인이 안 되었던 것인가를 곰곰 생각해 보려고 하는 쪽인 것 같다. 어쩌면 미스터리란 확인을 기다리는 사안이 아니라 그것이 미확인으로 남았다는 사실을 먼저 알아봐 주기를 요청하는 사안이 아닐까. 미확인된 사안이란 그것을 대하는 사람들의 지식과 논리가 부족해서 그리된 것만은 아니다. 지식은 편협하고 논리는 옹졸하기 쉽다. 오히려 사람들의 관심과 상상의 부족으로 거기 있었던 줄도 모르게 잊히는 일들이 더 많기도 하다. 김희선의 소설들은 미스터리한 사태에 의문을 품고 그 답을 찾아가는 이야기라기보다, 먼저 다양한 관심과 상상으로 여러 가지 이야기를 탐사한 끝에 마침내 어떤 의문에 도착하는 이야기다. 그러고는 '확실하진 않지만 여기에 어떤 의미가 있지 않은가' 하고 되묻는 이야기다. 이제 보면 알겠지만, 세상에 미스터리는 무진하고 작가의 관심에는 경계가 없으며 그의 상상은 전공 불문이다.

전공 불문의 세계사

시의 외곽에 폐쇄된 지 오래된 거대한 콘크리트 건물이 서 있다. 도시의 토박이들은 그것이 거기 있다는 사실을 알지만 건물의 정체를 상세히 아는 이는 없는 듯하다. 가까이서 관찰하면 단서라도 발견될까? 수없이 그곳을 지나쳤지만 건물 근처에 사람이 얼씬거리는 것도 본 적이 없다. 녹슨 철문 옆에 드리워진 낡은 판자엔 다 지워져 가는 글씨로 "에드워드 김 생명공학연구소"라고나 적혀 있으려나. 그렇다 해도 그 내력을 알려면 시청의 역사 자료실에라도 가 봐야 할까. 인근의 나이 많은 노인들을 수소문해 볼까. 보통은 이쯤에서 귀찮아지면서 호기심도 서서히 사그라지기 마련일 텐데, 김희선의 이야기는 바로 여기서부터 시작된다. 「2098 스페이스 오디세이」다.

이대로라면, 2098년이 되어도 저 건물은 저렇게 방치된 채 아무에게도 자기의 정체를 누설하지 못할 것이다. 헉, 그런데 2098년이라니, 그 연도에도 인류가 이 땅에 살기는 할까. 흔한 상상이지만 회색빛으로 변해 버린 지구에는 약간의 박테리아와 진균류만 살고 있을 뿐, 인류는 이미 다른 행성으로 모두 이주해 버린 후일지도 모른다. 다른 행성에서의 인류라면, 지금의 우리와는 아무래도 딴판일 테니 어쩌면 죽음에서 벗어난 생명체가 되어 있을지도. 아무도 죽지 않고, 그러므로 아무도 새로 태어나지 않는 세상! 그것은 "살아 있지도 않고 죽어 있지도 않은 회색의 모호함"(135)이겠지. 그런 세상을 가능케 한 이는 대체 누구이며 왜 그랬던 것일까. 발동된 호기심은 쉽게 접히지 않고 의문의 꼬리를 물고 이어진다. 의문은 호기심을 해소할 답을 찾기보다 또 다른 호기심을 물고 오는 상상을 불러일으키는 법이다. 그리고 이런 상상은, 다음 의문을 발생시키면서 이전 의문을 해소하는 과정이 된다. 시청 자료실을 뒤지거나 노인들의 흐릿한 기억을 채취한들 "불확실하고 불명확하긴 매한가지"(110)이니, (그런 노력이 쓸모없는 건 아니지만) 사태를 추적하고 추리한다는 건 결국 이모저모 상상하고 꿰맞추어 보는 일과 다름없지 않은가.

상상은 계속된다. 인류에게 영생의 꿈을 실현시켜 준 위대한 과학자가 있다면, 그는 어떤 욕망으로 그런 위업에 이르렀을까. 영생이란 사람의 몸을 이루는 세포들이 영원히 죽지 않는 것. 그렇다면 날마다 새로 죽고 다시 태어나는 세포에서 소멸에 관계하는 유전자를 발견함으로써 가능했을까. "인간 게놈 프로젝트"가 시작된 지도 오래고, '복제양 돌리'의 탄생으로 인간 복제도 가능한 꿈이라는 호들갑조차 벌써 시시해진 시대다. 인간 복제의 실현으로 "죽은 부모를 다시 살게 하는 것"만큼 인간을 행복하게 하는 일"(124)도 없다면, 저 위대한 과학자의 욕망이 바로 그것이었으리라. 그는 틀림없이 어릴 적 잃은 엄마를 몹시 그리워하여, 엄마를 만나는 일에 모든 것을 바칠 각오가 되었을 것이다. 그가 '역복제'에 성공한다면? 참, 영생하는 인류가 다른 행성에 사는 2098년이라고 했지. '소멸 유전자' 억제에 이미 성공한 그가 어머니를 복제한 후 심지어 자기자신을 복제한 배아를 그녀에게 줄 수도 있지 않을까? 그리하여 그가 끝내 "잃었던 모자 관계를 부활"(136)시킬 수 있었다면…….

　버려진 건물에서 시작하여 우주로 나갔다, 엄마 잃은 소년으로 돌아왔다, 인간 복제로 튀고, 백악관으로 넘어간다. 이 종횡무진 상상은 경계 없는 관심의 표출이다. 어쩌면 이 상상은 버려진 건물에서 출발한 게 아닐 수도 있다. 엄마를 그리워하는 아이가 끝내 엄마의 모습을 보지 못하는 슬픈 동화, 유전자 조작으로 생명 복제의 꿈을 부추긴 과학, 영생 불사를 호언장담하는 미숙한 종교 등등으로부터 촉발된 잡다한 상념들이 먼저 있지 않았을까. 확인할 수 없는 의심스러운 말들이 넘쳐 난다는 점에서 동화, 과학, 종교에는 경계가 따로 없다. 미심쩍은 여러 현상에 대한 꾸준한 관심은 서로 다른 분야를 오가는 상상을 발생시킨다. 연속되는 의문이 해소되지 않으면 사고는 진행되기 어렵고 사고가 멈추면 관심도 멈추기 마련이지만, 의문에 대한 상상이 이어지는 한 관심은 지속된다. 상상의 범위에 제한은 필요 없다. 관심의 관심은 진위(眞僞)를 따지기보다 시비(是非)를 가리는 데 있기 때문이다.

이 세계에서는 과학적 지식과 사이비 종교가 만나고, 사회적 시스템의 논리와 음모론이 겹친다. 「교육의 탄생」에서 국민교육헌장의 탄생에 기여했던 "무의식 요법", 어떤 말을 진언처럼 외우게 함으로써, 그 말의 내용과는 상관없이 사람들의 무의식을 변형시켜 일종의 세뇌 상태에 이르게 할 수 있다는"(65) 그것은 어떻게 생겨났던가. "우주의 모든 물질을 구성하는 원자가 입자와 파동의 두 가지 성질을 동시에 지닌다는 코펜하겐 학파의 양자역학"과 "실재와 정신의 교류를 통하여 새로운 철학과 과학의 가능성을 탐구한 알프레드 노스 화이트헤드의 사상"과 "동양의 오래된 주술인 진언"(62)의 방법이 용광로처럼 녹아 들어간 결과였다. 그것이 「어느 멋진 날」에서는 "문자와 소리로 이루어진 사물 저마다의 이름이 일종의 물질성을 띤다."(234)라는 '이슬람 신비주의'로 둔갑하여 "과학적 지식과 중세의 비의를 결합"(236)하는 경지에 이르기도 했다. 「지상 최대의 쇼」에서는 몇몇 음모론자의 이런 주장도 나왔다. W시 상공에 나타난 비행접시에서 척 베리의 신나는 노래인 「Johnny B. Goode」가 울려 퍼지는데 이 괴이한 사태는 외계 생명체를 가장한 W시 행정 관료들의 소행이다. W시가 정력적으로 내걸고 추진해 온 '활기찬 도시, 발전하는 경제'라는 슬로건과 매일 아침 6시에 울려 퍼지는 그 흥겨운 노래는, "이제 와서 새마을 노래를 틀어 줄 것도 아닌 다음에야"(158) 그만큼 어울릴 수가 없다는 것이다. 황당하다기보다 경탄스러운 이런 이야기들의 저변에는 경계와 성역을 모르는 관심과 상상이 함께 흐른다.

이미 벌어진 사건들의 축적인 '역사'에 대해서도 마찬가지다. 「페르시아 양탄자 흥망사」를 보자. 삼사십 년 전 한국에서 대거 유행했던 '페르시아 양탄자', 그 많던 헤라트 카펫은 지금 다 어디로 갔는가. 이야기는 여기서 출발하지만 주요 관심과 상상이 카펫인 것은 아니다. 카펫은 소설의 관심과 상상을 싣고 날아가는 화제(話題)일 뿐이다. "이란의 메샤드

란 도시에 있는, 한 카펫 가게 주인, 아부 알리 하산"(11쪽)의 외조부가 한
국을 방문한 1977년, 서울에는 '테헤란로'가, 테헤란에는 '서울 스트리
트'가 생겼고, 진품 헤라트 카펫 한 장이 "한국과 이란 친선 외교의 상징
으로 서울시청 시장 집무실에 당당하게 깔"(17)렸다. 그것은 1979년 12
월 13일 밤 시청 세탁실의 "김선호옹"에 의해 시청 지하 창고에 보관되
었고, 1987년 여름 검은 승용차의 사내들에 의해 다시 김선호옹에게 맡
겨짐으로써 그의 집 창고로 옮겨진다. 그리하여 이 '흥망사'는, "집안의
카펫 사업이 바로 그 테헤란로의 흥망성쇠와 운명을 같이했던"(16~17)
하산의 이야기와 1977년부터 현재까지 "세상이 떠들썩하든 말든"(29) 흥
망성쇠를 거듭한 세탁업자 김선호옹의 인생사로 교직된다. 야사(野史)라
고 해도 되려나? 하지만 이것은 일반에 잘 알려져 있지 않은 사실을 폭
로하는 이야기도 아니다. 1979년 12월 12일, 1987년 여름, 1997년 겨울
등, 당시의 실제 역사적 사건은 설명되지 않는 세상사의 한 장면으로 상
상되었을 뿐이다. 역사는 이곳에서 증명되어야 할 사실이 아니라 사람들
과 사물들이 함께 오르내린 무대에 남은 자취일 것이다.

　이런 이야기들이 아무래도 조금 특별해 보이는 건, 작가의 체험이나
관념이 직접적으로 서사화된 소설과는 이야기 전달의 양상이 꽤 다르기
때문이다. 간단히, 소설의 화자가 확실히 특이하다는 말이다. 그는 이야
기의 주모자(주인공)도 아니고 전달자(관찰자)도 아니다. 전달자로 행세하
지만 실상 에피소드들을 직접 제조하고 조립하여 전체 이야기를 제작하
는 모든 임무를 다 맡는데, 그러면서도 묘하게 이야기 세계 안에 포함되
어 있지 않은 점이 가장 특징적이다. 그는 기록을 찾을 수 없으면 기록을
만들고, 과학적으로 증명할 수 없으면 과학적으로 상상한다. 뚜렷한 연
유를 알 수 없으면 가능성 있는 배후를 지목하고, 필연적 사실을 역사로
이해하기보다 우연한 기록이 역사로 남는 것이라 주장한다. 소설의 화자

가 이래도 되는 것일까? 일반적으로 소설의 화자는 행위의 주체, 시선의 주체, 그리고 서술의 주체로서 등장하는 한 인물로서, 인격화된 주체 혹은 주체화된 인격이 아니던가. (때문에 소설의 화자의 인식과 지각은, 기사보다, 과학보다, 어떤 역사보다, 말의 깊은 의미에서 더 정직하다는 신임을 얻지 않았던가.) 그런데 이 화자는 상상과 위조와 견강부회로 이야기를 조작, 배치, 전달한다. 그러고는 무엇이나 자기는 잘 모른다는 듯 시치미를 떼고 능청을 떤다. 그는 정당한 혹은 올바른 화자인가? 그는 이야기의 세계 속에 주재하지 않기 때문에 이야기의 주인공이 지니는 관점 같은 것은 가지지 않는다. 대신 이야기와 이야기 바깥의 경계에 자리 잡은 그에게는, 이야기를 설정하고 배치하는 데 있어 확인하고픈 몇 가지 입장이 있는 것 같다. 그의 정당성을 묻고 싶다면 몇 가지 그의 입장을 따져 봐야 한다.

언제쯤 세상을 다 알까요

먼저, 그는 세상사는 뚜렷한 원인과 결과로 이어진 것이 아니지만 세상 모든 일이 어쩌면 서로 연결되어 있는 게 아니겠느냐고 묻는 입장이다. 「어느 멋진 날」과 같은 복잡한 소설이 그런 입장으로부터 나올 수 있었다. 신원 미상 외국인 노동자가 숨진 채로 발견됐는데 그의 품에서 피에 젖은 사진이 나왔다. 작고 황량한 동물원에 한 아이 혹은 두 아이가 서 있는 흐릿한 사진들. 언젠가 어디선가 이런 동물원을 본 적이 있는 듯한 "기시감"에서 이야기는 시작된다. 전쟁의 포화라도 들려올 듯한 사진 속의 아이들은 어떻게 자랐을까. 동생은 그때 폭격당했는지도 모른다. 그중 이 낯선 서울까지 와서 의문의 죽음을 당한 형은 죽을 때까지 동생의 죽음을 잊지 못했나 보다. 민간인을 향한 폭격이 수시로 발생하는 팔레스타인과 이스라엘 분쟁에 적극 가담한 이스라엘의 '아리엘 샤론' 전 총리, 그는 철권 정책으로 많은 부작용을 낳았는데, 특히 1982년 게릴라 소탕을 명목으로 팔레스타인 민간인 수천 명을 학살한 베이루트 침공으로 유명하다. 2006년 뇌출혈로 쓰러져 식물인간 상태가 된 그를 보고,(실제 인물인 그는 2014년 1월 숨졌다.) 그의 침공에 온 가족을 잃었던 팔레스타인 사람들은 무슨 생각을 했을까. 신의 가호로, 그의 마비된 뇌가 한 번만이라도 그가 죽게 한 사람들을 이해할 수 있기를 바라진 않았을까. "인간의 뇌에 침투하여 무의식을 조종하고 특정한 꿈을 꾸도록 유도"(234) 할 수만 있다면, 누군가 그에게 그렇게 했을 것이다. 그 일을 마치고 지구 반대편의 도시, 서울로 왔을 것이다. 고향 팔레스타인에서 "한 번도 가 보지 않은 장소에 대하여 이야기를 만들어 내고"(243) 있을 어린 소년에게 서울의 엽서를 한 장 보내야겠다고 생각했을 때 뒤에서 다가온 요원에게 소리 없이 살해당하고 말았을 것이다. 그리고 이 조용한 죽음에 대한 나의 상상이 내가 알지 못하는 세상 어느 곳의 일이듯, 그 어느 곳에는 또 누군가 내가 살고 있는 이곳의 이야기를 상상하는 이도 있다고 믿어 볼 것이다. 이렇게 이 소설은 "우리 모두가 세상의 기저에선 서로 맞닿아 있다."(242)라고, "어쩌면 내가 서 있는 이 땅이, 가장 깊숙한 밑바닥에선 바로 그 도시와 연결되어 있"(243)을 거라고 얘기한다. 세상은 이어져 있고, 세상 모든 일의 원인은 하나가 아니어서, "만약 두 가지 일이 동시에 일어난다면 거기엔 분명 우리가 알 수 없는 어떤 운명적 관계가 놓여 있"(91)는 거라고.

'W시 시리즈'라고 불려도 좋을 「이제는 우리가 헤어져야 할 시간」, 「지상 최대의 쇼」, 「경이로운 도시」를 이쯤에서 읽어 보면 좋겠다. 김희선의 소설에 수시로 등장하는 W시는 "명실상부한 강원도의 중심지"(249)였으나 도청이 다른 도시로 넘어간 이후 "이상한 상실감에 시달"리기도 하는 '강원도 원주시'이자, "외계의 비행접시"(250)가 한동안 그 상공에 떠 있어도 어느새 일상적인 평화를 되찾는 미지의 '원더랜드'다. 이곳은 경이로운 사건의 발발지가 되기도 하지만, 그보다는 주로 세계 각지에서 제각각 발생한 일들이 서로 우연히 만나거나 멀어진다는 상상, 그 경이로운 상상의 발원지다. 따라서 이 소설집에서 시도된 'W시의 세계화'는, 모든 일이 세상의 중심을 향해 모이는 게 아니라 세상 어디에서 발생하는 일들이 이미 서로 연루되었음을 암시하는 것처럼 보인다.

W시의 이야기들을 읽다 보면 또 하나의 그의 입장이 보인다. 그는 사건이란 대체로 우발과 오인으로 비롯된 것이어서 그 의미 또한 우연과 오해의 결과가 아니겠느냐고 묻는다. 「이제는 우리가 헤어져야 할 시간」에는 상이한 시공에서 벌어진 사건들이 겹쳐 등장한다. 베트남전 당시 반전운동의 주도자였던 필립 베리건 신부와 그 일당이, "평화를 위한 쟁기 운동가들"이 되어 1997년 미국 메인주 배스의 철강 공장에 침입하여 크루즈 미사일의 덮개를 내리친 거사, 1989년 베이징 천안문 광장에서 거대한 탱크를 홀로 마주하고 선 한 젊은이의 모습, 2012년 한국의 소도시에서 쟁기를 등에 지고 천안문 광장의 그것보다 더 큰 탱크를 향해 돌진하는 김홍석 씨의 사진. 세계의 분쟁 지역을 찾아다니며 소신껏 기사를 써 온 톰 존스가 우연히 김홍석 씨의 사진을 얻고는 "쟁기 운동의 불씨"를 찾아 취재차 W시에까지 오면서 이 세 사건이 잇대어진다. 그러나 여러 증언과 취재를 통해 마침내 밝혀진 사실은 이렇다. 군사도시인 W시에 첨단 무기가 전시되는 축제 기간에 조그만 동네 슈퍼를 운영하던 김홍석 씨가 술에 취해 쟁기를 들고 전시장에 난입, "대형 마트 때문에 다 죽겠는데 축제가 무슨 소용이냐. 골목 상권부터 살려 내라."(308)라며 난동을 부렸다는 것. 결국 서로 무관할 뿐만 아니라 그 진위도 불분명한 에피소드들 — 예컨대 필립 베리건 신부의 실화와 톰 존스와 헨리 필딩

이라는 가명(소설가 헨리 필딩의 1749년 소설이 『톰 존스』다.) 등이 경계 없이 공존하는 — 은 착각과 오인의 결과임이 밝혀진다. 그러나 우연과 오해의 과정을 거쳐 김홍석 씨의 쟁기가 탱크를 부순 그 사건은 마침내 한국의 어떤 현재성을 시사하는 하나의 의문이자 의미가 된다. 수백 년간 농사(쟁기)를 지어 오던 지역의 급변하는 정치경제학적 판세(탱크와 대형 마트)에 파괴당한 평범한 삶이 거기 미스터리처럼 남았기 때문이다.

외계인의 W시 침공을 상상하는 「지상 최대의 쇼」를 보자. 외계인의 지구 침공이라면 당연히 우주 전쟁이나 지구 멸망 같은 이슈로 뉴욕 상공에서 벌어진다는 클리셰를 이 소설은 전적으로 무시한다. "도시의 상공에 나타난 비행접시는 장장 열흘 동안 색종이 조각들을 뿌려" 대기만 했고, 시민들은 금세 일상으로 되돌아갔다. "외계인들이 지금 당장 내려온다고 해도 무슨 뾰족한 수가 있는 것도 아니었고, 더군다나 나와는 전혀 상관없는 일"(162)이니까. 외계인도 여기에 정착하려면 "W시(이하 "갑")와 외계 생명체(이하 "을") 간의 근로관계"(164)를 계약해야 할 터이고, '나'로선 "9급 소방공무원 시험이 코앞"(162)인 이때 다른 데 신경 쓸 수가 없는 것이다. 한 치 앞만 생각하는 인간에게는 외계인이나 외국인이나 다를 게 없고 "어쨌든, 비행접시는 어느 날 홀연히 사라졌다".(170) "한때 도시의 하늘을 뒤덮었던 거대한 원반은 빠르게 잊혀졌다."(171) 이 해프닝을 둘러싼 프레임이 있는데, 그것에 주목해야 한다. 1938년, 허버트 조지 웰스의 『우주 전쟁』을 원작으로 한 라디오 드라마가 방송되었을 때 실제 상황으로 착각한 미국인들이 대혼란에 빠지기도 했거니와, 1960년대 미국에서는 『재난 시 소방관 행동 규정』이라는 책이 출간되기도 했다는 것이다. 한국의 W시에 난데없이 비행접시가 나타났을 때 "미합중국 퇴역소방관협회 동부지회 제42분회 정기월례회"(174)에서는 그 책을 W시에 보내기로 결정한다. 그러나 고작 한 달 만에 사건은 종료되었고, 뒤늦게 W시청으로 도착한『재난 시 소방관 행동 규정』은 "책 속에 그려진 외계인과 비행접시 삽화를 고려하여 어린이 장서실의 영어 도서 코너에 비치"(174)된다. "꽤 오랜 시간이 흐른 후에" 이 사건은 "주민 전체가 집단 최면 상태에 빠져들었던 비극적이고도 희극적인 역사적 사건"으로 학계에 등록되었고, 오직 "무명의 사학자가 남긴 기록물 속에서 그 모든 일은 실재했던 사건이자 생생한 진실처럼" 보일 뿐이다. 실제 있었던 일이 "결국 아무 일도 일어나지 않았던 것"(176)이 되어 버렸다. 이것은 허구를 실제로 착각한 1938년『우주 전쟁』의 혼돈과 똑같은 혼돈, 똑같은 무지, 똑같은 공포가 아닌가.

결국, 이 소설집의 화자가 설정하고 조작하는 이야기들은 이런 것들이다. 한때 위세를 떨쳤으나 어느새 흔적도 없이 사라진 것들의 역사, 모두가 휩쓸리는 일이지만 아무도 그 원인에 주목하지 않은 일들의 비화, 세간의 주의를 끌어야 마땅하지만 시나브로 소리 소문 없이 잊히고 마는 사연들, 정확한 진상을 알고 싶어도 끝내 소문으로만 남은 의문의 사건 등등. 그는 "세상의 많은 중요한 일이 때로는 아주 사소하고도 황당한 방식으로 결정되"(57)고, 어떤 일이 알려질 때는 "전적으로 그 스스로의 발언에 기초하여 서술"(256)하는 편견에 좌우되며, 그러니 "확실한 것은 아무것도 없"고 "지나간 일들의 기록이라는 게 다 그런 거"(37)라고 말하는 입장이다. 기록이 세상에 알려지는 것도 우연을 수차례 거친 운명의 장난 — 가령「교육의 탄생」에서 최두식의 회고록『조국의 하늘 아래』는, 출판사 압수 수색 때 배송 담당 김 씨가 라면 받침으로 썼던 그 책의 파본이 김 씨의 삼륜 용달차 운전석에 끼어 있다가 후에 빈티지 자동차 수집가에게 발견됨으로써 세상의 빛을 보았다 — 을 거치기 마련이니, 세상사란 마치 "나중엔 카펫이 거기 있다는 사실조차 잊고"(34) 말게 되는 페르시아 양탄자 같은 것이라는 말이겠다. 세상은 살아 봐도 모르는 것 천지고, 어떤 진실은 영원히 눈앞에 펼쳐지지 않을지도 모른다.

진실은 다른 곳에

그러니까 김희선의 소설은, 진실을 눈앞에 갖다 놓는 이야기가 아니라 진실은 눈앞에 보이지 않는다는 것을 암시하는 이야기로 채워져 있다. 외계인이 출몰하는 W시의 에피소드들이 또 그런 것인데, 이를테면 식물성인 외계인을 '토벌'하여 '식량' 자원으로 활용한다는 「경이로운 도시」의 서사가 어떤 진실을 보여 주는 것이라 생각할 수는 없다는 말이다. 멕시코에서 W시에까지 흘러온 '후안 곤잘레스'가, 식량 개발로 노벨 평화상을 받았던 어릴 적 영웅을 떠올리며 이 외계인, 아니 외계 식물의 사체를 식품 가공하여 판매함으로써 입지전적인 인물이 되고 W시는 눈부신 발전을 이룩하자 동족을 데리러 온 비행접시가 W시 상공을 가득 채웠다는…… 그런 스토리는, 우리가 사는 이 세계의 어떤 현상이 비친 것이 아니라 그런 현상을 낳을 법한 이 세계의 이면을 간파하도록 조작된 것이다. 이런 이야기는, 진실이 여기 있다고 말하는 게 아니라 "뭐가 사실이냐고요? 글쎄요, 나도 그저 알고 싶을 따름입니다."(136)라고 능청을 떨며 이런 이야기에서 진실이 무엇이겠냐고 되묻는다.

「라면의 황제」도 바로 이렇게 읽히는 이야기다. "인류가 무엇을 믿어야 하는가 혹은 무엇을 생각해야 하는가 대신 무엇을 먹어야 하는가에 탐닉하기 시작"(82)한 시대, "대형 마트 식료품 코너가 새로운 명상의 장소로 급부상"(82)하고 "남녀노소를 불문한 각양각색의 인간들이 당근이나 브로콜리 같은 걸 손에 든 채 존재에 대한 한없이 깊은 생각에 빠져들곤"(82) 하는 이 추세라면, "라면금지법안"이 통과되지 말란 법도 없다.

건강식을 추천하는 정도가 지나쳐 이때껏 잘 먹던 음식에도 "수만 가지 질병을 비롯하여 우울증이나 폭력 같은 심각한 정신 질환까지 유발"(79)할 성분이 있다며 공포를 조장하는 이 웃지 못할 분위기는 어느 세계의 것인가. "어느 날부턴가 라면은 죄와 타락의 이미지를 지니게 되었다."(81) 가까운 미래로 설정된 이 이야기가 조준하는 바는 말할 것도 없이 지금의 '웰빙 붐'이지만, 그렇다고 27년간 라면만 먹고 살아서 "라면이 곧 운명인 자 특유의 그 느낌"(103)을 지닌 '라면의 황제'를 영웅시할 수는 없는 노릇이다. '라면 유해론자'와 '라면만 먹으며 산 분식집 주인' 어느 편에도, 그 둘 사이를 오간 공방전에도, 진지하게 따져 봐야 할 진실 따위는 없다. "거기에 한 사람의 일생의 가장 진실한 순간이 압축되어 담겨 있는 것도 아니었으니 말이다."(314) 그러나 어떤 이야기는 이곳에 진실 같은 건 없음을 드러냄으로써 진실을 파헤친다.

김희선의 첫 소설집에 실린 아홉 편의 허구들은 의문, 자료, 상상, 익살, 배짱 등을 자유롭게 믹스하여 서글서글하게 빚은 항아리 같다. 저 요소들을 설득력 있게 조합하는 것이 탄탄한 항아리를 빚는 재주이고, 각 항아리에서 울려 나오는 재미난 소리들이 다양한 개성을 드러낼 것이다. 그런데 무른 흙으로 빚어진 이야기가 단단한 항아리의 울림으로 들리기 위해서는, 무엇보다도 흙을 굽는 불이 있어야 한다. 이 항아리들을 구워 낸 불이라면, 아마도 '관심', 오직 관심이 아닐까. 지났거나 몰랐거나 잊었거나 외면했거나 잊기 싫은, 숱한 세상일에 대한 관심, 바로 그것으로부터 이 항아리들이 태어났다. 이들은 숨겨졌거나 알려지지 않았던 사건들의 실상을 확인시켜 주지 않는다. 의문을 속 시원히 설명해 주지도 않고 진실을 눈앞에 펼쳐 놓지도 않는다. 하지만 아예 잊힌 줄도, 은폐된 줄도 모르고 있던 사실을 분명하게 환기한다. 의문을 들추고 추문을 들이댄다. 우회적으로 무지를 빈정대고 무관심을 추궁한다. 이 항아리들의 제작자는 그런 의미에서 '관심쟁이', '오지라퍼', 별의별 일에 다 관심을 두고 시시콜콜 오지랖을 펼치는 이다. 하지만 이런 이가 없다면 세상에 알 길 없는 숱한 일은 또 "가뜩이나 피곤한 몸"과 "공무원 시험"에 밀려 금세 잊히고 말지 않겠는가. 정작은 그가 할 얘기들이 세상에 너무 많은 것이 안타까울 정도인데 말이다. 304명은 왜 한 명도 구조되지 못했는가. 그날 일곱 시간 동안 그는 어디에서 무엇을 하였는가. 언젠가는 이런 미스터리도 이 작가의 손에서 하나의 항아리가 될 것만 같다. 정말이지 도무지 알 수 없는 일들이 이대로 잊힐 수는 없으니 말이다. (2014)

잘하는 능력은 어디서 오는가

—김경욱 『소년은 늙지 않는다』[1]

바람둥이의 신념

희대의 바람둥이에게는 신념이 있다. 카사노바는 자기 생의 마지막에 행복을 찾을 수 있는 곳은 도서관밖에 없다고 했을 만큼 독서광이었는데 그의 엽색은 책을 읽듯 다양한 여자들을 읽고 싶어 했기 때문이라는 얘기를 어디선가 들어 본 듯하다. 카사노바 입장에서는 세상을 경험하는 일이 곧 여자를 사귀는 일이고, 여자를 사랑하는 일이 곧 세상을 이해하는 일이었다는 거다. 이 정도면 연애는 처신이 아니라 소신이다. 어떤 일이 삶의 의미나 목적이 아니라 삶의 방법이고 과정일 때, 그 일은 세계에 의한 반작용이 아니라 세계를 향한 작용이다. 바람둥이는 기질이 아니라 신념의 산물인지도 모른다.

바람둥이를 미화하려는 건 아니고, 어느 한 측면이 평균치를 훌쩍 상

---

1 김경욱, 『소년은 늙지 않는다』(문학과지성사, 2014). 이후 이 책의 인용은 괄호 안에 쪽수만 표시한다.

회하는 '횟수' 혹은 '가짓수'의 비범함이란 면에서 바람둥이적 태도의 자기 실현성이라는 게 있지 않은가 하는 생각을 해 본다. 다양한 상대에게서 자신의 변함없는 이상형을 찾으러 다니는 타입과 상대의 매력을 만나러 떠나는 타입으로 나누는 바람둥이 구분법도 있다지만, 자유롭게 새로운 대상을 찾아 나서고 매번 그 대상과의 관계에서 열렬한 즐거움을 추구한다는 점에서 바람둥이는 모두 모험가이자 쾌락주의자다. 세상엔 여기에 비유할 만한 일들이 또 많기도 하겠지만, 자유롭게 새로운 대상을 찾아 나서고 매번 그 대상과의 관계에서 열렬한 즐거움을 추구한다는 바로 그 점에서 다채로운 소설 쓰기를 기세 좋게 지속하는 이의 매력은 문득 바람둥이의 그것과 꽤 닮아 보인다. "가장 힘들게 쓴 소설은 가장 최근에 쓴 소설이고, 가장 아끼는 소설은 다음에 쓸 소설이다."라는 작가의 의기는 과연 "가장 마음에 드는 여자는 오늘 처음 보는 여자고, 가장 많이 사랑할 여자는 다음에 사랑할 여자다."라는 바람둥이의 위용과 너무나 흡사하지 않은가 말이다.

그런데 이런 바람둥이 같은 말을 한 작가가 누구냐면, 김경욱이다. 그의 단정한 인상과 성실한 이미지에 이런 비유는 가당찮다고 항의하는 분들도 많을 것이다. 하지만 누가 바람둥이를 성실하지 않다고 하는가? 하룻밤 보낸 여인들과 진정 사랑했던 여인들을 따로 기록한 두 개의 수첩이 푸시킨의 성실성이 아니라고 할 수 있을까? 김경욱에게도 두 개의 수첩이 있을지 모른다. 하나는 이미 소설로 쓴 목록, 또 하나는 앞으로 소설로 쓰기 위한 메모. 지난 이십여 년간 김경욱의 행적, 우선 양적으로 상당한 데다 또렷한 작가의 인상과 달리 좀처럼 명확하게 잡히지 않는 현란한 표정의 소설들은 그 자체로 그의 거침없는 소설 편력의 증거다. 언제나 다음 사랑을 꿈꾸는 바람둥이처럼 그는 말한다. "다음에 쓸 작품이야말로 내가 글을 쓰게 하는 힘이 된다."라고.

바람둥이의 신념에는 몇 가지 방침이 따를 것이다. 우선, 사랑에 제약과 편견을 두지 않을 것. 그리고 그때그때 사랑에 충실하지만 한 사람에게 너무 깊이 빠져 사랑을 집착으로 대신하지 않을 것. 나이, 계층, 미추를 막론하고 모든 여자들을 평등하게 사랑했다는 카사노바에게 사랑하지 못할 여자가 없었듯, 김경욱이 세상만사를 소설화하는 데는 제약과 선입견이 없는 것 같다. 그의 소설에 당대의 사회적 이슈나 대중적 문화 코드가 자주 접속되었던 까닭도 그것일 터다. 오직 김경욱만의 주제, 김경욱만의 목소리라고 할 만한 것이 떠오르지 않는다면 모든 소설에 충실했지만 어떤 하나에 얽매이지 않아 온 그의 산뜻한 족적 때문이다. 그러나 무엇보다도 바람둥이의 능력은 언제라도 새로운 사랑을 하고 싶은 욕망과 자신감, 곧바로 새로운 사랑에 빠질 수 있는 재능, 그리고 실제로 사랑을 '잘'하는 기술에 있겠다. 벌써 여섯 권의 장편소설과 이것으로 일곱 번째 소설집을 내는 김경욱의 성실성이 바야흐로 그런 바람둥이의 매력을 발산 중이다.

해석의 형태로서의 일화

'영감을 찾는 건 아마추어들이고 우리는 눈뜨면 그냥 글 쓰러 간다.' 이것은 프로 작가들이 하는 말이지만, 바람둥이도 비슷한 말을 할 것이다. 천생연분을 찾거나 신비한 끌림을 찾는 건 아마추어들이고 우리는 오늘 만나는 사람과도 사랑에 빠질 수 있다고. 누구를 만나든 그를 그로서 이해하면 된다고. 사랑을 잘(lots, well) 하는 능력은 어디서 올까. 어쩌면 그것은 자기 자신에게 집중하지 않는 데 있지 않을까. 상대를 알아보고 상대를 이해하는 것. 자기가 아니라 타자에게 집중하는 것. 소설 쓰는 김경욱이 바람둥이처럼 보이게 된 데엔 그런 이유가 있었던 것이다. 김경욱은 소설로 자기 이야기를 하지 않기로 유명한데, 인터뷰 자리에서 작가의 실제 모습을 질문하는 인터뷰어들에게 "저는 되도록 저 자신을 잊고 싶어요."라고 답해서 왠지 엄격한 이미지로 각인된 부분도 없지 않다. 그가 쓴 이야기에 자연인 김경욱이랄까, 생활인 김경욱이랄까, 아무튼 작가의 사적인 일상이 거의 없다시피 한 것이 사실이다. 그의 소설 쓰기는 대체로 자기라는 내부보다는 세계라는 외부에 초점이 맞춰진다. 자기를 드러내기보다 대상을 들여다보기, 자기를 알리기보다 타인을 알리고 하기.

　그러니까 그의 바람둥이 행적은, 타자를 두루 읽으려는 욕망과 그것을 드러나게 하는 능력에서 나왔던 것이다. 그의 소설 쓰기 욕망은 자기가 관찰한 대상을 모사하는 것보다 자기가 이해한 대상이 타자의 형상으로 나타나게 하는 데 있다. 때문에 그의 이야기 속 인물, 사건, 배경 등은 그가 만난 세계의 일부로 곧장 환원될 수가 없고 그가 세계를 이해하고 싶은 욕망의 통로로 기능한다. 소설이 본래 그런 것이라 할 수도 있지만, 지난 소설집들에 실렸던 그의 일화들이 이 시대 사회 문화적 현상들을 직접 포착한 것일 때에도 목격자 혹은 체험자의 것, 기자 혹은 산책자의 것과는 전연 다르게 여겨졌더랬다. 그것은 차라리 사회학자 혹은 정신분석가의 것이라 할 만한데, 왜냐하면 그의 소설은 사회의 별의별 증상들을 진단한 일종의 해석이기 때문이다. 그의 해석은, 물리적 인과나 논리적 인과에 따르기보다 '소설적 인과'를 창출해 낸다. 이 세계의 물리적/논리적 인과를 재현하기보다 이 세계의 인과가 실패한 곳에 출현한 증상을 통해 새로운 인과를 마련한다.

　이번 소설집에는 미지의 시공간을 배경으로 하여 더욱 선명하게 소설적 인과를 드러내는 작품이 몇 있다. 「인생은 아름다워」에서는, 남북통일 이후의 한국 사회를 근미래로 설정하여 손바닥에 유심칩을 이식해서 쓰는 사이버폰이 상용화된다거나 맞춤형 의료 서비스 시행 후 의사 만나기가 어렵다거나 노인들이 장기(臟器)역모기지론을 연금처럼 쓴다거나 하는 가상의 사회를 그려 놓았다. 우루과이 신랑이 유행하고 외국 유수의 대학 캠퍼스가 한국 지방 곳곳에 있고 인사동이 인터내셔널 애비뉴가 되어 있는 등 아기자기한 상상력도 가미되어 있지만, '자살에 관한 특별법'이 제정되어 자살 면허를 취득한 사람만이 자살을 할 수 있는 사회라는 가볍지 않은 설정이 서사의 중심에 놓여 있다. 실패한 자살은 처벌하지 않고 성공한 자살은 처벌한다는 이 가설이 그저 웃어넘길 수 없는 무게를 갖는 건, 별걸 다 법으로 제정하는 것이 어이없어서가 아니라 자유롭게 죽을 권리가 없는 건 자유롭게 살 권리가 없다는 것과 같은 것이라는 사실에 돌연 아연해지기 때문이다. 삶과 죽음이 동시에 통제되는 이 사회는 교육, 취업, 결혼, 주거, 의료, 노후 등, 개인들의 일신사와 특히 밀접한 사회 문제들의 암울한 전망을 적나라하게 드러낸다. 설마 그렇게까지 될 리가, 하며 머리를 흔들던 이 시대 독자들도 이것이 현재 대한민국 사회와 결코 이질적이지만은 않다는 데서 문득 더한 불안감에 당면하게 된다.

「지구공정」의 가상현실이 보여 주는 소설적 인과도 특출한 면모를 가지고 있다. "지구는 생명체가 살 수 없도록 얼어붙고 방사능에 찌든 죽음의 별"(266)이 되어 버린 미래의 한 시점, 화성 탐사를 목적으로 '달의 뒷면'에 세워진 달 기지에 '원로원'을 중심으로 몇몇 인간들이 살고 있다. '율'은 매일 "지구를 바라보고, 지구를 바라보고, 지구를 바라보고"(263), "침묵의 심지에 응시의 불꽃을 켜켜이 덧대는 방식으로 지구를 사랑했다". 율에게 지구는 알고 싶고 닿고 싶은 욕망의 대상이지만, 지구는 율이 "만질 수도 쓰다듬을 수도 없"(265)다. 어느 때는 "자신이 지구를 관측하는 게 아니라 지구가 자신을 관측하는 기분"(261~262)이 들기도 한다. "나는 왜 지구에 가려는 걸까?"(272)라는 질문에 답을 갖지 못한 채 율은 마침내, 지구에 이르고야 만다. "미친 속도, 미친 지구, 그리고 미친 임무."(285)

이 소설이 처음 발표된 것이 2011년이니까, 2013년에 개봉된 알폰소 쿠아론의 영화 「그래비티」를 본 이들에게는 마치 그 영화의 장면 장면을 글로 옮겨 놓은 듯한 이 소설의 설정과 우주 장면 및 행위 묘사가 무엇보다 놀라울 것이다. 그러나 이 소설에서 가장 의미심장한 것은, 마침내 지구에 내린 율의 눈에 처음 들어온 것이 "신기할 정도로 자신과 닮은 모습"(287)의 조각상이었다는 데 있다. 불가사의한 암흑 너머에 도사리고 있으면서 다가오지도 멀어지지도 않은 그것이, 어쩌면 자기 자신의 모습이라는 것, 아니 완전히 똑같지는 않아서 가지고 있는 두 귀를 잘라 내어 아무 소리도 들리지 않는 적막에 갇혀서야만 대면 (불)가능한 자신의 모습이라는 사실 말이다. 이쯤 되면 이 이야기를 영원히 닿을 수 없는 욕망의 대상이 자기 같은 타자이자 타자 같은 자기라는 정신분석적 해석을 서사화한 것으로 읽어도 큰 무리가 없을 것이다.

「인생은 아름다워」와 「지구공정」은 이렇게, 미래 사회에 대한 상상을 가지고 현실을 실제적으로 반영 혹은 반추하는 이야기가 '아니다'. 이 소설들은 세계에 대한 실제적(actual)인 재현이 아니라 현실에서 재현되지 않는 영역을 작가의 해석을 통해 인위적인 서사로 드러낸 것이다. '해석의 형태로서의 일화'라고 이름 붙이면 적당할 듯한 그 인공의 세계가, 그러나 그것 자체로 하나의 현실 혹은 진실에 못 미치는 곳은 전혀 없으니, 이런 이야기도 '심리적인 현실' 또는 '현실의 상징'이기 때문은 아니고, 그 인공의 세계에 작동하는 어떤 구조적인 기능이 실제 현실에도 동일하게 작용하는 것이기 때문이다. 달리 말해, 물리적, 논리적 인과가 현실의 경험적 질서에 대한 것이라면, 소설적 인과는 현실의 경험적 질서를 구동하는 어떤 환상 체계, 즉 이데올로기에 대한 것이다. 김경욱이 사회적 증상을 포착하는 데 전방위적으로 예민하고 신속하다는 건 더 말할 필요도 없거니와, 이번 소설집에서 파악된 어떤 소설적 인과는 특정 유형으로 묶일 만한 인물들에게 나타남으로써 더 눈에 띈다. 근래 김경욱에게 분석/상담 대상이 된 그들이 물리적, 논리적 인과를 구성하지 못하는 이유는 비교적 확연한데, 왜냐하면 그들은 '늙지 않는 소년들'이기 때문이다.

늙지 않는 소년들

소년, 미성숙한 남자. 프로이트식으로 말하면 자신을 분열되지 않은 완전한 자아로 생각하는 아이, 자기가 생각하는 것에 대해 스스로 다 알고 있으므로 그것을 알아내는 데 타인의 도움은 필요 없다고 주장하는 학생, 자기의 실수에는 별다른 의미가 없으며 자기가 자기 운명의 온전한 주인이라고 믿는 주체. 이들의 얼굴이 곳곳에 있다. 「소년은 늙지 않는다」의 '소년'부터 보자.

모든 것이 얼어붙은 근미래의 빙하기, 좀 더 따뜻한 "남쪽으로 갈 돈이 없거나 남쪽에 친척이 없는 사람들만 핏기 없는 얼굴로 주저앉아"(117) 사는 마을에서 소년은 할아버지와 함께 살며 날마다 학교에 간다. 급식으로 주는 옥수수빵을 먹고 빈집에서 훔쳐 온 목재로 장작불을 피우고 매일매일 쌓이는 눈을 치우거나 녹이면서, "지나간 마흔여덟 번의 방학"(134)을 포함한 세월 동안 학교를 다니는 것만이 소년의 유일한 버팀목이다. 이 소설의 핵심이 드러나는 것은 이야기의 마지막 부분, 빈집에서 만난 아이가 소년에게 "아저씨는 왜 자꾸 해골한테 얘기해요?"(133)

라고 물음으로써 '소년'이 소년이 아니었음과 할아버지가 이미 산 사람이 아님이 밝혀지는 일종의 반전에서다. 소년은 "얼어 죽지도 굶어 죽지도 않을 것"(134)일 뿐만 아니라 늙을 수도 없는데, 엄마는 소년이 자라기 전에 돌아와야 하고 소년이 자라기 전까지 할아버지는 소년을 혼자두고 돌아가시면 안 되기 때문이다. 할아버지가 돌아가시면 아파트를지킬 수 없고 아파트를 지키지 못하면 "눈이 녹고 꽃이 펴 엄마가 돌아"(134)와도 소년을 찾을 수 없을 테니까. 엄마가 돌아오지 않는 한, 아니엄마를 기다리는 한 소년은 늙지 않는다. 소년의 실제 삶은 무엇 하나 기댈 수 없이 척박하나 '엄마'라는 환상은 '소년'이 세계를 버텨 내는 힘, 소년이 존재하는 욕망-원인이자, 소년의 모든 결핍을 보상해 줄 수 있는, 소위 완벽한 '대타자'와도 같다. '학교'에 다니는 한 인간이 공룡처럼 멸망하지는 않을 거라고 믿는 이 강박증적 주체는, 언제나 자기의 '존재'에대해 사고하기를 멈추지 않지만 자기 자신에 대해 실은 아무것도 모른다.

　이런 주체를 대표할 만한 캐릭터가 「아홉 번째 아이」의 '김 상사'다. 1940년대생, 고엽제 후유증으로 폐와 간이 말라 가지만, 그러거나 말거나 "자유민주주의를 지키기 위해 목숨 걸고 월남에 갔다가 화랑무공훈장을 받을 뻔"(220)했다는 것이 인생 최고의 자랑인 노인네. 김 상사의대타자는 '세계 최강 양키'다. 미국이 도왔어도 월남이 망한 건 정신력이약해서고, "대한민국 경찰도 어엿한 미국식"(221)이면 범인은 곧 잡힐것이다. 「개의 맛」에 나오는 초로의 아저씨들이 또 이 부류다. 오직 "나라를 지키는 데 모든 것을 바쳤던 시절"(48)을 자랑삼는 이들의 "어르신"찾기 여정인 이 단편에서, 세 인물을 한데 모은 힘이자 이들의 과거와현재의 원인인 "어르신"은 "빨갱이의 씨를 말리려 했다는 죄 아닌 죄로"(37) 옥살이를 했던 양반이다. '안'에게 "대학 운동권 괴수의 은신처를 라이터만으로 알아낸"(43) 천리안 능력이 있듯 다른 두 사람에게도 특별한 능력이 있다고 알려져 있(지만, 서로의 능력에 대해서는 알지 못한)다. "이 몸이 목숨 걸고 나라 지킬 적에 지 애비 좆물 주머니에서 고물거리던 새끼"(66)들을 한탄하면서, 지금도 "나이 때문에 해고된 아파트 경비가 고공 농성 중이라는 기사"를 보고 "빨갱이 새끼들, 뻑 하면 기어 올라가서 데모질이지."(47)라며 혀를 차는 이들에게 평생의 사명은 "어르신의 명령"과 "조직을 보위하기 위한 고육책"이었다.

저 늙지 않는 소년이나 이 퇴락한 노인들이나, 어른(엄마/학교/국가/미국/어르신)이 있는 세계, 어른이 지정해 준 의미의 세계에 산다는 점에서 서로 다르지 않다. 엄마가 돌아오기 전까지는 어른이 될 수 없는 소년-아저씨나, 외통수를 올곧음으로 편견을 교훈으로 불의를 심판으로 착각하는 아저씨-소년들에게는, 자기 자신의 모습도 어른이 지정해 주었다고 믿는 이미지들로 편집된 것이다. 그런데 흥미로운 것은, 이 늙지 않는 소년들의 이야기에는 결말에 작은 반전 같은 것이 끼어들어 이야기 전체의 맥락을 조금 바꾼다는 데 있다. 「소년은 늙지 않는다」의 소년이 빈집에 남아 있던 아이와 앞으로 함께 지내게 될 것이 암시되면서부터 '소년'이 실은 소년이 아니었다는 사실이 밝혀진다. 「개의 맛」에서 어르신을 찾아나선 이들이 마침내 어르신을 찾은 곳은 금마 아파트 굴뚝 꼭대기였고, "우리는 아직 일할 수 있다. 일방적 해고는 살인이다"(71)라는 펼침막을 널어 놓은 어르신이 바로 "뻑 하면 기어 올라가서 데모질"(47)이었던 그 아파트 경비였음이 드러난다. 「아홉 번째 아이」의 김 상사는 자기를 괴롭히려고 아이를 유괴했을 거라 짐작되는 범인을 스스로 찾아 나서는데 제 이름과 동명이인을 마주치는 바람에 과거사를 문득 떠올리게 되었지만 그뿐이고 아이의 유괴 사건은 여전히 오리무중, 김 상사 자신의 행적도 끝까지 미스테리로 남는다.

그렇다면 이 '소년'들도 그 믿음의 대상 '대타자'가 실은 결핍 없는 완전한 의미라고 믿지 않는지도 모른다. 다만 그들은 믿고 있다는 듯이 행동할 뿐인데, 왜냐하면 그들은 대타자의 결핍을 모르고 싶기 때문이다. 믿어져서 믿는 것이 아니라 믿는 듯 행동함으로써 믿는다고 믿게 된 것. 그들도 어르신이 더 이상 훌륭하지 않다는 것을, 미국이 하는 일이 옳지 않다는 것을, 자기가 이미 소년이 아니라는 것을 어쩌면 알고 있었을 것이다. 하지만 그들의 '실제' 행동은 그들이 믿지 않는지도 모를 그 믿음에 의해 통제된다. 그래야 그들의 '세계'가 무너지지 않을 것이라고 그들 스스로 이해/오해하고 있으므로.

그들은 자기가 하는 일을 알지 못하나이다

그러니까 그들은, 자기가 실제로 하는 일이 무엇인지 스스로 알지 못한다는 얘기다. 소년이든, 노인이든, 평범한 이웃이든, 이번 소설집의 인물들은 어딘가 꽉 막힌 세계 속에서 허우적대는데 그 세계는 현실의 실상이라기보다 자기와 세계에 대한 그들 자신의 환상 혹은 오해의 현실로 보인다. 예컨대 남의 택배 상자를 실수로 들고 온 남자가 마침내 옆집 여자의 추락사를 목격하게 되기까지의 다음과 같은 이야기를 잘 읽어보자.

「스프레이」의 주인공은 어느 날 옆집 고양이 소리 때문에 밤잠을 설쳐 남의 택배를 들고 오는 실수를 저지른다. 거의 매일 옆집 "여자의 샤워 소리를 들으며 똥을 누고, 여자가 켠 라디오 소리를 들으며 넥타이를 매고, 여자가 고양이를 어르는 소리를 들으며 집을 나"서는 그는 "귀가 남달리 예민한 것은 아닌데 이상하게도 옆집 여자의 구두 소리만 들리면 눈이 번쩍 떠"(14)진다고 말하지만 실은 벽 하나를 사이에 두고 내내 옆집 여자와 신경전을 벌이는 예민한 싱글남이다. "모두 그놈의 고양이 때문이었다."(12)라고 생각하고 옆집에 인터폰을 걸었지만 돌아온 대답은 '미안하다'가 아니라 '알겠다'였다. 그러나 정작 길에서 마주친 그녀에게 "고양이가 저지른 짓을 항의하려던 그는 여자가 자신을 바라보는 순간 황급히 고개를 돌려"(16) 버리고는, 'pink'라고 찍힌 분홍색 트레이닝복의 엉덩이를 보며 '저속'하다고 생각한다. 그리고 옆집에 웬 사내가 드나드는 것을 알게 된 얼마 후, 그가 일부러 가져온 옆집 택배 상자에는 고양이의 사체가 들어 있었고 그가 그것을 어떻게든 처리해야만 하는 상황 끝에 베란다 아래 화단으로 툭 떨어진 "핑크색 트레이닝복, 늘씬한 뒤태"(34)의 옆집 여자 얼굴을 처음 보게 된다.

그런데 이 운 나쁜 주인공이 겪는 일련의 사건들을 지켜보다 보면 어느 순간 이것이 현실적인가 하는 의문이 들게 된다. 그는 '실수로' 남의 택배를 가져왔다지만, 그 '실수'는 정확히 그의 쾌감을 자극했고, 이후 남의 택배를 들고 오는 일은 아예 습관이 되었으며, 수순처럼 그는 마침내 옆집 택배를 들고 왔던 것이다. 모든 게 옆집 고양이 때문이라며 "실수의 원인이 밝혀지자 마음이 가벼워졌다."(10)라고 하는 그가 애초에 한 실수는 진짜 실수였을까? 옆집 택배를 '일부러' 가지고 온 날 그가 "가장 맛있는 것을 입에 대는 순간을 위해 마지막까지 굶"(20)는 사람처럼 향락에 젖었던 것이 호기심 때문만이었을까? 그의 점잖은 항의에 무례한 반응을 보인 여자에 대한 정당한 응징일까? 마치 한집에 사는 듯 소리로써 모든 일상을 개방하는 옆집 여자가 그에게는 손에 닿을 듯 가깝게 느껴진다지만, 정녕 그녀는 그의 존재에 관심조차 없고 그 역시 그녀에게 접근할 용기도 없다. 그런 그의 위축된 심리가 도착적으로 발산되었고, 그는 그런 방식으로라도 그녀에게 개입하기를 일부러 도모한 것일 터이다.

그가 이참에 그녀를 제압하겠다거나 최소한 그녀의 관심을 얻어 내겠다거나 하는 목적을 스스로 확실히 알았던 것은 아니다. 때문에 고양이를 잃은 후 그녀가 인터폰 너머에서 서럽게 흐느꼈을 때 그의 감정은 분노에서 회한으로 급격하게 변했을 것이다. 그는 자기가 무엇을 했는지 정확히 알지 못한 채 "여자에게 못할 짓을 저지른 기분이었다. 여자 앞에 무릎을 꿇고 발을 어루만지고 싶었다."라고 통탄한다. 이쯤 되면 "무엇보다 고양이 시체가 담긴 상자를 부친 게 마음에 걸렸다."(26)라고 하는 그의 말이 의심스럽지 않을 수가 없다. 애초에 그 송장 번호도 없었던 옆집 택배 속의 고양이를 죽인 것은 과연 누구인가, 송장의 수신자 란에 옆집 주소와 옆집 여자의 이름을 거침없이 적어 넣고서 스스로도 깜짝 놀라 전에 옆집 우편물을 보았기 때문이라고 황급히 변명하던 그 자신은 정말로 고양이의 죽음이나 고양이 사체 택배와 처음엔 아무 관련이 없었던 것인가, 하는 의문들도 생겨나지 않을 수가 없다.

「스프레이」는 처음부터 끝까지 주인공 '그'의 초점으로 사건의 정황이 알려지지만 다 읽고 나면 애초에 그의 말을 믿으면 안 되는 거였다는 생각이 들고야 마는 이야기다. 그가 그 자신도 잘 모르고 하는 말, 아니 모른다기보다 그 자신은 잘못 알고 있는 말을 하고 있기 때문이다. 그는 스스로 "사랑을 얻는 것보다 실수를 피하는 게 더 중요"(10)하다고 말하는 타입인데, 그의 아버지는 그가 실수할 때마다 "축축한 놈"(11)이라고 버럭 소리부터 질렀고, 그래서 그는 긴장할 때면 손이 축축해지며 "첫사랑에게 차인 것도 축축해진 손 때문"이라고 여기는 인물일 것이다. 그러니까 이 소설은 한 남자가 남의 택배를 실수로 가지고 옴으로써 꼬리에 꼬리를 물고 일어난 사건들의 연쇄를 알려 주고자 하는 이야기가 아니라는 말이다. 실수와 착오로 잘못 배달된 그것이 실은 희열을 위한 정확한 전달로 귀결되지 않았는가? 이 소설은 실수와 관련하여 억압된 한 남자의 강박적 심리가 옆집 여자에 대한 일그러진 욕망으로 변이된 역학을 보여 주는 서사다.

요컨대 김경욱의 소설에서 화자는 인물들의 생각을 충실히 표출하지만 이야기는 어느새 인물의 의도와 부합하지 않는 부분을 드러내고야 만다. 자기가 실제로 하고 있는 일과 자기가 하고 있다고 스스로 생각하는 일 사이에 불일치가 있는 인물들이 자기가 연루된 현실을 올바르게 표상하지 못한다는 사실, 그 사실이 마치 작은 '반전'처럼 이야기 구조 속에 개입되어 있다. 그렇다면 그들의 착각과 오인은 어디서 유래하는 것인가? 그들이 특히 상황 판단력이 부족하거나 지나치게 심약하기 때문인가? 그것만은 아니라면 그들의 착각과 오인은 현실에 이미 작동 중인 환상에서 유래한 것이다. 착각과 오인은 이미 이곳에서, 일상의 현실 한복판에서 현실을 지탱하는 힘이기 때문이다.

이토록 뻔뻔한 이데올로기

그러므로 이 소설집에서 김경욱이 보여 주는 인물들, 퇴행이나 고착처럼 보이는 그들의 행태는, 현실에 대항하는 주체의 자세를 보여 주려는 의도보다 현실 자체에 작동하는 환상의 효과를 보여 주려는 의도에서 나온 것이라 해야 한다. 이들은 현실의 작동에서 도피한 것이 아니라 현실이 오작동하는 지점, 현실의 물리적, 논리적 인과가 실패를 드러내는 지점에서 튕겨 나온 편에 가깝다.

「승강기」의 주인공을 보자. '일관성과 균형'을 금과옥조로 여기는 '평범한' 직장인인 '공'은 아파트 2층에 살고 있는데 관리비 고지서에서 승강기 교체비 항목을 발견한다. 이 공정하지 않은 승강기 사태에 대항하여 관리 사무소로, 라인 대표에게로, 주민 총회로, 백방으로 뛰며 숱한 사람들과 승강이를 벌이지만, 아무도 그에게 공감하지 않고 그를 도와주지 않는다. 결국 그가 한 번도 승강기를 이용한 적이 없다는 걸 증명하는 걸로 억울함을 풀고자 하는데 그것은 더 어렵다. 아무도 증인이 되어 주려 하지 않을 뿐 아니라 "정말로 엘리베이터를 탄 적이"(200) 무심결에, 실수로라도, 한 번이라도 없었을까를 스스로 의심했고, 기어이 "그랬을 거야. 그랬어."라고 스스로 인정할 수밖에 없었다. 그리고 마침내 그는 엘리베이터에 오르고야 만다. 그런데 그제야 공의 "심장 위에 얹힌 무언가도 내려가는 듯했"고, "공의 얼굴은 완전히 균형을 회복"(201)했다.

왜 그런 것인가? 이것은 무슨 '균형'인가? 그는 '명령'에 복종하지 않기를 원한 것이 아니다. 다만 '일관성과 균형'을 신봉하는 그에게 명령 또한 그것을 갖추기를 원했을 뿐이다. 명령의 불균형을 피하기 위해 자기가 안 한 일을 스스로 입증해야 하는 현실의 벽 앞에서도 그에게 중요한 것은 명령에 안 따르는 것이 아니라 명령이 균형을 회복하는 것이었다. 그가 한 번이라도 엘리베이터를 사용한 적이 있다면, 명령은 균형을 되찾게 되고 그는 기꺼이 명령에 복종할 것이다. 결과적으로 그는 지금껏 명령에 따르지 않기 위해 노력한 것이 아니라 따르기 위해 노력한 셈이다. 이것이 바로 명령의 존재 방식이다. 명령이 스스로 '일관성과 균형'을 지닌 것이어서 힘이 있는 것이 아니라 명령이 실패하지 않도록 그가 대신 실패함으로써 명령의 힘은 끝내 유지된다.

「염소의 주사위」의 '사내'는 사소한 악행도 없이 살아오면서 오직 '염소'에게 복수할 날만 기다려 왔다. 사내의 동생이 '염소'의 손에 죽은 후 사내의 아버지가 억울함을 풀기 위해 법원 앞에 구멍가게를 내고 "총에는 법, 칼에도 법"(241)을 외치며 법에 호소했으나 법의 귀는 끝내 열리지 않았다. 법은 억울함을 풀어 주는 수단이 아니라 억울함을 더하는 원인이었다. 사람들은 그를 "법 없이도 살 사람"(255)이라고 했으나, "선한 자는 상을 받고 악한 자는 벌을 받는"(239) 것을 원하는 그가 요구한 것은 법이 아니라 정의였다. 법은 정의에 무관심했고 그는 스스로 정의를 실현하기 위해 평생 복수를 꿈꾸었으나 끝내 정의는 실현되지 않았다. 염소의 마지막을 지키게 된 그의 복수는 마치 간병 같았고 그의 분노는 슬픔과 구별되지 않았다. 인간의 죄는 인간의 유한함 앞에서 무너졌다.

그러나 죄가 무너져도 복수와 정의는 사라지지 않는다. 염소를 친 택시 기사에게 복수하기 위해 다시 길을 떠나는 사내에게 더 이상 염소의 죄는 중요하지 않다. 죄를 벌하는 것은 법의 일이고, 정의는 죄를 벌하는 게 아니라 복수를 수행해야 이루어진다. 법은 죄가 아니라 벌에 관여하고, 정의는 죄가 아니라 복수에 관여한다. 법도 정의도 궁극적으로 죄를 심판하는 게 아니라면, 그렇다면 죄는 무엇인가. 이렇게 이 소설은, 벌과 법과 복수와 정의가 공히 원인으로 삼는 '죄'의 자리를 다시 묻는다.

인간과 죄의 관계는 법과 정의의 문제로만이 아니라 신의 문제로도 이야기된다. 「빅브라더」의 '나'가 알기로 "아버지를 어려워하는 건 내가 죄를 지었다는 증거이고 그 죄가 무엇이든 나는 천국에 갈 수 없"(77)다. 형은 "죄를 짓고도 태연하게 하늘을"(81) 날지만, 형이 아버지를 어려워하지 않는 건 죄를 짓지 않았기 때문이라고 사람들은 생각한다. '나'는 죄를 짓지 않고도 죄책감에 시달리지만, 형은 죄를 짓고도 죄책감이 없다. 그렇다면 죄보다 죄책감이 먼저인가? 이것은 마치, "우리는 모두 태어나면서부터 죄인입니다. 더한 죄인도 덜한 죄인도 없이 똑같은 죄인입니다."(103)라는 기독교의 교리가 '죄'와 '죄인' 혹은 '죄'와 '죄책감' 사이의 전도된 관계에 바탕하고 있음을 비판적으로 보여 주는 듯도 하다.

그러나 이 이야기는, 하나님 말씀을 지키지 않고도 사람들의 인정을 받았던 형이 끝까지 죄인 아닌 채로 산다는 이야기가 아니다. 형의 죄를 벌하지 않는 하나님이 잘못된 게 아니라 형의 죄를 알지 못하는 세상이 문제라고 생각했던 '나'의 불만은 종국엔 불식되었는데, 죄책감이 없던 형은 결국 낙오자로 살고 평생 질투심과 열등감으로 괴로워한 '나'는 하나님 말씀을 전파하는 목사로 살게 된 것이다. 전쟁에 대한 공포로 금을 쟁여 둔 할아버지처럼, 무대 공포증으로 설교 전에는 우황청심환을 늘 챙겨야 했던 아버지처럼, 공포나 열등감, 그리고 죄책감은 결국 인간을 평범하게, 그러니까 비겁하여 무사하게 살 수 있게 해 주는 동력이었다. 결과적으로 이 소설은 죄에 앞선 죄책감이 이 세상에 실제로 작동하는 교리라는 사실을 알게 만든다.

이 역설적인 이야기들은 인간의 사회적 관계에 작용하는 명령, 법, 종교 등의 이데올로기를 비판적으로 다룬 것이라고 할 수 있다. 억압적인 이데올로기가 사회의 상징적 질서에 작용한다고 알려 주는 식이 아니라, 상징적 질서가 돌아가는 원리가 곧 이데올로기 자체라고 암시하는 식으로 말이다. 이 소설적 틀은 명령, 법, 종교를 부정하는 인물들이 아니라 그런 것을 긍정함에도 불구하고 어디선가 그것들과 어긋나 버리는 지점에 봉착한 인물들에 의해 인과를 구현한다. 그런 인물들로부터 김경욱의 서사가 발원했다고도 하겠지만, 한편으로는 김경욱의 서사가 있어 이 인물들이 태어난 것이기도 하다. 그들이 해석되어 이야기가 쓰였다기보다 이야기가 있었기에 그들이 이렇게 해석될 수 있었던 것이 아닐까.

읽은 것이 말하게 한다

"읽고 또 읽고, 또 읽다가, 쓰고, 또 쓰고, 또 쓴다. 잠깐 자야 할 시간, 얼른 일어나서 세수하고, 밥 먹고, 읽고, 또 읽고, 또 읽다가, 쓰고 또 쓰고 또 쓴다. 잠깐 자야 할 시간, 얼른 일어나서 세수하고, 밥 먹고, 읽고…… 모름지기 작가란 이래야 하는 것이다. 반복의 성실함, 소설 작법의 왕도!"[1]라고 소설가 백가흠은 김경욱을 얘기했다. 모름지기 작가란 그래야 하는 것이겠지만, 김경욱만큼 읽는 이는, 소설을 신문을 영화를 역사를 야구를, 그러니까 사람을 세상을, 끊임없이 읽는 이는 드물다. 먼저 읽는다. 그리고 그는 쓴다. 읽은 것에 대해 쓰는 것이 아니라 읽은 것이 말하게 한다. 그가 읽은 것이 곧 그가 되어 말해지는 게 아니라 그가 읽은 것이 스스로 말한다. 그는 읽은 것 중에서 특이한 것을 취하는 것이 아니고 읽은 것에서 얻은 식견을 말하는 것이 아니다. 읽은 것은 그의 개인적인 경험과 연결되고 비개인적인 지식의 일부를 이루겠지만, 그것들을 묘사하는 것이 아니라 그것들로부터 새롭게 창조된 것이 드러나게 하는 것이 김경욱의 창조성이다.

이 창조성은 다시 김경욱의 독창성이 되기도 하는데, 이때 그 독창성은 그가 읽은 것들로부터 나왔다기보다 그가 그것들을 꾸준히 읽는다는 사실에서 비롯되었다고 해야 더 맞을 것 같다. 작가의 개인적인 고유함이 세상에서 벌어진 이야기 속의 한 요소로 노출되어야 드러나는 것이 작가의 독창성은 아니다. 소설의 사건이나 인물이 실제 현실을 매우 닮아 있어도 그 반영이 아니라 그 조건으로 출현한 것이듯, 작가가 읽은 것이 그의 이야기가 되는 구조로서 작가는 이미 노출되어 있는 셈이다. 이 경우 작가가 자기 체험을 드러내기 꺼려 한다거나 소설로 그의 내면을 알 수 없다고 말할 수도 없는데, 작가는 이미 '최종적인 말을 남기지 않는, 그 대화의 조직자이자 참여자'로서 자기 체험을 드러내었고, 쓰는 자

---

1 백가흠, 「From 사람 to 소설 chap. II」, 《문학과사회》 2011년 가을호, 327쪽.

의 말로 된 내면이 아니라 읽은 것이 새로 지어짐으로써 드러난 내면이 벌써 고백되었기 때문이다. 그리고 무엇보다도 그는 지금 또 새로운 소설을 쓰고 있고 언제까지나 쓸 것이라는 욕망과 능력을 고스란히 들켜버린 지 오래인 것이다. 소설 쓰기에 관한 한 김경욱에게는 신념이 있고, 그것은 이제 누가 봐도 희대의 신념이다. (2014)

설화적 모더니즘

—— 김연수 『네가 누구든 얼마나 외롭든』[1]

1 이 '많은' 이야기의 장르는

김연수의 『네가 누구든 얼마나 외롭든』은 장편소설이다. 장편이지만 이 소설은 '긴' 것이라기보다 '많은' 것이라고 해야 할 것 같다. '장편소설'이란 용어는 어의상 '긴 이야기'와 같은 말이겠지만 알다시피 그 용어의 번역어적 '개념'을 고려하자면 어떤 근현대 소설 몇 편을 떠올리다 말게 된다. 주인공이 근대의 복잡한 세계상에 맞서 현실을 인식해 가는 유장한 서사, 즉 '노블(Novel)'(이라는 장르)에 부합하는 소설들을 찾다가 이내 피곤해질 테니까. 그러나 우리는 한국말 '소설'이 '노블'과 일치하지 않는다는 사실도 잘 안다. 이야기의 분량과 분량에 따른 양식을 규정하지 않는다는 점에서 '소설'이란 용어는 산문 형태의 매우 광범위한 양식들

---

1   김연수, 『네가 누구든 얼마나 외롭든』(문학동네, 2014). 이후 이 책의 인용은 괄호 안에 쪽수만 표시한다.

을 두루 포괄하며, 말 그대로 '편의상' 소설이란 말 앞에 '단편' 또는 '장편'이란 말을 덧대어 이야기의 분량을 대략 가늠하게 해 줄 뿐이다. 직감했던 사실이지만 몇몇 연구자와 비평가 들이 논증적으로 일러 준 바에 따르면 한국 소설에서 '단편'과 '장편'을 가르는 양식적 기준은, 없다. 그래서 실은 우리말 '소설'이 영어 '노블'과 일치하지 않을 뿐만 아니라 우리말 '장편소설'도 영어 '노블'과 일치하지는 않는다. 역은 다르다. 영어 '노블'은 우리말로는 '장편소설'밖에 없다.

수차례 들었던 얘긴데도 여전히 성가신 얘기다. 이 같은 사실이 (한국 근대문학의 성립 이래) 오랫동안, 수시로, '장편소설'에 대한 어떤 어색함이나 위화감을 유발했기 때문일 것이다. 이른바 "근대문학의 총아"인 '장편소설'이 단지 '긴' 이야기가 아니라 장르적, 양식적 개념이므로, 우리는 어떤 기준치에 도달하는 이야기를 써야 하고, 그 척도로 이야기들을 판단해야 한다는 억압에 시달려 왔는지도 모른다. 또한 그런 기준은 제도나 시장의 역사적인 요구일 뿐으로, 지각 방식과 감수성에 따라 가변적인 문학 양식에 대해 서구의 '장편소설'만을 모델로 삼을 필요는 없다는 자각도 우리가 오랫동안, 수시로, 못 했던 것이 아니다. 여기서, 최근에도 항간에 오간 '장편소설 대망론'이나 '장편 대망론 재고'의 담론들에 간섭하려는 뜻은 없다. 다만 김연수의 이 '많은 이야기들'을 읽은 이상, 양편의 말들이 조금쯤 공허하게 들릴 수도 있다는 생각은 미리 밝혀 둔다.

김연수의 『네가 누구든 얼마나 외롭든』은 정말이지 밤하늘의 별만큼 많은 이야기들로 가득하다. 이 소설의 연재가 시작될 때 작가는 "이 소설 속의 등장인물들이 정말 많은 얘기를 들려주기를. 그리고 그 이야기를 읽은 사람들이 다시 내게 자신들의 이야기를 해 주기를"이라고 바람을 말했던 적도 있거니와, 주인공-화자인 '나'가 풀어놓는 이야기들은 자기가 보고 듣고 상상했던 모든 것들로 뺄을 뿐 아니라 남에게 듣고 짐작하고 재배열한 것들까지 포괄하는 방대한 형태를 띠고 있다. 그리고 그 이야기들의 배치는 사건 발생 순서나, 심리 변화의 흐름, 또는 인과관계 등에 의거하지도 않는다. 이 책을 한 번 다 읽고 났을 때 이 수많은 이야기들이 어떻게 듣게 된 누구의 어떤 사연이었는지 모두 기억하기는 쉽지 않다. 어쩌면 이 소설은 '한 편'의 긴 소설이라기보다 많은 이야기들의 '집합체'라고 불려야 할지도 모른다.

그럼에도 우리는 『네가 누구든 얼마나 외롭든』을 장편소설이라 부르는 데 일말의 거리낌이 없다. "아무런 연관성 없는 별들을 연결시키고, 별자리에 형상성을 부여하고, 이름을 붙이는 행위"[2]와도 같다고 했던 이 서술 방식, 말 그대로 "별자리 그리기"의 원리와 유사한 이런 방식의 '이야기하기'를 여전히 '장편소설'이라 부를 때, 이 용어에 대해 우리가 할 수 있는 일, 해야 하는 일은 무엇일까? 잠깐, 앞에서 언급했던 '장편소설'의 성가신 위상을 다시 상기해 보자. 노블 장르에 비춘 양식 규준을 고려하든, 일정 이상의 분량만을 표시하든, 양편 어느 쪽도 이를테면 괴테의 교양소설이나 19세기 리얼리즘 소설 같은 '근대의 대표적 상징 형식'만을 '장편소설'의 교시로 삼아 그것을 지지하거나 아니면 무시하려는 신념 같은 것을 갖고 있을 리는 없다. 다시 말해 장편 (분량의) 소설이 여전히 쓰이고 읽히는 한 그것의 '체제(format)' ── 완고한 기율이 아닌 느슨한 양태로서의 ── 를 살피는 데는 동의할 것으로 짐작된다. 요컨대 양자의 쟁점은, 모든 '장편소설'이 일괄적인 표준을 전제한다는 게 아니라 무엇을 '장편소설'이라 부르든 그 소설이 어떻게 포맷되어 있는지를 숙고해 보아야 한다는 대요(大要)에서 함께 무화된다.

---

2   김형중, 「단 한 권의 책 ── 김연수, 『네가 누구든 얼마나 외롭든』」, 『단 한 권의 책』(문학과지성사, 2008), 99쪽.

김연수의 『네가 누구든 얼마나 외롭든』에서 우리가 '장편소설'에 대해 생각한 바가 그 지점에 있다. 19세기도 20세기도 아닌 21세기의 장편소설이라면, 근대의 상징 형식으로서가 아니라 근대의 상징과 싸우는 형식이어서 존중받을 수 있는 것이 아닐까. 이 소설이 취한 '이야기하기'의 형태를 음미하고 그 원리를 이해할 수 있다면 우리가 여전히 '장편소설'에 대해 느끼는 어떤 불편함도 한결 덜어질지 모른다. 최근 몇몇 장편소설들에서 이 소설과 유사하게 "이야기의 무한 증식, 이야기의 영원한 브리콜라주" 현상을 지적하고 "'무한 소설' 혹은 '퀼트 소설'이라는 새로운 장르 명칭으로 부르는 것이 합당해 보인다."[3]라는 의견도 있었지만, 이 소설의 매력에 잘 어울리는 명칭을 궁리해 볼 필요도 있다고 생각한다. 그 궁리의 과정은, 낙관적으로 전망해도 된다면 다음의 질문들과 반드시 연결될 것이기 때문이다. 한국에서 쓰이는 '(긴) 이야기'의 양식에 대해 어떤 것을 말할 수 있는가, 한국적 '장편소설'의 특수한 형태는 있는가, 그것은 천변만화하는 매체와 까다로운 독자와 더 영악해지는 시장에 적응 중인가, 그것은 지금 우리에게 바람직한 '장편소설'인가, 등등. 『네가 누구든 얼마나 외롭든』이 그 질문들에 가까이 가게 해 줄지도 모른다.

2 일생(一生)의 뮈토스

이 소설의 가장 큰 특징은 아주 '많은 이야기들'이 있다는 점이다. 손으로 꼽기 어려울 만큼 많은 수의 인물들과 숫자로 치면 그보다 어마어마하게 더 많은 사연들이 이 소설 안에 모여 있다. 세상이 온통 "읽혀지

---

3 김형중, 「장편소설의 적 — 최근 장편소설에 관한 단상들」, 《문학과사회》 2011년 봄호, 260쪽.

기를, 들려지기를, 보여지기를 기다리는 것들"(141)로 가득하기 때문이고, 세상의 모든 사물들이 마치 "마녀의 오랜 저주에서 풀려난 것처럼 저마다 자신만의 입으로"(87) 자기의 말들을 건네기 때문이며, 그것들이 자신의 이야기를 들어 줄 누군가를 소망하듯이 화자인 '나' 역시 그들의 이야기들을 반기고 수락하고 또 찾아가기 때문이다. 이 소설에 어떤 인물이 '등장'했다는 것은 그 사람의 '이야기'가 수록되어 있다는 뜻이다. 가장 많은 출연 분량을 가진 '강시우/이길용'은 "화면 속의 그 일자 눈썹은 이렇게 말했다."(173)라는 문장으로 등장한다. '강시우'란 인물은, '나'가 총 네 번 본 비디오 「그 누구의 슬픔도 아닌」의 주인공('이길용')이자, 그가 인도식당에서 '나'에게 들려준 "환상과 현실, 혹은 죄와 구원에 관한 이야기" 속의 주인공으로서 존재하는 것이다. '헬무트 베르크/칼 하프너'라는 인물은 곧 "베를린의 한 바에서 피아노를 연주하던 노인 헬무트 베르크의 이야기"(66)와 같다. 베르크 씨의 이야기가 끝나고 "레이가 마침내 입을 열"(224)자, 러일전쟁에서부터 시작되는 한 세기의 (이야기 속) 무수한 인물들이 쏟아져 나오기도 한다.

한 개인의 존재를 대신하는 이 이야기들을 매개하는 공통의 지점에 있는 것은 한 장의 사진이다. 그 사진의 출처인 할아버지의 알려지지 않은 인생을 거칠게나마 복원하는 과정이 소설 전반에 가로놓여 있다. 할아버지는 자기 인생에 대해 두 개의 기록을 남겼는데, 하나는 "또래의 다른 남자가 자신의 생애를 돌아본다 하더라도 그와 크게 다르지 않았을""203행으로 자신의 일생을 요약한 대서사시"——"世上萬事 一場春夢 돌아보매 無常ᄒ구나"(34)와 같은 4·4조의 운문으로 된 ——였다. 이것이 공식적인 기록이라면, 저 우연히 남은 입체 누드 사진과 함께 아궁이에 던져 버렸던 또 하나의 기록은 "지극히 개인적인 체험을 담고 있었던 것"으로 보이는 "산문 형식의 글"(37)이었다. 그 글은, 의고체 문장들

속의 몇몇 단어들을 이어 짐작해 볼 때 "고통과 절망과 환희"의 체험, "단 하나의 실낱같지만 확실한" 믿음, "누구에게도 이해받을 수 없"을지라도 자명한 진실 등을 담은 것으로,[4] '시'로는 표현될 수 없는 체험과 믿음과 진실의 '이야기'였다는 것이다. 심지어 그 기록이 소실되었어도 할아버지의 사적인 삶은 나의 상상과 추측으로 부분이나마 재구되었으므로, 체험과 믿음과 진실은 사라진다 해도 '이야기'에 의해 하나의 '인생'은 존재를 얻게 된다.『네가 누구든 얼마나 외롭든』에 모인 수많은 인물들을 대신하는 이야기들이 바로 이런 존재들이다.

요컨대 이 소설에서는 '인물(character)'이 '이야기(narration)'로 대체되었다고 할 수 있다. 그리고 이로부터 '나는 어떻게 존재하는가'라는 주체에 관한 질문, 바꿔 말해 '소설은 '나'라는 존재를 어떻게 드러낼 수 있는가'라는 질문으로 나아갈 수 있다. 이 질문에『네가 누구든 얼마나 외롭든』은 최소한 두 개의 답을 가지고 있는 듯하다. 하나는, '나'라는 존재는 자기가 자기의 삶을 '이야기'로 만든 것 속에 존재한다는 것. 또 하나는, 한 개인이 세상에 존재한다는 것은 하나의 '이야기'로서 세상에 속해 있다는 뜻이라는 것. 전자의 답은 다음과 같은 말에 근거한다. "우리는 인생을 두 번 사니까. 처음에는 실제로, 그다음에는 회고담으로. 처음에는 어설프게, 그다음에는 논리적으로. 우리가 아는 누군가의 삶이란 모두 이 두 번째 회고담이다. 삶이란 우리가 살았던 게 아니라 기억하는 것이며

---

4 "시가 자신의 일생을 아무런 감정도 없이 담담하게 회고하고 있다면, 그 글은 고통과 절망과 환희로 가득 차 있었으리라."(37)라고 추측되는 그 글은 이렇게 시작된다. "내가 살아 낸 지난 몇십 년간의 生의 基源을 찾는다면 그건 거품과도 같은 幻覺의 時代에서 기인하는 것이 분명하리라. 그러나 시네마스코프처럼 펼쳐진 환각 속에서도 破片의 一生을 버틸 수 있었던 것은 무엇보다도 단 하나의 실낱같지만 확실한 무엇이 存在하고 있었기 때문이기도 한데, 이는 내 心中의 재산이니 그 누구에게도 理解받을 수 없는 眞實이라 여기에 그 일을 回顧하고자 하는 것이기도 하다."(37)

그 기억이란 다시 잘 설명하기 위한 기억이다."(380) 이렇게 말할 때 이 야기는 개인의 기억이며 그 기억은 삶이고 자기 자신이다. 이야기는 개인의 정체성이 되어서, '나'가 없으면 이야기가 없는 게 아니라 이야기가 없으면 '나'도 없다. 후자의 답은 다음과 같은 말에 근거한다. "이 세상을 가득 메운 수많은 이야기(Story), 또한 그러하므로 이 세상에 그만큼 많은 '나(Self)'가 존재한다는 애절한 신호(Signal)"(81). 이렇게 말할 때 이야기는 고독한 '나'들이 세상에 속하는 방식이고, 서로 소통할 수 있는 루트이자 장(場)이다. '나'들은 이야기로 존재함으로써 서로 듣고 들려줄 수 있다. 그렇게 해서 '나'는 '우리'가 되고 세계는 우리의 것이 된다. 세계는 이야기로 이루어져 있고 나는 그 일부가 된다.

이렇게 '이야기'는 개인의 정체성이자 소통 방식이다. 그리고 하나 더, 소통하는 개인들의 이야기로서 그것은 세계에 대한 해석이 되기도 한다. "그가 한 말이 모두 사실일 것이라고 믿지는 않는다. 하지만 적어도 그 이야기들 덕분에 강시우가 살아갈 수 있다는 것만은 알 수 있었다."(383), "어쩌면 우리가 나눴던 이야기들도 누군가가 지어낸 것일지도 모른다. 그럼에도 그 이야기들은 더없이 중요했다."(387) 이렇게 말할 때 누군가의 이야기는, 삶과 죽음, 우연과 필연 사이에서 인간의 운명을 해석하는 방도이다. 인간의 운명에 대해 이야기하는 것은, 유한한 삶의 기약 없는 무상성에 대해 인간이 간신히 취할 수 있는 노력일지도 모른다. 또한 역으로, 그래야만, 그런 노력이 있어야만 삶은 이야기가 되고, 이야기는 삶이 될 수 있다.

하나씩의 '인간'이며 또한 하나씩의 '세계'인 이야기들, 바꿔 말해 이야기 자체이자 이야기의 주인공인 한 사람, 그는 하나의 '통합된 서사'와도 같다. 이 서사는 물론, 분열된 목표들로 갈라진 다양한 서사적 여정의 복합체이자, 필연적 확신에 지배되지 않는 불균질한 세계를 그릴 것이지만, 그럼에도 그것은 모종의 원리 같은 것, 말하자면 한 인간이 스스로 자기의 의미를 규정하거나 스스로 제 운명을 납득하기 위한 최소한의 논리 같은 것을 내장할 수밖에 없다. 그래서일까. 이들의 이야기는 서사적으로, 삶의 어떤 부조리와 무질서 속에서도 끝까지 부정해야 할 현실보다 마침내 긍정해야 할 현실을 통해 달성된다. 이야기로 존재하는 개인, 즉 자기 이야기 속의 서사적 주체는, '이야기' 안에서, '이야기'를 통해서, 삶과 화해할 수 있는 숨통을 튼다. 이것은 말하자면 '창조적 통합 운동'이다. 그는, 어떤 강력한 타자와 마주하여 존재론적 혼란과 붕괴에 처한 후에라도, 완전히 분열되거나 해체되지 않는다. "무슨 일인가 일어나고, 그 순간 우리가 예전의 자신으로 되돌아갈 수 없게" 되어도(한 사람이 두 이름으로 살게 되는 운명도 둘이나 섞여 있다.) "그럼에도 우리의 삶은 일생, 즉 하나다". "우리의 삶이 하나의 이야기로 이어지지 못한다면, 우리는 결국 미쳐 버렸을 것이"(148)기 때문이다. 그는 "아무리 다른 모습으로 바뀌어 간다고 해도 결국 나는 나"라고, "그게 바로 내가 가진 기적"(149)이라고 말할 수 있는 자다. 그의 '이야기'가 바로 "단 하나의 실낱같지만 확실한 무엇"(37)이기 때문이다.

이와 같은 개인의 '창조적 통합'으로서의 이야기, 기적과도 같은 이 '일생(一生)의 이야기'에 단독적인 이름을 붙이고 싶다. '뮈토스(mythos)'란 용어를 가져와 보면 어떨까. '신화(神話)'라는 의미를 동원하려는 건 아니고, '로고스(logos)'적 체계성에 반하는 이야기(양식)와 이야기하기(충동)를 한데 표현하기 위해서다. '뮈토스'는 이야기가 지닌 세계 해석과 자기 정립의 의지를 가시화하는 용어다. 자기 삶을 끝내 하나로 잇지 못하는 이들은 뮈토스를 이루지 못한다. 역으로 뮈토스는 통합이 근원적으로 차단된 현대 세계의 본원적 소외성을 끝내 전면화하지 않는다. 그러므로 이렇게 다시 말하겠다. 이 소설에서 개인은 '뮈토스'로 존재한다. 뮈토스는 개인의 삶이고, 정체성이며, 일생이다. 따라서 뮈토스는, 가령 자기의 삶을 하나로 잇지 못하고 결국 미쳐 버리고 마는 이들의 광태(狂態)나 그들이 끝끝내 문제 삼을 수밖에 없는 현실의 본원적 소외성의 표현과는 아무래도 차별화될 것이나, 단, 뮈토스로 존재하는 개인(혹은 개인이라는 뮈토스)이라는 관념엔 이 세상에 귀하지 않은 사람, 배울 것 없는 사람은 없다는 평등의 세계관이 깔려 있다. "이 세상의 그 어떤 사소한 이야기라도 중요하지 않은 게 없으며, 모든 이야기는 저마다 한 가지씩 교훈을"(80) 지니고 있다고 말하는 것이다. 이것이 또한 이 소설의 민주적 휴머니즘이다.

3 역사의 산문화

이 소설의 또 하나의 특징은 그토록 많은 이야기들이 '연결'되어 있다는 점이다. 이곳에서 사람들의 만남은 마치 나와 정민의 "기묘한 방식"의 연애처럼 "다만 말할 수만 있다면, 그리고 들을 수만 있다면"(18) 가능한 것인데, 그러려면 바로 그 입과 귀의 일을 매개해 주는 어떤 장(場)이랄까, 집단 의지랄까, 그런 것이 먼저 있어야 한다. 어떤 이야기도 무시하지 않고, 더 중요한 이야기와 덜 중요한 이야기로 차별하지 않으며, 말해질 수 있는 이야기로 말해질 수 없는 이야기를 억압하지 않겠다는 듯 모여 있는 (이야기들의) 집합이 필요하다. 그것의 명목을, 그 공존의 의지를, '역사'라고 부를 수 있다. "개인적 삶은 모두 시대와 연결돼 있"어 "한 시대가 종말을 고할 때 그들도 함께 죽었고, 새로운 체제가 등장할 때마다 그들은 새로 태어났다."(122)라고 말해질 만한 어떤 전체주의적인 시대 상황을 떠올릴 필요는 없다. 알다시피 "개인의 희로애락이 민족의 감정과 연결"된 까닭으로 "운명을 공유"(123)하는 시대는 지난 것이다. 정치 사회적 사건들이 "나와는 전적으로 무관하게 움직이는 유리창 저편의 세계처럼" 느껴지고 "내 삶은 점점 더 우연에 가까워졌다."(120)라고 생각하게 된 그 무렵 이후에도, '역사'는 개인에게 무슨 구실이 되었고, 개인은 역사의 어떤 요인이었을 것이다. 그 단서는 이 책에서 얼마든지 찾아진다.

한국을 떠난 이래 처음으로 나는 외롭지 않은 밤을 맞이했다. 나는 고개를 들어 별들로 가득한 밤하늘을 바라보며 밤거리를 걸었다. 그 순간, 나는 그때까지 이 세상에 살았던 그 누구보다도 행복했다. (……) 거기 떠 있는 달이 내가 존재하기 아주 오래전부터, 나의 아버지가, 또 나의 아버지의 아버지가 태어나기 아주 오래전부터 지금의 우리 모두를 꿈꾸고 있었다는 것이 한순간에 명백해졌기 때문이었다. 나는 저 달이 존재하는 한, 내 존재가 결코 사라질 수 없다는 사실을, 처음부터 우리가 모두 연결돼 있다는 사실을 깨닫게 됐다.
히로뽕 오 킬로그램을 들고 이번에는 자신을 진짜 일본으로 밀항시켜 줄 사람을 만나기 위해 정민의 삼촌이 부산항에 서 있을 때도 아마 그런 달이 떠 있지 않았을까. 그저 고개를 들어 하늘을 바라보는 것만으로도 멀리 있거나 가까이 있거나 어두운 세상의 모든 것들을 서로 연결시켜 주는 그런 달빛. 그런 식으로 김제가 고향이었던 정민의 삼촌은 불이농촌에서 온 이상수의 호의를 받을 수 있었을 것이다. 이야기는 서로 꼬리에 꼬리를 물고 이어진다.(333~334)

역사는, 그러니까 이 달빛과 같은 것이다. 밤하늘에 가득한 별들이 개인들 저마다의 뮈토스를 은유한다면 내가 태어나기 오래전부터 지금의 우리 모두를 꿈꾸며 거기 있는 달은 역사의 은유다. 아주 오래전의 사람들과 지금의 우리를, 외로운 나의 이야기와 너의 이야기를, 즉 서로 다른 시공간에서 발생한 서로 다른 뮈토스들을, "멀리 있거나 가까이 있거나 어두운 세상의 모든 것들을 서로 연결시켜 주는 그런 달빛." 달빛이 있어 "이야기는 서로 꼬리에 꼬리를 물고 이어진" 것이다. 이 달빛 아래서는 "정민의 삼촌이 부산항에서 체포된 지 이 년이 지나지 않아 강시우의 할아버지는 서울지검 마약반 김철규 검사팀에 의해 검거"(334)된 것이 역사의 소관이 된다. 이길용의 아버지 이민호가 "1972년 무렵의 언젠가" 고향 근처에서 은신 중이던 그의 아버지를 찾아가야 했던 "김제의 바닷가 근처"는 "그 몇 년 뒤 내가 아버지를 따라 할아버지를 만나기 위해 찾아갔던 김제의 바닷가 근처"(337)가 맞다. 하늘에 달이 있고 우리가 달빛을 올려다보는 한에 말이다. 강시우의 연인인 레이의 할아버지가 군산의 불이농촌으로 이주한 건 격정 넘치는 일본인 후지이가 러일전쟁의 승전보에 환호작약하여 조선으로 건너갔기 때문인데, 그렇다면 "십사 대 이로 불리하게 싸웠던 두 척의 러시아 함대가 기적적으로 일본 함대를 물리치고 공해상으로 빠져나가는 데 성공해 개전 초기에 일본군의 사기를 저하시켰더라면 내가 독일까지 가게 되는 일도 없었던 게 아닌가는 생각"(226)도 '역사적인' 생각이다.

따라서 이것은 개인적인 것과 역사적인 것이 교호하는 방식을 바꾸어 버린 서술(narration)이다. 여기에는 '세계는 어떻게 파악될 수 있는가'라는 역사철학적 질문이 관여한다. 소설에 대해서라면 조금 다르게 물어져야 하는데, '소설은 인간과 역사의 관계를 어떻게 서술하는가', 정도가 좋겠다. 이에 대해 이 소설은 스스로 답변을 제시하는 듯하다. 역사란, 개인적 삶의 거대한 네트워크 혹은 개인의 뮈토스들의 은밀한 연결에 다름 아니라는 것. 그러므로 단독적으로 존재하는 듯 보이는 개인의 뮈토스들이 서로 만나고 교차하는 세계를 서술함으로써 역사를 드러내는 것. 두 가지 방법이 필수적일 것이다. 먼저, 우연성의 원리. 세계 만상이 마주치고 연결되는 단 하나의 원리는, 오직 우연이다. 이는 역사의 어떤 의미, 목적, 개연성도 문제 삼지 않는 우발적 연쇄의 법칙을 따른다. "모든 일들은 그 입체 누드 사진 한 장에서 시작됐"(10)다고 했던 그 사진, 정민과 함께 그것을 찾으러 고향 집에 내려갔던 "그해 가을"로부터 강시우에게 "당신의 아버지가 죽어 가는 순간까지도 놓지 않았던 그 입체 누드 사진, 그리고 제 할아버지가 생의 마지막 순간에 불태우려고 했던 그 입체 누드 사진 말이에요."라고 외치기까지, 잊을 만하면 한 번씩 등장하는 이 사진 한 장의 경로는 숱한 이야기들의 교직이 얼마나 철저히 우연적인지를 여실히 드러낸다. 다음, 즉흥적 재배치. 이 소설에서 우발적 계기로 포착되고 우연한 만남으로 연결되는 많은 뮈토스들, 그 여러 인생의 국면들은 어떤 통합적 이념에도 종속되지 않고 일관된 질서에도 지배되지 않는다. 이때 뮈토스들의 교차점들은 그 자체로 역사적인 현장이라고 주장되는 셈이지만, 그것의 역사적 의미가 물어지는 것은 아니다. 거기에 놓인 개인의 실존 상황이 문제될 뿐이다. 이 소설의 서술은 뮈토스들을 강압적으로 연관시키지 않고 조직적으로 대결시키지 않으며 그로부터 심오한 주제를 도출해 내려고 애쓰지 않는다. 다만 각각의 뮈토스, 그 우발적인 사태들을, 구애(拘礙) 없이 옮겨 다니며 즉흥적으로 관찰하고 사색할 뿐이다.

소설에서 역사가 이렇게 서술될 때 여기에 없는 것은 무엇일까. 예컨대 타자와 부딪치는 것으로 자기 실존을 개척해 나가거나 타자와의 부대낌을 혼란 상태로 놓아둔 채 그 분열과 쟁투를 지독하게 파고드는, 어떤 현대 소설이 선취한 그런 유의 드라마는 거의 없다. 이 역사의 서술자가 세상이 안정된 체계라고 믿거나 타자와의 만남을 언제나 화해로 인식해서는 아니다. 그의 서사적 관심이 하나의 개별 주체로 복잡한 세계상을 흡수하는 데 있지 않기 때문이다. 그의 관심은, 우연성을 포착하여 다양한 뮈토스들을 섭렵하고 그것들을 확산시켜 뮈토스의 연결로서의 역사를 창안하는 데 있다. 세계의 모든 고독한 뮈토스들이 자기를 드러내고 서로의 말을 들어 줄 수 있는 우주를 그려 내는 것. 포착과 연결을 주재하는 그의 영혼은 자기가 만난 뮈토스의 수만큼 분산된다. 그러기 위해 그는 "자신의 바깥에 존재"(387)하기를 자처한다. 따라서 그는 '나'라고 말해질 때도 실은 '우리' 혹은 익명의 주체다. 그가 섭렵과 확산을 실행할 때, 그의 영혼은 "시작도 끝도 없는 우주 공간 속으로, 그리고 외로움이 없는 해방 속으로"(69) 드넓게 퍼져 있다. 신의 질서와 인간의 질서가 분리되는 우주의 인간학적 분열에 저항하여 그는 우주를 사랑의 공간으로 변모시키는 인간적 우주론을 내세운다.

어쩌면 우주론(universe)으로 보편(universal)을 말하고 싶었을 이 역사 서술의 주체에게, 어떤 현대 소설이 취하는 인식적 지평(가령 도저히 다스려지지 않는 타자성이나 그에 맞설 주체성 (탈)구축에 관한 아이러니적 각성 등)은 상대적으로 멀리 있을 것이다. 무수한 뮈토스들을 하나의 서사로 연결하려는 시도가 이미 무모한 것이라고, 달의 오랜 꿈이 우리의 연결을 가능케 했고 돌탑을 쌓은 사람들의 갈망 때문에 우리가 행복할 수 있다는 믿음은 너무 천진하다고, 누군가는 시니컬하게 나무랄지도 모른다. 그러나 그런 그의 믿음은 절망하지 않겠다는 의지로부터 나온다는 사실을 우리가 조금 미리 헤아릴 수 있다면, 서로를 이해할 때까지 자기의 이야기를 멈추지 말자는 그의 호소에 우리가 뒤늦게나마 귀를 열 수 있다면, 그는 진정 힘있는 자다. 무엇보다도 그가 제안하는 이 우주론에는, 인간을 인간이 스스로 조직하고 통제할 수 없다는 사실에 대한 겸손함이 근원적으로 있다. 성스럽거나 초월적인 힘에 대해 경의를 느낄 줄 아는 그는, 이 분할

된 세계에서 신경쇠약과 과민 반응에 시달리며 타자에 대한 의식적 긴장에 힘과 감정을 낭비하기보다 우주의 혼돈을 낭만적인 체험으로 견뎌 보려고 애쓰는, 한층 강인한 정신의 소유자다.

이런 태도와 정신을 '산문'의 정신에 빗대어 보고 싶다. 운문(verse)에 대비되는 줄글(prose)이라는 뜻만이 아니라 자유로운 철학적 글쓰기의 산물임을 부각하기에 적합할 듯하다. 외부적 현실을 유영하지만 주체의 존재론적 질문을 포기하지 않으면서 타자와의 공존 가능성을 모색하는 철학적 글쓰기, 전체를 가정하지 않고 일관성을 요구하지 않으며 불확실성을 제거하지 않는 자유로운 글쓰기로서의 '산문' 말이다. 이 용어로 『네가 누구든 얼마나 외롭든』을 표현할 때, 고정된 형식에 얽매이지 않고 우발성과 즉흥성에 거침없이 이끌리는 관찰과 사색이 잘 드러날 수 있을 듯하다. 이제 이렇게 말해 보겠다. 『네가 누구든 얼마나 외롭든』은 뮈토스들의 거대한 네트워크로서의 역사를 자유로운 산문 형식의 글에 담은 소설이다.

4 라틴 문학에 마술적 리얼리즘이 있다면

정리하겠다. 김연수의 『네가 누구든 얼마나 외롭든』은 하나의 긴 이야기가 아니라 여러 개의 많은 이야기로 구성된 장편소설이다. 이 소설은 '(장편)소설'에 중요한 두 개의 질문을 품고 있다. "개인은 어떻게 존재하는가."(또는 "소설에서 인물은 어떻게 드러나는가".)와 "역사는 어떻게 파악되는가."(또는 "소설에서 역사는 어떻게 서술되는가".) 이 질문들을, 이 소설은 스스로, 자신의 문체로 돌파한다. 앞의 질문에는 '일생의 뮈토스'라는 양식으로, 뒤의 질문에는 '역사의 산문화'라는 테크닉으로. '일생의 뮈토스'는 유일한 한 사람이 하나의 '이야기'로 전환되는 것이고, '역사의 산문화'는 세계의 파편적 운동들이 '모두인 동시에 하나인' 역사로 전환되는 것이다. 각기 다른 스타일이 이 한 편의 소설에서는 별개의 원리가 아니라 공통의 지반처럼 운용되었다. 이제 이 소설의 스타일은 '뮈토스'와 '산문'을 합친 표현으로 지칭하면 좋을 것이다. '설화'라는 용어를 써 보면 어떨까. 뮈토스와 산문은 공히 이야기(narration)의 자질로서 상통하고, 무수한 이야기들의 생성, 유통, 변화, 소멸을 환기하는 데 '설화(說話)'보다 적당한 단어도 없을 것 같다. 이 소설은 '설화'로서 소설에 관한 두 개의 중요한 질문을 자기 형식으로 답변하는 현대적(modern) 스타일을 실천한 셈이다. 그러니 이렇게 말해 보자. 설화적 모더니즘.『네가 누구든 얼마나 외롭든』은 '설화적 모더니즘'의 한 진수를 구현했다.

다채로운 매체 환경에 의해 현실이 더욱 다원화되는 문학 환경에서 이야기의 유통망을 기반으로 한 설화적 자원들이 효과적, 창조적으로 사용되기가 부쩍 용이해졌다.(이 소설에서 적극 활용된, 한 사람의 두뇌 용량을 넘어서는 교양과 지식을 떠올려 보라.) 풍부한 자원의 취사와 조합으로 새로운 소통 방식을 지향하는 시도가 다양한 가운데, 하필 김연수의 장편소설에서 '설화적 모더니즘'이라는 말을 건져 올린 까닭은 현재 한국에서 (장편)소설이 쓰이는 주목할 만한 방식을 이 말이 적시하고 있다는 느낌 때문이었다. 현재 우리가 읽고 쓰는 소설이 서구에서 기원한 서사 형태를 유일한 모델로 삼을 수 없게 된 환경에서 필연적으로 등장한 용어라는 생각도 든다. 한국에서 실제로 쓰이고 읽힌 다양한 형태의 장편소설들을 통해 (귀납적으로) 도출될 수 있는 창조적 장르, 한국 장편소설의 한 모델을 지칭하는 말로서 말이다. 세계적 모범 사례로 왕왕 거론되는 '마술적 리얼리즘'이 중남미 문학에 그랬던 것처럼, '설화적 모더니즘'이 한국 장편소설의 양식을 (세계를 향해) 설명할 기회가 곧 올지도 모른다. 콜롬비아의 마르케스가 『백년의 고독』으로 마술적 리얼리즘의 경지(境地)에 달성했다면 한국의 김연수는 『네가 누구든 얼마나 외롭든』으로 설화적 모더니즘의 경지(耕地)를 열었다고. 언제 그런 일이 벌어질지는 몰라도, 김연수가 한국 (장편)소설의 경지(境地)에 오른 날은 이미 와 있다. (2014)

6부

길고 짧은 것은 대보지 않아도 안다

—— 단편소설 대망론 혹은 '그냥 소설'을 위하여

'대망'하는 것이 무엇인가

장편소설만이 문학(시장)의 활로인 듯 다급하게 몰아대던 분위기에 대해서라면 한때의 "몹쓸 분위기"[1]였다고 하고 말 수도 있겠지만, 당시 몇몇 논의들이 "장편소설을 어떤 특권으로 간주하고 그 특권을 타도하고자 하는 전략적인 측면에서 구성되"[2]었던 것은 다행스러운 부분이라고 생각한다. 작가로서든 독자로서든 소설에서 "분량의 확대나 축소가 그 작품의 본질을 크게 바꾸어 놓는 결정적인 요인이라고 보지 않을뿐더러 가슴이 뜨거워지게 좋은 작품은 장편이냐 단편이냐에 상관없이 존재할 수 있는 게 원칙"[3]이라는 견해에 동의하기 때문이다. 그렇다 해도 이른

---

1 류보선, 「대담 — 세상에서 가장 쓸쓸한 연대를 위하여」, 《문학동네》 2014년 봄호, 83쪽.

2 차미령, 「실패의 기록 — 최근 장편소설 논의에 부쳐」, 《창작과비평》 2014년 봄호, 329쪽.

3 작가 배수아가 독자로서의 입장을 이렇게 말한 적이 있다. 「낙관주의자, 배신자, 행복한 사람」, 《창작과비평》, 2007년 여름호, 191쪽.

바 '장편소설 대망론'의 출현은 무엇보다도 한국 소설에서 단편에 비해 장편의 성과가 부족하고 그것이 바람직하지 않다는 진단에서 비롯했던 것이고, 그 '성과'라는 것이 출간된 소설의 수는 아닐 테니, 그 출현은 어떤 문학사적 시각, 가령 "한국 근대소설사는 양식의 측면에서 보자면, 단편이 주류적 양식으로 확립되어 가는 과정의 역사이며, 단편 양식의 주류성을 통해 자신의 예술적, 문학사적 특성을 구현해 온 역사"[4]라고 하는 시각을 새삼 점검하게 된 사태였다고 할 수 있다.

'한국 단편의 완성자'로 불리는 이태준이 "단편은 모든 작가들의 예술을 대표하고 따라서 단편은 조선 문학을 대표하는 자"라고 했던 말은 한국문학사 내내 유력하게 작동해 왔다. 장편에 대한 단편의 예술적 우위는 흔히 장편이 신문이나 대중 잡지 등 연재, 발표되는 지면의 통속성이나 소설책을 팔아야 하는 출판사의 상업성을 반대급부로 하여 정당화되곤 했다. 하지만 (근대)소설이 본래 세속의 장르라는 것, 근대 초기 문학사에서 주요하게 다뤄 온 『무정』, 『삼대』, 『고향』 등이 신문 연재소설이었다는 것 등을 상기한다면, '단편의 예술적 우위'가 저널리즘이나 출판 전략을 상대로 성립되었다고 할 수는 없다. 차라리 근대 전환기에 '소설'이라는 용어가 (재)개념화될 때 그 외래적 원천과 자생적 방책에 '(서구적) 장편소설'의 실상이 긴밀하게 흡수되지 않았던 지점을 살펴봐야 할 것이다. 근대적 인쇄 매체에 등장한 '소설'이란 말 또는 그것이 가리키는 이야기의 양식은, 조선 후기의 '소설'보다는 일본의 '쇼세쓰'와 상관되어 있었고, 그 외래적 원천은 서구의 '문학' 개념과 유관하다 해도 Novel이나 Roman의 실상 또는 이론 등과는 거의 무관했다.[5] 서구적 소설 개념이

---

4 박헌호, 「한국 근대소설사에서 단편 양식의 주류성 문제」, 『식민지 근대성과 소설의 양식』(소명출판, 2004), 67쪽.

정작 우리 소설의 실물과 만나면서 정리되어 간 개념이란 것이, "장형이든 단형이든 소설은 '당대적 현실을 사건과 인물들의 형상화를 통해 보여 주는 이야기' 정도"[6]라고 정리되어도 서운할 형편은 아니다.[7]

결국 우리에게는 단편소설이 우세할 수밖에 없는 조건과 역사가 있다는 얘기다. 외부로부터 주어진 조건이겠지만, 그런 조건을 딛고 이어온 역사에는 특수한 인식과 미감의 작용/효력이 내재할 것이다. 이야기가 짧다는 것은 일단 이야기의 대상이 되는 세계 혹은 인식이 작다는 뜻이다. 이는 소재의 속성이라기보다 그것이 통용되는 문학 공동체의 선택이라고 해야 한다. 최근에 한 소설가가 '한국문학이 세계를 체험하는 방식'에 대해 했던 이야기를 경유해 보자. 미국 드라마나 유럽 소설에는 "바로 옆 동네에서 일어난 흔해 보이는 사건이 별다른 설명이나 국경을 넘는 스트레스 없이 곧바로 세계로 이어"[8]지는 경우가 많은데 "우리 삶의 영

---

5 김재영, 「근대 계몽기 소설 개념의 변화」, 『한국 근대 서사 양식의 발생 및 전개와 매체의 역할』(소명출판, 2005). 65쪽. 이 논문에 따르면, 근대적 인쇄 매체에 독립된 '소설'란이 처음 등장한 것은 1897년 1월의 《한성신보》(1895년 창간)에서였다. 전례 없던 그 지면의 기획은 일본 신문의 지면 구성을 참조한 것으로 여겨진다. 이때 '소설'이라는 말은 "조선 후기에 정리되는 소설 개념과는 별 상관 없이 등장한 것"이고 차라리 《요미우리신문》의 소설란 이후 신문에 실리는 "흥미 있는 이야기"를 지칭하는 말과 상관된다."(53쪽)

6 김재영, 「1910년대 '소설' 개념의 추이와 매체의 상관성」, 같은 책, 262쪽.

7 한국 소설에서 "단편 양식의 주류성"을 연구해 온 박헌호의 논의를 인용하여 이러한 사정을 정리해 보자면, "근대문학 초창기의 출판, 유통 환경과 사회적 조건으로 볼 때 소설은 '단편과 잡지'를 자신의 표현 매체로 선택할 수밖에" 없었고, "당대의 지배적인 서사 양식(신소설과 활자본 고소설)에 대한 대타 의식"이나 "반봉건적인 조선 사회에 대한 당대 지식의 관계 설정 방식과, 근대문학의 '근대성' 자체에 대한 편협한 인식" 등도 단편 양식의 주도권을 도왔을 것이다. 또 "단편 양식의 주류성은 한국을 포함한 동아시아 삼국에서 공통적으로 나타나는 현상이며, 이는 후발 근대화 국가에서 근대문학이 형성되는 과정의 산물"이기도 하다. 박헌호, 앞의 글, 71쪽.

8 배명훈, 「세계 분석을 기다리며」, 《문학과사회》 2014년 봄호, 433쪽. 이하 이 문단의 큰따옴표는 같은 글에서 인용한 것이다.

역이 세계와 직접 이어지는 이야기는 그것 자체만으로도 뭔가 한국적이지 않은, 심지어 사실적이지 않다고 여겨"지는 상황에 대한 이야기였다. 이는 세계 질서의 판도에서 한국의 위치상 자연스러운 것이고, 그래서인지 우리는 상상의 초점이 안으로 향하는 데 익숙하다고 그는 설명한다. 예컨대 세계대전 같은 국제적 사건과 정세에 대한 이야기에서조차 한 인물(주요 결정자)의 내면과 그것이 역사에 미치는 영향을 상상하는 방식으로 쓰여 온 우리 소설은 오랫동안 "삶의 영역이 세상의 제일 바깥쪽 경계에 직접 가닿은 이야기"를 포기해 왔는지도 모른다고도 말한다. "세계를 정확하게 묘사하기 위해 치밀한 조사를 하는 것 못지않게, 주관적으로 파악한 세계의 규칙들을 자기모순이 일어나지 않도록 체계적으로 잘 다듬어서 제시하는 것 또한 충분히 가치 있는 작업"이라는 결론이었다. 그런 작업이 곧 "주관적인 것의 객관화"이고 "틀린 세계의 미학"이라 해도 궁극적으로 "세계를 세상으로 바꾸는 일"이 될 테니까 말이다. 그렇게 해서 "인물 분석에 준하는 세계 분석이 가능"해지기를, 그는 기어이 낙관하려는 것 같았다.

그의 낙관을, 나는 한국 소설의 잠재력이라고 생각해 보고 싶다. 세상의 바깥쪽 경계를 더듬기보다 인물의 안쪽을 파헤쳐서라도 세상의 규칙을 발견하는 것, 그 발견은 서사의 길고 짧음에 상관없이 세계 체험의 바람직한 표상이 될 수 있다. 단편 위주의 한국 소설이 거둔 성과라면 바로

---

9 여전히 달마다 계절마다 문예지에는 평균 네 편쯤 단편소설이 실리고, 그렇게 수년에 걸쳐 발표한 소설들이 묶여 출간되는 단편소설집도 매해 수십 권이 넘는다. 일간지 신춘문예와 문예지 신인상을 통한 등단 제도의 폐해는 더 알려질 것도 없을 만큼 악명 높지만 여전히 그 과정을 거친 새 작가들은 100년도 안 되는 한국 현대 소설의 전통을 성실히 익히는 동시에 활달히 배반하면서 또 한 편의 유일무이한 소설을 쓰기 위해 진통 중이다. 이 와중에 장편소설 논의가 "많은 젊은 작가들이 충분한 훈련도 준비도 없는 상태에서 바로 장편으로 뛰어들면서 장편도 부실해지고 단편도 그 이전의 밀도를 유지하지 못하는 부작용"(류보선, 앞의 글, 83쪽)을 낳는다니 더욱 문제인 것이다.

그런 것이 아니었을까? 현재 '부족한' 장편소설이 더 많아져야만 우리 문학이 발전하고 풍성해진다고 생각할 게 아니라, 모종의 조건 속에서 이미 '풍족한' 단편소설이 더 잘 쓰이고 더 많이 읽혀서 우리 문학이 더 훌륭해지는 쪽도 같이 생각해 보자는 얘기다.[9] 장편소설을 대망하는 것은, 무조건 장편이 많아지기를 바라는 게 아니라 '좋은' 장편이 많아져서 '좋은 일들'이 더 생기기를 바라는 것일 터이다.[10] 즉 '좋은 일들'이 목표지 장편이 양적으로 많아지는 것 자체가 목표가 아니다. 그렇다면 단편소설로 그 '좋은 일들'을 이룰 수는 없을까?

시각의 균형을 도모할 필요가 있다. 균형은 골고루 분산될 때보다 하나에 집중할 때 얻어지기도 한다. 이 글에서는, 최근에 읽은 단편소설들에서 소설의 가치, 소설이 가져올 '좋은 일' 등을 찾아보려고 한다. 그리고 약간 도식적이 되더라도, 각 편의 소설에 대한 '텍스트 분석'이 그 이상으로 확장되어 각각 일종의 '양식성'인 것처럼 생각해 보려고 한다. 단편소설의 양식적 특성을 최근 소설들을 통해 확인하려는 의도가 아니라, 우리가 늘 마주하는 소설들에서 한국 소설의 자산 혹은 에너지를 찾아보려는 기대로 시작한다.

---

10 "장편소설의 가능성 여부도 중요하지만 그보다 더 중요한 것은 그것으로 무엇을 할 것인지, 그다음이 무엇인지가 아닐까? 그렇지 않고서는 어느 쪽도 결국은 상대를 설득할 수 없을 것이다."(강경석, 「장편소설의 아포리아」,《자음과모음》 2014년 봄호)라는 견해에 동의한다. 그런데 그 글은, 1930년대의 장편소설론이 다다른 파시즘과 근래의 '장편소설 해체론'의 논리가 유사함을 지적하고 "역사나 현실의 원리"를 원천 봉쇄하는 논리의 도그마성을 설득시켰지만, 정작 "역사나 현실의 원리"에 의한 장편소설로 "무엇을 할 것인지"에 대해서는 아직 말해 주지 않은 듯하다.

삶을 디자인하다 ─ 비우는 공학

단편소설의 양식적 모토는 삶의 일부를 통해 삶 전체를 조망한다는 것이다. 결정적인 순간/장면을 통해 사건의 핵심, 인물의 생애, 삶의 진실 등을 포착한다는 것인데, 이로부터 단편소설의 형식은 자연적인 삶의 양식과는 다소 동떨어질 수도 있게 된다. 긴 소설은 서사의 지평에 사회적 공간과 연대기적 시간을 두어 현실 또는 삶과의 유사성을 표방하기가 상대적으로 용이하다면, 짧은 소설은 무수한 의미의 맥락들이 교차하는 한 지점을 먼저 고안하여 그것을 서사의 소실점으로 삼아 시공간을 배치하므로 삶의 양식이나 현실의 질서에 기대기가 상대적으로 쉽지 않다. 다시 말해, 단편의 형식적 준거는 경험 현실이 전개되는 순서나 원리와 같지 않다. 따라서 단편소설은 삶을 제시하는 형식을 스스로 창안해 낸 것이라 하겠다.

두 작가의 첫 발표작을 읽었다. 우다영의 「셋」(《세계의 문학》 2014년 봄호)과 이승은의 「소파」(《문예중앙》 2014년 봄호). 「셋」은 서로 친구인 세 명의 여자들이 기차 여행을 떠났는데 이들 사이에 한 남자가 끼어들고 목적지가 아닌 다른 도시에 불시착하여 예기치 못한 여행이 되면서 벌어지는 자잘한 문제, 해결, 대화, 오해 등을 산뜻하게 보여 주는 이야기다. 이 소설은 셋이라는 수가 만드는 구도의 정형성을 이용하여, 관계 안에서 비밀이 만들어지고 그것이 오해로 판명되고 그러자 상처는 농담처럼 돼 버리고 진실은 다시 비밀이 되는, 일상적이고도 본질적인 삶의 아이러니를 민첩하게 포착한다. 세 친구의 관심, 수다, 농담, 우정 등은 이 시대 세속적인 현실을 전형적으로 반영하지만, 그들 사이에 한 남자가 개입함으로써 문제와 비밀과 오해가 이들 셋의 자리를 옮겨 다니며 서로 교환되자 삼총사의 관계는 정형화되지 않는다. 「소파」는 "취향이 맞지 않는" 이웃집 여자의 방문으로 한 부부에게 발생한 불편, 불안, 불화 등을 날렵하게 포착한 이야기인데, 인물들의 의식적인 행동이나 대화 또는 인상적인 배경 등이 아니라 사소한 행동이나 무심한 말, 미묘한 느낌 등을 섬세하게 건져 낸다는 점이 예사롭지 않게 보인다. 부부에게는 '비호감'일 이웃집 여자의 무신경한 행동과 그에 대응하는 부부의 표면적 행동이 부딪혀 아슬아슬한 분위기가 조장되면서, 인물들의 신경질적인 성격이라든가 부부의 절박한 경제 상황, 이웃집 아기의 자폐 증세 등의 문제들이 드러나게 되는데, 거기서 발생하는 긴장감이 서사를 탱탱하게 만드는 것도 이런 압축적 화법의 매력임을 일깨운다. 현대인들이 곧잘 맞닥뜨리는 궁지의 한 면모가 "심각한 일이 벌어진 것 같"으나 "별것 아닌 것 같"은 상황으로 잘 처리되어 있다.

두 소설 공히, 삶의 단면을 도안(圖案)하는 기량 면에서 특출하다. 그 장면들은, 우리 삶의 일부를 반영한 것이지만 삶의 자연스러운 양식을 따라 재현한 것은 아니다. 상황 설명과 사건 전달로 서사를 전개해 가는 식이 아니고, 장면과 장면 사이, 말과 말 사이에서 서사가 서서히 도출되는 식이다. '압축과 절제'라는, 단편 미학의 정수(精髓)가 가리키는 그 작업, 즉 의미 있는 삶의 순간을 선택해서 분해한 후, 첨삭하고 변형하여 재편하는 그 작업을 거쳐, 그야말로 인공적(artificial)으로 어떤 삶이 '디자인'된다. 이런 삶의 도안에서 거창한 진실이나 대단한 발견을 언제나 얻을 수 있는 건 아닐 것이나, 그 디자인의 과정에 이미 작용 중인 '현실적'인 원리와 '사회적'인 관계와 '시대적'인 멘탈리티는 언제나 알아볼 수가 있다. 이 소설들이 우리에게 준 재미와 여운은, 누군가의 특이한 체험, 알려지지 않은 진실, 생전 처음 접하는 괴이함, 드물게 감동적인 순간 같은 것에서 기인하지 않는다. 그러나 이렇게 디자인된 삶의 도안을 읽는 체험이 곧 특이한 체험이고, 생전 처음 접한 진실이며, 드물게 받은 감동이 될 수 있지 않을까? 이것은 애초 근대소설의 출발선에서 합의된/추구된 어떤 근거와도 관련된다. 삶의 보편적 형식이 와해된 세계에서 "산만한 생활기록기"(김동인)를 거부하는 서사의 양식 창조는 예술성의 탐색이자 근대성의 확보처럼 취급되었다.[11] 그러한 형식 창조가 긴 이야기보다 짧고 단일한 구성으로 실현되기 쉬웠기에 단편소설에서 더 많이 시도되었을 뿐, 장편소설에선 안 된다는 법은 물론 없다. 하지만 말을 바꾸면, 긴 이야기로 형식을 실험하기가 더 어려운 건 사실임을 인정하게 된다. 단편소설이 창안하는 삶의 양식은, 형성기부터 줄곧 갱신을 거듭하여 꾸준히 전변해 왔고, 그런 맥락에서 방금 읽은 두 편은 최근 신선하게 부상 중인 양식이라고 말할 수 있다.

반복건대 이 양식의 특징은 치밀하게 간결하고 테크니컬하게 압축적인 서술의 묘미에 있다. 그 묘미의 지점을 한 번 더 짚고 싶은데, 그것이 '핵심을 들추는 서술'이 아니라 '서술하지 않은 핵심'으로부터 나온다는 사실을 지나치면 안 된다. 전과 다른 '배제'의 방식 혹은 전보다 세련된 '함구'의 기술이라고나 할까. (이런 기술을 안정적으로 구사하는 손보미의 단편에 대해 "메우는 공학이 아니라 비우는 공학"이라고 말해 본 적이 있다.) 다만 여기에 덧붙일 것은, 이 세련된 배제가 드러낸 삶의 단면에서 오직 지나친 인공성만이 감지되는 경우에 대한 우려다. 근원적으로 단편소설의 양식은 삶 자체의 양식과 유사할 수 없고, 심지어 그 낙차가 클수록 기술적으로 더 세련된 양식이 창출될 수도 있으나, 다만 모든 기술은 욕망과 의지를 에너지로 삼을 때 가치를 더한다는 사실을 잊어선 안 될 것이다. 오늘날 우리의 경험 현실이 이미 인공적인 간접 현실들로 만연하기에 소설의 한 장

---

11 김동인에게 근대소설의 근대성이란 "무엇보다도 '치밀한 기교'로서 인식"되었던 사정에 대해서는 박헌호의 앞의 글과 또 다른 글 「한국 근대 단편 양식과 김동인」(앞의 책)을 참고했다.

면이 영상물의 세트장처럼 느껴진대도 괴이하달 수는 없으나, 어떤 이야기를 반드시 하고 싶고 해야만 하는 절박함 앞에서는 어떤 세련된 기법도 오히려 초라해 보이는 때가 있음은 항상 틀림없는 사실이다.

이 사람을 보라 — "우리 모두의" 인물

단편소설에는 인물이 세계를 직접 대면하는 과정을 이야기하는 쪽보다 세계를 대면하는 인물과 그 주변을 분석하는 이야기 쪽이 더 많다. 근대 이전의 서사물 중에도 인물의 일대기인 '전(傳)'의 형식이 많기도 했거니와 우리 소설에는 특히 '인물' 분석에 집중된 이야기가 풍부한 편이다. 앞에서 언급한, 인물 분석이 세계 분석을 압도하는 한국 소설의 경향과도 상통하는바, 세계의 바깥쪽과 직접 대면하지 않(으려)는 특성은 특히 단편소설에서 두드러지기도 하고, 바꿔 말해 단편소설이 우세한 한국 소설에 특히 인물 분석이 많은 것이라고도 하겠다. 소설의 본령이 세계 탐구인가 아니면 인간 탐구인가, 하는 식으로 분리할 수는 없지만, 예컨대 쿤데라식으로 "인간 실존의 탐구"라 말해 볼 때 한 편의 소설이 근원적으로 간직한 전언은 결국 "이 사람을 보라"가 아닐까.

백민석의 「수림」(《문예중앙》 2014년 봄호)은 '물로 빽빽한 숲〔水林〕' 혹은 '시름의 장맛비〔愁霖〕'를 지나는 한 남자의 삶을 소개한다. 이혼해서 혼자 살고 있는 40대 초반의 이 남자에게는 법원 신청으로 한 달에 한 번 볼 수 있는 중학생 아들이 있다. 요즘은 석 달에 한 번쯤, 반경 오십 걸음 이내에 전처의 감시하에서만 아들을 만날 수 있다. 구청 자원봉사센터에서 만난 한 여자와 친구가 되었는데, 그녀는 심한 우울증을 앓고 있다고 한다. 주인공 남자는 별다른 문제를 보이지 않을뿐더러 근본이 선한 축인 듯 보이지만, 이상한 점은 아들과 만날 때 꼭 전처가 감시를 한다는 것이다. 이유는 곧 밝혀지는데, 아내에게 그는 "다만 언제라도 똑같은 범죄를 저지를 수 있는 우범자에 불과했"기 때문이다. 회사에서 그는 "입이 무겁고 잘 웃지 않으며 일 처리가 느긋한 장 과장"으로서 위선도 위악도 없이 봉사 활동을 찾아 하는 사람이었지만, 언젠가 여자 앞에서 바지를 내리고 성기를 보이며 음란하게 지껄인 적이 있었던 미친놈 혹은 범죄자였다는 사실이 사라진 것은 아니었다.

성범죄자가 주인공인 한국 소설을 본 적이 있던가? 이 사람을 보자. 「수림」의 '남자'는, 주체적인 한 인간으로 묘사되는 것조차 사회적으로 껄끄러운 부류의 인물이다. 그런 '남자'가 초점 화자로 진행하는 이 이야기에서 그의 부적절한 행동이 정당화되거나 그의 난처한 입장이 해명되지는 않는다. 이를테면 남자가 아이를 만나고 돌아왔던 날 그의 "내면에서 지리멸렬한 소리를 내며 끓던 무언가"가 있었는데, 그것은 아들의 시선을 똑바로 마주하기 힘든 그의 자괴감이자 아내의 인생을 망쳤다는 자책감에서 비롯된 것이었겠으나, 남자는 '미안하다'라거나 '후회한다'라거나 하물며 '나도 힘들다'라거나 '이해해 달라'라는 따위의 말들은 하지 않는다. 그러기는커녕 오히려 다음과 같은 대목이 생략되지 않았다.

남자는 화장실에서 손을 씻고 오던 참이었다. 숙이고 있는 그녀의 머리가 딱 그의 허리춤에 왔다. 꼭 그 위치였다. 아랫도리가 묵직해졌다. 그는 충동적으로 자기 자리를 지나쳐 그녀 앞으로 서너 발짝 더 다가섰다. 이제 그의 허리춤과 그녀의 머리는 겨우 한 뼘밖엔 떨어져 있지 않았다. 그는 소리 없이 숨을 몰아쉬었다. 잠시 후 그는, 뒷걸음질 쳐 자기 자리로 돌아가 조심스레 앉았다. 심장은 두근거렸고 눈에선 불이 나는 듯했다.

남자는 자기의 충동이 어떤 것인지 "그 짓을 하면" 무슨 일이 벌어질지 잘 알고 있다. 그가 만약 소설 속 주인공의 역할을 특권 삼아, 그런 충동이 자기로서도 어쩔 수 없는 병적 증상이라거나 그런 증상은 누군가에겐 이해받을 수도 있을 외상후 장애라고 고백 조로 변명했다면 어땠을까? 이전의 그 (범죄) 사건은 단 한 번의 실수였으니 그것으로 사람을 낙인찍는 세상이 야박하다고 항변했다면 어땠을까? 말하자면 작가가 주인공에 밀착하여 그의 주관성으로 무장한 목소리를 냈다면? 결론적으로 「수림」의 '남자'는 그렇게 하지 않았다. 그는 자기가 용서받기 힘든 잘못을 저질렀고, 그런 잘못을 다시 저지를 가능성이 0퍼센트가 아니며, 누구도 자기를 옹호하는 게 쉽지 않다는 사실을 남보다 먼저 인정한 듯하다. 여기에는 주관적 자기변명의 구구함이 없고 객관적 판관을 자처하는 교만이 없다. 작가는 주인공을 개인적으로나 사회적으로나 동일시하지 않기에, 인물은 작가의 주관성의 통로도 아니고 객관화된 대상도 아니다. 다만 이 남자가 슬픔의 장맛비를 지나며 사귄 친구가, 상대가 "얼마나 끔찍한 사람인지"도 알아야 친구가 되는 게 아니라 상대는 "내가 어떤 사람인지 모른다"고 생각한 채 친구가 될 수 있다고 말해 줄 때, 그리고 그것으로 남자가 "자기 살 속의, 뼈 속의 빗줄기"를 멈출 수 있으리라 소망할 때, 그의 축축하고 무거운 시름은 가까스로 통절한 회개가 될 수 있을지도 모른다. 요컨대 「수림」은 작가와 인물(주인공)의 거리 조절에 의해 작가의 주관성과 세계의 객관성이 서로를 일그러뜨리지 않은 이야기가 되었다.

'인물'이라는 주관적 세계가 객관화되는 서사는 이장욱의 「우리 모두의 정귀보」(《21세기문학》, 2014년 봄호)에서도 확인된다. 전통적으로 일대기 서사에 익숙한 우리의 경우, 단편소설에서도 한 인물의 시말(始末)을 통해 인간의 도의성과 역사적인 사실성이 함께 챙겨지는 효과가 왕왕 노려져 왔다.[12] 그런데 다음과 같은 구절, "무명이었다가 사후에 유명해진 화가 정귀보(鄭貴寶, 1972~2013)의 인생은"이라는 말로 시작하는 이 소설은, 한 인물의 탄생부터 죽음까지 일대기를 품고 있으면서도, 일대기 양식의 효과 자체는 부정하거나 최소한 비틀어 버리는 데로 귀결된다. 왜냐하면 이 일대기의 주인공은 "요절한 천재 화가" 정귀보이지만, 이 이야기는 정귀보의 이야기가 아니라 "애도이기도 하고 영웅화이기도 한 관습적인 찬사"로 요절한 천재 화가가 돼 버린 정귀보의 평전을 써야 하는 '나'의 이야기이기 때문이다.

정귀보의 일생에 대해, 평범하고 단조로운 인생이 추앙받게 된 까닭이 오직 각종 우연과 요행, 비의도적 즉흥의 상투적인 복합일 뿐이라는 빈정거림을 보낼 수도 있고, 반대로 그런 요행, 상투성 등이란 누구의 운명엔들 없지 않으니 일생이란 기어이 슬픈 것이라는 인간적 연민을 보낼 수도 있을 것이다. 더불어, 삶도 죽음도 다 우스꽝스러운 사고에 불과하다는 허망함과 인생에 어떤 대단한 의미를 부여해도 한 사람이라는 무한한 세계를 다 담지할 수는 없으리라는 회의감까지도, 이 소설에는 포함되어 있다. 결국 이 소설은 한 인간을 이해한다는 일의 곤경과 그것을 말로 옮기는 일의 곤경까지 말하면서도, 다만 '영원한 탐구열'이라고밖에 할 수 없는 '나'(화자)의 시선과 목소리가 '그'(한 인간)에 대해 이야기하기를 멈추지 않는다는 점에서 무엇보다 중요한 지점을 갖게 된다. "무언가가 내 안에서 조금씩 피어"올라, 첫 문장에서 둘째 문장으로 또 다

---

12 전통적 '전(傳)'의 양식은 역사 서술 방식 중 '인물'에 초점을 맞춘 것이며, "'전' 양식이 지니고 있는 '일대기성'이란 역사적 '사실성'을 얻기 위한 목적에서 생겨난 것이라기보다는, 한 인물의 '시말(始末)'을 통해 드러난 '도의성'을 강조하기 위해 생겨난 것이라고 볼 수 있다".(문한별, 『한국 근대소설 양식론』(태학사, 2010), 76쪽). 전통 문학 양식의 근대소설적 수용과 변화 양상 전반에 관해 이 연구를 참고할 수 있다.)

음 문장으로 이어지는 그곳에서부터 "우리 모두의 정귀보"가 나타났다는 사실 말이다. 이렇게 소설은, 작가의 주관성만도 연보의 객관성만도 아닌, 혹은 주관과 객관이 합치된 "우리 모두의" 인물을 탄생시킨다.

이계(異界)에서 — 타자의 장소

소설에 사실성과 허구성이 공존하는 양상을, 짐짓 '사실적 허구'와 '허구적 사실'로 구분해 보자. 전자는, 현실에서 실제로 벌어진 사건은 아니지만 이 세계에 사실로 있을 법한 이야기다. 우리 삶을 관할하는 규칙과 똑같은 규칙의 지배를 받는 삶의 형태를 보여 주니 현실의 리얼리스틱한 면모가 반영된 경우가 많을 것이다. 후자는, 이 세계와 다른 양상으로 꾸며진 세계에서 생겨난 사건들로 이 세계에서는 잠재적(virtual) 사실들이라 할 수 있는 이야기다. 우리 삶을 관할하는 규칙이 다른 세계로 이동하였으니 거기서 과장과 굴절로 드러나는 면모는 우리 삶의 양식을 더 인상적으로 반영한 경우가 많을 것이다. 전자는 이야기를 잘 찾아내는 쪽이라면 후자는 이야기를 잘 만들어 내는 쪽이라 할 수도 있지 않을까? 피상적인 구별이긴 하지만, 내친김에 대개 장편소설은 전자 쪽이고, 단편소설은 후자 쪽이라고 말해 볼 수는 없을까? (그 반대로 말하는 것보다는 나을 테니까.)

김희선이 지금까지 발표한 소설은 많지 않지만 그만의 독특한 양식으로 써낸 그 몇 편들에서도 그가 자기 나름의 기발한 이야깃거리를 풍부히 가진 작가라는 인상은 선명히 각인된 듯하다. 최근 발표한 「경이로운 도시」(《실천문학》 2013년 겨울호)는, 그가 자주 배경으로 불러들였던 W시에 이번에도 외계인이 나타나서 벌어지는 일련의 어이없는 사건들을 익살스럽게 서술하며 웃지 못할 디테일들을 가득 들여놓은 소설이다. 인간과 똑같이 생긴 외계인들이 불시착하자 별별 소란이 있었으나 곧 그들은 물과 햇빛과 이산화탄소만으로 살아가는 식물 같은 존재인 데다 그들에게서 간단한 노동력도 얻을 수 없음이 드러나고, 사람들은 '토벌대'를 구성하여 그들을 닥치는 대로 '사냥'해다 폐기하기에 이른다. 그러던 중 멕시코에서 W시에까지 흘러오게 된 '후안 곤잘레스'가, 식량 개발로 노벨평화상을 받았던 어릴 적 영웅을 떠올리며, 이 외계인, 아니 외계 식물의 사체를 식품으로 가공하여 판매함으로써 입지전적인 인물이 되고 W시는 눈부신 발전을 이룩했다는……, 그런 얘기인 것만은 아니고, 이렇게 줄거리를 요약해서는 거의 담을 수 없는 깨알 같은 이야깃거리와 생각거리가 막대하다.

동족을 데리러 온 비행접시가 W시의 창공을 새까맣게 메운 채 끝나는 이 '허구적 사실들'에서 중요한 것은, 황당한 외계인의 출현이 아니라 거기에 대처하는 인간들의 더 황당한 만행과 야만적인 면모이다. 이 이야기에서 추구되는 '사실성'이라면, 세계의 현상을 비추는 투명함이 아니라 그런 현상을 낳은 세계의 이면을 깨우치는 설득력에 있을 것이다. 우리 삶의 이면을 말하기 위해 다른 삶의 표면을 고안했다고 말할 수 있겠다. 그렇게 나타난 다른 삶의 스토리는, (스스로 의미 있는 게 아니라) 이 세계의 이면이 더 흥미진진하고, 더 풍성하고 더 매끄럽게 드러나도록, 또한 그것에 대해 논리적으로만이 아니라 정서적으로도 더 잘 설득되도록 도울 것이다. 이 스토리를 통해 저 이계(異界)는 우리 망상의 파편이 아닌 완결성을 갖춘 하나의 세상으로 의미있게 된다. 우리가 우리의 모습이 아니라 타자의 모습으로 나타나 살아가는 또 하나의 세상으로서 말이다.

박민규의 최근 소설들에는 시공간적 배경부터 인물까지 '한국적' 표지가 지워져 있는 경우가 종종 있다. 거기엔 특별한 의도가 — 예컨대 한국 소설이란 단지 한국어로 쓰인 것일 뿐이라든가 또는 한국어로 세계 소설을 실천할 수 있다든가 하는 유의 주장을 담으려는 의도가 —— 있으리라 짐작해야만 하는 것은 아니겠지만, 그런 이야기들이 한국이 지워진 설정치 안에서 만들어 내는 효과가 무엇인지는 따져 볼 필요가 있겠다. 이번에 읽은 「볼리바르」(《21세기문학》, 2014년 봄호)는 1960년대 남미 중서부의 작은 다민족국가 볼리비아 시골 마을의 소년 '볼리바르'의 이야기다. 이 이야기의 화소들, 가령 가난한 농촌 사람들이 마름이나 지주의 압제에 신음하는 이야기에 대해, 민족과 애국을 최고로 자랑스러워하나 마을 전체가 집단 사기로 살길을 도모하려다 스스로 소진되는 사람들에 대해, 또는 "쿠데타와 쿠데타, 쿠데타 속에 모든 게 다 흐지부지" 묻히고 "또 40년이 지나면 누가 어떤 식으로, 어떤 이름으로 신문에 실릴지는 아무도 모를 일" 등에 대해 이 소설의 시공간적 구체성과 별개로 생각해 볼 수도 있다. 그것들은 반드시 외국, 그것도 꼭 '볼리비아'를 배경으로만 펼쳐져야 하는 이야기라고 할 수는 없으니 말이다. 그런 요소들을 역사성으로 포장하고 메시지로 직결하고자 했다면, 그 배경을 한국으로, 일제강점기의 경상도 산골 어느 마을로 세팅하는 것도 얼마든지 가능했을 것이다.

그러나 「볼리바르」의 모든 인물과 사건은, 그것이 물론 볼리비아의 실제 역사를 사실적으로 허구화한 것이 아니라 박민규라는 한국의 작가에 의해 발명된 허구의 일들이라 해도, 바로 그 장소에서 그 시대에 벌어진 이야기로서 존재한다. 즉 볼리비아의 1960년대가 아니고서는 있을 수 없는 이야기로서만 존재한다고 해야 한다. 그 이야기는 한국인 독자 맞춤형으로 군데군데 달려 있는 그 몇 개의 각주들과 반드시 '함께' 한국인들에게 읽혀야 하는 이야기이기 때문이다. 그런 의미에서 이 소설의 시공간적 배경('볼리비아'라는 외국과 '1960년대'라는 과거)인 한국인에게 이질적인 그 요소는 「볼리바르」라는 (한국) 소설을 구성하는 대체 불가능한 내적 요소다. 당연한 말이지만, 이 이야기가 한국인보다 볼리비아인에게 더 잘 이해되리라고 생각할 수는 없다. 이 소설은 2010년대의 한국에서 읽히도록 쓰였고, 한국인이 볼리비아를 더 잘 이해할 수 있게 하는 게 아니라 그냥 여기, 한국이든 어디든 자기가 살고 있는 세상을 생각하게 해준다. 그런 의미에서 「볼리바르」라는 소설은 자기 자신의 서사(1960년대 볼리비아에서 생긴 일)를 스스로 초과한다고 말할 수 있다. 「볼리바르」의 세계는, 실제의 인명과 지명이 거기 쓰였다 해도, 현실 세계의 모든 장소와 다른 세계라고 해야 한다. 그곳은 볼리비아라는 외국이 아니라 이곳과 볼리비아 사이의 거리감 자체이고, 다시 말해 이국의 장소가 아니라 '타자의 장소'다. 이 소설이 주는 공감과 재미도 여기 말고 다른 데 있지 않다. 우리가 이 소설을 재밌게 읽었다면 볼리비아라는 이국의 장소에 동질감을 느껴서가 아니라 그 이질적인 공간과 나(이곳)의 거리감을, 그 타자의 장소를, 편안하게도 한국어로 즐길 수 있었기 때문이리라.

망각의 거부 — 기억과 환기

우리가 살고 있는 이 세계의 원리에 대해, 즉 이 시대 이 사회의 역사적 현실에 대해, 소설만큼 애정과 관심을 가진 것은 없다. 소설의 세계는 진리가 아니라 가설을 상대하는 세계라고 해야 맞지만, 생각보다 훨씬 많이 그것은 실제 인물에게 실제로 벌어진 사건을 기록하고 있는지도 모른다. 근대 이전에는 매양 '황당무계'하고 '허무맹랑'하다고 무시당하기도 했던 '이야기'의 전통이 '소설'이라는 새 이름으로 재정비되고 활로를 개척할 때부터, 우리 삶의 양식을 사실적으로 반영하고 세심하게 기록하는 일에 대해, 그러니까 지금-여기의 '현장성'과 '사실성'에 대해 소설은 의무감과 자부심을 저버린 적이 없다. 식민지, 전쟁, 분단, 민주화, 신자유주의 등등 역동의 한국 근현대사를 기록하고 알리고 인식시킨 공로를 소설보다 더 인정받을 수 있는 장르가 또 있을까.

김원일의 「비단길」(《문학과사회》, 2014년 봄호)을 읽는다. 티브이 뉴스에서 스치듯 지나갔던 남북한 이산가족 상봉의 현장과 그 전말을 이토록 세세히 알게 되기는 처음이다. 이것은 정말이지 '실제' 이야기인 것 같다. "금강산에서의 제17차 남북한 이산가족 상봉은 추석을 넘겨 10월 30일부터 11월 5일로 날짜가 짜였는데, 먼저 이틀 동안은 남한에서 북한 측에 상봉을 신청한 1백 명의 가족에게 만남이 배려되어 이틀에 걸쳐 남북한 가족의 상봉 행사가 이루어졌다. (……) 그래서 우리 가족은 11월 4일과 5일로 상봉 날짜가 잡혔다. 11월 2일에는 금강산에 갈 가족이 대한 적십자사 주관으로 서울에 소집되었고 그날 두 시간에 걸쳐 통일부와 국정원에서 나온 강사들을 통해 안보 교육과 상봉 시 주의 사항을 교육받았다. 주의 사항은, 액수를 정해 주지는 않았지만 미화 1천 달러 이상은 가능한 제공하지 말라."[13] 이와 같은 '팩트'들, 기사문에 더도 덜도 아닌 이런 사실들이 이 소설의 뼈대이고 고갱이다. 하지만 그 팩트의 배열에 끼어드는 아래와 같은 부분, 아마도 '팩트'는 아닐 다음의 대화와 묘사가 그 사실들 속에 함께 있지 않았다면, 이 소설의 핵심을 '팩트'라고 말할 수 없는 것이거니와, 또 한편 오직 팩트만 가지고는 아무것도 알릴 수 없다는 사실만을 알리게 되었을 것이다.

---

13 통일부의 이산가족정보통합시스템 사이트(https://reunion.unikorea.go.kr)에 게재된 바에 따르면 2010년 10월 30일부터 11월 5일 금강산에서 있었던 남북한 이산가족 상봉은 제18차이기는 하다.

"예전에 자셨던 우리 김치 맛이 어떤지 들어 보이소." "덕율리 우리 집 감나무에서 딴 감으로 맹근 꼬감이라예. 말랑말랑한께 먹기가 좋을 낍니더." "이건 야들 고모가 대구에서 만들어 온 깁니더." 하며, 먹을거리를 두고 플라스틱 접시째 아버지 앞자리로 옮겨 놓았다. 우리가 동석하지 않은 자리라면 젓가락질로 손수 아버지 입에다 넣어 줄 듯이 안달을 내는 어머니 모습은 내가 보기에도 안쓰러울 정도였다. 아버지는 어머니가 권유하는 대로 햇반 밥곽을 맛있게 다 비워 냈고 반찬도 어머니가 권하는 대로 열심히 먹었다. "남조선의 김치 맛이 색깔두 곱구 건건달싹해서 좋구만." 하기도 했다. 박아 넣은 금니가 몇 개 보이긴 했으나 치아 상태가 괜찮아 아직도 여문 걸 썹을 만하고 소화력도 좋은 모양이었다.

인물의 대화를 쫄깃한 구어체 문장으로 만들어 겉으로 드러나지 않는 화자의 심리를 정확하게 서술했으나, 이러한 글쓰기가 특별히 의식하는 양식상의 룰은 '없다'고 말해도 될 것이다. 단편이냐, 장편이냐의 분별도 의미 '없다'. 문예지 지면의 67쪽에 걸친 이 (어중간한 분량의) 이야기는, 사실상 소설에 부과된 결정적인 양식 규정은 없는 것과 다름없다는 사실을 방증하는 대표 사례라고도 할 수 있다. 수필을 '붓 가는 대로' 쓰는 글로 규정하지만 여전히 수필과 소설의 양식상 차이를 이론화하기 어려운 게 사실이라면, 소설의 자유로운 형식적 허용치는 거의 '양식 없음의 양식'일 뿐임을 인정해야 하는지도 모른다. 이런 점을 탓하려는 것이 아니다. 「비단길」은 매우 의미 있는 작품이다. 이 세대의 작가와 독자의 관심에서 멀어진 분단 현실, 이산가족 당사자가 아니면 익숙하게 흔해진 체념처럼 여겨지는 이산의 슬픔, 잊었는지 무심한지 침묵에 묻혀 가는 현대사의 끝나지 않은 비극을 환기하려는 그 목적 자체의 특별함 때문에, 중심 서사의 전말이 그대로 소설 전체의 단일한 뼈대가 되는 「비단길」의 기교 없는 서사는 결코 밋밋하지도, 납작하지도 않다. "역사와 현실의 원리"를 모방하여 이 시대와 사회를 기록하는 일에 대한 관심과 열망이라고 하면 주로 장편소설의 주요 목표로 여겨지곤 하지만, 이것은 실상 어떤 길이의 소설에서도 외면될 수 있는 덕목이 아닐 것이다. 배제, 삭제, 창안의 복잡한 기교 없이도 오직 기억하고 환기하겠다는 열망, 기억과 환기 이전에 절대 잊지 않겠다는 각오, 이런 것보다 더 절실한 소설의 동력은 없다. 그렇기에 2014년 봄 침몰한 대한민국의 비탄과 울분도 조만간 소설로 거두어들일 것을 믿고 있다.

그냥 좋은 소설을 위하여

한국 소설을 좋아해서 즐겨 읽고 찾아 읽는 이들은 자연스럽게 단편집의 독자가 된다. 문예지까지 찾아 읽는다면 말할 것도 없고, 좋아하는 한국 작가 명단을 갖고 있거나 책 관련 사이트에서 서평, 추천평 등을 검색하거나 문학 관련 종사자들의 자문을 받거나 간에, 신간 코너에서 한국 소설을 고르려다 보면 단편집을 피하는 취향을 갖기는 어려울 것이다. 오직 장편소설만 쓰겠다는 의지를 가진 작가도 없진 않지만, 한국의 문학 시스템이 낳은 작가들은 대부분 단편소설을 쓰고, 그것들을 모아 단편집을 출간한다. 따라서, 일정한 시기에 집중적인 호흡으로 쓰인 한 권의 장편소설과 달리 제각각 다른 시기 다른 공간에서 쓰인 작품들이 묶인 단편집에는 작가의 한 시절이 집약돼 있다는 의미도 각별해진다. 작년 말에 나온 김연수의 단편집 『사월의 미, 칠월의 솔』의 「작가의 말」에는 "이 책에 실린 소설을 쓰는 동안, 나는 내가 쓰는 소설은 무조건 아름다워야만 한다고 생각했다. 실제 이 세상이 얼마나 잔인한 곳이든, 우리가 살아온 인생이 얼마나 끔찍하든 …… 그럼에도 여기 실린 소설들을 쓰는 2008년 여름부터 2013년 봄까지의 5년 동안만은, It's OK. Baby, please don't cry."라고 적혀 있다. 2008년 "저마다 다른 곳에서 혼자서 걷기 시작해 결국 함께 걷는 법을 익혀 나갔던" 촛불집회의 기억에서부터(「산책하는 이들의 다섯 가지 즐거움」), "무슨 놈의 겨울이 이다지도 기냐."라고 탄식했으나 아무리 지독해도 앞으로의 5년이 "헛된 시간만은 아니"리라는 다짐으로 일어서기까지(「벚꽃 새해」), 우리는 이 단편집을 통해 바로 그 시절의 세상을 다시 만나고, 새롭게 기억하고, 의미 있게 간직할 수 있다.

단편집은 각 편이 완결된 형식의 이야기로서 각각이 거느리는 다양한 세계의 공통점과 차이점이 한데 모여 있는 책이다. 책 한 권이 예술품이라면, 이것은 하나이자 여럿인 예술품이다. 단편집 한 권을 읽는 것과 장편소설 한 권을 읽는 것은 유사하면서도 판이한 경험일 텐데, 경험의 크기나 강도에 우위가 있어서가 아니라 입체성이나 볼륨에 차이가 있어서일 것이다. 어떤 단편집은 각 편의 이야기가 서로 연결되어서, 말하자면 연작소설집처럼, 장편소설에서 주로 만날 법한 세상을 만나게 하고 장편소설에서 전해지는 듯한 여운을 남기기도 한다. 은희경이 최근 출간한 단편집 『다른 모든 눈송이와 아주 비슷하게 생긴 단 하나의 눈송이』(문학동네, 2014)가 바로 그렇다. 연작의 표지는 없으나 이 책에 실린 여섯 편의 소설들은, 동일인 혹은 유사한 인물이 여러 편에서 각각 다른 상황에 처해 있는 것으로 출현한다. 그들로 인해 한 소설의 세계는 다른 소설의 세계와 단속적으로 연결되고, 맨 마지막에 놓인 「금성녀」에 이르러 직소퍼즐 조각처럼 각 편들의 세계를 이어 붙여 볼 수도 있게 된다. 그러자 다시 각 편의 소설들은 자체 완성된 하나의 세계에 국한되지 않고 다른 소설로까지 확장된 세계를 배후처럼 거느린다. 결과적으로, 각각의 소설은 촘촘한 문장과 치밀한 복선과 상징적 암시를 품은 단편 특유의 콤팩트한 양식성을 유지하면서도 한 권의 소설집 전체를 흐르는 시간, 인연, 떠남 등의 넉넉한 스케일까지 겸비하게 되었다.

장편소설의 가능성에 대한 기대가 진정 무엇에 대한 기대인가를 묻다가 단편집을 읽는 즐거움에 대한 얘기까지 왔다. 장편소설이 근대문학의 챔피언이기 때문도 아니고, 정통 노블의 양식으로만 얻을 수 있는 '소설적인 것'의 가치가 확실히 유효한 것도 아니라면, 우리의 기대를 '장편소설 대망'이 아니라 '그냥 소설 대망'으로 바꿔 말해도 되지 않겠냐는 생각이 무엇보다 핵심에 있었다. 충분한 선행 논의들에서도 밝혀졌듯 장편과 단편의 명확한 구분은 적어도 이론상 무의미해지다시피 했으니 장편으로 할 수 있는 일을 자꾸 강조하기가 어렵다는 판단도 있었다. 나는 장편만이 할 수 있는 바가 없다고 생각하지는 않는다.[14] 그러나 작금의 논의들이 장편소설의 양식적 특성을 (재)발견하여 (재)구축하는 데 성공하지 못한 연유는, 그러한 작업을 촉구하는 장편소설이 실로 많지 않은 데 있다고도 할 수 있다. 바꿔 말하면, 그간 쏟아져 나온 장편소설들이 궁극적으로 단편과의 양식적 차이를 드러내지 않았거나 새로운 양식을 발견해야만 하도록 쓰이지는 않았다는 뜻이다.[15] 서두에서도 밝혔듯 양식보

---

[14] 장편소설의 양식을 본다는 것은, 그 소설이 '길게' 쓰일 수밖에 없는 형식적 근거를 밝히는 일이다. 김연수의 장편소설 『네가 누구든 얼마나 외롭든』에서 그토록 '많은' 이야기들이 얽혀 독특한 형태의 장편소설로 완성된 이유와 결과에 대한 나의 견해는 이 책의 5부에 실린 「설화적 모더니즘」에 드러나 있다.

[15] 예컨대 다음과 같은 분석을 보자. "김려령의 소설이 주목하는 소외된 타자와 해체적인 가족 현실은 폭력의 연쇄 고리를 주목하는 서사 장치를 통해 극적으로 형상화된다. 사실주의적 묘사와 뒤섞이는 환상의 기법은 장르화된 장편소설이 본격 장편소설과 섞여 들면서 이루는 경계의 확장과 작품의 성취를 드러낸다. 구병모의 소설 역시 캐릭터 서사와 판타지가 사실주의적 묘사와 배합되는 방식을 통해 비정한 근대 자본주의의 일상성에 대한 차가운 응시를 전면화한다."(백지연, 「장편소설

다 작품이 먼저라는 나의 생각은 달라지지 않았다. 이 글에서 나는, 의도적으로 단편소설만을 읽었고, 주로 단편소설에 주요하다고 여겨지는 몇몇 특성들을 일종의 양식적 특성인 듯 서술하였으며, 평범한 소설적 담론들에 대한 설명에서 부러 주어를 '단편소설'로 한정해 보기도 했다. 그러나 장편소설의 양식성이 확연하지 않은 한, 앞에서 언급한 소설적인 것들 역시 단편소설만의 것일 수 없음은 말할 것도 없다. 이 글은 한국소설이 이루어 내야 할 근사한 당위가 아니라 위대하다고 할 순 없는 상태에 대해 생각했다. 길거나 짧거나 그런 것이 작가와 독자에게 신경 쓰이는 계제로 작동하지 않았으면 좋겠다. 우리는 재미와 의미를 찾아 소설을 읽지, 길고 짧은 것을 대보려고 읽지는 않는다.(쓰는 자의 경우는 좀 다를지 모르지만, 일단 내 소관은 아니고.) (2014)

의 곤경과 활로」, 《창작과비평》 2013년 겨울호, 451쪽) 김려령과 구병모의 장편소설에서 "장르화된 장편소설들이 근대적 장편소설의 관습적 서사와 뒤섞"인다는 설명을 요약한 부분인데, 틀린 분석이라고 할 수는 없지만 '장편소설'을 그냥 '소설'로 바꾸어도 문제가 없을 것 같아 옮겨 보았다. 여기서 "본격 장편소설"의 관습은 김려령과 구병모 공히 "사실주의적 묘사"를 한다는 것이고 "장르화된 장편소설"의 관습은 "환상의 기법"(김려령)이거나 "캐릭터 서사와 판타지"(구병모)이다. 세 가지 관습은 모두 단편소설(혹은 그냥 소설)에서도 발견된다. 장편소설의 '활로'는 '장편'이라는 말로 가두어지지 않는다.

왜 소설에 사적 대화를 무단 인용하면 안 되는가

본격적인 논의에 앞서,

내가 김봉곤의 소설을 재밌게 읽은 까닭은, 본격 사랑 소설로서 퀴어의 연애와 성애가 한 시절 속에서 정련되어 가는 풍경과 그 풍경을 흠뻑 적시는 기분과 정념, 그리고 그로부터 흘러나오는 애틋한 감상성 때문이다. 방금 적은 사랑, 연애, 시절, 풍경, 기분, 감상 등의 단어들은 김봉곤의 소설[1]에 대해 말할 때 흔히 등장하는 키워드들인데, 그것들이 나의 은밀한 또는 순진한 기호에도 맞더라는 얘기다. 누군가에게 매혹되는 찰나의 황홀, 그 부푼 정념이 순정한 사랑이 되기까지 서슴대는 마음, 뒤숭숭한 채로 상호적인 관계에 진입했지만 신뢰로 굳어지기 어려운 허약한 연애, 자기를 증명하고 싶고 상대를 증명받고 싶어 고약해지

---

1   이 글에서 언급하는 김봉곤의 텍스트는 다음과 같다. 「컬리지 포크」, 「Auto」(『여름 스피드』, 문학동네, 2018); 「엔드 게임」, 「그런 생활」(『시절과 기분』, 창비, 2020). 이하 인용 시 작품명과 쪽수만 밝힌다.

는 갈증, 지난날의 불빛을 보고 바람 냄새를 맡는 오늘 저녁의 풍경, 온
몸을 적시는 애상 속에서 말갛게 건져 올리는 서글픈 다짐……. 이런 산
뜻한 센티멘털이 달콤해서 김봉곤의 소설을 신나게 읽었다는 고백을
하는 중이지만, 개인적 취향을 밝히려는 목적은 아니고 이런 것들이 곧
김봉곤 소설의 특장이 아니겠냐는 의견을 타진해 보고 싶은 것이다. 그
의 소설을 좋아하는 다른 독자들 중에도 나와 같은 이유를 가진 이들이
있으리라 짐작한다.(예컨대, 이별 후 사랑에 다시 몸을 맡기는 그의 이야기에 대해
"사랑이 가져오는 극적이고 격렬한 변화에 기대는 대신, 부유하는 감정들을 있는 그대로
담백하게 받아들이려는 이 소설의 천진함을 도무지 밀어낼 도리가 없다."**2**라고 토로한 감
상에서 그런 짐작이 가능했다.) 그러니까 이것은 소설을 읽은 쪽에서 말해 보
는 감상의 일부다.

그것을 쓴 쪽은 어떨까. 소설 속에서 또는 인터뷰, '작가의 말' 등 소
설 밖에서 "나는 나의 삶을 쓴다. 그것이 내 모든 것이다."(「작가의 말」, 『시절
과 기분』, 360)라는 취지의 말을 수차례 했듯이 김봉곤의 소설들에는 소설
쓰는 퀴어 생활인으로서의 김봉곤의 삶이 자전적으로, 거의 실화로 노
출되어 있는 듯 보인다. 대개 "지난 몇 달간의 기억을 되살리며"(「컬리지 포
크」, 49) 쓰인 듯한, "이 글을 쓰며 내가 한 일이라고는 그에 대해 생각하
고, 기억하고, 떠올리고 그것을 잇는 것이 거의 다였다."(「Auto」, 217)라고
스스로 알려 오는 그 소설들의 한 끝에다 "나는 그것을 알아야겠다. 내가
무엇을 정말 쓰고 싶었는지를, 그때 내가 느낀 감정의 형태를, …… 내
시간 속의 그를 다시 한번 만나고 싶다."(「엔드게임」, 159)라고 적은 것을
보니, 그가 쓴 것들이 무엇보다도 그 자신의 성찰과 탐구를 위한 것임을
확인하게 된다. 일인칭 주인공–화자의 '자기성(性)'으로 충만한 그의 소

---

2   강지희, 「풍경 — 아카이브를 걷는 사람」(해설), 김봉곤, 『시절과 기분』(창비, 2020), 345쪽.

설들은, 말하자면 자신이 경험한 일들과 그에 얽힌 인식과 정념에 대한 쓰기-기록이라고 할 터인데, 이렇게 말하고 보니 이런 식의 '일인칭 자기 기록물'이란 당연하게도 김봉곤의 소설만을 가리키는 건 아니게 된다. 예컨대 수년 전부터 불어온 열풍을 타고 최근 눈에 띄게 관심과 주목을 받게 된 '에세이'들 가운데 특정 대상에 대한 "열렬한 사랑을 고백하며 그것을 통해 자신과 만나고 화해하며 발견하는 저자들의 글"[3]들은 어떤가. '나'의 정보 또는 취향, 일상 또는 인생을 일지처럼 기록하고 고백하는 이 에세이들은 "이전의 '힐링' 에세이와는 결을 달리한 개인의 탐사 기록의 영역"(13)으로서, 몇 해 전만 해도 주로 전문가나 지식인들이 지식, 교양, 가르침, 위로 등을 목적으로 펴냈던 것과는 달리 "자신에 대한 발견의 열망"(14)을 실현하는 중이다. '내가 나에 대하여 쓴' 그 글들에서 중요한 의미는 '무엇'을 '왜' 썼는가보다 '내가' 그것을 썼다는 데 있을 것이다. 나의 글, 나의 이야기, 나의 쓰기는, '나를' 썼다는 점이 아니라 '내가' 썼다는 사실로서 자기를 수립한다. 과거 어느 때보다 읽을거리가 넘치는 이 시대에, 이렇게 자기를 알리면서 자기를 만들어 가는 일인칭 쓰기가 활황인 데는, 읽는 쪽보다 쓰는 쪽의 동력이 우세하게 작용했을 수도 있겠다.

실재에 대하여; 산출되고 작동하는 것

김봉곤의 소설이 '오토픽션'이라는 용어를 중심축으로 쓰이고 읽히는 와중에, "이 소설의 제목은 그런 생활이 될 것이며, 그건 내가 바로 그런

---

3   소영현, 「에스노그래피로서의 에세이」, 《릿터》 2020년 10·11월호, 14쪽.

생활을 하고 있기 때문"(「그런 생활」, 332~333)이라고 말하는 소설 속 화자를 작가와 분리하기는 어렵고, "오토픽션의 곤란함은 부끄러움과 그리 멀지 않다. 더 좋은 질료로 더 나은 가공을 할 수 있음에도 엄격한 잣대를 들이대어야 하는 피로함, 혹은 질료를 가공할 수 없다면 더 좋은 질료를 가져야 한다는 강박"(「Auto」, 226)을 느낀다고 토로하는 작가의 자의식을 확인했으니 픽션의 규약을 덜 의식해도 된다. 김봉곤의 이야기가 작가의 실제 삶과 너무도 비슷하리라는 생각을 독자도 안 할 수는 없으리라는 얘기다. 하지만 그 생각(자기 자신의 삶을 썼다는)을 더 굳게 믿는 쪽은 독자가 아니라 작가일 것이었다. 독자는 여러 편의 소설에서 반복적으로 등장하는 정보들을 통해 내포작가인 '김봉곤'의 실제를 부조하(여 갈 수밖에 없)게 되고 그의 사랑, 정념, 가족, 일, 취향, 일상 등을 알게 된 듯 느끼게 되므로 그에 대한 호감 또는 반감을 품기까지도 가능하겠지만, 그렇다 해도 '소설 쓰는 김봉곤'과 '소설 속 나'가 얼마큼 일치하는지가 최고 관심사는 아니다. '작가의 삶을 실제 그대로' 썼다는 이야기에서도 독자는 화자가 누구인가보다는 그 이야기의 사건(성)이나 배경에 허위가 없다는 데 더 관심을 두고 신뢰를 보내는 것이다.

'자기를 쓴다'라는 사실이 김봉곤의 소설에서 특히 중요한 까닭이 없지 않다. 퀴어성을 전면화한 1인칭 화자들이 반복적으로 등장하면서 실제 퀴어 작가인 '김봉곤'을 노출하는 그의 1인칭 소설은, 무엇보다도 "퀴어의 사랑과 그 재현을 병행, 반복, 변주"함으로써 "기존 규범의 퀴어 테크놀로지를 전유해 새로운 '퀴어(를 해방시키는) 테크놀로지'를 쓰는 작업"이다. 이는 "자기에 대한 앎의 열망"이자 "더없는 자기 배려의 태도"이며, "자신을 정체화하는 과정에 몰두하는 것이 아니라 역으로 그 과정에서 자신이 초래한 한계와 과오를 숨김없이 드러"냄으로써 "스스로를 좀 더 나은 자아로 만들어 가는" 과정이다. 이것이 "퀴어 픽션에서 탈주한 김봉곤이 '퀴어-오토'에 고집스레 거는 가능성"으로 평가[4]되는 이유이고, 나역시 그 점에 동의한다. 퀴어 작가로서 퀴어를 재현하는 김봉곤의 소설은 제도화된 관계, 규범적인 삶의 방식에 얽매이지 않는 존재의 양식을 묘사하고 개발하려는 노력이다. 그 노력의 핵심이 그의 퀴어성이지만, (퀴어성이라는) 개인의 고유성을 드러내고 그것을 스스로 만들어 가기까지, 달리 말해 '하기'에서 '되기'까지 '수행'하는 쓰기로서 '한 개인의 형식'을 창안한 사례로서도 김봉곤 소설의 의미는 말해질 수 있다.[5] 오토픽션이라는 용어를 의식한 때문이 아니라, 넓은 의미에서 모든 소설의 창의적인 형식은 그것을 쓴 작가 개인의 형식이라 생각한 때문이다. "소설이라는 공적인 매개물을 사적으로 소유하는 듯한 형식"[6]은, 개별적 일탈보다는 전체적 확대로서 더 유효하게 의미화될 수 있을 듯하다.

물론, '오토픽션'이라는 부류를 특정하여 말할 때, 단지 '나'가 주인공-화자로 등장하는 '일반적인 1인칭 소설'(이런 구분이 가능하다면)과의 구별이 필요할 때도 있다. 픽션의 인물을 1인칭화하고 그 목소리를 이용함으로써 오히려 작가와 화자 사이의 거리를 한껏 벌릴 수도 있는 일반적인 1인칭 소설과 달리, "소설과 자서전의 혼합물"(필립 르죈)로 규정되는 '오토픽션'을 표방한 1인칭은 작가, 화자, 인물의 동일성을 전면적으로 주장하며 자기 삶을 가감 없이 드러내는 것을 서사의 필수 요소로 내걸

---

4 김봉곤 소설에 대한 대표적 평가로 김건형의 「퀴어 테크놀로지(들)로서의 소설 — 김봉곤식 쓰기, 되기」(《문장웹진》 2018년 12월호)를 참고했고 따옴표 속 문장도 이 글에서 인용했다.

5 "2010년대 '독자 시대'에, 백만이 읽은 소설과 천만이 본 영화와 수백만이 조회하고 퍼 나르는 기사와 댓글 들의 홍수 속에서 고유한 '개인'이 되려는 욕망을 최근 가장 극적으로 보여 준 사례를 그의 소설에 본다. 개인을 쓰는 것이 아니라 씀으로써 개인이 되는 것." 이것은 「독자 시대의 문학과 쓰느 개인의 형식」(《자음과 모음》 2019년 겨울호)에 내가 썼던 문장이다. 이 문장에 대한 모종의 책임감이 이 글을 쓰는 데 기여했다.

6 박혜진, 「증언소설, 기록소설, 오토소설」, 《크릿터》 1호, 민음사, 2019. 105쪽.

고 있기 때문이다. 작가이자 화자인 '나'의 위치가 일반적인 서사 이론에서 말하는 내포작가와 서술자 사이의 거리를 없앤 동일한 지점에 있음을 전제하기에, '오토픽션'의 화자는 일반적인 1인칭 소설 속 화자보다는 일반적인 에세이에서 자기 신상을 고백하는 화자에 더 가깝다고 할 수 있을 것이다.[7]

텍스트의 화자에 관한 일반적 이론들이 충분히 알려 준, 화자란 언제나 이미 가면이라고 하는 그 정론을 상기해 보자. 가장 독백적인 장르로 인식되곤 하는 시에서든, 진솔한 자기 고백을 전제로 하는 에세이에서든, 심지어 자기 자신만을 독자로 두고 쓰는 일기에서든, '나'를 주어로 하여 발화하는 화자와 '나'라는 개인의 실체 사이에는 말하자면 상징화의 분열이랄 수 있는 간극이 개입해 있다. 픽션을 표방하며 이 간극을 넓히든 논픽션을 표방하여 그것을 없애고자 하든, 모든 이야기란 실재 자체가 아니라 실재를 매개하여서 만들어진 것이라는 사실은 지워지지 않는다. 소설 안팎에서 '이것은 나의 삶 자체'라고 줄곧 주장하는 경우라 해도 마찬가지다.[8] 그러므로 최근 1인칭 쓰기가 급증하는 경향 속에서 김봉곤의 소설을 대표 삼아 '고유한 개인의 형식'을 유의미하게 주목

---

7 이렇게 말하면, '오토픽션'이라는 용어가 이미 픽션의 하위 카테고리임을 알리고 있는데, 픽션인 소설의 서술과 논픽션인 에세이의 서술을 같다고 할 수 있느냐는 물음이 이어질 만하다. 글의 구성 요소와 방식 등에서 성격을 달리해 온 장르의 역사가 있으니 나올 만한 물음이지만, 소설의 진술과 에세이의 진술, 소설의 문장과 에세이의 문장 사이에 '근본적인' 차이점이 있을까? 문장들이 연결되고 배치되는 질서나 패턴으로 소설과 에세이를, 픽션과 논픽션을 구별할 수 있고 구별해 왔음에도 그런 근본적인 차이는 없다고 말해야 할 것 같다. 수많은 소설론, 서사론, 문학론을 참고하여 정교하게 설명할 수도 있겠으나 — 지금 나는 못하겠으므로 — 최근에 창간된 잡지 《에픽》에 모인, 픽션이면서 픽션이 아니고 논픽션이면서 논픽션이 아닌, "픽션과 논픽션을 아우르는 서사"(문지혁, 「이미 거기에 있는」, 《에픽》 1호, 5쪽)들을 읽어 보기를 추천한다. 이 창간호의 제호인 '이것은 소설이 아니다'를 그래픽노블로 묘사한 「이것은 소설이 아니다」(의외의 사실, 같은 책, 300쪽)를 참고하면 작가와 화자의 (불)일치 또는 간극에 대한 이해가 한층 쉬워질 것이다.

했을 때, 이는 어떤 고유한 삶이 이야기로 쓰였다는 뜻이 아니라 그 이야기의 고유성으로 삶의 서사가 만들어졌다는 뜻일 수밖에 없다. 즉, 내가 '나를' 말했기에 '내 이야기'가 되는 게 아니라 '내가' 말한 이야기가 나를 '만든' 것이다. 나의 이야기는 나의 표상이 아니라 나를 창출한 대상으로 존재한다고 말해도 된다. 김봉곤은 "숨기거나 거짓말하고 싶지 않기 때문에" "실재를 들이밀고 노출시키고 싶다"[9]는 의사를 밝히기도 했지만, 화자가 숨기지 않고 거짓말하지 않는다고 해서 실재가 들이밀어지는 것은 아니다. 화자가 한 이야기로 인해 비로소 숨겨지지 않고 거짓이 아닌 실재가 노출될 수 있을 뿐이다.

모든 이야기는 매개된 형식이기에 픽션과 논픽션의 경계를 엄정히 따지기 어렵고, 자기 삶에서 실제로 있었던 일을 이야기하는 것이 곧 실재를 노출하는 것은 아니라는 얘기를 했지만, 여기서 서사의 매개성을 허구화의 근본적인 가능성으로 여김으로써 '사실 그 자체'라는 것의 허구성 또는 '실재 그 자체'의 불가능성 등을 말하려는 것은 아니다. 작가와 동일인으로서의 화자가 자기의 실제 삶을 사실적으로 기술하는 이야기에도 광의의 '허구'가 개입할 수밖에 없다는 것은, 픽션이든 논픽션이든 실재에 대한 '환상-시나리오'인 이야기를 작동시키는 것이 곧 허구성(허위를 조작하는 활동이 아니라 이야기를 가동시키는 역할로서의)이라는 것이다. 이것을 거꾸로 말하면, 우리가 어떤 서사를 대하든, 실제 일어난 일과는 전혀

---

8 이런 관점에서 나는 예컨대 "비평가는 그(김봉곤 — 인용자)의 작품을 읽을 때 오토픽션이 아닌 다른 소설을 읽을 때와는 다른 심미적, 윤리적 기준을 갖고 분석해야 한다."(이소연, 「소금이 짠맛을 잃으면」, 《문학과사회》 2020년 가을호, 452쪽)라고 말하는 것이 불편하게 느껴진다. 픽션과 논픽션, '일반 픽션'과 '오토픽션'이 이론적으로 구별되고, 거기에 맞춰 독법과 의미화가 달라지는 '심미적, 윤리적 기준'이 상이하게 존재한다는 뜻으로 들릴 여지가 있기 때문이다.

9 김봉곤 인터뷰, 「소설 보다: 봄—여름 2018」(문학과지성사, 2018), 52쪽.

무관한 픽션을 대할 때도, 우리는 실제의 인생, 사회, 세계를 생각하듯 그것을 수용하고 인식한다는 것과 같다. 소설은 어찌 됐든 허구이므로 현실로 오인해선 안 된다고 할 때도, 또는 에세이는 경험의 기록이므로 허구로 치부할 수 없다고 말할 때도, 그것들을 읽고 그것에 대해 생각하고 말하는 우리에게 작동하는 효과는 그것의 허구성이 아니라 실재성인 것이다. 따라서 실화 또는 실제 경험을 바탕으로 쓰인 서사라 해도 그것을 '실재'라고 할 수는 없다. 서사의 실재는, 서사라는 허구적 매개를 거치며 이야기된 요소로부터 어긋나거나 빗나간 자리 어디쯤에서 서사의 원인으로 작동할 뿐이고, 서사가 포착한 이야기들을 통해 다만 효과를 발휘할 뿐이다.[10] 서사의 실재라는 것은 우리가 읽은 그것(작가의 실제 삶을 쓴 것으로 알려진)이 아니라 그것을 읽었기에 정립해 볼 수 있는 일련의 효과다. 작가의 실제 삶은 그가 이야기한 경험으로 드러나는 게 아니라 경험을 바탕으로 그가 기록한 이야기로부터 비로소 산출되는 것이다.[11]

---

10 실체는 없지만 효과는 확실한, "히치콕적 대상인 그 유명한 맥거핀"처럼 말이다. 알다시피 나는 지금 실재 대상에 대한 라캉의 정의를 상기시키는 다음과 같은 지젝의 논의를 참고하여 말하는 중이다. "그 자체로는 존재하지 않고 오직 일련의 효과들 속에서 항상 왜곡되고 빗나간 방향으로만 현존하는 원인, 실재가 불가능하다면 그 효과들을 통해 포착할 수 있는 것은 바로 이러한 불가능성이다." "실재를 쓰기와 관련해서 정의해 보면 우선은 당연히 실재는 쓰여질 수 없다고, 그것은 필사를 벗어나 있다고 말해야 할 것이다. 그러나 이와 동시에 실재는 기표와 대립되는 것으로서의 쓰인 것 그 자체이다." 이와 같이 '실재'를 존재하지 않음에도 효과를 산출하는 역설적인 실체로 규정한다면 "탁월한 실재는 향락이 될 것임은 자명하다". '실재라는 향락'을 우리의 맥락으로 가져온다면, 김봉곤 소설의 실재는 그 서사에 있는 것이 아니라 우리가 그것을 실화로 간주함으로써 더 재밌게 읽을 수 있다는 데 있을 것이다. 슬라보예 지젝, 이수련 옮김, 『이데올로기라는 숭고한 대상』(인간사랑, 2002), 276~290쪽 참조.

11 여기까지 내가 길게 쓴 내용은 노태훈이 다음과 같이 간결하게 적은 문장으로 대신해도 될 것이다. "자연인으로서의 '나'와 이야기를 전달하는 '나' 그리고 소설 속에서 움직이는 '나'를 구분하지 않고, 1인칭의 세계로 합치하려는 그 시도는 그러나 당연하게도 여러 국면에서 '불가능'하다."(「자신에 대해 쓰면서 자아에 대한 믿음을 잃지 않는 것」, 《자음과모음》 2020년 가을호, 5쪽)

현실 '속에서' 발휘되는 효력들

김봉곤의 소설들이 자칭/타칭 '오토픽션'이라는 명명을 활성화시키며 주목과 인기를 얻은 가운데, 그의 소설 속 일부가 지인이 "김봉곤 작가에게 보낸 카카오톡을 단 한 글자도 바꾸지 않고 그대로 옮겨 쓴 것"으로 밝혀졌다. 이 문제를 공론화하고자 했던 피해자는 "성적 수치심과 자기혐오를 불러일으키는 부분을 고대로 쓴 것에 큰 충격을 받"아 "김봉곤 작가에게 항의했고, 김봉곤 작가는 수정을 약속했"으나, 약속과 달리 수정하지 않은 원고를 발표했고 그 소설로 상까지 받았다. 이후 김봉곤 작가의 사과문과 그의 책을 출간한 두 출판사의 입장문, 후속 조치 들이 이어지는 중에 이 사태에 대해 다른 작가들, 평론가들은 왜 침묵으로 일관하느냐는 의견들도 많았다. 출판사와 문단이라는 권력 장치 속에서 글쓰기를 지속하기 위해 작가들은 비겁하게도 침묵하는 것이 아니냐는 의견, 김봉곤이 퀴어 문학을 대표하는 작가로 유명해지고 찬사를 얻고 문학상을 받기까지 직간접적으로 영향을 끼친 평론가들의 무능 또는 무책임을 지적하는 말들도 있었다.

타당한 부분이 있지만 비겁, 무능, 무책임이 곧 어떤 (무)반응들의 원인은 아닐 것이므로, 작가와 평론가가 비겁하고 무능하고 무책임하게 보인 데는 다른 까닭이 있을 거라는 생각도 동시에 들었다. 피해자의 글에는 "이 일의 내용을 전부 알고도 문제의 소지가 전혀 없다고 말하는 이들이 문단에는 적지 않습니다. (……) 제 요구는 명청하고, 창작의 자유를 침해하고, 분란을 일으키고 있다고 합니다."라는 문장이 있었는데, 혹시라도 피해자의 문제 제기를 창작권의 침해라고 생각하는 경우가 있다면 아무리 기초적인 논의일지라도 창작의 '자유'와 분리될 수 없는 창작의 '책임'을 다시금 짚어야 할 필요가 있다. 자유와 책임이 오로지 창작자 개인에게만 귀속되지 않는다는 점에 대해서도 더 말해져야 할 것이다.

'오토픽션'이라는, 지난 세기 프랑스에서 나온 이 탈 많은 용어를 나도 이 글에서 엔간히 편의적으로 사용하고 있지만, 특수한 서사 양식인 '소설'과 그중에서도 다시 특수하게 '자전적 진정성'을 허락받은 형식이 따로 있다는 전제를 두고 하는 이야기가 전혀 아님을, 명확히 해 두어야겠다. 그 용어를 다음과 같이, "오토픽션이 자기 허구화와 동일한 것이 아니며, 인물의 '인격도 실존도 고스란히 나 자신의 것'으로 환원하는 자전적 장르임을 분명히"[12] 인지했다 해도 그것을 특수화할 근거는 희박하다는 뜻이다.[13] (앞에서 '자기를 쓴다'는 것과 (1인칭) 화자의 위상, 픽션과 논픽션의 (무)경계, 실재 그 자체를 전달할 수 없는 서사의 매개성 등을 논의한 것은, 자전적 소설만이 아니라 어떤 픽션 또는 논픽션 서사에서도 "함부로 다뤄지지 말아야 할" 누군가의 삶이, "알려지지 않아야 마땅한 장면"이 있다는 것을 찬찬히 이해해 보기 위해서였다.[14]) '작가들'은 자기가 쓰는 것이 '오토픽션'이든 아니든, 소설이든 에세이든, '자기'를 화자로 하든 그(녀)를 주인공으로 하든 재현의 대상에 대한 책임에서 자유로울 수는 없다. 자기 자신을 재현할 때조차 '나'라는 대상에 교차하

---

12 이소연, 앞의 글, 453~454쪽.

13 그런 의미에서 '오토픽션'이라는 용어는 쓰이지 않는 것이 더 낫다고 생각한다. 예컨대 정지아의 소설 「문학박사 정지아의 집」(《실천문학》 2019년 겨울호)의 1인칭 주인공—화자인 '문학박사 정지아'는 이 소설을 쓴 작가와 동일인이 아니라고 여기기 어려운데, 이 소설 안팎에서 작가가 '오토픽션'이라는 용어를 내세우지 않았다고 해서 이 소설이 김봉곤의 소설과 다른 방식으로 읽힐 근거는 없지 않을까. 또한, 공개된 정황들을 통해 한 소설이 상당히 '자전적'임을 거의 확신할 수 있다 해도 그 소설 속 인물을 '자동적으로' 작가 자신과 일치시켜서는 안 될 것이다.

14 이런 관점에서 나는 예컨대 소설이 현실에서 피해자를 만들어 내는 일이 "작가의 비윤리적 태도의 결과"이고, "'자전' 소설이 지불해야 할 대가이고 감당해야 할 불안"(노태훈, 앞의 글, 5쪽)이라고 말하는 것이 불편하게 느껴진다. 여기서 말하는 '비윤리적 태도'는 '작가'라는 정체성/직업과 별개로 이야기되어야 할 부분이고, 그에 대한 책임은 '자전'이든 아니든 소설이 '면죄'받을 수 없는 것이 아닐까.

는 다양한 정체성들(내가 '나'로 알고 있는 것(만)이 내가 아니라, 나의 '나'가 다른 누군가에게도 '나'인 사태를 경험하게 하는)에 대한 책임이 자동적으로 완수되지는 않는다. '평론가들'에게는 재현의 대상에 대해 작가만큼 알아야 할 의무는 없다 해도 서사라는 매개를 통과한 재현 대상이 무엇을 완수했는지 최선을 다해 심문해야 할 의무는 있을 것이다. 자신이 접하는 모든 텍스트에 그 의무를 이행하기 어렵다는 것을 인정한다 해도, 그것이 자신의 무능과 게으름을 정당화하는 이유가 될 수는 없다. 때문에 자기의 책임과 의무를 점검한 이들에게는 침묵의 시간이 필요했을 것이다.

그런 필요를 못 느낀 채 다음과 같은 상반된 반응이 나올 수 있다. 먼저, 타인과 실제로 나눈 대화를 소설에 인용하는 것은 작가의 비윤리성을 드러내는 나쁜 행위이다.(창작의 '적절한' 변형은 오직 작가의 몫이다.) 다음, 소설에 등장하는 것은 일단 허구로 인식되므로 타인과 실제로 나눈 대화라 할지라도 자유롭게 창작 활동에 쓰일 수 있다.(창작은 현실로부터 '자유롭게' 이탈할 수 있다.) 전자는 창작 활동을 오로지 개인이 독단적으로 이끌어가는 행위로 간주함으로써 창작(픽션, 논픽션을 막론하고)이 현실과 맺는 관계의 다양한 양상을 고려하지 못하게 한다. 후자는 창작 활동을 현실의 삶과 무관하게 이루어지는 자율적 행위로 간주함으로써 창작이 현실의 삶과 관련된 인간의 수많은 활동 중 하나라는 사실을 망각하게 한다. 양자는 공히 창작(물)을 현실 또는 주변 세계와 분리 가능한 독립적인 대상으로 간주/상상하게 함으로써, (피상적으로는 마치 창작의 독립적인 가치가 현실 '에 대해' 모종의 힘을 가진다는 생각을 전제한 듯하지만) 역설적으로 창작의 효력과 영향력을 축소하고 제한할 수 있다. 그리고 이렇게 창작의 효력과 영향력을 제한한다면 오히려 이 문제의 위중함을 축소하게 된다.

인간의 모든 활동이 그러하듯 창작이라는 활동의 효력과 영향력은 현실 '에 대해서'가 아니라 현실 '속에서' 발휘되는 것이다. 그것을 가능케

하는 지점, 즉 현실 속에서 창작이라는 활동과 그 결과물이 유의미하고 유효한 것이 될 수 있는 근거를 '창작의 윤리'라고 부를 수 있다. 이는 창작자가 재현의 대상과 방법에 대해 취하는 태도라 할 수 있을 터이니 '재현의 윤리'라고 바꿔 말해도 될 것이다. 작가가 무엇을 어떻게 재현할 것인가를 판단하는 일은, 창작 활동이 아닌 데서 말과 행동의 근거를 판단할 때와 견주어 다른 바가 없(어야 한)다. 가령 '어떤 위대한 창작물도 누군가의 삶에 우선할 수 없다.'라는 명제가 있을 때 그것이 현실에서 갖는 의미와 재현물의 세계에서 갖는 의미가 서로 다를 수 없고, 상이한 윤리적 기준으로 판단되어서도 안 된다는 말이다. 현실에서의 악행은 창작물에서도 악행이고, 현실에서의 이상적인 가치는 창작물에서도 마찬가지다. '비현실'도 현실과의 관계에 의해 비현실인 것이다. (매우 상상적/환상적인 창작물에서 현실과 전혀 다른 논리가 재현될 때조차, 우리가 그것을 낯설다, 비슷하다, 맞다, 틀리다 등으로 생각하는 이유는 곧 현실이라는 기준 때문이다.) 그런 까닭에, 즉 현실과 창작(물)을 다른 잣대로 바라볼 수 없기에, "소설의 가치가 한 사람의 삶보다 우선한다고 생각하지 않"는 게 당연한 것이다.[15]

한 작가의 '재현의 윤리'란 그가 재현의 대상과 방법을 취하는 매 순간의 결단들이 모여 구축된다고 할 수 있다. 그런데 원론적으로, 재현의 대상과 방법은 분리 가능한 별도의 항목이 아니다. 무엇을 재현하는가와 어떻게 재현하는가는, 재현하는 주체의 의식적 욕망과 무의식적 판단을 바탕으로 동시적으로 진행될 것이고 그 과정을 거쳐 재현이 완성되어 갈

---

15 이 말은 위대한 창작물의 가치가 어떤 개인성을 넘어설 수 있다는 사실과는 별개의 뜻임을 밝혀 둔다. 이 대목은 김봉곤 소설에 대한 공론화 제기에 대해 김초엽 작가가 "저는 문단의 창작 윤리에 대해서는 잘 모릅니다. 그러나 소설의 가치가 한 사람의 삶보다 우선한다고 생각하지 않습니다."(김초엽 페이스북 https://facebook.com/100002770071389/posts/2555130797922564/)라고 적은 것을 염두에 두고 썼다.

것이다. 그렇다, 완성 또는 완료를 전제한 재현(물)에는, 실재와 달리 목표가 있다. 이것이 바로 재현(물)과 현실의 차이이자 간극일 것인데, 재현(물)에는 재현의 원인-목적이자 이유-결과를 상정케 하는 일단(一端)의 마침표가 그 존재의 의의에 포함된다는 것이다. 어디에서 마침표를 찍든 그 자리에서 현실과 구별되는 재현의 위상이 생겨난다. 현실 윤리의 목표가 가령 사태(들)의 진실 규명, 올바른 절차, 공정한 해결 등등이라면, 재현의 윤리는 (그러한 목표에 유의하지 않는 것은 아니나) 우선 재현의 대상과 방법으로 드러난 그것이 한 편의 창작물로서 일단락되고, 나아가 읽히는 것을 그 조건으로 포함한다. 완성되어 읽히는 것까지가 재현의 목표라 할 수 있다. 재현의 윤리는 먼저 재현의 목표에 도달해야 한다. 즉, 재현의 대상과 방법이 (제대로) 읽혀(지도록 해)야 한다.

그렇다면 재현은, 재현하는 주체에 의해 마감되는 작업이 아니라 그 것을 읽는 주체에 의해 그 가치가 다시 수행되는 작업이라고 하겠다. 재현의 윤리는 재현의 주체에게만 귀속되지 않고 그것을 읽는 주체에게까지 이행된다. 재현의 윤리는 재현의 대상과 방법을 취하는 재현 주체의 결단으로만 판가름 나는 것이 아니라, 이후 그 주체의 결단을 인식하게 되는 독자에 의해 한 번 더 판정된다. 바로 이 자리에 평론(가)이 초대되는 것일지도 모르겠다. 재현의 윤리가 재현의 목표에 잘 도달했는지('내면을 지루하게 묘사한다'든지, '주장을 생경하게 설파한다'든지) 분석하기도 하고, 재현의 원인-목적이 타당한지('무지의 악행을 미화했다'든지, '비루한 환상을 정당화한다'든지) 지적하기도 하는 등 재현 주체의 윤리적 결단을 검수(檢受)하는 자리 말이다. 이 역할, 즉 평론(가)의 행위는 재현의 '윤리'를 평가하는 것이 아니라 재현의 '논리'를 심문하는 것이다.(윤리와 논리가 분리된다는 것이 아니라 필연적으로 서로 만난다는 뜻이다.) 이를 통해 평론(가)은 타인의 창작(물)에 기꺼이 연루된다. 요컨대 재현의 목표에 도달한 재현의 윤리는 '재현의

443

(올바른) 논리'를 성립시키고, 이것을 납득하(지 않)는 읽기의 태도(무엇을 어떻게, 누가, 왜 등등을 살피는)는 곧 독서의 윤리이기도 하다. 그리고 이 모든 것을 일러 '창작의 윤리'라 할 것이다.

창작의 윤리가 답해야 하는 곳은

새삼스럽게 '창작의 윤리'를 말하기까지 다소 촘촘하게 따져 보게 된 것은, 다음 문장의 핵심에 대해 내 나름의 주석을 달고 싶었기 때문인 것 같다. "목표점에 제대로 닿지 못한 소설에 바닥 깔개로 이용된 기분, 강제로 출현당해 김봉곤 작가의 밑에 엎드려 깔린 기분에서 벗어날 수 없습니다." 피해자의 글을 읽던 중 가장 깊은 공감을 일으키며 문제를 적확하게 일깨워 준 이 문장에서 포인트는 물론 '목표점'이다. 피해자가 "열린 공간에서 묻고 싶"다고, "소설이란 마땅히 그런 것"이 맞느냐고 입을 열었을 때, 열린 공간의 누군가가 응답해야 하고, 또 응답할 수 있는 부분이 바로 이 '목표점'에 관한 것이 아닐까 싶었다.

소설의 인물이 현실의 한 사람을 '모델'로 했는지 아닌지, 누군가의 발언을 윤색 없이 옮겼는지 아닌지, 이런 것을 독자는 미리 알 수도 알 필요도 없으며, 독자가 작가에게 '정말 그랬는지', '왜 그랬는지' 등을 물을 이유도 방법도 사실상 없다. 하지만 창작물을 통해 작가의 재현 윤리를 인식할 수 있게 된 자리에서 행해지는 일, 즉 '재현의 윤리가 재현의 목표에 잘 도달했는지', '재현의 원인-목적이 타당한지' 등을 분석하기도 하고 지적하기도 하는 일은 독자의 몫이다. 특히 그 몫에 대한 권리와 의무를 자처한 평론(가)에게 저 독서의 윤리에 얼마나 충실했는지를 묻는 것은 조금도 불필요하지 않다. 다시 말하지만 평론이 창작물에 대해 물어야 할 것은 재현의 '논리'다. 그것은 당연히 글이 쓰이는 과정에서 형성되지만, 그 과정을 알 길 없는 대부분의 경우에 그것은 결과에 의해 추정된다. '목표점에 제대로 닿았는지 아닌지'는 곧 결과와 과정의 어울림을 측정하는 일이기도 하겠다.[16]

그런데 한편으로 이런저런 변명들을 숙고할 필요가 없는 확연한 문제가 아니었을까 하는 생각도 들었다. 나와 사적으로 나눈 대화를 남에게 퍼뜨리고 다닌 너를 책망하는 데 무슨 복잡한 사정을 고려해야 하나 싶었다. 그 대화가 퍼져도 되는 것인 줄 알았다고 변명하며 네가 나의 괴로움을 무시한다면, 너의 그 경솔한 무지가 더 문제임을 지적하고 사과와 책임을 요구할 수밖에 없는 건 당연하지 않은가. 이런 즉각적인 생각에는 '사적 대화 무단 인용'이라는 사태의 문제점을 간명하게 보여 주는 구도가 놓여 있다.

그러나 단순히 개인 간의 문제가 아니라 출간과 수상이라는 엄연한 공적 사건과 대중의 이목이 함께 얽힌 이 사태는, 저 간명한 구도로 드러나는 문제 이상을 포함한다. 크게 두 가지 이유다. 하나, '개인 윤리'가 개인만 잘하면 된다는 뜻이 아니듯, '창작의 윤리'를 이야기할 때 그 주체와 행위와 효과 등은 개인으로 한정되지 않고 사회적, 제도적 층위에서 구성되고 작동하기 때문이다. 둘, 서사물이라는 텍스트와 그에 대한 담론들이 현실에서 의미화/가치화되는 것은, 그것이 '내재적'으로 성립시킨 논리가 현실과 분리 가능한 논리가 아니고 그것의 효과가 현실과 다른 위상에서 발휘되는 것이 아니기 때문이다. 이 두 점을 보다 의식적으로 인지함으로써, 텍스트/담론 또는 문학/비평의 반성에 개입되기 쉬운

---

16 이 측정은 예컨대 (앞에서 언급한 김초엽 작가의 표현을 한 번 더 빌려서) 소설이 한 사람의 삶보다 우선하는지 아닌지를 가리는 일이 아니라 소설이 한 사람의 삶을 어떻게 (비)논리화하는지를 따져 보는 일일 것이다.

은폐/무지와 주의/자각의 지점을 환기해 볼 수 있을 것이다.

　문학/비평의 사회적, 제도적 작동에 대해 우리가 최근 오륙 년 정도의 시기를 지나며 좀 더 기민해진 것은, 기존 문학/비평(장)의 인습적 한계와 폐쇄성을 타파하고 시대의 변화된 가치관에 부합하는 사회적 상상력을 추구하려는 열망 때문일 것이다. 강동호가, 김봉곤 소설이 "'퀴어 테크놀로지'로 명명되는 과정에서 비평이 수행했던 역할, 그리고 그것을 가능하게 한 특정한 구조"가 "현재의 문학과 비평을 재생산하게 만드는 모종의 장치(dispositif)"임을 강조한 것도 여전히 현재적인 문학/비평(장)의 유동력(流動力)을 인식한 발언으로 들린다.[17] 다만 그는 이 사태로부터 추론할 수 있는 일부 비평/독자(군)의 "세대론의 단절 인식과 목적론적 속도주의"(415)를 비판하는데, 왜냐면 그가 보기에 비평은 "지금-여기의 현장에 대한 욕망과도 싸워야"(427) 함에도 그것을 가능케 할 "비판이 부재"(428쪽)하기 때문이고, 또한 비판이 부재하는 그 까닭이 바로 ('한국문학평론'이라는) 이 장르를 있게 하는 메커니즘에 있기 때문이다. 따라서 그는 '문학주의의 통치성'을 자각하고, 현재의 메커니즘을 상대화할 수 있는 '장치로서의 비판'을 지속적으로 발명할 것을 역설하는 데까지 나아간다.[18] 단도직입적으로 "비평은 왜 김봉곤 사건에 대해 무력할 수밖에 없을까."(같은 쪽)를 고민한 데서 출발했을 강동호의 긴 글을 여기선 과도히 압축하고 말았으나, 몇 겹의 딜레마와 아이러니를 거치며 그가 마련해야 한다고 믿는 것은 결국 "이론적 실천, 즉 비판의 세속적 지평"(440)이다. 이 결론, 자기 통치의 바깥을 상정할 수 없는 채로 현재의 기제들

17　강동호, 「비평의 시간」, 《문학과사회》 2020년 가을호, 416쪽.

18　"통치성 바깥은 없으며, 가능한 것은 지금 이런 방식으로 주체화/예속화를 작동시키는 진실의 기제에 저항하고, 역사화하고, 상대화하려는 실천으로서의 비판, 즉 장치로서의 비판을 지속해서 발명하는 일이다."(같은 글, 438쪽)

에 의문을 제기할 수 있는 비판 장치를 끊임없이 발명해야 한다는 데, 나는 이의가 없다. 그러나 그 '발명'의 그림을 당장 그려 보기는 어려웠는데, (이건 아마 당연할 것이다. 그도 "복수의 시간성 속에서 수행적으로 증명될 것"(440)이라고 예견했으니) 한 편의 글이 다 끝난 데서 다시 시작된 '부기'에서 반갑게도 그가 그려 본 하나의 그림을 발견한 것 같았다. 그는 "과도하고도 때늦은 상상"일지 모르지만 "현장 텍스트에 대한 비평의 비판적이고도 성찰적인 담론의 장이 있었다면 이번 사건을 방지할 수 있었을 것이라는 아쉬움"(442)이 있다고 말했고, 나는 이 평범한 아쉬움이야말로 그 어떤 '비판 장치의 발명'보다도 '비판의 세속적 지평'을 열 수 있는 문이 아닐까 하는 생각이 들었다. "김봉곤 사건이 관성적 망각 속으로 봉인되어 버"(같은 쪽)리지 않게 할 비평의 역할을 장치, 발명, 모색 등의 '언표'로 지연시키지 않을 당장의 자구책이기도 하고 말이다.

본격적인 해결책에 앞서,

김봉곤의 소설이 피해자로 하여금 "목표점에 제대로 닿지 못한 소설에 바닥 깔개로 이용된 기분"을 느끼게 한 데 있어, '퀴어 당사자'의 삶을 '자전적'으로 '가시화'했다는 사실은 (의외로?) 핵심이 아니다.(『여름 스피드』의 인물 '영우'로 인해 아우팅을 당하게 된 피해자가 나왔음에도 방금 한 말은 틀리지 않는다.) 용기와 감당, 포용과 겸허를 포함한 그의 고백은 소수자성, 당사자성 등을 1인칭의 활달한 서사로 매개하는 데 솔직 담백한 톤과 통통 튀는 활기를 더함으로써 이전에 없던 퀴어 서사의 가능성을 확보했다. 이 점은 부인되지 않으며, 다만 여기에 문제가 있다면 그 점이 지나치게 강력한 매력으로 작동하여 미처 주의가 기울여지지 않는 틈새를 만들었기 때문일 것이다.[19] 바로 그 틈새에서 창작의 윤리가 재고되어야 한다. 어떤 틈새가 있었을까. 무엇보다도, 작가가 '진짜'에 너무 집착했다는 것, 숨기거나 거짓말하고 싶지 않다는 생각으로, 작위와 꾸밈을 경계하는 것을 '실화'에 가필하지 않는 것으로 여겼다는 것, 그것을 '진실한' 이야기로 착각했다는 것, 이것이 오류의 발단이 아니었을까. 몇 가지 이유를 댈 수 있다. 첫째, 실화를 통해 '실재'를 직접 들이밀 수는 없다.(실재는 실로 존재하는 것이 아니라 서사(상징화) 이후 구성되는 것이다.) 둘째, 자기 삶을 쓰는 것은 거리감(의 상실) 문제가 아니다.(작가와 쓰기 사이의 거리감은 몰입의 문제이지 제재의 문제가 아니다.) 셋째, 자기를 쓰는 것은 타인과 무관한 일이 아니다.(자기의 삶이란 자기 아닌 무수한 것들에 붙들린 채 존재하는 것이다.) 이런 착각들로 인해 작가는 한순간 독단적이 되었는지도 모르겠다. 이런 얘기들을, "근데 책에 내 신상을 너무 적나라하게 까발려 놨다 캬아앙!!!"(「엔드게임」, 152), "너무너무 사악하다. 암튼 너무 잘나가지 말라구. 내 존재가 탄로난다."(153)라는 대사들을 직접 들었을 텐데도, 그 폭력성을 미처 느끼지 못했던 것은 그의 뼈아픈 과오일 것이다.

이렇게, 뒤늦게 작가의 착오, 과오를 지적함으로써 불러일으켜지는 것은 물론 작가의 후회만이 아니다. 나는 「그런 생활」의 끝부분에서 화자가 "나는 이 글을 읽지 않았으면 하는 사람들을 생각하며 썼고, 때로는 그들만이 내 글을 읽어 주었으면 하고 바랐다."(333)라고 적은 걸 보았을 때 문득 엄습했던 알싸한 기분을 기억한다. 화자가 전달한 그 이야기의

---

19 방금 적은 이 문장을 다음과 같이 바꿔 적을 수도 있다. "이 점은 부인되지 않으며 이 점에 매혹된 독자들이 문학/비평의 활로를 모색하면서 특히 저자−독자 구도를 유동시키는 새로운 테크놀로지를 의미화한 의의를 삭감할 수도 없을 것이다. 이 과정이 문학/비평장의 패턴화된 메커니즘을 상기시키는 바가 없지 않았다 해도, 그것은 선−욕망이 아니라 후−효과의 사실에 대한 분석이어야 하기에 다음의 틈새를 생각해 볼 수 있다."

수신처가 내가 아니었다는 의심이 들면서, 지금까지 내가 이야기를 듣고 있었던 이 자리가 어디인가 싶어 어리둥절해졌다. 내 앞에서 나에게 들려주는 한 사람의 이야기를 듣고 있는 줄 알았는데, 그게 아니라 '그들'의 '그런 생활'에 대해 엿듣고 있는 불청객이었다는 사실을 불현듯 깨닫게 된 것 같았다. 그 기묘한 소외감에 대해 좀 더 진지하게 생각했어야 했다. C, B, K 등 이니셜로 불리며 잠깐 등장했다 사라지는 조연들과의 에피소드에 대해 일일이 그 적합성(스토리에 얼마큼 필수적인가, 구성적으로 균형이 맞는가, 문체의 변주가 효과적인가 등등)을 따져 보진 못하더라도, 적어도 알 만한 시인의 이름이 등장하는 일화가 그날 밤의 장면에 필연적인 것이었는지 한 번 더 생각했어야 했다. 재현의 주체이자 대상인 '자기'가 미학적으로 관조되거나 실존적으로 부각될 때, 그 둘을 잇는 나르시시즘을 한 번쯤 삐딱하게 흘겨봤으면 어땠을까. 더 있을 것이다. 옛 애인이 "단행본의 첫 소설에서 자신의 이름을 발견한다면 과연 어떤 기분일까? 나는 그가 어떤 기분일까?라는 질문을 만들어 볼 수는 있었지만, 그가 정말 어떤 기분일지 헤아려 보지는 않았다."(「엔드 게임」, 150)라고 했을 때, 왜 질문을 만들어 놓고도 그의 기분을 헤아려 보지 않았는지 의아해했어야 했다. "내가 그럴 권리쯤은 가졌다는 걸", "허락의 문제가 아니라고 생각"(150)했다는 등의 발언에 대해, 대체 무슨 권리인지, 어째서 허락의 문제가 아닌지 되물었어야 했다. 그러나 그것들에 대해 되묻지 않았던 독자 또는 평론가의 후회가 개별적으로만 남을 일은 또 아닐 것이다.

작가의 후회와 독자의 후회를 각각 지적해도 개운하지 않은 데는 다른 후회도 요구되기 때문이다. 작가와 독자가 함께 놓인 문학/비평의 사회적, 제도적 작동을 후회할 방법도 찾아야 하는 것이다. 앞선 강동호의 글을 다시 언급한다면, 그가 제시한 '비판의 세속적 지평'을, 뒤늦은 아쉬움이 있으나마 '현장 텍스트에 대한 비평의 비판적이고도 성찰적인 담론'을 마련하는 것으로 당장 뒷받침해야 한다는 생각도 든다.[20] 물론 비평은 이미 '현장 텍스트에 대한 비판적이고 성찰적인 담론'의 기능을 (하고자) 해 왔을 테니, 결핍이나 실책을 되짚는 방법도 강구될 수 있다. 이 글에서 새삼 자세하게 논의한 '창작의 윤리', 반복건대 재현의 윤리와 독서의 윤리를 포함하여 텍스트의 논리를 성립시키는 그 태도와 노고에 대한 관심이 거기에 기여할 바가 있으리라 생각한다. 현재의 비평 담론에서 창작의 윤리를 보다 적극적으로 사유하고 발화하려는 의지 또는 분위기는 충분하지 않을뿐더러 그러한 의지 없이 발화된 언사들이 비평적으로 통용될 위험도 없지 않다. 가령 이 글의 서두에서 김봉곤의 소설에 대한 나의 기호와 인상을 밝히는 것으로 그의 소설의 장점을 말하고자 했던 방식의 담론이 텍스트에 대한 비판과 성찰을 수행하지 못한다는 사실은 당연히 직시되어야 할 점이다. 담론은 재현의 대상과 방법을 심문하는 논리적 절차를 수반할 때 비평 장치로 작동된다. 나아가 그 작동에 대한 비판과 성찰 또한 담론화되어 비평 효과의 연쇄를 기대할 수도 있다. (다만 모든 담론이 비평 장치로 기능하지 않는 데는 또 다르게 논의될 지

---

20 나는 "개별적 선택"이지만 "자유로운 행위"(441)일 수 없는 자신의 행동을 돌아보는 강동호의 고민에 공감했기에 그의 평범한 아쉬움에서 비평의 당면 과제를 발견할 수 있었다. 때문에 바로 그 맥락에서 다음의 문장은 다소 부적절한 발언이라고 생각한다. "다만 이번 사건에 책임을 느끼는 한 사람의 문학평론가로서 나는 그가, 자기 글쓰기에 내재되어 있는 오류 가능성에 대한 검토와 자기비판을, 다른 글쓰기를 통해 증명해 나갈 수 있기를 바랄 뿐이다."(442) 그가 적은 '책임', '검토', '비판', '증명' 등의 말들이 평론가 자신의 반성과 작가의 역량에 대한 신뢰를 포함한 개인적인 생각의 가벼운 표명이라고 여겨지지만, 어쩌면 바로 그 까닭에, '한 사람'(한 사람의 작가, 한 사람의 평론가 등)을 기의로 둔 이 문장은 결과적으로 문학/비평의 사회적, 제도적 (무)작동을 가려 버리는 것이 아닐까. 이 발화에는, 마치 그 자신이 걱정했듯 "작가에게 전적인 책임을 지우는 방식으로 그것을 과거화하는 현재의 통치 구조가 다시 작동하려는 순간, 비메타적인 위치에서 비판과 반성을 거듭하는 것으로 사태를 모면"(442)하려는 비평의 딜레마에 다시 봉착할 위험이 있지 않은가. 이 딜레마를 해소하지 못하는 것이 그만의 몫은 아니지만 말이다.

점이 있을 것이다.)

　이때 재현(물)인 텍스트를 응시하는 시선은, 이를테면 어떤 소설에 대한 "문체, 서사, 구조 등 내재적인 분석"에도 힘써야 하지만, 그것은 "책 바깥을 벗어나 그 너머에 펼쳐진 사람들의 세계를 분석의 대상으로 삼을" 때와 전혀 다른 시선이 아니(어야 한)다.[21] 왜냐하면 텍스트와 그에 대한 담론들이 (자체적인 의미로 한정되는 게 아니라) 이 세계에서 의미화/가치화될 수 있는 것은 그것이 '내재적'으로 성립시킨 그 논리가 곧 '현실'과 분리 가능한 논리가 아니기 때문이고, 그 논리에 의해 실현된 텍스트의 의미/가치는 현실과 다른 위상에서 실행되는 효과가 아니기 때문이다.(앞에서 '김봉곤 사건'의 복합적인 문제 요인 중 하나로 거론했던 그 이야기다.) 절차와 경로에 차이가 있다 해도, 텍스트의 이해와 현실의 이해는 근본적으로 달라야 하는 일이 아니며 다를 수도 없다. 때문에 이른바 작품론, 작가론, 해설, 인터뷰, 심사평, 추천사 등의 기성의 '문학(제도)적' 장치들이 변화된 현실의 기반에 둔감한 채 기존의 습관화된 담론을 반복한다면, 그래서 저 장치들이 퇴행적으로 작동한다면, 문제는 그것들이 텍스트 '내재적' 논리에 충실한 까닭이 아니라 그 내재적 논리를 현실의 층위에서 바라보지 못한 까닭에 있다. 장치들의 메커니즘 자체보다는 그것을 사용해 온 역사(성)가 그 작동을 후지게 만들기도 한다. 그렇다면 새로운 비평 장치의 발명에는, 앞에 열거한 저 문학(제도)적 장치들을 폐기하는 방법도 있지만, 저 장치들이 그간 활성화시켜 온 유착들을 끊고 지금의 현실에 유효한 시선과 발언권을 다시 획득하게 하는 방법도 있지 않을까. 이야기

21　이 부분은 다음과 같은 견해, "비평의 역할이 무엇인가 묻는다면, 나는 문체, 서사, 구조 등 내재적인 분석에만 주력하는 것은 결코 비평가가 '할 수 있는' 일의 전부가 아니라고 대답할 것이다. 비평가는 시대와 대중이 요구할 때에는 책 바깥을 벗어나 그 너머에 펼쳐진 사람들의 세계를 분석의 대상으로 삼을 필요가 있다."(이소연, 앞의 글, 455쪽)에 대한 나의 의견이기도 하다.

를 읽고 타인의 말을 듣는 우리의 해석 활동이 상투적으로 또는 자동적으로 내달리는 길을 저지할 수 있도록 더 세심해지고 더 주의를 기울이는 전략을 다시금 사용해 봐도 되지 않을까. 전체의 특징에 깔끔하게 수렴되는 해석보다 어긋나는 해석에 또 어긋난 해석이 덧붙어 울퉁불퉁해져 보면 어떨까. 다름 아닌 오직 '현장 텍스트에 대한 비판과 성찰'을 위해서 말이다.

　문학과 관련한 중대한 사태가 불거질 때마다 나는 전체적이고 근본적인 문제들, 가령 '비평'을 역사적으로 재구해야 하고 현재적 전선을 해체해야 하고 제도적 변화를 도모해야 하고 대안적 발명을 모색해야 하고…… 등등의 목록들을 떠올리는 한편 '나는 어떻게 할 수 있을까?'를 고민하지만, 사건으로부터 약간 멀어지고 나면 곧 기시감을 유발하는 어떤 순환에 잠잠히 떠밀려 가는 자신을 느끼곤 한다. 이번에도 비슷했던 것 같고, 그렇게 흐리멍덩해지는 관념을 붙잡아 글을 쓰(지 못하)는 자신을 한심해하며 쓰는 것보다 지우는 것이 더 많은 시간을 보냈으나…… 이제는 약속한 분량도 다 채웠는데 막상 이런 글을 마무리하려니 당황스럽기만 하다. 가다 서다를 거듭했다 해도 한참을 걸어온 곳이 고작 여기라니. 언제나 안다고 믿어 온 오랜 지론 같기도 하고, 오로지 글을 맡은 그때를 후회하는 에너지로 마구 이어 붙인 단상들 같기도 한 이 글은 결국 나를 아무 데로도 데려다주지 못하고 원래 서 있던 자리가 어딘지를, 그 자리를 확인시켜 줄 뿐이다. 애초에 나는 무엇을 가지고 어디로 가려 했던 걸까. 어쩌면 처음부터 그런 계획도 없이 그저 입을 열어 산만하고 번거로운 이야기를 풀어놓았던 것인가. 다만 입을 열던 그 순간에 대해 기억나는 것은 침묵을 멈춘 동료들의 발언과 거기에 담긴 공통의 괴로움이었다. 그것들에 힘입어 이 글은 시작되었으나, 어떤 글이든 최종 마침

표에 이르는 목표가 쉬운 일이 아님을 한 번 더 확인하는 데서 이렇게 멈추고 말았다. (2020)

견인

—'문학지'의 자리

문학(만)이 아니라 세상이

지난 몇 년 사이 기존 문예지 다수는 혁신을 표방했고 그 중 몇 종은 휴·종간을 결정했으며 문학(의 범주와 기능)을 시의성/시효성에 맞추어 포맷한 잡지들이 창간되어 주요한 문학 매체로서 활약을 시작했다.[1] 한국

---

1 2015년 이후 창간 및 휴·종간된 문예지들의 간단한 리스트는 다음과 같다. 창간한 문예지는, 먼저 각 출판사에서 발간한 《악스트》(은행나무, 2015년 7월 창간), 《파란》((주)파란, 2016년 3월), 《릿터》 (민음사, 2016년 8월 창간), 《문학3》(창비, 2017년 1월 창간), 《크릿터》(민음사, 2019년 1월 창간), 《오늘의 SF》(아르테, 2019년 11월 창간), 《에픽》(다산북스, 2020년 10월 창간) 등과, 텀블벅 프로젝트를 통해 출간한 독립 문예지 《영향력》(2016년 2월 창간), 《소녀문학》(2016년 10월 창간), 《베개》 (2017년 5월 창간), 《젤리와 만년필》(2017년 7월 창간), 《모티프》(2018년 봄 창간), 《토이박스》(2018년 9월 창간), 《언유주얼》(2019년 5월 창간), 《비릿》(2019년 5월 창간), 《시대의 사랑》(2020년 여름) 등과, 그 밖에 《삶》(2015년 9월 창간), 웹진 《비유》(2018년 1월 창간) 등이 있다. 휴·종간한 문예지는 《세계의 문학》(통권 158호, 2015년 겨울 종간), 《솟대문학》(통권 100호, 2017년 겨울 종간), 《작가세계》(통권 112호, 2017년 봄 휴간), 《문예중앙》(통권 150호, 2017년 여름 종간), 《21세기 문학》 (통권 83호, 2018년 겨울 종간) 등이 있다.

문학 판의 각종 '문학-지(誌)'들이 변화하고 새로워졌다는 얘기다. 이런 형세가 가리키는바 현재의 '문학-지(指)'는, 문학이 점차로 국지화된 문화적 국면에서 자연스럽게 혹은 필연적으로 감행한 일단의 대처 방안이자, 한편으론 한국문학의 구태의연한 관행과 시대착오적 이념을 타파하려는 세간의 비판과 문학계의 의지가 끌어낸 성과로 보인다. 한국의 '문학-지(地)'가 전보다 더 좁아졌다고 한탄할 필요는 없다. 근래 좀 크게 쿵쾅했고 그 바람에 쓸데없이 자리 차지를 하고 있던 낡아 못쓰게 된 어떤 것들이 떨어져 나가는 중으로 볼 수도 있다. 예컨대, 올해 초 공방이 오간 '강동수 작가의 「언더 더 씨」에 나타난 세월호 희생자에 대한 성적 대상화 논란'[2]은, 현재 우리 사회의 ('성적 대상화' 혹은 '문학적 감수성'에 대한) '문학-지(知)'가 이전 어느 때와도 같지 않음을 분명히 일러주며, '문학-지(志)'의 변동을 여실히 드러냈다.

그러니 이는 기존 문학장(場)이 해체되고 새 문학이 시작됐다는 이야기인 것일까? 아니, 지금의 시작은 '문학(장)'만 따로 생각할 수 없다는 이야기다. 문학장 붕괴에 대한 최근의 발화들은 새로운 문학을 위한 선언이라기보다 현재 목도되는 사실의 묘사에 가까운데, 그러한 묘사의 배경에는 그동안 별다른 의심 없이 써왔던 '문학'의 용법을 재고하지 않을 수 없는 사건(의 맥락)이 연이어 불거져 나온 사태들이 포진돼 있기 때문이다. 이를테면, 앞에서 예로 든 '성적 대상화' 논란은, 2018년 1월 29일

---

2 『언더 더 씨』(호밀밭, 2018)에 수록된 동명의 단편에서 세월호 희생자 학생의 목소리로 발화된 다음의 부분이 회자되며 논란이 되었다. "지금쯤 땅 위에선 자두가 한창일 텐데. 엄마와 함께 갔던 대형마트 과일 코너의 커다란 소쿠리에 수북이 담겨 있던 검붉은 자두를 떠올리자 갑자기 입속에서 침이 괸다. 신 과일을 유난히 좋아하는 내 성화에 엄마는 눈을 흘기면서도 박스째로 자동차 트렁크에 실어 오곤 했는데…… 내 젖가슴처럼 탱탱하고 단단한 과육에 앞니를 박아 넣으면 입속으로 흘러들던 새큼하고 달콤한 즙액." 이런 표현이 '문학적 효과'를 위한 일종의 기교라고 주장한 저자의 첫 대응은 오늘날 어디에서도 설득력을 얻지 못한 듯하다.

서지현 검사가 안태근 전 검사장의 성추행과 인사 불이익에 대해 폭로한 후 같은 해 4월 대법원 판결에서 '성인지 감수성'이란 단어가 처음으로 등장했다는 사실과 별개로 생각할 수 없는 일이다.[3] 따라서 현 상황은 문학의 규범이 아니라 세상의 질서가 달라졌음을 알려주는 사태들이다. 비교하여 말해보자면, 20세기 초 조선에서 '구-문학'이 물러나고 '신-문학'이 도래한 바를 '한문체에서 국문체로'라는 식으로 설명하고 말 수는 없듯이 21세기 초 한국의 '문학지'를 기존의 문학적 의미가 생성, 소통, 전수되어온 '장'의 변화로 이해하고 말 수는 없다는 얘기다. 백여 년 전 '구문학과 신문학의 교체'가 조선인들의 문화생활 중 일부의 변화가 아니라 물질세계와 정신세계의 지각변동이었듯, 근래 '문학'의 의미, 경험, 전달에 대한 불가피한 재고에는, 문학(만)이 아니라 세계의 맥락이, 적어도 우리의 의식 세계가 겪은 돌이킬 수 없는 붕괴와 전환의 사정이 여느 때보다 긴박하게 참조되어야만 한다.

원론적인 얘기지만, 왜냐하면 '문학'은, 그것을 적절히 규정할 희소한 방법들 중에서나마 적실한 말로 '의미 또는 가치와 연관된 인간의 행위'라고 할 수 있기 때문이다. (여기서 '의미 또는 가치'는 지극히 광범위한 뜻이겠다.) '말'로 존재하는 인간의 표현과 이해를 담당하는 활동으로서 문학은 언제나 의미와 긴밀하고 가치를 의식한다. 의미와 가치는 역사적으로 결정되는 것이자 보편적으로 이해될 수 있어야 한다. 문학이라는 기준, 규범, 이념 등이 시의적으로 형성되고 역사적으로 접근되나 보편적으로 이해되는 까닭도 이것이다. 때문에 문학의 변화는 특정 영역에서 이전의 체제, 양식, 규준, 제도 등과 결별하고 새로운 체제, 양식, 규준, 제도 등으

---

3   2019년 2월 1일, 안희정 전 충남지사의 김지은 씨 성폭행 사건 2심에서 1심의 무죄 판결을 엎고 3년
     6개월의 실행이 선고되었음도 부기해 둔다.

로 진입하는 부분적 변동이나 혁신으로 이해될 수 없다. 즉, 문학의 범주와 기능에 조정이 불가피하다는 것은, 말로 표현과 이해를 도모하는 우리의 삶 가운데 어떤 의문들이 생겨나서 그것을 둘러싼 투쟁이 이미 발생했다는 뜻이다. 그렇다는 것은 또한 의미와 가치의 역사적 결정을 두고 보편의 경계를 (재)사유, (재)정립하는 모험에 우리가 진입했다는 뜻이기도 하다. 다시 말하지만 문학(만)이 아니라 세상이 변했다. 이를 아는 것이 문학의 변화이고, 혁신이고, 또한 지속이다.

문예지가 지나 온 자리들

현재 진행 중인 '문학지'의 혁신/개편을, 특정 상황이 몰고 온 파란이 아니라 변화에 대한 오랜 갈망에서 도래한 것으로 이해한다면, 거슬러 짚어보지 않을 수 없는 몇 지점들이 있다. 가깝게는 '세월호' 이후 우리 사회에 긴박하게 요청된 공론장의 필요성과 그 중력에 부응하며 토로되었던 문학적 감성의 변화 혹은 문학적 회로의 이동을 생각하게 된다. 물론 거기에는 2000년대를 통과하며 전면화된 신자유주의의 무드에서 문학이 (산업적으로) 위축되고 왜소해진 사정이 먼저 있었을 것이다. 그리고 그 사정은 1990년대부터 문학이 문화 산업의 일부로 자리잡아간 흐름 속에서 관철된 문학/출판의 이데올로기와도 긴밀한 것이겠다. 이는 또한 그 이전 시기(1970~80년대) 한국 사회에서 비평/담론장을 담당했던 문예지의 위상과 견주며 문제시돼 온 문학의 위기 담론을 환기시키며, 변화한 시대상에 걸맞은 문학의 기능/역할에 대한 재고를 요청하는 사안과도 이어지리라. 이렇게 뭉툭하게나마 되돌아볼 때, 2015년 한 대형 작가의 표절 사태가 개인의 양심/도덕 문제가 아니라 문학/출판계 혹은 문예지/비평의 '공공성'을 심문하는 쪽으로 진행되었던 사실이 타당해진다.[4] 현재 문학지의 혁신/개편된 자리를 살피기에 앞서, 오랜 기간 비판과 불만이 쌓여 왔던 문예지들의 자리에 대해 먼저 생각해보자.

2000년대 이후, 혹은 신자유주의 시대의 문예지는 이전 시대 가장 강력하게 요구받았던 예술적 운동성과 이념성의 압력에서 벗어났다. 문화·예술 제분야에서와 마찬가지로 '문화는 산업이고 상품이라는 이데올로기'를 관철시키는 매체로서 문학 역시 제 몫을 해야 했다. 그럼에도 문예지들은 이전 시대 담당했던 공공성에 대한 기대를 여전히 (오해)받고 있는 한편 스스로 그것을 저버린 듯한 태도를 보일 수도 없는 처지였던 듯하다. '문예지'는 상업성과 공공성이라는, 공존 불가능한 두 가치가 공존하는 장소로 인식되는 한편, 문학출판을 담당하는 몇몇 대형 출판사의 영향력은 극대화되었고, 이는 경제 자본과 상징 자본 양쪽에서 안정적인 재생산 구조를 형성하는 데 성공했다는 뜻이었다. 거기에 어떤 기만 혹은 오인이 있었다는 것은 지금에서야 그려보는 사후적 시나리오일 터이고, 그 성공을 어떻게 볼 것인가에 대한 답은 명확히 드러나지 않았던 듯하다. 상업성과 예술성의 통합 혹은 절충으로 볼 수 있을까, 또는 대중 산업 사회적 조건에서 문학/출판이 살아남은/적응해 낸 과정으로 볼 것인가, 하는 물음들이 나타날 때마다 여러 주장의 다양한 논리들이 출몰하였다.

먼저, 2015년의 표절 의혹 직후 마치 2000년대 초반의 '문학권력' 논쟁의 재론 분위기가 조성되었던 것, 그러나 곧 십오 년 전과는 여실히 달

---

4   2016년 당시 표절 논란에 대해 "윤리적·도덕적 문제를 질타하는 것을 넘어, 그리고 2000년대 이후 문화 자본의 독점과 경쟁 논리에 종속된 문학 권력을 비판하는 것을 넘어, 지배적 문학장의 내파가 시작될 수 있음을 징후적으로 읽는 일일 것"(이동연, 「문학장의 위기와 대안 문학 생산 주체」, 《실천문학》, 2015년 가을호, 167쪽)이라는 판단이 가장 타당하게 보였다.

라진 '상업성'의 좌표로 인해 십오 년 만의 반복을 가까스로 피할 수 있었던 정황을 떠올려 본다. 당시 신경숙 표절 사태를 두고 출판사 창비의 편집이사가 낸 입장문[5]에 대해 천정환은 "대주주 오너의 사영 기업이지만 계속 공공성을 추구할 것이라는 저 주장이야말로 한국문학의 중요한 습속의 하나이자, 창비를 둘러싼 이 논쟁의 지렛대 같은 것"이라며 자본주의 사회에서 제도로서의 문학에 관여하는 자들은 모두 재생산을 핵심 가치로 여기는 "(잠재적)이윤 추구자들"이기에 "출판사의 상품성·사업성(salability)은 공공성(publicity)과 모순된다."라고 말했다.[6] 창비가 "지식인 집단과 문예지를 통한 담론 투쟁을 위해서 '자본(화)'을 수단으로 삼았고 그를 위해서 소유 편집 정신이 다 일치하는 1인 체제의 선택"을 해 온 '구각'에서 탈피할 생각 없이 '전문경영인' 운운으로 공공성의 의제를 눙치는 데 대한 비판이었다. 그러나 천정환은 그 모순을 다만 "사업성과 공공성의 모순"으로, "자본주의 사회 안에서의 공공성의 모순 그 자체"로 이해할 여지를 줌으로써[7] 공공성과 상업성의 공존에 대한 문제의식을 대형출판사도 피해가지 못한, 자본주의가 품은 근본적인 위기의식의 일환으로 환원시키는 듯도 했다.

무엇보다도 주목할 것은, 두 번의 문학권력 논쟁 사이에 문학/출판의 '상업성'에 대한 큰 관점 차이가 있다는 사실일 것이다. 다시 말해, 2000년대의 한국 문학/출판의 성공 요인이 문학의 공공성과 상업성의 대치 구도를 '이용'하며 그 사이를 가로질러 온 행보에 있다는 사실 말이다. 1990년대 이후 매우 강력해진 자본의 위협과 IMF 사태를 거치며 "문학

5　염종선, 「창비를 둘러싼 표절과 문학권력론 성찰 – 한 내부인의 시각」, 《창작과비평》 170호, 2015 겨울호.

6　천정환, 「'문예지'의 공공성」, 《오늘의 문예비평》 100호, 2016년 봄호, 87쪽.

7　같은 글, 90–91쪽.

과 자본 혹은 예술의 자율성과 상업성의 공존과 타협" 속에서도 역으로 "상업성과 문학성이 끝날 수 없는 적대 전선을 형성하고 있었다는 오해"를 불러왔던 바로 그 지점에 대해 소영현은 다음과 같이 분석했다. "돌이켜보건대 상업성 비판이 거셌지만, 문학이 갖는 자본으로서의 가치 자체가 부정되지는 않았으며, 오히려 상품의 가치와 예술의 가치가 뗄 수 없는 관계로 역설되었"고, 이때 "자본과 예술의 위험한 공존을 가능하게 한 이름"으로 "대중성"이 개발되어 "지성의 민주화 무드와 그 가운데 수행된 엘리트 교양주의에 대한 교정 차원에서"도 폭넓은 호의를 얻게 된 시대였다고.[8] 그러나 2000년대 중반을 지나면서 "타협점으로서의 대중성과 그것을 전적으로 거부한 문학세계가 분리되기 시작"했을 때, "각기 다른 '문학들'이 맞춤한 자리를 찾지 못하고 유동하다가 무엇 하나 뚜렷한 영역을 마련하지 못하고 엉거주춤한 상태가 되"어 버렸다는 것이다. "결과적으로 문학의 상업성과 예술성 사이에 더 깊은 골이 만들어지게 되었"고, "독자를 불러 모으는 감각적 문체를 통해 예술성과 상업성의 아름다운 결합이 가능하다는 논리나 독자를 외면하는 자리에서 문학의 예술성이 획득된다는 기묘한 논리가 이로부터 역설적으로 뚜렷해지게 된 것"이라고 소영현은 진단했다.[9]

고봉준은 공공성과 상업성의 모순을 충분히 인식하면서도 그 타협점을 유지하는 방식으로 이른바 '문학권력'이 재생산되어 온 사정을 꼼꼼히 기술하면서, IMF 사태를 전후하여 나타난 문학장의 변화를 "'운동성'에서 '상업성'으로의 변화"[10]라고 말했다. "'운동성'이 탈각된 이후 '창

---

8 소영현, 「비평의 공공성과 문학의 대중성」, 『올빼미의 숲』(문학과지성사, 2018). 258쪽.

9 같은 글, 261쪽.

10 고봉준, 「2000년이후 문학장의 재편과 '문학권력'론」, 《진보평론》 69호, 2016. 10. 169쪽.

비'와 '문지' — '문학동네'도 사정은 마찬가지다 — 가 동일하게 '상업성'과 '공공성'이 충돌하거나 모순되는 방식으로 '중심-권력'을 재생산해 왔다"라는 진단이었다. 고봉준은, 모두가 '공공성 회복'을 주장하지만 이 말의 "위상과 범위는 상당히 이질적이며, 때로는 첨예하게 대립되는 성격"이어서 "대중성의 회복, 제도적인 투명성의 재고, 그리고 국가와 자본에 대한 비판 기능은 모두 '공공성'이라는 개념으로 설명되지만 결코 하나로 묶을 수 없"[11]음을 적시한다. "'공공성'은 한편으로는 '상업성'과 대립하고, 다른 한편으로는 '공동체성'과 대립"하는데 — 공공성이 누구나 접근할 수 있는 개방성을 특징으로 한다면 공동체는 모두가 아닌 특정한 사람들에게만 개방되는 제한을 통해 균질성을 유지하는 정체성의 공간이다 — , 이런 중첩에 의해 공공성이란 개념에는 포함-배제의 힘이 작동한다는 것이다. 특히 주요 출판사에서 발행하는 문예지는 "정치적으로든, 문학적으로든, 강력한 공동체성에 기초하고 있으며, 그것의 인적-물적 재생산을 목표로 삼"으므로, 이런 상황에서 이들에게 공공성을 요구하는 것은 "문예지의 성격 자체를 위협하는 근본적인 변화와"[12] 밀접하다고 이야기한다.

결국 이 논의들은, 자본주의 사회에서 문예지의 공공성이란 그 물적 토대 혹은 재생산 보장에 대한 고려를 통해 더욱, 상업성과 공존 불가능한 것임을 입증한다. 또한, 자본화된 생산 양식이 대개 그렇듯, 문학/출판 사업의 공공성 역시 '순수하게(?)' 성립/유지될 수 없음을 밝힌다. 천정환이 '창비'를 두고 사업성과 공공성의 모순을 논의하며 그 모순이 앞으로도 해결되지 않으리라 본 것과 "이제 공공성은 '싸움'을 근거로 해서

---

11 같은 글, 173~174쪽.

12 같은 글, 177쪽.

만 겨우 성립하는 상상적인 것"이라 말했던 것을 상기하자면, "신자유주의 하의 공공성은 애초의 (헌)법적 정당성과 별도로 '사회적 공공성'"임을 감안한대도, 그 모순이 언젠간 투명해지고 해소되리라 기대하기는 어려운 것이다.

그럼에도 현재 '문예지의 공공성'이 다시 한 번 물어지는 까닭이 없지 않다. 이 (공공성의) 불가능을 오직 본원적인 모순으로(만) 사유해 버리는 것이 정말로 유일한 길인가 하는 의구심이 불식되지는 않았기 때문이다. 그저 "막연히 (……) 새로운 인간 현실과 인간 해방을 환기하고 복무하는 문학"을 들이밀겠다는 것이 아니다. 출판 기업에 "합리적 경영과 노사관계도 요청"되어야 한다는 말에 물론 동의한다. 그럼에도 다시 묻고 싶다. '문학의 상업성'을 곧 '출판 기업의 사업성'으로 치환하는 것은 무조건 당연한가? 사회적 경영을 기대하는 건 아니지만, 오직 사기업의 이윤 추구로만 문학의 상업성을 온전히 얘기하는 것이 언제나 타당한가? '시장의 원리'라는 무소불위의 전제를 좀더 유연하게 계산할 방법이 전혀 없을 것인가? (사회적) 공공성을 "'시장의 원리'를 넘어서거나 그에 대해 방비하는 인간존엄성·지속가능성·공동선 등과의 '동족개념'"[13]으로 치환하고도 끝내 그것 — 공공성 — 에 대한 고민을 더 이상 이어가지 말아야 할 이유는 없지 않을까?

이런 물음들과 더불어, 현재 혁신/개편 중인 한국의 '문학지'에 기대하는 '공공성'은 어떻게 말해지고 있을까. 안서현은 "본래, 크게는 문학이라는 영역에 한정되지 않는 사회 비판적 담론을 펼치고 작게는 상업성에 종속되지 않는 문학 생태계를 만드는 것이 문예지 공공성의 함의"[14]

---

13 천정환, 앞의 글, 91쪽.

14 안서현, 「포스트 시대의 문학지」, 《자음과모음》 2019년 봄호, 149쪽.

라는 믿음을 피력하면서, 문예지에서 공공성과 상업성의 공존은 불가능하다는 전제 대신에 "공공재로서의 문예지와 상품으로서의 문예지 사이"라는 자리를 분명하게 내세운다. 결국 '신자유주의체제에서 문학이 존재하는 방식'을 고민하는 방향으로 나아갔다는 뜻이자, 이른바 '현실적인 방안 모색'을 하겠다는 의지일 것이다. 이것이 공공성의 후퇴인지 진보인지 판단하기는 현재로선 정확하지도 필수적이지도 않겠지만 다음과 같은 의의는 챙겨두어야 할 것이다. 이제 문예지에 대해서, 담론의 사회성으로서의 공적 임무와 자족적 생태계 유지라는 재생산 구조가 단지 모순으로만 논의되지 않는다는 점, 그 둘이 동시에 고려되는 데서 나아가 그 둘이 함께 '공공성'의 이름으로 불린다는 점. 이것이 결코 간단하지 않은 과정을 거쳐 온 현재적 입장이라는 사실에는 꼭 주의를 기울여야 할 것 같다.

더 전문적인 비평을

최근 종간한 문예지 《21세기 문학》의 편집위원들이 "문학 환경과 문예지의 운명"을 주제로 나눈 대화를 읽다가 다음의 물음 앞에 멈추었다. "비평의 영역을 지워버리면서 문단의 혁신이 이루어지고 문학의 쇄신이 이루어질 것이라고 생각하는 방식이, 문단이 갖는 지금껏의 많은 문제들을 비평과 비평가의 문제로만 환원해 버리고 있는 것은 아닌지"[15]라는 물음이었다. 근래 창간되어 문예지의 새로운 판세에 크게 기여한 잡지 중, 《악스트》는 창간 당시부터 '비평 없는 문학잡지'를 표방하였고, 《릿

---

15 소영현, 「특집좌담: 《21세기문학》과 함께한 한국문학의 표정들」, 《21세기문학》, 2018년 겨울호, 272쪽.

터》는 평론가 편집위원들이 정기적으로 모여 회의하는 시스템의 한계를 절감하고서 잡지의 실무와 권한을 편집자에게 일임하는 방식으로 잡지에 대한 비평(가)의 개입을 축소하였다. 앞에서 문예지의 공공성과 상업성의 모순/결합을 짚어 본바, 주로 문학비평 중심으로 구성된 대부분의 문예지들이 그 모순/결합을 견디지 못한 데 대해, 대개 비평의 과오 혹은 무능이 부각되었기 때문일 것이다. 따라서 혁신과 개편의 길에서 비평은 사라지거나 최소한으로 축소되어야 마땅하다는 듯한 분위기가 조성되는 듯했고, 2010년대 중반 이후에는 심지어 '비평 종말론', '비평무용론' 등등이 거론되었던 듯하다.

그런데 문예지 혁신에 대한 비평의 책임을 고려할 필요가 있다 해도, 비평이 아예 '필요 없다'는 인식에는 책임 요청 외의 다른 이유도 있을 것 같다. 비평이 어떤 의미와 가치를 지니든, 어떤 기능과 역할을 하든, 대체로 많은 사람들이 (문예지에 실리는) 비평문을 거의 안 읽는 실태를 자연시하고 그 까닭을 비평문이란 (본디) 재미없는 글이니 당연하다고 여기는 것이 바로 그 이유가 아닐까. 그렇다면, 즉 문학에 대한 전문적인 식견으로부터 나온 비평문이 재미가 없어서 잘 안 읽힌다면, 문제는 그 글이 '문학'에 대한 것이라는 데 있을까, '전문적'이라는 데 있을까? 글이 재미없는 데는 여러 가지 이유가 있다. 흔히 어렵다, 무겁다 등의 형용사로 표현하지만 글을 어렵고 무겁게 만드는 실질적 요인들이 있을 것이다. 핀트가 안 맞거나 논리가 산만하거나 오류가 있거나 진부하거나 장황하거나 협소하거나 너무 심각하게 접근하거나 말투가 고답적이거나 잘난 체 하거나 등등. 이 중, 문학에 대해 전문적인 비평이 불가피하게 재미없을 요인이라면 '협소함' 정도가 아닐까?

이제 질문을 다시 해 보자. 그러니까 문학비평이 전문적으로 하는 일은 무엇인가? 한국의 문화적 상황에서 그것은 제 공부와 식견을 가지고 문학을 '직업적으로(professionally)' 읽는 일이라기보다 문학이 제기하는 의미와 가치를 '능숙하게(proficiently)' 읽어내는 일이라고 해야 할 것이다. 반드시 '문학 텍스트'에 대해서만 그렇게 하는 게 아니라 세상의 모든 말들을 마치 문학을 대하듯 그 의미와 가치를 읽어내는 일이라고도 할 수 있다. 그런데 문학에 전문적인 식견을 가지고 문학비평이 해온 그 일이, 언제 어디서나 검색되는 파워 블로거들의 산뜻한 단평들, 사이다 같은 한줄 평 등 각양각색 평가의 말들에 비해 더 잘 기능하지 않는다는 사실을 부인하기 어렵다. 여기에는 그것이 '전문적'이라는 사실보다 앞서 말한, 글을 재미없게 하는 여러 요인이 이유일 가능성도 물론 크다. 하지만 설사 재미없는 요인들을 다 걸러냈다 해도, 문학에 대한 '전문적인' 식견 ─ 이를테면 '문학(사)적' 지식과 이론의 전거들이나 '문학성'이라는 역사성의 콘텍스트, 또는 문학의 전통적 규범이나 엘리트적으로 형성된 미의식 등 ─ 으로 인해 소통의 제약은 여전할지도 모른다.

문학비평의 '전문성'이 불러오는 이와 같은 제약을, 현대사회의 어떤 분야든 '전문성' 자체가 지니는 불가피한 협소성에서 기인하는 문제로 볼 수 있을까? 앞에서 참고했던 고봉준의 글에는 "신자유주의의 영향력은 전문가 시스템을 강화하는 방식으로 기능해왔고, 그 과정에서 '지식인'과 사회적인 것, 정치적인 것의 연관성은 상당히 느슨해졌"기에 "'비평적 글쓰기'에서 '논문적 글쓰기'로 이동하면서 글쓰기 주체의 포지션이나 내면이 '보편적 지식인'에서 '전문적 지식인'으로 변화"[16]했다는 지

---

16 고봉준, 앞의 글, 159~160쪽. "신자유주의가 대학에 상륙하면서 생겨난 문학장의 변화 가운데 두드러지는 현상이 '비평'의 위축이다. 혹자는 비평 자체가, 나아가 한국문학이 매력을 잃었기 때문에 생긴 현상이라고 말하지만, 사실 이 몰락의 직접적인 원인은 비평가들이 '실적'에 포함되지 않는 비평적 글쓰기를 외면하는 데 있다. (……) 이러한 변화가 '글쓰기'에서 공공성을 탈각시키는 데 결정적인 영향을 끼쳤음은 분명하다."(160쪽)

적이 있었다. 여기서 말해진 전문성이란, 연구 논문 작성에 요구되는 글쓰기 형식, 문학 연구에 필요한 문학적 지식, 문학(사)적 자료 및 이론에 대한 접근 빈도 및 그것의 활용 정도 등으로 생각할 만한데, 바로 이런 식의 '문학적 전문성'을 담보한 글쓰기가 이제 한국 문학장에서 좀처럼 작동하지 않는다는 것이 명백해진 것이다. 또한, 그것이 작동(한다고 착각)했던 지난 시기를 통과하며 문학권력론과 같은 물의(?)를 일으켰다고 생각하게 되었다. 이런 자각이 근래 문예지 혁신에서 비평의 축소 혹은 축출을 일으켰던 것이겠다.

이제 문제가 더 명확해 보인다. 지금까지 비평이 '전문적'으로 해오던 일들을, 이제 그만둬야 할 것인가, 아니면 이제까지 해오던 것과 다른 방식으로 해야 할 것인가? 아니, 논문적 글쓰기가 담보하는 그 '전문성'을 비평적 글쓰기에도 '전문적'이라고 말할 수 있는 것일까? 그러니까 그동안 문학비평이 스스로 '전문'이라고 생각하며 해온 일이 실은 그렇지 않았던 게 아닐까? 즉, 전문적 문학비평의 의의가 사라진 게 아니라 문학비평의 전문성에 필요한 공부와 식견이 달라졌다는 뜻이다. 전문적 문학비평이 자주 어렵고 무겁게 느껴진 것은, 가령 근대 문학성의 규정에 기대어 설명하고 세간에 덜 알려진 담론을 전용하는 '전문적' 관점이 문학의 의미와 가치를 '능숙하게' 읽어내는 데 별로 유용하지 않게 되었음을 방증하는 것과 같다. 다시 말하지만, 문학비평은 문학 텍스트를 다루는 일만이 아니라 어떤 텍스트나 담론 혹은 언술들을 문학처럼 다루는 일이어야 한다. 어떤 말들을 '문학'처럼 다룬다는 것은, 그것을 서술된 정보 내용으로만 받아들이지 않는다는 말이다. 그리고 그렇게 한다는 것은, 그 말들이 드러내는 경험, 상식, 정설, 믿음, 합의 등에 대해 그 정당성과 적절성을 의문시하여 그것을 가치화하거나 무의미화하는 데까지 나아갈 수 있으며, 심지어 그것을 넘어서고자 할 때도 있다는 뜻이다.

466

그렇다면 문학비평의 질문과 탐색을, 이제 다르게 말해야 한다. '문학이란 무엇인가'가 아니라 '무엇이 문학인가'라고 말이다. 세상 모든 말들 중에 '문학'은 말 자체보다 말할 가치를 추구하고 의미 자체보다 의미의 장소를 묻는 말들을 이른다. 문학비평은 세상 모든 말들의 자리를 살펴 그 앞뒤 사정과 주변 환경 등등에 질문을 제기하며 스스로 말하고 듣는 행위라고 할 수 있다. 문학비평이 알려 하고 알리려 하는 것은 '문학'이란 이름의 실체가 아니라 인간의 불확정적인 말들이 이뤄내는 '무엇'이다. 세상의 질서 변화에 대해서도 마찬가지로 말해볼 수 있다. 세상이 달라졌음을 깨달았다는 말은 인간의 일을 이전과 같은 틀 혹은 방식으로 바라볼 수 없게 되었고, 그것을 자각한다는 뜻이다. 체제의 변화에 따라 달라진 인간의 삶은 물론, 체제에 포섭되지 못한 계기들에 합당한 인간의 조건, 위상, 경계 등을 다시 고려해야 한다는 뜻이다. 그리하여, 다시 '인간'을 보편적으로 이해하는 길을 찾아야 한다는 뜻이다. 관념적인 이야기가 아니다. 요컨대 문학비평의 전문성은 '문학'에 한정되지 않는다. 문학비평은 '전문적일수록' 그 범위가 더 넓어져야 한다. 따라서 전문적인 문학비평이 필요 없어진 게 아니라, 혹은 예전엔 필요했는데 지금은 아닌 게 아니라, 새로 다른 측면의 전문성이 요청된 것이다.[17]

---

17 새로운 전문성이라 부를 수 있을 비평의 역할 또는 기능에 대한 다음의 논의를 참고해보자. 장은정은, 몇 해 전 본격 소설 문예지를 표방하며 창간된 《악스트》가 "기존 문예지에서 중요한 지면으로 기획되었던, (……) 이른바 '본격 비평'을 수록하지 않는다"는 결정을 내린 것은 그 자체로 — 그 또한 지면을 기획하고 원고를 청탁, 선정, 배치하는 등 문학의 의미와 가치를 다루는 작업으로서 — 이미 비평적 행위임을 간파하였다. 그는 《악스트》, 《릿터》, 《문학3》, 《문학과 사회》의 '하이픈' 시리즈 등을 검토하여 "새로운 문학잡지들은 쓰는 자와 읽는 자 모두에게 이전과는 다르게 쓰고 읽기를 요구"한다는 것을 파악하고서, 그러한 요구에 따라 해당 문예지들에 작품론이나 주제론이라는 특정한 형식의 비평문은 줄었으나 "비평은 이제 행위로서 더욱 확장되었다"라는 견해를 피력하였다. 장은정이 "설계-비평"이라 부르고자 한 이러한 비평적 행위 또는 비평적 입장은, 문학비

467

삶이 문학을 끌어당겨

　문학비평의 전문성 재정립과 관련된 맥락에서 최근 문학지의 혁신/개편 과정에 가장 확연하게, 활발하게 개입하여 기존의 것들을 내파하는 동력이 '페미니즘'이라는 사실―즉 특정 문학 텍스트로부터 촉발된 것이 아니었다는 사실―을 유의미하게 상기해 볼 수 있다. 이 사회의 '여성혐오'에 대한 문제의식과 더불어 직접적으로는 '#문단_내_성폭력' 고발로 그것은 터져 나왔고, 이로 인한 경각심이 '문학장'을 흔들었다고 말해도 될 것이다. 문학장의 내부와 외부를 분리하는 것이 이상하긴 하지만, '문학'의 이름이 달리지 않은 쪽의 고발과 저항으로 시작된 이 자각과 분투가 '문학'의 이름을 달고 있던 쪽으로 번졌다는 사실은 부인할 수 없다. 페미니즘은 남성 중심적 세계의 가치와 의미를 재고하여 현실의 질서를 조정하려는 실천적 움직임이다. 현실의 질서란 곧 언어가 작동하는 맥락에 다름 아니고, 그렇기에 사회적 실천이란 곧 언어가 유통되는 기존의 맥락을 더 이상 견디기 힘든 데서 시작된다. 세계의 변화를 원한다는 것은 기존의 질서/논리가 지겨워졌다는 뜻이자, 다른 질서/논리를 짤 수 있는 새 언어가 필요해졌다는 뜻이다. 즉, 사회의 구성원들이 삶에서 느끼는 문제들을 해결하기 위한 실천은 언제나 다른 언어/의미/가치를 세우기 위한 투쟁이라고 할 수 있다. 언어 투쟁은 필연적으로 '문학적' 변동을 가져온다. 따라서 현재 한국 문학장은 그 외부에서 발생한 페미니즘 이슈들을 '반영한' 결과가 아니라 문학장 외부에서 당겨진 페미

평의 전문성을 사회적으로 확산함과 동시에 변화된 문학장을 구성하는 비평의 기능과 위상을 환기한다. 이는 비평의 역할과 기능이 완전히 변경되었다는 뜻이라기보다 필요에 따라 그 기능을 다르게 구별해야 한다는 제안일 것이다. 장은정, 「설계-비평」, 《창작과비평》 2018년 봄호, 309~320쪽. 참고.

니즘 이슈가 문학으로 '파고든' 결과라고 해야 한다. 삶의 질문은 반드시 문학을 끌어당긴다.

유의미한 또 하나의 사실은, 문학지의 혁신/개편 과정에서 다시 요청된 비평의 자리에 새롭게 나타난 '취향으로서의 문학'이라는 입장이다. 앞서 논의한바, 비록 공공성과 상업성의 결합/모순을 유보한 상태이나 현재 문예지의 자리를 "공공재로서의 문예지와 상품으로서의 문예지 사이"로 지목할 수밖에 없던 사정에는 "포스트 시대의 새로운 문예지의 공공성은 취향 공동체의 구축과 탈구축 – 다른 표현으로는 감성의 분할과 재분할 – 에서 찾을 수 있다"[18]라고 하는 관점이 주요한 듯하다. 예컨대 『지극히 문학적인 취향』의 저자 오혜진은 문학을 일종의 '취향 공동체'로, 비평을 '취향의 정당화' 문제로 수렴하였고, 「'취향 공동체'라는 문제틀의 전환에 대한 단상」이라는 글에서 김미정은 "구체적인 삶 및 그 삶의 조건과 소통하는 취향=문학"[19]이라는 견해를 피력하였는데, 이러한 견해들을 참조하여 '취향'의 역할과 기능을 문예지의 자리로 끌고 온 안서현은, "공공성과 상업성의 모순과는 다른"[20], "편향성과 개방성 사이에서 긴장과 균형을 유지해야만 한다는"[21] 어려움을 문예지의 역할 또는 문학비평이 '전문적'으로 감당해야 할 문제로 던지고 있는 듯하다.

'문학장' 너머의 삶의 질문들과, '취향'으로서의 문학이 형성하는 정치적 장소, 이것에 관한 고민은 현재 '문학지'의 형세에 관한 것이며, 나아가 이 시대 문학의 위상을 가장 정당하게 표방할 방편을 찾게 할 것이다. 예컨대 현재, 페미니즘의 공유와 확산을 통해 드러난 문학장의 변화

---

18 안서현, 앞의 글, 153쪽.

19 김미정, 「'취향 공동체'라는 문제틀의 전환에 대한 단상」, 《문장 웹진》, 2016년 8월호.

20 안서현, 앞의 글, 154쪽.

21 같은 글, 155쪽.

를 "소위 '전위와 대중'의 통상적 관계를 통하지 않"은 변화, 즉 "(한국)문학에서 '독자'라는 이름으로 대상화되어 왔던 존재들이, 적극적으로 문학에 발화하고 함께 문학의 재구축을 도모하는 중"[22] 형성된 새로운 장의 출현으로 볼 때, 현재의 '문학지'는 삶에서 터져 나온 질문이 문학으로 파고든 자리이자 취향으로서의 문학이 정치적 장소가 될 수 있는 자리라고 할 수 있지 않을까. 나는 이러한 '문학지'의 형세에 모종의 안심을 느끼거니와, 문예지가 '문학》취향'의 운동성 또는 정치성을 위한 '긴장과 균형'의 장소로서 거듭나기를, 그리하여 "감성의 운동장이자 취향의 실험대이고 감성의 정치와 취향의 쟁투의 장"으로서 "공공적인 것"[23]이기를 바라고 도모하는 데 동참할 것을 은근히 다짐하게도 된다. 다만, 이런 마음가짐과 더불어 떠오르는 두 가지, 지난 과오를 되풀이해선 안된다는 경고 하나와 언제까지 '불가능한 모순'으로 환원할 수만은 없는 문제에 관한 또 하나의 소견 정도는 부기해 두고자 한다.

먼저, 1990년대 이후 한국 문학장에서 언제나 호의적으로 유통되었던 '대중성'이란 용어가 "자본과 예술의 위험한 공존을 가능하게 한 이름으로 새롭게 개발된 것"[24]이었는데 "'대중성' 혹은 '독서대중의 취향'이라는 표식이 붙었으나 문학장 내부에서 그러한 변화를 정면으로 응시하려는 노력은 부족했다"는 소영현의 지적을 기억해야 한다. 그는 「비평의 공공성과 문학의 대중성」이란 글을 "대중성의 이름으로 한국문학 내부에 들끓던 균열이 봉합된 그 시기를 두고 더 많은 논의가 요청된다. 대중성에 대한 비판적 검토가 이제라도 본격화되지 않는다면, 표절 시비

---

22 김미정, 앞의 글, 166쪽.

23 안서현, 앞의 글, 157쪽.

24 소영현, 앞의 글, 258쪽.

와는 비교도 할 수 없는 위력으로 머지않은 미래에 그것은 더 큰 광풍의 회오리를 몰고 오게 될지도 모른다."²⁵라는 경고로 맺었다. 이런 경고는, 1990년대와 2000년대를 지나며 문학의 상업성과 공공성을 매개하는 단어로 '대중성'이 선택되었던 것과 마찬가지로 이번에는 '취향' 혹은 '취향 공동체'라는 말이 그 역할을 위해 선택된 것은 아닌지에 대한 면밀한 검토를 요청한다.

다음, 문학이라는 언어 행위가 가치/의미를 추구하는 것이라고 했을 때, 이 가치/의미는 결코 관념적인 것이 아니(어야 한)다. 삶의 질문은 기어코 문학을 연루시키고야 만다는 것은, 문학이 삶의 가치를 추구한다는 당위보다 삶에는 문학이라는 가치가 필요하다는 사실로 이해되어야 한다. 이 시대 자본주의의 역능을 모르지 않는다면, 삶에 필요한 모든 가치들은 궁극적으로 그 역능의 바깥을 지향할지라도 현재 그 역능의 세례를 비껴가야만 하는 건 아니다. "문학과 자본을 둘러싼 논의에 다른 프레임"²⁶이 필요하다는 말이지만, 현상태 자본의 논리가 문학만 무시하게 해서는 안 된다는 말이기도 하다. 어쩌면 우리는 현재도 문학이나 예술이 삶에 직접적으로 필요한 것은 아니라고 생각하는 것일까. 삶의 핵심에는 생계 또는 생활이 있다는 구태의연한 현실인식으로 문학이나 예술은 어디까지나 삶을 채우는 데 부차적인 부분이라 여기며 문학을 돈으로 계산하는 것을 불편해하는 것은 아닌지. 그러나 문학이나 예술은 누군가

---

25 같은 글, 261쪽.

26 같은 글, 276쪽. 이 좌담의 뒷부분에서 소영현은 "문학과 시장을 대립구도로 놓는 논의와 그런 담론에 모두가 인지하지 못한 채 빨려 들어가 있었던 상황과의 거리 두기가 필요하다는 생각"을 개진하며 "시장과 무관한 문학의 가치를 말하는 데에서, 나한테, 우리한테, 삶에서 문학이 갖는 의미와 가치, 그리고 위상을 얘기하는 쪽으로 움직여야 하는 게 아닌가" 하는 논의는 "예술과 문학이 갖는 시장적 가치의 유무와는 좀 다른 지층의 논의로 보"인다고도 말했다. (297쪽)

에겐 생필품일 수도 있고, 또한 더 많은 이들에게 그렇기를 바라는 편이 더 나은 세상일 수도 있다. 삶에는 문학이 반드시 필요하다는 확신을 물릴 수 없고 그 확신에는 투자가 필요할 수도 있다는 말이다. 앞에서 나왔던 말들로 바꿔 질문한다면, 우리가 '시장의 원리'를 넘어서는 공공성을 겨우 '상상'할 때 문학의 장소는 시장의 외부인가, 내부인가. 오늘날 우리가 "인간 존엄성, 지속가능성, 공동선 등"을 상상하는 일이 언제까지나 시장의 원리를 넘어서만 가능한 것으로 미뤄져도 될까. 이런 질문들이, 모든 것이 상품화되는 '시장'에서 문학을 어떻게 더 많이 사고 팔 수 있을지, 어떻게 '시장'에 맞춤한 문학 상품을 만들어야 할지 고민해야 한다는 뜻으로 오해될 리는 없을 것이다. (2019)

존재를 위한 희망

지극히 문학적인 별자리들 아래서

황현산 선생님의 문장을 꺼내 읽어 보았다. "우리는 어떤 것을 산이라 부르고 어떤 것을 들이라 부르고, 그렇게 말로 분별되는 세계는 그 분별하는 말만큼 확실한 것이 아니다. 말에는 그렇게 부르기로 하는 정식 계약과 (어쩔 수 없어서) 그렇게 부르기로 양보하는 이면 계약이 있다. 언어는 통일될 수 있어도 이 이면 계약은 통일되지 않는다. 어떤 부류의 사람들에게는 확실한 것이 다른 부류에게는 불확실한 것이 되며, 어떤 언어로는 절실한 진실에 다른 언어는 관심조차 없다. 언어가 서로 만날 때 이 불확실한 것들이 솟아 올라와 산과 들을, 사랑과 증오를 새롭게 고찰하고 새롭게 정의하게 한다."[1] 이에 대해 김인환 선생님은 이렇게 주석을 다셨다. "문학이란 정식 계약의 불충분한 성질을 파악하고 이면 계약으

---

1   황현산, 『황현산의 사소한 부탁』(난다, 2018), 148~149쪽.

로 정식 계약을 보충하려는 실험이므로 정식 계약에 대한 이의 제기가 들어 있지 않은 글은 문학이 아니라는 것이 황현산의 믿음이다."[2] 이런 말씀들은 오랫동안 내 문학 공부의 바탕이었다.

내가 처음 문예지에 발표한, '김훈 소설의 문장론'이라는 부제가 달린 글은, "절차는 적법하게 진행되는 세계"와 "당신의 깊은 몸속의 나라"를 각각 남자와 여자의 세계로 대비시키고, 그 둘을 잇는 말, 즉 작가의 '문장'은 정식 계약의 이행을 겉으로 내세우며 이면 계약을 수행한다는 요지의 글이었다(고 말해 볼 수 있다.).[3] "말과 법과 돈으로 짜인 일상의 세계"와 "사물들의 사회경제적 관계와 가치의 교환법칙에 들어맞는 일의 진행"을 단호하고 명료하게 진술하는 "아저씨들"의 목소리에서, 사물의 빛이나 음향, 육신의 냄새 같은 "그토록 확실하게 존재하는" 감각으로부터는 한없이 멀어지는 간극을 느꼈는데, 그 간극을 드나드는 나의 정서와 사유가 문학적인 소통 또는 향유라고 생각했다. 문학의 언어는 그런 간극을 벌리는 것이고, 그 간극을 ─ 저렇게 말해지는 이면에 저 말들이 끝내 닿지 못하는 세계의 있음을 ─ 나 또한 감지하였다고 믿었다.

그리고 또 이런 생각들을 했던 것 같다. 우리의 일상적 말에는 언제나 그런 간극(의 무화)에 대한 기갈이 따르기 마련이니, 작가 자신의 조건에 의해 '아저씨'로 등장한 것일 뿐 그 화자들은 말과 법과 돈의 세속에 사는 우리 모두를, 당연히 남자뿐 아니라 여자(인 나)도 대변할 것이다, 아니, 나/우리를 재현/대의하지 않아도 그는 보편이자 특수인 한 전형(典型)으로서 상징화된 세계의 질서와 거기에서 누락되는 실재의 감각 또는 진실을 재현/대의할 수 있다, 또한 말할 수 있는 것과 말할 수 없는 것의

---

2   김인환, 「황현산의 산문: 비평의 원점」, 《문학동네》 2018년 겨울호, 391~392쪽.

3   백지은, 「허무의 허무의 소설학」, 《세계의 문학》 2007년 봄호.

분별을 둘러싼 그의 방황과 고백은 '말하며' 살아가는 우리 모두의 운명을 대신한 것이다, 등등……. 이런 판단은 그간의 문학 공부 위에서 소신껏 이루어졌으니 소박한 수준이지만 틀렸다고는 생각지 않았다.

하지만 저 글을 쓴 지 십이 년이 지난 지금 나는 김훈의 소설에 대한 저 해석이 별로 쓸데가 없을 뿐 아니라, 쓸데가 없기에, 맞고 틀리고를 떠나 그릇된 것일 수도 있다고 생각하게 되었다. '선생님'들의 가르침을 내 소박한 수준으로 잘못 이해하고도 별문제가 없다고 여겼던 지난날을 다시 검토해야 할 필요를 느끼게 되었다. 어느 때부턴가 "문학이 존재해 온 조건이 달라진 양상이 대수롭지 않은 것도 아니고, 모르는 척할 수 있는 것도 아님을"[4] 자각했다는 뜻이자, "한국문학이 가부장적 남성 멘탈리티의 재생산 장치로서 작동해 온 역사와 그 효과가 새로운 독해의 대상이 되고 있"[5]는 근래의 분위기에 동조한다는 뜻일 터이다. 물론 어느 날 스스로 그런 입장을 정한 것은 아니고, 다음과 같은 글들에 힘입으며 이어 온 지난 수년의 생각들이 그렇게 모아진 것이겠다.

김훈 소설의 묘사는, 윤리적 도덕적 차원 이전에 작가 독자 매체 등과 이 시대의 감수성에 작가가 얼마만큼 변화하는 현실에 대한 관심과 감각을 갖고 있는지와 관련되어 있다. 즉, 독자들의 인권 젠더 감수성은 문학의 관성을 훨씬 앞지르고 있다. (……) 그러나 작가가 창작의 비밀, 작가적 고집과 같은 성채 속에서 오늘날 문학의 조건과 토대를 보지 않으려 할 때 그는 낭패하기 쉬워진다. 강조컨대 문제가 된 묘사는 윤리적 단죄, 혹은 정치적 올바름(political correctness)의 문제 이전을 환기시킨다. 그 구절이 정말

---

4 김미정, 『움직이는 별자리들』(갈무리, 2019), 109쪽. 이후 인용은 괄호 안에 쪽수만 표시한다.
5 오혜진, 『지극히 문학적인 취향』(오월의봄, 2019), 156쪽. 이후 인용은 괄호 안에 쪽수만 표시한다.

인권적, 젠더적 몰이해와 여혐의 소산인지 아닌지는 차치해 본다. 문제는, 텍스트 바깥에서 흔히 유통되는 성적 대상화 타자화의 코드가 텍스트 안에 들어올 때, 이미 거기에는 텍스트 바깥의 상투성도 함께 들어와 놓인다는 점이다. (……) 즉 나는 지금 윤리 도덕 정치적 올바름이 아니라, 텍스트를 작품(work)으로 완성시켜 주는 조건의 변화, 또 다른 문학 주체로서 독자와 매체와 그 시대의 감수성을 이야기하고 있다.(김미정, 109~110)

김훈 소설에서 읽어 내야 하는 것은 남성과 여성 모두 "몸의 육중한 물질성과 비루함"에 구속된 존재라는 사실에만 그치지 않는다. 더 깊이 살펴져야 할 것은 '동물적 평등'을 강제하는 난민화된 세계에서조차 그 '물질성'과 '비루함'을 알리바이 삼아 스스로를 피해자화하며 연민할 수 있는 것은 남성뿐이라는 점이다. (……) 남성 인물에게 이념적 윤리적 무성찰은 '밥벌이'라는 '가장 정직한 노동'을 알리바이 삼아 정당화된다. 서술자는 남성의 밥벌이 행위에 독보적인 아우라를 부여함으로써 그것이 거대하고 숭고한 정신적 행위와 대등한 위상을 점하거나 그것을 갈음하도록 섬세하게 의미망을 조절해 놓았다. 반면, 그가 먹여 살려야 한다고 스스로 굳게 믿는 존재인 '식솔'들에게 서술자는 가혹하리만큼 어떤 사유와 철학의 여지도 허락하지 않았다. (……) 이 성별화된 재현 문법은 궁극적으로는 서사적 주체의 자격, 나아가 역사를 '역사화'하는 자의 자격을 심문하려는 의지와 관련된다.(오혜진, 161~162)

더 나빠지지 않기를 바라는 — 김미정 『움직이는 별자리들』

김미정이 『82년생 김지영』의 독법을 빌려, "기존에 미학적으로 합의된 언어와 개념만으로 지금 2017년도의 현상과 소설을 포착하기는 난망"(62)하므로 차라리 질문할 것은 "작가의 욕망과 독자의 욕망이 어디쯤에서 어떻게 만나는지"(62)여야 한다고 판단한 것을 나는 '(표현) 민주화 시대'의 흐름을 정확히 감지한 입장이라고 생각한다. 이 시대의 독자들은 "특별한 타인의 삶을 읽고 그에 도달하는/도달하지 못하는 자신을 돌아보는 식의 독법"(69)에 구속되지 않는다. 어떤 주인공의 삶이 이 시대 독자의 호응을 불러일으킬 때, 그것이 "자기 토로 형식, 혹은 주인공의 내면을 엿보게 하는 묘사 같은 장치와는 무관"(66)하다는 점에 주목한다면, "쓰고 말하는 이가 자기를 특권적으로 주장하는 고유한 파토스를 수반하는 장치"(66)가 이전처럼 '오리지널리티의 보증'으로서 중시되지 않는다는 사실을 알게 된다. 그리하여 "지금 분명히 말할 수 있는 것은, 2017년 한국 사회에 전방위적으로 대의되지 않고 스스로 말하겠다고 주장하는 주체들이 비로소 가시화했다는 사실이다".(80) 새로운 미디어가 편재하고, 누구나 '미디어된 존재'로서 말과 감각과 감수성을 수신/발신하는 시대인 지금, 이전의 "안정되고 잘 작동되었던 재현 체계가 여기저기에서 흔들리기 시작한다. 단언컨대 이것은 우리가 겪어 본 적 없는 변동의 시작이다".(80)

이와 같은 김미정의 진단은, 인간의 언어활동, 즉 우리의 쓰기/말하기-읽기/듣기가 '정동'의 표현과 소통이라는 관점에서 잘 설명된다. '정동'은 근래 스피노자의 affectus 개념을 다시 읽으며 "근대적 이성과 합리성이 현행화한 세계 이면/너머의 활력들, 잠재적인 것의 층위"(8)를 가리키고자 몇몇 비평들에서 왕왕 등장하는 용어다. 김미정은 이 용어로써 "궁극적으로 세상 만물에 깃들어 있을 힘들의 증감, 즉 '존재력(ontopower)'에 관한 것"(9)을 드러내고, '문학'을 '정동의 표현'으로서 기술하고자 한다. 그 까닭은 다음과 같은 얘기에서 잘 이해하게 된다. "4·16 이후 최근

광장에 이르기까지의 정동과 그 쓰기의 경험은, 쓰기를 개인의 심리에 귀속시키거나, 문학을 개인적 취향을 겨루는 문제로 환원시켜 온 관습을 넘어서 사유할 실마리를 주었다. 또한 나'들'이 맹목적이거나 선험적인 '우리' 안에서 마모되지 않으면서 자율적으로 네트워킹될 가능성을 보여 주었다. 나아가 도처에 있는 미적 경험을 통해 좀 더 나아진 '나'와 '세계'를 동시에 사유·상상할 가능성까지 보여 주었다. 그리고 이것이 촛불과 광장 '이후'에 대한 현실적 질문과 별개로, 장차 우리 삶의 조건을 다르게 조율할 것도 분명했다."(93) 목도 이후의 확신은 "지금 문학이 재구축될 조건은 일종의 연대의 정동(분노, 슬픔, 기쁨 등)에 의해 마련"된 것이자 그 이후의 글쓰기란 "문학장 '이전' 혹은 '너머'에 대한 것"(95)임을 믿게 했다. "지금 문학장 안팎은, 이미 주어진 공통성이 아니라 함께 공유하고 만들어 갈 공통성들에 대해 고투 중"(96)임을 희망할 수 있게 되었다.

이런 가능성과 잠재력, 믿음과 희망의 근거에는 독서 계층의 변화/확대와 공론장의 지각 변동 외에, 모든 사회 구성원에게 발화의 기회를 가능케 한 정보 통신 테크놀로지의 진보와 디지털 미디어의 확산이 지대한 공헌을 했다는 것도 김미정의 주요 관점 중 하나다. 시민들의 의사소통이 합리적이고 투명하게 이루어지는 장소로서의 '공론장'이 단지 '이념형'으로 존재하기를 그치고, '시민'이 주장/논의될 수 있기까지, "테크놀로지의 진보와 함께 발화 수단의 민주화가 가속화"(64)된 경로를 결코 경시할 수 없다는 것이다. 문학을 둘러싼 기술적, 물질적 조건을 고려해야 한다는 생각이야 전에도 없지 않았으나, "그 조건이 인간 개개인의 감각과 감수성과 어떻게 교호할지, 어떻게 공진화(共進化)할지에 대해서"(74) 지금보다 더 주목하고 관심을 가져야 했던 때는 없었다. "지금 읽는 측의 욕망과 관련하여 새로운 미학의 계기나 가능성을 고민해야 한다면, 동반되어야 할 고민은 디지털 미디어 리터러시와 종이 활자 미디어 리터

러시의 관계에 대한 것이어야 할지 모른다."(75)라며 짐짓 질문만 던져 놓은 체도 했으나, 이 사태에 대한 김미정의 관심과 사유는 이미 근본적이고 투철하다. 문학 이전 혹은 너머에서, 도처의 일상적 삶과 사건적 순간을 매개하며, 타이핑과 클릭으로 등록, 전달, 접속되는 '말'들의 흐름에서 어떤 '공통의 실감'을 감지한 그는 다음과 같이 우리를 납득시키고 있다. "쓰기를 종이와 활자, 혹은 문학의 문제로만 한정하는 사유 습관이 역사적 제도적 산물이라는 점도 참고로 떠올려 보자. 또한 근대의 인식 틀로서의 재현의 원리와 무관하게 소위 문학적 미적 체험이 어디서 연유하는지 질문하는 것도 가능하다."(91) 디지털 기기로부터 전해지는 저 '공통의 실감'으로 인해, 그간 문학책이라는 종이 위의 개성적 혹은 예외적 표현으로 한정되어 온 '쓰기'들이 어쩌면 문학을 협소화하는 데 일조했을지도 모른다는 의구심이 문득 고개를 들지도 모른다. "문학에서 사고와 감정과 감각을 개체, 개인의 것으로 여겨 온 관성을 잠시 중지해 보자. 그렇다면 문학은 '역사적 산물'이라고만 단정할 수 없는, 세상 모든 관계들의 다양한 표현 가능성을 함의하며 늘 있어 온 어떤 것임도 부정할 수 없게 된다."(335)

김미정은 이렇게 "전 지구적 자본주의의 새로운 국면들과 그 조건 속에서 무명의 사람들이 만들어 가는 새로운 역사의 비밀"을 '움직이는 별자리'라는 제목의 책으로 엮음으로써 "다른 존재와 더 많이 공통적 관계를 만들어 내며 커지는 힘"(16)에 대한 믿음을 보여 준다. 철저한 고민과 신중한 사색을 거쳐 나온 그의 이러한 믿음과 희망은, 오늘날 우리 삶을 매개하는 말들의 행방에 무관심할 수 없는 이들에게 오롯이 전이되어 지속적인 사유의 든든한 언덕이 되어 줄 것이다. 처음부터 미리 공유한 특징이 아니라 "무언가를 만들어 낼 수 있고 함께 경험할 수 있는, 즉 '가능성으로서의 무언가'를 구축하려는 의지와 마주침"(151)을 우리의 삶과 말의 동력으로 끌어당겨 주는 그의 관점에 힘입어 나 역시 불철저했던 "발밑의 토대와 조건에 대한 사유"(148)를 다시 돌아볼 수 있었다. 특히, "건강한 인간으로 간주된 이들의 자리가 아니라 무력한 인간의 장소로부터 세계를 질문"해야 할 필요성에 대한 그의 건강한 관점, 인간을 능동적, 주체적 개인으로서만 사유하기 어렵게 만드는 이 시대 미디어 환경에 대한 그의 유효한 설명은, 인간이라는 가치 혹은 개인이라는 과제를 다르게 모색할 수 있는 의지를 갖도록 도와주었다.

끝으로, 연결과 (재)활성화, (재)배치와 (재)구축 등으로 "말과 감수성의 회로를 바꾸고 만드는 일"(239)에 연루되기를 김미정과 함께 희망하면서도, 이 이행과 역동이 오늘날의 기술 생태적 조건 위에서 그려 낼 미지의 그림에 대한 불안 하나를 털어놓아 본다. 김미정이 다음과 같이 지적한 부분과도 관련 있다. "우리는 종종 거대한 플랫폼 기업들이 세팅해 놓은 구조 속에서 의식하든 안 하든 연결되어 있다. 그 안에서의 '나'는 개인(individual)이라기보다 데이터 더미 속의 분할체(dividual)로 존재한다. 의식되지 않는 수준에서 이미 우리는 온전한 개인임을 주장할 수 없게 하는, 조밀한 시스템 속에 존재한다."(234) 시스템 속에서 "'나'가 어떤 인간이 될지는 오롯한 나의 문제가 아니라 나의 연결을 결정짓는 복잡한 관계와 장의 문제"(239)가 되었으나, "'나'의 의지나 바람과 무관하게 이미 이 세계의 새로운 구동 기술이 된 지 오래"(236)라는 사실이 불안하다는 건 아니다. 다만 우리들에게는 "부지불식중"에 그려질 그 미지의 그림이 "거대한 플랫폼 기업들"에게도 그만큼 "부지불식중"으로 그려질지에 대해서는 의심해 보지 않을 수 없다. '우리의 자율적인 네트워킹'이 다시 '나'를 구속할 수밖에 없는 체제를 상정할 때, 비단 '거대한 플랫폼 기업'이 아니더라도 그 결과가 선악, 정오, 진위, 이해와 무관하리라고 순진하게 기대하기는 어렵지 않을까.

오늘날 지구는 거의 "'세계＝시장-국가＝시스템'"(135)이 되어 버렸다고 해도 과언이 아니고, 거의 모든 인간들은 스스로도 잘 알아차리지 못한 채로 "그 말단에서 자동 운동하는 노드"로서 존재한다. 이 사태를 지적하며 김미정은 "시장-국가라는 시스템이 움직이기 위해서는 그 안의 개별적 삶들이 원하든 원치 않든 시스템의 운동 속에서 부지불식중 어떤 역할을 담당"한다는 것을, "그 결과 지금 이 세계는 어쩌면 시스템을 위해 개별적 삶들이 소용되는 '전도된' 구조를 갖게"(135~136) 되었다는 사실을 놓치지 않는다. 그렇다면, 네트워킹 시스템은 시장-국가 시스템과는 같이 생각하지 않아도 되는 것일까? 질적으로 동일하지는 않을 것이다. 그러나 구조적으로, "한번 작동되기 시작하면 그것을 고안한 사람들의 의지와 무관하게 점점 자율성을 띠어"(135) 가는 그 원리에 있어, 딴판으로 생각하기는 어려울 것 같다.[6] 시스템이란 이미-항상 '전도된' 구조로서 행위자들의 자발성을 연료로 작동하는, 세상 제일 '인간적인' 형식이 아니었던가. 물론 네트워킹에 대한 김미정의 시선은 이행과 역동을 응시하려는 의지에 의한 것이지 원리와 구성을 제시하려는 목적을 위한 것이 아니므로, 나도 그와 함께 "한국문학이 게토화하지 않기를

---

[6] 최근에 우연히 읽게 된 조디 딘(Jodi Dean)의 책에서, "소통자본주의"("통신 기술 발달을 통해 소통 행위 및 소통의 결과물까지 전유하는 당대 자본주의의 성격을 표현하기 위해"(26) 고안한 용어)는 "자본주의가 이미 소통을 포섭해서 소통이 비판적 바깥을 제공하지 않을 정도"(26)라고, 소통은 정동적 형식으로서든 미디어의 회로에 속한 것으로든 "자본에 복무한다."라고 하는 주장을 접했다. 짤막한 핵심 단락을 옮겨 보겠다. "소통자본주의란 일종의 이데올로기 형성물이며, 이 이데올로기 형성물 안에서 자본주의와 민주주의는 네트워크로 구성된 소통 기술 속에서 서로 융합한다. 접속, 포함, 논의, 참여의 이상은 전 지구적 전기통신의 팽창 및 강화 속에서 물질적 형태를 취한다. 정보 네트워크에서 디지털화, 속도, 저장 용량과 결부되어 일어나는 변화들은 자본주의와 민주주의의 지반(elements)을 가속하고 강화하며, 이 둘을 단일한 이데올로기 형성물로 통합한다."(조디 딘, 염인수 옮김, 『공산주의의 지평』(현실문화, 2019), 134쪽)

바라는 직업인의 애정보다는, 내가 사는 세계와 삶들이 더 나빠지지는 않기를 바라는 딜레탕트의 심정"으로 여전히 "문학과 예술에 대한 신뢰"(127)를 거두고 싶지 않은 건 분명하지만 말이다.

더 합리적으로 존재하기 위한 ── 오혜진 『지극히 문학적인 취향』

오혜진이 "'이야기(꾼)가 천명관과 정유정의 소설들을 해석하기 위한 거의 유일한 코드로 관철된 2000년대 한국 비평계의 정황"(28)을 살펴보며 "한국문학계의 모순된 욕망"(36)을 분석했을 때, 즉 남성 작가의 경우 "한국 소설의 영토 확장에 복무하도록 자원화"(43)하고 여성 작가의 경우 "분열적 자기 인식이 투영되는 스크린으로 기능"(46)하게 되는 현상을 구별하여 설명하며 "'이야기꾼'을 패관으로 이해하든 장인으로 이해하든, 여기에 투영되어 있는 한국 이성애자 남성 지식인 중심 문학사의 재림에 대한 욕망과 시장 평정에 대한 욕망"(46~47)을 마침내 까발렸을 때, 한국문학사의 젠더화와 자기 특권화를 정당화하는 방식에 대한 그 문제 제기는 그 어떤 질문보다도 급박하고 통렬한 것으로 느껴졌다. "탈이념·탈정치의 정치학이 여성을 비롯한 타자의 정치학을 삭제함으로써 가능한 것이라는 점"(166)이 숙고돼야 하며, 따라서 남성 작가들의 장편소설에서 "미학적 자유주의가 여타 남성 서사와 구분되는 '더 세련되고 더 복잡한 이유'"(167)보다는, "민주화 이후 성립한 '진보적 상식'의 허구성을 폭로하고 그것을 심문에 부치지만, 단 한 번도 가부장적 남성 연대의 노래이기를 거부한 적은 없다는 점"을 짚어야 한다는 견해에 설득되지 않을 수 없었다.

이와 같은 오혜진의 진단은, "민주주의의 유의미한 자원으로서 문학을 사유"(12)하는 데에 "젠더와 섹슈얼리티 개념을 중심으로 전개되는 성정치"(13)를 핵심적인 벡터로 삼는 페미니즘적 시각에서 가장 잘 설명된다. 오혜진이, "페미니즘 리부트'라고 불린 최근의 획기적인 지적 사회적 흐름"을 "거대한 문화정치적 변혁"으로 자각하고 거기에 "기꺼이 고무되고 동참"(13)한 덕분에, 우리는 특히 다음과 같은 사실을 자각하게 되었다. "그간 주류 문학 담론의 주체들은 '이성애자-선주민-비장애-남성-지식인들의 문학'이라는 한국문학(사)에 대한 심상한 진단을 관용적이고 중립적인 진술로만 받아들일 뿐, 그 진정한 의미에 대해서는 별로 고민하지 않"(111)았다는 것을. 또한 "그 오랜 습성은 시장 패권주의와 결합하면서 'K문학/비평이 더 나은 공동체에 대한 인식의 기준을 갱신하는 데 기여하지 못함으로써 생산적인 문화 자원의 반열에서 탈락"(111)했다는 것을. 한국문학을 공부/향유하면서도 스스로 어떤 담론의 주체가 되는지에 둔감하고, 시장 패권주의에 동조하는 줄도 모르고, 보다 나은 공동체를 위한 인식의 기준을 상상하는 데 게으른 채로 지내 온 (나를 비롯한) 한국문학의 일부 독자들에게 오혜진이 장착한 페미니즘은 "가장 획기적인 정치적 미적 기획"으로서 필수적이고 유력한 것이 되었다.

이 유력한 기획을 가능케 하는 것은 물론 문학/비평장의 새로운 조직과 배치다. 비평의 위기, 비평의 복권을 외치며 "20세기적 계몽주의 프레임에 붙들려"(97) 있으려는 세력들에게 오혜진은 말한다. "작가들과 각종 매체들의 문학적 자의식을 추동해 실제로 한국문학의 형질 변형을 이끄는 것은 낡은 비평의 복권이 아니라, 더 나은 공동체를 상상하는 독자 대중의 지적 문화적 호기심이다. 메갈리아의 '미러링' 혹은 '강남역 여성 혐오 살인 사건' 이후 감수성의 혁명 및 인식의 갱신을 경험한 젊은 여성들이 한국 사회의 오랜 성 각본(sexual script)을 문제 삼음으로써 '세대'와

'젠더'를 문학 창작 및 향유의 주된 벡터로 자리 잡게 한 사례는 아무리 강조해도 지나치지 않다."(110) 새로운 문학/비평장을 위하여 그가 이삼십 대 여성들에 대한 기대와 주목을 통해 소구하는 것은 무엇보다도 "'한국문학의 여성화'가 아니라, 한국문학에서 '여성적인 것'의 내용이 새롭게 구성되는 장면"(123)일 것이다. 나아가 "'내면성, 모성성, 수동성' 같은 한정적인 성질만을 '여성적인 것'으로 규정 재현해 온 한국문학의 관성도 일신"(123)하게 될 그것은 새로운 문학이기 이전에 새로운 '취향'으로서 유의미할 것이다. 왜냐하면 "21세기의 비평은 '취향'을 지극히 정치적인 장소로 사유하고, 이곳에서 포스트-포스트모던의 문학 주체들이 펼치는 문화정치와 인식 및 교양의 갱신을 면밀히 주시하는 데에서부터 시작해야"(100) 하기 때문이다. "지극히 문학적인 취향"이라는 제목 역시, "'계몽'이 아니라, 자신의 '좋은 취향'을 시민사회의 공통감각으로 등재시키기 위한 끊임없는 '시도'의 형식으로"(100) 읽히기를 바라는 그의 고투를 드러낸다고 말해야 할 것이다.

언제나 명쾌하고 통렬한 오혜진의 고투가 가장 효과적으로 작동해야 할 지점이 있다고 한다면, 언제부턴가 나는 바로 그곳에 있기를 자처하게 되었다. 20세기 말에서 21세기 초를 지나오면서 한국 소설을 공부하고 즐겨 읽고 삶의 일부로 삼았다고 여기면서도 '한국문학이 가부장적 남성 멘탈리티의 재생산 장치로서 작동해 온 역사와 그 효과'에는 얼마나 둔감했던가. "한국문학은 언제나 '주변부의 존재들', '언어를 갖지 못한 이들'을 재현하는 것을 사명으로 삼아 왔"다는 사실을 디폴트로 받아들이면서도 "그간 한국문학이 개발-계발해 온 재현의 원리와 기술은 과연 국적, 성별, 세대, 지역, 학력, 장애 등과 같은 규범적 이데올로기들을 충분히 상대화하고 있을까."(126)라는 질문에는 얼마큼 예민하고 투철하게 응해 왔던 것일까. "'남성 서사'라는 명백히 성별화된 표지를 내세우면서도 그것이 '한국 근현대사'라는 총체성의 환유(換喩), 즉 '보편 서사'이기를 기도한다는 점에서 문제적"(154)이라는 사실을 (어쩌면 자발적으로) 눈감아 오지는 않았나. 물론 그 배경과 이유를 영 모른다고 할 수만은 없지만 말이다. 예컨대, 한국 소설에서 근현대사를 서사화하는 화소들에 나타난 공통된 성정치학이란, 한국의 근현대적 (서사화만이 아니라) '현실' 자체가 바로 그 성정치에 의해 작동해 왔다는 사실과 밀접하며, 따라서 그런 서사는, (성)정치적 기획 이전에 혹은 정치적 기획 그 자체로서 이미, 공동체 구성원의 삶의 틀을 규정지은 완강한 '현실'로 작용했다는 사실에 안주했던 것이겠다. 다시 말해, 주로 말과 법과 돈으로 진행되는 상징적 질서의 '현실'을 자각하고 그 구속력과 한계를 동시에 자각했으면서도, 그것을 뒤집기보다 통과하는 쪽으로 사고를 제한했던 게 아니었을까. 또 한편, 한국문학의 주요 독자층인 나 자신을 걸고 지난 일이십 년을 돌아볼 때 한국문학의 중심이 구태의연하고 낡아 빠진 그것들에 있다고 생각할 수 없었던 것 같다. 오혜진이 '주류'로 지적한 작가 또는 텍스트를 나로선 주변적인 것으로 여겼다기보다, "가부장적 패권주의를 포기하지 않는 '개저씨'들이 질리지도 않고 부르는 'K문학/비평'에 대한 만가(輓歌) 혹은 돌림노래"는 이미 더 이상 한국문학의 중심(으로 기능할 수 없으니 중심)일 수 없다고 생각했다. 그런 판단이 낡은 관습과 기율들이 '노멀'로 작용하는 '현실'을 상대화할 수 있다고도 믿었다. 이 글의 서두에서 했던 얘기로 바꿔 말해 보자면, 말들이 수행하는 '정식 계약'이 '노멀'로 작용하는 현실에 대해 그 '이면 계약'으로 이의를 제기하는 데서 문학의 의의를 찾으려고 했던 듯하다. 오혜진의 비평은, 현실의 '노멀'을 담당해 온 '정식 계약'이 더 이상 안 맞는 줄 모르고 여전히 행세하려는 사태를 정면으로 공박한다. 그리고 지금 문학의 급선무는 '정식 계약'을 상대화하는 게 아니라 바꾸는 데 있음을 엄중하게 일러 준다.

오혜진의 비평이 엄중하다고 느끼는 건, 글에서 퍼져 나오는 또렷한 발음과 카랑한 목소리 때문만은 아니고, 비평가 자신이 비평의 목적 혹은 인식의 역할을 또렷이 의식하고 있기 때문이라고 할 수 있다. 그는 첫 단독 저서인 이 책의 「책머리에」에 이렇게 적었다. "이 책은 '(근대)문학은 죽었다'라고 선언된 시대에 (……) 그럼에도 '문학(비평)'을 내게 의미 있는 지적 문화적 정치적 자원으로 만들기 위해 내가 던지고 벼려 온 질문과 관점, 인식의 기준들에 대해 서술한다. 말하자면, 이것은 내 '문학적 취향'이 만들어져 온 과정의 기록이다. 그것은 다른 많은 '문학적 취향'들과의 치열한 경합 및 각축을 통해 이루어졌고, 내 '취향' 역시 다시 한번 그 경합의 장에 놓이기를 간절히 원한다."(11~12) 그동안 읽었던 비평집의 서문들과 비교한다면 더욱 인상적으로 읽힐 이 글에는 문학/비평에 대한 글쓴이의 긍지가 확연하다. 그는 관찰하고 사유하고 토론하는 행위, 즉 '공부'라는 활동의 기능과 목적을 정확하게 인지하고 정당하게 욕망한다. 그리고 이런 선명한 표명을 통해 무엇보다도 '앎'의 필요성을 적실하게 환기한다. 지금 비평가들에게 요구되는 것이 "이 장의 역동(dynamics)을 기민하게 읽고 그것에 탄력적으로 반응하면서 새로운 '문학적 사건'을 포착할 수 있는 시민-비평가로서의 감각"(102)이라는 말에 동의한다면 더욱 방기하거나 망각할 수 없는, 비평적 '감각'의 근거이자 조건으로서의 '앎' 말이다. 이를테면, '한국문학의 정상성'을 묻기 위해 페미니스트인 그가 더 치열하게 탐구하는 것이 기존의 여성성이 아닌 남성성 혹은 남성성이 승인돼 온 역사일 때, 역설적인 듯하지만 이는 이 사회에서 '좀 더 편안하고 합리적'으로 존재하기 위한 '기민'하고 '탄력적'인 감각에서 기인한 것이라 할 수 있다. 그가 문학을 사유하기 위한 기준으로 '공동체의 민주주의'를 언급하며 "나 자신이 좀 더 편안하고 합리적이고 흥미로운 방식으로 이 사회에 존재하기 위해서"라고 겸연쩍은 듯 덧붙인 말에서도, '주류'의 안일함을 질책하고 '주변부의 삶'을 설명하는 데 필수적인 자원으로서 어떤 경우에나 실질적이고 실용적이어야 할 '앎'의 역할이 호소되는 듯하다. 그리고 '앎'이 그의 열정적 비평의 가장 유용한 자원이자 가장 뜨거운 동력이라는 이 사실만큼, 안온한 무지와 나태한 감성을 다그치는 데 효과적인 건 없다.

희망이라는 진취력

앞에서 김미정에게 물었던, 오늘날의 기술 생태적 조건 위에서 말과 감수성의 회로를 바꾸고 만드는 일에 관한 질문을 오혜진에게 던진다면 그는 다음과 같이 대답할 것이다. "누군가는 물을 것이다. '디지털 미디어가 미적 윤리적 장치일 수 있을까'라고. 사실을 말하자면, 그곳에서의 발화와 네트워킹이 희망과 연대를 매개할지, 현실의 혐오와 적대를 그대로 실어 나를지는 아무도 모른다. 당연히 그 두 가지 일 모두 벌어질 것이다. 하지만 군이 입장을 정해야 한다면, 나는 어느 누구에게도 전자(前者)의 가능성(그게 아주 실낱같은 것이라 해도)을 손쉽게 포기할 권리는 없다고 말하겠다. 말하고 관계 맺는 일을 계속 시도하게 만드는 것, 이것이야말로 뉴미디어가 우리에게 던진 숙제일지 모른다. 그리고 그건 마치 '도전함으로써만 간신히 유지되는' 민주주의의 모습과 꽤 닮았다."(125) 이 시대의 삶과 문학과 상상력을 살피기 위해서는 달라진 매체와 주체를 경유하여 "말하고 관계 맺는 일을 계속 시도"해야만 한다는 데 두 비평가는 이견이 없을 것이다. 그 '시도'가, 비단 "거대 플랫폼 기업"의 위협은 차치하고라도 '자율적인 네트워킹'에 소모되고 말 뿐이며, 그것이 그려 낼 미래의 모습이 낙관적일 때조차 단지 '부지불식중'에 그렇게 되어 버린 우연한 결과일 뿐일지라도, 그 시도에 대한 의지(意志/依支)는 지금 꺾여서도 안 되고 꺾일 수도 없다고, 나 역시 그렇게 생각하며, 두 비평집에 공히 동의와 신뢰를 표하고 싶다.

오랜만에 문학 공부에 믿음과 희망을 주는 두 권의 평론집을 읽은 것이다. 이미 나 있는 길을 따라가는 게 문학 공부가 아님은 전에도 '선생님'들께 수없이 전해 들었거니와, 오늘날 우리의 배움의 길은 정말로 어디에나 있고 특히 '나'와 '우리'의 말들과 '모두'의 관계들에 얽혀 있고 배어 있는 듯하다. 예전에 있던 곳에는 거의 없고, 오랫동안 없는 줄 알았던 곳에서 다시 찾아지며, 때로 상상도 못 한 곳에서 불쑥 튀어나오기도 할 것이다. 이런 예감이 희망적으로 느껴진다면, 무엇을 버려야 할 것인가, 무엇을 의지할 것인가, 무엇을 공부할 것인가라는 물음과 모색이 절실해진 때일 텐데, 마침 믿을 만한 혹은 믿고 싶은 생각의 길을 걸어가는 두 권의 책이 우리 앞에 놓인 것이다.

우리가 현재를 수긍하고 과거를 지우지 않으면서 미래를 맞이하고자 한다면, 어디에 눈뜨고 귀 기울여야 할지, 무엇을 표현하고 주장해야 할지, 어떻게 스스로 존재하고 서로 이어져야 할지 끊임없이 모색하는 이런 의지와 신념을 놓치지 않는 것이 중요하다. 그리고 그렇게 하는 것이 곧 '희망'이라는 사실을 자각해야 한다. 희망. 단순한 낙관이 아니고, 질긴 욕망과 다르며, 진보에 대한 신봉도 아닌 그것은, 일종의 진취력과도 같은 힘이다. 나아가기 위해서라기보다 다만 존속하기 위해서도 갖추어야 할 이 능력은, 상황이 암울할수록 더 긴박하게 요구되는 의무라고도 할 것이다. 이 희망이 "말의 논리 위로 낯을 들고 일어설 수 없었던 어두운 희망"(황현산)과 다른 성찰이 아님을, "새로운 이미지와 민주주의를 묶으려는 위대한 실험"(김인환)과 같은 종류의 헌신임을, 나는 이제야 좀 알아듣게 된 것 같으니, 오늘날 '움직이는 별자리들' 위에서 나의 '지극히

문학적인 취향'도 미세하게나마 넓어지고 깊어지리라는 희망까지 덩달아 가져 보는 것이다. (2019)

오늘도 인간을 귀하게

—쓰기 포기 후기

　내가 발표하는 모든 글은 나의 '문학론'인데, 정작 "나의 문학론"을 각 잡고 풀어 내는 글 한 편을 써 보기로 했던 다짐은 기어이 포기에 이르고 말았다. 처음부터 어렵게 느낀 건 아니었다. '문학론' 같은 걸 정색하고 쓴다면 좀 멋들어진 글이 나와야 좋지, 하는 생각으로 지면의 취지를 수긍하기는 했으나, 멋들어지게 써지지 않아 포기한 것도 아니다. 나에게 문학은 오랜 친구이자 현재도 절친인 J와 비슷한 존재니까, 누가 내게 J에 대해 물으면 이것저것 대답할 말이 있을 것이듯, 요즘은 문학이 어떠냐고, 무엇으로 문학에 대해 좀 알 수 있느냐고 물어 오면 설마 할 말이 없으랴 간단히 생각한 것부터 잘못이었다. 잘못인 줄 모른 채, 시작은 했다. 그동안 써 온 글들에 깔려 있을 나의 지론이 뭐였을까 생각하며 키워드를 적어 봤다. 말, 삶, 몸, 힘, 앎, 꿈, 낙, 나, 인간, 세상, 의미, 자유, 비밀, 무지, 무의식, 가능성, 스타일…… 단어들이 흘러나왔다. 친근한 말들이다. 본래 그런 말들이라기보다 내게 친근해진 것이겠지. 자주 막 갖다 쓰니까. 그런데, 다른 때와 달리 전부 한꺼번에 모여 적혀서인가, 이것들은 서로 뭉치지도 않고 또 다른 말들을 불러들이지도 않으면서 가루처럼 흩어지려고만 했다. 다들 뻣뻣하게 굴면서 제각각 도망치려는 것 같았다. 너무 무턱대고 막 적었나? 당황스러웠으나 일단 붙잡아 놓고 방법을 찾아야지 했다. 책장에서 책들이 우수수 빠졌다가 꽂혔다가 하면서, 일주일이 지났다. 이 주일도 지났다. 책만 보며 지낸 것도 아니고 제주도 바람도 쐬고 왔다. 이렇게 한 글자도 못 쓸 줄 진짜 몰랐다. 오랜만에 한글 문서 창 앞에서 눈물이 다 났다. 짜증 때문이라고 생각했는데 아마 환멸이었을 것이다. 모자라고 게을러터진 자신에 대한 익숙한 자괴감과도 달랐다. 깨달을 수밖에 없었다. 내가 '나의 문학론'을 정색하고 써서 단 한 사람이라도 그것을 읽을 누군가의 소중한 시간을 헛되지 않게 할 일은 당분간 일어날 수 없으리라. 포기하는 편이 더 큰 폐와 실례를 막는 길이라 판단하지 않을 수 없었다.

*

개강까지 얼마 남지 않은 날짜를 세며, 남은 방학이 길어진 셈이니 잘됐다고 생각한다. 기쁜가? 당연히 기쁘지만은 않다. 왜 못 썼을까. 잘 안다고 생각했던 내용들이 어쩜 그토록 안 이어지고 나는 하염없이 겉돌다 점점 더 힘이 빠졌을까. 언제 어디서고 '문학'이라고 하면 즉각적으로 그리고 산발적으로 눌리는 내 머릿속의 어떤 단추들이 있지 않았던가? 그것들을 생각해 보자. 전에 적었던 말들, 삶, 앎, 인간, 의미, 무의식, 스타일…… 이런 단어들은 아닌 것 같다. 이상, 김소월, 카프카, 체호프, 쿤데라, 하루키, 쿳시, 김영하, 배수아, 이글턴, 데리다, 벤야민, 지제크…… 이런 이름들은 1990년대부터 국문학도인 내겐 문학적 모티프로 간혹 자동 눌림이 실행되기는 하나 근래 너무 소원했다. 텍스트, 독자, 효과, 맥락, 문체, 이동, 발생, 실천…… 요즘 쓰는 글에 자주 동원되는 용어들이라 그런지, 신선한 느낌이 없고 갑자기 지루해진다. 차라리 밤, 가로등, 바람, 공원, 초여름, 겨울 해변, 나무, 나무 계단, 잠, 비탈, 거짓말, 개복치…… 이런 것들이 튀어나오는 게 낫겠다. 이러고 보니, '문학'이란 말에 눌리는 머릿속 버튼 따위가 있다 해도 무슨 소용인가 싶다. '문학'이란 말을 친근하게 느끼는 버릇이 있을 뿐이지 문학에 대해 무슨 이론을 운운할 정도의 입장 혹은 상태는 결코 아니라는 사실을 분명히 알았다. 말할 수 없는 것에 대해선 말하지 말아야…… 다행이다, 포기하길 잘했어.

'나의 문학론' 생각은 치우고 남은 방학을 즐겁게 보내자. 읽을거리들을 뒤적여 본다. 일하는 모습과 노는 모습이 별로 다르지 않지만 지금은 노는 중. 지난주엔 일로 만지느라 포스트잇이 덕지덕지 붙은 조너선 컬러의 『문학이론』, 작년부터 읽어 볼 작정이었던 오한기의 『나는 자급자족한다』, 어제 배송된 잡지 《릿터》 16호, 다 읽었으나 아직 책장으로 옮기긴 아쉬운 김영민의 『아침에는 죽음을 생각하는 것이 좋다』, 이런 책들이 오늘 내 손에 걸렸다. 그렇다, 요즘 나는 책을 들춰 보고 뒤적거리면서 가지고 놀기는 하는데 어떤 '작품'을 충분히 소화한 포만감을 느낀 지는 좀 오래됐나 보다. 개인적인 습관이나 게으름이 문제라기보다 시대의 변화 때문일지 모른다는 생각도 한다. 말들의 집합, 문자들의 더미를 만나려면 어떤 '작품'을 찾아 읽는 것이 가장 용이하고 효과적인 시대가 아닌 것은 분명하니까. 『읽지 않은 책에 대해 말하는 법』이란 유명한 책에 살짝 기대면서 「텍스트를 읽는 것과 삶을 읽는 것은 다르지 않다」라는 글을 작년에 쓴 적도 있거니와 문학 텍스트를 촘촘히 분석하는 것만이 문학을 향유하는 유일한 방법이라고 믿지는 않는다. 하지만 방금 '포만감'이라고 말했던 그 열락의 순간 없이 문학을, 텍스트를, 혹은 삶과 세상을, 잘 읽을 수 있다고는 더욱 믿지 못한다. 수많은 문학가, 독서가, 문학 전문가, 문학 애호가 들이 고백하고 가르쳐 준 대로 '문학작품'에 빠져서 얻은 감동을 우러르는 열정과 그것을 아끼고 간직하려는 욕망은 무엇과도 바꾸기 어려운 지극한 가치임을 나 또한 잘 아는 편이라고 말하고 싶다. 어떤 우연들의 조합으로 '문학비평'을 쓰고 앉았는지 스스로 의아해할 때가 여전히 내게는 있지만, 빛나는 '문학작품'으로부터 유래한 어떤 전율을 상기하지 않고는 나 자신의 일상조차 수긍하지 못할 것이다. 아마, '문학론'을 써야 한다는 생각으로 저명한 '문학론'들을 염탐하면서 점점 어렵고 괴로운 느낌에 휩싸이게 된 이유 중에는 저 포만감, 열락, 감동 혹은 전율에 대한 나의 갈급함도 있지 않았나 싶다. 언제나 원하면서도 더욱 찾아 나서지 않았던 자책감도 포함해서 말이다. 더 많이 읽고 더 많이 감동했어야, 더 즐기고 더 사랑했어야 했다는, 기묘한 후회 혹은 부끄러움.

　자책이니 후회니, 더욱 쪼그라지는 기분은 치우고 하던 생각을 마저 해 보자. '문학작품', 특히 소설이 좋아서 대학원 공부를 하고 논문을 쓰고 그러다 보니 남 앞에서나 나 스스로나 '문학하는' 사람이 되어 버렸으나, 나는 아무래도 '내추럴 본 문학인'은 아니다. 어릴 때부터 책에 파묻혀 지냈다거나 친구들과 어울리는 것보다 문학이라는 허구의 세계에서 노는 편이 좋았다거나 중고등학생 때부터 고전이든 무협이든 닥치는 대로 읽었다거나 등등의 레퍼토리는 대개 작가들에게 흔한 이력이므로 내가 탐낼 것도 아니지만, 그런 이력의 작가들이 써낸 텍스트에 대해 아는 척도 좀 해야 하는 비평문을 쓰자면 최소한 이 분야의 독서량과 상식에 있어서는 어느 정도 수월성(秀越性)을 갖춰야 하지 않나 생각이 들기도 한다. 그럼에도 전혀 수월하지 못한 내가 비평을 한다. 잘 알지도 못하면서, 더 많이 좋아하지도 못했으면서, 더 자세히 말해져야 할 것이 무엇인지도 모르는 채로. 이래도 될까. 대체 나는 무엇으로 비평을 해 온 것인가.

*

나는 '말'에 관심이 많은 것 같다. 기억나기로는 대학 1학년 때 세상 모든 것 중에 가장 의미심장한 것이 '말'이로구나, 하는 의식에 사로잡힌 순간이 있었고, 그 이후로 일상과 학업의 많은 경우 '말의 힘' 같은 데 자꾸 생각이 미쳤다. 언제 어디서 발화되든 반드시 의미를 발생시키고야 마는 말, 언제 어디냐에 따라 천변만화하는 말의 의미, 분명히 무의미하게 발화되었을 때조차 무의미로서 또한 의미의 자리를 차지하고야 마는 모든 말의 운명 같은 것. 말이 있는 곳에는 항상, 정확하든 부정확하든, 강력하든 미미하든, 부정적이든 긍정적이든 어떤 효력이 어쩔 수 없이 발생한다는 사실, 심지어 말이 발화되지 않았다는 사실에 의해서도 어떤 효력이 그림자처럼 생기고야 만다는 것, 어떻게 해도 말해질 수 없는 것에 대한 감각조차 말과 반드시 연동되어 있는 것만 같은 기분. 그런 것들이 경이로웠다.

덧붙이지 않아도 되겠지만, 이때 '말'이란 입에서 나오는 음성으로 된 '입말'만 뜻하는 게 아님은 당연하다. 글-문자로 된 '글말'은 물론이고, 입말과 글말에 달라붙는 목소리, 표정, 어조 등 비언어적 속성까지 포함한 의미-기호로서의 말이라고 하면 될까. 말은 우리의 내면을 구성하고 세계를 그린다. 말은 우리가 알아차리고 상상하고 연결하고 추론하게 함으로써 우리를 세계 속에 존재시킨다. 우리는 말을 구성하고 말로 세상을 구성하며, 그 말들은 우리를 구성한다. 인간이 세상에 존재하는 방식은 결정적으로 말에 의존한다. 인간, 인간의 삶, 인간의 세상에 가장 필요하고 중요한 것이 말이라고 나는 생각한다. 그리고 언제부턴가, 말 중에 더 멋진 말, 더 뛰어난 말, 더 풍성하고 더 힘 있는 말을 '문학'이라고 부른다는 사실을 자연스럽게 알게 되었다.

　더 멋지고 뛰어나고 힘 있는 말이 위대한 도덕, 훌륭한 이상, 숭고한 가르침 등으로 곧바로 바뀌어 생각될 리야 없었으나, 말의 가치란 그 말이 가리키는 정보 내용만의 가치가 아니라 말할 가치, 그 말을 하고/쓰고 들을/읽을 가치이기도 하다는 것까지 함께 알아야 했음은 물론이다. '문학'을 대하면서 말의 의미가 말이 표현하는 사안들(말하는 이의 의도, 상태, 경험 등을 포함하는)에 갇히지 않음을 느낄 수 있었다. 말의 의미가 말이 놓인 환경(누가 언제 어디서 누구에게 등을 포함)과 절대적으로 긴밀하다는 사실을 수시로 깨닫지 않을 수 없었다. 말이 삶을 매개하는 장치임을 인정하지만, 삶의 '실재'가 말과는 별도로 말로 주어진 '현재'에 있다는 관념에는 끝없이 반대해야 했다. 말의 의미는 경험과 사태와 감정 등의 대리물이나 저장고로서만 생기는 게 아니라, 그런 내용들의 틈새를 드러내는 형식 실험을 일으킴으로써 생기기도 한다는 사실에 예민해질 수 있었다. 어떤 말이 문학으로 읽힌다는 것은, 말에 관한 이런 태도들이 적중할 때라는 믿음을 갖게 되었다.

*

　문학이라 불리는 모든 텍스트가 다 '훌륭하다', '위대하다', 그런 뜻이 당연히 아니다. 모든 문학 텍스트가 다 문학으로 읽히는 것도 아니다. '예술'이란 말이 문화적 활동이나 산물의 범주를 가리키는 동시에 그 가치를 높이 평가하는 말이기도 하듯, 문학이란 규정도 텍스트의 성격을 표현하는 것이자 그 질적 성취를 인정하는 말이 될 수 있다. 이 사실이 주로 혼동을 야기한다. 분과 학문의 대상으로서의 문학, 서적을 분류할 기준으로서의 문학, 출판물을 소개할 때 필요한 선입견으로서의 문학, 즉 근대 문학 '제도'에 입각한 뜻으로만 '문학'이라는 말이 쓰여 왔다면, 더 '뛰어난' 말을 문학이라고 여기는 일이 자연스럽지만은 않았을 것이다. 그런 분류의 기준은 확실한 진실일 수가 없으니 범주의 경계는 언제나 모호하고 확실하게 믿을수록 대개 오류로 판명 난다. '문학'으로 분류된 텍스트에서 유독 잘 목격되는 특정 요인들을 따로 모아 '멋진', '풍성한', '힘 있는' 등의 범주를 확정할 기준을 만들어 볼 수는 없을까, 골몰해 본 연구자가 한둘이 아닐 것이다. 주제와 문체를 생각하고 구조와 세부를 따로 분석하고 말을 다루는 기교처럼 보이기도 하는 비유, 리듬, 패턴 등을 따져 보면서 어떤 '장치'들이 곧 문학의 조건이라고 정리해 버리고 싶은 욕구. 백이면 백, 그것은 머잖아 좌절되고야 만다고 해도 과언이 아니다. 그런 장치들은 말의 기교가 아니라 사고의 배치이며, 특정 텍스트의 조건이 아니라 말이 짜일 때면 곧잘 쓰이는 방식이기 때문이다. '문학'을 어떤 장치 또는 요소로 조건 지을 수 없다는 건 이제 누구나 안다.

이번에 다시 들춰 본 『문학이론』에도 나오는 이른바 '문학-잡초설', 이미 유명한 얘기지만 간략하게 덧붙여 본다. "정원사가 정원에서 자라는 것을 원하지 않는 식물은 모두 잡초이다. 만약 '잡초성'의 근본을 찾고자 한다거나, 그 식물적 특성을 조사하려고 한다거나, 혹은 식물을 잡초로 만드는 확연한 형태적 혹은 구조적 특성을 찾으려 한다면 이는 시간 낭비이다."[1] "Literary Theory"가 원제인 이 책의 저자 컬러는 우선 문학의 일반적 속성을 제시해 보면서 그 각각의 불확실성을 가늠한다. '언어의 전경화', '언어의 융합', '허구', '미적 대상', '상호 텍스트 혹은 자기 반영적 구조물' 등으로 항목화된 그 내용은 결국 "문학의 특성은 객관적 속성으로 간추려질 수 없거나 언어를 구성하는 방식의 결과물로 축소될 수 없다."라는 결론으로 수렴된다. 그래도 '문학'에 대해 먼저 규정지을 바가 있다면, 가령 "정보를 공유하거나 질문을 하거나 약속을 하는 언술 행위와 대조"적인 말로서 "어떤 특정한 시선을 끌어내는 언어 행위이거나 글로 된 사건" 정도로 말해질 수 있을 뿐이다. 어찌 됐든 '문학성'이란 "언어적 자료와 문학이란 무엇인가에 대한 독자의 일상적 기대 사이의 상호 긴장 관계 속에" 있을 뿐이라는 결론 이상은 어렵다고 본다.[2]

*

그런데 우리는 왜 이토록 '문학'이 무엇인지를 물어 대는 것일까. 시중에 유통되는 문학책을 문학책인지 못 알아볼까 염려돼서 혹은 더 잘 알아보도록 독려하고자? 또는, 소설을 역사로 착각하거나 광고 카피를 시로 오인하면 안 되니까? 실상 '문학이란 무엇인가'라는 질문은, 학문적 엄정함을 추구하며 객관적 진리를 찾으라는 요청으로 주어지는 것이 아니라 누구나 몇 마디쯤은 '나의 문학론'으로 피력해도 좋은 주관적 소신을 타진해 보고자 던져지는 것이므로, 문학의 경계에 대한 착각과 오

---

1 조너선 컬러, 조규형 옮김, 『문학이론』(교유서가, 2016), 47쪽.
2 같은 책, 40~79쪽 참조.

인을 근절해야 한다는 공공연한 의도 같은 건 거기에 없을 것이다. 그럼에도 개인적인 사유, 이론, 실천 등을 토대로 문학의 특성, 자질 등을 재차 확인해 보지 않을 수 없는 실제 상황을 염두에 둔다면, 바로 그 이유, 문학과 문학 아닌 것을 변별해 내야 할 필요가 있다는 판단 말고 다른 무엇이 이유가 될까 싶다. 정말로, 세상에, 말들이, 너무나 많다. 한 세대 전만 해도 '읽을거리'라면 일단 문학작품부터 떠올랐을 텐데, 오늘의 매체 환경은 나날이 합산 불가한 수량의 읽을거리들을 끊임없이 산출해 내고 있지 않은가. 양적인 증대로 인해 질적인 변별도 어렵거니와, 제도나 관습에 의거한 기본적 분류조차 무상해지는 사태다. 다시 말해, 종이책에서 전자책으로의 환경 변화에 따른 텍스트 산출량 증대는 물론, 텍스트 이전에 데이터로서 넘쳐흐르는 무수한 조각-말들의 범람까지 생각하면 우리의 모든 행위와 사고, 경험과 사건 등은 거의 빠짐없이 말로 매개되는 시대라고 해도 과장이 아니다. 질적 고려가 선행될 수 없는 그 모든 말들의 출현은 또한, 정보를 알리고 궁금한 걸 물어보고 몇 시에 만날지 정하는 등의 쓰임을 넘어서는 언어-사건으로서 '특별한 관심'에 노출될 수 있다. 이러한 때 무엇이 문학인지, 문학으로 읽으면 뭐가 좋은지, 그것이 문학이 될 수는 없는지 등을 자꾸 따져 보게 되는 것이다. 그 많은 말들 속에서 기존의 문학적 속성이 두각을 나타냈기 때문일까? 아니, 그저 무수히 쏟아진 수수한 말들 앞에서 말의 필요와 가치 혹은 그렇게 말해져야 할 필연성에 더욱 주의를 기울이지 않을 수가 없고, 그렇다면 매 순간 그것을 어떻게 읽어야 할지 결정해야만 하기 때문이다. '문학'을 선별해 내기 위해서가 아니다. 어떻게 해체되더라도, 오직 인간의 말, 그중에 더 멋지고 더 풍성한 말을, 하고/쓰고 듣고/읽고 또한 알기/살기 위해서일 것이다. 그리고 덧붙여, 이쯤에서 갑자기 생각난 피아니스트 조성진의 다음과 같은 의견, "'클래식 대중화'는 음악의 본질을 잃어버릴

우려가 있기 때문에, 그보다는 더 많은 사람들이 '클래식화'됐으면 좋겠다."[3]를 전유해 말해 보자면, '문학이 대중화되는 게 아니라 대중이 문학화'됐으면 좋겠기 때문이다. 누구의 말이나 뛰어난 말이 될 수 있지만, 말하는 누구나 뛰어난 말을 하고 싶어 하는 편이 더 낫지 않을까.

*

내가 발표한 모든 글이 '나의 문학론'이리라고 했던 건, 문학비평을 포함한 모든 비평은 결국 '문학으로 읽기'라고 생각하기 때문이다. 읽는 대상마다 문학적 평가를 한다는 말이 아니다. 문학으로 읽는다는 건, 무엇이 문학인가를 생각함으로써 읽는 대상에 가장 적절한 읽기 방식을 모색한다는 뜻이다. 그리고 그렇게 택해진 방법으로써 말들을 듣는 것만이 아니라 그 말들이 무엇을 하는지를 생각해 볼 수 있다. 어떤 텍스트이든 문화적 표상으로만 인식하여 사회의 한 증상처럼 분석하는 건 대체로 충분치 않다고 여기는 것. 말들을 즉각적으로 이해시키고 이해해야 한다는 압박에 휘둘리지 않는 것. 말들의 의미가 어떻게 만들어지는지 자명한 어의 외의 요소들을 가자고 의미의 경계 지점에서 생각해 보는 것. 이런 태도들을 가져 보려는 것이다.

왜 그래야 할까. 어째서 그런 다짐이 필요한 걸까. 나는 인간에게 말만큼 중요한 건 없다고까지 생각한다는 얘긴 앞에서도 했지만, 한편 이 세상에 이렇게 말이 많은 것에 대해서는 회의적이지 않을 수 없다는 생각도 자주 한다. 매일매일 인간의 거의 모든 경험이 말로 매개되어 데이터

3　「클래식의 대중화보다, 많은 사람들이 클래식화됐으면」, 《경향신문》, 2018. 1. 4.

화되는 현실에서 나의 삶, 당신의 일생, 우리의 이야기는 어쩐지 희미해지는 것만 같다. '구글신'이란 말이 터무니없지 않은 이 세계에서, 전체/정체를 알 수 없는 회로 속으로 빨려 들어가는 말들은 우리가 도저히 제어할 수 없는 시스템의 연료로만 쓰이고 말리라는 기분에 휩싸일 때, 어쩌면 기묘한 체념조차 느끼는 듯하다. 누구도 혼자의 힘으로는 알 수 없는 세계, 정말 거대한 알고리즘으로만 짐작할 수밖에 없는지도 모르는 세계지만, 이곳에서 우리가 겪는 유동적이고 다형적이고 덧없는 경험들이 어떻게 처리되어야 할지에 대해선 미미한 고민이나마 그만둘 수가 없다. 그만두어지지가 않는다. 별안간 심각해지고 계속 분투하는 기분이 된다.

*

내가 좋아하는 소설들, 좋아하는 작가들은 대개 단순하지 않고 심각하지 않고 걱정하지 않는다. 합리적이지만 확신하지 않고, 애매한 것을 비합리로 몰아가지 않는다. 갇혀 있지 않으나 은밀하고, 아무 세상이나 떠돌지 않아도 먼 곳에 닿아 있다. 일상의 미지를 알려 주면서 시간의 긴 연속성을 생각하게 하고, 개별 정신의 복잡성을 통과하여 비개인적인 곳을 비춰 준다. 이런 점들이 내가 생각하는 문학의 일이고, 멋진 말들의 힘이고, '나의 문학'이니, 이것은 이 시대 모든 사람들에게 필요할 것이고, 모두들 나처럼 생각해 주면 좋겠고, 블라블라…… 어느 소설이, 어느 작가가, 무엇을 어떻게 썼기에 그렇다는 건지 짚어 말하지도 않으면서 마냥 이런 얘기만 늘어놓으려고 하니, 그저 묽어 빠진 생각만 풀어헤쳐질 뿐 감히 '나의 문학론' 같은 글이 쓰일 수가 있었으랴. 다시 생각해도 포기는 어쩔 수 없었다. 오히려 잘했다, 나의 문학론 쓰기를 포기한 후기를 이렇게나 줄줄 써 버리며 또 알게 된 사실도 있으니까 말이다. 나와 똑같이 이 말 많은 세상을 살고 있지만, 정작 '나의 문학'은 나의 미미한 고민 같은 걸 재차 되새기느라 쓸데없이 심각해지지 않는다. 시스템의 연료로 쓰일까 두려워 글을 못 쓸 리 없고, 구글신의 알고리즘 때문에 좌절할 리 없음이다. 무엇보다도 '나의 문학론'과 같은 머쓱한 주제를 스스로 점검할 리 없으며, 그럴 시간에 그저 어떤 중요한 것들을, 나의 삶, 당신의 일생, 우리의 이야기를, 어떤 말로 더 실감 나게, 정교하게, 효력 있게 전할 수 있을지를 찬찬히, 묵묵히 생각하고 있을 것이다. 늘 그렇듯 그 모습은 오늘도 인간을 귀하게 만든다. (2019)

건너는 걸음

1판 1쇄 찍음 2021년 8월 9일
1판 1쇄 펴냄 2021년 8월 23일

지은이 백지은
발행인 박근섭·박상준
펴낸곳 (주)민음사

출판등록 1966. 5. 19. 제16-490호
서울시 강남구 도산대로 1길 62(신사동)
강남출판문화센터 5층(06027)
대표전화 02-515-2000 | 팩시밀리 02-515-2007
홈페이지 www.minumsa.com

ISBN 978-89-374-3978-0 (03800)

* 잘못 만들어진 책은 구입처에서 교환해 드립니다.